TERRY PRATCHETT

SCHEIBENWELT

Sonderausgabe

Zwei Romane in einem Band

WILHELM HEYNE VERLAG

MÜNCHEN

HEYNE SCIENCE FICTION & FANTASY
Band 06/5123

Titel der englischen Originalausgaben
THE LIGHT PHANTASTIC
EQUAL RITES
Deutsche Übersetzungen von Andreas Brandhorst
Das Umschlagbild malte Josh Kirby

6. Auflage

Redaktion: Friedel Wahren
Copyright © 1993 dieser Ausgabe
by Wilhelm Heyne Verlag GmbH & Co. KG, München
Copyright der einzelnen Romane und Übersetzungen
siehe jeweils am Anfang der Texte
Printed in Germany 1995
Umschlaggestaltung: Atelier Ingrid Schütz, München
Technische Betreuung: Manfred Spinola
Gesamtherstellung: Ebner Ulm

ISBN 3-453-07339-8

Inhalt

Das Licht
der Phantasie

Originaltitel: THE LIGHT PHANTASTIC
Copyright © 1986 by Terry Pratchett
Copyright © 1989 der deutschen Übersetzung
by Wilhelm Heyne Verlag GmbH & Co. KG, München
(erstmals auf deutsch erschienen als Band 06/4583
in der Reihe HEYNE SCIENCE FICTION & FANTASY,
München 1989)
Aus dem Englischen übersetzt von Andreas Brandhorst

Die Sonne ging zögernd auf, als wüßte sie nicht so recht, ob es die Mühe lohne.

Ein neuer Scheibenwelttag dämmerte, aber nur sehr langsam. Und zwar aus folgendem Grund:

Wenn Licht auf ein starkes magisches Feld trifft, vergißt es plötzlich, was Eile bedeutet. Es wird geradezu träge. Und auf der Scheibenwelt war die Magie besonders stark ausgeprägt. Deshalb glitt das mattgelbe Glühen der Dämmerung wie eine sanfte, liebkosende Hand über die schlafende Landschaft — goldenem Sirup gleich, wie manche Leute meinen. Es hielt inne, um Täler zu füllen. Es kroch müde an Berghängen empor. Als es Cori Celesti erreichte, das zehn Meilen hohe Massiv aus grauem Fels und grünem Eis in der Scheibenmitte, türmte es sich zu großen Haufen auf, um jenseits des Gipfels mit der eher bescheidenen Wucht einer ins Alter gekommenen Lawine durch die dunkle Landschaft zu rollen.

Ein solcher Anblick bot sich auf keiner anderen Welt dar.

Natürlich gab es auch keine andere Welt, die auf den Rücken von vier Elefanten ruhte, die ihrerseits auf dem Panzer einer riesigen, durchs Universum spazierenden Schildkröte standen. Ihr Name — oder *seiner*, wie manche Philosophen behaupteten — lautete Groß-A'Tuin. Sie — oder er, wie auch immer — spielt keine große Rolle in der folgenden Geschichte. Doch um die Scheibenwelt richtig zu verstehen, muß man wissen, daß es sie — oder ihn — gibt, unter den Bergwerken, Meeresquellen und angeblich fossilen Knochen, die vom Schöpfer nur deshalb zurückgelassen wurden, um Archäologen zu verwirren und ihnen Flausen in den Kopf zu setzen.

Groß-A'Tuin, die Sternen-Schildkröte: gefrorenes Methan auf dem Panzer, pockennarbig von Meteoritenkra-

tern, bedeckt von einer Patina Asteroidenstaub. Groß-
A'Tuin: Augen wie unauslotbar tiefe Seen, das Gehirn so
groß wie ein Kontinent, die Gedanken gemächlich vorrük-
kende Gletscher. Groß-A'Tuin: Das Glimmen der Sonnen
und Galaxien spiegelt sich auf ihrem gewaltigen Leib
wider, während sie durch die galaktische Nacht wandert
und die Scheibenwelt mit sich trägt. Größer als alles, was
man sich vorstellen kann. So alt wie die Zeit selbst. So geduldig wie ein Fels.

Einige Gelehrte glauben, Groß-A'Tuin führe kein besonders beneidenswertes Leben. Nun, sie irren sich,
das Gegenteil trifft zu: Groß-A'Tuin vergnügt sich prächtig.

Sie — oder er — ist das einzige Geschöpf im ganzen Universum, das genau weiß, welches Ziel es anstrebt.

Natürlich haben die Philosophen viele Jahre lang darüber diskutiert, wohin Groß-A'Tuin unterwegs sei, und
ihre größte Sorge besteht darin, es möglicherweise nie zu
erfahren.

In zwei Monaten werden sie eine Antwort auf ihre Frage
bekommen. Und dann haben sie *wirklich* Grund, sich Sorgen zu machen...

Einige der phantasievolleren Gelehrten grübeln auch
noch über ein anderes Problem und betreiben langwierige
Forschungen mit dem Ziel, Groß-A'Tuins Geschlecht herauszufinden. Sie verwenden ziemlich viel Zeit und Mühe
darauf, diesen Punkt ein für allemal zu klären.

Der neueste in diesem Zusammenhang unternommene
Versuch kommt gerade in Sicht, während Groß-A'Tuin
wie eine riesige Haarbürste aus Schildplatt durch die
Unendlichkeit marschiert.

Die bronzene Kapsel des Mächtigen Reisenden ist völlig
außer Kontrolle geraten und fällt an der Schildkröte vorbei. Es handelt sich um eine Art steinzeitliches Raumschiff,
von den Priesterastronomen Krulls erbaut und über die
Kante der Scheibenwelt gestoßen — was der landläufigen

Meinung widerspricht, es gebe kein Reiseunternehmen, das gratis arbeitet.

Im Innern der Kapsel sitzt Zweiblum, der erste Tourist der Scheibenwelt. Er hat einige aufregende Monate damit verbracht, sie zu erforschen, und jetzt verläßt er sie recht überstürzt. Die Gründe dafür sind kompliziert, haben jedoch mit dem Versuch zu tun, aus Krull zu fliehen.

Ein Versuch, so sei hinzugefügt, der tausendprozentig erfolgreich war.

Obwohl alles darauf hindeutet, daß Zweiblum auch der *letzte* Tourist der Scheibenwelt sein wird, genießt er die Aussicht. Zwei Meilen über ihm stürzt der Zauberer Rincewind durchs Nichts, gekleidet in etwas, das auf der Scheibenwelt als Raumanzug gelten mag. Man stelle sich ihn als Taucheranzug vor — von jemandem entwickelt, der nie das Meer gesehen hat. Vor sechs Monaten war Rincewind ein ganz normaler gescheiterter Magier. Dann begegnete er Zweiblum, der ihn mit einem enormen Gehalt in seine Dienst lockte und zum Reiseführer ernannte. Seitdem hat Rincewind die meiste Zeit damit verbracht, entsetzt Pfeilen auszuweichen, gejagt zu werden und über bodenlosen Abgründen zu hängen, selbstverständlich mit wenig Aussicht auf Rettung. Oder in die Tiefe zu stürzen, so wie jetzt.

Er genießt die Aussicht keineswegs, denn sein ganzes bisheriges Leben zieht an ihm vorbei, und die Erinnerungen versperren ihm den Blick auf die Umgebung. Er erfährt nun, wie wichtig es ist, nicht den Helm zu vergessen, wenn man einen Raumanzug benutzt.

An dieser Stelle könnte eine längere Schilderung folgen, die erklärt, weshalb die beiden Männer von der Scheibenwelt fallen und warum Zweiblums Koffer — der zuletzt verzweifelt versuchte, ihm auf Hunderten von kleinen Beinen zu folgen — alles andere als ein gewöhnliches Gepäckstück ist. Doch derartige Erläuterungen erforderten viel Zeit und Platz und könnten mehr Probleme schaffen als lösen. Man denke nur an den berühmten Philosophen Ly Tin Weedle, dem jemand während eines Fests die Frage stellte: »Was machst du denn hier?« Die Antwort dauerte drei Jahre.

Weitaus wichtiger ist ein Ereignis weit oben, über A'Tuin, den Elefanten und Rincewind, der vergeblich nach Luft schnappt und langsam blau anläuft. Die Struktur von Raum und Zeit wird gleich durch die Mangel gedreht.

Fühlbare Magie lag wie Staub in der Luft, und ätzender Rauch wallte umher. Er stammte von Kerzen aus schwarzem Wachs, nach dessen Ursprung sich ein kluger Mann besser nicht erkundigen sollte.

Der Raum befand sich im Kellergewölbe der Unsichtbaren Universität — dabei handelte es sich um die bedeutendste magische Schule auf der Scheibenwelt —, und wirkte außerordentlich seltsam. Zum Beispiel schien er zu viele Dimensionen aufzuweisen, die sich den Blicken des Beobachters entzogen, und gerade außerhalb seines Wahrnehmungsbereichs lauerten. Okkulte Symbole bedeckten die Wände, und das Achtgefaltete Siegel Der Stasis bedeckte den größten Teil des Bodens. In magischen Kreisen hieß es, es besitze die gleiche Bannwirkung wie ein kräftiger Schlag mit einem dicken Knüppel.

Die Einrichtung des Zimmers beschränkte sich auf ein Pult aus dunklem Holz, dem man die Form eines Vogels verliehen hatte. Besser gesagt: die eines geflügelten Wesens, das man sich nicht zu genau ansehen sollte. Auf dem Pult lag ein Buch, mit einer schweren Kette und mehreren Vorhängeschlössern gesichert.

Ein großes, aber nicht besonders eindrucksvolles Buch. Andere Bücher in der Universität wiesen mit kostbaren Edelsteinen und erlesenem Holz geschmückte Deckel auf — oder waren in Drachenhaut gebunden. Die Hülle dieses Exemplars hingegen bestand aus ziemlich schäbigem Leder. Es sah ganz wie jene Art von Büchern aus, die in den Bibliothekskatalogen als ›ein wenig mitgenommen‹

beschrieben wurden — obwohl natürlich keine Seite fehlte und niemand auf den Gedanken kam, irgendein Kapitel mitzunehmen. Ebensogut hätte man versuchen können, sich ein Stück glühendes Eisen in die Tasche zu stecken — man verbrennt sich nicht nur die Finger daran.

Metallspangen hielten es geschlossen. Sie waren nicht verziert, einfach nur dick und schwer. Wie die Kette, die nicht nur dazu diente, das Buch am Pult zu sichern, sondern in erster Linie verhindern sollte, daß es sich öffnete.

All diese Dinge erweckten den Eindruck, als habe jemand eine ganz bestimmte Absicht verfolgt — jemand, der einen Teil seines Lebens damit verbrachte, wilde Elefanten zu zähmen und widerspenstige Kobolde zu überreden, ihm den Flur zu schrubben.

Die magische Aura verdichtete sich und wogte. Die Seiten des Buches knisterten auf eine recht unheimliche und aufsässige Weise, und blaues Licht quoll zwischen ihnen hervor. Die Stille in der Kammer ähnelte einer Hand, die sich langsam zur Faust ballte.

Mehrere Zauberer in langen Nachthemden wechselten sich darin ab, durch das kleine Gitter in der Tür zu starren. Kein Magier konnte schlafen, während sich derart seltsame Dinge zutrugen: Pure thaumaturgische Energie ballte sich zusammen und zog wie eine Flutwelle durch die gesamte Universität.

»Nun gut«, erklang eine Stimme. »Was geht hier vor? Und warum hat man mir nicht Bescheid gegeben?«

Galder Wetterwachs, Oberster Meisterbeschwörer des Ordens vom Silbernen Stern, Imperialer Lord des Sakralen Stabes, Ipsissimus der Achten Stufe und dreihundertvierter Kanzler der Unsichtbaren Universität, bot einen imposanten Anblick — selbst in seinem roten Nachthemd mit den Stickmustern mystischer Runen und der großen Bommelmütze, die ihm in die Stirn rutschte. Nicht einmal der wurstartige Kerzenhalter in der einen Hand beeinträchtigte seine Autorität, ganz zu schweigen von den flauschigen Pompom-Pantoffeln.

Sechs furchtsame Gesichter sahen ihn an.

»Äh, man *hat* dich unterrichtet«, sagte einer der Untermagier.

»Deshalb bist du hier«, fügte ein anderer hinzu.

»Ich meine, warum wurde ich nicht *vorher* verständigt?« erwiderte Galder scharf und trat mit entschlossenen Schritten auf die Tür zu.

»Äh, vorher gab es keinen Grund, deine Ruhe zu stören«, lautete die durchaus vernünftige Antwort.

Galder brummte, kniff die Augen zusammen und wagte einen kurzen Blick durchs Gitter.

Die Luft in der Kammer glitzerte, und winzige Funken stoben, als Staubkörner in dahinströmender purer Magie verbrannten. Das Siegel Der Stasis warf Blasen und kräuselte sich an den Kanten.

Das Buch auf dem Pult wurde ›Oktav‹ genannt, und natürlich war es kein gewöhnliches Buch.

Nun, es gibt viele berühmte Bücher über Magie. Man nehme nur das Nekrotelicomnicon mit den Seiten aus uralter Eidechsenhaut. Oder das Buch über Ausflüge Kurz Vor Mitternacht, geschrieben von einer geheimnisvollen und nicht sehr fleißigen Lama-Sekte. Manche erinnern sich vielleicht auch an das Lachsalven-Grimoire, das angeblich den einzigen echten Witz des ganzen Universums enthält. Aber alles sind nur wertlose Pamphlete im Vergleich zum Oktav, das der Schöpfer kurz nach der Vollendung Seines Hauptwerks zurückließ, in für ihn typischer Gedankenlosigkeit.

Die acht in den Seiten gefangenen Zauberformeln führten ein geheimes und komplexes Eigenleben, und man vertrat allgemein die Ansicht, daß...

Galder runzelte die Stirn, als er das Zimmer beobachtete, in dem sich die pure Magie entfaltete. Natürlich gab es jetzt nur noch sieben Formeln. Irgendein junger und völlig unbegabter Zauberlehrling hatte einen verstohlenen Blick ins Buch geworfen; dabei entkam einer der magischen Sprüche und ließ sich im Bewußtsein des Betreffenden nieder. Bisher war es niemandem gelungen, die Gründe für jenen unliebsamen Zwischenfall in Erfahrung zu bringen. Galder versuchte, sich an den Namen des Idioten zu erinnern. Heinzwind? Geißkind?

Oktarines und purpurnes Feuer züngelte über den Buchrücken. Ein dünner Rauchfaden kräuselte vom Pult in die Höhe, und die dicken Metallspangen, die das Oktav geschlossen hielten, bogen sich langsam auf.

»Warum sind die Zauberformeln in solche Aufregung geraten?« fragte einer der jüngeren Magier.

Galder zuckte mit den Schultern. Er durfte sich zwar nichts anmerken lassen, aber seine Besorgnis nahm immer mehr zu. Als erfahrener Zauberer der achten Stufe konnte er die undeutlichen Schemen erkennen, die dann und wann in der vibrierenden Luft Gestalt annahmen, ihm zuwinkten und erwartungsvoll grinsten. So wie ganze Schwärme von Stechmücken aufsteigen, wenn ein Gewitter naht, lockten wirklich dichte Ansammlungen magischer Kraft Wesenheiten aus den chaotischen Kerkerdimensionen an — abscheuliche *Dinge* aus wirr angeordneten Organen und Spucke, die ständig nach einer Lücke suchten, durch die sie in die Welt der Menschen gelangen konnten.*

Dem mußte Einhalt geboten werden.

»Ich brauche einen Freiwilligen«, sagte Galder fest.

Niemand gab einen Muckser von sich, und die einzigen Geräusche stammten aus der Kammer: ein leises, dumpfes

---

* Sie sollen hier nicht näher beschrieben werden, denn selbst die hübschesten von ihnen sehen aus wie Kreuzungen zwischen Kraken und Fahrrädern. Es ist allgemein bekannt, daß *Dinge* aus düsteren Welten immerzu versuchen, sich einen Zugang in unsere zu verschaffen, um Unheil zu stiften und kräftig auf den Putz zu hauen.

15

Knacken von Metall, das einer zu großen Belastung ausgesetzt war.

»Na schön«, brummte Galder Wetterwachs. »Wenn das so ist, benötige ich einige silberne Pinzetten, zwei Becher Katzenblut, eine kleine Peitsche und einen Stuhl . . .«

Es heißt, Stille sei das Gegenteil von Lärm. Aber das stimmt nicht. Stille ist nur die Abwesenheit von Geräuschen. Im Vergleich zu der samtenen Implosion von Geräuschlosigkeit, welche die Zauberer mit der Wucht einer auseinanderplatzenden Kuckucksuhr traf, wäre Stille ein geradezu ohrenbetäubender Radau gewesen.

Eine dicke Säule aus flackerndem Licht wuchs aus dem Buch, fraß sich funkenstiebend durch die Decke und verschwand.

Galder starrte zum Loch hoch und ignorierte die schwelenden Stellen in seinem Bart. Mit einer dramatischen Geste hob er den rechten Arm.

»Zum oberen Keller!« rief er und eilte die Treppe hoch. Die Troddeln seiner Pantoffeln schwangen wie Schlegel hin und her, und das Nachthemd wehte wie eine Fahne. Die anderen Zauberer folgten ihm und stolperten übereinander, als jeder versuchte, der letzte zu sein.

Trotzdem trafen sie alle rechtzeitig ein, um zu sehen, wie sich der Feuerball aus okkulter Potentialität durch die Decke des nächsten Zimmers brannte.

»Argh!« stieß der jüngste Zauberer hervor und deutete auf den Boden.

Der Raum hatte zur Bibliothek gehört — bis die Magie hindurchraste und alle Möglichkeitspartikel durcheinanderbrachte. Daher gab es guten Grund anzunehmen, daß sowohl die kleinen purpurnen Wassermolche als auch die Ananassoße zuvor Bücher gewesen waren. Und einige Zauberer schworen später, in dem Orang-Utan, der traurig und kummervoll inmitten des Chaos hockte, den Obersten Bibliothekar erkannt zu haben.

Galder sah nach oben. »Zur Küche!« donnerte er, watete durch die Ananassoße und erreichte kurz darauf die nächste Treppe.

Niemand fand heraus, wozu sich der große gußeiserne Herd verwandelt hatte, denn er war durch die Wand gebrochen und verschwunden, bevor die atemlosen Zauberer ins Zimmer stürmten und sich aus weit aufgerissenen Augen umsahen. Den fürs Gemüse zuständigen Koch entdeckte man nach einer Weile im Suppentopf, und er brabbelte unverständliche Dinge, wie zum Beispiel: »Die Haxen! Die gräßlichen Haxen!«

Die letzten magischen Schwaden trieben weitaus träger als vorher durch die Decke.

»Zum Großen Saal!«

In diesem Bereich war die Treppe wesentlich breiter und besser beleuchtet. Die in aromatischen Ananasduft gehüllten Zauberer keuchten, und die sportlicheren unter ihnen brachten die letzten Stufen hinter sich, als der Feuerball die Mitte der zugigen Kammer erreichte, die das Zentrum der Universität darstellte. Dort verharrte er reglos. Die einzigen Bewegungen stammten von kleinen Auswüchsen, die sich an der Oberfläche bildeten und leise zischten.

Zauberer rauchen, wie jedermann weiß. Das erklärte vermutlich den Chorus aus asthmatischem Husten und Blasebalgschnaufen, der hinter Galder ertönte, als er versuchte, die Lage einzuschätzen. Und überlegte, ob er versuchen sollte, sich nach einem Versteck umzusehen. Er griff nach der Schulter eines ängstlichen Novizen.

»Hol die Seher, Kristallschauer, Weitblicker, Rätseldeuter, Omenbefrager und Kaffeesatzleser aus den Betten!« wies er den Lehrling an. »Dieses Phänomen muß untersucht werden!«

Irgend etwas formte sich im Innern des Feuerballs. Galder schirmte sich die Augen ab und beobachtete, wie der Schatten Konturen gewann. Ja, kein Zweifel: das Universum.

Er war deshalb völlig sicher, weil er in seinem Arbeitszimmer ein entsprechendes Modell aufbewahrte, von dem alle meinten, es sei viel beeindruckender als das Original. Angesichts der Möglichkeiten, die Ihm Staubperlen und silbernes Filigran boten, hatte der Schöpfer nur ratlos mit dem Kopf geschüttelt.

Doch das winzige Universum im Innern des Feuerballs wirkte unheimlich und... nun, echt. Es mangelte ihm nur an Farbe. Galder sah nichts weiter als transparenten, milchigen Dunst.

Kurze Zeit später erkannte er Groß-A'Tuin, die vier Elefanten auf ihrem — oder seinem - Rücken, auch die Scheibenwelt. Sein gegenwärtiger Standort verwehrte ihm einen Blick auf die Oberfläche, was jedoch nichts daran änderte, daß alle Einzelheiten maßstabsgerecht nachgebildet waren. Er bemerkte eine winzige Reproduktion des Massivs Cori Celesti und erinnerte sich an die zänkischen und ein wenig kleinbürgerlichen Götter, die auf dem Gipfel des riesigen Gebirges wohnten, in einem Palast aus Marmor und Alabaster, gekleidet in völlig unmodische, dreiteilige Gewänder aus kitschigem Mokett, die sie in heiliger Geschmacksverirrung als ›Würdentracht‹ bezeichneten. Alle Bewohner der Scheibenwelt, die Wert auf Kultur legten, empfanden es als Ärgernis, daß das Kunstverständnis ihrer Götter nicht über singende Türklingeln hinausging.

Das kleine Embryonenuniversum bewegte sich langsam, neigte sich zur Seite...

Galder versuchte zu schreien, aber er brachte keinen Laut von den Lippen.

Der Schatten dehnte sich zögernd, doch mit der unaufhaltsamen Schicksalhaftigkeit einer Explosion.

Zuerst entsetzt und dann erstaunt sah er zu, wie ihn der Rand des Universums durchdrang, so mühelos wie ein Gedanke. Er streckte die Hand aus, und die geisterhaft blassen Schemen von Hügeln und Bergen glitten in geschäftiger Stille an seinen Fingern vorbei.

Groß-A'Tuin, größer als ein Haus, war bereits im Boden versunken.

Die Zauberer hinter Galder standen bis zu den Hüften in Seen. Wetterwachs bemerkte ein Boot, kleiner als ein Fingerhut, dem er sekundenlang nachstarrte, ehe es von der Strömung durch die Wand getragen wurde. »Zum Dach!« brachte er hervor und deutete zitternd in die Höhe.

Jene Magier, die ihre Hustenanfälle überwunden hatten und noch nicht zu verwirrt waren, um in Panik zu geraten, folgten ihm durch Kontinente, die durch festen Stein schwebten.

Draußen herrschte noch immer die Dunkelheit der Nacht, doch ein fahles Glimmen kündigte den neuen Tag an. Ein sichelförmiger Mond ging gerade unter. Ankh-Morpork, die größte Stadt in der Nähe des Runden Meeres, schlief.

Obwohl, diese Behauptung ist nicht ganz richtig.

Die Bürger der Stadt, die sich normalerweise damit beschäftigten, Gemüse zu verkaufen, Hufeisen zu schmieden, kostbaren Jadeschmuck herzustellen, Geld zu wechseln und Tische zu zimmern, lagen tatsächlich in ihren Betten und träumten süß. Jedenfalls die meisten. Bis auf diejenigen, die an Schlaflosigkeit litten. Oder gerade aufgestanden waren, um auf die Toilette zu gehen. Die anderen Bewohner der Stadt, die nicht ganz soviel von Recht und Ordnung hielten, waren putzmunter. Sie schlichen durch Häuser, in denen sie eigentlich überhaupt nichts zu suchen hatten, schnitten Kehlen durch, prügelten sich und lauschten lauter Musik, die in stickigen Kellern erklang. Mit anderen Worten: Sie hatten mächtig Spaß. Die überwiegende Mehrheit der Tiere schlief. Abgesehen natürlich von den Ratten. Und den Fledermäusen. Was die Insekten betraf . . .

Nun, damit soll folgendes verdeutlicht werden: Allgemein beschreibende Formulierungen sind selten genau, und während Olaf Quimby II. als Patrizier von Ankh herrschte, erließ er ein Gesetz, das derartige Dinge verbot.

Seine Absicht bestand ganz einfach darin, Berichte glaubwürdiger zu machen. Wenn es zum Beispiel in einer Legende von einem kühnen Helden hieß, »alle bewunderten seine Tapferkeit«, so fügte jeder Barde, dem etwas an seinem Leben lag, hastig hinzu: »Bis auf einige Leute in seinem Heimatdorf, die ihn für einen Aufschneider hielten, und viele andere Leute, die noch nie etwas von ihm gehört hatten.« Dichterische Gleichnisse beschränkten sich auf Bemerkungen wie »Sein mächtiges Roß war so schnell wie der Wind an einem recht ruhigen Tag, sagen wir: bei Windstärke drei«. Für unvorsichtige Behauptungen über Prinzessinnen, die so schön gewesen seien, daß sie alle Männer verzauberten, mußten hieb- und stichfeste Beweise vorgelegt werden, etwa die granitene Hand eines zu Stein erstarrten Minnesängers.

Quimby wurde schließlich von einem wütenden Poeten getötet. Er kam bei einem Experiment ums Leben, das auf dem Palastgelände stattfand, um ein Sprichwort zu beweisen: »Die Feder ist mächtiger als das Schwert.« Zu seinem Gedenken erweiterte man es um den Zusatz: »Aber nur, wenn das Schwert sehr klein und die Feder besonders groß und spitz ist.«

Nun gut. Ungefähr siebenundsechzig — vielleicht auch achtundsechzig — Prozent der Stadtbewohner schliefen. Die anderen Bürger, die unterdessen ihren in der Regel ungesetzlichen Geschäften nachgingen, bemerkten nichts von der fahlen Flut, die durch die Straßen strömte. Nur die Zauberer — daran gewöhnt, Unsichtbares zu erkennen — beobachteten, wie sie das Land eintauchte.

Die Scheibenwelt ist flach und hat deshalb keinen richtigen Horizont. Wenn sich abenteuerlustige Seefahrer mit närrischen Vorstellungen von Kugeln auf die Suche nach den Antipoden machen, stellen sie rasch fest, warum ferne Schiffe den Eindruck erwecken, über den Rand der Welt zu fallen. Die Erklärung ist ganz einfach: Sie fallen *wirklich* über die Kante.

Doch in der dunstigen, staubigen Luft war selbst die Reichweite von Galders Blick begrenzt. Er hob den Kopf. Mit seinen achttausendachthundertachtundachtzig Stufen überragte der Turm der Kunst die Universität, und er stand in dem Ruf, das älteste Gebäude auf der ganzen Scheibenwelt zu sein. Vom Zinnendach aus, das Raben und beunruhigend aufmerksamen Wasserspeiern als Treffpunkt diente, konnte der Zauberer bis zum Rand der Scheibe sehen. Nachdem er zuvor etwa zehn Minuten lang hingebungsvoll gekeucht hatte.

»Von wegen«, brummte Galder. »Es hat doch schließlich seine Vorteile, Magier zu sein, oder? Abrakadabra, hol's der Teufel! Ich will fliegen! Herbei, ihr Mächte der Luft und Finsternis!«

Er streckte eine knorrige Hand aus und deutete auf eine bröckelige Stelle der Brustwehr. Oktarine Funken stoben unter seinen nikotingelben Fingernägeln hervor und sausten den verwitterten Steinen weit oben entgegen.

Fels brach und fiel. Mit Hilfe eines genau berechneten Austauschs von Bewegungsmomenten stieg Galder auf, und das Nachthemd flatterte an seinem knochigen Leib. Immer höher schwebte er, raste durch das blasse Glühen, wie ein... In Ordnung, wie ein älterer und mächtiger Zauberer, der emporgerissen wurde, weil er dem Universum an der richtigen Stelle einen Tritt gegeben hatte.

Er landete auf einigen alten Nestern, bemühte sich, Gleichgewicht zu gewinnen und genoß den schwindelerregenden Anblick der Scheibenwelt-Dämmerung.

Zu dieser Zeit des langen Jahres befand sich das Runde Meer fast auf der Sonnenseite Cori Celestis, und als das Tageslicht die steilen Hänge hinabglitt und die Region von Ankh-Morpork erreichte, wuchs der spitze Schatten des Massivs in die Länge, wie der lange Zeiger einer göttlichen Sonnenuhr. Galder kniff die Augen zusammen, als er im Bereich der Nacht eine dünne weiße Front sah, die dem langsamen Licht figürliche Beine machte.

Hinter ihm knarrten trockene Zweige. Als sich der Zauberer umdrehte, fiel sein Blick auf Ymper Trymon, den zweithöchsten Magier des Ordens. Nur Ymper war imstande, ihm auf den Turm zu folgen.

Galder ignorierte ihn einige Sekunden lang, hielt sich vorsichtshalber an der Brustwehr fest und verstärkte seinen persönlichen Schutzzauber. Das Gewerbe der Magie gewährte denjenigen, die ihm nachgingen, für gewöhnlich eine besonders hohe Lebenserwartung, und dieser Umstand erschwerte Beförderungen. Deshalb versuchten jüngere Zauberer häufig, den langen Weg zu Ruhm und Macht abzukürzen, indem sie in die Fußstapfen toter Vorgänger traten und die Stelle des Meisters einnahmen, den sie zuvor — auf mehr oder weniger elegante Weise — umgebracht hatten. Außerdem hielt Galder Trymons Gebahren für in höchstem Maße verdächtig. Er rauchte nicht, trank nur abgekochtes Wasser, und was noch weitaus schlimmer war: Er schien klug und gewitzt zu sein. Er lächelte nicht oft, mochte Zahlen und jene Art von Organisationsdiagrammen, die viele Kästen mit Pfeilen aufwiesen, die auf andere Rechtecke zeigten. Kurz gesagt: Trymon gehörte zu den Männern, die es ernst meinten, wenn sie von ›Personal‹ sprachen.

Die sichtbaren Regionen der Scheibenwelt waren nun mit einem weiß schimmernden Film bedeckt, der sich allen Konturen anpaßte.

Als Galder auf seine Hände starrte, stellte er fest, daß sich ein dünnes Netzwerk aus glänzenden Linien darauf bildete, die allen seinen Bewegungen folgten.

Diesen Zauber kannte er. Er hatte ihn selbst einmal benutzt, in einer kleineren, *wesentlich* beschränkteren Form.

»Es ist der Zauber des Wandels«, sagte Trymon. »Die ganze Welt wird verändert.«

Einige Leute, dachte Galder grimmig, *hätten den Anstand, ein Ausrufezeichen hinter eine solche Bemerkung zu setzen.*

22

Unmittelbar darauf vernahm er ein zartes Zirpen, so als zerbreche das Herz einer an Liebeskummer leidenden Maus.

»Was war das?« fragte er.

Trymon neigte den Kopf zur Seite.

»Cis, glaube ich«, sagte er.

Galder schwieg. Der weiße Glanz verflüchtigte sich, und der Wind trug den beiden Zauberern die ersten Geräusche der erwachenden Stadt entgegen. Nichts schien sich verändert zu haben. *Warum die Mühe, nur um alles so zu lassen, wie es ist?* fuhr es Wetterwachs durch den Sinn.

Er suchte in den Taschen seines Nachthemds und fand das, was er suchte, schließlich hinter dem einen Ohr. Rasch schob er sich den feuchten Stummel zwischen die Lippen, schnippte mit den Finger und beschwor ein magisches Feuer, mit dem er den Zigarettenrest anzündete, und sog so lange, bis farbige Schlieren vor seinen Augen erschienen. Er hustete kurz und blies eine Rauchwolke von sich.

Galder konzentrierte sich und dachte angestrengt nach.

Er versuchte, sich zu erinnern, ob ihm irgendeiner der Götter einen Gefallen schuldete.

Die seltsamen Vorgänge auf der Scheibenwelt verwunderten die Götter ebenso sehr wie die Zauberer, doch selbst wenn sie in der Lage gewesen wären, etwas gegen das seltsame Glühen zu unternehmen (was bezweifelt werden muß): Ihr Hauptaugenmerk galt dem äonenlangen Kampf gegen die Eisriesen, die sich weigerten, ihnen den Rasenmäher zurückzugeben.

Niemand wußte, was sich zugetragen hatte, doch es gab einige Hinweise, und einer davon betraf Rincewind. Bei der Rückschau auf sein vergangenes Leben erreichte er gerade eine recht interessante Stelle, die ihm einen fünfzehnjährigen Knaben zeigte, der erste Erfahrungen in bezug auf das andere Geschlecht sammelte. Und plötzlich mußte er sich der Erkenntnis beugen, daß er gar nicht mehr starb, sondern kopfüber in einer hohen Fichte hing.

Sein Körper gehorchte natürlich dem Gesetz der Schwerkraft, indem er von einem Ast zum nächsten fiel. Jedoch bevor sich Rincewind über diese neue Wendung des Schicksals Gedanken machen konnte, landete er auf zum Glück recht weichem Waldboden, schnappte nach Luft und wünschte sich, ein anständigerer Mensch gewesen zu sein.

Auf irgendeine Art und Weise, so hoffte er, sollte es möglich sein, seine sonderbaren Erlebnisse zu erklären. Im einen Augenblick stirbt man, nach einem Sturz über den Rand der Welt, und im nächsten findet man sich in einer Fichte wieder...

Rincewind runzelte die Stirn.

Und wie immer bei solchen Gelegenheiten rührte sich die Zauberformel in seinem Bewußtsein.

Von seinen Lehrern war er mehrfach darauf hingewiesen worden, in der Kunst der Magier sei er mindestens ebenso geschickt wie Fische beim Bergsteigen. Wahrscheinlich hätte man ihn irgendwann aus der Unsichtbaren Universität verstoßen — er konnte Zaubersprüche nicht im Gedächtnis behalten, und wenn er rauchte, drehte sich ihm der Magen um. Doch richtig problematisch wurde seine Lage erst, als ihm die törichte Idee kam, in das Zimmer mit dem Oktav zu schleichen und einen Blick ins angekettete Buch zu werfen.

Und was alles *noch* schlimmer machte: Niemand vermochte herauszufinden, wer oder was die Vorhängeschlösser vorübergehend entriegelt hatte.

Nun, der Zauberspruch war kein besonders anspruchsvoller Untermieter in Rincewinds Geist. Er hockte einfach nur da, wie eine alte Kröte im Teich. Doch immer dann, wenn sich der Magier müde und abgespannt fühlte — oder wenn er sich fürchtete, wie jetzt —, regte sich die Formel und wollte ausgesprochen werden. Keiner wußte, was geschehen würde, wenn man einen der Acht Großen Zauber-sprüche für sich allein murmelte, doch die meisten Leute vertraten die Ansicht, in einem solchen Fall sei es besser, weit, weit weg zu sein.

Rincewind gewann plötzlich den Eindruck, daß ihn die thaumaturgische Formel am Leben erhalten wollte — eine überraschende Erkenntnis für jemanden, der gerade vom Rand der Welt gestürzt war und auf einem Haufen Fichten-nadeln saß.

»Ist mir ganz recht«, brummte er leise.

Er stemmte sich in die Höhe und beobachtete den Wald. Rincewind kam aus der Stadt; er hatte zwar gehört, daß es Pflanzenkenner gab, die Bäume in verschiedene Gruppen und Untergruppen einteilten, aber sein Wissen beschränk-te sich darauf, daß das dicke Ding, an dem keine Blätter hingen, in den Boden gehörte. Langsam drehte er den Kopf. Hier ragten viel zu viele Stämme in die Höhe, und ihre Anordnung bildete überhaupt kein erkennbares Mu-ster. Außerdem herrschte zwischen ihnen das reinste Chaos. Er nickte grimmig und kam zu dem Schluß, daß der Wald schon seit Äonen nicht mehr gefegt worden war.

Noch etwas anderes fiel ihm ein. Er erinnerte sich an die Behauptung, man könne sich orientieren, indem man fest-stellt, auf welcher Seite eines Stammes Moos wächst. Diese Bäume aber wiesen rundum Moosfladen auf, und darüber hinaus weckten Dutzende von hölzernen Warzen und dürre, verkrüppelte Äste Rincewinds Aufmerksamkeit. *Wenn Bäume wie Menschen sind,* dachte er, *dann gehören sie in Schaukelstühle vor einem warmen Kamin.*

Er versetzte dem nächsten Stamm einen ärgerlichen Tritt. Der Baum reagierte sofort und warf eine wohlgeziel-te Eichel auf ihn herab. »Au!« entfuhr es dem Zauberer. Gleich darauf ertönte eine Stimme, die sich anhörte, als schwinge eine uralte Tür zu. »Geschieht dir ganz recht.«

Eine Zeitlang war es still.

Dann fragte Rincewind: »Hast du das gesagt?«

»Ja.«

»Und das auch?«

»Ja.«

»Oh.« Er dachte kurz nach und fügte schließlich hinzu: »Ich nehme an, du weißt nicht zufällig, vielleicht, äh, möglicherweise den Weg aus dem Wald?«

»Nein«, sagte der Baum. »Ich komme nicht viel herum.«

»Scheint ein ziemlich langweiliges Leben zu sein.«

»Keine Ahnung«, erwiderte der Baum. »Ich kenne kein anderes, bin immer nur ein Baum gewesen.«

Rincewind sah ihn sich genauer an. Der Stamm wirkte völlig normal, ebenso die Zweige und Blätter.

»Bist du ein magisches Wesen?« erkundigte er sich.

»So eine Frage hat man mir noch nie gestellt«, antwortete der Baum. »Nun, ich glaube schon.«

Es ist unmöglich, mit einem Baum zu sprechen, überlegte Rincewind. *Wenn ich anfange, mich mit Bäumen zu unterhalten, bin ich verrückt. Und da ich nicht verrückt bin, können Bäume nicht reden.*

Beeindruckt von seiner Logik sagte er: »Leb wohl.«

»He, geh noch nicht fort«, sagte der Baum, begriff dann aber die Nutzlosigkeit seiner Bemühungen. Er sah Rincewind nach, der durchs Gebüsch davonstapfte, konzentrierte sich dann wieder auf seine Empfindungen, spürte das Licht der Sonne auf den Blättern; lauschte dem leisen Gurgeln des Wassers, das über die Wurzeln plätscherte, fühlte, wie in den Kapillaren Saft emporstieg, der dem Wechselspiel von Sonne und Mond folgte. *Ein langweiliges Leben,* dachte er. *Wie seltsam. Natürlich ist uns Bäumen manchmal langweilig. Kein Wunder, wenn man dauernd an einer Stelle steht. Aber das ganze Leben?* Und dann: *Werde ich jemals etwas anderes sein?*

Zwar sprach Rincewind nie wieder mit diesem einen Baum, aber das kurze Gespräch legte den Grundstein für die erste Baum-Religion, die sich im Laufe der Zeit in allen Wäldern auf der Scheibenwelt ausbreitete. Ihr Glaubens-

satz lautete folgendermaßen: Ein Baum, der ein anständiges und tadelloses Leben führt, sich niemals etwas
zuschulden kommen läßt, kann auf ein Leben nach dem
Tod hoffen. Wenn er keine Sünde auf sich lädt, wird er in
Form von fünftausend Rollen Toilettenpapier wiedergebo-
ren.

Einige Meilen entfernt überwand Zweiblum allmählich
seine Überraschung angesichts der unverhofften Rückkehr
zur Scheibenwelt. Er hockte auf der Hülle des Mächtigen
Reisenden, der durch die dunklen Wasser eines großen
und von Bäumen gesäumten Sees tauchte.

Seltsamerweise machte er sich keine besonderen Sorgen.
Zweiblum war Tourist, der erste Vertreter dieser neuen
Spezies, die sich nur sehr zögernd in den Scheiben-Regio-
nen entwickelte. Seine ganze Existenz gründete sich auf die
unerschütterliche Überzeugung, daß ihm eigentlich nichts
wirklich Schlimmes zustoßen konnte, weil er sich mit der
Rolle eines *Beobachters* zufriedengab. Er glaubte auch,
daß ihn alle Leute verstanden, wenn er laut und deutlich
sprach, hielt Fremde zunächst immer für vertrauenswürdig
und meinte, mit gutem Willen und vernünftigem Verhalten
ließen sich alle Probleme lösen.

Im Prinzip verlieh ihm diese Einstellung eine Überlebens-
chance, die kaum größer war als die einer Seifenblase,
aber Rincewind mußte immer wieder verblüfft zur Kenntnis nehmen, daß Zweiblums Philosophie funktionierte.
Wenn er mit irgendeiner Gefahr konfrontiert wurde, reagierte er mit solcher Gelassenheit, daß die Gefahr den Mut
verlor, aufgab und verschwand.

Allein der Umstand, daß er nicht mehr atmen konnte,
brachte Zweiblum nicht aus der Fassung. Er vertrat die
Auffassung, eine moderne Gesellschaft ließe es bestimmt
nicht zu, daß Leute einfach so ertranken.

Die einzigen Sorgen, die er sich machte, betrafen sein
Gepäck. Trost spendete ihm die Erinnerung, daß der Kof-

27

fer aus intelligentem Birnbaumholz bestand und klug
genug war, allein zurechtzukommen...

In einem anderen Teil des Waldes unterzog sich ein junger
Schamane gerade einem höchst bedeutsamen Teil seiner
Ausbildung. Er verspeiste den sakralen Pilz, rauchte das
heilige Rhizom, puderte sich sorgfältig ein und schob sich
die mystischen Kräuter und Beeren in verschiedene Körper-
öffnungen. Anschließend nahm er mit überkreuzten Beinen unter einer Kiefer Platz und konzentrierte sich zunächst darauf, eine Verbindung zu den ebenso sonderbaren wie wundervollen Geheimnissen im Herzen des Seins
herzustellen. Doch schon nach kurzer Zeit richtete sich
sein Bemühen vor allen Dingen darauf, seinen Kopf am
Auseinanderplatzen zu hindern: Der obere Teil des Schä-
dels schien bestrebt zu sein, abzuheben und fortzufliegen.
Blaue vierseitige Dreiecke zogen brennend durch sein
Blickfeld. In unregelmäßigen Abständen rang er sich ein
wissendes Lächeln ab und gab so ausdrucksvolle Laute wie
»Oh!« und »Ah!« von sich.
Irgend etwas bewegte sich vor ihm in der Luft, und unmittelbar darauf entstand ein Phänomen, das der junge
Schamane später folgendermaßen beschrieb: »Eine Art Explosion, die umgekehrt verlief, du weißt schon, was ich
meine.« Plötzlich materialisierte sich dort, wo zuvor nur
Leere gewesen war, eine große und ziemlich mitgenommen
aussehende Holzkiste.
Mit einem dumpfen Pochen fiel sie ins welke Laub,
streckte Dutzende von kleinen Beinen aus, drehte sich
schwerfällig um und sah den Schamanen an. Nun, sie hatte
natürlich kein Gesicht, aber trotz des mykologischen Dun-
stes, der vor ihm wallte, zweifelte der junge Mann nicht
daran, daß die Kiste ihren Blick auf ihn richtete. Und einen
ziemlich finsteren noch dazu. Es ist erstaunlich, wie unheilvoll ein Schlüsselloch und mehrere Spangen aussehen können.

Tiefe Erleichterung durchströmte ihn, als der Koffer auf für Truhen typische Art und Weise mit den hölzernen Achseln zuckte, sich umwandte und in langsamem Galopp davonstürmte.

Mit einer übermenschlichen Anstrengung gelang es dem Schamanen, aufzustehen und einige Schritte zu gehen. Nach wenigen Metern blieb er wieder stehen, starrte zu Boden und gab die Verfolgung auf, da er plötzlich glaubte, keine Beine mehr zu haben.

Unterdessen hatte Rincewind einen Pfad gefunden. Er verlief nicht gerade, beschrieb immer wieder Kurven, die den Zauberer störten, und außerdem fehlte ihm ein anständiges Kopfsteinpflaster. Aber immerhin gab er ihm die Möglichkeit, sich die Zeit zu vertreiben.

Einige Bäume versuchten, ihn in ein Gespräch zu verwickeln, aber inzwischen war Rincewind so gut wie sicher, daß es sich dabei keineswegs um eine charakteristische Verhaltensweise von Bäumen handelte, und deshalb beachtete er sie nicht.

Stunden verstrichen. Um ihn herum herrschte Stille, abgesehen vom Summen lästiger Insekten, die ihn dauernd zu stechen versuchten, dem gelegentlichen Knacken eines herabfallenden Zweigs und dem Flüstern der Bäume, die sich über Religion und den Ärger mit Eichhörnchen unterhielten. Rincewind begann sich sehr einsam zu fühlen. Er stellte sich vor, wie er für immer und ewig durch den Wald irrte, auf Blättern schlief und sich von, von... von den Dingen ernährte, die ihm ein solcher Ort anbot. *Bäume*, dachte er und schnitt eine Grimasse. *Nüsse und Beeren*. Vermutlich blieb ihm nichts anderes übrig, als...

»Rincewind!«

Er hob den Kopf und sah Zweiblum, der über den Weg wanderte — platschnaß und ganz offensichtlich quietschvergnügt. Hinter ihm lief der Koffer wie ein treuer Hund. (Alle Gegenstände, die aus diesem Holz hergestellt sind, folgen ihren Eigentümern überallhin: Es wurde oft benutzt, um Koffer für die Grabbeilagen sehr reicher Könige anzufertigen, die ihr Leben im Jenseits nicht ohne frische Unterwäsche beginnen wollten.)

Rincewind seufzte. Bisher hatte er angenommen, der Tag könne nicht noch schlimmer werden.

Ein besonders nasser und kalter Regen fiel. Rincewind und Zweiblum saßen unter einem Baum und beobachteten ihn.

»Rincewind?«

»Hm?«

»Warum sind wir hier?«

»Nun, manche Leute meinen, der Schöpfer des Universums habe die Scheibenwelt und alles darauf geschaffen. Andere sind der Ansicht, es sei eine sehr komplizierte Geschichte, bei der es angeblich um die Hoden des Himmelsgottes und die Milch der Himmlischen Kuh geht. Einige behaupten, wir verdanken unsere Existenz nur der völlig zufälligen Zunahme von Wahrscheinlichkeitspartikeln. Aber wenn du fragst, warum wir uns *hier* befinden, obgleich wir vom Rand der Scheibe gefallen sind... Nun, ich habe nicht die geringste Ahnung. Vermutlich ist alles nur ein dummes Versehen.«

»Oh. Glaubst du, in diesem Wald gibt es irgend etwas zu essen?«

»Ja«, erwiderte der Zauberer bitter. »Uns.«

»Ich habe einige Eicheln, wenn ihr möchtet«, sagte der Baum freundlich.

Einige Sekunden lang herrschte regenfeuchte Stille.

»Rincewind, der Baum sagte gerade...«

»Bäume können nicht sprechen«, unterbrach ihn Rincewind nervös. »Es ist sehr wichtig, das nicht zu vergessen.«

»Aber du hast doch gehört, wie er...«

Rincewind seufzte. »Hör mal«, brummte er. »Im Grunde genommen handelt es sich doch um ein biologisches Problem, nicht wahr? Wenn man reden will, braucht man die dafür notwendige organische Ausrüstung, zum Beispiel Lungen, Lippen und...«

»Stimmbänder«, warf der Baum ein.

»Ja, genau«, bestätigte Rincewind. Er gab keinen Ton mehr von sich und starrte mißmutig in den Regen.

»Ich dachte, Zauberer wüßten alles über Bäume, das Leben in der Wildnis und dergleichen«, sagte Zweiblum vorwurfsvoll. Normalerweise kam in seinem Tonfall immer zum Ausdruck, daß er Rincewind für einen außerordentlich fähigen und kompetenten Magier hielt, doch diesmal vibrierte Zweifel in der Stimme des Touristen. Rincewind sah sofort seine Ehre bedroht.

»Das stimmt auch«, versicherte er.

»Dann sag mir, was das dort für ein Baum ist.« Zweiblum streckte die Hand aus, und Rincewind hob den Kopf.

»Buche«, erwiderte er fest.

»Nun, um ganz genau zu sein...« begann der Baum, brach aber ab, als er den Blick des Zauberers bemerkte.

»Seltsam: Die Früchte sehen aus wie Eicheln«, sagte der Tourist.

»Tja, äh, es handelt sich um die sessile beziehungsweise ungestielte Abart«, meinte Rincewind. »Die Bucheckern weisen tatsächlich eine große Ähnlichkeit mit Eicheln auf. Sie führen praktisch alle hinters Licht.«

»Donnerwetter!« entfuhr es Zweiblum. »Und der Busch dort drüben?«

»Mistel.«

»Aber die Dornen und roten Beeren...«

»Na und?« entgegnete Rincewind streng und sah den Touristen scharf an. Nach einer Weile starrte Zweiblum zu Boden.

»Nichts weiter«, sagte er schüchtern. »Wahrscheinlich habe ich mich geirrt.«

»Mit ziemlicher Sicherheit.«

»Aber darunter wachsen einige große Pilze. Kann man sie essen?«

Rincewind betrachtete sie vorsichtig. Sie waren in der Tat recht groß, und auf ihren breiten roten Hüten glänzten weiße Flecken. Der Zauberer wußte es natürlich nicht, aber sie gehörten zu einer Art, die der Waldschamane (der einige Meilen entfernt gerade versuchte, mit einem Felsen Freundschaft zu schließen) nur dann verspeiste, wenn er sich zuvor an einem großen und besonders schweren Stein festgebunden hatte. Schließlich seufzte Rincewind, trat in den Regen und sah sich die Pilze genauer an.

Er kniete sich ins Laub und spähte unter einen Hut. Nach einigen Sekunden schluckte er und brummte unsicher: »Ich glaube, wir sollten sie von unserem Speisezettel streichen.«

»Warum?« rief Zweiblum. »Sind die Lamellen nicht gelb genug?«

»Doch, das schon.«

»Die Stiele«, sagte der Tourist. »Ich schätze, mit den Stielen ist etwas nicht in Ordnung.«

»Nun, eigentlich sehen sie ganz normal aus.«

»Der Hut«, platzte es aus dem Touristen heraus. Er strahlte. »Der Hut hat die falsche Farbe.«

»Da bin ich mir nicht ganz sicher.«

»Na schön: *Warum* können wir sie nicht essen?«

Rincewind hustete. »Wegen der winzigen Türen und Fenster«, ächzte er. »Es sind keine gewöhnlichen Pilze, sondern kleine Häuser.«

Donner grollte über die Unsichtbare Universität. Regen strömte auf die Dächer herab und gurgelte aus den Wasserspeiern. Das heißt: nicht aus allen. Zwei der schlaueren von ihnen hatten sich unter dem Durcheinander aus Schindeln in Sicherheit gebracht; sie zogen es vor, im Trocknen zu sitzen.

Weit unten, im Großen Saal, standen die acht mächtigsten Magier der Scheibenwelt an den Spitzen eines zeremoniellen Oktagramms. Nun, die Wahrheit ist: Eigentlich waren sie gar nicht die mächtigsten, aber sie verfügten über große Erfahrungen in der Kunst des Überlebens, und angesichts der großen Konkurrenz auf dem Gebiet der Thaumaturgie lief das aufs gleiche hinaus. Hinter jedem Zauberer der achten Stufe warteten mehrere des siebten Rangs und versuchten ständig, seinen Posten einzunehmen. Ältere Beschwörer mußten, um den nächsten Geburtstag feiern zu können, einen besonderen Spürsinn entwickeln, zum Beispiel in Hinsicht auf giftige Skorpione in ihren Betten. Ein altes Sprichwort beschrieb ihre Lage recht treffend: Wenn ein Zauberer müde wird, nach Glassplittern in seinem Essen zu suchen, ist er des Lebens überdrüssig.

Der älteste Magier, Grauhalt Spold von den Uralten und Einzig Wahren Weisen des Ungebrochenen Kreises, stützte sich schwer auf seinen dicken Stock und sprach folgende Worte:

»Beeil dich, Wetterwachs. Mir tun die Füße weh.«

Galder hatte nur eine dramatische Pause eingelegt, um eine angemessene Stimmung entstehen zu lassen. Er warf Grauhalt einen finsteren Blick zu.

»Nun gut. Ich will mich kurz fassen...«

»Dafür wäre ich dir sehr dankbar.«

»Wir alle haben um Rat gesucht, was die Ereignisse von heute morgen betrifft. Kann irgend jemand von uns behaupten, eine Antwort auf diese Fragen gefunden zu haben?«

Die Zauberer wechselten argwöhnische Blicke. Nur bei einer Aufsichtsratssitzung zum Zwecke der Profitverteilung herrschte ebenso großes gegenseitiges Mißtrauen wie bei der Versammlung älterer Beschwörer. Andererseits: Sie alle hatten einen anstrengenden und überaus enttäuschenden Tag hinter sich, und so etwas schlägt aufs Gemüt. Normalerweise recht informative Dämonen, die aus den Kerkerdimensionen herbeigerufen wurden, zuckten mit schuppenbesetzten oder horngepanzerten Achseln und weigerten sich hartnäckig, Auskunft zu geben. Magische Spiegel zerbrachen. Tarotkarten verloren auf rätselhafte Weise ihre Symbole. Kristallkugeln zeigten nichts weiter als grauen Dunst. Selbst Teeblätter, von Zauberern für gewöhnlich als banal und wenig vertrauenswürdig geschmäht, rührten sich nicht mehr von der Stelle, wenn man die Tassen austrank.

Mit anderen Worten: Die Magier wußten nicht mehr ein noch aus. Galder Wetterwachs bemerkte die Verlegenheit seiner Kollegen und nickte.

»Dann schlage ich hiermit das Ritual von AshkEnte vor«, sagte er in einem bedeutungsschwangeren Tonfall.

Er mußte sich eingestehen, daß er mit einer ganz bestimmten Reaktion rechnete, mit Bemerkungen wie: »Nein, nicht das Ritual von AshkEnte! Der Mensch ist nicht dazu bestimmt, sich in solche Dinge einzumischen!«

Doch zu seiner großen Überraschung hörte er zustimmendes Gemurmel.

»Gute Idee.«

»Klingt vernünftig.«

»Laßt uns gleich damit anfangen.«

Zögernd und ein wenig verwirrt beauftragte Galder einige jüngere Zauberer damit, verschiedene magische Werkzeuge in den Saal zu bringen.

Es wurde bereits angedeutet, daß zu jener Zeit in der magischen Bruderschaft erste Meinungsverschiedenheiten über die angemessene Praktizierung von Zauberei entstanden.

Insbesondere jüngere Thaumaturgen vertraten die Ansicht, es sei geboten, das Image der Magie zu verbessern. Sie meinten, das Herumpfuschen mit Wachs und Knochen müsse ein Ende finden, sprachen sich dafür aus, den thaumaturgischen Forschungen eine moderne Basis zu geben. Dabei dachten sie an umfangreiche Entwicklungsprogramme und dreitägige Konferenzen in guten Hotels, bei denen sie magisch-wissenschaftliche Magazine mit Titeln wie ›Ist die Geomantie überholt?‹ und ›Die Bedeutung von Siebenmeilenstiefeln in der präindustriellen Gesellschaft‹ lesen konnten.

Trymon, zum Beispiel, beschwor seit einer Weile kaum noch Magie und beschäftigte sich in erster Linie damit, den Orden mit Sanduhr-Präzision zu leiten und dauernd irgendwelche interne Mitteilungen zu schreiben. In seinem Arbeitszimmer hing eine große Karte mit vielen bunten Stecknadeln, kleinen Fähnchen und einem komplexen Liniengewirr. Niemand verstand, was sie darstellen sollte, aber auf alle wirkte sie höchst beeindruckend.

Die traditionelleren Zauberer hingegen hielten so etwas für progressiven Firlefanz und bestanden darauf, echte Magie erfordere kleine Wachsfiguren, in die man Nadeln stechen könne.

Die Oberhäupter der acht Orden gehörten zu dieser streng orthodoxen Glaubensrichtung, und die Utensilien, die ihre Novizen am Rande des Oktogramms aufhäuften, erweckten einen sehr ernsten, okkulten Eindruck. Überall lagen Widderhörner, bleiche Totenschädel, verschnörkeltes Metall und dicke Kerzen — obgleich einige jüngere Magier herausgefunden hatten, daß man das Ritual von Ashk-Ente problemlos mit drei kleinen Holzstücken und vier Kubikzentimetern Mausblut durchführen konnte.

Normalerweise dauerten die Vorbereitungen mehrere Stunden, aber die vereinte Kraft der älteren Thaumaturgen verkürzte diese Zeit erheblich. Nach nur vierzig Minuten intonierte Galder die letzten Worte der Zauberformel. Sie schwebten einige Sekunden lang vor ihm und lösten sich schließlich in Nichts auf.

Die Luft dicht über dem Oktogramm schimmerte und verdichtete sich, und plötzlich entstanden die Konturen einer großen, dunklen Gestalt. Eine schwarze Kutte samt Kapuze verhüllte den größten Teil des Körpers, und das war auch besser so. In der einen Hand hielt der Unbekannte eine lange Sense, und selbst den kurzsichtigen Magiern entging nicht, daß die Finger nur aus weißen Knochen bestanden.

In der anderen Hand sah Galder einige Käsewürfel und eine Ananasscheibe am Spieß.

»NUN?« fragte der Tod mit einer Stimme, die kälter war als ein Eisberg. Er bemerkte die verwunderten Blicke der Magier und sah auf den Käse.

»ICH HABE GERADE EINE PARTY BESUCHT«, fügte er ein wenig vorwurfsvoll hinzu.

»O Geschöpf der Erde und der Finsternis, wir beschwören dich, uns gnädig...«, begann Galder in einem festen, gebieterischen Tonfall. Tod nickte.

»JA, JA, DAS KENNE ICH SCHON«, sagte er. »WARUM HAST DU MICH HIERHER GERUFEN?«

»Es heißt, du könntest in Vergangenheit und Zukunft sehen«, erwiderte Galder eingeschnappt. Er legte großen Wert auf die Bannrede, da viele Leute meinten, er trüge sie besonders gut vor.

»DAS STIMMT HAARGENAU.«

»Würdest du uns dann bitte mitteilen, was heute morgen geschah?« fuhr Galder fort. Er straffte seine Gestalt, holte tief Luft und rief: »Ich befehle dir im Namen Azimroths, T'chikels...«

»IN ORDNUNG, ICH WEISS BESCHEID«, sagte Tod. »WAS GENAU MÖCHTEST DU WISSEN? HEUTE MORGEN EREIGNETEN SICH ZIEMLICH VIELE DINGE. MENSCHEN WURDEN GEBOREN UND STARBEN. DIE BÄUME WURDEN EIN WENIG GRÖSSER, UND DIE WELLEN DES RUNDEN MEERS FORMTEN EIN RECHT INTERESSANTES MUSTER...«

»Ich meine das Oktav«, unterbrach ihn Galder kühl.

»ACH, DAS. NUN, DABEI HANDELTE ES SICH NUR UM EINE NEUORDNUNG DER REALITÄT. WIE ICH HÖRTE, WAR DAS OKTAV BESTREBT, NICHT DEN ACHTEN ZAUBERSPRUCH ZU VERLIEREN. ALLEM ANSCHEIN NACH FIEL ER ÜBER DEN RAND DER WELT.«

»Einen Augenblick«, brummte Galder. Er kratzte sich

am Kinn. »Geht es um den Zauberspruch, der sich im Kopf Rincewinds befindet? Ein großer, dünner Mann, fast dürr. Derjenige...«

»...DER DIE FORMEL WÄHREND ALL DER JAHRE MIT SICH HERUMGETRAGEN HAT, JA.«

Galder runzelte die Stirn. Die Neuordnung der Realität stellte eine ziemliche Mühe dar, die eigentlich gar nicht nötig war. Jedermann wußte, daß der Tod eines Magiers alle Zaubersprüche in seinem Gedächtnis freisetzte. Warum also die Rettung Ricewinds? Die Formel wäre gewiß zur Scheibenwelt zurückgekehrt.

»Und warum?« fragte Galder geistesabwesend, erinnerte sich gerade noch rechtzeitig und fügte rasch hinzu. »Bei Yrriph und Kcharla, ich beschwöre dich...«

»ICH WÜNSCHTE, DU WÜRDEST ENDLICH AUF DIESEN UNSINN VERZICHTEN«, seufzte Tod. »ICH KANN DIR NUR FOLGENDES SAGEN: ALLE ACHT ZAUBERSPRÜCHE MÜSSEN AM NÄCHSTEN SILVE-STER AUSGESPROCHEN WERDEN, SONST WIRD DIE SCHEIBENWELT VERNICHTET.«

»Was soll das denn heißen?« warf Grauhalt Spold ein.

»Sei still!« sagte Galder.

»WER? ICH?«

»Nein, er. Verkalkter alter...«

»Das habe ich gehört!« zischte Spold. »Ihr jungen Leute...« Er brach ab. Tod musterte ihn nachdenklich, so als wolle er sich sein Gesicht einprägen.

»Äh«, machte Galder, »wiederhol deine letzten Worte bitte. Sonst wird die Scheibenwelt... was?«

»VERNICHTET«, sagte Tod. »KANN ICH JETZT GEHEN? ICH HABE MEIN GLAS GLÜHWEIN STEHEN-LASSEN.«

»Nein, warte«, erwiderte Galder hastig. »Bei Cheliliki, Orizon und so weiter: Was meinst du mit ›vernichtet‹?«

»ES IST EINE URALTE PROPHEZEIUNG, DIE AN DEN INNENWÄNDEN DER GROSSEN PYRAMIDE

VON TSORT GESCHRIEBEN STEHT. UND DER AUS-
DRUCK ›VERNICHTET‹ ERSCHEINT MIR KLAR UND
EINDEUTIG.«

»Mehr kannst du uns nicht mitteilen?«

»NEIN.«

»Aber bis Silvester sind es nur noch zwei Monate!«

»JA.«

»Sag uns wenigstens, wo sich Rincewind derzeit auf-
hält.«

Tod zuckte mit den Schultern. Diese Geste wirkte bei
ihm besonders imposant.

»IM WALD VON SKUND, RANDWÄRTS, VON DEN
SPITZHORNBERGEN AUS GESEHEN.«

»Was macht er da?«

»ER IST DAMIT BESCHÄFTIGT, SICH SELBST ZU
BEMITLEIDEN.«

»Oh.«

»KANN ICH JETZT ENDLICH ZURÜCK?«

Galder nickte gedankenverloren. Betrübt dachte er ans
Verbannungsritual, das mit folgenden Worten begann:
»Hinfort mit dir, Dämon aus dem Reich der Acht Teufel.«
Er kannte einige sehr gut klingende Passagen, und in der
Regel nutzte er jede Gelegenheit, um sein rhetorisches
Talent zu beweisen. Diesmal aber fehlte ihm der nötige
Enthusiasmus.

»Oh, ja«, sagte er. »Ja, vielen Dank.« Und da er es für
wichtig hielt, sich auch unter den Geschöpfen der Nacht
keine Feinde zu machen, fügte er höflich hinzu: »Ich hoffe,
es ist eine gute Party.«

Tod gab keine Antwort. Er starrte Spold an, wie ein
Hund, der einen leckeren Knochen sieht — obwohl es in
diesem Fall eher umgekehrt war.

»Ich sagte: Ich hoffe, es ist eine gute Party«, wiederholte
Galder etwas lauter.

»IM AUGENBLICK HERRSCHT EINE PRÄCHTIGE
STIMMUNG«, antwortete Tod gelassen. »ABER ICH

SCHÄTZE, DAS WIRD SICH SPÄTESTENS UM MIT-
TERNACHT ÄNDERN.«

»Warum?«

»DANN ERWARTEN DIE ANDEREN VON MIR,
DASS ICH MEINE MASKE ABLEGE.«

Im Anschluß an diese Worte entschwand er, ließ nur
den leeren Cocktailspieß und ein wenig Konfetti zurück.

Ein heimlicher Beobachter hatte das Gespräch belauscht.
Das war natürlich gegen die Regeln, aber Trymon vertrat
schon seit einer ganzen Weile die Auffassung, es sei wesentlich angenehmer, Vorschriften zu erlassen, als sich
daran zu halten.

Bevor die acht älteren Zauberer den Großen Saal verließen, um mit einer ernsthaften Diskussion über die Auskünfte des Tods zu beginnen, suchte Trymon die Hauptbi-
bliothek der Unsichtbaren Universität auf.

Er betrat leise den ehrfurchtgebietenden Ort. Viele der
Bücher betrafen magische Geheimnisse, und in diesem Zusammenhang sollte man eins beachten: In den Händen
eines ordnungsliebenden Bibliothekars sind sie in höchstem Maße gefährlich, denn er wird dazu neigen, sie alle in
ein Regal zu stellen. Was keine besonders gute Idee ist,
wenn es um Bände geht, aus denen thaumaturgische Energie quillt: Wenn sich zwei oder drei in unmittelbarer Nach-
barschaft befinden, können sie eine kritische Schwarze
Masse bilden. Außerdem achten viele der weniger wichtigen Zaubersprüche darauf, welche Gesellschaft sie pflegen, und ihr Protest besteht häufig darin, daß sie andere
Bücher durchs Zimmer schleudern. Hinzu kommen natürlich noch die vagen Präsenzen der *Dinge* aus den Kerkerdimensionen, die sich an den magischen Lecks zusammen-
drängen und in den Mauern der Realität ständig nach Lük-
ken suchen.

Daraus folgt, daß der Beruf eines magischen Bibliothekars, der seine Arbeitszeit in einer mit thaumaturgischer

Kraft aufgeladenen Atmosphäre verbringt, mit nicht unerheblichen Risiken behaftet ist.

Nun, der Oberste Bibliothekar saß auf seinem Schreibtisch, schälte gerade eine Orange und war sich der Gefahren sehr wohl bewußt.

Er sah auf, als Trymon eintrat.

»Ich möchte alle Berichte, die wir über die Pyramide von Tsort haben«, sagte der Zauberer. Er hatte sich vorbereitet und zog eine Banane aus der Tasche.

Der Bibliothekar betrachtete sie traurig und sprang zu Boden. Trymon spürte, wie ihn eine weiche Hand berührte, um ihn an den Regalen entlangzuführen. Das Wesen neben ihm watschelte, wankte dabei immer wieder von einer Seite zur anderen. Dann und wann sträubte sich sein dichter Pelz.

Um sie herum zischten die Bücher, und dann und wann stoben glitzernde Funken auf. Manchmal flammte eine Entladung purer magischer Energie über die speziellen Blitzableiter, die an den Regalen befestigt waren. Ein metallisch blauer Geruch lag in der Luft, und in der Ferne flüsterten die gräßlichen Wesenheiten aus den Kerkerdimensionen.

Wie viele andere Teile der Unsichtbaren Universität beanspruchte die Bibliothek weitaus mehr Platz, als die äußeren Abmessungen vermuten ließen. Magie krümmt den Raum auf eine sehr seltsame Art und Weise, und wahrscheinlich war dies die einzige Bibliothek im ganzen Universum, die Möbius-Regale aufwies. Doch der tadellose geistige Katalog des Bücherhüters sorgte dafür, daß er nie die Übersicht verlor. Er verharrte vor einem schwindelerregend hohen Stapel, hangelte sich mit erstaunlichem Geschick an einem wackligen Gestell empor und verschwand in der Dunkelheit. Kurz darauf raschelte Papier, und eine dichte Staubwolke schwebte zu Trymon herab. Dann kehrte der Bibliothekar mit einem dünnen Band zurück.

»Ugh«, sagte er.

Trymon nahm ihn vorsichtig entgegen.

Der Deckel war brüchig und zerknittert, und nur einige kleine Partikel erinnerten an das Blattgold der Aufschrift. Trymon konzentrierte sich auf die darunter zurückgebliebenen blassen Flecken und las einige Worte in der alten magischen Sprache des Tsort-Tals: *D'r Goss Teimp'l ffo Tsort — Aine Mistysch G'schikkte.*

»Ugh?« fragte der Bibliothekar diensteifrig.

Trymon blätterte vorsichtig. In fremden Sprachen kannte er sich nicht sonderlich gut aus, sah in ihnen ein Hindernis für die Verständigung zwischen verschiedenen Kulturen. Er hielt es für besser, eine Art internationale Kommunikationsnorm zu schaffen, die auf einem logischen Zahlsystem basierte, das keinen Platz für Mißverständnisse und Fehlinterpretationen ließ. Deshalb schlug sein Herz sofort höher, als er ganze Seiten mit herrlich eindeutigen Hieroglyphen entdeckte.

»Ist dies das einzige Buch über die Pyramide von Tsort?« fragte er langsam.

»Ugh.«

»Bist du ganz sicher?«

»Ugh.«

Trymon spitze die Ohren. Vom Treppenhaus her vernahm er das Schlurfen sich langsam nähernder Schritte, begleitet von Stimmen, die gegenseitig ihre fachliche Kompetenz in Frage stellten. Der Zauberer lächelte dünn: Auch darauf war er vorbereitet.

Erneut griff er in die Tasche.

»Möchtest du noch eine Banane?« fragte er den Bibliothekar.

Der Wald von Skund war tatsächlich verzaubert, wie die meisten Dinge auf der Scheibenwelt. Außerdem gab es im Rest des Universums sicher keinen anderen Wald, der »Die Finger weg, du Blödmann!« hieß — so lautete die wörtliche Übersetzung des Wortes ›Skund‹.

Bedauerlicherweise fand diese Art der Namensgebung eine breite Anwendung. Als die ersten Forschungsreisenden aus den warmen Regionen im Bereich des Runden Meers das kühle Hinterland erreichten, füllten sie die weißen Stellen auf ihren Karten auf folgende Weise: Sie schnappten sich den nächsten Einheimischen, deuteten auf irgendeinen Teil der Landschaft, sprachen laut und deutlich und schrieben die verwirrte (und manchmal auch ärgerliche) Antwort des Befragten nieder. Aus diesem Grund enthielten die Atlanten seit zahllosen Generationen eher seltsame geografische Angaben wie: Nur ein Berg, was soll's? und natürlich, Finger weg, du Blödmann.

Regenwolken hingen über den kahlen Oolskunrahod-Höhen (Wer ist der Narr, der nicht weiß, was ein Berg ist?), und der Koffer machte es sich unter einem tropfnassen Baum bequem, der vergeblich versuchte, ein Gespräch mit ihm zu beginnen. Zweiblum und Rincewind stritten sich miteinander. Der winzige Mann, um den es dabei ging, hockte auf seinem Pilz und hörte fasziniert zu. Er sah wie jemand aus, der wie jemand roch, der in einem Pilz wohnte — und das beunruhigte den Touristen.

»Warum hat er denn keine rote Mütze?«

Rincewind zögerte und fragte sich mit wachsender Verzweiflung, worauf Zweiblum hinauswollte.

Schließlich gab er auf. »Was?« erwiderte er.

»Er müßte eigentlich eine rote Mütze tragen«, beharrte Zweiblum. »Und er sollte sauberer und, und... und fröhlicher sein. Gnome habe ich mir immer anders vorgestellt.«

»Was soll das heißen?«

»Nimm nur den Bart«, sagte Zweiblum ernst. »Ich habe Ziegen mit wesentlich längeren und hübscheren gesehen.«

»Meine Güte!« brummte Rincewind. »Er ist fünfzehn Zentimeter groß und wohnt in einem Pilz. Diese Beschreibung trifft haargenau auf Gnome zu.«

»Vielleicht will er sich damit nur tarnen.«

Rincewind beobachtete den Gnom aus zusammengekniffenen Augen.

»Entschuldige bitte«, sagte er, griff nach dem Arm des Touristen und führte ihn auf die andere Seite der Lichtung.

»Jetzt hör mir mal gut zu«, preßte Rincewind zwischen zusammengebissenen Zähnen hervor. »Wenn er fünf Meter groß wäre und behauptete, ein Riese zu sein — hieltest du ihn dann für einen Kobold?«

»Vielleicht für einen Kobold, der auf Stelzen steht«, erwiderte Zweiblum trotzig.

»*Lieber* Himmel«, ächzte Rincewind und sah zu der winzigen Gestalt zurück, die mit hingebungsvollem Eifer in der Nase bohrte. »Gnome, Riesen, Kobolde, Feen, Elfen, von mir aus auch Klabautermänner und Waldschrate — entscheide dich. Du hast die freie Wahl.«

Zweiblum schürzte die Lippen. »Elfen kommen nicht in Frage«, erwiderte er fest. »Sie tragen grüne Kleidung, haben spitze Ohren und kleine Antennen am Kopf. Ich kenne sie von Bildern.«

»Von welchen Bildern?«

Zweiblum zögerte und sah zu Boden. »Ich glaube, es hieß ›Murmeln, Brummeln, Grummeln‹.«

»›Es‹? Was meinst du damit?«

Der winzige Mann schien sich plötzlich für seine Handrücken zu interessieren.

»Das Buch des Wichtelvolkes über Blumenelfen«, sagte der Tourist kleinlaut.

Rincewind zwinkerte.

»Beschreibt es die Möglichkeiten, ihnen aus dem Weg zu gehen?« fragte er.

»O nein«, entgegnete Zweiblum eifrig. »Es schildert, wo man sie finden kann. Ich erinnere mich jetzt wieder an die Illustrationen.« Verträumt wanderte sein Blick in die Ferne, und Rincewind stöhnte innerlich. »Unter anderem war auch die Rede von einer Fee, die des Nachts kommt, um Zähne zu holen.«

»Braucht sie etwa ein neues Gebiß?« erkundigte sich Rincewind in einem... nun, bissigen Tonfall.

»Nein, nein, keineswegs. Du hast mich völlig falsch verstanden. Mit ihren Zähnen ist alles in Ordnung. Sie nimmt nur diejenigen von Kindern, als eine Art... Andenken. Ich weiß nicht genau. Wie dem auch sei. Wenn Jungen und Mädchen ihre Milchzähne verlieren, legen sie sie am Abend unters Kopfkissen. Dann kommt die Fee, holt sie und läßt irgendein kleines Geschenk zurück.«

»Warum?«

»Warum was?«

»Warum sammelt sie Zähne?«

»Keine Ahnung.«

Rincewind stellte sich ein sonderbares Wesen vor, das in einem ganz aus Zähnen bestehenden Schloß wohnte. Es war jene Art von gedanklichem Bild, das man am liebsten sofort wieder vergessen möchte — und von dem man sich einfach nicht befreien kann.

»Argh«, machte er und rollte mit den Augen.

Rote Mützen! Er überlegt, ob er dem Touristen erklären sollte, wie das alltägliche Leben eines Gnoms aussah: Frösche, die eine üppige Mahlzeit darstellten, das riesige Gewölbe eines Kaninchenbaus, das Schutz vor dem Regen bot (aber nur dann, wenn es nicht *zu* stark regnete), Eulen, die Schrecken der Nacht. Ja, eine Idylle, wahrhaftig. Hosen aus Maulwurfspelz mochten so lange romantisch erscheinen, bis man den ursprünglichen Eigentümer in die Enge treiben und ihm im wahrsten Sinne des Wortes das Fell über die Ohren ziehen mußte. Und was rote Mützen anging: Alles, was sich im Wald bewegte und bunt genug war, um Aufmerksamkeit zu erregen, erreichte kein hohes Alter.

Er wollte sagen: Hör mal, Zweiblum, Gnome und Kobolde führen ein kurzes, hartes und ziemlich gefährliches Leben. Und für jemanden, der nichts zu lachen hat, gibt es keinen Grund, fröhlich zu sein.

Rincewind legte sich die entsprechenden Worte zurecht, hielt sie jedoch zurück. Denn Zweiblum interessierte sich für die ganze Vielfalt der Schöpfung, bewunderte sogar gewöhnliche Kieselsteine, wenn sich ihm eine Gelegenheit bot, begegnete allem Neuen mit Aufgeschlossenheit. Trotzdem sprang er nie über den eigenen Schatten. Im Grunde genommen beschränkte sich seine Welt auf die Maßstäbe, die er ihr anlegte. Wenn ihm jemand die Wahrheit sagte, mochte er wie ein kleines Kind reagieren, dem man erzählte, in Wirklichkeit sei der Weihnachtsmann längst in Pension gegangen und ließe sich von seinem jüngeren Bruder vertreten (der jedoch ein Faulpelz war und es vorzog, den Winter irgendwo in den Tropen zu verbringen — aus diesem Grund mußten dauernd die eigenen Väter einspringen).

»Schie mie wiedelwie«, ertönte eine dünne Stimme dicht neben Rincewinds Fuß. Swires — so hieß der Gnom — sah auf. Der Zauberer hatte ein gutes Ohr für fremde Sprachen und verstand sofort, was ihm der Winzling anbot: »Ich habe noch ein wenig leckeres Molcheis von gestern.«

»Klingt verlockend«, sagte Rincewind und verzog das Gesicht.

Swires klopfte auf seinen Knöchel.

»Ist mit dem anderen Großen alles in Ordnung?« fragte er besorgt.

»Er leidet nur an den Nachwirkungen eines Realitätsschocks«, erklärte Rincewind. »Du hast nicht zufällig eine rote Mütze?«

»Was?«

»Schon gut.«

»Ich weiß, wo sich Nahrung für Große befindet«, meinte der Gnom. »Und auch Obdach. Es ist nicht weit.«

Rincewind sah zum dunkler werdenden Himmel hoch. Das Tageslicht glitt über die Landschaft und verschwand in der Ferne, und die Wolken erweckten den Anschein, als habe ihnen gerade jemand etwas von Schnee zugeflüstert.

Offenbar zogen sie den Vorschlag in Betracht. Nun, natürlich durfte man Leuten, die in Pilzen lebten, nicht sofort vertrauen, aber ein Köder in Form einer heißen Mahlzeit und eines weichen Betts war für den Zauberer viel zu verlockend.

Sie machten sich auf den Weg. Nach einigen Sekunden stand der Koffer vorsichtig auf und folgte ihnen.

»Pscht!«

Er drehte sich langsam um, wobei sich die Beine in einem komplizierten Muster bewegten. Ein Teil der Truhe neigte sich nach oben.

»Wie fühlte es sich an, von einem Tischler hergestellt worden zu sein?« fragte der Baum beunruhigt. »Tat es weh?«

Der Koffer schien darüber nachzudenken. Alle Messinggriffe und Wurmlöcher drückten extreme Konzentration aus.

Dann zuckte er mit den Schultern — mit der Klappe, um ganz genau zu sein — und trabte fort.

Der Baum seufzte und schüttelte einige welke Blätter von den Zweigen.

Die Hütte war klein, baufällig und ebenso reich verziert wie eine Spitzendecke. Rincewind kam zu dem Schluß, daß irgendein verrückter Schnitzer daran gearbeitet und Gelegenheit bekommen hatte, sich richtig auszutoben, ehe man ihn schließlich überwältigen konnte. An Türen und Fensterläden zeigten sich die hölzernen Nachbildungen von Weintrauben und dicken Reben, und an vielen Stellen sah der Zauberer halbmondförmige Ausschnitte. Hunderte von kiefernzapfenartigen Auswüchsen bedeckten die Wände. Rincewind rechnete jeden Augenblick damit, daß sich eine der oberen Luken öffnete und ein gewaltiger Kuckuck die Zeit verkündete.

Darüber hinaus bemerkte er die irgendwie *schmierig* anmutende Luft. Grüne und purpurne Funken stoben von seinen Fingernägeln.

»Ein starkes magisches Feld«, brummte er. »Mindestens hundert Millithaum.«*

»Hier gibt es überall Magie«, sagte Swires. »Einst lebte hier eine alte Hexe. Vor vielen Jahren ging sie fort, doch ihre Zauberei ist nach wie vor wirksam und erhält das Haus.«

»He, mit dieser Tür stimmt irgend etwas nicht!« rief Zweiblum.

»Warum braucht ein Haus Magie, um erhalten zu werden?« fragte Rincewind. Unterdessen streckte der Tourist die Hand aus und berührte vorsichtig die Wand.

»Sie ist klebrig!«

»Nougat«, erklärte Swires.

»Ich kann's kaum fassen! Ein echtes Knusperhäuschen! Rincewind, ein echtes...«

Der Zauberer nickte bedrückt. »Ja«, erwiderte er verdrießlich. »Der sogenannte Zuckerbäckerstil in der Architektur. Hat sich nie durchgesetzt.«

Mißtrauisch beäugte er den Türklopfer aus Lakritze.

»Irgendwie erneuert es sich immer wieder«, sagte Swires. »Ein echtes Wunder, nicht wahr? Heutzutage findet man so etwas nur sehr selten. Man kann einfach nicht genug Lebkuchen auftreiben.«

»Im Ernst?« fragte Rincewind und schnitt ein finsteres Gesicht.

»Laßt uns hineingehen«, sagte der Gnom. »Aber achtet auf die Fußmatte.«

»Warum?«

»Sie besteht aus Zuckerwatte.«

Die große Scheibe drehte sich langsam unter einer schuftenden Sonne, die endlich Feierabend machen wollte. Das

---

* Magische Kraft wird in Thaum gemessen. Ein Thaum ist als die thaumaturgische Energiemenge definiert, die nötig ist, um eine kleine Taube oder drei normalgroße Billardkugeln zu beschwören.

Tageslicht strömte fort, und in tiefen Mulden sammelten sich einige Reste, die schließlich versickerten. Die Nacht brach an.

Trymon saß in seinem kühlen Zimmer in der Unsichtbaren Universität, über ein Buch gebeugt. Seine Lippen zitterten lautlos, während er mit dem Zeigefinger über die manchmal recht seltsamen Symbole einer uralten Schriftsprache strich. Er las, daß die Große Pyramide von Tsort (die längst nicht mehr existierte) aus einer Million und dreitausendzehn Kalksteinblöcken errichtet worden war, erfuhr weiterhin, daß bei dem Bau zehntausend Sklaven ums Leben kamen. Angeblich erstreckte sich im Innern des gewaltigen Gebäudes ein Labyrinth aus geheimen Gängen, und die wesentlichsten Bestandteile der vielgerühmten Tsort-Weisheit zierten die Wände. Die Höhe und Länge, geteilt durch die Hälfte der Breite, ergaben genau 1,67563. Anders ausgedrückt: Der Wert entsprach exakt dem 1237,98712567fachen der Differenz zwischen der Entfernung zur Sonne und dem Gewicht einer kleinen Apfelsine. Sechzig lange Scheibenweltjahre vergingen bis zur Fertigstellung der Pyramide.

Ziemlich viel Mühe, um den Göttern näher zu sein, dachte Trymon. *Die zehntausend Sklaven, die bei der Arbeit zu Tode geschunden wurden, haben dieses Ziel wesentlich schneller erreicht.*

Zur gleichen Zeit, im Wald von Skund, knabberten Zweiblum und Rincewind an Pfefferkuchenstücken, die sie aus dem Kaminsims gebrochen hatten — und dachten sehnsüchtig an eingelegte Zwiebeln.

Und weit entfernt auf der Scheibenwelt, die einen Kollisionskurs steuerte, was zu diesem Zeitpunkt allerdings noch niemand wußte (abgesehen vielleicht vom Tod, der sich bereits die knöchernen Hände reiben mochte), drehte sich ein berühmter Held eine Zigarette. Ohne zu ahnen, was das Schicksal für ihn bereithielt.

Mit geübtem Geschick formten seine Finger ein Objekt,

das man mit vollem Recht als interessant bezeichnen konnte. Er hatte diese Kunst von den wandernden Zauberern gelernt und sich auch ihre Angewohnheit zu eigen gemacht, Stummel in einem Lederbeutel aufzubewahren und sie später für neue Zigaretten zu verwenden. Das unerbittliche Gesetz der Wahrscheinlichkeit legte den Schluß nahe, daß zumindest ein Teil des Tabaks schon seit Jahren geraucht wurde, in mehr oder weniger kurzen Abständen. Die Substanz, die der Held gerade zu entzünden versuchte... Nun, normalerweise fand sie beim Straßenbau Verwendung.

Jener Mann genoß einen so guten Ruf, daß ihn einige Reiter, die einem Nomadenstamm angehörten, respektvoll eingeladen hatten. Sie saßen nun an einem Feuer, in dem getrocknete Pferdeäpfel brannten. Normalerweise zogen die Nomaden im Winter randwärts, doch diese Krieger hatten zu lange gewartet, hockten in ihren Zelten, stöhnten angesichts der unglaublich hohen Temperatur von sage und schreibe minus drei Grad und klagten über drohende Hitzeschläge.

Nach einer Weile fragte das Oberhaupt der Barbaren: »Worin besteht der größte Wunsch eines Mannes, seine Erfüllung im Leben?« Für gewöhnlich stellten Anführer solche Fragen, um ihre Klugheit zu beweisen — oder über ihre Dummheit hinwegzutäuschen.

Der Mann rechts von ihm trank nachdenklich ein Glas Stutenmilch und Schneekatzenblut, runzelte die Stirn und gab folgende Antwort: »Die scharfe Linie des Steppenhorizonts. Kalter Wind, der einem das Haar zerzaust. Und der Ritt auf einem guten Pferd.«

Der Mann auf der linken Seite sagte: »Der Schrei des weißen Adlers, der unter den Wolken kreist. Schneefall im Wald. Und ein spitzer Pfeil auf der Sehne.«

Das Oberhaupt nickte. »Ich meine, es ist der Anblick eines erschlagenen Feindes. Die Demütigung seines Stammes. Das Weinen seiner Frauen.«

Die anderen Krieger brummten anerkennend bei dieser greulichen Vorstellung.

Dann wandte sich der Anführer ehrfürchtig an seinen Gast, einen kleinen Mann, der seine Frostbeulen am Feuer wärmte. »Und so frage ich auch unseren Gast, dessen Name bereits zu einer Legende wurde: Was kann sich ein Mann vom Leben erhoffen?«

Der Gast unterbrach einen weiteren erfolglosen Versuch, die Zigarette — oder das, was er dafür hielt — anzuzünden.

»Wasch hascht du geschagt?« erwiderte er und grinste zahnlos.

»Was kann sich ein Mann vom Leben erhoffen?« wiederholte der Stammeshäuptling.

Die Barbaren beugten sich näher, um die weise Antwort des Helden zu hören.

Der Gast dachte lange und angestrengt nach, erwiderte dann mit fester Stimme: »Heisches Wascher, gute Schahnärtschte und weichesch Toilettenpapier.«

Strahlendes oktarines Licht glänzte im Ofen. Galder Wetterwachs — bis zur Hüfte nackt, das Gesicht hinter einer Maske aus getöntem Glas verborgen — schielte in den hellen Glanz, hob den großen Schmiedehammer und schlug mit chirurgischer Präzision zu. Die Magie heulte, wand sich in der Zange hin und her, aber der Zauberer kannte keine Gnade und verwandelte es in einen stabartigen Gegenstand aus zuckendem Feuer.

Eine Bodendiele knarrte. Galder hatte viele Stunden damit verbracht, sie richtig zu stimmen, erachtete das als kluge Vorsichtsmaßnahme in bezug auf einen ehrgeizigen Novizen, der wie eine Katze schlich.

Des. Und des bedeutete, er befand sich dicht neben der Tür, auf der rechten Seite.

»Ah, Trymon«, sagte Galder, ohne aufzusehen. Der jüngere Magier schnappte überrascht nach Luft, und Wetterwachs lächelte zufrieden, als er das leise Zischen hörte. »Nett, daß du gekommen bist. Mach bitte die Tür zu.«

Mit ausdruckslosem Gesicht ließ Trymon die Pforte ins Schloß fallen. Auf dem hohen Regal über ihm standen mehrere Einmachgläser mit gefangenen Unmöglichkeiten, die ihn interessiert musterten.

Wie alle Werkstätten von Zauberern erweckte auch dieses Arbeitszimmer den Eindruck, als habe ein Tierausstopfer seine Waren in eine Gießerei geworfen, sich anschließend mit einem übergeschnappten Glasbläser geprügelt und dabei einem Krokodil den Schädel eingeschlagen (es hing an der Decke und roch stark nach Kampfer). Überall funkelten Lampen und Ringe, die Trymon zu gern gerieben hätte. Er bemerkte auch einige Spiegel, die auf ihn die gleiche Wirkung ausübten wie Käse auf eine hungrige Maus. Zwei Siebenmeilenstiefel stampften unruhig in einem nahen Käfig. Eine ganze Bibliothek magischer Bücher — natürlich nicht annähernd so mächtig wie das Oktav, aber trotzdem mit nervösen Zaubersprüchen gefüllt — zerrte an den Ketten, als sie den verstohlenen Blick des Magiers auf sich ruhen spürte. Die geballte Macht, die in diesem Raum fast körperlich fühlbar wurde, verstärkte Trymons Verlangen, und einmal mehr erhob er stumme Vorwürfe gegen Galder Wetterwachs, weil er so viele wertvolle Dinge verkommen ließ. Und sich stur weigerte, zu sterben und endlich einem Nachfolger Platz zu machen. Darüber hinaus hielt er nichts von seinem Hang zu theatralischer Angeberei.

Die grüne Flüssigkeit zum Beispiel, die auf einer nahen Werkbank in einem Irrgarten aus dünnen Glasröhren und Kolben auf viel zu geheimnisvolle Weise blubberte: Trymon hatte einen von Galders Assistenten bestochen, und daher wußte er, daß sie nichts weiter war als ganz gewöhnlicher, in Wasser und Seife aufgelöster Farbstoff.

Eines Tages, dachte er grimmig, *wird das alles verschwinden. Angefangen mit dem blöden Alligator.* Trymon ballte die Fäuste, so fest, daß die Knöchel weiß hervortraten...

»Nun«, sagte Galder fröhlich, hängte die Schürze auf und nahm in seinem Lieblingssessel Platz: Die Armlehnen endeten in Löwenpranken, die Beine in Entenfüßen. »Du hast mir so ein komisches Ding geschickt...«

Trymon zuckte mit den Schultern. »Eine Dringlichkeits-Nachricht, Herr. Darin wies ich nur darauf hin, daß alle anderen Orden magische Einsatzgruppen zum Skund-Wald geschickt haben, um den achten Zauberspruch einzufangen, während du die Hände in den Schoß legst«, sagte er. »Ich bin sicher, du hast einen guten Grund dafür und wirst ihn zu gegebener Zeit erklären.«

»Dein Vertrauen beschämt mich«, meinte Galder vergnügt.

»Der Zauberer, der die verlorene Formel findet, erringt große Ehre, nicht nur für sich, sondern auch für seinen Orden«, fuhr Trymon fort. »Unsere Kollegen benutzen Siebenmeilenstiefel und setzen auch andere Arten mobilmachender Thaumaturgie ein. An was für eine Transportmöglichkeit hast du gedacht, Meister?«

»Höre ich da einen Hauch von Sarkasmus?«

»Keineswegs, Meister.«

»Nicht einmal ein kleines bißchen Ironie?«

»Nicht das allerkleinste, Meister.«

»Gut. Ich habe nämlich nicht die geringste Absicht, die Universität zu verlassen.« Galder bückte sich und griff nach einem alten Buch. Als er ein magisches Wort murmelte, klappte es auf. Ein Lesezeichen, das gewisse Ähnlichkeiten mit einer Zunge aufwies, verschwand hinterm Deckel.

Anschließend schob Galder die Hand unters Kissen und holte einen Beutel Tabak und eine Pfeife von der Größe eines Verbrennungsofens hervor. Mit dem hastigen Geschick eines Nikotinabhängigen im letzten Stadium zerrieb er ein wenig Tabak und stopfte die Streusel in den Pfeifenkopf. Er schnippte mit den Fingern und beschwor eine magische Flamme. Er paffte und seufzte zufrieden.

Dann sah er auf.

»Ach, du bist noch immer hier, Trymon?«

»Du hast mich hierher bestellt, Meister«, erwiderte Trymon gelassen. Nun, diese Antwort gab seine Stimme. Doch das matte Glitzern in den Augen deutete darauf hin, daß er eine geistige Liste führte, in der jedes herablassende Lächeln, jeder väterliche Tadel und jeder wissende Blick unauslöschlich eingetragen war. Und für alle diese Punkte sollte Galders lebendes Hirn jeweils ein Jahr lang in Essig schwimmen.

»Oh, ja, stimmt«, entgegnete Wetterwachs gönnerhaft. »Bitte entschuldige die Vergeßlichkeit eines alten Mannes.« Er hob das Buch, in dem er gelesen hatte.

»Ich halte nichts von der Aufregung, die meine werten Kollegen verbreiten«, sagte er. »Es mag sehr dramatisch sein, fliegende Teppiche und ähnliche Dinge einzusetzen, aber meiner Ansicht nach ist das keine richtige Magie. Denk nur an die Siebenmeilenstiefel. Wenn Menschen dazu bestimmt gewesen wären, mit einem Schritt sieben Meilen zurückzulegen, so hätte uns der Schöpfer bestimmt längere Beine gegeben... Äh, wo war ich stehengeblieben.«

»Ich bin mir nicht sicher«, sagte Trymon kühl.

»Oh, ja. Seltsam, daß wir in der Bibliothek nichts über die Pyramide von Tsort finden konnten. Man sollte eigentlich meinen, es gäbe dort wenigstens einen zerknitterten Notizblock mit einigen Hinweisen, die unser gegenwärtiges Problem betreffen, nicht wahr?«

»Der Bibliothekar muß natürlich bestraft werden.«

Galder warf ihm einen kurzen Blick zu, den Trymon unter der Kategorie ›wissend‹ verzeichnete. »Keine drastischen Maßnahmen«, meinte er. »Ich schlage vor, wir streichen die Bananen aus seinem Menü.«

Die beiden Männer musterten sich lauernd.

Galder sah als erster zur Seite: Es fiel ihm immer schwer,

Trymon längere Zeit anzustarren. Er fühlte sich dabei ebenso unbehaglich wie Grauhalt Spold, als ihn der Tod beobachtet hatte.

»Wie dem auch sei«, fuhr er fort. »Sonderbarerweise habe ich woanders Hilfe gefunden. In meiner eigenen bescheidenen Büchersammlung, um ganz genau zu sein. Im Tagebuch von Skrelt Wechselkorb, dem Gründer unseres Ordens. Nun, mein lieber Trymon, du gehörst ganz offensichtlich zu den besonders tatendurstigen Magiern unserer Universität. Immerhin machst du keinen Hehl daraus, daß du dich am liebsten den anderen anschließen würdest. Aber sag mir: Was geschieht, wenn ein Zauberer stirbt?«

Glatteis, dachte Trymon. »Alle Zaubersprüche, die er sich eingeprägt hat, werden freigesetzt«, erwiderte er laut. »Das ist allgemein bekannt.«

»Aber es trifft nicht auf die ursprünglichen Acht Großen Zauberformeln zu. Während eines eingehenden Studiums brachte Skrelt in Erfahrung, daß sich ein Großer Zauber schlicht und einfach im nächsten offenen und zur Aufnahme bereiten Bewußtsein niederläßt. Bitte schieb den großen Spiegel dort näher.«

Galder stand auf und schlurfte zum inzwischen erkalteten Ofen. Der dünne Stab aus Magie zitterte noch immer, gleichzeitig zugegen und doch nicht präsent — wie ein mit blauem Licht gefüllter Riß in der Außenwand eines anderen Universums. Wetterwachs griff danach, nahm einen Langbogen zur Hand, sprach ein Wort der Macht und beobachtete zufrieden, wie die thaumaturgische Kraft nach den Enden des Bogens griff und sich dann zusammenzog, bis das Holz knarrte. Anschließend wählte er einen Pfeil.

Unterdessen zog Trymon den schweren und zwei Meter hohen Spiegel in die Mitte der Kammer. *Wenn ich das Oberhaupt des Ordens bin,* dachte er, *latsche ich bestimmt nicht in Bommelpantoffeln durch die Gegend.*

Es wurde bereits darauf hingewiesen, daß Trymon felsenfest davon überzeugt war, die jungen Zauberer könnten wahrhaft erstaunliche Leistungen vollbringen — wenn sie nur endlich Gelegenheit bekämen, die Stelle der verkalkten Firlefanzmagier einzunehmen und zu beweisen, daß Alter nicht ein Mehr an Weisheit bedeutete, sondern mentale Verkleisterung. Derzeit aber spürte er zu seiner eigenen Überraschung, wie sich Neugier in ihm regte. Interessiert beobachtete er den Narren namens Wetterwachs und fragte sich, was er plante.

Es hätte ihm vermutlich eine gewisse Befriedigung bereitet zu hören, daß sowohl Galder als auch Skrelt Wechselkorb von völlig irrigen Annahmen ausgingen.

Galder trat vor den Spiegel und ruderte einige Sekunden lang mit den Armen, woraufhin sich das Glas erst trübte und dann aus der Vogelperspektive den Wald von Skund zeigte. Wetterwachs behielt die winzigen Bäume im Auge, während sein Pfeil zur Decke zeigte. Trymon hörte, wie der ältere Magier leise vor sich hinbrummte, und er glaubte Bemerkungen zu verstehen wie: »Berücksichtige eine Windgeschwindigkeit von etwa drei Knoten« und »Auf die Temperaturunterschiede achten.« Mit einer eher enttäuschenden magischen Geste ließ er den Pfeil von der Sehne schnellen. Wenn die Gesetze von Ursache und Wirkung wirklich überall gültig waren, hätte der Schaft nur einige Meter weit fliegen dürfen und dann zu Boden fallen müssen. Aber niemand achtete auf das Gebot.

Der Pfeil raste davon und verschwand im Spiegel. Nun, es ist nicht leicht, das dabei ertönende Geräusch zu beschreiben. Der Vollständigkeit halber soll an dieser Stelle folgendes hinzugefügt werden: Man denke an ein klirrendes ›Pling!‹ und stelle sich außerdem vor, drei Tage lang in einem Radiogeschäft zu arbeiten, in dem alle Apparate (insgesamt genau achtundfünfzig) auf volle Lautstärke gedreht sind.

Galder ließ den Bogen sinken und lächelte.

»Natürlich dauert es etwa eine Stunde, bis der Pfeil das Ziel erreicht«, sagte er. »Und dann folgt der Zauberspruch dem ionisierten Weg, der hierher zurückführt. Zu mir.«

»Bemerkenswert«, kommentierte Trymon. Aber jeder halbwegs begabte Telepath hätte in zehn Meter hohen Blockbuchstaben gelesen: *Warum zu dir und nicht zu mir?* Er blickte auf die wüste Werkbank herab und entdeckte in dem wirren Gerümpel ein langes und herrlich scharfes Messer, das ihm zuzunicken schien, als er einem ganz bestimmten Gedanken nachhing.

Eigentlich war ihm Gewalt zuwider, vor allen Dingen dann, wenn sie ihn selbst betraf, doch sie schien ein angemessenes Werkzeug zu sein, wenn es darum ging, dem Schicksal ein wenig nachzuhelfen. Das Buch über die Pyramide von Tsort ließ keinen Zweifel daran, welche Belohnung denjenigen erwartete, der die acht Zaubersprüche zum richtigen Zeitpunkt vereinte. Und Trymon wollte nicht die Früchte jahrelanger harter Arbeit verlieren, nur weil ein alter Narr eine gute Idee hatte.

»Möchtest du einen Kakao, während wir warten?« fragte Galder, tappte durchs Zimmer und griff nach der kleinen Glocke, die dazu diente, Bedienstete herbeizurufen.

»Gern«, sagte Trymon. Seine Finger schlossen sich um das Messer, und nachdenklich wog er es in der Hand. »Ich gratuliere dir, Meister. Du hast mir gerade gezeigt, daß wir alle wesentlich früher aufstehen müssen, wenn wir es mit dir aufnehmen wollen.«

Galder lachte. Und das Messer raste mit solcher Geschwindigkeit auf ihn zu, daß es tatsächlich ein wenig kürzer und breiter wurde — der Grund dafür ist die natürliche Trägheit des Lichts auf der Scheibenwelt. Nun, um nicht abzuschweifen: Die Klinge zielte genau auf den Nacken des alten Zauberers, und es fehlten nur noch wenige Zentimeter, als...

Als sie auswich und die Haut nicht einmal ritzte. Sie umkreiste Galder, wie ein Mond aus geschliffenem Stahl, so geschwind, daß der alte Mann den Eindruck erweckte, einen metallenen Kragen zu tragen. Wetterwachs drehte sich um, und Trymon fand, daß er plötzlich einen halben Meter größer geworden war und wesentlich mächtiger aussah.

»Früher aufstehen?« wiederholte Galder fröhlich. »Ach, mein lieber Trymon, ihr dürft euch erst gar nicht schlafen legen.«

»Noch ein Stück Tisch gefällig?« fragte Rincewind.

»Nein, danke, ich mag kein Marzipan«, erwiderte Zweiblum. »Übrigens: Ich weiß nicht, ob es richtig ist, die Möbel fremder Leute zu essen.«

»Sei unbesorgt«, warf Swires ein. »Die alte Hexe ist schon seit Jahren fort. Es heißt, zwei junge Lümmel namens Hänsel und Gretel hätten sie fast um den Verstand gebracht.«

»Tja, die Kinder von heute«, brummte Rincewind.

»Meiner Ansicht nach sind einzig und allein die Eltern schuld«, meinte Zweiblum und begann mit einem soziologisch-pädagogischen Vortrag, den er schon nach kurzer Zeit beendete, weil ihm niemand zuhörte.

Wenn man sich von üblichen Vorstellungen trennte, war der Aufenthalt im Knusperhäuschen recht angenehm. Ein Rest von Magie bewahrte es, und die wilden Tiere des Waldes, soweit sie nicht an Karies gestorben waren, hielten sich vorsichtigerweise fern, um nicht der Versuchung zu erliegen. Im Lebkuchenkamin brannten dicke Lakritzscheite und veranstalteten dabei einen ziemlichen Lärm. Rincewind hatte versucht, draußen Feuerholz zu sammeln, gab jedoch rasch auf. Es ist schwer, Holz zu verbrennen, das mit einem sprechen möchte.

Der Zauberer rülpste.

»Ich halte das nicht für besonders gesund«, sagte er. »Ich meine: weshalb ausgerechnet Süßigkeiten? Warum kein Knäckebrot und Käse? Oder Salami... Ja, ein leckeres Salamisofa käme mir jetzt sehr gelegen.«

»Was weiß ich«, sagte Swires. »Die alte Oma Ichscher-
michnicht stand eben auf Süßes. Ihr hättet ihre Meringel
sehen sollen...«

»Ich *hab* sie gesehen«, gab Rincewind zurück. »Als ich
einen Blick auf die Matratzen warf...«

»Pfefferkuchen ist geeigneter«, sagte Zweiblum.

»Für Matratzen?«

»Natürlich nicht«, entgegnete Zweiblum ernst. »Hast du
jemals von Pfefferkuchenmatratzen gehört?«

Rincewind ächzte. Er dachte an verschiedene Speisen,
genauer gesagt: an die Spezialitäten von Ankh-Morpork.
Seltsam, daß ihm die Stadt immer attraktiver erschien, je
weiter er sich von ihr entfernte. Er brauchte nur die Augen
zu schließen, um sich alle wundervollen Details vorzustellen: die großen Marktplätze, die vielen hundert Buden und
Stände, die besondere Leckerbissen aus allen Regionen der
Scheibenwelt anboten. Dort konnte man Schlammgurken
und geröstete Morastkartoffeln essen — oder Haifischflos-
sensuppe, die so frisch war, daß sich kein Schwimmer in
ihre Nähe wagte...

»Was hältst du davon, wenn ich dieses Haus kaufe?«
fragte Zweiblum. Rincewind zögerte. Er hatte schon mehrfach die Erfahrung gemacht, daß es besser war, gründlich
nachzudenken, bevor man die erstaunlichen Fragen des
Touristen beantwortete.

»Wozu?« meinte er vorsichtig.

»Nun, es hat Atmosphäre.«

»Oh!«

»Atmosphäre?« wiederholte Swires verwirrt und
schnüffelte argwöhnisch. Sein Gesichtsausdruck verdeutlichte, daß er jede Schuld von sich wies, ganz gleich,
worum es sich handelte.

»Hat irgend etwas mit einer Kröte zu tun, die den Duft
von Sumpfgas genießt«, sagte Rincewind fest. »Wie dem
auch sei: Wir können dieses Haus gar nicht kaufen, weil
ein *Verkäufer* fehlt.«

»Ich schätze, dieses Problem läßt sich lösen, indem ich den Waldrat einberufe, um die Eigentumsfrage zu klären«, schlug Swires vor und mied Rincewinds Blick.

»... und außerdem kannst du es gar nicht mitnehmen. Ich meine, es ist wohl kaum möglich, das Knusperhäuschen in deinem Koffer unterzubringen, oder?« Der Zauberer deutete auf die Kiste, die vor dem Kamin stand und es irgendwie fertigbrachte, wie ein zufriedener und trotzdem wachsamer Tiger auszusehen. Dann wandte er sich wieder an den Touristen. Als er Zweiblums Miene sah, entstanden Zweifel in ihm.

»Etwa doch?« fragte er unsicher.

Es fiel Rincewind außerordentlich schwer, sich daran zu gewöhnen, daß sich das Innere des Koffers völlig von der Außenwelt unterschied. Natürlich war das nur *ein* Aspekt der allgemeinen Seltsamkeit jener Truhe, doch er reagierte jedesmal mit Unbehagen, wenn er sah, wie Zweiblum sie mit schmutzigen Hemden und nicht sehr angenehm riechenden Socken füllte — nur um kurz darauf die Klappe zu öffnen und ihm frisch gebügelte, nach Lavendel duftende Wäsche zu zeigen. Darüber hinaus kaufte Zweiblum Dinge, die er »kuriose Artefakte einheimischer Handwerkskunst« nannte — Rincewind bezeichnete sie schlicht als Krimskrams. Unter seinen Andenken befand sich auch ein Ritualstab, der dazu diente, Zeremonienschweine zu kitzeln, und obgleich der Gegenstand mehr als zwei Meter lang war, ragte er *nirgends* aus der Kiste.

»Ich weiß nicht«, erwiderte der Tourist. »Du bist Zauberer und kennst dich mit solchen Dingen besser aus.«

»Äh, ja, natürlich«, pflichtete ihm Rincewind bei. »Andererseits: Koffermagie ist sehr kompliziert. Nun, ich bin sicher, die Gnome wären ohnehin nicht bereit, das Haus zu verkaufen. Es ist...« — er suchte in dem begrenzten Wortschatz, den er sich von Zweiblums Vokabular angeeignet hatte —, »... eine Art Touristenattraktion.«

»Was soll das heißen?« fragte Swires mißtrauisch und interessiert zugleich.

»Es bedeutet, daß viele Leute wie er kommen werden, um es sich anzusehen«, erklärte Rincewind.

»Warum?«

»Weil...« Rincewind griff in die untersten Schubladen seiner Ausdrucksfähigkeit. »Es ist kurios. Äh, eine Sehenswürdigkeit. Folkloristisch. Mit anderen Worten: ein einzigartiges Beispiel einer Baukunst, geschaffen in einer Tradition, an die sich heute kaum mehr jemand erinnert.«

»Ach, tatsächlich?« fragte Swires fasziniert und sah sich verwirrt im Zimmer um.

»Ja.«

»Das Marzipan, der Lebkuchen, die Lakritze und alles andere?«

»Du hast es erfaßt.«

»Ich helfe euch beim Packen.«

Und die Nacht wird noch viel finsterer, während sich dunkle Wolken zusammenballen und fast die ganze Scheibenwelt bedecken. Zum Glück. Denn wenn der Wind sie forttreibt und die Astrologen die Sterne beobachten können, geraten sie ganz durcheinander und lassen den Ärger an ihren Lehrlingen aus.

In verschiedenen Teilen des Waldes verlieren Zauberer die Orientierung, irren umher und versuchen, sich voreinander zu verbergen. Und sie werden immer zorniger, denn jedesmal, wenn sie gegen einen Baum stoßen, entschuldigt er sich bei ihnen. Doch nach und nach, wie durch ein Wunder, nähern sie sich dem Knusperhäuschen...

Etwa zur gleichen Zeit entwickelte Grauhalt Spold — ältester Magier der Unsichtbaren Universität und entschlossen, diesen Status beizubehalten — hektische Aktivität in seiner Unterkunft. Die Begegnung mit dem Tod hat ihn daran erinnert, daß auch das Leben eines Magiers nicht ewig währt, und nur zu deutlich entsinnt er sich an den nachdenklichen Blick der dunklen Gestalt. Er hofft inständig, daß der Sensenmann die Party genießt und ihm Zeit genug läßt, gewisse Vorbereitungen zu treffen.

Grauhalt Spold macht sich sofort an die Arbeit. Nun, er mag taub sein, vielleicht auch ein wenig schwer von Begriff, aber ältere Zauberer zeichnen sich durch einen ausgeprägten Überlebensinstinkt aus. Deshalb wissen sie ganz genau, daß höchste Eile geboten ist, wenn sie eine finstere Gestalt sehen, die ein ganz bestimmtes landwirtschaftliches Werkzeug in der Hand hält und sich ein Gesicht einzuprägen versucht. Spold *handelt*. Er dichtet die Türen mit einer Paste ab, die aus zerriebenen Eintagsfliegen besteht, und Schutzoktagramme zieren die Fenster. Er gießt seltene, ziemlich streng riechende Öle auf den Boden und bildet damit Muster, die so kompliziert sind, daß einem bei ihrem Anblick schwindelig wird. Außerdem weisen sie darauf hin, daß derjenige, der sie zeichnete, nicht ganz bei Verstand ist — was in diesem besonderen Fall durchaus zutrifft. In der Mitte des Zimmers befindet sich das achtgefaltete Bannoktagramm, umgeben von roten und grünen Kerzen. Und im Zentrum jenes Symbols steht eine Kiste, geschaffen aus dem Holz von Ewigkeitsfichten, die, wie der Name schon sagt, recht alt werden. Rote Seide umhüllt die Truhe, und an den Kanten baumeln Amulette zur Abwehr dämonischer Eindringlinge.

Kurz gesagt: Grauhalt Spold weiß, daß ihm der Tod irgendwann einen unerfreulichen Besuch abstatten wird, und er hat die letzten Jahre damit verbracht, ein absolut sicheres Versteck vorzubereiten.

Als er sicher ist, nichts vergessen zu haben, klettert er in die Kiste — sie weist übrigens bemerkenswerte Ähnlichkeiten mit einem Sarg auf —, betätigt das Uhrwerk des Schlosses und macht es sich in der festen Überzeugung gemütlich, bestens vor dem gefährlichsten seiner Feinde geschützt zu sein. Erst als er zu keuchen beginnt, merkt er, wie wichtig Luftlöcher bei solchen Unternehmungen sind.

Kurze Zeit später erklingt dicht neben ihm eine unheil-

voll klingende Stimme: »VERDAMMT DUNKEL HIER
DRIN, NICHT WAHR?«

Erste Schneeflocken fielen, und die Malzzuckerfenster des
Knusperhäuschens glänzten vergnügt vor sich hin.

Am einen Rand der Lichtung glühten kurz drei winzige
rote Punkte auf. Ein Schemen hustete, und ein anderer
Schatten preßte ihm die Hand auf den Mund.

»Sei still!« zischte ein Zauberer im dritten Rang. »Sie
könnten uns hören!«

»Wer denn? Die Burschen von der Bruderschaft der
Blender, Täuscher und Hereinleger versinken gerade im
Sumpf, und die Idioten vom Ehrwürdigen Konzil der Seher
brauchen offenbar Brillen: Sie sind in der falschen Richtung unterwegs.«

»Ja«, brummte der jüngste Zauberer. »Aber wer spricht
dauernd zu uns? Es heißt, dies sei ein magischer Wald voller Kobolde, Werwölfe und...«

»Bäume«, ertönte eine Stimme aus der Dunkelheit über
ihnen. Sie klang ziemlich hohl und knorrig.

»Genau«, bestätigte der jüngste Magier. Er nuckelte an
seinem Stummel und schauderte.

Das Oberhaupt der Gruppe spähte über einen Felsen
und beobachtete die Hütte. »Also schön«, sagte er und
klopfte die Pfeife an der Sohle seines Siebenmeilenstiefels
aus, der daraufhin ein protestierendes Quietschen von sich
gab. »Wir stürmen ins Haus, schnappen sie uns und verschwinden wieder, einverstanden?«

»Bist du ganz sicher, daß es nur Menschen sind?« erkundigte sich der jüngste Zauberer nervös.

»Natürlich bin ich das«, knurrte der Anführer. »Wen erwartest du denn? Drei Bären?«

»Es könnten Ungeheuer sein. Dies ist genau die Art von
Wald, in dem es von Monstren wimmelt.«

»Und Bäumen«, fügte eine freundliche Wipfelstimme
hinzu.

»Ja«, gestand der Anführer zögernd ein.

Skeptisch betrachtete Rincewind das Bett. Es war ein recht hübsches Bett, vorausgesetzt natürlich, man fand ästhetischen Gefallen an Kissen und Decken, die aus Sahnekaramellen bestanden — und einem Rahmen aus Vollmilchnuß-Schokolade. Aber der Zauberer verspeiste es lieber, anstatt darin zu schlafen. Und es sah ganz danach aus, als sei vor ihm schon jemand anders auf diesen Gedanken gekommen.

»Jemand hat mein Bett angebissen«, klagte er.

»Ich mag Karamelbonbons für mein Leben gern«, verteidigte sich Zweiblum. »Und die Schokolade ist ebenfalls nicht zu verachten.«

»Wenn du nicht aufpaßt«, sagte Rincewind langsam, »kommt die komische Fee und holt sich deine Zähne.«

»Nein, Elfen«, berichtigte Swires, der auf der Frisierkommode stand. »So etwas machen nur Elfen. Manchmal haben sie es auch auf Zehennägel abgesehen. Sind recht unliebsame Zeitgenossen.«

Zweiblum ließ sich schwer auf die Bettkante sinken.

»Das siehst du völlig verkehrt«, erwiderte er. »Elfen sind großmütig, wunderschön, weise und gut. Ich bin sicher, das habe ich irgendwo gelesen.«

Swires und Ricewinds Kniescheibe wechselten einen kurzen Blick.

»Ich glaube, du meinst andere Elfen«, sagte der Gnom langsam. »Wir müssen uns hier mit der übleren Sorte abplagen. Nun, man kann sie nicht gerade jähzornig nennen«, fügte er rasch hinzu. »Jedenfalls sollte man das lieber lassen, wenn man Wert darauf legt, die Zähne im Mund nach Hause zu tragen.«

Nur wenige Sekunden später hörten sie das charakteristische Geräusch einer sich öffnenden Nougattür. Gleichzeitig ertönte auf der anderen Seite des Knusperhäuschens ein leises Klirren, so als bemühe sich jemand, ein Malzzuckerfenster so vorsichtig wie möglich einzudrücken.

»Was war das?«

»Was meinst du?« fragte Rincewind. »Die Tür oder das Fenster?«

Es knisterte, als ein dicker Zweig — oder Knüppel — über das Fenstersims strich. »Böse Elfen!« rief Swires, sauste über den Fußboden und verschwand in einem Mauseloch.

»Was sollen wir jetzt machen?« fragte Zweiblum.

»In Panik geraten?« entgegnete Rincewind hoffnungsvoll. Er glaubte fest daran, Panik sei der mit Abstand beste Überlebensmechanismus. In der Urgeschichte, so hieß es allgemein, konnte man jene Menschen, die sich mit einem hungrigen Säbelzahntiger konfrontiert sahen, in zwei Gruppen einteilen: Die eine geriet in Panik und floh, während die andere ebenso gelassen wie dumm stehenblieb und Bemerkungen von sich gab wie »Was für ein hübsches Tierchen!« oder »Komm her, Miezekätzchen.«

»Dort ist ein Schrank«, sagte der Tourist und deutete auf eine schmale Tür zwischen der Wand und dem Schornsteinsockel. Rincewind und Zweiblum krochen in süße, muffige Finsternis.

Draußen knarrte eine Bodendiele aus Zartbitterschokolade. Jemand sagte: »Ich habe Stimmen gehört.«

Und ein anderer antwortete: »Ja, unten. Ich glaube, es sind die Blender, Täuscher und Hereinleger.«

»Hast du vorhin nicht behauptet, sie versinken gerade im Sumpf?«

»He, ihr beiden — ihr könnt die Hütte doch nicht einfach aufessen! Was fällt euch ein...«

»*Halt die Klappe!*«

Es knackte und knisterte, und wenig später ertönte im Kaminzimmer ein dumpfer Schrei. Ein Ehrwürdiger Seher war gerade durchs eingeschlagene Malzzuckerfenster geklettert und einem Blender, der sich unterm Tisch versteckte, auf die Finger getreten. Plötzlich zischte und fauchte Magie empor.

»Blödmann!« erklang es von draußen. »Sie haben ihn erwischt! Los, auf sie drauf!«

Eine Zeitlang krachte und polterte es, dann herrschte Stille. Nach einigen Sekunden flüsterte Zweiblum: »Rincewind, ich glaube, ich habe einen Besenstiel entdeckt.«

»Na und? Vermutlich hat die Hexe ab und zu gefegt.«

»Dieses Exemplar weist aber eine Lenkstange auf.«

Genau in diesem Augenblick vernahmen sie einen gellenden Schrei. In der Dunkelheit hatte einer der Zauberer versucht, den Koffer zu öffnen. Gleichzeitig verkündete ein lautes Scheppern in der Küche die Ankunft der Erleuchteten Magier des Ungebrochenen Kreises.

»Wonach suchen sie wohl?« hauchte Zweiblum.

»Keine Ahnung«, erwiderte Rincewind besorgt. »Und ich halte es für besser, in dieser Hinsicht nicht allzu neugierig zu sein.«

»Vielleicht hast du recht.«

Rincewind öffnete die Tür einen Spaltbreit. Das Zimmer war leer. Auf Zehenspitzen schlich er ans Fenster, blickte hinaus — und starrte auf die nach oben gerichteten Gesichter dreier Zauberer, die zur Bruderschaft des Mitternachtsordens gehörten.

»Das ist er!«

Rincewind wich zurück und hastete zur Treppe.

Im Erdgeschoß erwartete ihn ein unbeschreiblicher Anblick. Aber da Olaf Quimby II. eine solche Bemerkung mit der Todesstrafe geahndet hätte, soll hier doch ein deskriptiver Versuch unternommen werden. Zunächst einmal: Die meisten der miteinander ringenden Zauberer versuchten, das Zimmer mit verschiedenen Flammen, Feuerbällen und magischen Irrlichtern zu erhellen, und das flackernde, blitzende und gleißende Glühen erinnerte an die turbulente Hektik in einer Stroboskopfabrik. Außerdem trachtete jeder danach, sich in eine Position zu bringen, von der aus er den Rest des Raums überblicken konnte, ohne angegriffen zu werden. Gleichzeitig bemühten sich alle Anwesenden, dem Koffer auszuweichen, der zwei Ehrwürdige Seher in die Ecke getrieben hatte und mit der geöffneten Klappe nach allen schnappte, die es wagten, sich ihm zu nähern. Ein Magier aber hob den Kopf und sah auf.

»Da ist er!«

Rincewind sprang zurück, und irgend etwas stieß an seinen Rücken. Erschrocken wirbelte er herum und riß die Augen auf, als er Zweiblum erkannte, der auf einem Besenstiel hockte — auf einem Besen, der anderthalb Meter über dem Boden schwebte.

»Offenbar hat ihn die Hexe hier zurückgelassen!« sagte der Tourist und strahlte. »Denk nur: ein echter magischer Besen!«

Rincewind zögerte. Oktarine Funken sprühten von der Borste, außerdem haßte er Höhen mehr als alles andere. Doch das war nicht alles. Weitaus mehr fürchtete er sich vor einem Dutzend sehr zorniger und ausgesprochen übelgelaunter Zauberer, die gerade die Treppe hochstürmten und keinen Zweifel daran ließen, auf wen sie es abgesehen hatten.

»Na schön«, sagte er. »Aber ich übernehme das Steuer.«

Er trat nach einem Magier, der gerade einen Bannzauber formulierte, und schwang sich auf den Besenstiel, der die Treppe herabsauste und dann wieder aufstieg. Rincewind zwinkerte und sah in das verblüffte, wütende Gesicht eines Mitternachtsbruders.

Verzweifelt zerrte er an dem Lenker.

Mehrere Dinge geschahen gleichzeitig: Der Besen raste los und durchbrach die Wand in einer Wolke von Lebkuchenkrümeln; der Koffer eilte herbei und biß den Bruder ins Bein; und mit einem seltsamen Pfeifen erschien plötzlich ein Pfeil aus dem Nichts, verfehlte Rincewind nur um Haaresbreite und bohrte sich mit einem dumpfen Pochen in die Klappe der Truhe.

Der Koffer löste sich auf und verschwand.

In einem kleinen Dorf tief im Wald warf ein alter Schamane einige Zweige ins Feuer, starrte durch den Rauch und musterte seinen verlegenen Novizen.

»Eine Kiste mit Beinen?« wiederholte er.

»Ja, Meister«, bestätigte der Schamanenlehrling. »Sie fiel vom Himmel herab und starrte mich an.«

»Sie hatte also Augen?«

»Nun...« begann der Novize und unterbrach sich verwirrt. Der alte Mann runzelte die Stirn.

»Viele haben Topaxci gesehen, den Gott des Roten Pilzes, und sie verdienen es, Schamanen genannt zu werden«, sagte er. »Einige erblickten Skelde, den Geist des Rauches, und man bezeichnete sie als Zauberer. Wenige Auserwählte begegneten Umcherrel, der Seele des Waldes, und sie sind als Geistmeister bekannt. Aber wer behauptet, eine Truhe mit Hunderten von Beinen habe ihn ohne Augen angestarrt, muß ein Idiot...«

Es gab mehrere Gründe dafür, daß sich der alte Schamane unterbrach: ein jähes Kreischen, ein plötzliches Schneegestöber, Funken, die durch die dunkle Hütte tanzten. Konturen verwischten sich und die gegenüberliegende Wand wurde zerfetzt, bevor sich die Erscheinung verflüchtigte.

Langes Schweigen folgte. Dann ein kürzeres. Schließlich bemerkte der alte Schamane langsam: »Du hast nicht zufällig gerade zwei Männer gesehen, die verkehrt herum auf einem Besen hockten und sich gegenseitig anschrien, als sie durch die Hütte flogen?«

Der Novize sah ihn ruhig an. »Natürlich nicht«, erwiderte er.

Der Greis seufzte erleichtert. »Ich auch nicht, den Göttern sei Dank«, sagte er.

Im Knusperhäuschen herrschte das reinste Chaos: Die Zauberer wollten dem fliegenden Besen folgen und sich zur gleichen Zeit gegenseitig daran hindern. Was verständlicherweise zu einigen bedauerlichen Zwischenfällen führte.

Der spektakulärste — und sicher auch tragischste — geschah, als ein Seher versuchte, seine Siebenmeilenstiefel ohne die notwendigen Zaubersprüche und Vorbereitungen zu benutzen. Es wurde bereits an anderer Stelle erwähnt, daß solche Stiefel bestenfalls eine recht knifflige Form der Magie darstellen. Nun, der betreffende Magier erinnerte sich zu spät daran, daß äußerste Vorsicht bei der Verwendung thaumaturgischer Hilfsmittel geboten ist, die einen Menschen in die Lage versetzen, einen Fuß sieben Meilen weit vor den anderen zu setzen.

Die ersten Schneestürme des Winters tobten, und über dem größten Teil der Scheibenwelt hatte sich eine entsprechend dichte Wolkendecke gebildet. Doch wenn man sie von weit oben betrachtete, im silbernen Licht des kleinen Mondes, so bot sie einen der herrlichsten Anblicke im ganzen Multiversum.

Hunderte von Meilen lange Wolkenfahnen flatterten vom Wasserfall am Rand bis zu den Bergen in der Mitte. In der kalten, kristallenen Stille glitzerte die riesige Spirale wie pulvriges Eis und drehte sich majestätisch im Licht der Sterne — so als habe der Schöpfer gerade Seinen Kaffee umgerührt und die Schlagsahne hinzugegeben.

Nichts störte die erhabene Ruhe, die ...

Ein kleines Objekt in der Ferne durchbrach die dicke Wolkenschicht und zog Dunstsplitter hinter sich her. Schrilles Gezänk störte den stratosphärischen Frieden.

»Du hast gesagt, du könntest mit einem fliegenden Besen umgehen!«

»Von wegen. Diese Behauptung stammt von dir!«

»Aber dies ist mein erster Flug auf einem Besenstiel!«

»Ach, nein, was für ein Zufall!«

»Wie dem auch sei: Ich erinnere mich deutlich daran, daß du gesagt hast ... *Sieh dir den Himmel an!*«

»Solche Worte sind mir nie über die Lippen gekommen.«

»Was ist mit den Sternen passiert?«

Und so kam es, daß Rincewind und Zweiblum die ersten Bewohner der Scheibenwelt waren, die erfuhren, was die Zukunft bereithielt.

Tausend Meilen hinter ihnen ragte Cori Celesti zum Gewölbe des Firmaments empor und warf einen messerscharfen Schatten auf die träge Wolkenmasse. Die Götter hätten eigentlich aufmerksam werden müssen — doch für gewöhnlich schenkten sie dem Himmel keine Beachtung, und außerdem stritten sie sich gerade wieder mit den Eisriesen, die sich weigerten, ihr Radio leiser zu stellen.

Randwärts, in Reiserichtung Groß-A'Tuins, hatte jemand die Sterne vom Himmel gewischt.

In der leeren Schwärze glühte nur eine einzige Sonne, rot und ziemlich unheilvoll — ein Stern, dessen Gleißen so teuflisch war wie das Blitzen in den Pupillen eines tollwütigen Wildschweins. Und Groß-A'Tuin trug die Scheibenwelt dem gräßlichen Dämonenauge entgegen.

Rincewind wußte genau, worauf es in solchen Situationen ankam. Er schrie und lenkte den Besen nach unten.

Galder Wetterwachs stand in der Mitte des Oktagramms und hob die Arme.

»Urshalo, Dileptor, C'hula — ich unterwerfe euch meinem Willen!«

Über ihm formte sich eine kleine Dunstwolke. Galder drehte kurz den Kopf und sah Trymon an, der verdrießlich am Rande des magischen Kreises wartete.

»Jetzt wird's erst richtig interessant«, sagte der ältere Zauberer. »Hör genau zu. *Kot-b'hai! Kot-sham!* Zu mir, ihr Geister von kleinen, an Einsamkeit leidenden Steinen und sorgenvollen, nicht mehr als sieben Zentimeter langen Mäusen!«

»Was?« brachte Trymon hervor.

»Diese Stelle erforderte ziemlich aufwendige Forschungen«, erklärte Galder. »Insbesondere, was die Mäuse angeht. Äh, wo war ich stehengeblieben. Ah, ja...«

Erneut hob er die Arme. Trymon beobachtete ihn und befeuchtete sich geistesabwesend die Lippen. Der alte Narr konzentrierte sich tatsächlich, richtete seine Aufmerksamkeit allein auf den Zauberspruch und beachtete den jüngeren Magier nicht mehr.

Worte der Macht hallten durchs Zimmer, prallten von den Wänden ab und versteckten sich hinter Bücherregalen und Reagenzgläsern. Trymon zögerte.

Galder schloß die Augen, und sein Gesicht drückte Ekstase aus, als er die letzten Silben flüsterte.

Trymons Pulsschlag beschleunigte sich, als seine Finger erneut nach dem Messer tasteten. Und Galder öffnete ein Auge, nickte ihm zu und schleuderte ihm eine thaumaturgische Faust entgegen, die den jüngeren Zauberer mitten auf der Brust traf und an die Wand schleuderte.

Galder zwinkerte ihm zu — Trymon trug es unter ›väterlicher Tadel‹ ein, zusammen mit einer gedanklichen Notiz, Galders Hirn dafür *zwei* Jahre lang in Essig schwimmen zu lassen — und streckte die Hände aus.

»Zu mir, ihr Geister...«

Irgend etwas krachte, gefolgt von implodierendem Licht und einer Sekunde vollständiger physikalischer Ungewißheit, während der sich selbst die Wände zu ducken schienen. Trymon hörte einen zischenden Atemzug, dann ein dumpfes, massives Pochen.

Und schließlich Stille.

Nach einiger Zeit kroch Trymon hinter dem Stuhl hervor und klopfte sich den Staub von der Hose. Er pfiff leise vor sich hin — eine Melodie, bei der sich jedem Barden die Haare gesträubt hätten —, wandte sich mit übertriebener Vorsicht der Tür zu und starrte zur Decke, als bemerke er sie jetzt zum erstenmal. Seine Bewegungen schienen den Weltrekord für gemütliches Schlendern brechen zu wollen.

Der Koffer hockte in der Mitte des magischen Kreises und hob den Deckel.

Trymon verharrte an Ort und Stelle. Zögernd und ganz, ganz langsam drehte er sich um, fürchtete sich vor dem, was sich seinen Blicken darbot.

Die Kiste schien nichts weiter als saubere Wäsche zu enthalten, die nach Lavendel duftete. Trotzdem war Trymon so entsetzt wie noch nie zuvor in seinem Leben.

»Nun, äh«, brummte er nervös. »Du, äh, hast hier nicht zufällig einen anderen Zauberer gesehen?«

Dem Koffer gelang es irgendwie, noch bedrohlicher zu wirken.

»Oh«, sagte Trymon und schluckte. »Nun, äh, macht nichts.«

Mit zitternden Fingern zupfte er am Saum seiner Robe und fand vorübergehend Interesse an den Stickmustern. Als er wieder aufsah, war die Truhe immer noch da.

»Auf Wiedersehen«, sagte er und rannte los. Er schaffte es gerade rechtzeitig, die Tür hinter sich zuzuschlagen.

»Rincewind?«

Der Zauberer schlug die Augen auf. Was allerdings nicht viel nützte. Der Unterschied bestand nur darin, daß er vorher Schwärze gesehen hatte und jetzt strahlendes Weiß erblickte — was überraschenderweise alles schlimmer zu machen schien.

»Fühlst du dich wohl?«

»Nein.«

»Oh!«

Rincewind setzte sich auf und kam zu dem Schluß, auf einem teilweise mit Schnee bedeckten Felsen zu sitzen, der sich jedoch nicht dort befand, wo er eigentlich hingehörte. Um nur ein Beispiel zu nennen: Er bewegte sich, und dadurch schöpfte Rincewind sofort Verdacht.

Schneeflocken tanzten um ihn herum. Zweiblum stand

neben ihm, und diesmal brachten seine Züge aufrichtige Besorgnis zum Ausdruck.

Rincewind stöhnte. Sein Körper liebte es nicht, so rauh und grob behandelt zu werden wie im Knusperhäuschen und während des Fluges mit dem Besen, und nun erhob er auf unangenehme Weise Protest.

»Was jetzt?« fragte der Zauberer.

»Erinnerst du dich? Als wir unterwegs waren und ich dich darauf hinwies, wir könnten in der Dunkelheit gegen irgendein Hindernis prallen... Du hast mir geantwortet, in dieser Höhe käme nur eine mit Steinen vollgestopfte Wolke in Frage.«

»Und?«

»Woher hast du das gewußt?«

Rincewind drehte den Kopf und musterte die Umgebung, die eine ebenso interessante Vielfalt bot wie das Innere eines Pingpongballs.

Der Stein unter ihm war... nun, steinhart. Als er mit der Hand über die kalte Oberfläche strich, fühlte er ein deutliches Zittern, so als würde der Fels mit Hammer und Meißel bearbeitet. Der Zauberer streckte sich lang aus, preßte das Ohr auf den Granit und hörte ein leises, langsames Pochen, wie ein Herzschlag. Er kroch vor, bis er den Rand erreichte, spähte vorsichtig darüber hinweg.

Genau in diesem Augenblick flog der Felsen über eine Lücke in der dichten Wolkendecke, und Rincewind schnappte erschrocken nach Luft, als er in der Tiefe — weit unter ihm — zerklüftete Berggipfel sah.

Er röchelte und schob sich rasch wieder zurück.

»Das ist doch lächerlich«, sagte er zu Zweiblum. »Felsen schweben nicht hoch über dem Boden. Sie haben den Ruf, ziemlich schwer zu sein.«

»Vielleicht würden sie gern aufsteigen, wenn sie könnten«, erwiderte der Tourist. »Möglicherweise hat dieser gerade das Fliegen gelernt.«

»Wollen wir nur hoffen, daß er es nicht wieder vergißt«,

brummte Rincewind. Er zog sich den klammen Mantel enger um die Schultern und starrte bedrückt auf die Wolken in der Nähe. Er vermutete, daß es irgendwo Leute gab, die eine gewisse Kontrolle über ihr Leben hatten, die des Morgens aufstanden, abends zu Bett gingen und sicher sein konnten, nicht über den Rand der Welt zu fallen, von Verrückten angegriffen zu werden oder auf einem Felsen aufzuwachen, der es sich in den steinernen Kopf gesetzt hatte, wie ein Vogel zu fliegen. Er erinnerte sich vage daran, selbst einmal ein solches Leben geführt zu haben.

Rincewind schnüffelte. Irgend etwas briet, und der Duft wehte ihm aus dem milchigen Dunst entgegen, übte eine sehr anregende Wirkung auf seinen knurrenden Magen aus.

»Riechst du etwas?« fragte er.

»Ich glaube, es ist Schinken«, antwortete Zweiblum.

»Ich hoffe, daß es Schinken ist«, sagte Rincewind fest, »denn ich werde ihn essen.« Er erhob sich, schwankte auf dem zitternden Untergrund, stapfte an faserigen Wolkenfetzen vorbei und versuchte, die feuchten Nebelschwaden mit seinen Blicken zu durchdringen.

Am vorderen Ende des Felsens — gewissermaßen am Bug — saß ein schmächtiger Druide mit gekreuzten Beinen vor einem kleinen Feuer. Ein Öltuch ruhte auf seinem Kopf und bildete einen dicken Knoten unterm Kinn. Mit einer Schmucksichel drehte er mehrere Scheiben Schinken um, die in der Pfanne vor ihm brutzelten.

»Ähem«, räusperte sich Rincewind demonstrativ laut. Der Druide sah sich um und ließ die Pfanne ins Feuer fallen. Er sprang auf, schloß die Hand fester um den Sichelgriff und nahm eine so drohende Haltung ein, wie es jemandem möglich war, der ein langes weißes Nachthemd und ein tropfnasses Kopftuch trug.

»Ich warne euch«, stieß er hervor, schnitt eine Grimasse und nieste heftig. »Entführer fliegender Felsen haben von mir keine Gnade zu erwarten.«

»Wir halten von solchen Leuten ebenfalls nichts«, sagte Rincewind und warf einen sehnsüchtigen Blick auf den verkohlenden Schinken. Dieses Verhalten schien den Druiden zu verwirren. Übrigens soll hier nicht unerwähnt bleiben, daß der schmächtige Mann zu Rincewinds großer Überraschung ziemlich jung war. Die Theorie ließ natürlich Platz für junge Druiden, aber aus irgendeinem Grund hatte er sich solche Leute immer mit runzligen Gesichtern und langen Bärten vorgestellt.

»Ihr habt gar nicht die Absicht, den Felsen zu stehlen?« fragte der Druide, völlig aus dem Konzept gebracht.

»Ich weiß nicht einmal, wie man Felsen stiehlt«, erwiderte Rincewind lustlos.

»Entschuldigt bitte«, warf Zweiblum ein. »Ich glaube, das Frühstück verbrennt im Feuer.«

Der Druide drehte sich um und versuchte vergeblich, die Flammen zu ersticken. Rincewind zögerte nicht eine Sekunde, ihm zu helfen. Es folgte ein Durcheinander aus Rauch, Asche und leisen Flüchen, und der geteilte Triumph, tatsächlich einige braunschwarze Schinkenstücke gerettet zu haben, bewirkte weitaus mehr als ein zweistündiger Vortrag über Diplomatie.

»Wie seid ihr überhaupt hierher gekommen?« fragte der Druide. »Wir sind rund zweihundert Meter hoch — es sei denn, ich habe die Runen schon wieder durcheinandergebracht.«

Rincewind versuchte, nicht an Höhen und tiefe Abgründe zu denken. »Wir flogen gerade vorbei und sagten uns: ›He, warum machen wir nicht einen kleinen Abstecher zu dem Felsen dort?‹« erwiderte er.

»Wir waren auf dem Weg nach unten«, fügte Zweiblum hinzu.

»Und stürzten hier ab«, meinte Rincewind. Sein Rücken beschwerte sich erneut. »Zum Glück«, brummte er.

»Ich glaube, wir sind vor einer Weile in eine Turbulenz geraten«, sagte der Druide, der, wie sich später herausstellte, Belafon hieß. »Offenbar wurde sie von euch verursacht.« Er schauderte. »Inzwischen hat sicher ein neuer Tag begonnen. Zum Teufel mit den Flugvorschriften: Ich sorge dafür, daß wir höher steigen. Haltet euch fest.«

»Woran?« fragte Rincewind unsicher.

»Nun, gebt einfach zu verstehen, daß ihr nicht gern herunterfallen wollt«, antwortete Belafon. Er holte ein großes, eisernes Pendel unter seiner Robe hervor und schwang es mehrmals über dem Feuer hin und her.

Dunstfetzen huschten an ihnen vorbei, und in Rincewind entstand das unangenehme Gefühl, plötzlich doppelt so schwer zu sein. Unmittelbar im Anschluß daran erreichte der Felsen hellen Sonnenschein.

Er verharrte einige Meter über den faserigen Nebelschwaden, unter einem kühlen, aber wunderbar blauen Himmel. Die Wolken — während der vergangenen Nacht schienen sie unerreichbar fern gewesen zu sein, und am Morgen stellte sich heraus, daß sie nicht etwa aus weicher Watte bestanden, sondern aus klammer, nasser Kälte — bildeten einen weiten Teppich, der sich in alle Richtungen erstreckte. Einige Berggipfel ragten wie Inseln daraus empor. Hinter dem Felsen zog der Fahrtwind eine tiefe Furche ins dichte Weiß. Der Felsen selbst... Er glänzte bläulich, war etwa neun Meter lang und drei Meter breit.

»Was für ein erstaunliches Panorama«, sagte Zweiblum bewundernd.

»Äh, was hält uns oben?« fragte Rincewind.

»Überzeugungskraft«, erwiderte Belafon und wrang den Saum seiner Robe aus.

»Oh«, machte Rincewind und hielt klugerweise den Mund.

»Es ist nicht weiter schwer zu verhindern, daß fliegende Felsen zu Boden stürzen«, bemerkte der Druide, streckte den Arm aus, hob den Daumen und visierte einen fernen Berg an. »Problematisch wird's erst bei der Landung.«

»Das sollte man eigentlich nicht meinen, oder?« kommentierte Zweiblum.

»Überredungskunst ist die Antriebskraft des Universums«, stellte Belafon fest. »Was für ein Unsinn, alles mit Magie zu erklären.«

Rincewind starrte gerade durch eine besonders dünne Wolke und erblickte weit unten eine schneebedeckte Landschaft. Er ahnte, daß er sich in Gesellschaft eines Verrückten befand, doch er hatte ausreichend Gelegenheit gehabt, sich an solche Dinge zu gewöhnen. Wenn er in Sicherheit war, solange er dem übergeschnappten Druiden zuhörte, so war er ganz Ohr.

Belafon setzte sich und ließ die Beine über den Rand des Felsens baumeln.

»Ihr solltet euch keine Sorgen machen«, riet er. »Wenn ihr dauernd glaubt, der Felsen dürfe gar nicht fliegen, so hört er euch vielleicht, schließt sich eurer Meinung an und gibt euch recht — was unter den gegebenen Umständen nicht sonderlich begrüßenswert wäre, oder?« Belafon seufzte. »Offenbar seid ihr nicht an positives Denken gewöhnt.«

»Wahrscheinlich nicht«, erwiderte Rincewind nervös. Er versuchte, alle Vorstellungen zu verdrängen, die am Boden liegende Steine betrafen, sich statt dessen auszumalen, wie große Felsen fröhlichen Schwalben gleich dahinsegelten, die herrliche Schwerelosigkeit genossen und mit den Wolken tanzten...

Noch nie zuvor hatte er seinen Mangel an Phantasie mehr bedauert.

Die Druiden der Scheibenwelt waren sehr stolz auf ihre modernen Forschungen, bei denen es um die Mysterien des Universums ging, und sie rühmten sich, in dieser Hinsicht schon achthundertneunzehn Antworten auf fünfhundertdreiundvierzig Fragen gefunden zu haben. Wie ganz normale Druiden glaubten sie an die essentielle Einheit des Lebens, die Heilkraft von Pflanzen und den natürlichen Wechsel der Jahreszeiten. Darüber hinaus vertraten sie die tolerante Ansicht, all diejenigen, die solchen Wundern nicht mit der richtigen Einstellung begegneten, verdienten es, auf dem Scheiterhaufen zu schmoren. Sie hatten lange und gründlich über das eigentliche Fundament der Schöpfung nachgedacht und folgende Theorie entwickelt:

Die richtige Funktionsweise des Universums, so behaupteten sie, basiere auf dem Gleichgewicht von vier Elementarkräften: Zauber, Überzeugungskraft, Ungewißheit und Verdammte Sturheit.

Sonne und Mond umkreisten die Scheibenwelt deshalb, weil man sie überredete, nicht herunterzufallen — und Ungewißheit hinderte sie daran, einfach fortzufliegen. Zauber erlaubte es Bäumen zu wachsen, und aufgrund Verdammter Sturheit fielen sie nicht um. Diese Liste ließe sich beliebig fortsetzen.

Einige Druiden klagten über gewisse Ungereimtheiten in dieser Theorie, doch die weisesten unter ihnen wiesen großzügig darauf hin, im Gebäude ihrer Anschauungen gebe es durchaus Zimmer, in denen man ruhige Gespräche und wissenschaftliche Debatten führen könne. Was jedoch nichts daran änderte, daß die Kritiker bei der nächsten Sonnenwende in einem großen Zeremonienfeuer verbrannten.

»Du bist also Astronom?« fragte Zweiblum.

»O nein«, widersprach Belafon, als der Felsen langsam an der gewölbten Flanke eines hohen Berges vorbeischwebte. »Ich bin Berater in Sachen Computer-Hardware.«

»Computer-Hardware? Was ist das?«

»Nun, dies hier«, sagte der Druide und stampfte mit dem Fuß auf bläulich glänzendes Gestein. »Zumindest ein Teil davon. Es handelt sich um eine neue Komponente, und meine Aufgabe besteht darin, sie zu liefern. Offenbar gibt es einige Probleme mit den großen Schaltkreisen drüben in der Wirbel-Ebene. So heißt es jedenfalls. Ach, ich wünschte, ich bekäme ein silbernes Amulett für jeden Anwender, der es versäumt, das Benutzerhandbuch zu lesen.« Er zuckte mit den Schultern.

»Zu was nützt ein Steincomputer?« fragte Rincewind, um sich von der Tiefe abzulenken.

»Nun, damit kann man zum Beispiel die... die Jahreszeit feststellen«, sagte Belafon.

»Ah. Du meinst, wenn sich Schneewehen darauf bilden, ist Winter?«

»Ja. Das heißt, nein.« Der Druide suchte nach den richtigen Worten. »Angenommen, man möchte wissen, welcher Stern wo aufgeht...«

»Warum?« fragte Zweiblum und zeigte höfliches Interesse.

»Nun, stellt euch vor, ihr wollt den richtigen Zeitpunkt für die Saat bestimmen«, fuhr Belafon fort und begann zu schwitzen.

»Ich könnte dir meinen Almanach leihen«, bot sich Zweiblum an.

»Almanach?«

»Ein Buch mit einem genauen Kalender«, erklärte Rincewind müde. »Du könntest es bestimmt gut gebrauchen.«

Belafon versteifte sich. »Ein Buch?« wiederholte er. »Mit Seiten aus Papier?«

»Ja.«

»Das klingt nicht sehr eindrucksvoll«, entgegnete der Druide abfällig. »Auf welche Weise soll ein Buch die einzelnen Tage bestimmen? Papier kann doch nicht zählen.«

Er stapfte zum vorderen Ende — zum *Bug* — des Felsens, der daraufhin bedrohlich schwankte. Rincewind schluckte und winkte Zweiblum zu sich heran.

»Hast du schon mal was von Kulturschock gehört?« flüsterte er ihm zu.

»Das Wort höre ich jetzt zum erstenmal.«

»So etwas geschieht, wenn irgendwelche Leute fünfhundert Jahre lang versuchen, einen Steinkreis richtig zu programmieren — und dann jemand mit einem kleinen Buch kommt, in dem es für jeden Tag eine Seite gibt, mit überaus klugen Hinweisen wie ›Heute sollte man dicke Bohnen pflanzen‹, ›Morgenstund hat schlechten Geschmack im Mund‹ und ›Zeitig aus dem Bett und ein frühes Abendbrot — das macht einen Mann gesund, reich und rasch tot‹. Und weißt du, was man in Hinsicht auf Kulturschocks keinesfalls vergessen...« — Rincewind legte eine kurze Pause ein, um Luft zu holen, verlor den Faden und wiederholte den Satz mit zitternden Lippen —, »...darf?«

»Nein.«

»Man bewahre einen Druiden davor, der einen tausend Tonnen schweren Felsen fliegt.«

»Ist er weg?«

Trymon spähte furchtsam über die bröckeligen Zinnen des Kunstturms, der, wie bereits erwähnt, die anderen Gebäude der Unsichtbaren Universität überragte. Weit unten standen Dutzende von Schülern und magischen Unterweisern, und sie nickten zögernd.

»Seid ihr ganz sicher?«

Der Schatzmeister hob die Hände, formte damit einen Trichter vor dem Mund und rief: »Vor einer Stunde durchbrach er die Mittwärtstür und floh!«

»Falsch«, erwiderte Trymon. »*Wir* sind geflohen. Der Koffer verschwand einfach. Nun, ich glaube, ich kann meinen... Beobachtungsposten jetzt verlassen. Hat die Kiste sonst noch jemanden erwischt?«

Der Schatzmeister schluckte. Er war kein Zauberer, sondern ein gutmütiger, fröhlicher Mann, der durch die jüngsten Ereignisse nicht nur seinen Humor verloren hatte, sondern auch so wichtige Eigenschaften wie Zuversicht, Optimismus und den Glauben an eine gut geordnete Welt. Natürlich geschah es dann und wann, daß kleine Dämonen, bunte Lichter und halb materialisierte Trugbilder über den Campus wanderten, doch der unerbittliche Angriff des Koffers nährte seinen Argwohn, daß in der Unsichtbaren Universität nicht mehr alles mit rechten Dingen zuging. Der Versuch, der Truhe Einhalt zu gebieten, wäre ebenso erfolgversprechend gewesen wie der Ringkampf mit einem Gletscher.

»Sie... sie hat den Dekan der Freien Studien verschluckt, Herr«, antwortete er.

Trymon strahlte. »Alles hat seine guten Seiten«, murmelte er.

Gemächlich ging er die lange Wandeltreppe herab. Nach einer Weile umspielte ein dünnes, zufriedenes Lächeln seine Lippen. Langsam fand er Gefallen an der allgemeinen Entwicklung.

Natürlich gab es eine Menge zu organisieren. Und genau das war Trymons Lieblingstätigkeit.

Der Felsen sauste über eine weite Hochebene, und das aus Luft bestehende Kielwasser zerriß Schneewehen, die sich nur wenige Meter unter dem großen Steinblock befanden. Belafon hastete dauernd hin und her, schmierte hier Mistelsalbe auf kantigen Granit und zeichnete dort eine Rune, während Rincewind sich ganz seiner Mischung aus Entsetzen und Erschöpfung hingab. Zweiblum nutzte die Gelegenheit, sich Sorgen um seinen Koffer zu machen.

»Dort oben!« schrie der Druide, um das Heulen des Fahrtwindes zu übertönen. »Seht nur — der große Himmelscomputer!«

Rincewind schlug die Hände vors Gesicht, war jedoch nicht konsequent genug, die Augen zu schließen. Durch die Lücken zwischen den Fingern sah er eine gewaltige Konstruktion aus grauen und schwarzen Felsplatten, die konzentrische Kreise und dunkle, labyrinthene und unheimlich anmutende Tunnel bildeten. Die Vorstellung, daß Menschen jene Bergkinder bewegt hatten, erschien ihm völlig absurd. Nein, es kamen nur Riesen in Frage, die...

»Sieht aus wie eine Ansammlung vieler Felsen«, bemerkte Zweiblum nüchtern.

Belafon zögerte und brach eine magische Beschwörung ab.

»Was?« fragte er drohend.

»Wirklich hübsch«, sagte der Tourist hastig. Er suchte nach einem angemessenen Ausdruck. »Ethnisch und urwüchsig«, entschied er.

Der Druide versteifte sich. »*Hübsch?*« wiederholte er. »Ein Triumph der Siliciumtechnik, ein Wunderwerk moderner Steinmetzkunst — *hübsch?*«

»Oh, ja«, bestätigte Zweiblum, für den Sarkasmus nur ein Wort mit neun Buchstaben war, das mit S anfing.

»Was bedeutet ›ethnisch‹?« erkundigte sich der Druide mißtrauisch.

»Es ist ein Synonym für ›ungeheuer beeindruckend‹«, warf Rincewind besorgt ein. »Übrigens: Die Landung steht kurz bevor, und wenn ich mich recht entsinne, hast du in diesem Zusammenhang einige Probleme erwähnt. Daher wäre ich dir sehr dankbar, wenn du dich wieder auf den Felsen konzentrieren würdest...«

Belafon drehte sich um, brummte mürrisch und lehnte es ab, sich von solchen Hinweisen besänftigen zu lassen.

Der Felsen wurde langsamer, wandte sich in einer aufgewirbelten Schneewolke zur Seite und schwebte über dem Kreis. Weiter unten vollführte ein Druide komplizierte Gesten mit zwei Mistelzweigen, und Belafon lenkte den massiven Steinblock geschickt tiefer. Es ertönte nur ein leises Klicken, als er weich auf zwei säulenartigen Pfosten landete.

Rincewind ließ den angehaltenen Atem zischend entweichen. Sein Seufzer ergriff sofort die Flucht und verbarg sich irgendwo.

Eine Leiter knallte an den Rand des Felsens, und ein älterer Druide, der genau den Vorstellungen Rincewinds entsprach, starrte über den Rand. Er bedachte die beiden Passagiere mit einem verwunderten Blick und wandte sich an Belafon.

»Wurde auch verdammt Zeit, daß du kommst«, sagte er. »Nur noch sieben Wochen bis Silvester, und das blöde Ding ist schon wieder defekt.«

»Hallo, Zakriah«, erwiderte Belafon. »Worum geht's denn diesmal?«

»Irgendwo steckt der Wurm drin«, knurrte der alte Druide, und Rincewind dachte an Würmer, die Granit, Schiefer und Silicium für Leckerbissen hielten. »Heute hat der Computer den Sonnenaufgang drei Minuten zu früh vorhergesagt. Wenn das keine Fehlfunktion ist!«

Belafon kletterte die Leiter hinunter und geriet außer Sicht. Die beiden Passagiere sahen sich kurz an und starrten in den weiten, offenen Bereich des Innenkreises.

»Und jetzt?« fragte Zweiblum.

»Was hälst du von einem Nickerchen?« schlug Rincewind vor.

Der Tourist schenkte ihm keine Beachtung und griff nach den Sprossen.

Druiden hockten am Rande der steinernen Konstruktion, schlugen mit kleinen Hämmern auf die Megalithen ein und horchten konzentriert. Einige der großen Steine lagen auf der Seite — vor ihnen hatten sich weitere Granitcomputer-Experten versammelt, untersuchten die Felsen eingehend und führten hitzige Debatten. Rincewind vernahm geheimnisvoll und mystisch klingende Bemerkungen wie:

»Es kann sich nicht um Software-Inkompatibilität handeln: Der Gesang der Zertretenen Spirale wurde *extra* für konzentrische Kreise geschaffen, du Idiot...«

»Ich meine, wir sollten das Ding wieder in Betrieb nehmen und es mit einem schlichten Mondritual versuchen...«

»Na schön, na schön. Mit den Steinen ist alles in Ordnung. Nur das Universum spielt verrückt...«

Im Erschöpfungsnebel hinter Rincewinds Stirn formten sich Erinnerungsbilder, die ihm einen gräßlichen, roten Stern zeigten. In der vergangenen Nacht *war* das Universum übergeschnappt.

Was hatte ihn nach dem Sturz vom Rande der Welt auf die Scheibe zurückgebracht?

Der Zauberer gewann den Eindruck, daß sich die Antworten in seinem Kopf verbargen — und daß noch etwas anderes die Szene weiter unten beobachtete. Durch seine Augen.

Der Zauberspruch verließ sein Versteck in den dunklen Labyrinthen von Rincewinds Bewußtsein, saß frisch, fromm, fröhlich, frei im vordersten Hirnrang und knabberte mentales Popcorn.

Der Magier versuchte, ihn zurückzudrängen — und die Welt um ihn herum löste sich auf...

Finsternis umgab ihn, warme, muffige Schwärze. Die Dunkelheit eines Grabes. Rincewind kam sich plötzlich wie eine Mumie vor, die seit Jahrtausenden darauf wartete, aus einem Sakrophag befreit zu werden.

Er roch modriges Leder und altes Pergament, das raschelte.

Er zweifelte nicht daran, daß die Finsternis unvorstellbare Schrecken bereithielt — und das Problem mit unvorstellbaren Schrecken bestand darin, daß man sie sich nur allzu leicht vorstellen konnte...

»Rincewind«, ertönte eine Stimme, die so klang, als unternähme eine Eidechse erste Sprechversuche.

»Äh«, erwiderte er. »Ja?«

Die Stimme kicherte — ein seltsames Geräusch, wie knisterndes Papier.

»Du solltest eigentlich fragen: ›Wo bin ich?‹«, sagte sie.

»Ich bin mir nicht sicher, ob ich das wissen möchte«, brummte Rincewind. Er versuchte, die Dunkelheit mit seinen Blicken zu durchdringen. Allmählich gewöhnten sich seine Augen an die Finsternis, und nach einiger Zeit glaubte er etwas zu erkennen — etwas Vages, das matt glühte und in der Schwärze vor ihm seltsame Linien bildete. Es wirkte sonderbar vertraut.

»Na gut«, sagte er schließlich. »Wo bin ich?«

»Du träumst.«

»Kann ich jetzt bitte aufwachen?«

»Nein«, meldete sich eine zweite Stimme, so alt und trocken wie die erste, aber doch ein wenig anders.

»Wir müssen dir eine sehr ernste Mitteilung machen«, verkündete ein drittes Etwas, das noch leichenartiger klang. Rincewind nickte verwirrt. Im hinteren Gewölbe seines Bewußtseins lag der Zauberspruch auf der Lauer und spähte vorsichtig über die mentale Schulter des Magiers.

»Du hast uns ziemliche Probleme bereitet, junger Rincewind«, fuhr die Stimme fort. »Wie kann man nur über den Rand der Welt fallen, ohne vorher um Erlaubnis zu fragen? Weißt du, wir mußten die ganze Realität verändern.«

»Meine Güte.«

»Und jetzt erwartet dich eine bedeutsame Aufgabe.«

»Oh. Meinetwegen.«

»Vor vielen Jahren sorgten wir dafür, daß sich einer von uns in deinem Kopf versteckte, denn wir sahen voraus, daß du eines Tages eine recht wichtige Rolle spielen würdest.«

»Ich? Warum?«

»Du läufst dauernd weg«, ließ sich eine der anderen Stimmen vernehmen. »Und das ist gut so. Du verstehst es, zu überleben.«

»Zu überleben? Lieber Himmel, ich weiß gar nicht mehr, wie oft ich fast gestorben wäre.«

»Eben — fast.«

»Oh!«

»Aber versuch bitte nicht, noch einmal über den

Rand der Scheibe zu fallen. Das können wir nicht zulassen.«

»Wer ist *wir*?« fragte Rincewind zögernd.

Es raschelte in der Dunkelheit.

»Zu Anfang war das Wort«, sagte eine knochentrockene Stimme rechts hinter ihm.

»Nein, das Ei«, widersprach eine andere. »Ich erinnere mich genau. Das Große Ei des Universums. Ein wenig ledrig.«

»Wenn ihr's wissen wollt: Ihr irrt euch beide. Ich bin sicher, es war der primordiale Schleim.«

Eine Stimme neben Rincewinds Knie meinte: »Nein, der kam erst später. Zuerst wölbte sich das Firmament. Ins Unendliche. Ziemlich klebrig, wie Zuckerwatte. Sogar sirupartig, wenn ihr mir diesen Ausdruck gestattet...«

»*Falls sich jemand dafür interessiert...*«, erklang eine knarrende Stimme dicht unter Rincewinds linkem Ohr. »Ihr liegt alle völlig daneben. Zu Anfang war das Große Räuspern...«

»...und dann das Wort...«

»...nein, der Schleim...«

»Entschuldigt bitte: ein ledriges Ei...«

Kurze Stille folgte, bevor jemand schlichtend bemerkte: »Nun, was auch immer es gewesen sein mag: Wir erinnern uns genau daran.«

»Allerdings!«

»Und ob.«

»Und wir müssen das bewahren, was auf den Anfang folgte, Rincewind.«

Der Magier zwinkerte, doch die Finsternis blieb schwarz. »Würdet ihr mir bitte erklären, wovon ihr überhaupt sprecht?«

Er hörte ein papiernes Seufzen. »Ich glaube, wir müssen deutlicher werden«, sagte eine der Stimmen. »Weißt du, Rincewind: Es ist überaus wichtig, daß du den Zauberspruch in deinem Kopf hütest und ihn rechtzeitig zurückbringst, so daß wir alle zum genau richtigen Zeitpunkt ausgesprochen werden können. Verstehst du?«

So daß wir ausgesprochen *werden können?* dachte Rincewind.

Und langsam begriff er, woher das Glühen in der Schwärze vor ihm stammte — von Schriftzeichen, die er durch eine Buchseite sah.

»Ich bin *im* Oktav?« fragte er.

»In gewisser, metaphysischer Weise«, erklärte eine der Stimmen wie beiläufig. Sie kam näher. Der Magier spürte trockenes Rascheln direkt vor seiner Nase...

Er wirbelte herum und ergriff die Flucht.

Der einzelne rote Stern wuchs, umgeben von Schwärze, in der keine anderen Lichter flackerten. Trymon trug noch immer die Zeremonienrobe seiner feierlichen Amtseinführung als neues Oberhaupt des Ordens, und er wurde das Gefühl nicht los, daß die unheilvoll schimmernde Scheibe weiter anschwoll, während er sie beobachtete. Schaudernd wandte er sich vom Fenster ab.

»Nun?« fragte er.

»Es ist ein Stern«, sagte der Astrologieprofessor. »Glaube ich jedenfalls.«

»Das *glaubst* du?«

Der Astrologe zwinkerte nervös. Sie befanden sich im Observatorium der Unsichtbaren Universität, und der winzige, rubinrote Diskus am Horizont starrte den Professor nicht finsterer an als Trymon.

»Tja, weißt du, das Problem ist: Bisher dachten wir, alle Sterne ähnelten mehr oder weniger unserer Sonne...«

»Du meinst, es handele sich um Feuerkugeln, die eine Meile durchmessen?«

»Ja. Aber dieser neue... Nun, er ist *groß*.«

»Größer als die Sonne?« fragte Trymon. Er hatte Feuerkugeln, die eine Meile durchmaßen, immer für recht beeindruckend gehalten, obgleich er Sterne prinzipiell mißbilligte. Durch sie wirkte der Himmel unordentlich.

»Ein ganzes Stück größer«, sagte der Astrologe langsam.

»Etwa größer als Groß-A'Tuins Kopf?«

Der Professor schien sich in seiner Haut nicht ganz wohl zu fühlen.

»Größer als Groß-A'Tuin und die Scheibenwelt zusammen«, erwiderte er schließlich. Hastig fügte er hinzu: »Wir haben es nachgeprüft und sind völlig sicher.«

»Das *ist* groß«, bemerkte Trymon. Das Wort ›riesig‹ kam ihm in den Sinn.

»Gewaltig«, pflichtete ihm der Astrologe bei. »Um nicht zu sagen: enorm.«

»Hm.«

Trymon wanderte über den weiten Mosaikboden des Observatoriums, der die Zeichen des Scheibenwelt-Tierkreises aufwies. Es waren insgesamt vierundsechzig, und das Spektrum reichte von Wezen, dem Doppelköpfigen Känguruh, bis hin zu Gahoolie, der Tulpenvase, — einer Konstellation von enormer religiöser Bedeutung, an die sich leider niemand mehr erinnerte.

Er blieb auf den blauen und goldenen Fliesen von Mubbo, der Hyäne, stehen, drehte sich langsam um.

»Besteht die Gefahr einer Kollision mit dem Stern?« erkundigte er sich.

»Ich fürchte ja«, sagte der Astrologe.

»Hm.« Trymon setzte sich erneut in Bewegung und zupfte nachdenklich an seinem Bart. Nach einigen Schritten verharrte er auf den Zeichen von Okjock, dem Verkäufer, und der Himmlischen Pastinake.

»Ich kenne mich in diesen Dingen nicht besonders gut aus«, gestand er ein. »Aber ich nehme an, ein solcher Zusammenstoß wäre alles andere als angenehm, oder?«

»Da hast du völlig recht, Herr.«

»Sterne sind heiß, nicht wahr?«

Der Professor schluckte. »Ja, Herr.«

»Würden wir verbrennen?«

»Im letzten Stadium. Vorher müssen wir mit Scheiben-beben, Überflutungen und Gravitationsanomalien rechnen. Außerdem verlören wir die Atmosphäre. Und ohne Luft ist das Atmen eine ziemlich problematische Angelegenheit.«

»Ah! Mit anderen Worten: Mangel an anständiger Organisation.«

Der Astrologe zögerte und nickte unsicher. »Das könnte man sagen, Herr.«

»Die Bevölkerung geriete in Panik?«

»Ja, Herr — bevor sie erstickt.«

»Hm«, brummte Trymon, ging über das Vielleichttor hinweg und näherte sich der Himmelskuh. Einmal mehr beobachtete er das rote Glühen am Horizont — und schien sich zu einer Entscheidung durchzuringen.

»Wir haben vergeblich nach Rincewind gesucht«, stellte er fest. »Und wenn wir ihn nicht finden können, bleiben die acht Zaubersprüche des Oktavs unvollständig. Andererseits glauben wir, daß Oktav lesen zu müssen, um eine Katastrophe zu verhindern. Warum ließ der Schöpfer das Buch sonst hier?«

»Vielleicht hat Er es vergessen«, warf der Astrologe ein.

»Die anderen Orden halten überall nach Rincewind Ausschau, von hier bis zur Mitte«, fuhr Trymon fort und zählte die einzelnen Punkte an den Fingern ab. »Sie gehen von der durchaus vernünftigen Annahme aus, daß jemand, der in eine Wolke fliegt, irgendwann wieder zum Vorschein kommen muß...«

»Es sei denn, die Wolke war mit Felsen vollgestopft«, meinte der Professor in einem unglücklichen und — wie sich kurz darauf herausstellte — erfolglosen Versuch, die Stimmung zu verbessern.

»Nun, eins steht fest: Irgendwann muß er wieder herunterkommen. Die Frage lautet nur: wo?«

»Um das herauszufinden, bietet sich uns eine ganz bestimmte Möglichkeit an.«

»Aha«, machte der Professor und lief, um nicht den Anschluß zu verlieren. Trymon marschierte gerade über Die Beiden Dicken Vettern.

»Und worin besteht diese Möglichkeit?«

Der Astrologe sah in zwei graue Augen, die so mild und sanft blickten wie die eines hungrigen Wolfs.

»Äh, wir warten einfach ab?« entgegnete er vorsichtig, auf alles gefaßt.

»Keineswegs! Wir nutzen die Gaben, die uns der Schöpfer überließ, machen von unserem Verstand Gebrauch und sehen zu Boden. Und was erkennen wir dort?«

Der Professor stöhnte innerlich und senkte den Kopf.

»Fliesen?« vermutete er.

»Ja, Fliesen. Und sie bilden was?« Trymon musterte ihn erwartungsvoll.

Der Astrologe schluckte der Verzweiflung nahe. »Den Tierkreis?«

»Stimmt! Wir brauchen also nur das genaue Horoskop Rincewinds zu erstellen, um seinen Aufenthaltsort in Erfahrung zu bringen!«

Der Astrologe grinste wie jemand, der gerade auf Treibsand getanzt hatte und nun festes Gestein unter den Füßen spürte.

»Dazu muß ich wissen, wo und wann er geboren wurde«, sagte er.

»Kein Problem. Ich habe in den Universitätsakten nachgesehen, bevor ich hierher kam.«

Der Professor blätterte in den Unterlagen und runzelte die Stirn. Er durchquerte den Raum, öffnete eine Schublade und holte astrologische Karten hervor. Noch einmal las er die Angaben. Er nahm zwei kompliziert wirkende Kompasse zur Hand, legte sie auf die Karten und rückte sie hin und her. Er griff nach einem kleinen Messingastroskop und drehte es behutsam. Er pfiff leise durch die Zähne. Er holte ein Stück Kreide aus der Tasche und kritzelte einige Zahlen auf die Tafel.

Unterdessen trat Trymon erneut ans Fenster und betrachtete das rote Glühen am Horizont. *Die Legende der Pyramide von Tsort ist deutlich genug,* dachte er. *Wer die Acht Zauberformeln ausspricht, während der Scheibenwelt Gefahr droht, erhält alles, was er sich wünscht. Und es dauert nicht mehr lange!*

Und er überlegte: *Ich kenne Rincewind. War er nicht der Trottel, der in unserer Novizenklasse die mit Abstand schlechtesten Noten bekam? Hat nicht einen magischen Knochen im Leib. Wenn ich ihn erwische, fällt es mir bestimmt nicht schwer, alle acht Zaubersprüche zusammenzubringen...*

Der Astrologe gab ein keuchendes »*Lieber Himmel!*« von sich, und Trymon drehte sich ruckartig um.

»Nun?«

»Ein faszinierendes Diagramm«, bemerkte der Professor atemlos. Tiefe Furchen bildeten sich in seiner Stirn. »Äußerst seltsam, um ganz genau zu sein.«

»Wie seltsam?«

»Rincewind wurde im Zeichen Der Kleinen Langweiligen Gruppe Blasser Sterne geboren, das, wie du sicher weißt, zwischen der Fliegenden Maus und der Verknoteten Kordel liegt. Es heißt, nicht einmal die Ahnen fanden irgendeine Art von Interesse an jener Konstellation, die...«

»Komm endlich zur Sache«, unterbrach ihn Trymon ungeduldig.

»Nun, für gewöhnlich steht das Zeichen in Verbindung mit Schachbrett-Tischlern, Zwiebelverkäufern, Herstellern von Gipsbildern, die eine nur geringe religiöse Bedeutung haben, und Leuten, die kein Zinn ausstehen. Es ist überhaupt kein Magier-Zeichen. Hinzu kommt, daß zum Zeitpunkt von Rincewinds Geburt der Schatten von Cori Celesti...«

»Die astrologischen Einzelheiten kannst du dir sparen«, knurrte Trymon. »Nenn mir endlich das Horoskop.«

Der Professor war recht stolz auf seine Berechnungen, seufzte enttäuscht und rückte die beiden Kompasse zurecht.

»Nun gut«, sagte er. »Es lautet folgendermaßen: ›Heute hast du Gelegenheit, neue Freunde zu gewinnen. Eine gute Tat mag überraschende Konsequenzen nach sich ziehen. Hüte dich davor, Druiden zu verärgern. Du wirst bald eine seltsame Reise beginnen. Salatgurken magst du besonders gern. Leute, die Messer auf dich richten, führen wahrscheinlich nichts Gutes im Schilde. Postskriptum: Das mit den Druiden ist ernst gemeint.‹«

»Druiden?« wiederholte Trymon nachdenklich. »Interessant...«

»Ist alles in Ordnung mit dir?« fragte Zweiblum.

Rincewind schlug die Augen auf.

Rasch stemmte er sich in die Höhe und packte den Touristen am Kragen.

»Ich will weg von hier!« sagte er drängend. »Am besten, wir brechen sofort auf!«

»Aber bald beginnt eine uralte, traditionelle Zeremonie!«

»Ist mir völlig egal, wie alt traditionelle Zeremonien sind! Ich möchte endlich wieder ein anständiges Kopfsteinpflaster unter den Füßen haben und den vertrauten Geruch von Jauchegruben genießen! Ich möchte dorthin zurück, wo es viele Leute, Feuer, Dächer, Wände und ähnlich erfreuliche Dinge gibt! Mit anderen Worten: Ich will nach *Hause!*«

Plötzlich sehnte er sich nach den verrauchten, dreckigen Straßen von Ankh-Morpork zurück. Er erinnerte sich an die prächtige Stadt im Frühling, wenn der schleimige Glanz des völlig verschmutzten Ankh-Flusses herrlicher schimmerte als sonst und man des Abends das Zwitschern der Vögel hören konnte — beziehungsweise ihr krächzendes Keuchen.

Tränen stiegen ihm in die Augen, als er sich an das Glitzern auf dem Dach des Tempels Kleiner Götter entsann, einem berühmten Wahrzeichen der Stadt, und in seinem Hals bildete sich ein Kloß, als ihm die Bratstände an der Ecke Kehrichtgasse und Der Straße Schlauer Kunsthandwerker einfielen. Er dachte an die Essiggurken, die dort angeboten wurden, an dicke grüne Dinger, die wie ertrunkene Wale in großen Einmachgläsern schwammen. Sie flüsterten Rincewind über eine Entfernung von vielen Meilen zu, versprachen, ihn leckeren eingelegten Eiern vorzustellen.

Er dachte an die gemütlichen Dachböden der Mietställe und warmen Heuschuppen, in denen er übernachtete. Es erschien ihm unglaublich und geradezu absurd, daß ihn dieses Leben früher einmal betrübt, ihn sogar gelangweilt hatte...

Ich bin nicht für Abenteuer geschaffen, überlegte er kummervoll. *Mir reicht's. Sollen andere Leute vom Rand der Welt fallen und auf Wolken spazierengehen. Ich kehre nach Hause zurück. He, Essiggurken, wartet auf mich...*

Er schob Zweiblum beiseite, zog sich seine zerknitterte Robe würdevoll enger um die Schultern, sah in die Richtung, in der er Ankh-Morpork vermutete — und trat mit einer erstaunlichen Mischung aus unerschütterlicher Entschlossenheit und bemerkenswerter Gedankenlosigkeit über die Kante eines neun Meter langen Triliths.

Während der zehn Minuten, die der besorgte und zerknirschte Zweiblum brauchte, um ihn aus einer hohen Schneewehe vor den Steinen zu graben, veränderte sich Rincewinds Gesichtsausdruck nicht. Der Tourist musterte ihn.

»Wie fühlst du dich?« fragte er und hob die Hand. »Wie viele Finger siehst du?«

»Ich will nach Hause!«

»Meinetwegen.«

»Nein, versuch bloß nicht, mir das auszureden. Ich hab die Nase voll. Ich würde gern sagen, daß mir unsere Reisen viel Spaß machten, aber das entspräche nicht ganz der Wahrheit. Und außerdem...« Rincewind unterbrach sich. »Was hast du gesagt?«

»Meinetwegen«, wiederholte Zweiblum. »Ich würde Ankh-Morpork gern wiedersehen. Ich schätze, inzwischen ist der größte Teil der Stadt wiederaufgebaut.«

Es sollte hier erwähnt werden, daß Rincewind und Zweiblum die Stadt zum letztenmal gesehen hatten, als sie lichterloh brannte — das Feuer stand in einem gewissen Zusammenhang mit Zweiblums Erklärungen in Hinsicht auf die Vorzüge von Brandversicherungen, die bei der Bevölkerung zwar auf Interesse, aber nicht das notwendige Verständnis stießen. Doch die Morporkianer waren seit langem an Feuersbrünste gewöhnt, und wenn sie nach einer der vielen Katastrophen die Stadt fröhlich wiederaufbauten, verwendeten sie die traditionellen Materialien: zunderartiges Holz und Stroh, das mit Teer vor der Regennässe geschützt wurde.

»Oh«, erwiderte Rincewind verwirrt. »Oh, ich verstehe. Nun gut. Ausgezeichnet. Auf was warten wir dann noch?«

Er stand auf und klopfte den Schnee von der Hose.

»Ich schlage vor, wir gedulden uns bis morgen früh«, sagte Zweiblum.

»Warum?«

»Weil es ziemlich kalt ist, wir überhaupt nicht wissen, wo wir sind, der Koffer nach wie vor irgendwo herumirrt und es dunkel wird...«

Rincewind zögerte. In den tiefen Schluchten seines Bewußtseins hörte er das leise Rascheln von uraltem Papier. Voller Unbehagen dachte er daran, daß sich seine Träume von jetzt an häufig wiederholen könnten. Er entschied, daß es wichtigere Dinge gab, als einigen Zaubersprüchen zuzuhören, die sich nicht einmal über den Beginn des Universums einigen konnten...

In der Hinterkammer seines Hirns flüsterte eine leise und trockene Stimme: *Was für Dinge?*

»Ach, sei still«, sagte Rincewind laut.

»Ich sagte doch nur, daß es ziemlich kalt ist und...«, begann Zweiblum.

»Ich meinte nicht dich, sondern mich.«

»Was?«

»Ach, sei still«, brummte Rincewind und seufzte. »Ob wir hier irgendwo was zu essen finden?«

Die großen Steine zeichneten sich als dunkle und bedrohlich wirkende Schatten vor dem grünen Licht der untergehenden Sonne ab. Im Innenkreis wimmelte es von Druiden, die im flackernden Schein mehrerer Feuer hin und her eilten und die notwendigen Peripheriekomponenten eines granitenen Computers justierten — zum Beispiel Widderschädel auf hohen Pfählen, geschmückt mit Mistelzweigen, Fahnen, die Knochen- und Schlangensymbole auswiesen, und dergleichen mehr. Jenseits des Feuerscheins warteten Dutzende von Bewohnern der Ebene: Druidenfeiern waren sehr beliebt, vor allen Dingen deswegen, weil meistens etwas schiefging.

Rincewind sah sich um.

»Was geht hier eigentlich vor?«

»Oh«, machte Zweiblum begeistert, »offenbar treffen die Druiden Vorbereitungen für ein jahrtausendaltes Ritual, mit dem die Wiedergeburt des Mondes — oder vielleicht auch die der Sonne — zelebriert werden soll. Allem Anschein nach handelt es sich um eine sehr ernste, erhabene und hochheilige Feier, mit einem guten Schuß stiller Ehrfurcht.«

Rincewind schauderte. Er begann sich immer Sorgen zu machen, wenn Zweiblum solche Formulierungen wählte. Wenigstens hatte er bisher darauf verzichtet, Ausdrücke wie ›malerisch‹ oder ›kurios‹ zu verwenden. Es war dem

Zauberer noch nicht gelungen, ein angemessenes Synonym für derartige Zustände zu finden. Er begnügte sich mit dem Wort ›Schwierigkeiten‹.

»Ich wünschte, der Koffer wäre hier«, sagte der Tourist in bedauerndem Tonfall. »Ich könnte meinen Bildkasten gebrauchen. Bestimmt steht uns ein sehr malerisches und kurioses Ereignis bevor.«

Ein aufgeregtes Murmeln ging durch die Reihen der Zuschauer: Wahrscheinlich stand der Beginn der Zeremonie unmittelbar bevor.

»Hör mal«, sagte Rincewind nervös. »Druiden sind Priester. Das darfst du nicht vergessen. Hüte dich davor, sie zu verärgern.«

»Aber...«

»Beleidige niemanden, indem du vorschlägst, einen der Felsen zu kaufen.«

»Aber ich...«

»Und red bloß nicht von kurioser einheimischer Folklore.«

»Ich dachte...«

»Und biete ihnen auf *keinen Fall* eine Versicherung an. Die Druiden hassen nichts mehr.«

»Aber es sind Priester!« wandte Zweiblum ein. Rincewind runzelte die Stirn.

»Ja«, sagte er. »Das erklärt alles, nicht wahr?«

Auf der gegenüberliegenden Seite des Außenkreises bildete sich eine Art Prozession.

»Priester sind freundlich und gutmütig«, behauptete Zweiblum. »In meiner Heimat wandern sie mit Bettelnäpfen umher.« Er fügte hinzu: »Das ist ihr einziger Besitz.«

»Aha«, sagte Rincewind und wußte nicht so recht, ob er den Touristen verstand. »Damit sammeln sie Blut, nicht wahr?«

»Blut?«

»Ja. Von Opfern.« Rincewind dachte an die Priester in

seiner Heimat. Natürlich hielt er es für wichtig, sich auch unter den Göttern keine Feinde zu machen, und aus diesem Grund hatte er häufig die Tempel besucht und dort an vielen Ritualen teilgenommen. Wenn er seine Erfahrungen in wenigen Worten zusammenfaßte, so liefen sie auf folgendes hinaus: In der Region des Runden Meeres traf die Bezeichnung ›Priester‹ in erster Linie auf Leute zu, die einen großen Teil ihrer Zeit damit verbrachten, bis zu den Achseln blutverschmiert zu sein.

Zweiblum starrte ihn entsetzt an.

»O nein«, entfuhr es ihm. »Bei mir zu Hause sind Priester heilige Männer, die sich einem Leben in Armut widmen, hart arbeiten und über die Natur Gottes philosophieren.«

Rincewind versuchte, sich mit einem derart exotischen Konzept anzufreunden.

»Keine Opfer?« fragte er zaghaft.

»Nein, absolut keine.«

Der Zauberer gab auf. »Nun«, sagte er. »*ich* halte solche Leute nicht für besonders heilig.«

Einige aus Bronze bestehende Trompeten tröteten, und Rincewind drehte sich um. Mehrere Druiden marschierten langsam und würdevoll an den Felsen vorbei; Mistelzweige baumelten an ihren langen Sicheln. Dutzende von jüngeren Priestern und Novizen folgten ihnen und hämmerten dabei auf diverse Schlaginstrumente ein. Vermutlich dienten sie normalerweise dazu, böse Geister zu verjagen — und Rincewind zweifelte nicht daran, daß sie ihren Zweck erfüllten.

Fackelschein projizierte aufregend dramatische Schattenmuster auf die hohen Steine, die bedrohlicher als jemals zuvor wirkten. Über der Mitte der Scheibenwelt schimmerte die Aurora Coriolis und verblaßte zwischen den Sternen, als eine Million Eiskristalle im magischen Feld der Scheibe glitzerten.

»Belafon hat mir alles erklärt«, flüsterte Zweiblum. »Wir

erleben jetzt eine Zeremonie, die so alt ist wie die Zeit selbst und dazu dient, die Einheit des Menschen mit dem Universum zu ehren — so lautete jedenfalls seine Auskunft.«

Rincewind schnitt eine Grimasse, als er die Prozession beobachtete. Die Druiden verharrten neben einem großen, flachen Felsen im Zentrum des Kreises, und dem Zauberer fiel eine sehr hübsche, wenn auch ein wenig blasse junge Frau in ihrer Mitte auf. Sie trug eine lange Robe aus strahlendem Weiß und eine goldene Halskette. Ihre Züge offenbarten vage Besorgnis.

»Ist sie eine Druidin?« fragte Zweiblum.

»Das glaube ich nicht«, erwiderte Rincewind gedehnt.

Die Druiden begannen zu singen. Es handelte sich um einen besonders dumpfen und unangenehm klingenden Gesang, der ganz den Eindruck erweckte, als wolle er in einem abrupten Crescendo enden. Der Anblick der jungen Frau, die nun auf dem großen Felsen lag, war nicht dazu angetan, Rincewind fröhlicher zu stimmen.

»Das möchte ich mir ansehen«, sagte Zweiblum. »Ich glaube, derartige Rituale gehen auf die primitive Vorzeit zurück, während der ...«

»Ja, ja«, stöhnte Rincewind. »Falls es dich interessiert: Die Frau dort soll geopfert werden.«

Der Tourist starrte ihn verblüfft an.

»Du meinst, die Druiden wollen sie töten?«

»Ja.«

»Warum?«

»Keine Ahnung. Damit das Korn auf den Feldern wächst oder der Mond aufgeht. Was weiß ich. Vielleicht finden sie auch einfach nur Gefallen daran, irgendwelche Leute umzubringen. Soviel zur Religion.«

Kurze Zeit später bemerkte er ein brummendes Summen, nicht unbedingt ein Geräusch, sondern eher eine Vibration. Sie schien von einem nahen Stein auszugehen. Kleine Lichter tanzten wie Kobolde über den Granit.

Zweiblum öffnete den Mund, überlegte es sich dann anders und preßte die Lippen zusammen.

»Können sie keine Blumen, Beeren oder etwas in der Art verwenden?« fragte er schließlich. »Symbole für eine Opferung?«

»Nein.«

Rincewind ächzte. »Jetzt hör mir mal gut zu«, murmelte er »Kein Hohepriester, der etwas auf sich hält, macht sich all die Mühe mit den Fahnen, Trompeten und der Prozession, um sein Messer dann in eine Narzisse und zwei Pflaumen zu stoßen. Begreif das doch endlich: Der ganze Kram mit goldenen Zweigen, dem Wechsel der Jahreszeiten und so weiter läuft immer wieder auf Sex und Gewalt hinaus, meistens zu gleichen Teilen.«

Zu seiner Überraschung stellte er fest, daß Zweiblums Lippen zitterten. Er betrachtete die Welt nicht etwa durch eine rosarote Brille, sondern durch ein rosarotes Hirn — und hörte mit rosaroten Ohren.

Rincewind hatte sich nicht geirrt: Das Lied steuerte unaufhaltsam einem schrillen Höhepunkt zu. Das Oberhaupt der Druiden prüfte die Schärfe der Sichel, und alle Blicke galten einer Felsnadel auf dem schneebedeckten Hügel hinter dem Steinkreis. Publikum und Protagonisten warteten auf den Gastauftritt des Mondes.

»Es hat keinen Zweck, daß du...«

Rincewind brach ab, als er merkte, daß Zweiblum gar nicht mehr neben ihm stand.

Die öde Landschaft außerhalb des Steinkreises war keineswegs so leblos, wie man meinen konnte. Zum Beispiel näherten sich gerade einige von Trymon alarmierte Zauberer.

Des weiteren verbarg die Dunkelheit eine kleine und einsame Gestalt, die hinter einem umgestürzten Felsen hockte. Der größte Held der Scheibenwelt beobachtete das Geschehen im Steinkreis mit erheblichem Interesse.

Er sah die Prozession der Druiden, hörte ihren Gesang, kniff die Augen zusammen, als das Oberhaupt seine Sichel hob...

Und vernahm plötzlich eine andere Stimme, die sich an den Hohepriester wandte.

»Entschuldige bitte, wenn ich dich unterbreche. Ich möchte dich auf etwas aufmerksam machen, wenn du gestattest.«

Rincewind sah sich verzweifelt um und hielt vergeblich nach einem Fluchtweg Ausschau. Zweiblum stand neben dem Altarstein und hob in einer Geste höflicher Entschlossenheit die Hand.

Der Zauberer erinnerte sich an einen ähnlichen Zwischenfall: Einmal waren sie einem Viehtreiber begegnet, und Zweiblum wies den Mann darauf hin, er behandle die Tiere zu grob. Als Folge dieses freundlichen Hinweises machte Rincewind die Bekanntschaft von harten Hufen und einer zornig geschwungenen Peitsche.

Die Druiden starrten Zweiblum groß an und trugen dabei Mienen zur Schau, die sie sonst für tollwütige Schafe oder einen plötzlichen Krötenregen reserviert hatten. Rincewind konnte nicht hören, was der Tourist sagte, aber der Wind trug einige Bemerkungen wie ›ethnische Kulturgebote‹ und ›Nüsse und Blumen‹ über das verblüfft schweigende Publikum. Dann preßte sich dem Magier eine klauenartige Hand auf den Mund, und die Spitze eines außerordentlich scharfen Messers berührte seinen Adamsapfel. Eine dumpfe Stimme dicht neben ihm sagt: »Fei ganz ftill, wenn dir waf an deinem Leben liegt.«

Rincewinds Augen rollten hin und her, als wollten sie sich aus ihren Höhlen lösen.

»Wenn ich ganz still sein soll, woher willst du dann wissen, ob ich dich verstanden habe?« hauchte er.

»Halt die Klappe und fag mir, waf der Idiot da drüben macht!«

»Nun, äh, ich kann doch nicht einerseits die Klappe halten, wie du dich auszudrücken beliebst, und dir andererer-
seits erklären, was...« Die Messerspitze an der Kehle ritzte seine Haut, und daraufhin beschloß Rincewind vorsichtshalber, logische Gedanken auf einen späteren Zeitpunkt zu verschieben.«

»Er heißt Zweiblum und kennt sich mit den hiesigen Ge-
pflogenheiten nicht sehr gut aus.«

»Dachte ich mir fon. Ein Freund von dir?«

»Tja, ich glaube, wir können uns gegenseitig nicht ausstehen, wenn du das meinst...«

Rincewind unternahm den erfolglosen Versuch, einen
Blick auf den Mann hinter ihm zu werfen. Sein Körper
schien aus Kleiderbügeln zu bestehen, und außerdem roch
er stark nach Pfefferminz.

»Er hat Mumm, daf muf ich ihm laffen. Fo, wenn du
genau daf tuft, waf ich dir fage, machen ihn die Druiden
vielleicht nicht zu Hackfleif.«

»Hrargh.«

»Weift du, die Leute hier find nicht befonderf ökume-
nif.«

Genau in diesem Augenblick erinnerte sich der Mond an
das Gesetz der Überzeugungskraft, doch er schien nicht
bereit zu sein, sich an die Gebote der Computerwissen-
schaft zu halten: Er ging keineswegs dort auf, wo er erwartet wurde.

Über dem heiligsten Felsen des Steinkreises glühte statt
dessen ein unheilvoll leuchtender roter Stern, flackerte wie
ein Funke im Auge des Todes. Er bot einen schrecklichen
Anblick, und Rincewind konnte sich nicht des Eindrucks
erwehren, daß er ein wenig größer war als am vergangenen Abend.

Die versammelten Priester stöhnten entsetzt, und das
Publikum wagte sich näher, hielt die jüngsten Ereignisse
offenbar für vielversprechend.

Rincewind spürte, wie ihm der unbekannte Bedroher

den Griff eines Messers in die Hand drückte, und erneut erklang die glucksende Stimme: »Haft du in folchen Dingen Erfahrung?«

»In was für Dingen?«

»Ich meine: in einen Tempel ftürmen, die Priefter erledigen, Gold ftehlen, ein Mädchen retten und abhauen.«

»Ich schlage vor, wir beschränken uns auf den letzten Punkt.«

»Kommt nicht in Frage. Lof geht'f.«

Zwei Zentimeter neben Rincewinds linkem Ohr ertönte plötzlich ein Kreischen, das nur von einem wilden Pavian stammen konnte, dem man gerade die Banane weggenommen hatte. Nur einen Sekundenbruchteil später raste eine kleine, drahtige Gestalt an ihm vorbei.

Im Licht der Fackeln erkannte er einen ziemlich alten Mann, ein greises Exemplar jener dürren Subspezies, die man üblicherweise ›rüstig‹ nannte. Der Kopf war völlig kahl, und der Bart reichte ihm fast bis zu den Knien. Die Beine schienen zwei abgeschnittene Stelzen darzustellen, auf denen hervortretende Adern die Straßenkarte einer recht großen Stadt bildeten. Trotz des Schnees trug er nur eine mit eisernen Beschlägen versehene Lederkombination und Stiefel, die einem zweiten Paar Füße ausreichend Platz geboten hätten.

Die beiden ersten Druiden, denen sich der Greis näherte, wechselten einen verwunderten Blick und hoben ihre Sicheln. Ein kurzes Durcheinander folgte, und dann sanken die Priester zu Boden, wobei sie seltsame, gurgelnde Geräusche von sich gaben.

Rincewind nutzte die sich daran anschließende Aufregung, um sich dem Altarstein zu nähern. Er verbarg das Messer hinter dem Rücken, um keine unerwünschte Aufmerksamkeit zu erregen. Tatsächlich schenkte ihm kaum jemand Beachtung: Die Druiden, die den Kreis noch nicht verlassen hatten — überwiegend die jüngeren und muskulöseren —, hielten auf den alten Mann zu. Wahrscheinlich beabsichtigten sie, ein ernstes Gespräch mit ihm zu führen, bei dem es vor allen Dingen um Steinkreise betreffende Sakrilege ging. Doch das Poltern, Rasseln, Ächzen, Knurren und Knacken (von Knochen) deutete darauf hin, daß sich der Greis zum Wortführer der Debatte machte.

Zweiblum beobachtete den Kampf interessiert. Rincewind packte ihn am Arm.

»Verschwinden wir von hier«, sagte er.

»Sollten wir ihm nicht helfen?«

»Bestimmt wären wir ihm nur im Weg«, stieß der Zauberer hastig hervor. »Du weißt ja, wie es ist, wenn man zu tun hat und einem irgendwelche Leute über die Schulter sehen.«

»Wir müssen wenigstens die junge Frau retten«, erwiderte Zweiblum fest.

»Na gut. Aber beeil dich!«

Zweiblum nahm das Messer und hastete zum Altarstein. Nach einigen ungeschickten Schnitten gelang es ihm endlich, die Fesseln des Mädchens zu lösen. Es richtete sich auf und begann zu weinen.

»Es ist alles in Ord...« begann der Tourist.

»Pustekuchen!« entgegnete die Frau scharf und starrte ihn aus tränenfeuchten Augen an. »Warum mußtet ihr alles verderben?« Schluchzend hob sie den Saum ihrer Robe und putzte sich die Nase.

Zweiblum bedachte Rincewind mit einem verlegenen Blick.

»Äh, ich glaube, du verstehst nicht ganz«, sagte er. »Ich meine, wir haben dich gerade vor dem absolut sicheren Tod gerettet.«

»Ach, das Leben in dieser Gegend ist nicht leicht«, antwortete die junge Frau. »Weißt du, es ist schwierig, nicht die...« Sie errötete und zupfte verlegen an ihrem Gewand. »Ich wollte sagen: Es ist nicht leicht, Jung... äh, ein Mädchen zu bleiben und die... die Qualifikation zu wahren.«

»Qualifikation?« echote Zweiblum verwirrt und gewann damit den Rincewind-Preis für die größte Begriffs-stutzigkeit im ganzen Multiversum. Die Gerettete kniff die Augen zusammen.

»Ich könnte jetzt bereits bei der Mondgöttin sein und süßen Met aus einem silbernen Becher trinken«, sagte sie vorwurfsvoll. »Acht Jahre lang bin ich jeden Samstag-abend zu Hause geblieben — und jetzt ist all die Enthalt-samkeit für die Katz!«

Sie musterte Rincewind mit finsterer Miene.

Der Zauberer spürte irgend etwas. Vielleicht war es ein leiser, kaum hörbarer Schritt, möglicherweise eine Bewe-gung, die er aus den Augenwinkeln bemerkte. Wie dem auch sei: Er reagierte sofort und duckte sich.

Ein scharfkantiger Gegenstand sauste dicht über ihn hin-weg, verfehlt das Ziel — seinen Nacken — und streifte den kahlen Kopf Zweiblums. Rincewind wirbelte herum und sah, wie der Erzdruide mit seiner Sichel zu einem neuerlichen Hieb ausholte. Da ein Fluchtversuch nicht den geringsten Sinn gehabt hätte, trat er ebenso kräftig wie verzweifelt zu.

Seine Stiefelspitze traf die Kniescheibe des Priesters. Der Mann schrie auf, und als er seine Waffe fallen ließ, ver-nahm Rincewind ein leises Knirschen. Die in eine Kutte ge-hüllte Gestalt hielt sich noch ein und zwei Sekunden lang auf den Beinen, bevor sie zu Boden sank und sich nicht mehr rührte. Der Winzling mit dem langen Bart zog die Schwertklinge aus dem Körper des Druiden, wischte sie mit Schnee ab und sagte: »Mein Hexenschuf ift kaum aus-zuhalten. Kannft du den Fatz tragen?«

»Schatz?« krächzte Rincewind.

»All die Halfketten und daf übrige Zeug«, erwiderte der alte Mann undeutlich. »Die goldenen Ringe und der andere Kram. Hier wimmelt'f nur fo davon. Die Priefter ftehen auf folchen Plunder. Find ganz verrückt danach. Übrigenf: Wer ift daf?« Er deutete auf die junge Frau.

»Sie will nicht, daß wir sie retten«, erklärte Rincewind. Das Opfermädchen wischte sich die Tränen aus den

Augen, verschmierte dabei ihren Lidschatten und sah den alten Mann herausfordernd an.

»Daf haben wir gleich«, sagte er, hob sie einfach hoch, schwankte ein wenig, beklagte grummelnd seine Arthritis und fiel.

Er blieb auf dem Bauch liegen, winkelte die Arme an und stützte das Kinn auf die Hände. »Fteh nicht einfach fo herum, du blöde Ziege — hilf mir hoch.« Rincewind war mindestens so erstaunt wie die junge Frau, als sie der Aufforderung nachkam.

Der Zauberer erinnerte sich an Zweiblum und wandte sich dem Touristen zu. Blut tropfte aus einer kleinen Schläfenwunde, die jedoch nicht besonders tief zu sein schien. Dennoch hatte er das Bewußtsein verloren, und ein leicht besorgt wirkendes Lächeln war auf seinen Lippen erstarrt. Zweiblum atmete flach und... irgendwie seltsam.

Und der Körper fühlte sich überraschend leicht an, nicht nur *unter*gewichtig, sondern gewichts*los*. Ebensogut hätte der Magier einen Schatten tragen können.

Rincewind entsann sich des Gerüchts, das besagte, Druiden verwendeten sonderbare und grauenhafte Gifte. Natürlich stammten solche Behauptungen vorwiegend von Leuten, die auch meinten, Halunken könne man an stechenden Augen erkennen, und die sich mit Weisheiten rühmten, wie zum Beispiel: »Der Blitz schlägt nie zweimal ins gleiche Haus« und »Wenn es die Absicht der Götter gewesen wäre, den Menschen fliegen zu lassen, so hätten sie ihm ein Flugticket gegeben«. Doch das so verblüffend geringe Gewicht Zweiblums beunruhigte Rincewind. Es jagte ihm sogar einen gehörigen Schrecken ein.

Er drehte den Kopf und beobachtete die junge Frau. Die warf sich den Greis über die eine Schulter und beantwortete den Blick des Zauberers mit einem entschuldigenden Lächeln. Irgendwo hinter ihr, im Bereich des verlängerten Rückens, brummte jemand: »Allef klar? Dann laft unf gehen, bevor die Kerle zurückkommen.«

Es fiel Rincewind nichts besseres ein, als sich Zweiblum unter den Arm zu klemmen und dem Mädchen zu folgen.

Der Greis hatte sein Pferd in einem schneegefüllten Graben zurückgelassen, ein ganzes Stück von den Steinkreisen entfernt. Rincewind bemerkte es erst, als er dicht davorstand: In der weißen Landschaft stellte das helle und glänzende Fell eine vorzügliche Tarnung dar. Es sah wie ein wahrhaft prächtiges Streitroß aus, doch dieser Eindruck wurde ein wenig von dem Hämorrhoidenring geschmälert, der am Sattel hing.

»In Ordnung, laf mich jetzt runter. In der Fatteltasche befindet fich eine kleine Flasche mit Falbe. Wenn du fo freundlich wärft...«

Rincewind lehnte den immer noch reglosen und bemerkenswert leichten Zweiblum so behutsam wie möglich an einen Baumstamm. Im hellen Licht des Mondes — und dem Glühen des roten Unheilssterns, wie er feststellen mußte — musterte er den alten Mann.

Der Greis hatte nur ein Auge; das andere verbarg sich unter einer schwarzen Lederklappe. Ein komplexes Netzmuster aus Narben zierte den dürren Körper, und Rincewind beobachtete auch deutliche Anzeichen einer ausgeprägten Sehnenentzündung. Die Zähne waren ihm wahrscheinlich schon vor Jahren ausgefallen.

»Wer bist du?« fragte der Magier.

»Bethan«, antwortete die junge Frau und rieb eine stinkende grüne Masse auf den Rücken des alten Mannes. Ihre Antwort auf die Frage, was sie von jemandem erwartete, der ihr auf einem weißen Roß zu Hilfe eilte und sie davor bewahrte, als Jungfrau der Mondgöttin geopfert zu werden, hätte bestimmt nicht das Wort ›Salbe‹, sondern eher Ausdrücke wie ›Himmelbett‹, ›kuschelige Kissen‹ und ›romantische Nacht‹ enthalten. Aber sie nahm die Enttäuschung hin und knetete den Rücken des Greises so, als warteten Haut und Knochen nur darauf, von ihr in eine andere Form gepreßt zu werden. Vielleicht hoffte sie, den Kriegeropa auf diese Weise in den ersehnten Märchenprinzen verwandeln zu können. Rincewind gestattete sich vagen Zweifel.

»Ich meinte ihn«, sagte er.

Ein hell funkelndes Auge sah ihn an.

»Ich heife Cohen, mein Junge.« Bethans Hände erstarrten förmlich.

»Cohen?« sagte sie. »Cohen, der Barbar?«

»Genau der, Täubchen.«

»He, einen Augenblick«, wandte Rincewind ein. »Cohen ist ein großer, bulliger, stiernackiger Bursche, der vor Kraft kaum laufen kann. Ich meine: Er ist der berühmteste Krieger der ganzen Scheibenwelt, eine lebende Legende. Ich erinnere mich deutlich daran, daß mir mein Großvater von ihm erzählte... mein... mein *Großvater*...«

Er brach ab, als er den durchdringenden Blick des Greises bemerkte.

»Oh.« Er schluckte. »Oh, ja, natürlich. Ich verstehe.«

»Fo ift daf nun einmal«, sagte Cohen und seufzte. »Auch für Helden bleibt die Zeit nicht ftehen. Legenden find da weitauf widerftandffähiger.«

»Meine Güte«, sagte Rincewind. »Wie alt bist du jetzt?«

»Fiebenachtzig.«

»Aber du warst der Beste und Größte!« entfuhr es Bethan. »Die Barden rühmen dich noch immer in ihren Liedern.«

Cohen zuckte mit den Schultern, verzog das Gesicht und stöhnte leise.

»Leider bekomme ich keine Tantiemen dafür«, sagte er und starrte niedergeschlagen in den Schnee. »Daf ift die Gefichte meinef Lebenf. Ich bin feit achtzig Jahren im Gefäft, und waf habe ich davon? Rückenfmerzen, Hämorrhoiden, Verdauenfftörungen und mindeftenf hundert verfiedene Rezepte für Fuppen. Fuppen! Ich haffe Fuppen!«

Bethan runzelte die Stirn. »Fuppen?«

»Suppen«, erklärte Rincewind.

»Ja, Fuppen«, bestätigte Cohen kummervoll. »Wegen meiner Zähne, wifft ihr. Niemand nimmt jemanden ernft, der keine Zähne mehr hat. Die Leute fagen nur immer: ›He, Opa, fetz dich anf Feuer und iff ein wenig Fuppe...‹« Cohen kniff das Auge zusammen. »Du haft einen ziemlich üblen Huften, mein Junge.«

Rincewind wandte sich von ihm ab und mied Bethans Blick. Dann zuckte er plötzlich zusammen. Zweiblum lehnte noch immer friedlich und bewußtlos am Baumstamm, wirkte so vorwurfsvoll, wie es sein gegenwärtiger Zustand erlaubte.

Cohen schien sich ebenfalls an ihn zu erinnern. Ungelenk stand er auf und schlurfte zu dem Touristen. Er hob beide Lider des Ohnmächtigen, untersuchte die Schläfenwunde, fühlte auch den Puls.

»Er ift hinüber«, sagte er.

»Meinst du, er ist... tot?« fragte Rincewind erschrokken. Im Diskussionssaal seines Bewußtseins erhoben sich mehrere Gefühle und begannen zu schreien. Erleichterung hielt einen längeren Vortrag, wurde jedoch von Schock unterbrochen, der einen Antrag zur Geschäftsordnung stellte. Verblüffung, Entsetzen und Bedauern begannen eine hitzige Debatte, die erst endete, als Scham aus dem Nebenzimmer hereinkam, um festzustellen, was es mit dem Durcheinander auf sich hatte.

»Nein«, erwiderte Cohen nachdenklich. »Nicht unbedingt. Er ift einfach nur... verfwunden.«

»Verschwunden? Wohin?«

»Keine Ahnung«, sagte der Barbar. »Aber ich kenne eine Perfon, die unf den Weg weifen könnte.«

Weit draußen in der schneebedeckten Landschaft glühten einige rote Lichter in schwarzer Nacht.

»Er ist nicht mehr weit entfernt«, sagte der Zauberer,

der die Suchgruppe leitete. Er starrte in eine kleine Kristall-kugel.

Das Brummen und Murmeln der anderen Magier hinter ihm bedeutete ungefähr folgendes: Ganz gleich, welche Distanz sie noch von Rincewind trennte — sie konnte kaum größer sein als die zu einem angenehm warmen Bad, einer ordentlichen Mahlzeit und einem herrlich weichen Bett.

Der Zauberer, der den Abschluß bildete, blieb plötzlich stehen und sagte: »Horcht!«

Sie lauschten und hörten, wie der Winter seine Herrschaft über das Land festigte! Felsen knackten leise in der Kälte, und unter der dicken Schneedecke krochen kleine Tiere durch ihre unterirdischen Baue. In einem fernen Wald heulte ein Wolf und brach beschämt ab, als ihm niemand antwortete. Das silberne Licht des Mondes glitt mit einem leisen Knistern über die Ebene. Darüber hinaus erklang auch noch das dumpfe Schnaufen von sechs Zauberern, die versuchten, möglichst leise zu atmen.

»Ich kann überhaupt nichts...« begann einer.

»Pscht!«

»Schon gut, schon gut...«

Dann vernahmen sie es alle: ein leises, beständiges Knirschen. Irgend etwas eilte ziemlich schnell über die Schneekruste.

»Wölfe?« fragte einer der Magier. Seine Gefährten stellten sich mindestens hundert zottige hungrige Körper vor, die durch die Finsternis stürmten.

»N-nein«, antwortete der Anführer. »Das Geräusch ist zu gleichmäßig. Vielleicht ein Kurier?«

Das Knirschen wurde lauter, ein anschwellender, monotoner Rhythmus, so als stopfe jemand Sellerie in sich hinein und finde immer größeren Gefallen daran.

»Ich beschwöre einen Blitz«, verkündete der Anführer. Er griff nach einer Handvoll Schnee und preßte ihn zu einem Ball zusammen, den er in die Höhe warf. Unmittel-

bar darauf lösten sich oktarine Funken von seinen Fingerspitzen und entzündeten die kalte Kugel. Blaues Licht
gleißte grell.

Stille folgte, und nach einigen Sekunden sagte ein anderer Zauberer: »Du blöder verkalkter Trottel! Jetzt kann
ich überhaupt nichts mehr sehen.«

Dies war das letzte, was sie hörten, bevor irgend etwas
Schnelles, Hartes und Lautes aus der Nacht heranraste, die
Gruppe durcheinanderwirbelte und wieder in der Dunkel-
heit verschwand.

Nachdem sich die Magier gegenseitig aus dem Schnee
geholfen hatten, fanden sie kleine Abdrücke im Weiß. Sie
stammten von Hunderten winziger Füße, die zwei schnur-
gerade Linien bildeten.

»Eine Nekromantin!« entfuhr es Rincewind.

Die alte Frau auf der anderen Seite des Feuers zuckte mit
den Schultern und zog schmierige Karten aus einer verborgenen Tasche.

Trotz der Kälte draußen herrschte im Innern der Jurte
eine Hitze, die an die Werkstatt eines Schmieds erinnerte,
und der Zauberer wischte sich den Schweiß von der Stirn.
Pferdedung stellte gutes Brennmaterial dar, aber das Reitervolk mußte erst noch lernen, wie nützlich Belüftung
war — angefangen mit dem Bedeutungsinhalt dieses Wortes.

Bethan beugte sich zu Rincewind heran.

»Hat Nekromantie irgend etwas mit Romantik zu tun?«
fragte sie leise.

»Ich fürchte nein. Eher mit Totenbeschwörung.«

»Oh«, flüsterte Bethan ein wenig enttäuscht.

Ihre Mahlzeit hatte aus Pferdefleisch, Pferdekäse, Pfer-
de-Blutwurst, Pferdekeksen und einem faden Bier bestanden, über dessen Ursprung sich Rincewind lieber keine Gedanken machte. Cohen (der Pferdesuppe löffelte) meinte,
das Reitervolk der weiten Steppen im Scheibenweltzen-

trum werde im Sattel geboren, was Rincewind für eine gynäkologische Unmöglichkeit hielt. Des weiteren wies der Barbar darauf hin, es beherrsche die natürliche Magie. Wenn man in der Ebene lebte, so behauptete er, könne man nicht umhin festzustellen, wie lückenlos sich das Himmelsgewölbe an den Horizont schmiege, und solche Entdeckungen stimulierten profunde Überlegungen, wie zum Beispiel »Warum?«, »Wann?« und »Weshalb versuchen wir's zur Abwechslung nicht einmal mit Rindfleisch?«

Die Großmutter des Stammesoberhaupts nickte dem Zauberer zu und breitete die Karten aus.

Es wurde bereits angedeutet, daß Rincewind der schlechteste Magier der ganzen Scheibenwelt war: Als es sich Der Zauberspruch in seinem Bewußtsein gemütlich machte, blieb dort für andere Formeln kein Platz mehr — ebensogut hätte ein Karpfen versuchen können, in einem Teich mit Hechten zu überleben. Dennoch hielt er an dem typischen Stolz von Zauberern fest, die mit Unmut reagieren, wenn sie Frauen bei der Beschwörung selbst einfacher Thaumaturgie beobachten. Die Unsichtbare Universität nahm keine weiblichen Lehrlinge auf, als Grund führte man meistens irgendwelche sanitären Probleme an. In Wirklichkeit aber fürchteten die Angehörigen der traditionellen Orden, daß Frauen ein geradezu peinliches Geschick bewiesen, wenn man ihnen die Möglichkeit gab, magische Studien zu betreiben ...

»Wie dem auch sei: Ich halte nichts von Karok-Karten«, brummte er. »Meiner Ansicht nach ist das Gerede von der konzentrierten Weisheit des Universums völliger Unsinn.«

Die erste vergilbte und zerknitterte Karte ...

Sie sollte eigentlich Den Stern zeigen, doch statt der vertrauten Scheibe mit den stachelförmigen Strahlenmustern sah Rincewind einen kleinen roten Fleck. Die alte Frau murmelte etwas Unverständliches, strich mit der Fingerkuppe über die Karte und warf dem Zauberer einen scharfen Blick zu.

»Mich trifft keine Schuld«, versicherte er hastig.

Sie legte die nächsten Karten: die Wichtigkeit, Sich Die Hände Zu Waschen, die Oktagramm-Acht, die Himmelskuppel, die See der Nacht, Elefanten-Vier, Schildkröten-As und — was Rincewind nicht weiter überraschte — den Tod.

Auch mit dem Tod schien irgend etwas nicht in Ordnung zu sein. Eigentlich hätte es eine recht realistische Darstellung des Sensenmannes auf einem weißen Roß sein müssen. Nun, die schwarze Gestalt fehlte natürlich nicht. Aber der Himmel glühte in einem unheilvollen Scharlachrot, und im Licht der Pferdefettlampen konnte man auf der Kuppe eines fernen Hügels eine winzige Gestalt erkennen. Es fiel Rincewind nicht weiter schwer, sie zu identifizieren, denn dicht dahinter sah er eine Truhe mit vielen hundert kleinen Beinen.

Der Koffer folgte seinem Eigentümer überallhin.

Rincewind hob den Kopf und beobachtete Zweiblum, der blaß und reglos auf einigen Pferdefellen lag.

»Ist er wirklich tot?« fragte er. Cohen übersetzte seine Worte, und die alte Frau schüttelte den Kopf. Sie öffnete eine kleine Holzkiste, die neben ihr stand, schob einige Beutel und Krüge beiseite und griff schließlich nach einer winzigen grünen Flasche, deren Inhalt sie ins Bier des Zauberers kippte. Argwöhnisch runzelte er die Stirn.

»Fie meint, ef fei eine Art Medizin«, erklärte Cohen. »Wenn ich an deiner Ftelle wäre, würde ich mich beeilen, daf Zeug zu trinken. Diefe Leute hier werden ziemlich fauer, wenn man ihre Gaftfreundschaft nicht zu schätzen weiff.«

»Und du bist sicher, mein Kopf bleibt auf den Schultern?« vergewisserte sich der Magier.

»Fie meint, ef fei fehr wichtig, daff du die Medizin trinkft.«

»Nun, wenn sie mich nicht umbringt... Schlimmer kann das Bier ohnehin nicht werden.«

Er nahm einen großen Schluck und fühlte dabei alle Blicke auf sich ruhen.

»Hm«, brummte er. »Nun, eigentlich ist es gar nicht so ü...«

Irgend etwas riß Rincewind hoch und schleuderte ihn davon. Gleichzeitig aber saß er nach wie vor in der Jurte am Feuer. Er sah sich selbst: Eine rasch kleiner werdende Gestalt am Rande der flackernden Glut. Cohen beobachtete seinen Körper, wirkte wie eine zerbrechliche Puppe. Die alte Frau allerdings... Sie hob den Kopf, sah *ihn* an und lächelte.

Die Ordensleiter der Unsichtbaren Universität lächelten keineswegs. Sie begriffen allmählich, daß sie mit einem völlig neuen Problem konfrontiert wurden, das ihnen nicht unerhebliche Sorgen bereitete: ein junger Mann, der Karriere machte.

Nun, niemand von ihnen wußte genau, wie alt Trymon war, aber in seinem dünnen, dunklen Haar zeigten sich noch keine grauen Strähnen, und wenn man die eher wächserne Haut bei trüben Licht betrachtete, erweckte sie den Anschein blühender Jugend.

Die sechs überlebenden Oberhäupter der Acht Orden saßen an einem langen, glänzenden und neuen Tisch in dem Zimmer, das einst Galder Wetterwachs als Werkstatt gedient hatte. Und jeder von ihnen fragte sich, aus welchem Grund sie den Wunsch verspürten, Trymon in den Allerwertesten zu treten.

Man konnte ihn nicht als ehrgeizig und grausam bezeichnen — grausame Männer waren dumm, und die alten Zauberer verstanden sich darauf, solche Idioten für ihre eigenen Zwecke zu benutzen. Und was Ehrgeiz anging: Es mangelte ihnen nicht an Erfahrung, übertriebene Ambitionen in eine für sie ungefährliche Richtung zu lenken. Wenn man für längere Zeit ein Magier im Achten Rang bleiben wollte, mußte man diese Art von mentalem Judo beherrschen.

Die Beschreibungen blutrünstig, machtgierig und listig trafen ebenfalls nicht auf Trymon zu. Selbstverständlich handelte es sich bei solchen Eigenschaften nicht unbedingt um Nachteile für erfolgreiche Zauberer. Im großen und ganzen gesehen waren Magier nicht listiger als, zum Beispiel, Steuerfahnder. Andererseits: Sie nahmen ihre hohe Stellung nicht in erster Linie aufgrund magischer Verdienste ein, sondern weil sie nie zögerten, von den Schwächen eines Rivalen zu profitieren.

Trymon zeichnete sich auch nicht durch besondere Klugheit aus. Jeder Zauberer hielt sich für ein Genie, für den Besten der Besten – das lag in der Natur der Sache.

Er besaß auch kein Übermaß an Charisma. Die sechs Magier erkannten solche Ausstrahlungskraft auf den ersten Blick (diese Fähigkeit gehörte zu ihrer Überlebenskunst), und Galder Wetterwachs' Nachfolger hatte soviel Charisma wie ein Stück Torf.

Genau darin bestand das Problem.

Trymon war weder gut noch böse, weder grausam noch in irgendeiner Weise extrem. Er machte graue Durchschnittlichkeit zu einer erhabenen Kunst, und in seinem Bewußtsein herrschte die gleiche dunkle, gnadenlose Logik wie in einer Beamtenseele.

Jeder der sechs Zauberer hatte in der Privatsphäre eines magischen Oktagramms Dutzende von feuerspuckenden, krallenbewehrten und tigerartigen Dämonitäten kennengelernt, aber als Trymon den Raum betrat, fühlten sie sich unbehaglicher als zuvor.

»Es tut mir leid, daß ich mich verspätet habe, geehrte Anwesende«, log er und rieb sich zufrieden die Hände. »Es gibt viel zu tun, eine Menge zu organisieren – ihr wißt ja, wie das ist.«

Die Zauberer wechselten besorgte Blicke, als Trymon am Kopfende des Tisches Platz nahm und in einigen Papieren blätterte.

»Was ist mit Galders Stuhl passiert?« fragte Jiglad Wert.

»Ich meine denjenigen mit den Löwenarmen und Entenfüßen.« Er war ebenso verschwunden wie die meisten anderen vertrauten Einrichtungsgegenstände. Ihre Stelle nahmen nun einige niedrige Ledersessel ein, die unglaublich bequem wirkten — solange man nicht fünf Minuten lang in ihnen sitzen mußte.

»Oh, ich hab ihn verbrannt«, sagte Trymon und sah nicht auf.

»Verbrannt? Aber er war ein einzigartiges magisches Artefakt, ein echtes...«

»Nur Trödel, weiter nichts«, bemerkte Trymon und rang sich ein dünnes Lächeln ab.

»Ich bin sicher, wahre Zauberer können auf so etwas verzichten. Wenn ich eure Aufmerksamkeit nun auf wichtigere Dinge lenken darf...«

»Was ist das hier?« erkundigte sich Jiglad Wert, der zur Bruderschaft der Blender, Täuscher und Hereinleger gehörte. Er hob ein Dokument, das vor ihm auf dem Tisch lag, wedelte dramatisch damit und dachte an den Stuhl in seinem Arbeitszimmer, der noch weitaus mehr Verzierungen aufwies als der Galders.

»Eine Tagesordnung, Jiglad«, erklärte Trymon geduldig.

»Und was hat es mit der Ordnung des Tages auf sich?«

»Es ist eine Liste der Punkte, die wir besprechen sollten. Ich hatte keineswegs die Absicht, dich oder jemand anderen zu verwirren...«

»So etwas haben wir noch nie benötigt!«

»Nun, ich glaube, da irrst du dich«, widersprach Trymon in einem gönnerhaften und vor Vernunft triefenden Tonfall. »Ihr habt nur keine verwendet — wodurch einige dringende Dinge unerledigt oder unglaublich schlecht organisiert blieben.«

Wert zögerte. »Na schön«, brummte er verdrießlich, sah seine Kollegen an und bat stumm um Unterstützung. »Aber ich verstehe nicht, was das hier alles zu bedeuten hat...«

114

Er hielt sich das Blatt dicht vor die Augen. »›Grauhalt Spolds Nachfolger.‹ Dafür kommt doch nur der alte Rhunlet Vard in Frage, oder? Er wartet schon seit Jahren.«

»Mag sein. Aber ist er *geeignet?*«

»Bitte?«

»Ich bin sicher, ihr wißt alle, welche Bedeutung der angemessenen Leitung und richtigen Verwaltung eines jeden Ordens zukommt«, sagte Trymon. »Vard ist... nun, gewiß würdig, auf seine eigene Art und Weise, aber...«

»Diese Sache geht uns nichts an«, warf einer der übrigen Zauberer ein.

»Vielleicht doch«, schmeichelte Trymon behutsam.

Stille schloß sich an.

»Sollen wir uns etwa in die inneren Angelegenheiten eines anderen Ordens einmischen?« fragte Wert.

»Natürlich nicht«, sagte Trymon. »Ich schlage nur vor, unseren... Rat anzubieten. Aber laßt uns diese Diskussion später fortsetzen.«

Die Zauberer hatten noch nie das Wort ›Machtbasis‹ gehört, denn sonst wäre Trymon bestimmt nicht ungeschoren davongekommen. Die Vorstellung, anderen Leuten bei der Vergrößerung ihrer Macht zu helfen, um den eigenen Einfluß zu verstärken, war ihnen völlig fremd. Sie vertraten nach wie vor die traditionelle Auffassung, jeder Magier sei auf sich allein gestellt. Feindselige paranormale Entitäten spielten nur eine untergeordnete Rolle: Ein ehrgeiziger Zauberer hatte alle Hände voll zu tun, die Gegner im eigenen Orden zu bekämpfen.

»Ich glaube, wir sollten nun über Rincewind sprechen«, meinte Trymon.

»Und den roten Stern«, warf Wert ein. »Wißt ihr, die Leute machen sich bereits Sorgen.«

»Ja«, bestätigte Lumuel Panter vom Mitternachtsorden. »Sie meinen, *wir* sollten etwas unternehmen. Ich frage mich nur, was sie von uns erwarten.«

»Das ist doch klar wie Kloßbrühe«, sagte Wert. »Es heißt

115

dauernd, wir müßten das Oktav lesen. Das Korn verfault? Lest das Oktav. Kranke Kühe? Lest das Oktav. Die Acht Zaubersprüche bringen alles wieder in Ordnung.«

»Vielleicht stimmt das sogar«, bemerkte Trymon. »Mein, äh, verschiedener Vorgänger hat sich eingehend mit dem Oktav beschäftigt.«

»Das haben wir alle«, sagte Panter scharf. »Und was kam dabei heraus? Die Acht Zaubersprüche müssen zusammen ausgesprochen werden. Oh, sicher, auch ich bin dafür, zu diesem Mittel zu greifen, wenn alles andere versagt — aber leider sind die acht Formeln nicht vollständig. Eine befindet sich in Rincewinds Kopf.«

»Und wir können ihn nicht finden«, stellte Trymon fest. »Oder? Ich nehme an, in dieser Beziehung haben wir uns alle ziemliche Mühe gegeben, nicht wahr?«

Die Zauberer sahen sich verlegen an. Schließlich sagte Wert: »Ja. Na schön. Die Karten offen auf den Tisch. Ich bin nicht in der Lage, Rincewind zu lokalisieren.«

»Ich hab's mit Kristallsehen versucht«, meinte ein anderer. »Ohne Erfolg.«

»Ich schickte einige Geister«, ließ sich ein dritter Zauberer vernehmen.

Diese Bemerkungen weckten das Interesse der übrigen Anwesenden. Wenn es schon darum ging, Fehlschläge einzugestehen, so wollten sie keinen Zweifel daran lassen, auf höchst heldenhafte Weise versagt zu haben.

»Na und? *Ich* beschwor Dämonen. Aber sie kehrten mit leeren Klauen zurück.«

»*Ich* zog den Spiegel des Allessehens zu Rate.«

»Gestern abend habe ich die Runen von M'haw um einen Hinweis gebeten.«

»Ich möchte hier eins klarstellen: Da ich nichts unversucht lassen wollte, setzte ich sowohl die Runen als auch den Spiegel *und* den mit Mückenblut behandelten Panzer einer manisch-depressiven Küchenschabe ein.«

116

»*Ich* habe mit den Tieren der Felder und den Vögeln der Luft gesprochen.«

»Und was hat's genützt?«

»Nichts!«

»Nun, ich wandte mich an die Knochen des Landes, jawohl, außerdem an die tiefen Steine und selbst die Berge.«

Plötzlich wurde es still im Zimmer. Alle sahen den Zauberer an, der sich gerade zu Wort gemeldet hatte. Ganmack Baumkern von den Ehrwürdigen Sehern rutschte nervös hin und her.

»Und vermutlich hast du dabei eine Narrenkappe getragen«, kommentierte jemand.

»Ich behaupte nicht, eine Antwort bekommen zu haben, oder?«

Trymon ließ seinen Blick über die älteren Zauberer schweifen.

»*Ich* hielt es für besser, jemanden mit der Suche nach Rincewind zu beauftragen«, sagte er.

Wert schnaufte abfällig. »Wenn ich mich recht entsinne, hat das bei den letzten beiden Malen nicht besonders gut geklappt.«

»Weil wir uns auf Magie verließen. Inzwischen dürfte uns klar geworden sein, daß Rincewind irgendwie vor Zauberei geschützt ist. Doch seine Fußspuren kann er nicht verbergen.«

»Du hast jemanden auf ihn angesetzt? Einen Pfadfinder vielleicht?«

»In gewisser Weise.«

»Etwa einen *Helden?*« Es gelang Wert, in dem letzten Wort erstaunlich viel Verachtung zum Ausdruck zu bringen. In einem anderen Universum hätte jemand einen solchen Tonfall benutzt, um »Du blöder Faschist!« zu sagen.

Die Zauberer starrten Trymon ebenso verblüfft wie entsetzt an.

»Ja«, bestätigte er gelassen.

»Wer hat dich dazu bevollmächtigt?« fragte Wert scharf. Trymon sah ihn aus kalten grauen Augen an.

»Ich selbst. Ich brauche niemanden um Erlaubnis zu fragen.«

»Aber es ist... höchst ungewöhnlich! Seit wann bitten Zauberer Helden darum, ihnen die Arbeit abzunehmen?«

»Seit die Magie der Zauberer nicht mehr zu den gewünschten Resultaten führt«, hielt ihm Trymon schlicht entgegen.

»Ein vorübergehender Rückschlag, weiter nichts.«

Trymon zuckte mit den Schultern. »Vielleicht«, sagte er. »Aber leider haben wir nicht genug Zeit, um herauszufinden, ob du recht hast. Beweist mir, daß ich die falsche Entscheidung getroffen habe. Findet Rincewind, indem ihr in Kristallkugeln seht oder mit Vögeln sprecht. Was mich angeht: Ich weiß, daß ich dazu bestimmt bin, klug und weise zu sein. Und kluge und weise Männer verstehen die Zeichen der Zeit.«

Es ist allgemein bekannt, daß es zwischen Zauberern und Kriegern ausgeprägte Differenzen gibt: Die eine Seite hält den Gegenpart für einen Haufen blutrünstiger Idioten, die nicht gleichzeitig gehen und denken können, während die Helden immer dann Verdacht schöpfen, wenn sie Männer sehen, die dauernd vor sich hinmurmeln und lange Gewänder tragen. Oh, sagen die Zauberer, was haltet ihr von dem eisenbeschlagenen Leder und Duftöl für dicke Muskeln, das die jungen Leute der Lieblichkeitsgesellschaft Einsamer Männerherzen neuen Mitgliedern anbieten? Worauf die Helden antworten: Na klar, eine solche Bemerkung kann nur von hirnverkleisterten Weichlingen stammen, die sich nicht einmal in die Nähe einer Frau wagen, weil sie magische Auszehrung befürchten. Und die Zauberer erwidern: Was immer noch besser ist, als mit all dem Sado-Macho-Waffen-fetisch-Gehabe vor jeder Person zu prahlen, die keinen Hosenlatz braucht. Nun, brummen die Helden, wenn ihr die Diskussion unbedingt auf diesem Niveau fortsetzen wollt...

118

Und so weiter. Diese Auseinandersetzung dauert schon Jahrhunderte und führte zu einigen regelrechten Kriegen, die weite Teile des Landes aufgrund magischer Schwingungen unbewohnbar machten.

Nun, der Held, der gerade in Richtung Wirbel-Ebene ritt, wurde von diesen Dingen nur am Rande betroffen, hauptsächlich deswegen, weil ihn die Zauberer gar nicht ernst nahmen. Es handelte sich nämlich um eine Heldin. Und eine rothaarige noch dazu.

Nun, bei solchen Buchpassagen gibt es die weit verbreitete Tendenz, dem Gestalter des Umschlagbilds über die Schulter zu blicken und ihn an Leder, hohe Stiefel und blitzende Schwertklingen zu erinnern.

Für gewöhnlich fließen Adjektive wie ›drall‹, ›üppig‹ und ›wohlgerundet‹ in den Text ein — bis der Autor dringend eine Ruhepause braucht und sie nutzt, um kalt zu duschen.

Eigentlich sind solche Vorstellungen absurd, denn eine Frau, die sich ihren Lebensunterhalt mit dem Schwert verdient, wird wohl kaum so herumlaufen wie die Damen von Unterwäsche-Katalogen, die in der Regel unter dem Ladentisch gehandelt werden.

Deshalb soll hier folgendes nicht verschwiegen werden: Nach einem zweistündigen Bad, einer sorgfältigen Maniküre und einer gründlichen Anprobe bei Woo Hun Ling, der in seinem Laden an der Heldenstraße Orientalische Exotika Und Diverse Ausrüstungsgegenstände für Möchtegern-Barbaren anbietet, hätte Herrena die Henna-Haarige-Heldin vermutlich hinreißend ausgesehen. Derzeit jedoch beschränkte sich ihre Aufmachung auf ein leichtes Kettenhemd, weiche Stiefel, ein Kurzschwert — und ziemlich viel Schmutz.

Na schön: Vielleicht bestanden die Stiefel aus Leder. Aber sie waren nicht schwarz.

Sie wurde von einigen ziemlich finster dreinblickenden Männern begleitet, deren Beschreibung sich erübrigt, weil sie bestimmt nicht lange überleben. Niemand von ihnen wirkte irgend drall oder üppig.

Nun, wenn der Leser darauf besteht: Meinetwegen sollen sie Leder tragen.

Herrena fühlte sich in dieser Gesellschaft nicht besonders wohl, aber in Morpork hatte sie keine bessere Auswahl treffen können. Die meisten Bürger der Stadt flohen in die Berge, weil sie sich vor dem neuen Stern fürchteten.

Auch Herrena hielt auf die Hügel zu, jedoch aus einem anderen Grund. Am randwärts gelegenen Ende der Ebene erhob sich das Trollknochengebirge. Herrena konnte auf eine mehrjährige Erfahrung im nicht ganz ungefährlichen Söldnergewerbe zurückgreifen, und sie beschloß auch diesmal, ihren Instinkten — beziehungsweise ihrer weiblichen Intuition — zu vertrauen.

Trymon hatte Rincewind als eine Ratte beschrieben, und Ratten liebten es, sich irgendwo zu verkriechen. Darüber hinaus waren die Berge ziemlich weit von der Unsichtbaren Universität entfernt, und das kam der Heldin sehr gelegen. Trymon mochte zwar ihr gegenwärtiger Auftraggeber sein, aber wenn sie ihn sah — oder sich auch nur an ihn erinnerte —, kribbelte es in ihren Fäusten.

Rincewind wußte, daß er eigentlich in Panik geraten sollte, aber unter den gegebenen Umständen fiel ihm das sehr schwer. Denn Gefühle wie Panik, Schrecken und Zorn standen in einem unleugbaren Zusammenhang mit bestimmten Säften, die in Drüsen produziert wurden — und die Drüsen steckten nach wie vor in seinem Körper.

Es war nicht leicht festzustellen, wo sich sein Leib befand, aber als der Zauberer nach unten sah, bemerkte er ein dünnes blaues Band, das dort seinen Ursprung hatte, wo er — als Zugeständnis an seine geistige Stabilität — den Fußknöchel vermutete. Hastig klammerte er sich an die Hoffnung, daß der Körper am anderen Ende des sonderbaren Fadens auf ihn wartete, obgleich er ihn in der Finsternis nirgends sehen konnte.

Rincewind gestand sich ein, daß es sich nicht um einen

besonders schönen oder eindrucksvollen Körper handelte, aber der einen oder anderen organischen Komponente sprach er einen sentimentalen Wert zu. Nach kurzer Zeit beugte er sich einer recht unangenehmen Erkenntnis: Wenn das blaue Band riß, mußte er den Rest seines Le... seiner Existenz damit verbringen, als Gaststar bei spiritistischen Sitzungen aufzutreten und sich als eine gerade verschiedene Großtante auszugeben. Eine eher betrübliche Vorstellung, dachte Rincewind kummervoll, ob es für umherstreifende Seelen keinen interessanteren Zeitvertreib gab.

Das Unbehagen angesichts einer solchen Zukunftsvision verwandelte sich schon bald in schieres Entsetzen — was dazu führte, daß er wieder Boden unter sich spürte. Beziehungsweise harten Untergrund. Rincewind zweifelte kaum daran, daß es nicht *der* Boden war; jedenfalls suchte er in seinem Gedächtnis vergeblich nach einem Erlebnis, das ihm feste und gleichzeitig beunruhigend wirbelnde Tiefe vermittelte.

Vorsichtig sah er sich um.

Zerklüftete Berge ragten einem frostkalten Firmament entgegen, an dem spöttische Sterne blitzten — Sterne, die auf keiner Himmelskarte des Multiversums verzeichnet waren. Und in ihrer Mitte glühte ein dämonisches, rotes Auge. Rincewind schauderte und wandte den Blick ab. Die Landschaft vor ihm fiel steil nach unten, von wo ein trockener Wind übers eisverkrustete Geröll flüsterte.

Er flüsterte wirklich. Als graue Wirbel an seiner Robe zupften und ihm das Haar zerzausten, hörte Rincewind leise Stimmen: »Bist du sicher, daß die Pilze im Eintopf nicht giftig waren? Ich fühle mich so komisch...« Und: »Lehn dich ruhig über die Brüstung und genieß die herrliche Aussicht...« Und: »Mach doch keinen Aufstand, ist doch bloß ein Kratzer...« Und: »Paß bloß auf, wohin du mit dem Pfeil zielst; du hättest mich fast...« Und so weiter.

Rincewind hielt sich die Ohren zu und wanderte den Hang hinab, bis sich ihm schließlich ein Anblick bot, von dem nur wenige lebende Menschen erzählen können.

Vor ihm gähnte ein tiefer Abgrund in Form eines Trichters, der mindestens eine Meile durchmaß. Der flüsternde Wind trug die Seelen der Toten in die dunkle Kluft, wobei ein dumpfes Murmeln laut wurde. Es klang wie der Atem der Scheibenwelt. Ein schmaler, granitener Steg führte über die gewaltige Öffnung hinweg, und in einer Entfernung von rund dreißig Metern bildete er ein kleines Plateau.

Rincewind bemerkte einen Garten mit Gemüse und Blumenbeeten, daneben eine schwarze Hütte.

Ein Pfad führte genau darauf zu.

Der Zauberer blickte in die Richtung, aus der er kam. Der blaue Faden glühte nach wie vor.

Dicht daneben hockte der Koffer auf dem Weg.

Rincewinds Verhältnis zu der Truhe war ein wenig gespannt; er hatte den Eindruck, daß sie ihn nicht besonders ernst nahm. Aber diesmal starrte sie ihn ausnahmsweise nicht finster an. Ganz im Gegenteil: Sie wirkte irgendwie betrübt und traurig, wie ein Hund, der gerade eine Katze verfolgt hatte, nach Hause zurückkehrte und feststellen mußte, daß Herrchen auf einen anderen Kontinent verzogen war.

»Na schön«, brummte Rincewind. »Komm mit.«

Der Koffer streckte die Beine aus und folgte ihm über den Pfad.

Aus irgendeinem Grund rechnete der Zauberer damit, im Garten nur verwelkte Blumen vorzufinden. Statt dessen schien er gut gepflegt zu sein, und die verschiedenen Anpflanzungen deuteten auf jemanden hin, der sich durch Gefühl für farbliche Harmonie auszeichnete — vorausgesetzt allerdings, die Farben waren Purpur, Nachtschwarz und Leichenweiß. Große Lilien verströmten einen betörenden Duft. In der Mitte des frisch gemähten Rasens ruhte die große Scheibe einer Sonnenuhr — der Zeiger warf keinen Schatten.

Rincewind vergewisserte sich mehrmals, daß der Koffer nicht zurückblieb, als er über einen aus Marmorsplittern bestehenden Weg schritt, sich der Rückwand der Hütte näherte und dort die Tür öffnete.

Vier Pferde musterten ihn über ihre Futtersäcke hinweg. Sie waren warm und lebendig, die prächtigsten Rösser, die der Zauberer jemals gesehen hatte. Eins stand abseits der anderen in einer separaten Box, an deren Gatter ein silberschwarzes Geschirr hing. Die anderen drei scharrten vor einer Heuraufe an der gegenüberliegenden Wand und schienen Besuchern zu gehören. Sie beobachteten Rincewind mit zurückhaltendem Interesse.

Der Koffer stieß an seine Waden. Der Zauberer wirbelte herum und zischte: »Verzieh dich!«

Beschämt wich die Kiste zurück.

Auf Zehenspitzen schlich der Zauberer durch den Stall und näherte sich der nächsten Tür. Ein mit Fliesen ausgelegter Gang schloß sich daran an und führte in eine große Kammer.

Rincewind ging langsam weiter, schob sich vorsichtig an der Wand entlang. Hinter ihm marschierte die Truhe und gab sich große Mühe, möglichst leise zu sein.

Die Eingangshalle...

Nun, der Magier wunderte sich nicht so sehr über den Umstand, daß sie wesentlich größer zu sein schien als die ganze Hütte von draußen erschien. An solche Dinge hatte er sich bereits gewöhnt. Inzwischen fragte er sich längst nicht mehr, wie man große Segelschiffe in kleinen Flaschen unterbrachte — so etwas gehörte zu den ganz normalen Rätseln der Welt. Ihn erstaunte auch nicht das Dekor im Stil Frühe Krypta, modernisiert mit vielen schwarzen Vorhängen.

Sein überraschter Blick galt der Uhr. Es handelte sich um ein ziemlich großes Exemplar, das zwischen zwei steilen

Wendeltreppen stand. Die Verzierungen des hölzernen Gehäuses erinnerten an Dinge, die Menschen normalerweise nur im Delirium sahen.

Sie verfügte über ein langes Pendel, das mit einem nervenaufreibenden Tick-tack hin und her schwang. Es war genau jene Art von Geräusch, die einem mit jedem Tick und jedem Tack eine weitere Lebenssekunde raubte. Rincewind glaubte plötzlich, in einem metaphorischen Stundenglas zu stehen und zu spüren, wie der Sand unter seinen Füßen fortrieselte.

Es braucht wohl nicht extra erwähnt zu werden, daß das Pendelgewicht aus einer rasiermesserscharfen Klinge bestand.

Jemand klopfte ihm auf den verlängerten Rücken. Der Zauberer drehte sich verärgert um.

»Hör mal, du Sohn einer Aktentasche, ich habe dir doch gesagt...«

Er brach ab. Vor ihm stand nicht etwa der Koffer, sondern eine junge Frau mit chromfarbenem Haar, die ihn aus silbernen, verwirrt blickenden Augen ansah.

»Oh«, sagte Rincewind. »Äh, hallo.«

»Bist du lebendig?« fragte die Unbekannte. Ihre Stimme weckte Assoziationen an Sonnenschirme, Strand und kühle Drinks.

»Nun, das hoffe ich jedenfalls«, antwortete der Magier und fragte sich, ob seine Drüsen ihren Spaß hatten — ganz gleich, wo sie sich auch befanden. »Manchmal bin ich mir nicht mehr ganz sicher. Wo sind wir hier?«

»Dies ist das Haus des Todes«, sagte die Frau.

»Aha«, kommentierte Rincewind. Er befeuchtete sich seine trockenen Lippen. »Nun, war nett, dich kennengelernt zu haben. Ich glaube, ich sollte jetzt besser gehn...«

Sie klatschte in die Hände. »Oh, nein, das kommt überhaupt nicht in Frage!« erwiderte sie. »Wir haben hier nur selten lebendige Leute zu Gast. Tote sind schrecklich langweilig, findest du nicht auch?«

124

»Äh, ja«, bestätigte Rincewind zögernd und warf einen nervösen Blick in Richtung Tür. »Ich vermute, es mangelt ihnen an Gesprächsstoff, nicht wahr?«

»Es heißt immer nur ›Als ich noch lebte...‹ und ›Ach, damals konnten wir noch richtig atmen...‹.« Sie legte ihm eine schmale weiße Hand auf die Schulter und lächelte. »Sie sind in ihren Gewohnheiten so festgefahren. Man kann sich überhaupt nicht richtig mit ihnen unterhalten. Zu förmlich.«

»Stur und steif?« vermutete Rincewind, während ihn die junge Frau durch den Korridor zog.

»In der Tat. Wie heißt du? Mein Name ist Ysabell.«

»Äh, ich bin Rincewind. Entschuldige bitte, aber wenn dies das Haus des Todes ist... was machst du dann hier? Du scheinst mir nicht tot zu sein.«

»Oh, ich lebe hier.« Sie musterte ihn eingehend. »Du bist nicht zufällig gekommen, um deine verstorbene Geliebte zu retten, oder? Von solchen Leuten hält mein Vater nicht viel. Er meint, es sei ein großer Vorteil, daß er nie schläft: andernfalls würde er immer wieder vom Gepolter junger Helden geweckt, die sich hier die Klinke in die Hand geben, um irgendwelche törichten Mädchen zurückzuholen.«

»Hier herrscht wohl ein ziemlicher Betrieb, was?« erkundigte sich Rincewind unsicher, als sie durch den Flur schritten. An den Wänden hingen — natürlich — schwarze Vorhänge.

»Fast immer. Ich finde es sehr romantisch. Allerdings wissen die wenigsten, daß man nicht zurücksehen darf, wenn man das Haus verläßt.«

»Warum denn nicht?«

Ysabell zuckte mit den Schultern. »Keine Ahnung. Ist wohl kein besonders hübscher Anblick. Bist du ein Held?«

»Äh, nein. Wohl kaum. Überhaupt nicht, um ganz ehrlich zu sein. Ich meine, eher noch weniger. Ich bin nur gekommen, weil ich nach einem Freund suche«, fügte er kläglich hinzu. »Hast du ihn vielleicht gesehen? Ein kleiner Dicker, der dauernd redet, eine Sonnenbrille trägt und sich komisch kleidet?«

Als er diese Worte aussprach, begriff er allmählich, einen wichtigen Punkt übersehen zu haben. Er schloß die Augen und rief sich die letzten Bemerkungen Ysabells ins Gedächtnis zurück. Die Erkenntnis traf ihn mit der Wucht eines Schmiedehammers.

»Dein *Vater*?«

Ein wenig verlegen senkte sie den Blick. »Nun, er hat mich adoptiert«, erwiderte sie. »Er fand mich, als ich noch ein kleines Kind war. Ist eine sehr traurige Geschichte.« Ihre Miene erhellte sich wieder. »Komm, ich stelle dich ihm vor. Zwar hat er heute abend Besuch, aber bestimmt wird er dich gern empfangen. Er pflegt nur selten Umgang mit Lebenden. Was auch auf mich zutrifft«, fügte sie hinzu.

»Tut mir leid für dich«, sagte Rincewind. »Habe ich das alles richtig mitgekriegt? Wir sprechen vom Tod, oder? Hochgewachsen, dürr, um nicht zu sagen knochig, leere Augenhöhlen, hat viel für Sensen übrig?«

Ysabell seufzte. »Ja. Ich fürchte, sein Aussehen spricht gegen ihn.«

Es ist nicht unerwähnt geblieben, daß Magie für Rincewind ungefähr das war, was ein Fahrrad für eine Hummel war: böhmische Dörfer. Andererseits kam jedem Zauberer, selbst dem ungeschicktesten und inkompetentesten, ein ganz bestimmtes Privileg zu: Im Augenblick des Todes durfte er erwarten, daß der Tod höchstpersönlich kam, um die von körperlichen Bürden befreite Seele zu holen. In solchen besonderen Fällen wurde diese Aufgabe nicht an einen niederen mythologisch-anthropomorphischen Diener delegiert, wie es üblicherweise geschieht. Aufgrund seiner ausgeprägten Unfähigkeit hatte es Rincewind mehrmals nicht geschafft, zum richtigen Zeitpunkt zu sterben, und wenn der Tod irgend etwas nicht ausstehen konnte, so war es Unpünktlichkeit.

»Äh, weißt du, bestimmt hat sich mein Freund nur irgendwo verirrt«, sagte er. »Das passiert ihm dauernd. Kann rechts nicht von links unterscheiden, geschweige denn oben von unten. Tja, ich bedaure es wirklich sehr, daß ich mich jetzt von dir verabschieden muß, aber leider habe ich keine andere Wahl...«

Ysabell blieb vor einer großen, mit purpurnem Samt gepolsterten Tür stehen. In dem Zimmer auf der anderen Seite ertönten Stimmen, unheimlich klingende Stimmen, die sich mit normaler Typographie nicht wiedergeben lassen — es sei denn, jemand erfindet sowohl eine Setzmaschine mit Echomodus als auch eine Schrift, die aussieht wie etwas, das eine Nacktschnecke gesagt haben könnte.

Die Stimmen führten folgendes Gespräch:

»WÜRDEST DU MIR DAS BITTE NOCH EINMAL ERKLÄREN?«

»Wenn du etwas *anderes* als einen Trumpf ausspielst, kann Süden zweimal stechen und verliert nur eine Schildkröte, einen Elefanten und ein Großes Arkanum, während...«

»Das ist Zweiblum!« zischte Rincewind. »Seinen besonderen Tonfall erkenne ich überall wieder!«

»EINEN AUGENBLICK... PESTILENZ IST SÜDEN?«

»Ach, komm schon, Tod. Das hat er bereits ausführlich erläutert. Was wäre geschehen, wenn Hunger — wie heißt das noch gleich — übertrumpft hätte?« Eine röchelnde feuchte Stimme, die vermutlich gräßliche Krankheiten übertragen konnte.

»Oh, dann hättest du nur eine Schildkröte und nicht zwei stechen können«, erwiderte Zweiblum heiter.

»Aber wenn Krieg sofort mit einem Stichzwang beginnt, bekommt er mehr Punkte?«

»Genau!«

»DEM KANN ICH NICHT GANZ FOLGEN. WIEDERHOL NOCH EINMAL, WAS DU VORHIN ÜBER STRATEGIE UND TAKTIK BEIM REIZEN UND BIETEN ER-

ZÄHLT HAST. VIELLEICHT KRIEGE ICH DANN DEN DREH RAUS.« Eine schwere, hohle Stimme, so als stießen zwei große Bleimassen gegeneinander.

»Nun, man kann auch reizen, um den Spielgegner zu täuschen, wobei man allerdings Gefahr läuft, den eigenen Partner zu verwirren...«

Zweiblum sprach fröhlich weiter, und Rincewind schnitt eine Grimasse, als Ausdrücke wie ›Schneiden‹, ›Impaß‹ und ›Groß-Schlemm‹ durch den Samt drangen.

»Weißt *du*, worum es geht?« fragte Ysabell.

»Ich verstehe kein einziges Wort davon«, erwiderte der Zauberer.

»Hört sich ziemlich kompliziert an.«

Auf der anderen Seite der Tür sagte die schwere Stimme: »STIMMT ES WIRKLICH, DASS DIE MENSCHEN SO ETWAS ZUM VERGNÜGEN SPIELEN?«

»Ja, und einige von ihnen sind wahre Meister. Ich bin leider nur ein Dilettant.«

»ABER MENSCHEN LEBEN DOCH NUR ACHTZIG ODER NEUNZIG JAHRE!«

»Du mußt es wissen, Tod«, warf eine Stimme ein, die Rincewind noch nie vernommen hatte und die er auch nie wieder hören wollte, vor allen Dingen nicht nach Einbruch der Nacht.

»*Eins steht fest: Dieses Spiel ist außerordentlich... faszinierend.*«

»TEIL ERNEUT AUS. MAL SEHEN, OB ICH'S BE-GRIFFEN HABE.«

»Sollen wir zu ihnen gehen?« fragte Ysabell. Die Grabesstimme hinter dem Samt sagte: »ICH BIETE... EINEN SUMPFSCHILDKRÖTEN-BUBEN.«

»Nein, tut mir leid, da irrst du dich bestimmt. Laß mich mal dein Blatt sehen...«

Ysabell öffnete die Tür.

Rincewinds Blick fiel in ein freundlich, ein wenig düster anmutendes Zimmer, vermutlich von einem Innenarchitekten gestaltet, der gleichzeitig an einer Kreativitätskrise sowie an Kopfschmerzen litt und dazu neigte, jeden noch so winzigen Abstellplatz mit großen Sanduhren zu zieren. Außerdem schien er die Gelegenheit genutzt zu haben, Dutzende von besonders dicken gelben Kerzen loszuwerden.

Als Traditionalist rühmte der Tod der Scheibenwelt seine persönlichen Dienste und war die meiste Zeit über depressiv, weil man ihm Anerkennung versagte. Des öfteren wies er darauf hin, daß niemand den Tod an sich fürchtete, nur Schmerz und Vergessen, machte immer wieder deutlich, wie sinnlos es sei, jemanden zu hassen, nur weil er leere Augenhöhlen hatte und Gefallen an seiner Arbeit fand. Er benutzte noch immer eine Sense, so sagte er, während die Tode anderer Welten bereits in modernes Gerät investierten, zum Beispiel in Mähdrescher.

Tod saß an der einen Seite des schwarzen Friestisches in der Zimmermitte und stritt sich mit Hunger, Krieg und Pestilenz. Nur Zweiblum hob den Kopf und bemerkte Rincewind.

»He, wie bist du hierher gekommen?« fragte er.

»Nun, einige Leute meinen, der Schöpfer nahm eine Handvoll... Oh, ich verstehe. Tja, ist schwer zu erklären, aber...«

»Hast du den Koffer mitgebracht?«

Die hölzerne Kiste schob sich an Rincewind vorbei und blieb vor ihrem Eigentümer liegen. Der Tourist hob die Klappe, kramte eine Zeitlang in der Truhe, holte schließlich ein kleines, in Leder gebundenes Buch hervor und reichte es Krieg, der soeben mit einer gepanzerten Faust auf den Tisch hämmerte.

»Das ist ›Nasenwurz Einführung in die Kunst des Kartenspielens‹«, sagte Zweiblum. »Ein gutes Werk, in dem ausführlich auf Besonderheiten wie Schneiden und Impaß eingegangen...«

Tod schnappte sich das Buch mit einer knöchernen

Hand, blätterte darin und schenkte den beiden Menschen überhaupt keine Beachtung.

»GENAU«, sagte er. »AUF EIN NEUES, PESTILENZ. ICH WILL DIESER SACHE ENDLICH AUF DEN GRUND GEHEN, UND WENN'S MICH DAS LEBEN KOSTET — IM ÜBERTRAGENEN SINNE NATÜRLICH.«

Rincewind packte Zweiblum am Kragen und zerrte ihn aus dem Zimmer. Als sie durch den Flur liefen — der Koffer folgte ihnen dichtauf —, sagte der Zauberer:

»Was hat das alles zu bedeuten?«

»Nun, sie haben eine Menge Zeit, und ich dachte, sie fänden Spaß daran«, schnaufte der Tourist.

»Woran? Am Kartenspielen?«

»Weißt du, es handelt sich um ein ganz besonderes Spiel«, erwiderte Zweiblum. »Man nennt es...« Er zögerte. Sprache war nicht gerade seine Stärke. »Bei euch heißt es wie eine Vorrichtung, die es einem gestattet, auf die andere Seite eines Flusses zu gelangen«, fügte er hinzu. »Glaube ich jedenfalls.«

»Aquädukt?« vermutete Rincewind. »Wehr? Damm? Seil? Trittsteine?«

»Ja, vielleicht.« Sie erreichten die Eingangshalle, in der das Ticken der großen Uhr Myriaden von Leben um weitere Sekunden verkürzte.

»Was glaubst du, wie lange der Tod und die anderen damit beschäftigt sein werden?«

Zweiblum zögerte. »Ich weiß es nicht genau«, entgegnete er nachdenklich. »Wahrscheinlich bis zum letzten Trumpf. Was für eine interessante Uhr...«

»Versuch bloß nicht, sie zu kaufen«, riet ihm Rincewind. »Ich fürchte, damit würdest du hier nur Unwillen erregen.«

»Wo ist ›hier‹ überhaupt?« fragte Zweiblum, winkte die Truhe herbei und öffnete die Klappe.

Rincewind sah sich um. Die Eingangshalle war leer und dunkel, und an den hohen, schmalen Fenstern glitzerten

130

Eisblumen. Der Zauberer senkte den Kopf und blickte auf das dünne blaue Band, das noch immer von seinem Fußknöchel hing. Erst jetzt stellte er fest, daß auch der Tourist eins hatte.

»Wir sind sozusagen inoffiziell tot«, erwiderte er. Eine bessere Antwort fiel ihm nicht ein.

»Oh.« Zweiblum kramte noch immer im Koffer.

»Gibt dir das nicht zu denken?«

»Nun, für gewöhnlich nimmt alles ein gutes Ende, nicht wahr? Außerdem glaube ich fest an die Reinkarnation. Als was möchtest du ins Leben zurückkehren?«

»Ich will es erst gar nicht verlassen«, sagte Rincewind gepreßt. »Komm, laß uns von hier ver... Oh, nein, nicht das!«

Zweiblum zog einen Kasten aus den unauslotbaren Tiefen der Truhe. Er war groß und schwarz, wies an der einen Seite einen Griff auf und vorn ein kleines rundes Fenster. Der Tourist tastete nach einem Riemen und hängte sich die seltsame Vorrichtung um den Hals.

Früher einmal hatte Rincewind großen Gefallen an dem Ikonoskop gefunden. Im Gegensatz zu all seinen Erfahrungen war er nach wie vor davon überzeugt, daß man die Welt grundsätzlich verstehen konnte und es nur die richtigen mentalen Werkzeuge erforderte, um die Fassade abzuschrauben und festzustellen, wie das Universum funktionierte. Mit dieser Annahme lag er natürlich völlig daneben. Nun, das Ikonoskop hielt keine Bilder fest, indem es Licht auf ein Spezialpapier fallen ließ, wie der Zauberer zunächst vermutete. Statt dessen nutzte es die weitaus einfachere Methode, einen kleinen Dämon gefangenzuhalten, der durch das winzige Fenster starrte und mit flinken Händen einen Pinsel schwang. Rincewind fühlte sich von dieser Entdeckung zutiefst enttäuscht.

»Es bleibt uns nicht genug Zeit, um Bilder aufzunehmen!« zischte er.

»Es dauert nicht lange«, sagte Zweiblum fest und klopfte

auf den Kasten. Eine Klappe öffnete sich, und der dämonische Maler streckte den Kopf heraus.

»Zum Teufel auch«, brummte er. »Wo sind wir hier?«

»Spielt keine Rolle«, entgegnete Zweiblum. »Zuerst die Uhr.«

Der Winzling kniff die Augen zusammen.

»Ziemlich miese Beleuchtung«, sagte er. »Schon mal was von Blenden und Belichtungsmessern gehört, hm?« Er wartete keine Antwort ab und schlug die Klappe zu. Eine Sekunde später hörte Rincewind ein leises Kratzen: Der Dämon schob seinen kleinen Stuhl vor die Staffelei.

Der Magier knirschte mit den Zähnen.

»Es ist doch unnötig, irgendwelche Bilder anzufertigen!« stieß er hervor. »Präg dir einfach alles ein!«

»Das ist nicht das gleiche«, hielt ihm der Tourist gelassen entgegen.

»Es ist sogar noch viel besser und realistischer!«

»Nein, keineswegs. Wenn ich alt bin, zu Hause am prasselnden Feuer sitze und meinen Enkeln...«

»Wenn wir uns nicht sputen, wirst du für immer und ewig *in* einem Feuer schmoren!«

»Ich will stark hoffen, daß ihr nicht beabsichtigt, uns zu verlassen!«

Die beiden Männer drehten sich um. Ysabell stand im Flur und lächelte dünn. In der einen Hand hielt sie eine Sense, die besonders scharf zu sein schien. Rincewind versuchte, nicht auf sein blaues Lebensband zu blicken. Seiner Ansicht nach sollte eine junge Frau mit einer Sense nicht auf hintergründige, wissende und verunsichernde Weise lächeln.

»Offenbar ist mein Vater derzeit beschäftigt, aber ich glaube, es wäre ihm gar nicht recht, wenn ihr einfach geht«, sagte sie. »Außerdem habe ich niemanden, mit dem ich sprechen kann.«

»Wer ist das?« fragte Zweiblum.

»Sie lebt hier, in gewisser Weise«, murmelte Rincewind. »Ist eine Art Mädchen«, fügte er hinzu.

Er griff nach dem Arm des Touristen und versuchte, sich so unauffällig wie möglich der Tür zu nähern, den dunklen und kalten Garten zu erreichen. Es klappte nicht, hauptsächlich, weil sich Zweiblum hartnäckig weigerte zu verstehen und davon ausging, ihm könne ohnehin nichts zustoßen.

»Freut mich, dich kennenzulernen«, erwiderte der Tourist höflich. »Ein hübsches Haus«, fuhr er anerkennend fort. »Die Knochen und Totenschädel haben einen bemerkenswert barocken Effekt.«

Ysabells Lächeln wuchs in die Breite, und Rincewind dachte voller Unbehagen: *Wenn Tod sich irgendwann einmal in den Ruhestand zurückziehen sollte, kann er seine Geschäfte getrost der adoptierten Tochter überlassen. Bestimmt ist sie noch weitaus besser als er — weil sie nicht mehr alle Tassen im Schrank hat.*

»Ja, aber leider müssen wir uns jetzt verabschieden«, sagte er laut.

»Davon will ich nichts hören«, erwiderte Ysabell. »Ihr müßt bleiben und mir von euch erzählen. Es ist so schrecklich langweilig hier, und wir haben jede Menge Zeit.«

Die junge Frau sprang zur Seite, holte mit der Sense aus und zielte auf die glühenden Lebensfäden. Die scharfe Klinge heulte wie ein kastrierter Kater — und verharrte abrupt.

Holz knarrte: Der Koffer hatte nach der Sense geschnappt.

Zweiblum warf Rincewind einen erstaunten Blick zu.

Und der Zauberer zögerte nicht, traf eine rasche Entscheidung und rammte dem Touristen, nicht ohne eine gewisse Befriedigung, die Faust ans Kinn. Als der kleine Mann nach hinten fiel, fing Rincewind die erschlaffende Gestalt auf, warf sie sich über die Schulter und rannte los.

Sterne funkelten über dem finsteren Garten, und Zweige schlugen ihm ins Gesicht. Kleine, zottlige und ziemlich gräßliche Geschöpfe stoben davon, während der Magier dem trüben Leuchten des blauen Bandes folgte, das sich durch rauhreifweißes Gras zog.

Ein schriller Schrei der Wut und Enttäuschung tönte aus dem Gebäude. Rincewind prallte von einem Baum ab und stürmte weiter.

Irgendwo gab es einen Pfad, so erinnerte er sich. Aber in dem Labyrinth aus Licht, Schatten und dem scharlachroten Glanz des neuen Sterns, der auch in der Jenseitswelt Unheil ankündigte, suchte er vergeblich nach einem Weg. Hinzu kam, daß der Lebensfaden in die falsche Richtung zu weisen schien.

Hinter ihm erklang das Geräusch von Schritten. Rincewind schnappte keuchend nach Luft. Offenbar stammte das Trippeln von den Füßen des Koffers, doch derzeit stand ihm nicht der Sinn nach einer Begegnung mit der Truhe. Vielleicht verstand sie ihn völlig falsch, was den Fausthieb anging, der ihren Eigentümer ins Reich der Träume geschickt hatte. Für gewöhnlich biß die Kiste Leute, die ihr suspekt waren. Der Zauberer hatte nie den Mut besessen, zu fragen, was mit den Betreffenden geschah, wenn sich die Klappe über ihnen schloß. Doch in einem Punkt bestand kein Zweifel: Wenn sich der Deckel wieder öffnete, blieben sie spurlos verschwunden.

Wie sich kurz darauf herausstellte, brauchte sich Rincewind überhaupt keine Sorgen zu machen. Der Koffer überholte ihn mühelos, und die winzigen Füße bewegten sich so schnell, daß man sie kaum auseinanderhalten konnte. Der Magier gewann den Eindruck, daß sich die Truhe ausschließlich aufs Rennen konzentrierte, als ahne sie, was weiter hinten auf sie lauerte. Und allem Anschein nach gefiel ihr die Vorstellung nicht, vom Tod und seinen drei Kumpanen eingeholt zu werden.

Sieh nicht zurück! erinnerte sich Rincewind. *Wahrscheinlich ist der Anblick nicht besonders hübsch.*

Der Koffer raste durch ein Gebüsch und geriet außer Sicht.

Einige Sekunden später sah Rincewind den Grund dafür. Die Kiste war über den Rand des Felsensteges gefallen und stürzte in den weiten Trichter, von dessen Grund ein mattes rötliches Strahlen ausging. Als der Zauberer den Kopf hob, bemerkte er zwei schimmernde blaue Linien, die über das Gestein hinwegreichten und sich im Abgrund verloren.

Er zögerte unsicher, obwohl er in einigen Dingen völlig sicher war. Einerseits wollte er keineswegs vom Felssteg springen, jedoch andererseits lag ihm nichts daran, den Leuten zu begegnen, die inzwischen die Verfolgung aufgenommen hatten. Darüber hinaus stellte er fest, daß Zweiblum in der Geisterwelt ziemlich schwer war und es Schlimmeres gab, als tot zu sein.

»Was denn, zum Beispiel?« brummte er und sprang.

Wenige Sekunden später trafen einige Reiter ein. Sie hielten nicht an, als sie den Rand des Felsens erreichten, ritten einfach weiter und zügelten ihre Rösser mitten im Nichts.

Tod blickte nach unten.

»SO ETWAS HAT MICH SCHON IMMER GEÄRGERT«, sagte er. »VIELLEICHT SOLLTE ICH DIE PFORTEN IN MEINEM HAUS DURCH DREHTÜREN ERSETZEN.«

»Ich frage mich, was sie hier wollten«, meinte Pestilenz.

»Tja«, brummte Krieg. »Wie dem auch sei: Das Spiel ist recht interessant.«

»In der Tat«, bestätigte Hunger. »Ziemlich faszinierend.«

»WIR HABEN GENUG ZEIT, UM NOCH EINMAL ZU RUBBELN«, meinte Tod.

»Robbeln«, berichtigte Krieg.

»WAS SOLLEN WIR ROBBELN?«

»Es heißt robbeln, und nicht rubbeln«, sagte Krieg.

»Ihr irrt euch beide«, warf Pestilenz ein. »Man nennt es Robber. Das ist eine Folge von drei Spielen, die gewonnen ist, wenn ...«

»ICH SCHLAGE EINE *PARTIE* VOR«, unterbrach ihn

Tod. Er beobachtete den neuen Stern und überlegte, was es damit auf sich haben mochte.

»ICH GLAUBE, WIR HABEN GENUG ZEIT«, wiederholte er, doch diesmal klang es ein wenig unsicher.

Der geneigte Leser mag sich daran erinnern, daß bereits an mehreren Stellen auf Bemühungen hingewiesen wurde, die Berichterstattung auf der Scheibenwelt mit exakteren Metaphern zu verbessern. Poeten und Barden gerieten in ziemliche Schwierigkeiten — für gewöhnlich bestanden sie in Halsschlingen, Daumenzangen, Streckbrettern und ähnlich unerfreulichen Dingen —, wenn sie unbedingt darauf bestanden, von lachenden Sonnen, grinsenden Monden und fröhlich kichernden Sommerbrisen zu erzählen. Zum Beispiel durften sie nur dann von Prinzessinnen singen, die so schön waren, daß sie steinerne Herzen erweichten, wenn sie das mit Siegel und Unterschrift versehene Attest eines kardiovaskulären Spezialisten vorlegen konnten.

Um dieser Tradition Respekt zu zollen, soll an dieser Stelle nicht erwähnt werden, daß Rincewind und Zweiblum wie eine eisblaue Sinuswelle durch die dunklen Dimensionen rasten (wobei ein Geräusch ertönte, das ans Knarren eines gewaltigen Stoßzahns erinnerte). Oder daß sie Rückschau auf ihr bisheriges Leben hielten — im Falle des Zauberers war das bereits so oft geschehen, daß er während dieser langweiligen Phase in aller Ruhe ein Nikkerchen machen konnte. — Darüber hinaus verzichtet der Autor hier auch auf Beschreibungen wie: »Das Universum fiel wie rote Grütze auf sie herab.«

Es darf jedoch behauptet werden (da ein Experiment den eindeutigen Beweis erbrachte), daß die akustische Untermalung aus folgenden Geräuschen bestand: Es klang so, als nehme jemand ein hölzernes Lineal zur Hand und schlage damit kräftig auf eine Cis-Stimmgabel ein, woraufhin plötzliche Stille folgte.

Eine wirklich *absolute* Stille, von völliger Finsternis begleitet.

Rincewind argwöhnte bereits, daß sich neue Probleme anbahnten, da sah er ein vertrautes blaues Linienmuster.

Er befand sich erneut im Innern des Oktav und fragte sich, was geschehen mochte, wenn jemand das Buch öffnete. Erweckten Zweiblum und er dann den Anschein von zwei Tintenklecksen?

Wahrscheinlich nicht, entschied er. Das Oktav, das ihnen nun Heimstatt bot, unterschied sich von dem dicken Band, der in der Unsichtbaren Universität an ein Pult gekettet war. Dabei handelte es sich nur um die dreidimensionale Manifestation einer multidimensionalen Realität, die...

Einen Augenblick, dachte er. *Solche Gedanken gehen mir sonst nie durch den Kopf. He, wer denkt da für mich?*

»Rincewind«, sagte eine Stimme, die sich wie raschelndes Papier anhörte.

»Wer? Ich?«

»Natürlich, du Blödmann.«

In einer dunklen Ecke seiner Seele regte sich so etwas wie Trotz und suchte nervös nach einem Versteck.

»Habt ihr euch inzwischen darauf geeinigt, wie das Universum begann?« fragte er mit einem Hauch von Spott. »Vielleicht mit dem Großen Räuspern? Oder war's das tiefe Atemholen, Verwirrt-am-Kopf-Kratzen, Versuchen-zu-Erinnern oder Es-liegt-mir-auf-der-Zunge?«

Eine andere Stimme, so trocken wie Zunder, zischte: »Ich rate dir, nicht zu vergessen, wo du bist.« Es sollte eigentlich unmöglich sein, in einem Satz zu zischen, der gar keine entsprechenden Laute aufwies — sah man einmal vom scharfen S ab —, aber die Stimme gab sich alle Mühe.

»Wie könnte ich das vergessen?« rief Rincewind. »Bei allen Klabautermännern, ich weiß genau, wo ich bin: Ich befinde mich in einem verdammten Buch und spreche mit mehreren verdammten Stimmen. Warum schreie ich wohl, verdammt noch mal?«

»Ich nehme an, du fragst dich, warum wir dich wieder hierhergeholt haben«, flüsterte es dicht neben Rincewinds Ohr.

»Nein.«

»Nein?«

»Was hat er geantwortet?« fragte ein körperloses Raunen.

»Er sagte nein.«

»Hat er wirklich nein gesagt?«

»Ja.«

»Oh.«

»Warum?«

»So etwas passiert mir dauernd«, erklärte Rincewind. »Im einen Augenblick falle ich vom Rand der Welt, und im nächsten stecke ich im Innern eines Buches. Eine Sekunde später finde ich mich auf einem fliegenden Felsen wieder, und kurz darauf leiste ich dem Tod Gesellschaft, der gerade Wehr oder Damm oder was weiß ich spielt. Warum sollte mich so etwas überraschen?«

»Nun, sicher wunderst du dich darüber, weshalb wir nicht wollen, daß uns jemand ausspricht«, sagte die erste Stimme. Sie schien zu spüren, daß sie langsam die Initiative verlor.

Rincewind zögerte. Er entsann sich vage dieses Gedankens, daran, daß er ihm ganz kurz in den Sinn gekommen war, sich in den mentalen Gewölben beunruhigt umgesehen und offenbar einen Überfall der Zauberformel befürchtet hatte.

»Warum sollte jemandem daran gelegen sein, euch auszusprechen?«

»Wegen des Sterns«, lautete die Antwort. »Des roten Sterns. Die anderen Zauberer suchen bereits nach dir. Wenn sie dich finden, wollen sie alle acht Zaubersprüche intonieren, um die Zukunft zu verändern. Sie glauben, der Scheibenwelt droht ein Zusammenstoß mit der roten Sonne.«

Rincewind überlegte. »Besteht tatsächlich eine solche Gefahr?«

»Nur in einer gewissen... He, *was ist das denn?*«

Rincewind blickte nach unten und sah, wie der Koffer aus dem Dunklen heranmarschierte. Die silberne Klinge einer langen Sense ragte unter seiner Klappe hervor.

»Es ist nur der Koffer«, sagte er.

»Aber wir haben ihn nicht hierher bestellt!«

»Niemand bestellt ihn irgendwohin«, meinte Rincewind. »Er taucht einfach auf. Schenkt ihm keine Beachtung.«

»Hmm. Worüber sprachen wir gerade?«

»Über diesen komischen roten Stern.«

»Ah, ja. Es ist sehr wichtig, daß du...«

»Hallo? Hallo? Hört mich jemand?«

Rincewind vernahm eine dünne, piepsige Stimme aus dem Ikonoskop, das nach wie vor vom Hals des reglosen und herrlich stummen Touristen baumelte.

Der Pinseldämon öffnete die kleine Klappe und sah zu Rincewind auf.

»He, Kumpel, wohin habt ihr mich jetzt gebracht?«

»In ein Buch.«

»Oh. Sind wir noch immer tot?«

»Vielleicht.«

»Nun, ich hoffe bloß, daß wir keine dunklen und finsteren Orte mehr aufsuchen. Mir ist nämlich die schwarze Farbe ausgegangen.« Der Winzling schloß die Luke wieder.

Rincewind stellte sich kurz einen Zweiblum vor, der Bilder herumreichte und Bemerkungen von sich gab wie: »Das bin ich, während ich von einer Million Dämonen gefoltert werde.« Und: »Das zeigt mich und das komische Paar, dem wir in den Gletscherhöhlen der Unterwelt begegnet sind.« Rincewind wußte nicht genau, was mit Leuten geschah, die *wirklich* starben — in diesem Zusammenhang kursierten viele verschiedene Gerüchte, und keins davon war geeignet, ihn besonders optimistisch zu stimmen. Ein alter Seemann aus den Randwärtsregionen hatte einmal gesagt, er sei sicher, im Jenseits erwarte ihn ein Paradies mit Brause und üppig-schönen Frauen. Doch als er genauer darüber nachdachte, kam er zu dem Schluß, daß er wahrscheinlich auf weibliche Gesellschaft verzichten und mit Lakritzstrohhalmen vorliebnehmen mußte. Rincewind hielt nichts von Brause. Er mußte immer niesen, wenn er welche trank.

»Nach dieser Unterbrechung können wir wohl wieder zur Sache kommen«, sagte die trockene Stimme fest. »Es ist sehr wichtig, daß du den Zauberern keine Gelegenheit bietest, den Zauberspruch aus deinem Kopf zu holen. Schreckliche Dinge könnten geschehen, wenn man die acht Formeln zu früh beschwört.«

»Ich möchte einfach nur in Ruhe gelassen werden«, sagte Rincewind.

»Gut, ausgezeichnet. Damals, als du das Oktav aufgeschlagen hast, wußten wir sofort, daß wir dir vertrauen können.«

Rincewind runzelte die Stirn. »He, eine Sekunde«, brummte er. »Ihr wollt verhindern, daß die Zauberer alle acht Zaubersprüche bekommen?«

»Stimmt.«

»Und deshalb habt ihr einen von euch in meinem Bewußtsein untergebracht?«

»Genau.«

»Ist euch eigentlich klar, daß ihr damit mein Leben ruiniert habt?« entfuhr es Rincewind empört. »Bestimmt wäre es mir möglich gewesen, als Magier Karriere zu machen, wenn ihr nicht beschlossen hättet, mich als Ablage zu benutzen. Ich kann keine anderen thaumaturgischen Formeln behalten. Euer Freund treibt sie immer wieder in die Flucht.«

»Das bedauern wir sehr.«

»Ich möchte endlich nach Hause!« Rincewind schniefte und wischte sich eine Träne aus dem Augenwinkel. »Ich möchte dorthin zurück, wo die Straßen und Wege mit Kopfsteinen gepflastert sind, wo das Bier nicht ganz so schlecht ist, wo man des Abends gebackenen Fisch essen kann, wo als Beilage Essiggurken, geräucherter Aal und Wellhornschnecken angeboten werden, wo man immer einen warmen Stall findet, um in aller Ruhe zu schlafen, wo man morgens sicher sein kann, am gleichen Ort aufzuwachen, wo es nicht so verdammt viel Wetter gibt. Ich meine: Magie ist mir völlig schnuppe. Vermutlich bringe ich für einen Zauberer nicht die nötigen Voraussetzungen mit. Ich will einfach nur *nach Hause!*«

»Aber du mußt...« begann einer der Zaubersprüche.

Es war bereits zu spät. Heimweh, jenes dünne Gummiband im Unterbewußtsein, das sich um einen Lachs wikkelt und ihn dreitausend Meilen weit durch fremde Gewässer zieht, das eine Million Lemminge dazu veranlaßt, sich fröhlich auf den Weg zur Heimat der Ahnen zu machen, einem mythischen Land, das sich durch eine Laune der Kontinentaldrift nicht mehr an seinem ursprünglichen Platz befindet... Nun, solches Heimweh stieg nun in Rincewind empor; unerschütterliche Entschlossenheit spannte die Muskeln an, hangelte sich an dem Faden entlang, der die gequälte Seele des Magiers mit dem Körper verband, duckte sich und sprang...

Die Zaubersprüche blieben allein im Oktav zurück.

Abgesehen von dem Koffer.

Sie sahen ihn an, nicht etwa aus Augen, sondern aus Bewußtseinen, die so alt waren wie die Scheibenwelt.

»Worauf wartest du noch?« flüsterten sie verärgert. »Hau ab!«

»...übel.«

Rincewind wußte, daß dieses Wort von ihm stammte — er erkannte seine Stimme wieder. Einige Sekunden lang starrte er keineswegs normal durch seine Pupillen, sondern eher wie ein Spion, der durch winzige Löcher in den Augen eines Porträts späht. Dann kehrte er vollständig zurück.

»Ift allef in Ordnung mit dir, Rincewind?« fragte Cohen. »Du fahft ein wenig weggetreten auf.«

»Und warst auch ein wenig blaß«, pflichtete ihm Bethan bei. »Wie jemand, der einen Blick auf sein eigenes Grab geworfen hat.« »Äh, ja, diese Beschreibung stimmt ziemlich genau«, erwiderte der Zauberer. Er hob die Hände und zählte seine Finger. Sie schienen alle noch da zu sein.

»Äh, habe ich mich bewegt?« erkundigte er sich.

»Du hast nur so ins Feuer gesehen, als triebe dort ein Geist sein Unwesen«, stellte Bethan fest.

Hinter ihnen stöhnte jemand. Zweiblum setzte sich auf und preßte beide Hände an die Schläfen.

Er musterte sie zwinkernd, und seine Lippen zitterten wortlos.

»Das war ein sehr... seltsamer Traum«, brachte er schließlich hervor. »Äh, was ist dies für ein Ort? Warum bin ich hier?«

»Nun«, sagte Cohen, »einige Leute meinen, der Föpfer des Univerfumf habe eine Handvoll Ton genommen und...«

»Nein, ich meine *hier*«, warf der Tourist ein. »Bist du das, Rincewind?«

»Ja«, bestätigte der Zauberer, obwohl sich Zweifel in ihm regten.

»Ich erinnere mich an eine... eine Uhr... und einige Gestalten, die...« Zweiblum schüttelte den Kopf. »Warum riecht hier alles nach Pferden?«

»Du bist krank gewesen«, sagte Rincewind. »Hattest Halluzinationen.«

»Ja... vermutlich hast du recht.« Zweiblum blickte an sich herab und bemerkte das Ikonoskop. »Ich frage mich nur, warum...«

Rincewind sprang auf.

»Entschuldigt bitte, ist recht stickig hier drin, brauche dringend frische Luft«, sagte er hastig. Er nahm

Zweiblums Bildkasten an sich und stürmte nach draußen.

»Das Ding ist mir gar nicht aufgefallen, als wir hierher kamen«, sagte Bethan. Cohen zuckte mit den Schultern.

Es gelang Rincewind, sich einige Meter vom Zelt zu entfernen, bevor die Ratsche des Ikonoskops klickte. Ganz langsam schob sich das letzte vom Dämon gemalte Bild aus dem Kasten.

Rincewinds Hände zitterten, als er danach griff.

Es zeigte etwas, das selbst bei hellem Tageslicht ziemlich schrecklich ausgesehen hätte. Die Schwärze der Nacht und das rote Glühen des Unheilssterns machten alles noch weitaus greulicher.

»Nein«, sagte Rincewind leise. »Nein, das stimmt nicht ganz. Ich entsinne mich an ein Haus, an eine junge Frau, die auf beunruhigende Weise lächelte...«

»Es ist mir völlig gleich, was du gesehen zu haben glaubst«, erwiderte der winzige Pinselschwinger, der nun in der geöffneten Klappe stand und die Fäuste in die Seiten stemmte. »Ich male das, was ich durchs Objektiv sehen kann. Ich erblicke nur die Wirklichkeit, nichts anderes. Wenn du daran zweifelst, so frag meine Mutter. Sie arbeitet für eine Filmgesellschaft.«

Ein dunkles Etwas kam knirschend über den Schnee: der Koffer. Normalerweise begegnete Rincewind der Truhe mit einer gehörigen Portion Mißtrauen, aber diesmal gestatteten sich seine Gefühle eine Ausnahme und seufzten erleichtert.

»Dir ist also ebenfalls die Rückkehr gelungen«, sagte er. Der Deckel klapperte kurz.

»Nun gut«, brummte Rincewind und befeuchtete sich die Lippen. »Hast *du* dich umgedreht und zurückgesehen?«

Der Koffer gab keine Antwort. Einige Sekunden lang schwiegen sie, wie zwei Krieger, die ein blutiges Schlachtfeld verlassen hatten, Atem schöpften und versuchten, ein Gemetzel zu vergessen.

»Komm«, sagte Rincewind dann. »In der Jurte ist es angenehm warm.« Er streckte den Arm aus, um freundlich auf die Klappe der Truhe zu klopfen. Sie schnappte nach ihm und hätte fast die Finger des Zauberers erwischt. Er schnitt eine Grimasse: Das Leben verlief wieder in normalen Bahnen.

Die Morgendämmerung kündigte einen klaren kalten Tag an. Der Himmel bildete eine blaue Kuppel, die sich über einer weißen Landschaft wölbte. Die Szene hätte so frisch und sauber wie eine Zahnpastawerbung wirken können, wenn nicht der rote Fleck am Horizont gewesen wäre.

»Jetzt kann man daf Ding fon am Tag fehen«, sagte Cohen. »Waf hat ef damit auf fich?«

Er bedachte Rincewind mit einem durchdringenden Blick. Der Zauberer errötete.

»Warum starrt ihr mich alle an?« fragte er. »Ich weiß auch nicht, was es ist. Vielleicht ein Komet oder so was.«

»Wird er uns alle verbrennen?« erkundigte sich Bethan.

»Keine Ahnung. Bin noch nie von einem Kometen getroffen worden.«

Sie ritten hintereinander durch schimmernden Schnee. Das Reitervolk schien großen Respekt vor Cohen zu haben, hatte ihnen einige Pferde überlassen und den Weg zum Smarlstrom gewiesen, der hundert Meilen weiter randwärts floß. Von dort aus, so meinte Cohen, könnten Rincewind und Zweiblum die Reise zum Runden Meer mit einem Boot fortsetzen. Mit einem Hinweis auf seine Frostbeulen erklärte sich der Barbar bereit, sie zu begleiten.

Woraufhin Bethan sofort verkündete, sie wolle sich ihnen ebenfalls anschließen, um zur Stelle zu sein, wenn Cohens Rücken Salbe brauchte.

Als Rincewind das ungleiche Paar musterte, dachte er einmal an Drüsen. Ihm fiel auf, daß sich Cohen neuerdings sogar die Mühe machte, seinen Bart zu kämmen.

»Ich glaube, sie hält große Stücke auf dich«, sagte er. Cohen seufzte.

»Ach, wenn ich zwanfig Jahre jünger wäre...«, sagte er sehnsüchtig.

»Ja?«

»Dann wäre ich fiebenundfechzig.«

»Und?«

»Nun, wie foll ich mich aufdrücken? Als ich noch ein junger Mann war und der Welt meinen Ftempel aufdrückte, mochte ich temperamentvolle Rothaarige befonderf gern.«

»Aha.«

»Dann wurde ich ein wenig älter und entwickelte eine Vorliebe für reife und erfahrene Blondinen.«

»Ach, ja?«

»Und dann wurde ich noch ein wenig älter und wuffte die Vorzüge von heiffblütigen Brünetten zu fätzen.«

Er zögerte, und Rincewind wartete.

»Und weiter?« fragte er schließlich. »Welche weiblichen Eigenschaften bevorzugst du heute?«

Cohen richtete einen resignierenden Blick auf ihn.

»Geduld«, antwortete er.

»Ich fasse es einfach nicht!« ertönte eine laute Stimme hinter ihnen. »Ich reite mit Cohen dem Barbar!«

Der Ausruf stammte natürlich von Zweiblum. Seit dem Morgen — als er feststellte, die gleiche Luft zu atmen wie der größte Held aller Zeiten — verhielt er sich wie ein Affe, der den Schlüssel zu einer Bananenplantage erhalten hatte.

»Meint er daf vielleicht ironif?« wandte sich Cohen an Rincewind.

»Nein. Er ist immer so.«

Cohen drehte sich im Sattel um. Zweiblum bedachte ihn mit einem strahlenden Lächeln und winkte stolz. Cohen schüttelte den Kopf und brummte:

»Er doch Augen im Kopf, oder?«

»Ja. Aber glaub mir: Sie funktionieren nicht so wie bei anderen Leuten. Ich meine... Nun, du erinnerst dich sicher an gestern abend, an die Jurte des Reitervolkes?«

»Na klar.«

»Würdest du mir zustimmen, wenn ich sage, daß das Zelt dunkel und schmutzig war und wie ein krankes Pferd stank?«

»Ich halte daf für eine ziemlich genaue Befreibung.«

»Zweiblum vertritt einen völlig anderen Standpunkt. Er ist der Meinung, es handelte sich um ein wundervolles Barbarenzelt, ausgestattet mit den Pelzen und Fellen wilder Tiere, die von tapferen, folkloristisch und ethnisch höchst eindrucksvollen Kriegern erlegt wurden. Er spräche von kuriosen Gerüchen einer Welt, die von der Zivilisation weitgehend unbefleckt geblieben ist, von einem malerischen Idyll, das in gefährlichen Überfällen auf Karawanen und dem Raub von Frauen aus anderen Stämmen besteht. Und so weiter, und so fort.« Rincewind sah Cohen an. »Im Ernst.«

»Ift er verrückt?«

»In gewisser Weise. Aber er hat eine Menge Geld.«

»Ah, dann kann er nicht übergefnappt fein. Ich bin weit herumgekommen. Wenn jemand viel Geld hat, ift er nicht verrückt, fondern nur exzentriff.«

Erneut drehte sich Cohen im Sattel um. Zweiblum erzählte Bethan gerade, wie Cohen der Barbar mit bloßen Händen die Schlangenkrieger des Hexenmeisters S'belinde besiegt und der Riesenstatue des Krokodilgottes Offler (die wörtliche Übersetzung dieses Namens lautete: Ich-hasse-Handtaschen) den heiligen Diamanten gestohlen hatte.

Das Faltengewirr in Cohens Gesicht formte ein verträumtes Lächeln.

»Wenn du möchtest, fordere ich ihn auf, endlich die Klappe zu halten«, bot sich Rincewind an und überlegte, ob er den Trick mit dem Fausthieb wiederholen sollte.

»Glaubft du, dann würde er wirklich ftill fein?«

»Nein, eigentlich nicht.«

»Dann laff ihn ruhig fnattern«, sagte Cohen. Seine rechte Hand sank auf das Heft des Schwertes, dessen Glanz von jahrzehntelanger Benutzung kündete.

»Wie dem auch fei«, fügte er hinzu. »*Ich* mag feine Augen. Fie fehen fünfzig Jahre weit.«

Hundert Meter hinter ihnen stapfte der Koffer schwerfällig durch den Schnee. Niemand machte sich die Mühe, ihn nach seiner Meinung zu fragen.

Am Abend erreichten sie den Rand der Hochebene und ritten durch einen düsteren Kiefernwald. Ein Schneesturm hatte nur dünnes Weiß auf den Ästen, Zweigen und Nadeln hinterlassen. Die Landschaft bestand überwiegend aus großen, geborstenen Felsen und Tälern, die so tief und schmal waren, daß der Tag dort nur zwanzig Minuten dauerte. Eine weite, urwüchsige und einsame Region, in der unheimliche Wesen lauern mochten, zum Beispiel...

»Trolle«, sagte Cohen und schnüffelte.

Rincewind blickte sich in der roten Dämmerung um. Felsen, die eben noch völlig normal aussahen, schienen plötzlich gespenstisch lebendig zu sein. Schatten, denen er vor wenigen Sekunden nur beiläufige Beachtung geschenkt hätte, wirkten jetzt bedrohlich finster und *massiv*.

»Ich mag Trolle«, sagte Zweiblum.

»Dann solltest du deine Meinung rasch ändern«, erwiderte Rincewind. »Sie sind groß und schwer und finden großen Gefallen daran, Menschen zu verschlingen.«

»Nein, daf ftimmt nicht«, widersprach Cohen, rutschte vorsichtig aus dem Sattel und massierte sich die Knie. »Ef ift ein weit verbreiteter Irrglaube, jawohl. Trolle effen keine Menfen.«

»Nein?«

»Nein. Fie fpucken Menfen auf. Können Leute wie unf einfach nicht verdauen, verftehft du? Der durchfnittliche Troll erhofft fich nichtf weiter vom Leben alf nur einen

147

Klumpen Granit und vielleicht auch einen leckeren Kalk-
ftein alf Deffert. Angeblich liegt daf daran, weil fie auf
filiffia... filliffilium...« Cohen zögerte, und Rincewind
befürchtete, daß sich in der Zunge des alten Mannes ein
Knoten gebildet hatte. »Weil fie auf Stein find«, fügte der
greise Barbar hinzu.

Der Zauberer nickte. Natürlich waren Trolle in Ankh-
Morpork nicht ganz unbekannt, denn dort fanden sie häufig Anstellungen als Leibwächter. Für die anfänglichen Un-
terhaltskosten mußte man tief in die Tasche greifen, bis die
Trolle endlich lernten, Türen zu benutzen, anstatt einfach
durch die Wand zu gehen.

Als sie Feuerholz sammelten, fuhr Cohen fort: »Die
Fähne von Trollen haben'f echt in fich.«

»Wieso?« fragte Bethan.

»Beftehen auf Diamanten. Kann auch gar nicht anderf
fein. Nur Diamanten find hart genug, um Felfen fu fermah-
len. Und trotzdem müffen fich die fteinernen Burfen jedef
Jahr neue wachfen laffen.«

»Da wir gerade bei Zähnen sind...« warf Zweiblum ein.

»Ja?«

»Mir ist aufgefallen...«

»Ja?«

»Oh, nichts weiter«, sagte der Tourist kleinlaut.

»Ja? Oh. Ich flage vor, wir entfünden daf Feuer, bevor
ef völlig dunkel wird. Und dann...« Cohen sah plötzlich
wie ein Häufchen Elend aus. »Und dann kochen wir eine
Fuppe.«

»Das sollten wir Rincewind überlassen«, sagte Zweiblum fröhlich. »Er kennt sich bestens mit Kräutern, Wurzeln und solchen Dingen aus.«

Cohen warf Rincewind einen skeptischen Blick zu.

»Nun, daf Reitervolk hat unf einen Vorrat an getrock-
netem Pferdefleiff mitgegeben«, stellte der Barbar fest.
»Wenn du einige wilde Fwiebeln und fo'n Feug finden
kannft, fmeckt'f vielleicht beffer.«

»Aber ich...« begann Rincewind, brach dann aber ab und fügte sich in sein Schicksal. *Wenigstens weiß ich, wie Zwiebeln aussehen*, dachte er. *Es sind weiße, knollenartige Dinger, aus denen oben ein grüner Stengel ragt. Dürften eigentlich nicht schwer zu finden sein.*

»Na gut, ich gehe und sehe mich mal um, einverstanden?« sagte er.

»Ja.«

»Vielleicht dort drüben, im dichten und dunklen Unterholz?«

»Ja, fieht vielverfprechend auf.«

»Dort, wo es so finster ist, daß man nicht einmal einen Meter weit sehen kann?«

»Feint mir der ideale Ort fu fein.«

»Das habe ich befürchtet«, murmelte Rincewind bitter. Er ging los und fragte sich, wie man Zwiebeln anlockte. *Zwar sind sie vor den Marktbuden an Schnüren aufgereiht*, überlegte er, *aber vermutlich wachsen sie nicht auf diese Weise. Vielleicht setzen Bauern oder Gemüsezüchter Zwiebelhunde ein, um sie aufzuspüren — oder beschwören sie mit magischen Liedern, was weiß ich.*

Es funkelten nur wenige Sterne am Himmel, als sich Rincewind ziellos einen Weg durchs Dickicht bahnte. Er zertrat glühende Pilze, die bedrückend fleischig aussahen und von jedem Gnom mit Beischlafproblemen neidvoll betrachtet worden wären. Kleine, fliegende Geschöpfe stachen ihn. Andere Wesen, die zum Glück unsichtbar blieben, hüpften oder krochen durchs Gebüsch und verfluchten den Eindringling mit krächzenden und zischenden Stimmen.

»Zwiebeln?« flüsterte Rincewind versuchsweise. »Gibt es hier irgendwo Zwiebeln?«

»Dort drüben unter der alten Eibe wachsen einige«, sagte jemand hinter ihm.

»Aha«, brummte Rincewind. »Danke für den Hinweis.«

Längeres Schweigen folgte, nur von dem hungrigen

Summen der Mücken unterbrochen, die wie winzige Geier über dem Kopf des Zauberers schwebten.

Schließlich sagte er: »Entschuldige bitte.«

»Ja?«

»Was meinst du mit ›Eibe‹?«

»Den knorrigen kleinen Baum mit den dunkelgrünen Nadeln.«

»O ja. Noch einmal besten Dank.«

Er rührte sich nicht von der Stelle. Nach einer Weile fragte die Stimme im Plauderton: »Kann ich dir sonst irgendwie helfen?«

»Du bist nicht zufällig ein Baum, oder?« fragte Rincewind und blickte nach wie vor starr geradeaus.

»Sei nicht dumm. Seit wann können Bäume sprechen?«

»Oh. Nun, äh, in letzter Zeit hatte ich einige Probleme mit Bäumen, verstehst du?«

»Eigentlich nicht. Ich bin ein Stein.«

Rincewinds Tonfall veränderte sich kaum, als er erwiderte: »Na schön. Äh, ich sollte jetzt besser die Zwiebeln einsammeln.«

»Ich hoffe, sie schmecken dir.«

Langsam und betont würdevoll setzte er sich wieder in Bewegung, entdeckte einige faserige weiße Objekte, zog sie vorsichtig aus dem Boden und drehte sich um.

Einige Meter entfernt sah er einen Felsen. Aber hier wimmelte es geradezu von Steinblöcken — in diesem Bereich ragten die Knochen der Scheibenwelt an vielen Stellen aus dem Boden.

Rincewind warf der Eibe einen scharfen Blick zu, nur für den Fall, daß sie ihn verspottete. Aber es handelte sich um einen Baum, der die Einsamkeit liebte und noch nichts von Rincewind, dem Begründer der Waldreligion, gehört hatte — und außerdem machten Stamm und Geäst gerade ein Nickerchen.

»Ich wußte die ganze Zeit über, daß du das bist, Zweiblum«, sagte der Zauberer laut. Seine Stimme klang plötzlich seltsam hohl und dumpf, und die Dunkelheit um ihn herum schien sich zu verdichten.

Rincewinds Wissen über Trolle beschränkte sich darauf, daß sie sich in Stein verwandelten, wenn sie Sonnenlicht ausgesetzt wurden — aus diesem Grund mußten Leute, die Trolle für Tagesarbeit einstellten, ein Vermögen für Schutzcreme ausgeben.

Das Unbehagen des Magiers verstärkte sich rapide, als er sich fragte, was mit den granitenen Wesen während der *Nacht* geschah...

Das letzte Tageslicht verträuppelte, und plötzlich erzitterten die Felsen.

»Rincewind sucht schon seit einer ganzen Weile nach den Zwiebeln«, sagte Zweiblum. »Vielleicht ist ihm irgend etwas zugestoßen. Sollten wir nicht nach dem Rechten sehen?«

»Fauberer kommen gut allein furecht«, erwiderte Cohen. »Mach dir keine Forgen.« Er zuckte zusammen. Bethan schnitt gerade seine Fußnägel.

»Nun, eigentlich ist er kein besonders guter Zauberer«, meinte der Tourist und schob sich näher ans Feuer heran. »Ich würde ihm deswegen keinen Vorwurf machen, aber...« Er beugte sich zu Cohen vor. »Ich habe ihn nie bei irgendwelchen magischen Beschwörungen beobachtet.«

»In Ordnung, jetzt der andere«, sagte Bethan.

»Daf ift fehr nett von dir.«

»Du hast recht hübsche Füße, müßtest sie nur besser pflegen.«

»Weifft du, ich kann mich nicht mehr fo gut bücken wie früher«, erwiderte Cohen ein wenig verlegen. »Ach, in meinem Gefäft begegnet man leider nur wenigen Chiropraktikern und Fufpflegern. Eigentlich komif. Ich kenne jede Menge Flangenpriefter, verrückte Götter und Kriegfherrn — aber nicht einen einfigen Fufpfleger. Pafft vermut-

lich nicht inf übliche Klifee: Cohenf Kampf Gegen Die Fufpfleger...«

»Oder Cohen Und Die Dämonischen Chiropraktiker«,
warf Bethan ein. Der Barbar kicherte.

»Oder Cohen Und Die Verrückten Zahnärzte!« lachte
Zweiblum.

Cohen wurde schlagartig ernst.

»Waf ift daran fo komiff?« fragte er und ballte verbal
die Fäuste.

»Oh, äh, nun«, machte der Tourist. »Weißt du, deine
Zähne...«

»Ja?« sagte Cohen scharf.

Zweiblum schluckte. »Mir ist aufgefallen, daß sie sich,
äh, nicht am gleichen Ort befinden wie dein Mund.«

Einige Sekunden lang starrte ihn Cohen finster an. Dann
seufzte er, ließ die Schultern hängen und wirkte plötzlich
klein und alt.

»Du haft natürlich recht«, murmelte er niedergeschlagen. »Ich bin dir nicht böfe. Ef ift fehr fwierig, ein Held
ohne Fähne zu fein. Ef spielt keine Rolle, waf man fonft
verliert; felbft mit nur einem Auge genieft man vollen Re-
fpekt. Aber wenn man den Leuten glattef Zahnfleiff zeigt,
lachen sie einen nur auf.«

»Ich nicht«, stellte Bethan fest.

»Warum besorgst du dir keine neuen Zähne?« schlug
Zweiblum vor und lächelte.

»Ja, klar, wenn ich ein Hai oder fo waf wäre, würde ich
mir wieder welche wachfen laffen«, entgegnete Cohen
spöttisch.

»Nein, nein, du könntest sie einfach kaufen«, sagte der
Tourist. »He, ich zeig dir was... Äh, Bethan würdest du
dich bitte umdrehen?« Er wartete, bis die junge Frau seiner
Aufforderung nachgekommen war, hob dann die Hand
zum Mund.

»Fiehft du?« meinte er.

Bethan hörte, wie Cohen nach Luft schnappte.

»Du kannft deine raufnehmen?«

»Oh, ja. Ich habe mehrere Gebiffe in Referve. Entfuldige bitte...« Zweiblum schien besonders laut zu schlucken und fügte dann in einem normaleren Tonfall hinzu: »Eine sehr praktische Angelegenheit.«

Cohens Stimme zeigte enorme Ehrfurcht, zumindest so viel, wie einem zahnlosen Mund möglich war. Natürlich existierte in Hinsicht auf die Quantität kaum ein Unterschied, doch das nuschelnde Lispeln führte zu einer starken Beeinträchtigung der Qualität.

»Daf kann ich mir denken«, sagte er. »Und wenn du Zahnfmerzen haft, legft du die Dinger beifeite und überläft fie fich felbft, nicht wahr? Tolle Fache: Auf diefe Weife kann man den Lümmeln eine Lekfion erteilen – follen fie fehen, wie fie mit den Fmerzen klarkommen!«

»Nun, das stimmt nicht ganz«, erwiderte Zweiblum behutsam. »Es sind nicht dem Sinn nach meine Zähne. Sie *gehören* mir nur.«

»Du steckft dir fremde Fähne in den Mund?«

»Nein, nein. Ich meine: Jemand hat sie für mich hergestellt. In meiner Heimat gibt es viele Leute, die Gebisse tragen. Es ist...«

Zweiblums Vortrag über zahntechnische Errungenschaften wurde jäh unterbrochen, als ihn irgend etwas am Kopf traf.

Der kleine Mond der Scheibenwelt kletterte mühsam übers Firmament. Er reflektierte nicht etwa den Glanz der Sonne, sondern erstrahlte im Licht vieler Lampen: In Seiner für Ihn typischen Gedankenlosigkeit hatte der Schöpfer vergessen, sie nach dem anstrengenden Schöpfungswerk auszuschalten. In ihrem Schein diskutierten Hunderte von Mondgöttinnen, die der Scheibenwelt keine besondere Beachtung schenkten und ganz damit beschäftigt waren, Unterschriften für eine Beschwerde über die Eisriesen zu sammeln.

Dadurch entging ihnen ein interessanter Anblick: Rincewind unterhielt sich gerade mit einigen Felsen.

Trolle gehören zu den ältesten Lebensformen im Multiversum und verdanken ihre Existenz einem frühen Versuch, eine biologische Evolution ohne schleimiges Protoplasma zu ermöglichen. Individuelle Trolle leben ziemlich lange: Sie hibernieren während des Sommers, um tagsüber zu schlafen, da Wärme sie träge werden läßt. Und natürlich zeichnen sie sich durch eine faszinierende Geologie aus. Nun, man könnte über Tribologie sprechen, die Halbleitereigenschaften unreinen Siliciums erwähnen und an die Riesentrolle der Urzeit erinnern, die die meisten Berge der Scheibenwelt bilden und einige recht ernste Probleme verursachen könnten, wenn sie jemals erwachen. Tatsache ist jedoch, daß die Trolle ohne das starke und allgegenwärtige magische Feld der Scheibenwelt längst ausgestorben wären.

Bisher hat sich kein Bewohner Ankh-Morporks oder der anderen Orte die Mühe gemacht, so etwas wie Psychiatrie zu entdecken. Deshalb konnte niemand einen Tintenfleck aufs Papier klecksen und ihn Rincewind zeigen, um herauszufinden, ob sich im wackligen Gerüst seines Geistes irgendwelche Schrauben gelöst hatten. Was als Erklärung dafür angeführt werden mag, daß er das Erwachen der Trolle mit jener Art von Bildern beschrieb, die ein aufmerksamer Beobachter in flackernden Flammen oder dahinziehenden Wolken zu erkennen glaubt.

In der einen Sekunde sah er einen völlig normal anmutenden Felsen, und in der nächsten verwandelten sich feine Risse im Gestein in breite Mäuler und spitz zulaufende Ohren. Und in der übernächsten — ohne eine drastische Metamorphose — starrte er plötzlich auf Rachen mit langen Reihen diamantener Zähne.

Sie können mich nicht verdauen, erinnerte sich der Zauberer. *Ich läge ihnen nur schwer im Magen. Sie bekämen Bauchschmerzen durch mich.*

Hoffentlich wußten das auch die Trolle...

»Du bist also der Magier Rincewind«, sagte der nächste Felsen. Es klang so, als liefe jemand über Kies. »Tja, ich weiß nicht... Ich hätte dich für größer gehalten.«

»Vielleicht ist er ein bißchen erodiert«, vermutete ein anderer. »Immerhin handelt es sich um eine ziemlich alte Legende.«

Rincewind rutschte unruhig hin und her. Er zweifelte kaum mehr daran, daß der Felsen unter ihm langsam die Form veränderte, und ein winziger Troll — nicht größer als ein Kieselstein — hockte gemütlich auf seinem Fuß und musterte ihn mit großem Interesse.

»Legende?« wiederholte er. »Was für eine Legende?«

»Sie wurde von den Bergen an den Schotter überliefert, seit der Abenddämmerung der Zeit*«, sagte der erste Troll. »›Wenn der rote Stern am Himmel erglüht, wird der Zauberer Rincewind kommen und nach Zwiebeln suchen. Es ist sehr wichtig, daß ihr ihm helft, am Leben zu bleiben.‹«

Kurze Stille folgte.

»Das ist alles?« fragte Rincewind.

»Ja«, bestätigte der Troll. »Schon seit Jahrtausenden zerbrechen wir uns den Kopf darüber. Die meisten anderen unserer Legenden sind wesentlich aufregender. Damals war es viel interessanter, ein Felsen zu sein.«

»Tatsächlich?« erkundigte sich Rincewind unsicher.

»O ja. Wir hatten eine Menge Spaß. Überall gab es Vulkane. Mit anderen Worten: Zum Anbeginn der Zeit *bedeutete* es etwas, ein Felsen zu sein. Damals fehlte der sedimentäre Unsinn. Entweder man bestand aus Eruptivgestein, oder man existierte überhaupt nicht. Tja, inzwischen ist alles anders geworden. Die Leute, die sich heute als Trolle bezeichnen... Nun, manchmal sind sie kaum mehr

---

* Eine interessante Metapher: Für die nachtaktiven Trolle liegt das Morgengrauen der Zeit natürlich in der Zukunft.

als Schiefer. Oder nur Kreide. Ich wäre nicht besonders stolz darauf, wenn man mit mir zeichnen könnte. Du etwa?«

»Nein«, erwiderte Rincewind sofort. »Nein, auf keinen Fall. Um auf die, äh, Legende zurückzukommen... Sie verbietet es euch, mich zu beißen?«

»In der Tat!« sagte der kleine Troll auf dem Fuß des Magiers. »Und ich war es, der dich auf die Zwiebeln aufmerksam machte!«

»Wir sind sehr froh, daß du gekommen bist«, meinte der erste Troll. Rincewind stellte nervös fest, daß es sich dabei um ein ziemlich großes Exemplar handelte. »Wir sind ein wenig besorgt, was den neuen Stern angeht. Was hat es damit auf sich?«

»Keine Ahnung«, entgegnete der Zauberer. »Alle scheinen zu glauben, ich wüßte darüber Bescheid, aber das ist leider nicht der Fall...«

»Selbstverständlich fürchten wir uns nicht davor, eingeschmolzen zu werden«, sagte der große Troll. »Immerhin hat unser Lebensweg als Lavamasse begonnen. Aber wir dachten, das könnte vielleicht das Ende der ganzen Welt bedeuten, was uns nicht sehr erstrebenswert erscheint.«

»Der Stern wächst«, warf ein anderer Troll ein. »Seht ihn euch nur an. Er ist größer als gestern abend.«

Rincewind hob den Kopf. Der rote Fleck war sogar ein *ganzes Stück* größer als während der vergangenen Nacht.

»Wir hofften, du hättest möglicherweise irgendeinen Vorschlag parat«, sagte das Oberhaupt der Felsenschar. Seine Stimme hörte sich an wie granitenes Gurgeln, obwohl er bemüht war, sanft zu klingen.

»Wie wär's, wenn ihr über den Rand der Welt springt?« meinte Rincewind. »Bestimmt gibt es im Universum viele andere Welten, die Platz für einige zusätzliche Felsen bieten.«

»Diese Möglichkeit haben wir uns bereits durch den Kopf gehen lassen«, antwortete der Troll. »Nun, wir sind einigen Felsen begegnet, die schon entsprechende Erfahrungen sammelten. Sie erzählten, sie seien einige Millionen Jahre lang durchs Nichts gefallen, sehr heiß geworden, verbrannt und schließlich durch ein großes Loch im Gefüge des Seins gestürzt. Das halten wir nicht für eine besonders verlockende Vorstellung.«

Er stand auf, und das dabei entstehende Geräusch erinnerte Rincewind an Kohle, die eine lange Rutsche hinabrasselt. Knotige Steinarme kamen zum Vorschein.

»Nun«, fügte der Troll hinzu, »offenbar sollen wir dir helfen. Fragt sich nur, wobei.«

»Meine Gefährten erwarten von mir, daß ich Suppe koche«, sagte Rincewind und deutete auf die Zwiebeln. Vermutlich war es keine sehr heldenhafte oder bedeutungsvolle Geste.

»Suppe?« wiederholte der Troll. »Das ist alles?«

»Nun, vielleicht backe ich auch noch einige Plätzchen.«

Die Trolle wechselten verwunderte Blicke und enthüllten dabei glitzernde Kleinode, die vermutlich ausgereicht hätten, um eine mittelgroße Stadt zu kaufen.

Schließlich brummte der größte Felsen. »Suppe, hm«, machte er und knirschte mit diamantenen Zähnen. »Nun, bisher haben wir angenommen, die Legende sei... Wie soll ich mich ausdrücken? Vielleicht ein wenig... Um nicht zu sagen... Aber es spielt wohl keine Rolle.«

Er streckte eine Hand aus, die wie ein Bündel fossiler Bananen anmutete.

»Ich bin Kwartz«, stellte er sich vor. »Das dort drüben sind Krysoprase, Brekzie, Jaspis und meine Frau Beryll — sie ist ein bißchen metamorphisch, aber auf wen trifft das heute nicht zu? Jaspis, spring nicht dauernd auf seinem Fuß herum.«

Rincewind starrte auf die ihm dargebotene Hand, ergriff sie vorsichtig, kniff die Augen zusammen und rechnete jeden Augenblick damit, das Knacken und Knirschen zermalmter Knochen zu hören. Doch nichts dergleichen geschah. Die Hand des Trolls fühlte sich lediglich ein wenig rauh an, und im Bereich der Fingernägel wuchsen Flechten.

»Es tut mir leid«, sagte der Zauberer. »Ihr seid die ersten Trolle, die ich kennenlerne.«

»Wir sind ein aussterbendes Volk«, ächzte Kwartz niedergeschlagen, als die Gruppe im Licht der Sterne losmarschierte. »Der junge Jaspis ist der einzige Kieselstein unseres Stammes. Unser Leid heißt Philosophie.«

»Ach?« bemerkte Rincewind und versuchte, mit den Felsen Schritt zu halten. Die Trolle gingen mindestens so schnell wie leise, zogen wie Phantome durch die Nacht. Nur das gelegentliche Quieken eines kleinen Tigers, das nicht rechtzeitig auswich, kennzeichnete ihren Weg.

»O ja. Man könnte uns mit Fug und Recht als Märtyrer bezeichnen. Irgendwann läuft alles darauf hinaus. Eines Abends, so heißt es, erwacht man mit dem Gedanken: ›Was geht's mich an?‹ Tja, und das ist der Anfang vom Ende. Siehst du die Felsblöcke dort drüben?«

Rincewinds Blick fiel auf einige dunkle Monolithen, die abseits des Pfades im Gras lagen.

»Der Stein auf der einen Seite ist meine Tante. Ich weiß nicht, an was sie denkt, aber schon seit zweihundert Jahren hat sie sich nicht mehr bewegt.«

»*Lieber* Himmel!« entfuhr es dem Zauberer. »Mein Beileid.«

»Nun, wir kümmern uns um sie und sorgen dafür, daß ihr nichts zustößt«, sagte Kwartz. »Eigentlich besteht auch gar keine Gefahr, denn hier treiben sich nur wenige Menschen herum. Ich weiß, daß es nicht eure Schuld ist, aber aus irgendeinem Grund scheint ihr nicht zwischen vernunftbegabten Trollen und gewöhnlichen Felsen unterscheiden zu können. Um nur ein Beispiel zu nennen: Meinen Großonkel hat's in einem Steinbruch erwischt.«

»Wie schrecklich!«

»Ja. Eben war er noch ein Troll, und im nächsten Augenblick ein dekorativer Kamin.«

Sie bleiben vor einer vertraut wirkenden Klippe stehen. Die zertretenen Reste eines Lagerfeuers glühten in der Dunkelheit.

»Sieht aus, als hätte hier ein Kampf stattgefunden«, meinte Beryll.

»Sie sind weg!« schrie Rincewind. Er eilte an den Rand der Lichtung. »Und die Pferde ebenfalls! Selbst der Koffer ist nicht mehr da!«

»Einer von ihnen hat eine undichte Stelle«, sagte Kwartz und bückte sich. »Hier, sieh nur: das rote, wäßrige Zeug, das in euren Körpern fließt.«

»Blut!«

»So nennt ihr es? Was fangt ihr bloß damit an?«

Rincewind lief umher wie jemand, der Gefahr lief, endgültig überzuschnappen. Er schlich sich an Büsche und Sträucher heran, sprang mit einem Satz dahinter, um festzustellen, ob sich jemand versteckte. Dabei stolperte er über eine kleine grüne Flasche.

»Cohens Salbe!« stöhnte er. »Er läßt sie niemals zurück!«

»Nun«, grollte Kwartz, »euch Menschen stehen gewisse Möglichkeiten offen. Ich meine: Wenn wir zu überlegen beginnen ›Was geht's mich an?‹ und zu philosophieren anfangen, fallt ihr einfach zu Boden, rührt euch nicht mehr und löst euch nach einer gewissen Zeit auf.«

Rincewind schluckte. »Sterben!« krächzte er. »Tod!« Und er erinnerte sich an eine schwarze Gestalt, die eine Sense in der knöchernen Hand hielt, an einen im Akkord arbeitenden Ikonoskopwicht, an sein Bild von der Jenseitswelt. Der Zauberer schauderte so heftig wie noch nie zuvor in seinem Leben.

»Genau«, bestätigte Kwartz. »Aber da wir sie hier nirgends finden können, sind sie vermutlich nicht in eine philosophische Krise geraten.«

»Vielleicht hat sie jemand gefressen!« warf Jaspis aufgeregt ein.

»Hmm«, brummte Kwartz. Und Rincewind murmelte: »Wölfe?«

»Die Wölfe, die hier umherstreiften, haben wir schon vor Jahren plattgetreten«, erwiderte der Troll. »Besser gesagt: Es war der Alte Großvater.«

»Mag er keine Wölfe?«

»Keine Ahnung. Er achtete nur nicht darauf, wohin er die Füße setzte. Hmmm...« Die Trolle betrachteten den Boden.

»Hier ist eine Spur«, sagte Kwartz kurz darauf. »Stammt von ziemlich vielen Pferden.« Er starrte in Richtung der nahen Hügel: Im silbrigen Schein des Mondes zeichneten sich die Schemen steiler Grate und zerklüfteter Schründe ab.

»Der Alte Großvater lebt dort oben«, fügte Kwartz etwas leiser hinzu.

Irgend etwas in seinem Tonfall ließ es Rincewind angeraten scheinen, die Nähe des Alten Großvaters nicht zu wünschen.

»Ein unangenehmer Zeitgenosse, nehme ich an?« fragte er vorsichtig.

»Er ist sehr alt und groß und gemein«, erwiderte Kwartz. »Wir haben ihn schon seit Jahren nicht mehr gesehen.«

»Seit Jahrhunderten«, berichtigte ihn Beryll.

»Er wird sie alle plattwalzen!« fügte Jaspis hinzu und hüpfte über Rincewinds Zehen.

»Manchmal zieht sich ein wirklich großer und alter Troll in die Berge zurück, und dann kann es geschehen, daß er seiner, äh, Felsennatur erliegt. Du verstehst sicher, was ich meine.«

»Nein.«

Kwartz seufzte. »Gelegentlich führen sich Menschen wie Tiere auf, nicht wahr? Das ist auch bei Trollen der Fall, in gewisser Weise. Manchmal denken sie wie Felsen. Und Felsen halten nicht viel von Menschen.«

Brekzie, ein zierlicher Troll, unter dessen Vorfahren auch Sandsteine vertreten gewesen sein mochten, zupfte an Kwartz' Arm.

»Folgen wir ihnen?« fragte er. »Die Legende sagt, wir müssen verhindern, daß dieser Rincewind zu einem Breifladen wird.«

Kwartz richtete sich auf, dachte einige Sekunden lang nach, packte den Zauberer am Kragen und hob ihn sich mit leisem Knirschen auf die Schultern.

»Wir brechen auf«, sagte er fest. »Wenn wir dem Alten Großvater begegnen, erkläre ich ihm alles...«

Zwei Meilen entfernt trabten einige Pferde durch die Nacht. Drei von ihnen trugen sorgfältig geknebelte und gefesselte Gefangene, und ein viertes Roß zog ein improvisiertes *Travois*, auf dem der Koffer unter einem festgezurrten Netz lag, reglos und stumm.

»Halt!« rief Herrena mit gedämpfter Stimme und winkte einen ihrer Männer zu sich.

»Bist du ganz sicher?« fragte sie. »Ich höre überhaupt nichts.«

»Ich habe die schemenhaften Gestalten einiger Trolle gesehen«, erwiderte er besorgt.

Die Heldin sah sich um. In diesem Bereich wuchsen nur noch wenige Bäume, und der Boden bestand aus lockerem Geröll. Weiter vorn ragte ein kahler Felshügel auf, der im roten Glühen des neuen Sterns besonders düster wirkte.

Argwöhnisch prüfte Herrena den Weg. Er schien uralt zu sein, aber irgend jemand hatte ihn angelegt, und es war allgemein bekannt, wie gerne Trolle Menschen zerquetschten.

Sie seufzte. Plötzlich schien der Beruf einer Sekretärin einiges für sich zu haben.

Nicht zum erstenmal dachte sie an die vielen Nachteile

einer Karriere als Schwertkämpferin. Zum Beispiel wurde man/frau von den Vertretern des anderen Geschlechts erst dann ernst genommen, wenn man sie im Kampf tötete, und dann spielte es eigentlich keine Rolle mehr. Hinzu kam all das Leder: Es schien sich um eine Tradition zu handeln, die unbedingt beachtet werden mußte, aber sie bekam dauernd Ausschlag davon. Und dann das Bier. Nun, für Leute wie Hrun den Barbaren oder Cimbar den Meuchelmörder mochte es durchaus in Ordnung sein, die ganze Nacht in irgendwelchen Tavernen und Schänken zu zechen, aber Herrena mied solche Etablissements — es sei denn, sie boten ordentliche Getränke in kleinen Gläsern an, zum Beispiel Kirschlikör oder Champagner. Und was die sanitären Anlagen betraf...

Andererseits jedoch: Herrena war zu groß für eine Diebin, zu ehrlich, um sich als Assassinin zu verdingen, und zu intelligent für ein Leben als Ehefrau. Außerdem verhinderte ihr Stolz eine Betätigung in dem einzigen anderen weiblichen Gewerbe.

Deshalb blieb ihr nichts anderes übrig, als Kriegerin zu werden. Sie legte ihre Ersparnisse auf die hohe Kante und hatte bereits ein bescheidenes Vermögen angesammelt, wußte allerdings noch nicht genau, wozu sie es verwenden sollte. Nur in einem Punkt war sie ganz sicher: Wenn sie sich irgendwo niederließ, wo man wußte, was Zivilisation bedeutete, wollte sie endlich ein Bidet genießen.

Irgendwo in der Ferne splitterte Holz. Trolle machten sich nur selten die Mühe, einen Bogen um Bäume zu machen.

Erneut beobachtete sie den Hügel. Links und rechts stiegen steile Felsen auf, und die Kuppe bestand aus einem breiten granitenen Vorsprung. Die Heldin kniff die Augen zusammen und glaubte, die dunklen Öffnungen von Höhlen zu erkennen.

Sie beugte sich zu Gancia vor, dem Anführer der aus Morpork stammenden Söldner. Er gefiel ihr nicht sonderlich. Zwar war er so muskulös und zäh wie ein Ochse, aber ihrer Meinung nach bestand das Problem darin, daß man diesen Vergleich auch auf seinen Verstand beziehen konnte. Außerdem zeichnete er sich durch eine Boshaftigkeit aus, die der eines Frettchens in nichts nachstand. Wie die meisten Burschen aus der Gosse Morporks wäre er sofort bereit gewesen, seine Oma an den Meistbietenden zu verschachern — vermutlich hatte er schon längst eine Auktion veranstaltet.

»Wir lagern in einer der Höhlen und entzünden ein großes Feuer im Zugang«, sagte Herrena. »Trolle mögen keine Flammen.«

Gancias finsterer Blick deutete darauf hin, daß es ihm nicht sehr gefiel, von einer Frau Befehle entgegenzunehmen, aber laut sagte er. »Du bist der Boß.«

»Genau.«

Herrena blickte zu den drei Gefangenen zurück und betrachtete kurz die Kiste. Ja, Trymons Beschreibungen trafen genau zu. Aber keiner der Männer sah wie ein Zauberer aus. Nicht einmal wie ein gescheiterter.

»Lieber Himmel!« stöhnte Kwartz.

Die Trolle verharrten, und die Nacht umhüllte sie wie Samt. Eine in der Finsternis verborgene Eule stieß einen schaurigen Schrei aus. Nun, Rincewind vermutete zumindest, daß es sich um eine Eule handelte; seine ornithologischen Kenntnisse wiesen einige große Lücken auf. Eine Nachtigall zirpte. Möglicherweise auch eine Drossel. Eine Fledermaus flatterte vorbei — er erkannte sie auf den ersten Blick.

Eine Zeitlang lauschte der Zauberer, dann seufzte er müde und versuchte, auf der steinernen Schulter des Trolls eine bequemere Position zu finden. Als er an die blauen Flecken an seinem Allerwertesten dachte, fiel ihm die kleine grüne Flasche ein. *Vielleicht leiht mir Cohen ein wenig von seiner Salbe.*

»Warum ›lieber Himmel‹?« fragte er schließlich.

Rincewind starrte in die Finsternis, und auf einem Hügel vor ihnen entdeckte er einen matten, flackernden Fleck.

»Oh«, sagte er. »Ein Feuer. So etwas gefällt euch nicht, oder?«

»Nein«, bestätigte Kwartz. »Es beeinträchtigt die Supraleitfähigkeit unserer Gehirne. Aber wie dem auch sei: Ein so kleines Feuer würde den Alten Großvater kaum stören.«

Rincewind sah sich wachsam um und horchte nach Geräuschen, die ein amoklaufender Troll verursachen mochte. Er wußte inzwischen, wie sich normale Trolle in einem Wald verhielten. Es machte ihnen nicht etwa Spaß, Verheerungen anzurichten — sie behandelten organische Materie nur wie eine Art lästigen Nebel.

»Wollen wir nur hoffen, daß er nicht darauf aufmerksam wird«, sagte er besorgt.

Kwartz seufzte. »Ich schätze, es bleibt ihm gar nichts anderes übrig, als das Feuer zu bemerken«, brummte er. »Es brennt direkt in seinem Mund.«

»Fo weit ift ef mit mir gekommen!« stöhnte Cohen und versuchte vergeblich, sich von seinen Fesseln zu befreien.

Zweiblum musterte ihn benommen. Der Stein aus Gancias Schleuder hatte eine ziemlich dicke Beule an seinem Kopf hinterlassen, und der Tourist war ein wenig unsicher, was gewisse Dinge betraf, angefangen mit seinem Namen.

»Ich hätte horchen follen«, fuhr Cohen fort. »Ach, ef wäre viel beffer gewefen, Wache zu halten und aufzupaffen, anftatt auf dein Gerede über — wie heiffen die Dinger? — *Gebiffe* zu hören. Ich glaube, ich werde langfam alt.«

»Diese Höhle ist irgendwie komisch«, sagte Bethan.

»Waf meinft du damit?« fragte Cohen.

»Nun, blick dich mal um. Hast du jemals solche Felsen gesehen?«

Cohen gab ihr recht: Der steinerne Halbkreis am Höhleneingang wirkte in der Tat ungewöhnlich. Jeder Felsen war größer als ein hochgewachsener Mann und sah irgendwie abgenutzt aus. Außerdem ging ein eigentümlicher Glanz von ihnen aus. An der Decke gab es einen zweiten solchen Halbkreis. Die seltsame Formation erweckte den Eindruck eines Steincomputers, vielleicht geschaffen von einem Druiden, der zwar vage geometrische Vorstellungen hatte, aber nicht die geringste Ahnung von den Gesetzen der Schwerkraft.

»Und dann die Wände.«

Cohen schielte auf die Wand und bemerkte einige Streifen aus rotem Kristall. Argwöhnisch kniff er die Augen zusammen, als er kleine Lichtblitze sah, die über die Mineralienadern tanzten und irgendwo im massiven Gestein verschwanden.

Darüber hinaus war es recht zugig. Ein beständiger Wind blies aus den dunklen Tiefen der Höhle.

»Ich bin sicher, er wehte aus der anderen Richtung, als wir hier eintrafen«, flüsterte Bethan. »Was meinst du dazu, Zweiblum?«

»Nun, ich bin kein Höhlenforscher«, erwiderte er, »aber ich glaube, das dort an der Decke hängende Objekt ist ein höchst eigenartiges Stalag-Ding. Ein bißchen zu knollig, nicht wahr?«

Sie beobachteten es eine Zeitlang.

»Nun, ich kann euch keinen triftigen Grund nennen«, fügte der Tourist hinzu, »aber ich hielte es für besser, diesen Ort so schnell wie möglich zu verlassen.«

»Oh, natürlich«, brummte Cohen spöttisch. »Wir bitten die Leute einfach darum, unf die Feffeln abzunehmen und gehen fu laffen, nicht wahr?«

Cohen kannte Zweiblum erst seit kurzer Zeit und war daher ziemlich überrascht, als der kleine Dicke fröhlich nickte. Für gewöhnlich glich er seine mangelnden Kenntnisse ihm unbekannter Dialekte und Mundarten dadurch aus, daß er besonders langsam und laut sprach. Auch diesmal hoffte er, sich auf eine solche Weise verständlich machen zu können: »Entschuldigt bitte«, sagte er langsam und laut. »Würdet ihr uns bitte losbinden und gehen lassen? Hier drin ist es recht feucht und zugig. Bitte seid so nett . . .«

Bethan sah Cohen verblüfft an.

»Was will er damit erreichen?«

»Keine Ahnung. Vielleicht ift er lebenfmüde.«

Drei der am Feuer sitzenden Gestalten standen auf und kamen näher. Sie erweckten nicht gerade den Eindruck, als hätten sie die Absicht, irgend jemanden loszubinden. Ganz im Gegenteil: Die beiden Männer schienen zu den Leuten zu gehören, die gern mit Messern herumspielen, anzüglich grinsen und höhnisch lachen, wenn sie Gefesselte sehen.

Herrena stellte sich vor, indem sie ihr Schwert zog und auf Zweiblums Herz richtete.

»Wer von euch ist der Zauberer Rincewind?« fauchte sie. »Wir fanden vier Pferde. Ist uns der Magier entwischt?«

»Oh, äh, ich fürchte ja«, erwiderte Zweiblum. »Er suchte nach Zwiebeln.«

»Dann seid ihr also seine Freunde«, stellte die Heldin fest. »Bestimmt wird er kommen, um euch zu retten.« Sie musterte Cohen und Bethan, starrte dann auf den Koffer.

Trymon hatte ausdrücklich darauf hingewiesen, die Kiste sei auf keinen Fall anzurühren. Es heißt, aus Neugier könne man sich die Finger verbrennen, aber Herrena trug metaphorische Asbest-Handschuhe.

Sie strich das Netz beiseite und griff nach der Klappe.

Zweiblum zuckte zusammen.

»Abgeschlossen«, stellte die Heldin fest. »He, Dicker, wo ist der Schlüssel?«

»Es . . . es gibt gar keinen«, erwiderte der Tourist.

»Wenn ich mich nicht sehr irre, ist das hier ein Schlüsselloch«, sagte Herrena und deutete darauf.

»Nun, ja«, antwortete Zweiblum voller Unbehagen. »Aber wenn sich der Koffer nicht öffnen will, bleibt er zu.«

Herrena bemerkte das verächtliche Lächeln Gancias und knurrte.

»Ich will, daß die Truhe geöffnet wird«, sagte sie scharf. »Kümmer du dich darum, Gancia.« Sie kehrte ans Feuer zurück.

Gancia holte ein langes, scharfes Messer hervor und beugte sich zu Zweiblum herab.

»Sie will, daß die Truhe geöffnet wird«, wiederholte er, sah den anderen Mann an und lächelte.

»Hast du gehört, Weems?«

»Ja. Und ihr Wunsch ist mir Befehl.«

Gancia hielt die Klinge so, daß sie genau auf Zweiblums Nasenspitze zielte.

»Hör mal«, sagte der Tourist geduldig, »ich glaube, ihr versteht nicht. Niemand kann den Koffer öffnen, wenn er schlechte Laune hat und den Deckel zuhält.«

»O ja, natürlich, hatte ich ganz vergessen«, entgegnete Gancia nachdenklich. »Es ist eine magische Kiste, oder? Mit vielen kleinen Füßen, nicht wahr? He, Weems, siehst du irgendwelche kleinen Füße? Nein?«

Er setzte das Messer an Zweiblums Kehle.

»Weißt du, solche Dinge verärgern mich«, sagte er. »Und auch Weems. Er ist ziemlich mundfaul, aber wenn er was sagt, geht's den Leuten an den Kragen. Deshalb rate ich dir: Öffne — die — Kiste!«

Er drehte sich um, trat nach der Truhe und hinterließ eine Delle im Holz.

Irgend etwas klickte leise.

Gancia grinste, als die Klappe langsam und mit einem dumpfen Knarren aufschwang. Der flackernde Schein des Feuers im Höhlenzugang fiel auf schimmerndes Gold — Gold in Form von Tellern, Pokalen, Ketten und Münzen. Den habgierigen Blicken der Söldner bot sich ein kostbarer Schatz dar.

»Na bitte«, sagte Gancia leise.

Er sah kurz in Richtung der anderen Männer, die nach draußen getreten waren und irgend jemandem etwas zuzurufen schienen, richtete seine nachdenkliche Aufmerksamkeit dann auf Weems. Gancias Lippen bewegten sich lautlos, als er sich der ungewohnten Mühe mentaler Arithmetik unterzog.

Er betrachtete sein Messer, doch zur selben Sekunde bewegte sich der Boden.

»Ich habe jemanden gehört«, sagte einer der Söldner. »Er scheint dort unten zu sein. Irgendwo zwischen den, äh, Felsen.«

Rincewinds Stimme hallte durch die Nacht.

»Hört ihr mich?« rief er.

»Ja«, antwortete Herrena. »Was willst du?«

»Ihr seid in großer Gefahr!« rief der Zauberer. »Löscht sofort das Feuer!«

»Nein, nein«, erwiderte die Heldin. »Du bringst alles durcheinander. *Du* bist in Gefahr. Und das Feuer bleibt.«

»Aber der große alte Troll...«

»Es ist allgemein bekannt, daß sich Trolle von Flammen fernhalten«, sagte Herrena und nickte. Zwei Männer zogen ihre Schwerter und verschwanden in der Finsternis.

»Das stimmt schon!« Rincewind klang verzweifelt. »Aber dieser ganz bestimmte Troll *kann* es nicht!«

»Was kann er nicht?« Herrena runzelte die Stirn. Das Entsetzen in der Stimme des Magiers blieb nicht ohne Wirkung auf sie.

»Sich von den Flammen fernhalten. Sie verbrennen ihm nämlich die Zunge.«

Dann bewegte sich der Boden.

Der Alte Großvater erwachte ganz langsam aus seinem jahrhundertelangen Schlummer. Es fiel ihm sogar ziemlich schwer, sich aus seinen Träumen zu lösen, und einige Dutzende Jahre später wäre ihm das vermutlich nicht mehr gelungen. Wenn ein Troll alt wird und ernsthaft übers Universum nachzudenken beginnt, zieht er sich normalerweise an einen entlegenen Ort zurück, um in aller Ruhe zu philosophieren. Nach einer Weile vergißt er seine Gliedmaßen, und als Folge davon setzt ein umfassender Kristallisationsprozeß ein — bis nur noch ein winziger Lebensschimmer übrigbleibt, tief im Innern eines großen Felshügels mit ungewöhnlichen Gesteinsschichten.

Doch dieses Stadium hatte der Alte Großvater noch nicht erreicht. Sein Erwachen unterbrach einen höchst interessanten Gedankengang über die Bedeutung der Wahrheit. Kaum aufgeschreckt, bemerkte er einen heißen aschigen Geschmack, den er durch konzentriertes Überlegen mit seinem Mund in Verbindung brachte.

Ärger rührte sich in einem gewaltigen granitenen Leib. Befehle und Anweisungen glitten durch neutrale Korridore aus unreinem Silicium. Halbleiterbahnen aus dichten Mineralien stimulierten steinerne Muskeln, und Fels erzitterte an bestimmten Bruchstellen. Bäume kippten um und die Erdkruste brach auf, als sich segelschiffgroße Finger streckten und in den Boden bohrten. Zwei tonnenschwere Lider hoben sich wie falsch herum angebrachte Schleusentore, und das Sternenlicht spiegelte sich in Augen wider, die wie verkrustete Opale wirkten.

Natürlich konnte Rincewind dies alles nicht sehen, denn die Nacht neigt dazu, finster zu sein. Er bemerkte nur, daß die ganze dunkle Landschaft erbebte und allmählich dem Himmel entgegenzuwachsen schien.

Die Sonne ging auf.

Doch das berüchtigte Sonnenlicht der Scheibenwelt machte seinem Ruf, extrem faul und träge zu sein, alle Ehre. Es wurde bereits erwähnt, daß es in starken magischen Feldern schwer zu überwindende Hindernisse sieht, und wie an jedem beginnenden Tag mußte es betrübt und mürrisch feststellen, daß ihm ein neuerliches Hürdenkriechen bevorstand. Nun, um nicht zu viele Worte zu verlieren: Das Licht floß durch die Regionen am Rand und begann mit einem halbherzigen, lautlosen Kampf gegen die im Rückzug befindlichen Armeen der Nacht. Es glitt wie geschmolzenes* Gold durch schlafende Täler — hell, strahlend und vor allen Dingen sehr langsam.

Herrena handelte sofort. Mit großer Geistesgegenwart eilte sie an den Rand der Unterlippe des Alten Großvaters, sprang, prallte auf den Boden und rollte sich ab. Die Männer folgten ihrem Beispiel und fluchten, während sie durch den Schotter rutschten.

Wie ein dreihundert Kilo schwerer Nudelliebhaber, der versuchte, mit Hilfe von Liegestützen um einige hundert Gramm abzumagern und sich so auf die nächste Mahlzeit vorzubereiten, stemmte sich der riesige Troll in die Höhe.

Die Gefangenen bemerkten davon nichts. Sie spürten nur, daß sich der Boden unter ihnen von einer Seite zur anderen neigte. Gleichzeitig vernahmen sie eine Vielfalt von Geräuschen, die alle nicht besonders angenehm klangen.

Weems griff nach Gancias Arm.

»Es ist ein Höhlenbeben«, sagte er. »Laß uns von hier verschwinden.«

»Nicht ohne das Gold«, erwiderte Gancia.

»Was?«

»Das Gold, Mann. Gold! Wir könnten steinreich sein!«

»Hast du schon mal versucht, mit Steinen in einer Schänke zu bezahlen?«

Weems mochte so intelligent sein wie ein überdurch-

---

* Das stimmt natürlich nicht genau. Bäume gingen keineswegs in Flammen auf, und Menschen wurden nicht gleichzeitig sehr reich und völlig tot. Außerdem sind keine Seen und Flüsse bekannt, die plötzlich verdampften. Ein besserer Vergleich wäre: ›nicht wie geschmolzenes Gold‹.

schnittlich begabter Schimpanse, aber er erkannte die Anzeichen von beginnendem Wahnsinn. Gancias Augen glänzten noch heller als das Gold, und sein starrer Blick galt dem linken Ohr des Mannes vor ihm.

Weems drehte den Kopf, beobachtete den Koffer und seufzte. Der Deckel war noch immer einladend geöffnet. Eigentlich seltsam: Normalerweise hätte er durch das Beben und Zittern des Bodens längst zufallen müssen.

»Wir wären gar nicht in der Lage, das Gold zu tragen«, sagte er. »Ist viel zu schwer.«

»Aber einen Teil davon können wir mitnehmen!« entfuhr es Gancia. »Ich lasse nicht alles hier zurück!« Er sprang auf die Truhe zu, und genau in diesem Augenblick hob und senkte sich der felsige Untergrund.

Gancia verschwand im Koffer, dessen Deckel sich schloß.

Einige Sekunden später klappte er wieder hoch, wie um Weems letzte Zweifel auszuräumen, und eine mahagonirote Zunge leckte genüßlich über breite, spitz zulaufende und schneeweiße Zähne.

Weems Entsetzenspegel stieg noch weiter an, als er beobachtete, wie der Koffer plötzlich Hunderte von kleinen Füßen ausfuhr, sich umdrehte und ihn ansah. Der Blick des Schlüssellochs wirkte besonders finster und schien ihm mitzuteilen: »Komm schon, versuch ruhig, dir das Gold zu nehmen. Du bist bestimmt ein leckeres Dessert.«

Der Söldner wich langsam zurück, sah Zweiblum an und schluckte.

»Ich glaube, es wäre eine gute Idee, wenn du uns jetzt losbinden würdest«, schlug der Tourist vor. »Der Koffer ist ganz umgänglich, wenn er einen erst besser kennengelernt hat.«

Nervös befeuchtete sich Weems die Lippen und zog sein Messer. Die Truhe gab ein warnendes Knarren von sich.

Hastig zerschnitt er die Fesseln und trat zur Seite.

»Vielen Dank«, sagte Zweiblum.

»Ich glaube, mit meinem Rücken ftimmt fon wieder waf nicht«, klagte Cohen, als ihm Bethan auf die Beine half.

»Was machen wir mit diesem Mann?« fragte die junge Frau.

»Wir nehmen fein Meffer und fagen ihm, er foll abhauen«, erwiderte Cohen. »Einverftanden?«

»Oh, natürlich, Herr, äh, besten Dank!« platzte es aus Weems heraus. Er lief sofort los und stürmte nach draußen. Für eine Sekunde zeichnete sich seine Gestalt vor dem grauen Himmel des nur zögernd beginnenden Tages ab, und dann stürzte der Söldner mit einem gellenden und rasch verklingenden »Aaaah!« in die Tiefe.

Das Sonnenlicht gischtete wie eine stumme Brandungswelle übers Land. An einigen Stellen war das magische Feld der Scheibenwelt nicht ganz so stark ausgeprägt, und dort eilten Wellen des Morgens dem Tag voraus, ließen isolierte Inseln der Nacht zurück, die innerhalb kurzer Zeit schrumpften und sich ganz auflösten, als der strahlende Ozean über sie hinwegspülte.

Das Hochland der Wirbel-Ebene stellte sich der heranrückenden Flut wie ein gewaltiger, grauer Damm entgegen.

Es ist durchaus möglich, einen Troll zu erstechen, aber diese Technik erfordert viel Praxis, und niemand bekommt Gelegenheit, mehr als einmal zuzustoßen. Herrenas Männer sahen, wie die Trolle ziemlich massigen Geistern gleich durch die Dunkelheit heranwankten. Stählerne Klingen zerbrachen, wenn sie auf harten Stein trafen, und unmittelbar darauf ertönten einige kurze Schreie, die sofort verklangen, als menschliche Knochen bewiesen, nur einem begrenzten Gewicht standhalten zu können. Die Überlebenden ergriffen die Flucht, liefen durch den Wald und versuchten, eine möglichst große Entfernung zwischen sich und die wütenden Felsen zu bringen.

Rincewind kroch hinter einem Baum hervor und sah sich um. Er war allein, lauschte kurz dem Knacken und Krachen von splitterndem Holz und schloß daraus, daß die Trolle der Söldnerbande folgten.

Als er den Kopf hob...

Über ihm hielten zwei große kristallene Augen haßerfüllt nach weichen warmen Protoplasmadingen Ausschau, auf die die Bezeichnung ›Menschen‹ zutraf. Rincewind duckte sich erschrocken, als sich eine hausgroße Hand zur Faust ballte und ihm entgegenstieß.

Der Tag begann mit einer lautlosen Explosion aus Licht. Einige Sekunden lang bildete die gewaltige Masse des Alten Großvaters eine Art Wellenbrecher, an dem sich die Nacht festklammerte. Der Zauberer hörte ein dumpfes Knirschen.

Stille schloß sich an.

Einige Sekunden verstrichen. Nichts geschah.

Vögel zwitscherten. Eine Hummel summte über den Monolithen hinweg, der eben noch die Faust des Alten Großvaters gewesen war. Sie ließ sich auf dem Zweig eines Thymianstrauchs nieder, der unter einem steinernen Fingernagel hervorwuchs.

Zunächst wagte es Rincewind nicht, sich von der Stelle zu rühren. Als weiterhin alles still blieb, gab er sich schließlich einen Ruck und schob sich ungelenk durch den schmalen Spalt zwischen der granitenen Hand und dem Boden — wie eine Schlange, die aus ihrem Bau kroch.

Er blieb auf dem Rücken liegen, starrte nach oben und beobachtete die erstarrte Gestalt des riesigen Trolls. Er schien sich kaum verändert zu haben — sah man einmal von der Tatsache ab, daß er sich nicht mehr bewegte —, doch als Rincewind genauer hinsah, verwischten sich die Konturen. Am vergangenen Abend hatte er erlebt, wie aus kleinen Rissen im Gestein Mund und Augen wurden. Als er nun den steilen Hang über sich betrachtete, stellte er fest, daß die Gesichtszüge des Alten Großvaters immer mehr Ähnlichkeiten mit verwitterten Felsformationen aufwiesen. Die reinste Magie...

»Donnerwetter!« entfuhr es ihm.

Niemand gab Antwort. Rincewind stand auf, klopfte den Staub von der Hose und sah sich um. Abgesehen von der Hummel hielt sich niemand in der Nähe auf.

Er bahnte sich einen Weg durchs Dickicht, und kurze Zeit später fand er einen Stein, der gewisse Ähnlichkeiten mit Beryll hatte.

Der Zauberer fühlte sich einsam und allein, erinnerte sich daran, daß er weit von zu Hause entfernt war. Er...

Hoch über ihm knackte etwas, und einige Felssplitter rieselten herab. Im breiten Antlitz des Alten Großvaters bildete sich ein Loch. Rincewind erblickte kurz die Rückseite des Koffers, der sich bemühte, das Gleichgewicht zu wahren. Dann streckte Zweiblum den Kopf durch die Öffnung.

»Ist da unten jemand?«

»He!« rief der Magier. »Bin ich froh, dich wiederzusehen!«

»Woher soll ich das wissen? Bist du's?«

»Was?«

»Lieber Himmel, von hier oben hat man eine tolle Aussicht!«

Zweiblum und seine Begleiter brauchten eine halbe Stunde, um den Boden zu erreichen. Glücklicherweise war der Alte Großvater sehr zerklüftet und wies viele Stellen auf, an denen man sich festhalten konnte. Doch die dicke Nase hätte ihnen bestimmt erhebliche Schwierigkeiten bereitet, wäre nicht die große Eiche gewesen, deren Stamm aus dem einen Loch ragte.

Der Koffer machte sich erst gar nicht die Mühe zu klettern. Er sprang einfach, klapperte über den Hang, rutschte und polterte — und schien nicht einmal einen Kratzer davonzutragen.

Cohen saß im Schatten und keuchte hingebungsvoll. Er versuchte, wieder zu Atem zu kommen, die jüngsten Ereignisse geistig zu verarbeiten und nicht den Verstand zu verlieren. Nachdenklich beobachtete er die Truhe.

»Die Pferde sind davongelaufen«, sagte Zweiblum.

»Wir finden fie fon wieder«, erwiderte der greise Barbar. Seine Blicke bohrten sich in den Koffer, der immer verlegener aussah.

»Sie sind mit den Packtaschen verschwunden, die unseren Proviant enthalten«, warf Rincewind ein.

»Im Wald gibt'f genug zu essen.«

»Ich habe einige Kekse im Koffer«, verkündete Zweiblum. »Nahrhaften Zwieback, um ganz genau zu sein. Meine eiserne Ration.«

»Die Dinger kenne ich bereits«, sagte Rincewind. »Sind knochenhart und außerdem...«

Cohen stand auf, verzog das Gesicht und verfluchte seine Bandscheibe.

»Entfuldigt bitte«, brummte er. »Ich muff da unbedingt über etwaf Klarheit gewinnen.«

Er trat an die Kiste heran und griff nach dem Deckel. Die Truhe wich hastig zurück, aber Cohen streckte das Bein, und mindestens zwanzig oder dreißig kleine Füße strauchelten. Als sich der Koffer drehte, um nach ihm zu schnappen, biß der Barbar die Zähne zusammen, zog kräftig und warf ihn auf den gewölbten Deckel. Die Kiste blieb liegen und zappelte wie eine hilflose Schildkröte.

»He, das ist mein Koffer!« protestierte Zweiblum. »Warum greift er meinen Koffer an?«

»Weil er sich vor ihm fürchtet«, sagte Bethan. »Glaube ich wenigstens.«

Zweiblum wandte sich verblüfft an Rincewind. Der Zauberer zuckte mit den Schultern.

»Keine Ahnung«, beantwortete er die unausgesprochene Frage des Touristen. »Ich ziehe es vor wegzulaufen, wenn ich Angst habe.«

Die Truhe öffnete den Deckel und stemmte sich zur Seite. Als sie wieder auf dem Boden stand, setzten sich

175

Dutzende von Beinpaaren in Bewegung und katapultierten sie auf Cohen zu. Der Messingbeschlag einer Ecke traf das Schienbein des Barbaren, doch als die Kiste herumwirbelte, griff der Greis entschlossen zu, nutzte ihr Bewegungsmoment aus und schleuderte sie an einen Felsen.

»Nicht übel«, sagte Rincewind anerkennend.

Der Koffer wankte zurück, zögerte kurz, näherte sich dann erneut seinem Gegner und hob drohend die Klappe. Cohen sprang und landete mit Händen und Füßen im Spalt zwischen dem Deckel und der oberen Truhenkante. Das schien die Kiste erheblich zu verwirren. Und sie war noch überraschter, als Cohen tief Luft holte und zu zerren begann. An seinen dünnen Armen bildeten sich dicke Muskeln, wie Kokosnüsse, die unter der faltigen und fleckigen Haut erstaunlich schnell heranwuchsen. Eine Zeitlang setzten sie ihren stummen Kampf fort: Sehnen kontra Scharniere. Dann und wann quietschten die Angeln oder knackte ein Knochen.

Bethan stieß Zweiblum den Ellenbogen in die Rippen.

»Greif endlich ein!« verlangte sie.

»Äh, ja«, erwiderte der Tourist. »Ich glaube, das reicht jetzt. Laß ihn in Ruhe, Koffer.«

Als die Truhe diese Worte ihres Herrn und Meisters vernahm, knarrte sie enttäuscht. Der Deckel klappte so abrupt auf, daß Cohen zurücktaumelte, stolperte und fiel. Mit einem Satz war er wieder auf den Beinen und stürzte der Kiste entgegen. Sie hatte sich nicht wieder geschlossen.

Der greise Barbar beugte sich vor und griff hinein.

Der Koffer quietschte ein wenig, fürchtete aber offenbar die Gefahr, von seinem Eigentümer zur Großen Garderobe im Himmel verbannt zu werden. Daher zügelte er seinen Appetit. Als es Rincewind wagte, wieder die Augen zu öffnen, beobachtete er Cohen, der verblüfft in die Truhe starrte und leise fluchte.

»Wäffe?« entfuhr es ihm. »Daf ift allef? Nur Wäffe?« Er zitterte vor Wut.

»Irgendwo müßten auch einige Kekse liegen«, sagte Zweiblum kleinlaut.

»Aber ef hat Gold geglänft! Und ich habe gefehen, wie die Kifte jemanden verflang!« Er warf Rincewind einen flehentlichen Blick zu. Der Zauberer seufzte. »Was weiß ich«, brummte er. »*Mir* gehört das verdammte Ding nicht.«

»Der Koffer stammt aus einem Laden«, verteidigte sich Zweiblum. »Ich wollte eine Reisetasche kaufen.«

»Und statt dessen hat man dir eine hungrige Truhe aus intelligentem Birnbaumholz angedreht«, stellte Rincewind fest.

»Sie ist sehr anhänglich«, sagte der Tourist.

»O ja«, bestätigte der Magier. »Treu und loyal. Das sind die Eigenschaften, die man von einem Koffer erwartet.«

»Einen Augenblick«, warf Cohen ein und ließ sich auf einen Felsen sinken. »War ef einer von den Läden, die ... Ich meine: Vermutlich haft du ihn vorher gar nicht bemerkt, und alf du fpäter furückgekehrt bift, war er nicht mehr da.«

Zweiblum strahlte. »Stimmt haargenau!«

»War der Verkäufer ein verhutfelter Fwerg? Und wimmelte ef in dem Laden von feltfamen Fachen?«

»Ja! Ich konnte das Geschäft nicht wiederfinden. Wo es sich befunden hatte, erhob sich eine hohe Mauer. Nun, ich nahm an, mich in der Straße geirrt zu haben. Die ganze Sache kam mir ziemlich seltsam vor, und...«

Cohen zuckte mit den Schultern. »Einer von *jenen* Läden*«, sagte er. »Daf erklärt allef.« Er betastete seinen

---

* Der genaue Grund ist unbekannt, aber alle wahrhaft geheimnisvollen und magischen Gegenstände werden in Läden verkauft, die plötzlich irgendwo auftauchen und sich kurz darauf einfach in Luft auflösen. Sie zeichnen sich durch eine ähnliche ökonomische Dauerhaftigkeit aus wie Papierfabriken am Kraterrand eines ausbrechenden Vulkans. Es wurden verschiedene Versuche unternommen, diese Sonderbarkeiten zu erklären, doch niemand machte sich die Mühe, alle empirisch festgestellten Fakten in einer Theorie zu vereinen. Die entsprechenden Geschäfte erscheinen irgendwo im Universum, und es gibt recht auffällige Hinweise für ihr plötzliches Verschwinden: Dutzende von ehemaligen Kunden, die mit defekten magischen Objekten ziellos durch die Straßen wandern, mit großen Garantiescheinen winken und mißtrauisch jede Ziegelsteinmauer beobachten.

Rücken und verzog das Gesicht. »Daf blöde Pferd ift mit meiner Falbe weggerannt!«

Bei diesen Worten fiel Rincewind etwas ein, und er suchte in den Taschen seiner zerrissenen und inzwischen ziemlich schmuddeligen Robe.

Nach einigen Sekunden holte er eine grüne Flasche hervor.

»Da ift daf Feug ja!« rief Cohen glücklich. »Ach, du bift ein wahrer Freund.« Er sah Zweiblum an.

»Ich hätte den Koffer befiegt«, sagte er leise. »Felbft ohne dein Eingreifen wäre ich in der Lage gewefen, ihn fu flagen.«

»In der Tat«, verkündete Bethan stolz.

»Ihr könnt euch nützflich machen«, meinte der greise Barbar. »Die Truhe hat einen Trollfahn durchbrochen, um unf die Möglichkeit fu geben, den Mund def granitenen Ungeheuerf fu verlaffen. Er beftand auf Diamant. Hier müffen jede Menge Fplitter herumliegen. Ich glaube, ich kann fie gut gebrauchen.«

Als Bethan die Ärmel hochkrempelte und nach der grünen Flasche griff, nahm Rincewind den Touristen beiseite und zog ihn hinter einen Busch. »Der Kerl hat sie doch nicht mehr alle.«

»Himmel, du sprichst von Cohen, dem Barbaren!« erwiderte Zweiblum schockiert. »Er ist der größte Held aller ...«

»Er *war* es«, verbesserte Rincewind ernst. »All die Sachen mit den Kriegspriestern und menschenfressenden Zombies ist fernste Vergangenheit. Cohen lebt nur noch von Erinnerungen und *Suppe*.«

»Nun, er ist ein wenig älter, als ich ihn mir vorgestellt habe«, gab Zweiblum zu, und hob einen Diamantsplitter auf.

»Ich schlage vor, wir verlassen ihn und seine Masseuse«, sagte Rincewind. »Komm, wir suchen nach den Pferden und machen uns auf den Weg.«

»Sollen wir sie einfach im Stich lassen?«

»Mach dir keine Sorgen um sie«, erwiderte der Zauberer und lächelte hintergründig. »Ich möchte dir nicht zu nahe treten, aber... Fühlst du dich in der Gesellschaft eines Mannes wohl, der den Koffer mit bloßen Händen angreift?«

»Ein interessanter Hinweis«, sagte der Tourist.

»Bestimmt kommen sie auch ohne uns zurecht.«

»Bist du sicher?«

»Und ob«, brummte Rincewind.

Schon nach kurzer Suche fanden sie die Pferde, die im Wald grasten, nahmen ein Frühstück ein, das aus besonders trockenem und hartem Dörrfleisch bestand und ritten anschließend in die Richtung, in der Rincewind Ankh-Morpork vermutete. Einige Minuten später marschierte der Koffer aus dem Dickicht und folgte ihnen.

Die Sonne kletterte am Firmament empor, doch es gelang ihr nicht, das Glühen des unheilvollen roten Sterns zu überstrahlen.

»In der vergangenen Nacht ist er noch größer geworden«, stellte Zweiblum fest. »Warum unternimmt niemand etwas?«

»Was denn, zum Beispiel?«

Der Tourist überlegte. »Jemand sollte Groß-A'Tuin auf ihn aufmerksam machen und bitten, ihm auszuweichen«, schlug er vor.

»Etwas in der Art ist schon einmal versucht worden«, entgegnete Rincewind. »Ich habe von einigen Zauberern gehört, die sich alle Mühe gaben, mit Groß-A'Tuins Bewußtsein Kontakt aufzunehmen.«

»Hat es nicht geklappt?«

»O, doch«, erwiderte der Magier. »Allerdings...«

Allerdings machten die betreffenden Zauberer bald die Erfahrung, daß es nicht ganz ungefährlich war, sich mit einem derart gewaltigen Geist in Verbindung zu setzen.

Die Thaumaturgen übten zuerst mit wesentlich kleineren Land- und Meeresschildkröten, um ein Gefühl für die Gedankengänge solcher Tiere zu bekommen. Nun, sie wußten natürlich, daß Groß-A'Tuins Bewußtsein ziemliche Ausmaße hatte, aber sie reagierten mit sprachloser Verblüffung, als sie feststellten, wie *langsam* sie — oder er — dachte.

»Einige Magier sind schon seit dreißig Jahren damit beschäftigt, ihre — oder seine — Gedanken zu lesen«, sagte Rincewind. »Sie wechseln sich regelmäßig ab. Tja, bisher konnten sie nur in Erfahrung bringen, daß Groß-A'Tuin irgend etwas erwartet.«

»Was?«

»Das weiß niemand.«

Eine Zeitlang ritten sie schweigend durch eine unwegsame Gegend. Hier und dort säumten große Sandsteinblöcke den Pfad. Schließlich sagte Zweiblum: »Ich glaube, wir sollten umkehren.«

»Morgen erreichen wir den Smarlstrom«, erwiderte Rincewind und seufzte. »Sei unbesorgt. Cohen und Bethan kommen auch allein zurecht. Immerhin ist er ein berühmter Barbar, und...«

Aber der Tourist hörte ihm gar nicht mehr zu, zwang sein Pferd herum und kehrte in die Richtung zurück, aus der sie kamen. Er hielt sich mit der natürlichen Eleganz eines prall gefüllten Kartoffelsacks im Sattel.

Rincewind senkte den Kopf. Der Koffer starrte vorwurfsvoll zu ihm hoch.

»Was siehst du mich so an?« knurrte der Zauberer. »Was kümmert's mich, wenn er unbedingt zurückwill?«

Die Truhe gab keine Antwort.

»Falls in diesem Punkt Unklarheit bestehen sollte: Ich bin nicht für ihn verantwortlich«, stellte Rincewind fest.

Die Kiste schwieg, diesmal etwas lauter.

»Geh nur und folg ihm. Du bist mir in keinster Weise verpflichtet.«

Der Koffer zog die kleinen Füße ein und blieb auf dem Weg liegen.

»Nun, ich reite weiter«, sagte Rincewind. »Im Ernst«, fügte er hinzu.

Er trieb das Pferd an, zügelte es nach einigen Metern und drehte sich um. Der Koffer rührte sich nicht von der Stelle.

»Es hat keinen Zweck, an mein Mitgefühl zu appellieren. Von mir aus kannst du dort den ganzen Tag über hocken. Das ist mir völlig gleich. Ich setze die Reise fort, klar?«

Verärgert musterte er die Kiste. Und sie erwiderte seinen Blick.

»Ich wußte, du würdest zurückkehren«, sagte Zweiblum.

»Ich möchte nicht darüber sprechen«, erwiderte Rincewind.

»Über was dann?«

»Nun, zum Beispiel darüber, wie man diese Stricke lösen könnte«, entgegnete der Zauberer und versuchte vergeblich, die Handfesseln abzustreifen.

»Es ist mir ein Rätsel, warum du so wichtig sein sollst«, sagte Herrena. Sie saß auf einem Stein ihm gegenüber, das Schwert über die Knie gelegt. Die meisten Männer ihrer Gruppe verbargen sich zwischen den Felsen weiter oben und behielten die Straße im Auge. Natürlich war es ihnen nicht weiter schwer gefallen, Rincewind und Zweiblum gefangenzunehmen.

»Weems teilte mir mit, was eure Kiste mit Gancia angestellt hat«, fuhr die Heldin fort. »Ich kann nicht gerade behaupten, er sei ein großer Verlust gewesen, aber ich hoffe, der komischen Truhe ist eins klar: Wenn sie näher als bis auf eine Meile herankommt, schneide ich euch höchstpersönlich die Kehle durch. Habt ihr verstanden?«

Rincewind nickte hastig.

»Gut«, sagte Herrena. »Man will dich tot oder lebendig,

und um ganz ehrlich zu sein: Ich würde lieber darauf verzichten, dich umzubringen. Der Transport von Leichen ist
ziemlich umständlich, und außerdem stinken sie nach ein
paar Tagen. Meine Männer jedoch... Nun, einige von
ihnen würden sich gern mit euch unterhalten. Über die
Trolle. Wenn die Sonne nicht im letzten Augenblick aufgegangen wäre...«

Sie ließ das Ende des Satzes offen und ging fort.

»Ach, jetzt sitzen wir schon wieder in der Patsche«,
klagte Rincewind. Erneut versuchte er, die Fesseln abzustreifen, und wieder blieben seine Bemühungen ohne Erfolg. Hinter ihm erhob sich ein Felsen, und er dachte
daran, zu versuchen die Stricke durchzuscheuern. Wie sich
kurze Zeit später herausstellte, war der Granit zwar rauh
genug, um ihm die Haut von den Fingern zu schaben, aber
die Seile schalteten auf stur und lösten sich nicht.

»Warum ausgerechnet wir?« fragte Zweiblum. »Es hat
etwas mit dem neuen Stern zu tun, nicht wahr?«

»Ich weiß überhaupt nichts darüber«, jammerte Rincewind. »Beim Astrologie-Unterricht in der Unsichtbaren
Universität habe ich immer geschwänzt.«

»Nun, ich bin sicher, es wird alles ein gutes Ende nehmen«, meinte der Tourist.

Rincewind musterte ihn. Derartige Bemerkungen erstaunten ihn noch immer.

»Du bist wirklich davon überzeugt, nicht wahr?« fragte
er. »Du meinst es tatsächlich ernst, oder?«

»Tja, wenn man genauer darüber nachdenkt, löst sich
jede Krise in Wohlgefallen auf.«

»Wohlgefallen? Hast du völlig vergessen, daß mein
Leben seit einem Jahr völlig durcheinandergeraten ist?
Hältst du Chaos für einen erstrebenswerten Zustand?
Meine Güte, ich weiß gar nicht mehr, wie oft ich fast ums
Leben gekommen wäre...«

»Siebenundzwanzigmal«, warf Zweiblum ein.

»Was?«

»Siebenundzwanzigmal hätte es dich beinah erwischt«, sagte der Tourist im Plauderton. »Ich hab Buch geführt. In Gedanken. Aber du bist es nicht.«

»Was bin ich nicht?« fragte Rincewind argwöhnisch. Er hatte das unbestimmte Gefühl, die Kontrolle über das Gespräch zu verlieren.

»Tot. Ich meine: Du bist noch immer gesund und munter, nicht wahr? Erscheint dir das nicht ein wenig seltsam?«

»Nun, wenn du darauf hinauswillst: Ich habe nichts dagegen, nach wie vor am Leben zu sein.« Rincewind starrte auf seine Stiefel. Die Erklärung lag natürlich auf der Hand: Der Zauberspruch bewahrte ihn vor dem Tod. Inzwischen zweifelte er kaum mehr daran: Selbst wenn er von einer hohen Klippe sprang — bestimmt kam eine Wolke vorbei, um ihn sanft aufzufangen.

Das Problem mit dieser Theorie bestand allerdings darin, daß sie nur funktionierte, solange er sie für absurd hielt. Sobald er begann, sich für unverwundbar zu halten, stand er bereits mit einem Bein im Grab.

Aus diesem Grund erschien es ihm klüger, gar nicht erst darüber nachzudenken.

Außerdem: Vielleicht irrte er sich. Geschähe nicht zum erstenmal.

Nur in einem Punkt war Rincewind völlig sicher: Er bekam allmählich Kopfschmerzen. Er hoffte, daß sich die Zauberformel im entsprechenden Hirnbereich aufhielt und ordentlich litt.

Als sie kurz darauf aufbrachen, teilten sich Rincewind und Zweiblum jeweils ein Pferd mit einem der Söldner. Der Zauberer nahm eine recht unbequeme Position vor Weems ein, der sich den Fuß verstaucht hatte und nicht gerade bester Laune war. Zweiblum saß vor Herrena, und aufgrund seiner geringen Körpergröße konnte er sich wenigstens die Ohren warmhalten. Die Heldin ritt mit gezücktem Messer und hielt ständig nach wandernden Truhen Ausschau. Sie wußte noch immer nicht genau, was sie vom Koffer des Touristen halten sollte, aber sie ahnte, daß er nicht geneigt war, Zweiblums Tod zuzulassen.

Nach ungefähr zehn Minuten stand die Kiste mitten auf der Straße. Der Deckel klappte einladend hoch und offenbarte glänzendes Gold.

»Macht einen Bogen um die verdammte Truhe«, sagte Herrena.

»Aber...«

»Es ist eine Falle.«

»Genau«, brummte Weems. Er wirkte plötzlich sehr blaß. »Herrena hat recht, glaubt mir. Ich habe mit eigenen Augen gesehen, wie Gancia...« Er würgte, und Rincewind duckte sich.

Widerstrebend ritten die Männer an der glitzernden Verlockung vorbei und folgten dem Verlauf des Weges. Weems sah sich ängstlich um und befürchtete offenbar, die Kiste wolle sich auf ihn stürzen. Er erinnerte sich an eine mahagonirote Zunge, die genüßlich über schneeweiße Zähne leckte.

Erschrocken riß er die Augen auf, schauderte, zitterte und wäre fast aus dem Sattel gefallen. Rincewind seufzte enttäuscht auf.

Der Koffer war verschwunden.

Auf der linken Seite des Pfades, einige Dutzend Meter entfernt, raschelte das hohe Gras wie von Geisterhänden bewegt. Tiefe Stille schloß sich an.

Rincewind mochte kein besonders guter Zauberer und ein noch weitaus schlechterer Kämpfer sein, aber er galt allgemein als Experte für Feigheit. Und er witterte beginnende Panik. »Die Truhe wird sich an deine Fersen heften«, sagte er ruhig.

»Was?« erwiderte Weems geistesabwesend. Er beobachtete noch immer das Gras.

»Sie ist sehr geduldig und gibt niemals auf. Ihr habt es mit intelligentem Birnbaumholz zu tun. Sie wird warten, bis du glaubst, sie hätte dich vergessen. Und wenn du dann

eines Tages durch eine dunkle Gasse gehst, hörst du plötzlich das Geräusch von Schritten: taptaptap. Ja, und sie nähern sich dir, werden immer schneller — taptaptap-
TAP...«

»Sei endlich still!« rief Weems.

»Bestimmt hat sie dich bereits wiedererkannt, und...«

»Halt die Klappe!«

Herrena drehte sich um und warf ihnen einen scharfen
Blick zu. Weems schnitt eine finstere Grimasse und zog
Rincewinds Ohr so lang, bis es sich direkt vor seinem
Mund befand. »Ich fürchte mich vor nichts, kapiert?«
sagte er heiser. »Ich spucke auf magischen Kram, klar?«

»Das sagen alle, bis sie die Schritte hören«, stichelte
Rincewind und brach abrupt ab, als er eine Messerspitze
an den Rippen spürte.

Der Rest des Tages verlief ereignislos, aber zu Rincewinds
großer Zufriedenheit und Weems' zunehmender Paranoia
zeigte sich der Koffer mehrmals. Hier hockte er unschuldig
auf einem Felsen, und dort lag er in einem Graben, halb
unter Moos verborgen.

Am späten Nachmittag erreichten sie die Kuppe eines
Hügels und sahen in das weite Tal des oberen Smarl. Es
handelte sich um den längsten Fluß auf der Scheibenwelt,
an dieser Stelle war er schon eine halbe Meile breit und
voller Schlamm, der die Uferzonen zur fruchtbarsten Region des Kontinents machte. Einige frühe Nebelschwaden
zogen am Ufer entlang.

»Tap«, flüsterte Rincewind und fühlte, wie Weems zu-
sammenzuckte.

»Was?«

»Hab mich nur geräuspert«, sagte der Zauberer und lächelte. Um ganz genau zu sein: Er grinste, und zwar ziemlich breit. Es war jene Art von Grinsen, das man in den
Gesichtern von Leuten beobachten konnte, die linke
Ohren für außerordentlich interessant hielten und in

einem verschwörerischen Tonfall behaupteten, von Geheimagenten aus der nächsten Galaxis verfolgt zu werden. Es wirkte nicht sehr vertrauenerweckend. Nun, es gibt wenige Wesen, die noch greulicher grinsen, zum Beispiel Geschöpfe, die ein orangefarbenes Fell mit schwarzen Streifen und einen langen Schwanz haben. Die urwüchsige Dschungel durchstreifen und nach Opfern Ausschau halten, um sie mit einem reißzahnintensiven Lächeln zu erschrecken.

Herrena kam näher. »Siehst du das Ding da?« wandte sie sich an Weems und streckte den Arm aus.

Der Pfad führte zu einer wackligen Mole am Flußufer, wo ein großer Gong aus Bronze hing.

»Damit ruft man den Fährmann«, sprach die Heldin. »Wenn wir den Strom an dieser Stelle überqueren, kürzen wir den Weg ab. Vielleicht schaffen wir es sogar, noch heute abend einen Ort zu erreichen.«

Weems sah sich skeptisch um. Die Sonne hatte sich bereits ihr rotes Nachtgewand übergestreift, neigte sich dem Horizont entgegen und schien bestrebt zu sein, so rasch wie möglich Feierabend zu machen. Der graue Dunst verdichtete sich stetig.

»Oder willst du die Nacht lieber auf dieser Seite des Flusses verbringen?«

Weems griff nach dem Hammer und schlug so heftig auf den Gong ein, daß er mehrmals herumwirbelte und von der Aufhängung fiel.

Sie warteten stumm. Nach einer Weile hörten sie ein feucht klingendes Rasseln: Eine Kette tauchte aus dem Wasser und zog sich stramm. Rincewind sah, daß sie an einem eisernen Uferpflock befestigt war. Kurz darauf enthüllte der Nebel die Konturen eines flachen Bootes; der Fährmann betätigte eine große Winde in der Mitte des Kahns und steuerte ihn auf diese Weise am dicken Kabel entlang.

Es knirschte leise, als der Fährenboden über Kies schabte, und der Mann an der Winde richtete sich keuchend auf.

»Jeweilf fwei«, brummte er undeutlich. »Mehr nicht. Nur fzwei Perfonen mit Pferden.«

Rincewind schluckte und widerstand der Versuchung, Zweiblum einen bedeutungsvollen Blick zuzuwerfen. Wahrscheinlich lächelte der Tourist wie ein verdammter Idiot. Trotzdem riskierte er es, den Kopf zu drehen und mit den Augen zu rollen.

Zweiblum starrte die dürre, in einen Kapuzenmantel gehüllte Gestalt groß an. Sein Mund stand weit offen.

»Du bist nicht der übliche Fährmann«, sagte Herrena. »Ich bin schon einmal hiergewesen und dabei einem großen, dicken Burschen begegnet, der . . .«

»Er hat heute feinen freien Tag.«

»Nun, meinetwegen.« Die Heldin zuckte mit den Achseln. »Wenn das so ist . . . *Warum lacht er?*«

Zweiblums Schultern bebten, und sein Gesicht war so rot wie eine reife Tomate. Er schien sich kaum mehr beherrschen zu können und gab leise, prustende Geräusche von sich. Herrena musterte ihn argwöhnisch und bedachte dann den Fährmann mit einem durchdringenden Blick.

»Ihr beiden dort — schnappt ihn!«

Einige Sekunden lang herrschte Stille. Dann erwiderte einer der Söldner: »Meinst du den Fährmann?«

»Ja!«

»Warum?«

Herrena zuckte verwirrt zusammen. Mit so etwas hatte sie nicht gerechnet. Wenn man »Greift ihn!« oder »Wächter!« rief, so erwartete man von Untergebenen, daß sie sofort aufsprangen und gehorchten. Die Tradition verlangte, daß sie nicht einfach sitzenblieben und auf einer Diskussion bestanden. »Weil ich es sage!« Eine bessere Antwort fiel der Heldin nicht ein. Die beiden Männer, denen der Befehl galt, wechselten einen kurzen Blick, seufzten, stiegen ab und griffen nach den Armen der dürren Gestalt, die ihnen nur bis zur Brust reichte.

»Zufrieden?« fragte einer von ihnen. Zweiblum schnappte verzweifelt nach Luft.

»Und jetzt möchte ich sehen, was er unter dem Mantel verbirgt.«

Erneut sahen sich die beiden Männer an.

»Ich bin nicht sicher, ob...« begann der eine.

Er konnte den Satz nicht zu Ende bringen, weil sich ihm ein knochiger Ellenbogen mit der Gewalt eines Kolbens in die Magengrube bohrte. Sein Gefährte starrte ihn ungläubig an und ächzte, als seine Nieren mit einer hageren Faust Bekanntschaft machten.

Cohen fluchte und versuchte, das Schwert unter der Robe hervorzuziehen, während er auf Herrena zuhüpfte. Rincewind stöhnte, biß die Zähne zusammen und warf ruckartig den Kopf zurück. Weems gab einen schmerzerfüllten Schrei von sich, und der Zauberer ließ sich zur Seite fallen, landete mit einem dumpfen Schlag im Schlamm. Sofort sprang er wieder auf und sah sich nach einem Versteck um.

Cohen brüllte triumphierend und erlitt einen Hustenanfall, bevor es ihm endlich gelang, das Schwert aus den Falten des Mantels zu befreien. Er schwang es mit einem begeisterten »Ha!« und verwundete einen Mann, der sich von hinten an ihn heranschlich.

Herrena stieß Zweiblum beiseite und griff nach ihrer eigenen Klinge. Der Tourist rollte sich ab (sein wohlgerundeter Leib erleichterte ihm dieses Unterfangen) und stemmte sich in die Höhe, wodurch ein nahes Roß erschrak und seinen Reiter abwarf. Rincewind nutzte die gute Gelegenheit, nach dem Kopf des Söldners zu treten. Vorwürfe wie »Du feige Ratte!« beleidigten den Zauberer nicht sonderlich — von solchen sprachlichen Entgleisungen ließ er sich keineswegs zu einem Duell provozieren —, aber er wußte, daß auch feige Ratten kämpften, wenn man sie in die Enge trieb.

Weems Hände lagen auf seinen Schultern, und eine

Faust, so groß wie ein mittlerer Felsen, traf den Kopf des Magiers.

Während er in die Knie ging, hörte er Herrenas Stimme: »Tötet sie beide. Ich erledige diesen alten Narren.«

»In Ordnung!« knurrte Weems, wandte sich Zweiblum zu und holte mit seinem Schwert aus.

Rincewind beobachtete erstaunt, wie der Söldner zögerte. Einige Sekunden lang schien es seltsam still zu sein, dann hörte er ein lautes Platschen. Der Koffer trippelte an Land und schüttelte sich wie ein regennasser Hund.

Weems war vor Entsetzen wie gelähmt, und das Schwert fiel ihm aus der Hand. Eine Zeitlang verharrte er erschrocken, doch als er sah, daß die Kiste genau auf ihn zusteuerte, schauderte er, wirbelte herum und verschwand im Nebel. Sofort sprang Koffer über Rincewind hinweg und folgte ihm.

Herrena griff Cohen an, der ihren ersten Hieb parierte, das Gesicht verzerrte und sein Rheuma beklagte. Die Klingen trafen scheppernd aufeinander, und die Heldin mußte sich einige Schritte zurückziehen, als es Cohen mit einem geschickten Rückhandschlag fast gelang, sie zu entwaffnen.

Rincewind wankte an die Seite Zweiblums und zupfte ziemlich grob an seinem Ärmel.

»Wird Zeit, daß wir abhauen«, stieß er hervor.

»Das war großartig!« meinte der Tourist bewundernd und deutete auf den greisen Barbaren. »Hast du gesehen, wie er...«

»Ja, ja. Jetzt komm endlich.«

»Aber ich möchte... He, ausgezeichnet!«

Herrenas Schwert segelte davon und bohrte sich einige Meter entfernt in den weichen Boden. Cohen schnaufte zufrieden, umfaßte das Heft seiner Klinge mit beiden Händen, hob sie weit über den Kopf, verdrehte die Augen, ächzte — und rührte sich nicht mehr von der Stelle.

Herrena musterte ihn verwirrt. Versuchsweise trat sie

einen Schritt auf ihr Schwert zu, und als der alte Mann nicht reagierte, griff sie rasch danach, wog es nachdenklich in der Hand und starrte Cohen an. Nur seine funkelnden Augen gingen mit, als sie um ihn herum wanderte.

»Er hat sich wieder was ausgerenkt!« hauchte Zweiblum. »Was sollen wir jetzt unternehmen?«

»Wie wär's, wenn wir versuchen, die Pferde einzufangen?«

»Nun«, sagte Herrena, »ich weiß nicht, wer du bist oder was du hier machst, und ich möchte dir versichern, daß ich keinen persönlichen Groll gegen dich hege, aber leider...«

Sie holte mit ihrem Schwert aus.

Irgend etwas zerteilte die Nebelschwaden, und unmittelbar darauf ertönte jenes Geräusch, das für gewöhnlich erklingt, wenn dickes Holz einen menschlichen Kopf trifft. Herrena hob überrascht die Brauen und sank zu Boden.

Bethan ließ den Ast fallen, den sie als Knüppel verwendet hatte, trat auf Cohen zu, packte ihn an den Schultern, stemmte ihm das Knie in den verlängerten Rücken und zog heftig.

Erleichterung tilgte einige der vielen Falten aus seinem Gesicht. Vorsichtig bückte er sich.

»Es tut überhaupt nicht mehr weh!« sagte er. »Nicht ein bißchen!«

Zweiblum sah Rincewind an.

»Mein Vater schlug in solchen Fällen vor, den Patienten an einen Balken zu hängen«, meinte er fröhlich.

Weems kroch besonders vorsichtig und behutsam durch das dichte Buschwerk. Der Nebel dämpfte alle Geräusche, und er hoffte, daß während der letzten zehn Minuten tatsächlich alles still geblieben war. Ganz langsam drehte er sich um und gestattete sich ein langes, von Herzen kommendes Seufzen. Sicherheitshalber trat er hinter die Deckung eines hohen Strauchs zurück.

Etwas berührte ihn sanft an den Waden. Etwas Kantiges.

Weems sah nach unten und entdeckte mehr Füße, als ihm lieb war.

Der Deckel des Koffers klapperte einmal kurz, und dann herrschte wieder Stille.

Das Feuer glühte matt in der Dunkelheit. Der Mond war noch nicht aufgegangen, doch der rote Unheilsstern hing dicht über dem Horizont.

»Er wird immer größer«, stellte Bethan fest. »Jetzt sieht er aus wie eine kleine Sonne. Und ich glaube, es ist auch wärmer geworden.«

»Warum sagst du das?« jammerte Rincewind. »Als hätten wir nicht schon genug Sorgen...«

Cohen, der sich einmal mehr den Rücken massieren ließ, hob den Kopf. »Waf ich nicht verftehe, ift folgendef: Wie haben euch die Földner erwifft, ohne daff wir irgend etwaf hörten? Vielleicht hätten wir nicht einmal Verdacht geföpft, wenn nicht die Kifte gewefen wäre. Fie lief hin und her und fien ganz auffer fich zu fein.«

»Und sie schluchzte«, fügte Bethan hinzu. Alle Blicke richteten sich auf sie.

»Nun, wenigstens erweckte sie den *Anschein* zu schluchzen«, sagte die junge Frau. »Sie ist wirklich süß. Finde ich.«

Die Männer sahen Koffer an, der auf der anderen Seite des Feuers hockte. Nach einigen Sekunden stand er auf und zog sich demonstrativ in die Nacht zurück.

»Leicht fu füttern«, meinte Cohen.

»Schwer zu verlieren«, sagte Rincewind.

»Anhänglich«, warf Zweiblum ein.

»Geräumig«, kommentierte Cohen.

»Aber süß?« Rincewind schüttelte den Kopf. »Ich habe ihn noch nie probiert.«

»Ich nehme an, du bift nicht bereit, ihn fu verkaufen, oder?« erkundigte sich der Barbar.

»Nein«, antwortete Zweiblum. »Ich glaube, so etwas würde er nicht verstehen.«

»Tja, vermutlich nicht«, pflichtete ihm Cohen bei. Er setzte sich auf und schürzte die Lippen. »Ich fuche nach einem Gefenk für Bethan, wifft ihr. Wir wollen heiraten.«

»Wir glauben, ihr habt ein Recht darauf, es als erste zu erfahren«, sagte Bethan und errötete.

Zweiblum runzelte die Stirn, aber Rincewind schenkte ihm keine Beachtung.

»Nun, das ist sehr, äh...«

»Sobald wir eine Stadt erreichen und einen Priester finden«, sagte Bethan. »Ich lege Wert auf eine angemessene Zeremonie.«

»Das ist sehr wichtig«, bestätigte Zweiblum ernst. »Wenn es auf dieser Welt mehr *Moral* gäbe, bestünde nicht die Gefahr einer Kollision mit irgendwelchen Sternen.«

Eine Zeitlang dachten sie schweigend darüber nach, dann fuhr der Tourist fröhlich fort. »Das muß gefeiert werden. Ich habe einige Kekse und Wasser, und vielleicht könnten wir für Cohen eine Suppe...«

»Ja, ja, später«, unterbrach ihn Rincewind und zog den greisen Barbaren zur Seite. Mit gestutztem Bart konnte man den alten Mann für siebzig halten. Vorausgesetzt, die Nacht war dunkel genug.

»Ist es eine, äh, ernste Sache?« fragte er. »Willst du sie wirklich heiraten?«

»Na klar. Haft du Einwände?«

»Nein, äh, natürlich nicht, aber... Ich meine, sie ist siebzehn, und du, äh... Wie soll ich mich ausdrücken? Nun, du gehörst zur älteren Generation.«

»Ich follte mich wohl fur Ruhe fetzen, waf?«

Rincewind suchte nach den richtigen Worten. »Bethan ist siebzig Jahre jünger als du. Bist du sicher, daß...«

»Ich bin fon mal verheiratet gewefen, weifft du«, entgegnete Cohen und fügte vorwurfsvoll hinzu: »Ich habe ein gutef Gedächtnif.«

»Nein, nein, ich meine den, äh, körperlichen Aspekt, den, äh, Altersunterschied und so weiter. Es ist doch auch eine Frage der Gesundheit und des Leistungsvermögens...«

»Ah«, machte Cohen langsam. »Jetzt verftehe ich. Die Anftrengung. Daran habe ich überhaupt nicht gedacht.«

»Nun, äh, das war auch gar nicht anders zu erwarten.« Rincewind stand auf.

»Meine Güte, jetzt haft du mir wirklich eine harte Nuff fu knacken gegeben«, brummte Cohen.

»Ich hoffe, du bist nicht enttäuscht.«

»Nein, keinefwegf«, murmelte der Greis. »Du brauchft dich nicht fu entfuldigen, haft völlig recht.«

Er drehte sich um und musterte Bethan, die ihm zuwinkte, sah dann zum Himmel und beobachtete den roten Stern, der durch die Nebelschwaden glühte.

Schließlich sagte er: »Find gefährliche Feiten.«

»Kann man wohl sagen.«

»Wer weiff, waf morgen gefieht?«

»Niemand.«

Cohen klopfte Rincewind auf die Schulter. »Manchmal muff man Rifiken eingehen«, fügte er hinzu. »Fei mir bitte nicht böfe, aber ich glaube, wir laffen die Hochfeit nicht auffallen.« Er warf Bethan einen kurzen Blick zu und seufzte. »Wollen wir nur hoffen, daff fie ftark genug ift.«

Gegen Mittag am folgenden Tag erreichten sie eine kleine Stadt, vor der sich ein Schutzwall aus Lehm erhob. In diesem Bereich waren die Felder nach wie vor grün, und die üppige Vegetation hielt noch nichts davon, sich dem strengen Gebot des Winters zu fügen. Seltsamerweise herrschte ein recht dichter Verkehr in der anderen Richtung: Große Karren rumpelten an Rincewind und seinen Begleitern vorbei; Hirten und Bauern trieben ihr Vieh am Straßenrand entlang; alte Frauen schleppten Heustapel und vollständige Kücheneinrichtungen.

»Eine Seuche?« Der Zauberer wandte sich an einen

Mann, der einen mit Kindern beladenen Wagen vor sich her schob.

Er schüttelte den Kopf. »Nein, es ist der Stern, Freund«, sagte er. »Er glüht oben am Himmel.«

»Wo sonst?«

»Es heißt, am nächsten Silvestertag wird er auf uns herabstürzen, die Meere verdampfen, alle Dörfer der Scheibenwelt verbrennen und Könige stürzen.« In bedeutungsschwangerem Tonfall fügte der Mann hinzu: »Angeblich verwandeln sich die Städte dann in Glasseen. Ich ziehe mich in die Berge zurück.«

»Um dich in Sicherheit zu bringen?« fragte Rincewind skeptisch.

»Nein, wegen der besseren Aussicht.«

Der Zauberer kehrte zu seinen Gefährten zurück.

»Alle haben Angst vor dem Stern«, sagte er. »Niemand scheint in den Städten geblieben zu sein. Die Leute fürchten sich zu sehr.«

»Ich möchte euch nicht beunruhigen«, warf Bethan ein, »aber mir scheint, es ist ungewöhnlich heiß.«

»Darauf hast du schon gestern abend hingewiesen«, meinte Zweiblum. »War eine für die Jahreszeit erstaunlich warme Nacht.«

»Ich fürchte, ef wird bald noch viel wärmer«, sagte Cohen. »Kommt, die Ftadt wartet auf unf.«

Sie ritten durch stille und fast völlig leere Straßen. Cohen betrachtete die Ladenschilder von Händlern und Handwerkern, und nach einer Weile zügelte er sein Roß. »Diefef Gefäft ift genau richtig«, sagte er. »Fucht ihr inzwiffen nach einem Tempel, famt Priefter. Wir treffen unf fpäter.«

Rincewind las die Schrift über dem Fenster.

»Ein Juwelier?« fragte er.

»Ef foll eine Überraffung fein.«

»Ich könnte auch ein neues Kleid gebrauchen«, sagte Bethan.

»Ich ftehle dir einf.«

Der Ort wirkte irgendwie bedrückend, fand Rincewind. Düster und ausgesprochen seltsam.

Jede Tür zeigte das mit roter Farbe aufgetragene Zeichen eines roten Sterns.

»Gespenstisch«, meinte Bethan. »Ging es den Bewohnern vielleicht darum, die neue Sonne herzulocken?«

»Das bezweifle ich«, entgegnete Zweiblum. »Ich nehme an, sie wollten den Stern auf diese Weise fernhalten.«

»Aber das klappt bestimmt nicht«, brummte Rincewind. »Er ist viel zu groß.« Die anderen drehten sich zu ihm um.

»Scheint mir eine vernünftige Annahme zu sein, oder?«

»Nein«, widersprach Bethan.

»Sterne sind kleine Lichter am Himmel«, stellte Zweiblum fest. »In meiner Heimat hab ich mal einen gesehen, der herabfiel — ein weißes Ding, groß wie ein Haus. Glühte einige Wochen lang, bevor es erlosch.«

»Dieser Stern unterscheidet sich von den anderen«, verkündete eine Stimme. »Groß-A'Tuin ist an den Strand des Universums gekrochen, und hinter ihr erstreckt sich der große Ozean des Weltraums.«

»Woher weißt du das?« fragte Zweiblum.

Rincewind zwinkerte verwirrt. »Was?«

»Was du gerade sagtest. Über Strände und Ozeane.«

»Ich bin völlig still gewesen.«

»Nein, das bist du nicht, du Blödmann!« entfuhr es Bethan. »Wir haben dich deutlich gehört und außerdem gesehen, wie sich deine Lippen bewegten!«

Rincewind schloß die Lider und beobachtete mit seinen inneren Augen, wie sich der Zauberspruch hinter dem Gewissen verkroch und leise vor sich hin murmelte.

»Na schön, schon gut«, stöhnte er. »Kein Grund, gleich zu schreien. Ich... ich weiß nicht, woher ich es weiß, aber ich *weiß* es einfach...«

»Könntest du uns das vielleicht genauer erklären?«

In diesem Augenblick kamen sie um eine Ecke.

In jeder Stadt am Runden Meer gab es ein Viertel, das allein den vielen Göttern der Scheibenwelt gewidmet war. Für gewöhnlich erweckten die Gebäude einen eher bescheidenen Eindruck und waren außerdem in architektonischer Hinsicht nicht sonderlich attraktiv. Den wichtigsten Göttern errichtete man natürlich besonders prächtige Tempel, und anschließend dauerte es nicht lange, bis die unwichtigeren auf ihre Rechte pochten. Darüber hinaus gesellten sich im Laufe der Zeit weitere heilige Entitäten zur bereits recht großen Götterfamilie und verlangten gleiche Behandlung von ihren Verehrern — manche Priester sprachen in diesem Zusammenhang von sakraler Emanzipation und theologischer Guerilla. Nun, aus dieser Entwicklung ergaben sich folgende Konsequenzen: Das Viertel (oder Dreiachtel, was eine angemessenere Bezeichnung gewesen wäre) bot sich als ein wirrer Komplex aus kleinen Anbauten, stummelförmigen Erweiterungen, zu Tempelzwecken umfunktionierten Wohnungen, Dachstubenkirchen, Keller-Beichtzentren, Andachtsplattformen, klerikalen Meditationsnischen, Gebetsbalustraden, Halleluja-Galerien und Opfer-Alkoven dar. Normalerweise brannten mindestens dreihundert verschiedene Weihraucharten, und in den meisten Fällen erreichte der allgemeine Lärm Schmerzschwellen-Niveau, denn jeder Priester war ebenso eifersüchtig wie laut darauf bedacht, die Aufmerksamkeit möglichst vieler Gläubiger zu gewinnen.

In diesem besonderen Fall aber herrschte eine sonderbare Stille, die noch beunruhigender wirkte, weil sich Hunderte von furchtsamen und zornigen Menschen eingefunden hatten und auf irgend etwas zu warten schienen.

Ein Mann am Rande der Menge drehte sich um und warf den Neuankömmlingen finstere Blicke zu. Seine Stirn offenbarte das Symbol eines roten Sterns.

»Was...«, begann Rincewind und unterbrach sich sofort, da seine Stimme viel zu laut zu sein schien. »Was geht hier vor?«

»Seid ihr Fremde?« fragte der Mann.

»Nun, eigentlich kennen wir uns recht gut...«, erwiderte Zweiblum zögernd, sprach jedoch nicht weiter. Bethan deutete auf die Gebäude.

Jeder Tempel wies ein Sternzeichen auf, und das größte von allen zierte das steinerne Auge vor dem Tempel des Blinden Io, der als Oberhaupt aller Götter galt.

»Argh«, machte der Zauberer. »Io wird ziemlich sauer sein, wenn er das sieht. Ich glaube, wir sollten diesen Ort besser verlassen, Freunde.«

Die vielen Männer und Frauen standen vor einer improvisierten Plattform in der Straßenmitte. Ein großes Tuch reichte bis zum Boden.

»Soweit ich weiß, sieht der Blinde Io alles, was geschieht«, meinte Bethan, »Zeitpunkt und Ort spielen keine Rolle. Warum hat er noch nicht...«

»Sei still!« sagte der Mann neben ihnen. »Jetzt spricht Dahoney!«

Jemand kletterte auf die Plattform: ein schlanker hochgewachsener Mann mit löwenzahnartigem Haar. Die Menge jubelte nicht, gab nur ein kollektives Seufzen von sich. Kurz darauf erklang Dahoneys Stimme.

Rincewind hörte zu und spürte, wie das Grauen in ihm wuchs. Wo waren die Götter? fragte der Mann. Sie seien verschwunden. Vielleicht habe es sie nie gegeben. Wer könne behaupten, jemals einem Gott begegnet zu sein? Und nun komme der neue Stern als Verderbensbote...

In diesem Sinne fuhr die ruhige und gesetzte Stimme fort, benutzte Worte wie ›läutern‹ und ›reinigen‹ und ›säubern‹, die auf einen wachen Verstand ähnlich wirkten wie scharfe Schwertklingen auf einen ungeschützten Körper. Wo waren die Zauberer? Warum wirkte die Magie nicht mehr? Ob sie jemals funktioniert habe oder nur ein Traum gewesen sei...

In Rincewind entstand die Befürchtung, daß die Götter von diesem Gerede hörten und so zornig wurden, daß sie alle die menschlichen Sünder bestraften, die sich am blasphemischen Tatort aufhielten.

Aber selbst göttliche Wut wäre nicht annähernd so schlimm gewesen wie der Klang jener Stimme. Der Unheilsstern komme, so betonte Dahoney immer wieder, und sein gräßliches Feuer könnte nur gebannt werden, wenn... Nun, in diesem Punkt war sich Rincewind nicht ganz sicher, aber vor seinen inneren Augen formte sich ein Vorstellungsbild, das ihm Schwerter, wehende Fahnen und jede Menge trüb starrender Krieger zeigte. Der Sprecher glaubte nicht an Götter, was nach Rincewinds Ansicht durchaus in Ordnung sein mochte, aber ganz offensichtlich hielt er auch nichts von Menschen. Nach einer Weile bemerkte der Magier eine seltsame Gestalt in einem dunklen Mantel. Er drehte sich um — und unter der pechschwarzen Kapuze sah er einen lippenlos grinsenden Schädel.

Zauberer können, ebenso wie Katzen, den Tod sehen.

Im Vergleich mit Dahoneys Stimme klang der Tonfall des Todes geradezu angenehm. Er lehnte an der Wand, stützte sich auf die Sense und nickte Rincewind zu.

»Bist du gekommen, um dich hämisch zu freuen?« flüsterte Rincewind. Der Tod hob die Schultern.

»ICH BIN HIER, UM DIE ZUKUNFT ZU SEHEN«, erwiderte er.

»Dies ist die Zukunft?«

»EINE VON MÖGLICHEN ALTERNATIVEN«, sagte Tod.

»Wie schrecklich«, brummte Rincewind.

»ICH BIN GENEIGT, DIR ZUZUSTIMMEN«, meinte Tod.

»Ich hätte gedacht, so etwas entspräche genau deinen Wünschen!«

»NEIN, GANZ UND GAR NICHT. DER TOD VON KRIEGERN, ALTEN MÄNNERN UND KLEINEN KINDERN — SO ETWAS FÄLLT IN MEINEN ZUSTÄNDIGKEITSBEREICH. ICH BEFREIE SIE VON IHREM

SCHMERZ UND BEENDE DAS LEIDEN. DOCH DIESEN TOD DES GEISTES VERSTEHE ICH NICHT.«

»Mit wem unterhältst du dich?« fragte Zweiblum. Einige Mitglieder der Gemeinde wandten sich um und musterten Rincewind mißtrauisch.

»Mit niemandem«, sagte er. »Können wir jetzt gehen? Ich habe Kopfschmerzen.«

Eine Gruppe am Rande der Menge brummte, murmelte und deutete auf ihn. Rincewind griff nach den Armen seiner Gefährten und zog sie um die Ecke.

Er deutete auf die Pferde. »Laßt uns aufsteigen und von hier verschwinden«, schlug er vor. »Ich habe ein ungutes Gefühl...«

Eine Hand legte sich ihm auf die Schulter, und Rincewind drehte den Kopf. Zwei trübe Augen, die in einem großen kahlen Schädel saßen (der seinerseits auf einem breiten muskulösen Körper ruhte), beobachteten sein linkes Ohr. Ein roter Stern zeigte sich auf der Stirn des Mannes.

»Du siehst wie ein Zauberer aus«, sagte er, und seine Stimme ließ keinen Zweifel daran, daß dies höchst unklug und möglicherweise fatal war.

»Wer, ich?« entgegnete Rincewind nervös. »O, nein, nein, ich bin ein Kanzlist, ein einfacher Beamter, weiter nichts. Ja, genau.«

Er lachte leise und unsicher.

Der Mann vor ihm zögerte, und seine Lippen bewegten sich lautlos, so als lausche er einem Flüstern im Kopf. Einige andere Sternenleute näherten sich, und Rincewinds linkes Ohr schien bei ihnen auf großes Interesse zu stoßen.

»Ich glaube, du bist ein Zauberer«, sagte der Mann.

»Hör mal«, erwiderte Rincewind mit besorgter Geduld, »wenn ich wirklich ein Zauberer wäre, könnte ich Magie beschwören, nicht wahr? Dann hätte ich dich längst in eine Kröte verwandelt. Und da das bisher nicht geschehen ist, bin ich nur ein Kanzlist.« Seine Logik erfüllte ihn mit Stolz.

»Wir haben alle Zauberer getötet«, sagte einer der anderen Männer. »Nun, einige liefen fort, aber die übrigen brachten wir um. Sie ruderten mit den Armen und riefen unverständliche Worte, doch es passierte überhaupt nichts.«

Rincewind starrte ihn groß an.

»Wir sind sicher, daß du zu den Magiern gehörst«, verkündete der Sternengläubige, dessen Hand sich fester um Rincewinds Schulter schloß. »Du hast die Kiste mit all den Füßen, und außerdem siehst du wie ein Zauberer aus.«

Rincewind stellte fest, daß man ihn, seine Gefährten und auch den Koffer irgendwie von den Pferden getrennt hatte. Sie standen jetzt in einem langsam schrumpfenden Kreis aus Sternenleuten, und als er ihre ernsten grauen Gesichter sah, verstärkte sich das Unbehagen in ihm.

Er holte tief Luft.

Hob die Hände in der klassischen Geste aller Zauberer (selbst der gescheiterten). Und rief: »Weicht zurück! Sonst trifft euch der Fluch meiner Magie!«

»Es gibt keine Magie mehr«, antwortete der bullige Mann, der ihn an der Schulter festhielt. »Der rote Stern hat sie genommen. Die falschen Thaumaturgen murmelten angebliche Zauberformeln, ohne daß sich oktarines Feuer von ihren Fingerspitzen löste. Dann starrten sie entsetzt auf ihre Hände, und nur wenige von ihnen waren vernünftig genug, sofort die Flucht zu ergreifen.«

»Ich meine es ernst«, sagte Rincewind.

Er wird mich töten, dachte er. *Jetzt ist es soweit. Ich kann nicht einmal mehr bluffen, bin ein doppelter Versager, sowohl in der Magie als auch in der Kunst des Täuschens...*

Hinter seiner Stirn rührte sich der Zauberspruch. Rincewind spürte, wie er ihm eiswassergleich durchs Hirn spülte und sich vorbereitete. Ein kaltes Prickeln rann ihm den Arm hinab.

Wie ein eigenständiges Wesen kam die Hand in die

Höhe, und er fühlte, wie sich die Lippen teilten und die Zunge auf und nieder hüpfte. Mit einer völlig fremden Stimme — sie klang alt, und Rincewind glaubte, in ihr das Rascheln von Papier zu hören — rief sie donnernd eine Beschwörung.

Oktarines Feuer löste sich von seinen Fingerspitzen, zitterte irrlichternd über den muskulösen Leib des bulligen Mannes, hüllte ihn in eine glitzernde Wolke, die aufstieg, einige Meter über der Straße verharrte, funkenstiebend auseinanderplatzte und sich schlagartig verflüchtigte.

Der Mann verschwand spurlos. Es blieben nicht einmal kleine Rauchfetzen zurück.

Rincewind starrte verblüfft auf seine Hand.

Zweiblum und Bethan packten ihn, bahnten sich einen Weg durch die schockierte Menge und eilten durch eine leere, stille Straße. Es folgte ein recht schmerzhafter Augenblick (für Rincewind), als sich der Tourist und die junge Frau für unterschiedliche Seitengassen entschieden. Sie trafen eine rasche Übereinkunft und hasteten in die einmal eingeschlagene Richtung weiter, wobei die Füße des Zauberers kaum das Kopfsteinpflaster berührten.

»Magie«, hauchte er aufgeregt und machttrunken. »Ich habe echte Magie beschworen...«

»In der Tat«, beruhigte ihn Zweiblum.

»Soll ich noch einmal zaubern?« bot Rincewind an. Er zeigte auf einen nahen Hund und machte »Wuuuuh!« Das Tier musterte ihn beleidigt.

»Es wäre weitaus angebrachter, wenn du deine Füße dazu brächtest, schneller zu rennen«, meinte Bethan grimmig.

»Kein Problem«, erwiderte Rincewind. »Füße, lauft schneller! He, seht nur, sie gehorchen mir!«

»Sie haben mehr Verstand als du«, stellte Bethan fest. Sie sah sich um. »Wohin jetzt?«

Zweiblum blickte sich in dem Labyrinth aus schmalen Straßen und dunklen Bogengängen um. In der Ferne brüllten aufgeregte und ziemlich wütende Stimmen.

Rincewind befreite sich aus dem Griff seiner Gefährten und wankte benommen durch die nächste Gasse.

»Ich kann es!« rief er glücklich. »Hütet euch davor, meinen Zorn zu erwecken...«

»Er hat einen Schock erlitten«, murmelte Zweiblum.

»Warum?«

»Er hat zum erstenmal gezaubert.«

»Ich dachte, er sei Magier...«

»Nun, die ganze Sache ist ein wenig kompliziert«, erwiderte der Tourist und folgte Rincewind. »Wie dem auch sei: Ich bin mir nicht sicher, ob *er* es war. Es klang nicht nach ihm.« Er klopfte dem Zauberer auf die Schulter. »Na, alter Knabe, wie geht's?«

Rincewind sah den Touristen aus blitzenden Augen an, schien ihn jedoch überhaupt nicht zu erkennen.

»*Dich* verwandle ich in einen Rosenstock«, sagte er.

»Oh, wie nett! Übrigens: Rote Rosen mag ich am liebsten.« Zweiblum seufzte. »Komm jetzt!« fügte er hinzu und zupfte behutsam an Rincewinds Ärmel.

Irgendwo hinter ihnen näherten sich hastige Schritte, und plötzlich sahen sie sich mehr als zehn Sternenleuten gegenüber.

Bethan griff nach der schlaffen Hand des Zauberers und hob sie drohend.

»Bleibt stehen!« rief sie.

»Paßt bloß auf!« keifte Zweiblum. »Wir haben einen Magier und schrecken nicht davor zurück, Gebrauch von ihm zu machen!«

»Wir meinen es ernst«, bestätigte Bethan und richtete Rincewinds Arme wie zwei Kanonenrohre aus.

»Genau«, sagte Zweiblum. »Wir sind schwer bewaffnet!« Und dann: »Was?«

»Ich sagte: Wo ist der Koffer?« zischte Bethan hinter Rincewinds Rücken.

Zweiblum sah sich um. Von der Truhe war weit und breit nichts zu sehen.

Erstaunlicherweise hatte der Zauberer den gewünschten Effekt auf die Sternenleute. Die zitternden Hände wirkten ähnlich auf sie wie eine hin und her schwingende Sense, und es kam zu einem nicht unerheblichen Durcheinander, als die Männer versuchten, hintereinander in Deckung zu gehen.

»Wohin ist die Kiste verschwunden?«

»Woher soll ich das wissen?« erwiderte Zweiblum.

»Nun, sie gehört *dir!*«

»Es geschieht häufiger, daß ich keine Ahnung habe, wo sich der Koffer befindet«, erläuterte Zweiblum. »Mit so etwas muß man sich abfinden, wenn man Tourist sein möchte. Tja, er macht des öfteren Ausflüge auf eigene Faust, und ich halte es für besser, nicht nach dem Grund zu fragen.«

Den Sternenleuten fiel allmählich auf, daß alles verdächtig still blieb und Rincewind überhaupt nicht in der Lage war, ihnen zu drohen oder gar magisches Feuer entgegen zu schleudern. Langsam rückten sie vor und beobachteten dabei argwöhnisch die Arme des Zauberers.

Zweiblum und Bethan wichen zurück, und der Tourist sah sich um.

»Bethan?«

»Ja?« entgegnete sie, ohne die näher kommenden Gestalten aus den Augen zu lassen.

»Wir sind in eine Sackgasse geraten.«

»Bist du sicher?«

»Ich erkenne eine Wand aus Ziegelsteinen, wenn ich eine sehe«, sagte er vorwurfsvoll.

»Ich schätze, dann sind wir erledigt«, murmelte die junge Frau.

»Glaubst du, es nützt etwas, wenn ich ihnen erkläre...«

»Nein.«

»Oh.«

»Ich befürchte, diese Burschen halten nicht viel von irgendwelchen Erklärungen«, fügte Bethan hinzu.

Zweiblum starrte die Männer groß an. Es wurde bereits an mehreren Stellen darauf hingewiesen, daß sich der Tourist von Gefahren ebensosehr beeindrucken ließ wie Katzen von zornigen Mäusen. Ungeachtet aller menschlichen Erfahrungen glaubte er fest daran, man könne jedes Problem lösen, wenn man vernünftig miteinander sprach (vorzugsweise laut und deutlich), Tee mit Milch und Zucker trank, Bilder von den Enkeln austauschte und vielleicht ein paar Witze riß. Außerdem vertrat er die Ansicht, andere Leute seien im Grunde genommen gut und freundlich, hätten nur ab und zu einen schlechten Tag. Was sich ihm jetzt durch die Gasse näherte, mochte die gleiche Auswirkung auf ihn haben wie ein Gorilla, der durch eine Glasfabrik stapfte.

Hinter ihm knisterte etwas. Es war eigentlich nicht in dem Sinne ein Geräusch, eher eine feine Veränderung in der Struktur der Luft.

Die grauen Gesichter vor ihm verwandelten sich in erschrockene Fratzen, und die zu ihnen gehörenden Körper wirbelten herum und stürmten fort.

»Was ist denn jetzt los?« entfuhr es Bethan, die Rincewind wie einen Schild hielt. Der Zauberer hatte inzwischen das Bewußtsein verloren und träumte vermutlich von einem magischen Wunderland, in dem er hohes Ansehen genoß.

Zweiblum drehte sich langsam um und sah ein großes Schaufenster, hinter dem sonderbar anmutende Waren lagen. Sein Blick glitt über den Perlenvorhang am Eingang, verharrte dann auf einem großen Schild. Die Buchstaben der Aufschrift tanzten unsicher umher und versuchten, sich in der richtigen Reihenfolge anzuordnen. Schließlich las der Tourist:

Thaumaturksche Utensiliegen
Krale, Bratfannen fier Goldene Aier, Ammulette
Narrensillber uhnd Alchimißtenblai
Gegrünndet: irgen'wann
Krdite: nur am Ruhetg
Sonderngbote: KAINE

Der Juwelier rückte das Gold auf dem kleinen Amboß zurecht und hämmerte den letzten sonderbar geschliffenen Diamanten behutsam in die richtige Position.

»Aus dem Mund eines Trolls, meinst du?« murmelte er, kniff die Augen zusammen und prüfte seine Arbeit.

»Ja«, bestätigte Cohen. »Und wie ich fon fagte: Du kannft den Reft behalten.« Er betrachtete ein Auslagekästchen mit goldenen Ringen.

»Sehr großzügig von dir«, antwortete der Juwelier, der sich natürlich mit solchen Dingen auskannte und wußte, daß er ein gutes Geschäft machte. Er seufzte.

»In letfter Zeit läuft der Laden wohl nicht befonderf gut, waf?« fragte Cohen. Er sah durch das kleine Fenster und beobachtete einige trüb starrende Leute, die sich auf der anderen Straßenseite eingefunden hatten.

»Schwierige Zeiten, ja.«

»Wer find all die Burfen mit den aufgemalten Fternen?« erkundigte sich der greise Barbar.

Der Juwelier — ein Zwerg — hob nicht einmal den Kopf.

»Bekloppte«, antwortete er. »Sie meinen, ich solle nicht mehr arbeiten, weil sich der rote Stern nähere. Ich wies sie mehrmals darauf hin, daß mir irgendwelche Lichter am Himmel noch nie geschadet haben.« Er seufzte erneut. »Könnte ich das doch auch von anderen Leuten behaupten!«

Cohen nickte nachdenklich, als sich sechs Männer von der Gruppe lösten und auf das Geschäft zuhielten. Sie trugen verschiedene Waffen und wirkten außerordentlich entschlossen.

»Feltfam«, sagte er.

»Nun, dir ist sicher bereits aufgefallen, daß ich ein Zwerg bin«, brummte der Juwelier. »Mit anderen Worten: Ich gelte als Angehöriger eines magischen Volkes. Die Verrückten dort draußen glauben, daß der Stern die Scheibenwelt verschont, wenn wir uns von der Magie abwenden.

Wahrscheinlich beabsichtigen sie, mich ein wenig durch die Mangel zu drehen. Wie üblich.«

Er nahm eine Pinzette zur Hand und hob sein jüngstes Werk.

»Das seltsamste Objekt, das ich jemals angefertigt habe«, kommentierte er. »Aber praktisch, das sehe ich ein. Wie nennt man so etwas?«

»Gebiff«, erklärte Cohen. Er betrachtete das hufeisenförmige Gebilde, das auf seiner faltigen Handfläche ruhte, öffnete dann den Mund und gab grunzende Geräusche von sich.

Die Tür sprang mit einem plötzlichen Ruck auf. Sechs Männer traten ein und blieben an der Wand stehen. Sie schwitzten und schienen recht unsicher zu sein, aber der Anführer schob Cohen verächtlich beiseite und packte den Zwerg am Kragen.

»He, du Winzling, wir ham dich gestern gewarnt«, knurrte er. »Und wir mögen's gar nich, wemman nich auf uns hört. Wenne unbedingt rausgetragen werden willst...«

Cohen klopfte ihm auf die Schulter. Der Mann drehte sich verärgert um.

»Was willst du denn, Opa?« knurrte er.

Cohen wartete, bis er die volle Aufmerksamkeit des Mannes genoß — und dann lächelte er. Es war ein langsames, zögerndes, dreihundertkarätiges Lächeln, das den ganzen Raum zu erhellen schien.

»Ich zähle bis drei«, sagte der Barbar freundlich. »Eins. Zwei.« Ruckartig zog er das knochige Knie an, traf den Schritt der Gestalt vor ihm und nahm zufrieden ein leises Knirschen zur Kenntnis. Während sich die Gedanken des Sternenmannes in ein privates Schmerzuniversum zurückzogen, wandte sich Cohen halb zur Seite und bohrte den spitzen Ellenbogen in die Nieren des zweiten Gegners.

»Drei«, sagte er und beobachtete den zusammengekrümmten Körper auf dem Boden. Nun, er hatte von Fairneß beim Kampf gehört, aber schon vor Jahren entschieden, sich keine solchen Beschränkungen aufzuerlegen.

Der Greis sah die anderen Männer an und lächelte sein unglaubliches Lächeln.

Man hätte erwarten sollen, daß sie sich auf ihn stürzten. Statt dessen setzte sich nur einer von ihnen in Bewegung. In der sicheren Überzeugung, dem unbewaffneten Cohen mit einem Breitschwert weit überlegen zu sein, schlich er vorsichtig näher.

»O nein.« Cohen winkte ab und schüttelte den Kopf. »Doch nicht so, mein Junge.«

Der Mann verharrte und zwinkerte verwirrt.

»Doch nicht was?« fragte er mißtrauisch.

»Hast du noch nie ein Schwert in der Hand gehalten?«

Der Mann überlegte unsicher und bedachte seine Gefährten mit einem kurzen Blick.

»Nicht oft«, erwiderte er. »Nur bei einigen wenigen Gelegenheiten«, gestand er und hob die Klinge drohend.

Cohen zuckte mit den Schultern. »Wenn ich schon sterben muß, so möchte ich wenigstens von jemandem umgebracht werden, der wie ein richtiger Krieger mit einem Schwert umgehen kann«, sagte er.

Der Sternenmann holte aus, schlug mehrmals auf einen imaginären Feind ein und gab dabei Geräusche von sich wie: »Ha!« und »Nimm das!« und »Jetzt bist du erledigt!«

»Scheint alles in Ordnung zu sein«, brummte er schließlich und ging den Bewegungsablauf in Gedanken noch einmal durch.

»Weißt du, Junge, ich hatte Gelegenheit, in dieser Hinsicht die eine oder andere Erfahrung zu sammeln«, meinte Cohen. »Ich meine... Hast du einen Augenblick Zeit? Komm mal her, und... Nun, wenn's dir nichts ausmacht... Ja, die linke Hand gehört hierhin, um den Knauf, und die rechte — ja, so ist es *genau* richtig. Auf diese Weise stößt du die Klinge... in deinen Fuß.«

Als der Mann einen schmerzerfüllten Schrei ausstieß

und umherhüpfte, trat ihm Cohen die Kniescheibe des unverletzten Beines ein, drehte sich gelassen um und stützte die Hände an die Hüften.

»Ich bin gern bereit, euch ebenfalls Nachhilfeunterricht zu erteilen«, verkündete er fröhlich. »Warum greift ihr nicht endlich an?«

»Ja, genau«, erklang eine Stimme dicht neben dem dürren Oberschenkel des Barbaren. Der Juwelier hob eine sehr große und schmutzige Axt, die dem allgemeinen Schrecken des Kampfes eine todsichere Tetanusgarantie hinzufügte.

»Und wischt euch die blöden Sterne von der Stirn«, sagte der Greis. »Teilt euren Freunden mit, Cohen der Barbar wird ziemlich sauer, wenn er noch einmal solche Symbole sieht, klar?«

Die Tür fiel ins Schloß. Einen Sekundenbruchteil später traf die Axt aufs Holz, prallte mit einem dumpfen Pochen ab und bohrte sich dicht vor den Zehenspitzen in Cohens Sandale.

»Entschuldige«, murmelte der Zwerg verlegen. »Das Beil gehörte meinem Großvater. Für gewöhnlich benutze ich es nur, um Feuerholz zu hacken.«

Cohen betastete sich den Unterkiefer und nickte. Das Gebiß saß wie angegossen.

»An deiner Stelle würde ich von hier verschwinden«, sagte er. Dieser Hinweis war nicht erforderlich: Der Zwerg eilte bereits durchs Zimmer, leerte Kästen mit wertvollem Edelmetall und stopfte Schmuckstücke in einen ledernen Beutel. Er schob mehrere Werkzeuge in die eine Tasche, glitzernde Kristalle in die andere, wandte sich dann der kleinen Schmiede zu und hob sie sich mit einem leisen Ächzen auf den Rücken.

»Ich bin fertig«, brummte er.

»Begleitest du mich?«

»Zumindest bis zum Stadttor, wenn du nichts dagegen hast«, entgegnete der Juwelier. »Unter den gegebenen Umständen möchte ich nicht allein bleiben.«

»Das kann ich durchaus verstehen. Aber laß die Axt hier!«

Sie verließen das Geschäft und traten auf eine leere Straße, über der die Nachmittagssonne strahlte. Als Cohen den Mund öffnete, spiegelte sich das Licht auf Dutzenden von geschliffenen Diamantensplittern wider.

»Ich bin mit einigen Freunden gekommen, die auf mich warten«, erklärte er und fügte hinzu: »Ich hoffe, sie sind nicht in Schwierigkeiten geraten. Wie heißt du?«

»Knubbelkinn.«

»Gibt es hier irgendwo eine Taverne, in der ich«, — Cohen zögerte kurz und genoß die folgenden Worte wie eine verbale Delikatesse —, »ein ordentliches Steak essen kann?«

»Die Sternenleute haben alle Schenken geschlossen. Sie vertreten die Ansicht, es sei sündig, zu trinken und zu essen, während...«

»Ich weiß, ich weiß«, warf Cohen ein. »Der Stern, nicht wahr? Ich glaube, ich hab den Dreh langsam raus. Billigen die Burschen denn überhaupt nichts mehr?«

Knubbelkinn dachte einige Sekunden lang nach. »Sie finden großen Gefallen daran, Dinge in Flammen aufgehen zu lassen«, erwiderte er nach einer Weile. »Ist ihre Spezialität. Sie verbrennen Bücher und so'n Zeug, errichten große Scheiterhaufen.«

Cohen war schockiert.

»Scheiterhaufen für *Bücher*?«

»Ja. Grauenhaft, nicht wahr?«

»Kann man wohl sagen«, bestätigte der greise Barbar. Eine derartige Vorstellung erschien ihm ebenso entsetzlich wie empörend. Jemand, der sein Leben in der Wildnis verbrachte, unter freiem Himmel, wußte ein gutes dickes Buch zu schätzen, das mindestens eine Lagerfeuer-Saison lang hielt — vorausgesetzt, man ging mit den Blättern sparsam um. Viele Leute hatten kalte Nächte und feuchtes Anzündeholz nur mit Hilfe eines trockenen Buches überlebt. Außerdem erwiesen sich solche stummen Begleiter auch dann von Vorteil, wenn man rauchen wollte und keine Pfeife bei sich führte.

Cohen wußte natürlich, daß es Leute gab, die Bücher *schrieben*, aber so etwas hielt er für eine unsinnige Verschwendung von Papier.

»Ich fürchte, deine Freunde könnten in eine unangenehme Lage gekommen sein, wenn sie den Sternenleuten begegnet sind«, sagte Knubbelkinn, als sie durch eine Gasse gingen.

Hinter der nächsten Ecke sahen sie ein großes Feuer, das mitten auf der Straße brannte. Einige Männer mit grauen Gesichtern und trüben Blicken holten Bücher aus einem nahen Haus und warfen sie in die Glut. Cohen stellte fest, daß die Tür aufgebrochen und die Wände mit roten Sternen beschmiert waren.

Die meisten Bücherverbrenner und Läuterer wußten noch nichts von Cohen, und deshalb schenkte ihm niemand Beachtung, als er heranschlenderte und sich an die Wand lehnte. Ascheflocken tanzten in der heißen Luft und schwebten über die Dächer.

»Was tut ihr da?« fragte er.

Eine Anhängerin der Sternenleute strich sich mit einer rußgeschwärzten Hand das Haar aus der Stirn, starrte auf das linke Ohr des Greises und erwiderte: »Wir befreien die Scheibenwelt von Lasterhaftigkeit.«

Zwei Männer kamen aus dem Haus und bedachten Cohen — beziehungsweise sein Ohr — mit einem durchdringenden Blick. Der Barbar griff nach dem dicken Buch, das die Frau in der Hand hielt. Er zweifelte kaum daran, daß die seltsame, aus roten und schwarzen Steinen bestehende Kruste auf dem Deckel eine Art Wort bildete. Er wies Knubbelkinn darauf hin.

»Das Nekrotelicomnicon«, sagte der Zwerg. »Wird von Zauberern benutzt. Ich glaube, es schildert, auf welche Weise man sich mit Toten in Verbindung setzen kann.«

»Magier pflegen sonderbare Interessen.« Cohen rieb ein Blatt zwischen Zeigefinger und Daumen: Es fühlte sich dünn und ziemlich weich an. Die eigentümlich lebendig anmutende Schrift beunruhigte ihn in keinster Weise. *Lieber Himmel!* dachte er entrüstet. *Mit einem solchen Werk kann man mindestens hundert Lagerfeuer entzünden...*

»Ja? Was habt ihr auf dem Herzen?« Er sah den Sternenmann an, dessen Hand sich ihm um den Arm schloß.

»Alle magischen Bücher müssen verbrannt werden«, antwortete er, doch seine Stimme zitterte unsicher. Das Glitzern von Cohens Zähnen schien ihn irgendwie zu beunruhigen.

»Warum?« fragte der Barbar.

»Der Stern offenbarte es uns.«

Daraufhin wurde Cohens Lächeln noch weitaus breiter — und gefährlicher.

»Ich glaube, wir sollten nicht zuviel Zeit verlieren und den Weg fortsetzen«, warf Knubbelkinn nervös ein. Einige andere Sternenleute näherten sich durch die Gasse.

»*Ich* hätte große Lust, jemanden umzubringen«, sagte Cohen in einem freundlichen Plauderton. Er lächelte noch immer.

»Der neue Stern verlangt die Säuberung der Scheibenwelt vom thaumaturgischen Schmutz«, sagte der Mann und wich vorsichtshalber zurück.

»Sterne können nicht sprechen«, erwiderte Cohen und zog sein Schwert.

»Wenn du mich tötest, werden tausend andere meinen Platz einnehmen«, behauptete der Mann kühn. Er stand nun mit dem Rücken an der Wand.

»Ja«, brummte Cohen und nickte langsam. »Was für dich allerdings kaum etwas ändert, oder? Ich meine, *du* bist dann längst tot.«

Der Adamsapfel des Sternenmannes hüpfte wie ein Jo-Jo auf und ab. Er schielte auf die blitzende Klinge des Barbaren.

»Äh, nun, vielleicht hast du recht«, gab er zu. »Ich mache dir einen Vorschlag: Was hältst du davon, wenn wir das Feuer löschen?«

»Gute Idee«, sagte Cohen.

Knubbelkinn zupfte an seinem Gürtel. Die anderen Sternenleute gingen jetzt nicht mehr, sondern liefen. Und zwar ziemlich schnell. Es waren recht viele, und außerdem trugen die meisten von ihnen Waffen. Mit anderen Worten: Es deutete alles darauf hin, daß die Lage allmählich brenzlig wurde.

Cohen hob in einer herausfordernden Geste sein Schwert, wirbelte um die eigene Achse und nahm die Beine in die Hand. Selbst Knubbelkinn fiel es schwer, mit ihm Schritt zu halten.

»Komisch«, schnaufte der Zwerg, als sie durch eine andere Gasse stürmten, »einige Augenblicke lang... dachte ich fast... du wolltest dich ihnen... zum Kampf stellen.«

»Ich bin... doch nicht... blöd.«

Als sie das Ende der dunklen Passage erreichten und ins Licht traten, wich Cohen zur Seite, preßte sich an die Mauer, hielt das Schwert bereit und lauschte dem Geräusch hastiger Schritte. Einige Sekunden später schwang er die Klinge in Hüfthöhe herum. Er vernahm ein häßliches Knirschen, gefolgt von mehreren Schreien, wartete keine weiteren Reaktionen ab und setzte sich wieder in Bewegung. Nach einigen Dutzend Metern schnitt er eine Grimasse und versuchte den Protest seiner Bandscheibe zu mißachten.

Knubbelkinn hielt sich dicht neben ihm, als er durch die mit roten Sternzeichen geschmückte Tür einer Taverne eilte, auf einen Tisch sprang (wobei er nur ganz leise stöhnte), darüber hinwegsetzte (während der Zwerg, in perfekter Choreographie, *unter* der dicken Holzplatte lief, ohne sich zu bücken), am anderen Ende auf den Boden zurückkehrte, in die Küche rannte und das Gebäude durch den Hinterausgang verließ.

Sie hielten erst nach mehreren Abzweigungen inne und verbargen sich in einer Wandnische. Cohen rang nach Atem, bis sich die blauen und purpurnen Schlieren vor seinen Augen verflüchtigten.

»Nun«, keuchte er, »was hast du erwischt?«

»Äh, den Gewürzständer«, sagte Knubbelkinn.

»Sonst nichts?«

»Du wirst sicher einsehen, daß meine Reichweite begrenzt ist. Übrigens: Auch *du* scheinst nicht gerade großen Erfolg gehabt zu haben.«

Cohen blickte betrübt auf die kleine Melone, die er bei der Flucht gestohlen hatte.

»Ich nehme an, diese Stelle ist besonders hart«, sagte er und biß in die dicke Schale.

»Möchtest du ein bißchen Salz?« fragte der Zwerg.

Cohen gab keine Antwort. Er hielt einfach nur die Melone und riß die Augen auf.

Knubbelkinn drehte sich um. Vor ihnen erstreckte sich eine leere Sackgasse, und der erstaunte Blick des alten Mannes galt einer herrenlosen Truhe an der Mauer.

Cohen zwinkerte mehrmals. Er sah den Zwerg nicht an, als er ihm die Melone reichte und in den Sonnenschein trat. Knubbelkinn runzelte verwirrt die Stirn, als sich der Greis an die Kiste heranschlich — was seiner Ansicht nach nicht viel Sinn hatte, denn die Gelenke des alten Mannes knarrten so laut wie die Takelage eines unter vollen Segeln stehenden Schiffes. Hier und dort berührte er sie mit der Schwertspitze, ganz vorsichtig, als befürchte er, sie könne jeden Augenblick explodieren.

»Es ist doch nur eine Truhe!« rief der Zwerg. »Weiter nichts!«

Cohen schwieg, verzog kurz das Gesicht, als er in die Hocke ging, spähte argwöhnisch durchs Schlüsselloch.

»Was enthält sie?« fragte Knubbelkinn.

»Das willst du bestimmt nicht wissen«, erwiderte Cohen. »Bitte sei so nett und hilf mir hoch.«

»Ja, sicher. Aber was hat es mit der Kiste...«

Cohen ächzte. »Diese Kiste ist...« Er vollführte eine vage Geste.

»Rechteckig?«

»*Verhext*«, flüsterte Cohen düster.

»Verhext?«

»Genau.«

»Oh«, machte der Zwerg. Eine Zeitlang betrachteten sie die Truhe.

»Cohen?«

»Ja?«

»Was meinst du mit ›verhext‹?«

»Nun, äh...« Der greise Barbar zögerte und streckte verärgert die Hand aus. »Gib ihr einen Tritt. Dann weißt du Bescheid.«

Die mit einer Stahlkappe versehene Stiefelspitze des Juweliers knallte an die eine Seite des Koffers. Cohen kniff die Augen zusammen und wartete. Nichts geschah.

»Ich verstehe«, murmelte der Zwerg. »Verhext bedeutet hölzern, nicht wahr?«

»Nein«, widersprach Cohen. »Die Kiste... äh, ihr Verhalten wundert mich ein wenig.«

»Ich verstehe«, log Knubbelkinn, der die Sache immer rätselhafter fand und allmählich vermutete, daß Cohen kein grelles Sonnenlicht vertrug. »Ich nehme an, sie hätte weglaufen sollen.«

»Ja. Oder nach deinem Bein schnappen müssen.«

»Oh«, murmelte der Zwerg. Vorsichtig griff er nach Cohens Arm. »Dort drüben ist es kühl und schattig«, sagte er. »Warum ruhst du dich nicht ein wenig aus?«

Der Greis schüttelte die Hand ab.

»Sie starrt auf die Wand«, erwiderte er und schnippte mit den Fingern. »He, *deshalb* beachtet sie uns nicht. Sie ist ganz darauf konzentriert, die Mauer zu beobachten.«

»O ja, natürlich«, entgegnete Knubbelkinn in einem beruhigenden Tonfall. »Sie beobachtet die Wand, obwohl sie gar keine Augen hat. Völlig klar.«

»Sie wirkt irgendwie besorgt«, sagte Cohen.

»Wundert mich nicht«, antwortete der Zwerg. »Vielleicht will sie nur in Ruhe nachdenken, ohne durch Tritte gestört zu werden. Ich schlage vor, wir lassen sie allein.«

»Besorgt *und* verwirrt«, fügte Cohen hinzu.

»Ja, da hast du völlig recht«, bestätigte Knubbelkinn hastig. »Ihr Blick ist tatsächlich sehr sorgenvoll.«

»Woher willst *du* das denn wissen?« fragte der greise Barbar scharf.

In dem Zwerg entstand das unangenehme Gefühl, daß die Rollen plötzlich vertauscht wurden. Er sah erst Cohen an und dann die Truhe, runzelte einmal mehr die Stirn und suchte nach den richtigen Worten.

»*Du* bist wohl ein Experte auf dem Gebiet der Kistenmimik, wie?« Aber Cohen hörte ihm überhaupt nicht zu. Er ließ sich vor der Truhe nieder — wobei er ganz offensichtlich von der Vermutung ausging, daß die Seite mit dem Schlüsselloch *vorn* war — und musterte sie eingehend. Knubbelkinn wich langsam zurück. Er konnte sich des Eindrucks nicht erwehren, daß ihn das verdammte Ding *tatsächlich* ansah.

»Na schön«, brummte Cohen. »Ich weiß, daß es zwischen uns beiden einige Differenzen gibt, aber wir versuchen beide, unsere Freunde wiederzufinden, nicht wahr?«

»Weißt du, ich...«, begann Knubbelkinn, bevor er bemerkte, daß Cohens Worte nicht etwa ihm, sondern der Kiste galten.

»Sag mir, wohin sie verschwunden sind.«

Der Zwerg hob verblüfft die Brauen, als die Truhe Dutzende von kleinen Füßen ausfuhr, einen Anlauf nahm und die nächste Wand durchbrach. Tonziegel platzten krachend auseinander, und Mörtelstaub wallte.

Cohen sah durchs Loch, und sein Blick fiel in einen kleinen schmuddeligen Lagerraum. Der Koffer hockte in der

Mitte des Zimmers und drehte sich verwundert um die eigene Achse.

»Bedienung!« rief Zweiblum.

»Ist hier jemand?« fragte Bethan.

»Arrgh!« machte der ohnmächtige Rincewind.

»Ich glaube, er sollte irgendwo Platz nehmen und ein Glas Wasser trinken«, meinte der Tourist. »Oder warme Milch. Wenn's hier welche gibt.«

»Bis wir sie in diesem Durcheinander gefunden haben, ist er bestimmt schon verdurstet«, meinte Bethan.

Lange Regale zogen sich an den Wänden entlang und bogen sich unter dem Gewicht gestapelter Waren. Was dort keinen Platz fand, hing in dicken Bündeln von der dunklen Decke herab. Überall auf dem Boden lagen Säcke und Kisten.

Sie vernahmen nicht das geringste Geräusch von draußen. Bethan sah sich um und stellte sofort fest, warum es so still blieb.

»Ich habe noch nie zuvor so viele interessante Dinge auf einem Haufen gesehen«, hauchte Zweiblum bewundernd.

»Hier scheint alles auf Lager zu sein«, bestätigte Bethan. »Mit einer Ausnahme.«

»Was soll das heißen?«

»Ich habe den Eindruck, daß man dringend Ausgänge nachbestellen muß.«

Zweiblum drehte sich um. Wo sich zuvor Türen und Fenster befunden hatten, fiel sein Blick jetzt auf große Pappkartons und hölzerne Verschläge. Und sie erweckten nicht den Anschein, als seien sie gerade erst geliefert worden.

Der Tourist führte Rincewind zu einem wackligen Stuhl am Tresen und wandte sich dann den Regalen zu. Das Angebot war breit gefächert, reichte von Nägeln und Haarbürsten über ausgetrocknete bröselige Seife bis hin zu Einmachgläsern mit wasserlöslichem Badesalz. Einige daran befestigte und längst vergilbte Zettel priesen sie in kühner Herausforderung der Realität als ›Ideale Geschenke‹ an. Zweiblum bemerkte ziemlich viel Staub.

Bethan stand an der gegenüberliegenden Wand, lachte und deutete auf einen ganz bestimmten Gegenstand.

»Was ist das denn?« prustete sie.

Zweiblum trat an ihre Seite und betrachtete ein... Nun, das Objekt sah aus wie eine Miniatur-Berghütte, deren Dach aus kleinen Muscheln bestand und die schnörkelige Aufschrift trug: ›Ein Besonderes Souvenir‹. Natürlich ließ es sich aufklappen, wobei eine leise Melodie erklang. Zauberer wären sicher sofort auf die Idee gekommen, ihre Zigaretten und Stummel im Innern des Hüttenkästchens unterzubringen.

»Hast du jemals so etwas gesehen?« fragte Bethan.

Zweiblum schüttelte den Kopf und staunte mit offenem Mund.

»He, ist alles in Ordnung mit dir?«

»Was für ein wunderbares Artefakt folkloristischer Handwerkskunst!« entfuhr es ihm.

Über ihnen surrte etwas. Sie blickten nach oben.

Eine große schwarze Kugel senkte sich von der finsteren Decke herab. Rote Funken blitzen auf, als sich der Ball zu drehen begann und sie aus einem dicken Glasauge musterte. Die kristallene Pupille glühte düster und schien keinen Gefallen daran zu finden, was sie weiter unten sah.

»Hallo!« sagte Zweiblum.

Hinter dem Tresen kam ein Kopf zum Vorschein. Der Gesichtsausdruck wirkte nicht sehr freundlich.

»Ich hoffe, ihr wolltet dafür bezahlen«, sagte der Ladeninhaber. Sein Tonfall deutete darauf hin, daß er eine bestätigende Antwort erwartete — und nicht bereit war, ihr zu glauben.

»Hierfür?« meinte Bethan. »Himmel, das Ding würde ich nicht einmal geschenkt nehmen, wenn du mir eine Handvoll Rubine als Zugabe anbötest...«

»*Ich* kaufe es«, warf Zweiblum ein. »Wieviel?« Er griff in die Tasche, zögerte und seufzte niedergeschlagen.

»Leider habe ich derzeit kein Geld dabei«, fügte er klein-laut hinzu. »Es befindet sich in meinem Koffer, aber...«

Ein abfälliges Schnaufen unterbrach ihn. Der Kopf ver-schwand wieder hinter dem Tresen und tauchte einige Se-kunden später neben einem Gestell mit Haarbürsten auf.

Er gehörte einem recht kleinen Mann, der eine viel zu große grüne Schürze trug. Er schien sehr verärgert zu sein.

»Kein Geld?« zischte er. »Ihr kommt in meinen Laden, obwohl...«

»Wir hatten gar nicht die Absicht, dich zu stören«, warf Zweiblum rasch ein. »Ich meine: Zuerst war dein Geschäft überhaupt nicht da...«

»In der Tat«, pflichtete ihm Bethan bei. »Es erschien ein-fach, von einem Augenblick zum anderen. Es ist magisch, stimmt's?«

Der winzige Mann zögerte.

»Ja«, gab er widerstrebend zu. »Ein bißchen.«

»Ein bißchen?« wiederholte Bethan. »Ein *bißchen* ma-gisch?«

»Nun, vielleicht auch ein wenig mehr«, räumte der La-deninhaber ein und wich zurück. »Na schön«, seufzte er, als er weiterhin Bethans durchdringenden Blick auf sich ruhen fühlte. »Es *ist* magisch. Durch und durch. Kann's leider nicht ändern. Hat sich die Tür schon wieder in Luft aufgelöst?«

»Wenn's nur das wäre«, erwiderte Bethan und deutete auf die feste Steinwand hinter den Regalen. »Und außer-dem: Das Ding da oben gefällt uns überhaupt nicht.«

Der Ladeninhaber sah auf und runzelte die Stirn, bevor er sich durch einen schmalen Spalt zwischen mehreren gro-ßen Säcken schob. Kurz darauf ertönte ein verhaltenes Rasseln, gefolgt vom Kratzen und Knirschen und Mahlen rostiger Zahnräder — die schwarze Kugel verschmolz wie-der mit den dunklen Schatten unter der Decke. Folgende

Gegenstände nahmen ihre Stelle ein: einige Kräuterbündel, ein Mobile, das für irgendeinen seltsamen Schlaftrunk warb, eine Rüstung und ein ausgestopftes Krokodil, dessen Augen erstaunlich lebendig blickten und sowohl Schmerz als auch Überraschung zum Ausdruck brachten.

Dann kehrte der Ladeninhaber zurück.

»Ist es so besser?« fragte er.

»Ein wenig«, erwiderte Zweiblum skeptisch. »Zumindest die Kräuter scheinen harmlos zu sein.«

Er wandte den Kopf, als Rincewind stöhnte. Der Zauberer kam langsam wieder zu sich.

Es wurden drei unterschiedliche Theorien entwickelt, um das Phänomen der wandernden Läden zu erklären, jener Art von Geschäften, die man in akademischen Kreisen *tabernae vagantes* nennt.

Die erste postuliert, daß vor vielen Jahrtausenden irgendwo im Multiversum ein Volk lebte, dessen Tätigkeit sich darauf beschränkte, Waren billig einzukaufen und mit erheblichem Profit zu veräußern. Schon bald herrschte es über ein großes galaktisches Reich, das man ›Emporium‹ nannte. Die fortschrittlichsten Vertreter dieser Spezies fanden eine Möglichkeit, ihre Geschäfte mit einzigartigen Antriebssystemen auszustatten, was sie in die Lage versetzte, die dunklen Mauern des Raumes zu durchstoßen und riesige neue Märkte zu erschließen. Irgendwann verbrannten die Welten des Emporiums im Hitzetod ihres separaten Universums (nach einer letzten trotzigen Auktion, bei der es in erster Linie um Feuer, Flammen und Glut ging — mit anderen Worten: um außerordentlich leistungsfähige Heizanlagen), zogen sich die Handelsherrn mitsamt ihren Reichtümern ins Jenseits zurück, wo sie die enttäuschende Erfahrung machen mußten, daß Tote kein regelmäßiges Einkommen beziehen und Investitionen in Supermärkten und Großhandelszentren so wenig profitabel waren wie Spekulationen mit Wertpapieren kurz vor einem Börsenkrach. Die Sternenläden hingegen setzten ihre immerwährende Reise fort, fraßen sich so durch die Seiten der Raumzeit wie ein nach Papier gierender Wurm durch einen dikken Wälzer.

Nun, die zweite Theorie behauptet, die entsprechenden Geschäfte seien das Werk eines Mitfühlenden Schicksals, das es sich zur Aufgabe gemacht habe, genau die richtigen Waren zur richtigen Zeit zur Verfügung zu stellen.

Die Anhänger der dritten meinten, es handele sich um die Erfindung eines Schlaukopfes, der auf diese Weise das Ladenschlußgesetz umgehen und auch am Sonntag die Kasse klingeln lassen wolle.

Diese drei Theorien mögen noch so verschieden sein, aber sie haben eins gemeinsam: Sie erklären die beobachteten Tatsachen — und sind völlig falsch.

Rincewind schlug die Augen auf und sah über sich ein ausgestopftes Krokodil. Nach den wirren Träumen, aus denen er gerade erwachte, bot es keinen besonders lieblichen Anblick ...

Magie! So fühlte sie sich also an! Kein Wunder, daß Zauberer nicht viel von Sex hielten!

Rincewind wußte natürlich, was ein Orgasmus war. Er hatte in dieser Hinsicht schon einige Erfahrungen gesammelt, manchmal sogar in weiblicher Gesellschaft, doch solche Gefühle ließen sich in keinster Weise mit der intensiven, geballten Euphorie vergleichen, die man bei der Entladung thaumaturgischer Energie verspürte. Voller Genugtuung erinnerte er sich an das blauweiße Feuer in seinem Innern, an die magischen Flammen, die ihm heiß an den Nervenbahnen entlangzüngelten, bevor sie aus ihm herausleckten, an die oktarinen Funken, die ihm von den Fingerkuppen stoben. Es war ein erhabenes Empfinden, wenn man den Eindruck gewann, mit den elementaren Kräften der Natur eins zu sein und sie dem eigenen Willen zu unterwerfen. Es überraschte ihn jetzt nicht mehr, daß Zauberer in erster Linie nach Macht strebten ...

Rincewind unterbrach sein mentales Triumphieren. Natürlich ging alles auf den Zauberspruch in seinem Kopf zurück und nicht etwa auf ihn selbst. Eine Zeitlang konzentrierte er sich auf den Haß, der jener Formel galt. Wenn es ihm gelang, sie so sehr zu erschrecken, daß sie ihn verließ, konnte er sich vielleicht andere, nicht ganz so mächtige magische Beschwörungsrituale ins Gedächtnis einprägen und doch noch zu einem (wenn auch mittelmäßigen) Zauberer werden.

Irgendwo in Rincewinds gemarterter Seele rührte sich fremder Widerstandswille, gefolgt von einem Hauch Zweifel und Unbehagen.

Jetzt weißt du, was dir bevorsteht, dachte er entschlossen. *Bei der ersten Gelegenheit, die sich mir bietet, sorge ich dafür, daß du ins Oktav zurückkehrst.*

Er setzte sich auf.

»Wo, zum Teufel bin ich hier?« fragte er und hielt sich den Schädel mit beiden Händen, um zu verhindern, daß er auseinanderplatzte.

»In einem Laden«, seufzte Zweiblum.

»Ich hoffe, hier werden auch Messer verkauft«, sagte Rincewind. »Ich würde mir nämlich gern den Kopf abschneiden.« Der Gesichtsausdruck des Touristen brachte ihn in die Wirklichkeit zurück.

»Das war scherzhaft gemeint«, fügte er hinzu. »Jedenfalls zum Teil. Warum sind wir in diesem Laden?«

»Weil wir ihn nicht verlassen können«, meinte Bethan.

»Die Tür ist verschwunden«, warf Zweiblum ein.

Rincewind erhob sich unsicher.

»Oh«, murmelte er. »Eins von *den* Geschäften?«

»Schon gut«, brummte der Ladeninhaber. »Es ist magisch, ja, und es saust dauernd hin und her, ja, und ich habe nicht die geringste Lust, euch zu erklären, warum...«

»Könnte ich bitte ein Glas Wasser haben?« unterbrach ihn Rincewind.

Der Ladeninhaber musterte ihn beleidigt.

»Erst kommt ihr ohne Geld, und jetzt wollt ihr auch noch was trinken«, keifte er aufgebracht. »Wenn das so weitergeht, reißt mir noch der...«

Bethan schnaufte leise und trat auf den kleinen Mann zu, der ihr auszuweichen versuchte. Er reagierte nicht schnell genug.

Sie griff nach den Schürzenträgern, zerrte den Winzling in die Höhe und starrte ihm aus einer Entfernung von einigen Zentimetern in die Augen. Ihr Kleid war zerrissen und schmutzig, das Haar zerzaust, aber trotzdem wirkte sie für einige Sekunden wie die Verkörperung jener femininer Sehnsüchte, bei denen es darum geht, dem männlichen Geschlecht eine Lektion zu erteilen.

»Zeit ist Geld«, zischte sie. »Ich gebe dir dreißig Sekunden, um ihm ein Glas Wasser zu holen. Ein vernünftiger Vorschlag, findest du nicht auch?«

»Meine Güte«, flüsterte Zweiblum dem Zauberer zu. »Sie hat echt was drauf, wenn sie sauer ist.«

»Ja«, erwiderte Rincewind ohne große Begeisterung.

»Na schön, in Ordnung«, murmelte der Ladeninhaber eingeschüchtert.

»Und anschließend darfst du uns gehen lassen«, fügte Bethan hinzu.

»Gern. Wie du wünscht. Ich wollte ohnehin nichts verkaufen, mich nur kurz orientieren, als ihr hereingeplatzt seid.«

Grummelnd begab er sich ins Nebenzimmer und kam kurz darauf mit einer Tasse zurück.

»Ich hab' sie extra ausgewaschen«, sagte er und mied Bethans Blick.

Rincewind betrachtete die Flüssigkeit in der Tasse. Vermutlich war sie vorher sauber gewesen, doch wenn er sie jetzt trank, brachte er Tausende von unschuldigen Bakterien um.

Er setzte sie vorsichtig und behutsam ab.

»Und nun möchte ich mich gründlich waschen«, verkündete Bethan und schritt hoch erhobenen Hauptes an dem Ladeninhaber vorbei.

Der kleine Mann setzte zu einer scharfen Erwiderung an, klappte den Mund dann wieder zu und warf Rincewind und Zweiblum einen flehentlichen Blick zu.

»Eigentlich ist sie gar nicht so übel«, sagte der Tourist. »Sie möchte einen Freund von uns heiraten.«

»Weiß er von ihrer Absicht?«

»Die Geschäfte in der Sternenladenbranche laufen wohl nicht besonders gut?« fragte Rincewind und bemühte sich, besonders freundlich zu klingen.

Der Winzling zuckte mit den Schultern. »Ach, ihr würdet's nicht glauben«, antwortete er. »Ich meine: Man lernt schließlich, nicht viel zu erwarten. Hier und dort verkauft man ein paar Dinge, genug, um über die Runden zu kommen, versteht ihr? Aber die Leute, mit denen man es heute zu tun bekommt... Nun, ich meine diejenigen, die sich rote Sterne auf die Stirn malen... Tja, es bleibt mir gerade Zeit genug, den Laden zu öffnen, bevor sie mir drohen, ihn niederzubrennen. Er sei zu magisch, meinen sie. Und ich antworte: Natürlich ist er magisch, was denn sonst?«

»Vermutlich werden es immer mehr, nicht wahr?« erkundigte sich Rincewind.

»Überall auf der Scheibenwelt wimmelt es von ihnen, Freund. Frag mich bloß nicht, warum!«

»Sie glauben, ein neuer Stern werde bald auf uns herabstürzen«, meinte der Zauberer.

»Und stimmt das?«

»Es sieht ganz danach aus.«

»Ach, wie schade! Ich hatte gehofft, hier noch die eine oder andere Sache verhökern zu können.« Der Ladeninhaber schüttelte den Kopf. »Aber die Sternenleute... zu magisch, sagen sie. Himmel, ich wüßte gern, warum Magie plötzlich nicht mehr in Ordnung sein soll.«

»Was hast du jetzt vor?« fragte Zweiblum.

»Oh, ich suche irgendein anderes Universum auf, gibt

genug davon«, erwiderte der kleine Mann leichthin. »Übrigens: besten Dank für die Hinweise auf den Stern! Kann ich euch irgendwo absetzen?«

Der Zauberspruch trat Rincewind in den mentalen Allerwertesten.

»Äh, nein«, erwiderte er. »Vielleicht ist es besser, wir bleiben hier und stehen alles durch.«

»Du scheinst dir wegen des Sterns keine großen Sorgen zu machen, oder?«

»Er bedeutet Leben, nicht etwa Tod«, sagte Rincewind.

»Wie bitte?«

»Wie was?«

»Es ist schon wieder passiert!« entfuhr es Zweiblum und richtete vorwurfsvoll den Zeigefinger auf ihn. »Du sagst etwas und kannst dich einige Sekunden später gar nicht mehr daran erinnern.«

»Ich meinte nur, es sei besser, in diesem Universum zu bleiben«, wandte Rincewind ein.

»Du hast gesagt, der Stern bedeute Leben und nicht Tod«, hielt ihm Zweiblum entgegen. »Deine Stimme klang brüchig und schien aus weiter Ferne zu kommen. Habe ich recht?« Er wandte sich an den Ladeninhaber.

»Ja«, bestätigte der kleine Mann. »Ich glaube, er schielte auch ein wenig.«

»Der Zauberspruch — das ist die einzige Erklärung«, ächzte Rincewind. »Er versucht, mich ganz zu übernehmen. Ein freches Bürschchen, ha! Er weiß, was geschehen wird, und anscheinend will er, daß wir nach Ankh-Morpork zurückkehren.« Rasch fügte er hinzu: »Was auch meinem Wunsch entspricht. Kannst du uns dorthin bringen?«

»Die große Stadt am Ankh? Ein Labyrinth aus Straßen und Gassen, die wie Jauchegruben stinken?«

»Ankh-Morpork kann auf eine lange und höchst ruhmreiche Geschichte zurückblicken«, sagte Rincewind steif und fühlte sich in seinem Heimatstolz verletzt.

»*Mir* gegenüber hast du etwas anderes behauptet«, warf

Zweiblum ein. »›Es ist die einzige Stadt, die mit einem dekadenten Niedergang begann.‹ So lauteten deine Worte.«

Rincewind wirkte verlegen. »Ja, nun, äh, aber ich bin dort zu Hause, verstehst du?«

»Nein«, erwiderte der Ladeninhaber. »Eigentlich nicht. Ich sage immer: Man ist dort zu Hause, wo man seinen Hut aufhängt.«

»Ich glaube, da irrst du dich.« Zweiblum strahlte. Er freute sich immer über eine Gelegenheit, andere Menschen an seiner Weisheit teilhaben zu lassen. »Das Ding, an dem man Hüte aufhängt, heißt Hutständer. Der Begriff Heimat...«

»Ich sollte jetzt besser die Vorbereitungen für eure Rückkehr treffen«, sagte der Ladeninhaber hastig, als sich Bethan näherte. Geduckt eilte er an ihr vorbei.

Zweiblum folgte ihm.

Die Einrichtung des Raums auf der anderen Seite des Vorhangs bestand aus einem schmalen Bett, einem Ofen, der dringend gereinigt werden mußte, und einem dreibeinigen Tisch. Der Ladeninhaber strich kurz über die hölzerne Oberfläche, und daraufhin erklang ein Geräusch, das der Tourist mit einem Korken verglich, der langsam aus einem dünnen Flaschenhals rutschte. Von einem Augenblick zum anderen enthielt die Kammer ein von Wand zu Wand reichendes Universum.

»Du brauchst keine Angst zu haben«, sagte der Winzling, als Sterne über sie hinwegglitten.

»Habe ich auch nicht«, entgegnete Zweiblum. Seine Augen funkelten begeistert.

»Oh«, machte der Ladeninhaber enttäuscht. »Wie dem auch sei: Es ist natürlich nicht echt, nur ein vom Geschäft projiziertes Trugbild.«

»Kannst du jeden beliebigen Ort aufsuchen?«

»Nein, nein!« antwortete der kleine Mann zutiefst schockiert. »Weißt du, es gibt viele integrierte Sicherheitssysteme. Hätte ja auch keinen Sinn, irgendeine Stadt mit zu geringem Pro-Kopf-Einkommen aufzusuchen. Außerdem ist eine geeignete Mauer notwendig. Ah, hier ist ja deine Welt! Ziemlich scheibenförmig, würde ich sagen. Um nicht zu sagen: geradezu rund und platt. Und recht klein noch dazu. Eine winzige Insel im Ozean der Raumzeit. Eine Oase in der Wüste der Unendlichkeit. Eine...«

Zweiblum seufzte.

Der Raum mit seiner samtenen Schwärze, in der Myriaden Sterne wie Diamantenstaub funkeln. Oder wie sehr weit entfernte große Kugeln aus explodierendem Wasserstoff, wie manche Leute behaupten würden. Was jedoch weiter keine Rolle spielt: Die meisten Menschen zucken in dieser Hinsicht ohnehin nur mit den Schultern.

Ein Schatten schluckt das Gleißen und Glitzern, ein Schemen, der noch dunkler ist als der Raum.

Aus dieser Perspektive gesehen, wirkt er auch wesentlich größer, denn der Kosmos ist nicht *an sich* riesig, bietet nur Platz genug, um gewaltig zu sein. Planeten sind groß, aber das sah der Schöpfungsplan vor, und niemand mit den richtigen Ausmaßen kann für sich in Anspruch nehmen, nur deshalb besonders klug oder gewitzt zu sein.

Das Etwas jedoch, das einen beachtlichen Teil des Himmels zu fressen scheint, ist kein Planet.

Statt dessen handelt es sich um eine Schildkröte, vom pockennarbigen Kopf bis zum horngepanzerten Schwanz zehntausend Meilen lang.

Man kann Groß-A'Tuin mit Fug und Recht als *kolossal* bezeichnen.

Kilometerbreite paddelförmige Füße heben und senken sich in einem träge anmutenden beständigen Rhythmus und pressen das Gefüge der Raumzeit in seltsame Formen. Die Scheibenwelt gleitet wie eine majestätische Barkasse dahin. Deutlich ist zu beobachten, daß Groß-A'Tuin Mühe hat, denn sie verläßt nun die freie Weite des Universums und kämpft gegen den zunehmenden Druck der solaren Untiefen an. Hier, an der Küste des Lichts, schwächt sich die Magie ab. Wenn die Scheibenwelt einige Wochen lang in diesem Bereich bleibt, wird sie durch die Zwänge der Realität Zauber und Thaumaturgie verlieren.

Groß-A'Tuin weiß das, aber sie erinnert sich auch daran, den beschwerlichen Weg schon einmal beschritten zu haben, vor vielen tausend Jahren.

Das Licht des Zwergsterns spiegelt sich rot in den Augen der Sternenschildkröte wider, aber ihr Blick ist nicht etwa auf das Strahlen gerichtet, sondern auf einen kleinen Raumabschnitt in der Nähe...

»Ja, aber wo sind wir?« fragte Zweiblum. Der Ladeninhaber beugte sich über den Tisch und brummte etwas Unverständliches.

»Falls du damit irgendeinen Ort meinst, muß ich passen«, erwiderte er schließlich. »Wir befinden uns vielmehr in einer kontangentialen Inkongruenz. Glaube ich wenigstens. Aber vielleicht irre ich mich. Wie dem auch sei: Der Laden weiß immer, was er tut.«

»Im Gegensatz zu dir?«

»Nun, ich gehe ihm hier und dort zur Hand, sozusagen, gewissermaßen.« Der kleine Mann putzte sich die Nase. »Manchmal lande ich auf einer Welt, deren Bewohner solche Dinge verstehen.« Er sah Zweiblum aus kleinen traurigen Augen an. »Du scheinst recht nett und freundlich zu sein, Herr. Ja, du bist genau der Mann, zu dem man Vertrauen haben kann. Und daher zögere ich nicht, dir reinen Wein einzuschenken.«

»Weißen oder roten?« fragte Zweiblum und leckte sich die Lippen.

»Ich meine: Es ist doch kein Leben, sich dauernd um den Laden kümmern zu müssen. Ach, ich komme niemals zur Ruhe, bin ständig unterwegs, habe immer geöffnet.«

»Warum gehst du nicht einfach in Pension?«

»Oh, das ist es ja gerade, Herr! Ich kann nicht. Ich bin verflucht, weißt du. Eine schreckliche Sache.« Er hielt sich ein fleckiges Tuch vor die Nase und blies erneut. Es klang, als räuspere sich ein Büffel.

»Dazu verflucht, dieses Geschäft zu führen?«

»Für immer und *ewig*, Herr. Jahrhunderte! Und ich darf nie schließen! Nun, irgendwann kam ein Zauberer herein. Und ich ließ mich zu einem gräßlichen Frevel hinreißen.«

»Hast du ihm die Zigarettenstummel gestohlen?«

»Schlimmer, viel schlimmer! Nun, ich weiß nicht mehr genau, was er wollte, aber als er danach fragte, da... da gab ich eins jener Geräusche von mir, die normalerweise von einer, äh, anderen Körperöffnung verursacht werden.«

Zweiblum schnitt eine finstere Miene. Aber da er im Grunde seines Wesens gut und wohlwollend war, entschied er, dem Ladeninhaber zu verzeihen.

»Ich verstehe«, brummte er leise. »Trotzdem...«

»Das ist noch nicht alles!«

»Oh!«

»Ich meinte, für solche Dinge gebe es längst keinen Markt mehr.«

»Das hast du nach dem... Geräusch gesagt?«

»Ja. Wahrscheinlich habe ich auch gelächelt.«

»Lieber Himmel! Ich hoffe, du warst nicht so dumm, den Zauberer einen Narren zu nennen.«

»Äh, vielleicht doch.«

»Hm.«

»Es geht noch weiter!«

»Tatsächlich?«

»Ja. Ich sagte ihm, ich könne den Gegenstand bestellen. Und ich schlug ihm vor, am nächsten Tag wiederzukommen.«

»Das hört sich gar nicht so schlecht an«, erwiderte Zweiblum. Er gehörte zu den wenigen Leuten im Multiversum, die Geschäfte aufsuchten, um etwas zu bestellen — und

228

keine Einwände erhoben, sowohl ziemlich große Vorschüsse zu zahlen als auch für die angeblichen Auslagen des Inhabers aufzukommen.

»Nun, der nächste Tag war ein Sonntag.«

»Oh.«

»Ja. Ich hörte in der Frühe, wie er mehrmals an die Tür pochte. Ich hatte natürlich ein Schild nach draußen gehängt, eins mit der Aufschrift: ›Verkäufe an Zauberer und Nekromanten nur bei Sonnenfinsternis‹. Nun, und als ich ihn fluchen hörte, lachte ich.«

»Du hast *gelacht*?«

»Ja. Etwa so: Hahahihihohogrmpf!«

»Ich schätze, du hättest dich klüger verhalten können«, sagte Zweiblum und schüttelte tadelnd den Kopf.

»Ich weiß, ich weiß. Mein Vater riet mir immer: Hüte dich vor Magiern. Sie murmeln irgendeine Beschwörung, und schon bist du hundertzehn Prozent Skonto los. Wo bin ich stehengeblieben? Ah, ja. Ich hörte, wie der Zauberer etwas murmelte, das wie ›nie wieder schließen‹ oder so ähnlich klang, worauf viele Worte folgten, an die ich mich nicht mehr entsinne. Als er schließlich schwieg, wurde der Laden... ja, er wurde plötzlich *lebendig*.«

»Und seitdem durchstreifst du die verschiedenen Universen?«

»Ja. Vielleicht finde ich den Zauberer eines Tages wieder, und ich hoffe inständig, daß ich dann alle seine Wünsche erfüllen kann, ohne irgend etwas bestellen zu müssen. Doch bis dahin muß ich meine endlose Reise fortsetzen...«

»Ein ziemlich verwerfliches Verhalten«, sagte Zweiblum.

Der Ladeninhaber wischte sich die Nase an der Schürze ab. »Danke für dein Mitgefühl.«

»Trotzdem hätte dich der Zauberer dafür nicht so hart bestrafen dürfen«, fügte Zweiblum hinzu.

»Was?« Der kleine Mann zwinkerte verwirrt. »Oh. Ja.

Das meine ich auch.« Er strich die Schürze glatt, straffte seine Gestalt und versuchte tapfer, einige Zentimeter größer zu werden. »Aber wie dem auch sei: Dieses ganze Gerede bringt euch nicht nach Ankh-Morpork, oder?«

»Es ist wirklich komisch«, sagte Zweiblum mehr zu sich selbst, »daß ich meinen Koffer in einem solchen Geschäft gekauft habe. In einem anderen, meine ich.«

»Oh, es gibt mehrere Ladeninhaber, die mein Schicksal teilen«, entgegnete der Winzling und kehrte an den Tisch zurück. »Offenbar war jener Zauberer ein sehr ungeduldiger Mann.«

»Für immer und *ewig* durchs Multiversum unterwegs«, murmelte der Tourist nachdenklich.

»Stimmt. Wenigstens spart man sich auf diese Weise die Gewerbesteuer. Und die Jungs vom Finanzamt haben längst meine Spur verloren.«

»Sieh nur — ich glaube, die Truhe denkt über irgend etwas nach«, sagte Cohen.

Knubbelkinn hob den Kopf und seufzte innerlich. Er empfand es als recht angenehm, still im Schatten zu sitzen und die Kühle zu genießen. Er musterte den alten Mann skeptisch und dachte erneut daran, vom Regen in die Traufe geraten zu sein. In dem Versuch, aus einer Stadt zu fliehen, in der es von vollkommen durchgedrehten Verrückten wimmelte, hatte er sich einem übergeschnappten Greis ausgeliefert. Der Zwerg fragte sich, ob er lange genug überlebte, um diesen Umstand zu bedauern.

Er hoffte es inständig.

»O ja, die Kiste überlegt«, erwiderte er bitter. »Das kann man ganz deutlich erkennen.«

»Ich glaube, sie hat meine Freunde gefunden.«

»Wunderbar!«

»Steig auf!«

»Hast du sie nicht mehr alle?« fragte Knubbelkinn und biß sich eine Sekunde später auf die Lippe. Es war nicht ungefährlich, einen Verrückten auf seinen Geisteszustand aufmerksam zu machen.

»Vertrau mir, ich weiß Bescheid. Außerdem: Möchtest du lieber zurückbleiben und den Sternenleuten begegnen? Sie würden sich bestimmt über eine Gelegenheit freuen, mit dir zu plaudern.«

Vorsichtig näherte sich Cohen der Truhe und nahm rittlings Platz darauf. Sie schenkte ihm keine Beachtung.

»Beeil dich!« riet er. »Ich bin sicher, sie geht gleich los.«

Knubbelkinn hob die Schultern und setzte sich ebenfalls auf die Kiste, direkt hinter den alten Mann.

»Glaubst du?« entgegnete er. »Und wie soll sie gehen, obgleich sie gar keine Fü...«

Ankh-Morpork!
Perle unter den Städten!
Nun, diese Beschreibung trifft natürlich nicht ganz zu — Ankh-Morpork ist keineswegs rund und glänzt auch nicht —, aber selbst die erbittertsten Feinde der Metropole vertreten folgende Ansicht: Wenn man die Stadt mit irgend etwas vergleichen kann, so gewiß mit einem Schmutzpartikel, das in die Absonderungen einer sterbenden Molluske gehüllt ist.

Es gab größere Städte, bestimmt auch reichere. Und zweifellos existierten hübschere Orte. Aber aufgrund des Geruchs nahm Ankh-Morpork im ganzen Multiversum eine einzigartige Stellung ein.

Die Uralten, die sich in allen Universen bestens auskennen und nicht nur Kalkutta gerochen haben, sondern auch !Xrc-! und die Gossen von Marsport, sind fest davon überzeugt, daß es jene Art von nasaler Poesie nicht einmal annähernd mit dem besonderen Duft von Ankh-Morpork aufnehmen kann.

Man stelle sich eine Mischung aus Knoblauch, altem Gorgonzola, Fußpilz und faulen Zähnen vor. Man gebe eine Prise verfaulter Zwiebeln hinzu. Man würze diese Mischung mit einigen Socken, die schon seit Monaten nicht mehr gewaschen wurden. Nun, selbst *damit* bekommt man nur eine vage Vorstellung von den Düften, die Ankh-Morpork an einem warmen Tag verströmt.

Die Bürger sind sehr stolz darauf. Wenn sich ihnen eine gute Gelegenheit bietet, tragen sie Stühle nach draußen, um den Geruch ihrer Heimatstadt zu genießen. Sie holen tief Luft, klopfen sich auf die Brust und sprechen stundenlang über diverse Aromanuancen. In diesem Zusammenhang haben sie sogar ein Denkmal errichtet, das an ein ganz bestimmtes Ereignis erinnert. Vor vielen Jahren versuchten feindliche Truppen des Nachts in die Stadt einzudringen und sie im Handstreich zu erobern. Die gegnerischen Soldaten gelangten bis zu den Schutzwällen, wo sie zu ihrem großen Entsetzen die Nasenfilter verloren. Reiche Kaufleute, die sich lange Zeit im Ausland aufhielten, schickten Boten mit dem Auftrag, speziell versiegelte Flaschen mit der herrlichen Luft Ankh-Morporks zu holen. Wenn sie die Stöpsel zogen und schnupperten, quollen ihnen Tränen in die Augen.

Und zwar nicht nur aus Heimweh.

Nun, eigentlich kann man nur mit einer Analogie beschreiben, welche Auswirkungen der Geruch von Ankh-Morpork auf eine nicht daran gewöhnte Nase hat.

Nehmen Sie Schottenstoff und bestreuen Sie ihn mit buntem Konfetti. Beleuchten Sie ihn anschließend mit einem Stroboskop.

Besorgen Sie sich dann ein Chamäleon, zum Beispiel aus dem nächsten Zoo.

Setzen Sie es auf das Tuch.

Beobachten Sie es genau.

Sehen Sie?

Aus diesem Grund setzte sich Rincewind ruckartig auf, als der Laden in der Stadt materialisierte, hob die Brauen, schnüffelte und sagte: »Wir sind da.« Bethan erblaßte.

Und Zweiblum, der überhaupt keinen Geruchssinn zu haben schien, fragte nur: »Bist du sicher? Woher willst du das wissen?«

Ein langer Nachmittag lag hinter ihnen. Mehrmals waren sie in den Realraum zurückgekehrt und hatten in verschiedenen Städten dicke Ziegelsteinmauern durchbrochen — was der Ladeninhaber mit der zunehmenden Instabilität des magischen Feldes auf der Scheibenwelt erklärte.

In den meisten Ortschaften hielten sich nur noch verrückte Sternenleute auf, die Scheiterhaufen für Bücher errichteten, an linken Ohren außerordentliches Interesse fanden und immer dann Verdacht schöpften, wenn sie jemanden sahen, der nicht trübe ins Leere starrte. Die übrigen Leute warteten in den Bergen und stritten sich um Plätze, die eine besonders gute Aussicht boten.

»Woher kommen die alle?« fragte Zweiblum, als sie einmal mehr vor einer aufgebrachten Menge flohen.

»In jedem normalen Menschen liegt ein Irrer auf der Lauer«, sagte der Ladeninhaber. »Das glaube ich schon seit Jahren. Niemand schnappt schneller über als ein ganz gewöhnlicher Bürger.«

»Das ergibt doch keinen Sinn«, wandte Bethan ein. »Und wenn doch, so gefällt er mir nicht.«

Inzwischen war der neue Stern größer als die Sonne, die sich jetzt dem Horizont entgegenneigte. Aber auf diesen Tag würde keine Nacht folgen. Rincewind beobachtete, wie sich die Scheibenweltdämmerung bemühte, das Licht des Tages in die Flucht zu schlagen. Die Heerscharen des roten Schimmerns hielten tapfer und hartnäckig stand, und in ihrem sonderbaren Glühen wirkte die Stadt noch düsterer und weniger einladend als sonst. Sie sah aus wie das Werk eines wahnsinnigen Malers, der stundenlang vergeblich versucht hatte, mit Schuhcreme ein Kunstwerk zu schaffen.

Aber Rincewind assoziierte die Stadt mit so angenehmen Begriffen wie *Heimat* und *Zuhause*. Er blickte durch die leeren Straßen und fühlte sich fast glücklich.

Irgendwo in seinem Hinterkopf machte der Zauberspruch Krawall, aber er achtete nicht darauf. Vielleicht stimmte es tatsächlich, daß der rote Stern die Magie schwächte. Möglicherweise trug er die Zauberformel auch schon so lange im Bewußtsein, daß er eine Art psychische Immunität entwickelte. Wie dem auch sei: Rincewind stellte fest, daß er *Widerstand* leisten konnte.

»Wir befinden uns in der Nähe des Hafenbereichs«, sagte er. »Riecht nur die würzige Seeluft!«

»Oh!« erwiderte Bethan gepreßt und lehnte sich an eine Wand. »Ja...«

»Das ist Ozon«, behauptete Rincewind kühn. »Luft mit Charakter sozusagen.« Er atmete tief durch.

Zweiblum wandte sich an den Ladeninhaber.

»Nun, ich hoffe, du findest den Magier, der dich verfluchte«, meinte er. »Bitte entschuldige, daß wir nichts gekauft haben, aber weißt du: Mein Koffer ist mit dem ganzen Geld verschwunden.«

Der kleine Mann drückte ihm etwas in die Hand.

»Ein Geschenk«, sagte er. »Du kannst es bestimmt gebrauchen.«

Hastig kehrte er in sein Geschäft zurück. Die Türklingel bimmelte, und das Schild wechselte die Aufschrift, verkündete nun: ›Blutegel für Vampirsuppen und Leichenmaden für Ghule derzeit nicht auf Lager‹. Dann krochen einige Saugnäpfe übers Portal, fuhren Augenstiele aus, zwinkerten Rincewind und seinen Begleitern zu, schmatzten und schlossen die Pforte. Wenige Sekunden später löste sich der Laden in Luft auf und wich einer festen Mauer.

Zweiblum schüttelte fassungslos den Kopf, streckte die Hand aus und berührte die Steine.

»Was ist in der Tasche?« fragte Rincewind.

Sein Blick galt einem dicken braunen Papierbeutel mit Haltekordeln.

»Ich hoffe nur, das Ding hat keine Füße«, sagte Bethan.

Zweiblum sah hinein und holte einen kleinen Gegenstand hervor.

»Ist das alles?« brummte Rincewind. »Ein kleines Häuschen mit Muscheldach?«

»Ein recht nützliches Objekt«, erwiderte der Tourist schmollend. »Man kann Zigaretten darin aufbewahren.«

»Und das ist unter den gegebenen Umständen sehr wichtig, wie?« spottete der Zauberer.

»Ein Fläschchen mit extrastarkem Sonnenöl wäre mir weitaus lieber«, warf Bethan ein.

»Kommt!« meinte Rincewind und setzte sich wieder in Bewegung. Seine Begleiter folgten ihm.

Zweiblum musterte Bethan und kam zu dem Schluß, daß die Situation nach einigen netten Bemerkungen verlangte, nach Worten des Trostes, um Bethan von ihrer Niedergeschlagenheit zu befreien und sie ein wenig aufzumuntern.

»Kopf hoch!« murmelte er. »Es besteht eine geringe Wahrscheinlichkeit, daß Cohen noch lebt.«

»Oh, in dieser Hinsicht mache ich mir keine Sorgen«, entgegnete die junge Frau und stapfte so übers Pflaster, als hege sie gegen jeden Stein einen ganz persönlichen Groll. »In seinem Beruf wird man nicht siebenundachtzig Jahre alt, wenn man dauernd stirbt. Ich bedaure nur, daß er nicht bei uns ist.«

»Ebensowenig wie mein Koffer«, meinte Zweiblum. »Ich meine, es bestehen natürlich gewisse Unterschiede zwischen Cohen und der Truhe, und ich habe keineswegs die Absicht, intelligentes Birnbaumholz zu heiraten, aber...«

Bethan seufzte. »Glaubst du, der Stern fällt auf die Scheibenwelt herab?«

»Nein«, sagte Zweiblum zuversichtlich.

»Warum nicht?«

»Weil Rincewind so etwas offenbar nicht für möglich hält.«

Cohens Verlobte musterte ihn erstaunt.

»Äh«, fuhr der Tourist fort, »weißt du, es ist wie mit Seetang. Was fängt man damit an?«

Bethan war in der Wirbel-Ebene aufgewachsen, kannte das Meer nur vom Hörensagen und hatte schon als Kind entschieden, daß es ihr nicht gefiel. Sie runzelte die Stirn.

»Man verspeist ihn als Gemüse?«

»Nein. Man hängt ihn getrocknet vor die Tür, um festzustellen, ob ein Gewitter im Anzug ist.«

Bethan wußte längst, daß es praktisch unmöglich war, Zweiblums sonderbare Hinweise und Vergleiche zu verstehen. Man konnte nur hoffen, nicht vollständig den Faden zu verlieren und irgendwann eine Wortfolge zu hören, die zumindest einen gewissen Sinn ergab. Die junge Frau faßte sich in Geduld.

»Ich verstehe«, log sie.

»Mit Rincewind ist es ähnlich.«

»Ach?«

»Ja. Wenn es irgend etwas gäbe, vor dem man sich fürchten müßte, geriete er sofort in Panik. Doch das ist nicht der Fall. Er hat praktisch vor allem Angst — der Stern bildet die einzige Ausnahme. Nun, wenn Rincewind gelassen bleibt, so gibt es nicht den geringsten Grund zu Besorgnis.«

»Du meinst, wir brauchen nicht mit zuckenden Blitzen und prasselndem Regen zu rechnen?« fragte Bethan.

»Nein. Metaphorisch ausgedrückt.«

»Oh!« Bethan verzichtete auf die Frage, was Zweiblum mit ›metaphorisch‹ meinte. Vermutlich hatte es irgend etwas mit Seetang zu tun.

Rincewind drehte sich um.

»Beeilt euch!« rief er. »Jetzt ist es nicht mehr weit.« ,

»Wohin willst du?« erkundigte sich Zweiblum.

»Zur Unsichtbaren Universität. Das liegt doch auf der Hand.«

»Hältst du das für klug?«

»Nun, ich würde es mir lieber in einem gemütlichen Heuschober bequem machen und mich gründlich ausschlafen, aber es gibt da einige Dinge...« Rincewind brach ab, schnitt eine schmerzerfüllte Grimasse und preßte beide Hände an die Schläfen.

»Setzt dir schon wieder der Zauberspruch zu?«

»Jargh.«

»Summ irgendeine Melodie! Das lenkt ab.«

Rincewind ächzte und rollte mit den Augen. »Ich werde dafür sorgen, daß mich die verdammte Formel endlich in Ruhe läßt«, brachte er mit erstickt klingender Stimme hervor. »Sie soll endlich ins Buch zurückkehren, wo sie hingehört. Ich will meinen Kopf zurück!«

»Aber dann...«, begann Zweiblum und unterbrach sich. Sie konnten es deutlich hören: ein dumpfer Gesang in der Ferne, das Pochen vieler Schritte.

»Die Übergeschnappten?« fragte Bethan.

Ihre Vermutung traf zu. Die ersten graugesichtigen und trübe starrenden Männer marschierten keine hundert Meter entfernt um eine Ecke und hielten weiße Fahnen, die achtzackige Sterne zeigten.

»Es sind nicht nur die Übergeschnappten, sondern auch Wahnsinnige, Irre und viele andere Leute, die auf verschiedene Weise ausgerastet sind«, stellte Zweiblum fest und schluckte. »*Zu* viele, wenn ihr mich fragt...«

Die Menge donnerte wie eine lebendige Flutwelle durch die Straße, und von einer Sekunde zur anderen herrschte das reinste Chaos. Rincewind und seine Gefährten wirbelten herum und flohen vor der menschlichen Woge.

Fackelschein tanzte unstet durch die feuchten Tunnel unter der Unsichtbaren Universität. Im Gänsemarsch wanderten die Oberhäupter der acht magischen Orden durch die muffigen Passagen.

»Wenigstens ist es kühl hier unten«, sagte einer der Zauberer.

»Warum *sind* wir überhaupt hier unten?« fragte ein anderer.

Trymon führte die Gruppe an. Kein Laut kam ihm von den Lippen, aber er überlegte konzentriert, dachte an das Fläschchen mit Öl, das er bei sich führte, an die acht Schlüssel der Zauberer — Schlüssel, mit denen sich die acht Schlösser des angeketteten Oktavs entriegeln ließen. Die alten Zauberer spürten natürlich, daß sich die allgegenwärtige Magie verflüchtigte, und Trymon hoffte, daß sie mit ihren eigenen Problemen beschäftigt und nicht annähernd so wachsam waren wie sonst. Er stellte sich vor, wie er das Oktav in den Händen hielt, die stärkste Konzentration thaumaturgischer Kraft auf der ganzen Scheibenwelt. Nur noch wenige Minuten trennten ihn von der Erfüllung seiner Wünsche...

Trotz der Kühle schwitzte er plötzlich.

Kurz darauf erreichten sie eine bleigefaßte Tür. Trymon holte einen großen und beruhigend normalen Schlüssel hervor, der sich völlig von den verschnörkelten, mehrmals gebogenen und hakenartigen Instrumenten unterschied, mit denen das Oktav von der Kette befreit werden konnte. Er spritzte Öl ins Schloß, schob den gezackten Eisenstab hinein und drehte ihn. Es knackte und knirschte laut.

»Sind wir uns einig?« fragte Trymon. Die Zauberer brummten und murmelten halbherzig, und daraufhin schob er die Tür auf.

Ein warmer Schwall dichter und irgendwie schmierig anmutender Luft wehte ihnen entgegen, und Trymon vernahm ein schrilles, nicht besonders angenehm klingendes Keifen. Winzige oktarine Funken stoben von Nasen, Fingernägeln und Bärten.

Die Magier stemmten sich den Böen formloser thaumaturgischer Energie entgegen und betraten vorsichtig die Kammer. Vage Schemen kicherten leise und huschten hin und her — alptraumhafte Bewohner der Kerkerdimensionen, die immerzu nach Lücken in den Begrenzungsmauern ihrer Schreckenswelt tasteten — mit Gliedmaßen, die hier nur deshalb ›Finger‹ genannt werden sollen, weil sie sich zufällig am Ende der Arme befanden. Ständig waren sie bestrebt, den Feuerschein zu erreichen, der ihnen ein Universum der Vernunft und Ordnung verhieß.

Das magische Feld der Scheibenwelt schwächte sich rasch ab, und außerdem diente das Zimmer dazu, thaumaturgische Vibrationen zu unterbinden, aber trotzdem stellte das Oktav geballte Macht dar.

Eigentlich hätten die Zauberer auf Fackeln verzichten können. Das gefesselte Buch erfüllte den Raum mit mattem grauweißen Glühen, das nicht in dem Sinne *Licht* war, sondern eher das Gegenteil. Dunkelheit ist kaum mehr als das Fehlen von Helligkeit. Bei dem vom Buch ausgehenden Strahlen handelte es sich um das Gleißen jenseits der Finsternis, das phantastische Licht.

Es glänzte in einem eher enttäuschenden Purpur.

Wie bereits erwähnt, ruhte das Oktav auf einem Pult in der Form eines geflügelten Wesens, das wie eine Kreuzung zwischen Krokodil und Geier aussah und gräßlich lebendig wirkte. Zwei glitzernde Augen beobachteten die Zauberer mit unverhohlenem Haß.

»Es hat sich gerade bewegt«, meinte jemand.

»Wir sind sicher, solange wir nicht das Buch berühren«, sagte Trymon. Er zog eine Schriftrolle unter dem Mantel hervor.

»Bring die Fackel hierher«, wies er einen der alten Magier an. *»Und mach die Zigarette aus!«*

Er rechnete mit einem zornigen Fluch und Antworten wie ›Für wen hältst du dich?‹ oder ›Was fällt dir eigentlich ein?‹ oder ›Ich rauche, wann und wo es mir gefällt!‹. Aber erstaunlicherweise blieb alles still. Der zurechtgewiesene und beleidigte Zauberer nahm einfach nur den Stummel aus dem Mund und zertrat ihn.

Trymon jubelte innerlich. *Sie gehorchen mir also,* dachte er. *Wenigstens hier und jetzt. Nun, einige Minuten ge-*

nügen mir... Er starrte auf die krakelige Schrift eines längst verstorbenen Thaumaturgen.

»Aha, hier haben wir's«, sagte er. »Also gut: ›Um Den Hüther Des Buches Zsu Beschwörigen...‹«

Die Menge stürmte über eine der Brücken, die Morpork mit Ankh verbanden. Der Strom darunter, der selbst dann stank, wenn das Schmelzwasser im Frühling den größten Teil des Schmutzes fortspülte, war eine dampfende Kloake, auf ein Rinnsal zusammengeschrumpft.

Die Brücke erbebte heftiger, als es normalerweise der Fall sein sollte. Sonderbare Wellenmuster bildeten sich auf den Resten des Flusses. Einige Schindeln rutschten vom Dach eines nahen Hauses.

»Was hat das zu bedeuten?« fragte Zweiblum.

Bethan sah zurück und schrie.

Der neue Stern ging auf. Als die Sonne der Scheibenwelt hastig hinter den Horizont floh, kletterte der aufgeblähte Unheilsball langsam höher und starrte mit rotem Verderbensblick herab.

Zweiblum und Bethan zogen Rincewind in eine Nische. Die aufgebrachte Meute schenkte ihnen überhaupt keine Beachtung und eilte weiter, erschrocken und entsetzt wie Lemminge.

»Der Stern hat Flecken«, sagte der Tourist.

»Nein«, widersprach Rincewind. »Es sind... Dinge. Irgendwelche Objekte, die ihn umkreisen. So wie unsere Sonne die Scheibenwelt. Aber die Entfernung zu ihnen verringert sich, weil, weil...« Er zögerte. »Ich hätte es fast gewußt.«

»Was?«

Der Zauberer winkte ab. »Ich muß endlich den verdammten Zauberspruch loswerden!«

»Wo geht's zur Universität?« fragte Bethan.

»Hier entlang!« Rincewind deutete auf die Straße und marschierte los.

»Offenbar ist sie ziemlich beliebt. Alle sind dorthin unterwegs.«

»Warum wohl?« murmelte Zweiblum.

»Nun«, sagte Rincewind langsam, »ich glaube kaum, daß die Leute beabsichtigen, sich für ein Studium einzuschreiben.«

Er irrte sich nicht: Die Unsichtbare Universität wurde belagert, zumindest jene Teile, die bis in die gewöhnlichen Realitätsdimensionen reichten. Die Menge vor den Toren stellte einige Forderungen, und insbesondere zwei davon wurden mit besonderem Nachdruck vorgetragen. Die ebenso zornigen wie verängstigten Bürger der Stadt verlangten, daß die Zauberer a) mit ihrer Herumpfuscherei aufhörten und endlich etwas gegen den Stern unternahmen oder sich b) — und dafür optierten die Sternenleute — von der Thaumaturgie abwandten, gemeinsamen Selbstmord begingen und die Scheibenwelt auf diese Weise vom Fluch der Zauberei befreiten, worin sie die Ursache der gräßlichen Gefahr am Himmel sahen.

Die Zauberer auf der anderen Seite der hohen Mauern wußten nicht, wie sie a) bewerkstelligen sollten, fanden keinen sonderlichen Gefallen an b) und entschieden sich für c). Die meisten von ihnen schlichen durch kleine Seitentüren und eilten auf Zehenspitzen davon, so schnell und weit wie möglich.

Die Reste zuverlässiger Magie, die in der Universität verblieben, wurden dazu eingesetzt, die großen Tore geschlossen zu halten. Die Thaumaturgen waren zwar stolz auf ihre mit Zauberei verriegelten Portale, bedauerten es nun aber, daß die Architekten kein Reservesystem für Notfälle geplant hatten, zum Beispiel stabile Halterungen und zwei dicke Balken aus massivem Stahl.

Auf dem Platz vor den Toren loderten mehrere große Feuer. Ihre Aufgabe bestand nur darin, für Dramatik zu sorgen, denn der rote Stern brannte mit im wahrsten Sinne des Wortes atemberaubender Hitze vom Himmel.

»Man kann noch immer die Sterne sehen«, sagte Zweiblum. »Die anderen, meine ich. Die kleineren. Vor einem schwarzen Hintergrund.«

Rincewind überhörte ihn und beobachtete statt dessen die Portale. Einige Sternenleute und normal verrückte Bürger versuchten, sich gewaltsam Zutritt zu verschaffen.

»Es ist hoffnungslos«, meinte Bethan. »Der Weg in die Universität ist versperrt. He, was hast du vor?«

»Ich mache nur einen kleinen Spaziergang«, erwiderte Rincewind. Mit langen und entschlossenen Schritten marschierte er durch eine Gasse.

Mehrere freischaffende Plünderer waren gerade damit beschäftigt, einen Laden leerzuräumen, aber Rincewind beachtete sie nicht. Er wanderte an der Wand entlang, bis er eine Stelle erreichte, wo sie parallel zu einer schmalen Nebenstraße verlief und sich der für Ankh-Morpork typische Geruch — manche würden sagen: Verwesungsgestank — noch weiter verstärkte.

Eine Zeitlang beobachtete er die Mauer aufmerksam. Sie reichte sechs Meter in die Höhe und wies oben Dutzende von spitzen Metalldornen auf.

»Ich brauche ein Messer«, sagte er.

»Um dich durch den Stein zu schneiden?« fragte Bethan abfällig.

»Besorgt mir nur ein Messer!« Rincewind begann damit, die Wand abzuklopfen.

Zweiblum und Bethan wechselten einen kurzen Blick und hoben die Schultern. Einige Minuten später kehrten sie mit mehreren Dolchen zurück, und der Tourist hatte sogar ein Schwert aufgetrieben.

»Wir haben uns in einem Geschäft bedient«, erklärte Bethan.

»Und Geld zurückgelassen«, fügte Zweiblum hinzu. »Ich meine: Das hätten wir getan, aber leider bin ich derzeit ziemlich knapp bei Kasse...«

»Er bestand darauf, eine kurze Nachricht zu schreiben«, seufzte Bethan.

Zweiblum richtete sich zu seiner vollen Größe auf. Es war kaum der Mühe wert.

»Ich sehe keinen Grund...«, begann er eingeschnappt.

»Ja, ja, schon gut!« Bethan winkte ab und nahm im Schneidersitz Platz. »In deiner Heimat scheinen seltsame Sitten zu herrschen. Wenn dort alle Leute so sind wie du...« Sie schüttelte den Kopf und sah Rincewind an. »Die Plünderer haben kein Geschäft verschont. Wir sind sogar einigen Burschen begegnet, die Musikinstrumente auf einen Karren luden. Verrückt, was?«

»Inzwischen wundert mich überhaupt nichts mehr«, entgegnete der Magier. »Vielleicht wollen sie den bevorstehenden Weltuntergang musikalisch untermalen.«

Er griff nach einem Messer, prüfte die Klinge, stieß sie in einen schmalen Spalt zwischen zwei Steinen und drehte sie mehrmals. Als er zurücktrat, löste sich ein breiter Ziegel und fiel zu Boden. Rincewind hob den Kopf, zählte lautlos und bohrte den Dolch in eine weitere Mörtelschicht.

»Wie hast du das fertiggebracht?« fragte Zweiblum.

»Hilfst du mir bitte hoch?« entgegnete der Zauberer. Er nutzte die Löcher in der Mauer als Trittstellen und setzte das Messer ein, um weitere Steine aus der Wand zu hebeln. Auf diese Weise arbeitete er sich Meter um Meter in die Höhe.

»Die Studenten der Unsichtbaren Universität hüten dieses Geheimnis schon seit Jahrhunderten«, sagte er. »Einige Ziegel sitzen ganz locker. Ein geheimer Zugang. He, ihr da unten, paßt auf!«

Ein Granitbrocken fiel aufs Pflaster.

»Für die Schüler und Novizen eine gute Möglichkeit, nach dem Zapfenstreich zu verschwinden und spät in der Nacht zurückzukehren«, fügte Rincewind hinzu.

»Oh«, machte Zweiblum, »jetzt *verstehe* ich. Über die Mauer und ein Streifzug durch Schenken und Tavernen.

Jubel, Trubel, Heiterkeit. Trinken, singen und Gedichte vortragen. Auf den Putz hauen. Die Sau rauslassen. Richtig einen draufmachen.«

»Stimmt genau — bis auf das Singen und die Gedichte«, antwortete Rincewind. »Nun, einige der Eisendorne müßten sich leicht lösen lassen...« Ein metallenes Klappern folgte auf seine Worte.

»Auf dieser Seite ist es nicht sehr tief«, ertönte kurz darauf die etwas leisere Stimme des Zauberers. »Kommt jetzt! Wenn ihr unbedingt wollt.«

Und so betraten Rincewind, Zweiblum und Bethan die Unsichtbare Universität.

Während im Kellergeschoß tief unten...

Die acht Zauberer schoben ihre Schlüssel in acht Schlösser, drehten sie und wechselten besorgte Blicke. Ein seltsames Geräusch erklang, wie von einer stumpfen Klinge, die langsam durch dicke Wurst schnitt.

Die Kette rasselte und löste sich vom Buch. Blasses oktarines Funkeln tanzte über den Deckel.

Trymon streckte die Hand aus und griff nach dem Oktav. Niemand erhob Einwände.

Irgend etwas prickelte ihm auf der Haut, als er sich der Tür zuwandte.

»Und jetzt in den Großen Saal, Kollegen«, sagte er. »Wenn ich vorausgehen darf...«

Wieder blieb alles still.

Trymon klemmte sich das Buch unter den Arm. Es schien immer wärmer zu werden, sich hin und her zu winden.

Bei jedem Schritt rechnete er mit einem Schrei, mit lautem Protest. Aber nichts dergleichen geschah. Trymon brauchte seine ganze Selbstbeherrschung, um nicht schallend zu lachen. Es war alles wesentlich einfacher, als er angenommen hatte.

Die anderen Magier wandten sich gerade erst von dem greulichen Pult ab, als er die Tür erreichte, und vielleicht hielten sie das Zittern in den Schultern des jüngeren Mannes für verdächtig. Aber sie bekamen keine Gelegenheit mehr, rechtzeitig zu reagieren. Trymon trat über die Schwelle, schloß die Hand um den Knauf, warf die Pforte zu, schloß ab und lächelte.

Er wandte sich um und schritt zufrieden durch den Korridor, überhörte die wütenden Schreie der Thaumaturgen, die gerade feststellen mußten, wie schwierig es war, in einer magiesicheren Kammer zu zaubern.

Das Oktav *bog* sich, aber Trymon hielt es fest. Er lief jetzt und versuchte nicht in Panik zu geraten, als sich das Buch unter dem Arm in haarige, knöcherne und stachelige *Dinge* verwandelte. Die Hand fühlte sich taub an. Das leise Schnattern, das er schon seit einer ganzen Weile hörte, wurde lauter, und hinter ihm erklangen auch andere Geräusche: ein dumpfes Fauchen und Zischen, ein bedrohliches Knurren, ein Knacken wie von splitternden Knochen — die Stimmen unvorstellbarer Schrecken, die sich Trymon nur zu gut vorstellen konnte. Als er durch den Großen Saal eilte und dann die breite Treppe hinaufhastete, gerieten die Schatten um ihn herum in Bewegung, verdichteten sich und kamen näher. Außerdem merkte er, daß ihm etwas folgte, irgendeine mit dünnen Stelzenbeinen ausgestattete Wesenheit, die abscheulich schnell zu ihm aufschloß. Eis formte sich an den Wänden. Türen schnappten nach ihm, als er vorbeistürmte. Die Stufen unter ihm gaben wie weiches Gummi nach. Oder wie Zungen, die gierig nach ihm leckten...

Trymon hatte nicht ohne Grund viele Stunden im Universitätsäquivalent einer Sporthalle verbracht und dort seine mentalen Muskeln trainiert. *Du darfst deinen Sinnen nicht vertrauen, denn sie können getäuscht werden*, erinnerte er sich. *Die Treppe erstreckt sich irgendwo vor und unter mir. Du mußt sie deinem Willen unterwerfen, sie dazu zwingen, weiterhin zu existieren. Und du solltest dir große Mühe geben, mein Junge, denn das, was du spürst, ist nicht nur Einbildung...*

Groß-A'Tuin wurde langsamer.

Mit kontinentengroßen paddelförmigen Füßen kämpfte sie gegen die Zugkraft der Sterne an und wartete.

Es konnte jetzt nicht mehr lange dauern...

Rincewind schlich in den Großen Saal. Mehrere Fackeln brannten an den Wänden, und einige Anzeichen deuteten darauf hin, daß eine magische Zeremonie geplant gewesen war. Aber die rituellen Kerzenständer lagen auf dem Boden, und irgend jemand hatte das komplexe, mit Kreide auf den Boden gezeichnete Oktagramm verschmiert. Hinzu kam der seltsame Geruch, der selbst dann unangenehm blieb, wenn man die großzügigen Maßstäbe Ankh-Morporks anlegte. Es roch nach Schwefel, aber das war noch längst nicht alles.

Es stank wie am Grund eines Sumpftümpels.

In der Ferne krachte etwas, und wütende Stimmen wehten durch die Korridore und Flure.

»Offenbar haben die Tore nicht länger standgehalten«, sagte Rincewind.

»Verschwinden wir von hier!« schlug Bethan vor.

»Zum Keller geht's dort entlang.« Rincewind eilte in einen dunklen Bogengang.

»*Hier* runter?«

»Ja. Oder möchtest du lieber im Saal bleiben?«

Der Zauberer griff nach einer Fackel und wandte sich den Stufen zu.

Nach einigen Treppenabsätzen wich die Wandvertäfelung nacktem Fels. Hier und dort sahen sie schwere offenstehende Türen.

»Ich habe etwas gehört«, sagte Zweiblum.

Rincewind lauschte. In den dunklen Tiefen der Kellergewölbe rührte sich etwas. Es klang nicht sehr furchterweckend, hörte sich eher an, als hämmerten mehrere Personen an eine Pforte. Er glaubte, Ausrufe wie »Au!«, »Auch das noch!« und »Oh, meine Hand!« zu vernehmen.

»Das sind doch nicht etwa die *Dinge* aus den Kerkerdimensionen, von denen du uns erzählt hast, oder?« erkundigte sich Bethan.

Weit unten ächzte es: »Hat jemand eine Zigarette für mich? Ich gäbe mich schon mit einem teerigen Stummel zufrieden.«

»Geister rauchen nicht«, sagte Rincewind. »Kommt!«

Sie eilten durch eine finstere Passage, durch Tropfwasserpfützen, die sich auf dem Boden gebildet hatten, orientierten sich dabei anhand der Schreie und Flüche. Röchelndes Husten verdrängte ihre letzten Zweifel: Wer so keuchte, konnte unmöglich eine Gefahr darstellen.

Schließlich verharrten sie vor einer breiten Nische. Die darin eingelassene Tür schien dick und massiv genug zu sein, um das Runde Meer zurückzuhalten — das natürlich gar nicht beabsichtigte, dem Keller der Unsichtbaren Universität einen Besuch abzustatten. Derzeit konzentrierte es sich ganz darauf, zu verdampfen, in Form dichter Wolken an den Berghängen hochzuklettern und als Regen auf die Oberfläche der Scheibenwelt zurückzukehren. Sehr zum Unwillen der vielen Flüchtlinge im Gebirge, die hofften, die drohende Apokalypse von Logenplätzen aus beobachten zu können.

Rincewind bemerkte ein winziges Gitter in der Pforte.

»Hallo!« rief er, da ihm nichts Besseres einfiel.

Auf der anderen Seite der Tür wurde es plötzlich still. Erst nach einer ganzen Weile fragte jemand: »Wer ist da?«

Rincewind erkannte die Stimme. Vor vielen Jahren war er von ihr an heißen Nachmittagen im Klassenzimmer aus seinen Tagträumen geweckt und in die bittere Realität zurückgeholt worden. Sie gehörte Lumuel Panter, der eine persönliche Herausforderung darin gesehen hatte, ihm die Grundzüge der Kristallseherei und des Beschwörens einzuhämmern. Rincewind erinnerte sich an stechende Augen in einem aufgeschwemmten Gesicht, an eine hohntriefende

Stimme: »Und nun wird Herr Rincewind herkommen und das entsprechende Symbol an die Tafel malen.« Er entsann sich an den mindestens tausend Meilen langen Weg, der ihn an seinen kichernden Mitschülern vorbeiführte, während er verzweifelt versuchte, sich an die letzten fünf Minuten des Unterrichts zu erinnern. Selbst jetzt spürte er, wie sich ihm eine Schlinge aus Entsetzen und diffusem Schuldbewußtsein um den Hals legte. Die Kerkerdimensionen konnten nicht annähernd so schlimm sein.

»Oh, Meister, ich bin's, Meister: Rincewind, Meister«, krächzte er. Als er die verwunderten Blicke Zweiblums und Bethans bemerkte, räusperte er sich und versuchte, mit möglichst tiefer Stimme zu sprechen. »Ja«, fügte er hinzu. »Genau der. Rincewind. Niemand anders.«

Hinter der Tür flüsterte es eine Zeitlang.

»*Rincewind?*«

»*Was für ein Wind?*«

»*Da fällt mir ein Junge ein, der eine totale magische Niete war...*«

»*Der Zauberspruch, wißt ihr noch?*«

»*Rincewind?*«

Kurzes Schweigen folgte. Dann fragte jemand: »Ich nehme an, der Schlüssel steckt nicht zufällig im Schloß, oder?«

»Nein«, erwiderte Rincewind.

»*Was hat er gesagt?*«

»*Er sagte nein.*«

»*Typisch für ihn.*«

»Äh, wer ist dort drin?« brachte Rincewind unsicher hervor. Eigentlich wollte er es gar nicht wissen.

»Die Meister der Magie«, lautete die düstere Antwort.

»Und was tut ihr da?«

Stille. Eine kurze Beratung verlegen flüsternder Stimmen.

Dann ein zögerndes Eingeständnis »Äh, wir sind eingeschlossen worden.«

»Zusammen mit dem Oktav?«

Wispern. Raunen.

»Nun, äh, das Oktav ist nicht hier, um ganz ehrlich zu sein.«

»Aber ihr seid dort drin und könnt nicht raus«, sagte Rincewind so höflich wie möglich, während er wie ein nekrophiler Narr im Leichenschauhaus lächelte.

»Tja, äh, das scheint tatsächlich der Fall zu sein.«

»Können wir euch irgend etwas holen?« fragte Zweiblum hilfsbereit.

»Wie wär's, wenn ihr statt dessen versucht, die Tür zu öffnen?«

»Läßt sich das Schloß irgendwie knacken?« fragte Bethan.

»Unmöglich.« Rincewind schüttelte den Kopf. »Vor diesem Ding müßte auch der beste Einbrecher kapitulieren.«

»Cohen wäre bestimmt damit fertig geworden«, sagte Bethan loyal. »Er gibt nie auf.«

»Mein Koffer hätte die Pforte einfach eingerannt«, seufzte Zweiblum nostalgisch.

»Also gut«, sagte Bethan. »Laßt uns nach draußen gehen, an die frische Luft. Oder wenigstens *etwas* frischere Luft.« Die junge Frau drehte sich um.

»He, einen Augenblick!« entfuhr es dem Zauberer. »Das ist mal wieder typisch, nicht wahr? Der alte Rincewind weiß nicht mehr weiter, oder? Oh, sicher, er ist nur ein Aufschneider. Man gebe ihm im Vorbeigehen einen Tritt in den Hintern. Hat's nicht besser verdient. Auf ihn ist kein Verlaß. Er...«

»Na schön«, brummte Bethan. »Was schlägst du vor?«

»... ist ein Niemand, ein Versager, eine Niete. Er... Was?«

»Wie willst du die Tür öffnen?« fragte Bethan ernst.

Rincewind starrte sie mit offenem Mund an, richtete den Blick dann auf die Pforte. Sie wirkte äußerst dick und stabil, und das Schloß schien ihn zu verspotten.

Aber irgendwann einmal, vor langer Zeit, war es ihm

gelungen, die Kammer zu betreten. Der Schüler Rincewind hatte sich an die Tür gepreßt, die daraufhin aufschwang — und wenig später sprang ihm der Zauberspruch in den Kopf und ruinierte sein Leben.

»Sei ein guter Junge und hol einen richtigen Zauberer, der was von Magie versteht«, sagte eine Stimme hinter dem Gitter betont freundlich.

Rincewind holte tief Luft.

»Tretet zurück!« knurrte er.

»Was?«

»Geht irgendwo in Deckung!« fügte er schärfer hinzu, wobei seine Stimme nur ganz leicht vibrierte. »Das gilt auch für euch«, wandte er sich an Bethan und Zweiblum.

»Aber du kannst doch nicht...«

»Ich meine es ernst.«

»Er meint es ernst«, bestätigte Zweiblum. »Die kleine Ader an seiner einen Schläfe — wenn die so anschwillt...«

»Sei still!«

Nervös hob Rincewind den rechten Arm und deutete auf die Tür.

Es herrschte völlige Stille.

Meine Güte, dachte er, *und jetzt?*

In einem Hinterzimmer seines Bewußtseins rutschte der Zauberspruch unruhig auf einem wackligen Stuhl hin und her.

Rincewind versuchte sich irgendwie auf das Metall des Schlosses einzustimmen, seinen Geist damit zu synchronisieren. Wenn es ihm gelang, zwischen den Atomen Uneinigkeit zu säen, so daß sie auseinanderflogen...

Nichts geschah.

Er schluckte mehrmals und richtete die Aufmerksamkeit auf das Holz. Es war alt und fast versteinert; vermutlich fing es nicht einmal dann Feuer, wenn man es in Öl tränkte und in einen Brennofen schob. Rincewind versuchte es trotzdem, erklärte den uralten Molekülen, sie müßten auf und ab springen, um sich warm zu halten...

Ein Teil seines Bewußtseins schlich sich an den Zauberspruch heran und bedachte ihn mit einem durchdringenden Blick. Die magische Formel wich verlegen in die mentalen Schattenzonen zurück.

Er beobachtete die Einfassung der Tür, die steinernen Wände, überlegte, wie er der unmittelbaren Umgebung eine neue Form geben und die Pforte in eine andere Dimension verbannen sollte.

Die Tür rührte sich nicht von der Stelle und blieb herausfordernd massiv.

Rincewind begann zu schwitzen, und in Gedanken beschritt er erneut den langen Weg zur Tafel vor der grinsenden Klasse... Voller Verzweiflung konzentrierte er sich auf das Schloß. Bestimmt bestand es aus kleinen Metallteilen, die nicht sehr schwer sein konnten...

Er vernahm ein leises Rascheln und Knistern durchs Gitter: Geräusche von Zauberern, die sich nun wieder entspannten und den Kopf schüttelten.

Jemand raunte: »*Ich habe euch doch gesagt, daß*...«

Es knarrte dumpf, und kurz darauf klickte etwas.

Rincewinds Gesichtsausdruck kam einer verzerrten Grimasse gleich. Schweiß tropfte ihm von der Stirn.

Es klickte noch einmal, und Bolzen knirschten widerstrebend. Trymon hatte das Schloß geölt, aber das Schmiermittel war von einer dicken Masse aus Rost und Staub aufgesaugt worden. Und da Rincewind nicht von außen auf den Verriegelungsmechanismus einwirken konnte und sich auf Magie beschränken mußte, blieb ihm nichts anderes übrig, als von der Hebelwirkung seines Geistes Gebrauch zu machen.

Wodurch die nicht unerhebliche Gefahr bestand, daß ihm das Hirn aus den Ohren quoll.

Es klapperte im Schloß. Kleine Bolzen neigten sich wie Bäume im Wind, duckten sich unter den magischen Böen und betätigten Hebel.

Zahnräder mahlten knirschend. Achsen drehten sich mit

rostigem Ächzen. Ein mühevoll klingendes Rasseln ertönte, und Rincewind sank langsam auf die Knie.

Angeln protestierten mit einem verhaltenen Quietschen, als die Tür langsam aufschwang. Die Zauberer schoben sich hastig durch den breiter werdenden Spalt.

Zweiblum und Bethan halfen Rincewind auf die Beine. Er schwankte, und sein Gesicht wirkte farblos.

»Nicht übel«, sagte einer der Magier und warf einen prüfenden Blick auf das Schloß. »Vielleicht ein wenig zu langsam, aber sonst...«

»Das spielt jetzt keine Rolle«, warf Jiglad Wert scharf ein. »Habt ihr auf dem Weg hierher einen Mann gesehen?«

»Nein«, antwortete Zweiblum.

»Jemand hat das Oktav gestohlen.«

Rincewind hob ruckartig den Kopf und zwinkerte mehrmals.

»Wer?«

»Trymon...«

Rincewind schluckte. »Hochgewachsen und schlank?« fragte er. »Blond? Ein frettchenartiges Gesicht...«

»Ein durchaus angemessener Vergleich...«

»Er war in meiner Klasse«, brachte der gescheiterte Zauberer hervor. »Es hieß immer, er werde es weit bringen.«

»Wahrscheinlich sogar noch viel weiter, wenn er das Buch öffnet«, erwiderte einer der anderen Magier und rollte sich mit zitternden Händen eine Zigarette.

»Wie meinst du das?« erkundigte sich Zweiblum. »Was geschieht dann?«

Die Thaumaturgen wechselten unbehagliche Blicke.

»Es ist ein uraltes Geheimnis, das von Meister zu Meister überliefert wurde«, sagte Wert und fügte würdevoll hinzu: »Nur die weisen Oberhäupter der magischen Orden dürfen darüber Bescheid wissen.«

»Ach, komm schon!« drängelte der Tourist.

»Na ja, ich schätze, inzwischen haben solche Dinge ihre Bedeutung verloren. Nun, ein Verstand allein kann nicht alle acht Zaubersprüche aufnehmen. Dadurch käme es zu einer mentalen Überlastung, und es entstünde ein Loch.«

»Ein Loch? Im Kopf des Betreffenden?«

»Nein, nein!« widersprach Wert. »Im Gefüge des Universums. Vielleicht glaubt Trymon, er könne die Macht des Oktavs kontrollieren, aber...«

Sie spürten das Geräusch, bevor sie es hörten. Es begann als eine langsame Vibration im Gestein, verwandelte sich dann in ein schrilles Heulen, das sich nicht mit den Trommelfellen aufhielt und gleich das Gehirn erreichte. Es hörte sich an wie eine menschliche Stimme, die sang, irgend etwas intonierte oder gellend schrie, und dieser Klang wurde von anderen, noch weitaus entsetzlicheren Schwingungen begleitet.

Die Zauberer erblaßten, drehten sich synchron um und eilten die Treppe hinauf.

Vor dem Gebäude wartete die Menge der Übergeschnappten, Irren und Verrückten. Einige Leute hielten Fackeln, und andere waren gerade damit beschäftigt gewesen, dicht vor den Mauern Scheiterhaufen zu errichten. Sie vergaßen ihre ursprüngliche Absicht und blickten am Turm der Kunst empor.

Die Magier bahnten sich einen Weg durch das Gedränge, ohne daß ihnen irgend jemand Beachtung schenkte. Nach einigen Dutzend Metern verharrten sie und starrten ebenfalls in die Höhe.

Mehrere Kugeln schwebten am Himmel, und jede war mindestens dreimal so groß wie der Mond der Scheibenwelt. Darüber hinaus erstrahlten sie nicht in eigenem Licht, sondern reflektierten den glühenden Schein des roten Sterns.

Darunter funkelte der Kunstturm in gleißendem Chaos. Ab und zu zeigten sich vage Konturen in dem schimmernden und glitzernden Durcheinander, und als Rincewind sie beobachtete, begann er innerlich zu zittern. Das Geräusch veränderte sich erneut, klang nun wie millionenmal verstärktes brummendes Bienensummen.

Einige Zauberer sanken auf die Knie.

»Es ist bereits zu spät«, sagte Wert. »Trymon hat das Buch aufgeschlagen und ein Dimensionstor geöffnet.«

»Sind die Gestalten dort Dämonen?« fragte Zweiblum interessiert.

»Ach, *Dämonen!*« schnaubte Wert abfällig. »Solche Wesenheiten sind harmlos im Vergleich zu den abartigen Geschöpfen, die nun in unsere Welt gelangen.«

»Sie sind schlimmer als alles, was wir uns vorstellen können«, warf Panter ein.

»Ich kann mir einige ziemlich gräßliche Dinge vorstellen, sagte Rincewind.

»Diese hier sind *noch* schlimmer.«

»Oh!«

»Und was wollt ihr in dieser Hinsicht unternehmen?« fragte eine energische Stimme.

Sie drehten sich um. Bethan hatte die Arme verschränkt und musterte sie streng.

»Bitte?« erwiderte Wert vorsichtig.

»Ihr seid doch Zauberer, oder?« ließ sich die junge Frau vernehmen. »Also los!«

»Was?« brachte Rincewind unsicher hervor. »Erwartest du etwa, daß wir uns solchen Unheilsmanifestationen zum Kampf stellen?«

»Wer denn sonst?«

Wert trat einen Schritt vor. »Liebes Fräulein, ich glaube, du verstehst nicht ganz...«

»Die Kerkerdimensionen entlassen ihre Gefangenen und schicken sie in unser Universum, stimmt's?« fragte Bethan.

»Nun, ja...«

»Wir müssen damit rechnen, von Ungeheuern mit Tentakelfratzen verschlungen zu werden, habe ich recht?«

»Nun, sie sehen nicht alle so lieblich aus, aber...«

»Und ihr legt einfach die Hände in den Schoß?«

»Hör mal«, sagte Rincewind, »unser Schicksal ist besiegelt. Es ist unmöglich, die Zaubersprüche wieder ins

Oktav zu verbannen. Was man einmal ausgesprochen hat, kann man nicht zurücknehmen. Wir ...«

»Warum *versucht* ihr es nicht wenigstens?«

Rincewind seufzte und wandte sich zu Zweiblum um.

Als er ihn nirgends sah, entstanden düstere Ahnungen in ihm, und zögernd richtete er seine Aufmerksamkeit auf den Turm. Gerade noch rechtzeitig genug, um die plumpe Gestalt des Touristen zu erkennen, die ungelenk ein Schwert in der Hand hielt und im dunklen Zugang verschwand.

Rincewinds Beine trafen eine eigene Entscheidung, die der Kopf für völlig falsch hielt.

Die Blicke der anderen Zauberer folgten ihm.

»Nun?« stieß Bethan hervor. »*Er* geht.«

Die Magier sahen betreten zu Boden. Einige versuchten vergeblich zu schrumpfen und möglichst unauffällig zu wirken.

Schließlich sagte Wert: »Nun, ich schätze, ein Versuch kann nicht schaden. Inzwischen scheint wieder Ruhe eingekehrt zu sein.«

»Aber die Kraft der Thaumaturgie ist geringer geworden«, gab jemand zu bedenken. »Wir sind praktisch wehrlos.«

»Ich bin für jede bessere Idee dankbar.«

Einige Sekunden lang blieb es still, und dann setzten sich die Zauberer nacheinander in Bewegung. Ihre langen bunten Mäntel schillerten im gespenstischen Glühen, als sie sich der Tür näherten.

Das Innere des Turms war hohl. Eine schmale steinerne Treppe führte in langen Spiralen an den runden Wänden empor und verlor sich in der Finsternis. Zweiblum hatte schon mehr als dreißig Stufen hinter sich gebracht, als Rincewind zu ihm aufschloß.

»He, warte einen Augenblick!« bat er betont fröhlich. »Solche Angelegenheiten fallen in den Zuständigkeitsbereich von Helden wie Cohen. Sei mir nicht böse, aber du bist für so etwas nicht geeignet.«

»Hätte Cohen eine Chance?«

Rincewind hob den Kopf und sah aktinisches Licht, das weit oben durch eine Luke fiel.

»Kaum«, gestand er ein.

»Dann bin ich wohl nicht viel schlechter dran als er, oder?« entgegnete Zweiblum und hob das gestohlene Schwert.

Rincewind kletterte ihm nach und hielt sich dabei möglichst dicht an der Wand.

»Begreifst du denn nicht?« rief er. »Dort oben lauern unvorstellbare Schrecken.«

»Du hast immer behauptet, es mangele mir an Phantasie.«

»Ein guter Hinweis«, gab Rincewind zu. »Trotzdem...«

Zweiblum ließ sich auf eine Stufe sinken.

»Jetzt hör mir mal gut zu«, sagte er. »Seit ich meine Reise begann, habe ich auf eine solche Gelegenheit gehofft. Ich meine: Dies ist ein Abenteuer, oder? Allein gegen die Götter – so etwas in der Art, nicht wahr?«

Rincewind öffnete und schloß den Mund mehrmals, suchte eine Zeitlang nach den richtigen Worten.

»Kannst du mit einem Schwert umgehen?« fragte er verzweifelt.

»Keine Ahnung. Hab's noch nie versucht.«

»Du bist ja verrückt!«

Zweiblum neigte den Kopf zur Seite und musterte ihn eingehend.

»Das muß ich mir ausgerechnet von dir sagen lassen«, erwiderte er. »Ich bin hier, weil ich es nicht besser weiß, aber was ist mit dir? Und mit den Leuten dort?« Er streckte die Hand aus und deutete auf die Zauberer, die ächzend die Treppe erklommen.

Blaues Strahlen raste durch den langen Schacht. Irgendwo grollte Donner.

Die Magier erreichten sie, husteten asthmatisch und atmeten rasselnd.

»Nach welchem Plan gehen wir vor?« erkundigte sich Rincewind.

»Es gibt gar keinen«, sagte Wert.

»Oh, ich verstehe, na schön.« Rincewind seufzte. »Vermutlich ist es besser, ich überlasse die ganze Sache euch.«

»Du kommst mit«, brummte Panter.

»Aber ich bin doch gar kein richtiger Zauberer. Ihr habt mich rausgeworfen, wißt ihr das nicht mehr?«

»Du warst der mit Abstand unbegabteste Schüler, den wir jemals hatten«, stellte der alte Thaumaturge fest. »Aber du bist hier, und weitere Qualifikationen sind nicht erforderlich. Komm jetzt!«

Erneut flammte Licht auf und verblaßte wieder. Die schrecklichen Geräusche verklangen mit einem leisen erstickten Röcheln.

Es herrschte eine Stille, die in die Kategorie ›unheimlich und bedrückend‹ fiel.

»Es hat aufgehört«, sagte Zweiblum.

Vor dem kreisrunden Ausschnitt eines roten Himmels bewegte sich etwas. Der Gegenstand drehte sich um die eigene Achse, als er durch den Schacht fiel und auf einer Stufe liegenblieb.

Rincewind erreichte ihn als erster.

Es handelte sich um das Oktav, aber es ruhte so leblos und schlaff wie ein ganz gewöhnliches Buch auf dem Stein. Einige Blätter raschelten in dem Windzug, der ständig durch den hohlen Turm wehte.

»Die Seiten«, flüsterte er. »Sie sind leer, weisen kein einziges Schriftzeichen auf.«

»Dann stimmt es also«, sagte Wert. »Trymon hat die Zaubersprüche tatsächlich gelesen. Und zwar mit Erfolg. Es ist nicht zu fassen.«

»Und der Lärm vorhin?« warf Rincewind skeptisch ein. »Und das Licht und all die seltsamen Schemen? Ich bin mir gar nicht so sicher, ob man das als Erfolg bezeichnen kann.«

»Oh, ein großes magisches Werk weckt immer hyperdimensionale Aufmerksamkeit«, erwiderte Panter und winkte ab. »So etwas beeindruckt naive Gemüter, weiter nichts.«

»Ich glaube, ich habe dort oben einige Ungeheuer gesehen«, wandte Zweiblum ein und trat näher an Rincewind heran.

»Ungeheuer?« entfuhrt es Wert. »Wo?«

Alle starrten in die Höhe. Es blieb still, und nichts rührte sich.

»Ich schlage vor, wir gehen hoch und, äh, gratulieren ihm«, sagte Wert.

»Du willst ihm *gratulieren?*« entfuhr es Rincewind. »Er hat das Oktav gestohlen! Und euch im Keller eingeschlossen!«

Die Zauberer wechselten wissende Blicke.

»Nun, tja«, meinte einer von ihnen, »weißt du, mein Junge, wenn du dich irgendwann in unserer Branche auskennst, wirst du dich der Erkenntnis beugen müssen, daß es manchmal in erster Linie auf den Erfolg ankommt.«

»Es spielt keine Rolle, *wie* man das Ziel anstrebt«, verkündete Wert unverblümt. »Wichtig ist nur, daß man es erreicht.«

Sie setzten den Weg nach oben fort.

Rincewind nahm Platz und starrte finster in die Finsternis.

Jemand legte ihm die Hand auf die Schulter. Als er den Kopf drehte, sah er Zweiblum, der das Oktav in der Hand hielt.

»Es ist nicht richtig, ein Buch auf diese Weise zu behandeln«, sagte der Tourist. »Hier, sieh nur! Der Rücken ist eingeknickt. Ach, manche Leute haben vor nichts Respekt.«

»Ja«, brummte Rincewind und wünschte die ganze Welt zum Teufel.

»Sei nicht betrübt.« Zweiblum versuchte ihn mit einem fröhlichen Lächeln aufzumuntern.

»Ich bin nicht betrübt, sondern wütend«, erwiderte Rincewind scharf. »Her mit dem verdammten Ding!«

Er nahm das Buch entgegen und schlug es grob auf.

Anschließend suchte er in den Hinterkammern seines Bewußtseins nach dem Zauberspruch, der sich sicherheitshalber hinter einigen ärgerlichen Gedanken versteckt hatte.

»Also gut«, knurrte er. »Du hast deinen Spaß gehabt und mein Leben ruiniert. Jetzt wirst du gefälligst an deinen angestammten Platz zurückkehren!«

»Aber ich...«, begann Zweiblum.

»Ich meine den Zauberspruch«, stöhnte Rincewind und fügte hinzu: »Los, spring auf die Seite!«

Er starrte so lange auf das alte Pergament, bis seine Augen schielten.

»Dann spreche ich dich eben aus!« rief er. Seine Stimme hallte durch den ganzen Turm. »Von mir aus kannst du dich zu den anderen gesellen. Ich hoffe, sie geben dir eine Tracht Prügel, weil du dich aus dem Staub gemacht hast!«

Er reichte Zweiblum das Buch und stapfte die Stufen hoch.

Die Zauberer hatten inzwischen das obere Ende der Treppe erreicht und schoben sich durch die Luke. Rincewind folgte ihnen.

»›Mein Junge‹, hm?« brummte er. »›Wenn du dich in der Branche auskennst‹, wie? Ich habe jahrelang einen der acht Großen Zaubersprüche in meinem Kopf herumgetragen und nicht den Verstand verloren, oder?« Sorgfältig prüfte er alle Aspekte der letzten Frage. »Nein, mein Lieber, du bist völlig in Ordnung. Du hast es vermieden, mit Bäumen zu reden, als sie mit dir sprechen wollten.«

Heiße Luft schlug ihm entgegen, als er durch die runde Öffnung am oberen Ende der Treppe kletterte.

Er rechnete damit, rußgeschwärzten Stein zu sehen, in dem Klauen und Krallen tiefe Kratzer hinterlassen hatten. Er war sogar auf einen noch schlimmeren Anblick vorbereitet.

Statt dessen fiel sein Blick auf sieben stumme magische Meister. Trymon stand neben ihnen und schien bei bester Gesundheit zu sein. Er drehte sich um und musterte den Neuankömmling.

»Ah, Rincewind! Freut mich, daß du gekommen bist.«

Das wär's also, dachte Rincewind. *Zuerst diese Dramatik, und dann ein solcher Empfang. Vielleicht eigne ich mich wirklich nicht für die Kunst der Magie. Vielleicht...*

Er sah in Trymons Augen.

Möglicherweise verdankte er die besondere Wahrnehmung dem Zauberspruch, der irgend etwas in seinem Hirn verändert hatte. Denkbar war auch, daß sie auf die Bekanntschaft mit Zweiblum zurückging: Der Tourist sah die Dinge immer nur so, wie sie sein sollten, und dadurch entwickelte Rincewind eine spezielle Sensibilität für die Wirklichkeit.

Welche Erklärung auch zutreffen mochte: Noch nie zuvor in seinem Leben war es ihm so schwergefallen, nicht sofort in Panik zu geraten, als er Trymon ansah. Er spürte, wie sich ihm in der Magengrube etwas zusammenkrampfte, und irgend etwas schnürte ihm plötzlich die Luft ab.

Die anderen schienen überhaupt nichts zu bemerken.

Und sie rührten sich nicht von der Stelle.

Trymon hatte *vergeblich* versucht, die sieben Zaubersprüche aufzunehmen. Rincewind erinnerte sich an den warnenden Hinweis auf magischen Wahnsinn und Löcher im Gefüge des Universums. Es war tatsächlich eine solche Strukturlücke entstanden, aber sie bestand natürlich nicht aus einem breiten Portal, das sich in den Mauern der Kerkerdimensionen öffnete und den *Dingen* gestattete, mit schwingenden Tentakeln und gierig aufgerissenen Rachen ins Diesseits zu marschieren — ein altmodisches und viel zu riskantes Konzept. Selbst namenlose Schrecken lernten es, sich dem Fortschritt anzupassen. Sie brauchten nur einen geeigneten Kopf.

Trymons Augen... nichts weiter als leere Höhlen.

Plötzliches Verstehen bohrte sich wie eine Klinge aus Eis in Rincewinds Bewußtsein. Im Vergleich dazu, was die *Dinge* in einem Universum der Ordnung anstellen mochten, waren die Kerkerdimensionen das reinste Paradies. Menschen gierten geradezu nach Ordnung, und ihre Wünsche würden bald in Erfüllung gehen. Rincewind dachte an die Ordnung von Fabriken und Fließbändern, von Mathematik und Geometrie, von geregelten Arbeitstagen, monatlichen Gehältern und vier Wochen Tarifurlaub an überfüllten Stränden... Und vielleicht sehnten sich alle diejenigen, die so etwas für erstrebenswert hielten, nicht einmal in die Welt herrlich unzuverlässiger Magie zurück.

Trymon starrte ihn an. Besser gesagt: *Irgend etwas* starrte ihn an. Und die sieben alten Männer regten sich noch immer nicht, blieben nach wie vor still. Rincewind fragte sich, ob er überhaupt in der Lage gewesen wäre, seine Überlegungen in verständliche Worte zu fassen. Abgesehen von den Augen und einem seltsamen matten Glanz auf der Haut schien sich Trymon gar nicht verändert zu haben.

Rincewind begann zu zittern und begriff, daß es Schlimmeres gab als das Böse an sich. Die Dämonen der Hölle nutzten jede Gelegenheit, um Seelen zu quälen — und sie machten sich diese Mühe nur, weil sie toten Sündern mit Respekt begegneten. Das Böse versuchte ständig, den ganzen Kosmos zu übernehmen, denn es hielt das Universum wenigstens für eroberungswürdig. Doch die graue Welt hinter jenen leeren Augen würde einfach alles zerstören, ohne ihren Opfern die Gnade des Hasses zu gewähren. Sie kümmerte sich einfach nicht darum, machte Gleichgültigkeit zu einer alles bestimmenden Philosophie.

Trymon streckte die Hand aus.

»Der achte Zauberspruch«, sagte er. »Gib ihn mir!«

Rincewind wich zurück.

»Das ist Ungehorsam. Immerhin bin ich dein Vorgesetzter. Um ganz genau zu sein: Man hat mich zum Oberhaupt aller Orden gewählt.«

»Im Ernst?« krächzte Rincewind. Er beobachtete die anderen Zauberer. Sie standen wie erstarrt, Statuen gleich.

»O ja«, bestätigte Trymon gelassen. »Völlig demokratisch. Ich brauchte sie nicht einmal darum zu bitten.«

»Mir ist die alte Tradition lieber«, entgegnete Rincewind. »Dadurch haben sogar Tote Stimmrecht.«

»Du wirst mir den achten Zauberspruch freiwillig überlassen«, sagte Trymon. »Oder muß ich dir erst zeigen, was ich sonst mit dir anstelle? Du kannst mir nicht auf Dauer Widerstand leisten. Letztendlich wirst du mich anflehen und auf Knien darum bitten, mir die Formel geben zu dürfen.«

Ich glaube, es ist weitaus angenehmer, über den Rand der Welt zu fallen oder von fliegenden Felsen zu stürzen, dachte Rincewind besorgt.

»Hol dir den Zauberspruch, wenn du ihn unbedingt haben willst!« erwiderte er.

»Ich erinnere mich an dich«, sagte Trymon im Plauderton. »Der schlechteste magische Schüler aller Zeiten. Eine echte Niete. Anders ausgedrückt: ein thaumaturgischer Blindgänger. Du hast der Zauberei nie getraut und immer wieder behauptet, es gebe bessere Methoden zur Verwaltung eines Universums. Nun, wart es ab! Ich habe einige Pläne, die dich interessieren dürften. Wir könnten...«

»Nein, nicht *wir*«, widersprach ihm Rincewind fest.

»Her mit der Zauberformel!«

»Versuch doch, sie mir zu entreißen!« schlug Rincewind vor und schob sich behutsam an der Zinnenmauer entlang. »Wahrscheinlich bist du gar nicht dazu fähig.«

»Meinst du?«

Rincewind sprang zur Seite, als oktarines Feuer von Trymons Fingerkuppen stob und mit einem heißen Zischen über die Wand kochte.

Er spürte, wie die magische Formel ein mentales Versteck aufsuchte und in Deckung ging. Sie fürchtete sich.

Er durchwanderte die dunklen Gewölbe seines Ichs und suchte nach ihr. Als er sie fand, trat sie überrascht den Rückzug an, wie ein Wolf, der sich mit einem tollwütigen Schaf konfrontiert sah. Rincewind folgte ihr, stapfte zornig an den Müllhalden und internen Katastrophenbereichen seines Unterbewußtseins vorbei, bis er den Zauberspruch erneut aufspürte, hinter einem Haufen peinlicher Erinnerungen. Die thaumaturgische Beschwörung richtete sich auf, stemmte die Arme in die Hüften und sah ihn trotzig an. Rincewind ließ sich von diesem herausfordernden Gebaren nicht beeindrucken.

So ist das also? rief er ihr zu. *Wenn der entscheidende Augenblick kommt, verschwindest du einfach und verkriechst dich irgendwo. Hast du etwa Angst?*

Woraufhin der Zauberspruch erwiderte: *Solch einen Unsinn kannst du doch nicht im Ernst glauben, oder? Meine Güte, ich bin eine der Acht Großen Zauberformeln!* Aber Rincewind trat aufgebracht näher und schrie: *Das mag sein, aber du solltest dich verdammt noch mal daran erinnern, in wessen Kopf du dich befindest! Hier drin kann ich glauben, was ich will!*

Er duckte sich, als eine zweite magische Flamme durch die heiße Nacht leckte. Trymon lächelte, hob beide Hände und vollführte eine komplizierte Geste.

Irgend etwas schloß sich um Rincewind, übte zunehmenden Druck auf ihn aus. Jemand schien seine Haut als Amboß zu verwenden.

»Es gibt noch wesentlich unangenehmere Dinge«, erklärte Trymon heiter. »Ich kann zum Beispiel dafür sorgen, daß dein Fleisch an den Knochen zu brennen beginnt. Was hältst du davon, wenn ich deine Lungen mit Ameisen fülle? Oder...«

»Paß bloß auf: Ich habe ein Schwert.«

Eine piepsige Stimme, die versuchte, drohend zu klingen.

Rincewind hob den Kopf. Durch einen purpurnen Schmerzschleier sah er Zweiblum, der hinter Trymon stand; der Tourist hob die Waffe und hätte sich dabei nicht ungeschickter anstellen können.

Trymon lachte, krümmte die Finger und ließ sich einige Sekunden lang ablenken.

Rincewind war sauer: auf den Zauberspruch, die Welt an sich, die allgemeine Ungerechtigkeit, auf den Umstand, daß er in letzter Zeit kaum geschlafen hatte und nicht klar denken konnte. Vor allen Dingen aber galt sein Zorn Trymon, der mit seiner großen magischen Macht nichts Besseres anzufangen wußte, als der Scheibenwelt Verderben zu bringen.

Er sprang, und sein Kopf traf Trymons Zwerchfell. Aus einem Reflex heraus schlang Rincewind die Arme um seinen Gegner. Zweiblum wurde zur Seite gestoßen, als die beiden Männer auf harten Stein stürzten.

Trymon knurrte und fauchte die erste Silbe einer Beschwörung, bevor ihn Rincewinds mehrmals zustoßender Ellenbogen am Hals traf. Ein Blitz ungerichteter Thaumaturgie raste über die nahen Zinnen.

Der gescheiterte Zauberer, der seit kurzem Geschmack an der Magie gefunden hatte, kämpfte auf die für ihn typische Art und Weise: ohne Taktik oder Methode, dafür aber mit wilder Entschlossenheit. Diese Strategie sollte den Gegner an der Erkenntnis hindern, daß Rincewind weder ein sehr guter noch besonders ausdauernder Kämpfer war, und für gewöhnlich erfüllte sie ihren Zweck.

Sie funktionierte auch jetzt, denn Trymon hatte zuviel Zeit mit dem Lesen alter Manuskripte verbracht und Dinge wie körperliche Ertüchtigung und Vitamine sträflich vernachlässigt. Er schlug mehrmals zu, aber Rincewind war viel zu wütend, um die Hiebe zu spüren. Außerdem setzte Trymon nur die Fäuste ein, während sein Widersacher auch von Knien, Füßen und Zähnen Gebrauch machte.

Rincewind gewann.

Und das kam einem Schock gleich.

Kurz darauf erwartete ihn eine zweite Überraschung. Er hockte gerade auf Trymons Brust und bearbeitete den Kopfbereich des Mannes unter ihm, als er plötzlich feststellte, daß sich das Gesicht veränderte. Die Haut kräuselte sich, flimmerte wie etwas, das man durch Hitzedunst beobachtete. Und dann erklang eine heisere Stimme.

»Helft mir!«

Trymon starrte Rincewind mit einer Mischung aus Furcht, Schmerz und stummem Flehen an, und unmittelbar darauf setzte sich die gespenstische Metamorphose fort. Aus den Augen wurden glitzernde Facetten in einem Objekt, das man nur noch dann als ›Kopf‹ bezeichnen konnte, wenn man in dieser Definition für biologische Exotik Platz genug ließ. Tentakel, spitze Reißzähne und rasiermesserscharfe Krallen trachteten danach, Rincewind die eher dünne Haut von den Knochen zu reißen.

Zweiblum, der Turm, das rote Glühen des Himmels — alles verschwand. Der Zeitstrom floß träger und staute sich an einem temporalen Damm.

Rincewind biß in eine Pseudopodie, die versuchte, ihm die Nase aus dem Gesicht zu reißen. Als sie von ihm fortzuckte, streckte er die Hand aus und spürte, wie sie etwas Heißes und Schleimiges berührte.

Sie sahen zu. Er drehte den Kopf und stellte fest, daß er sich nun in einem riesigen Amphitheater befand. In den hohen Sitzreihen drängten sich Hunderte von monströsen Gestalten aneinander — ihre Fratzenmienen und Körper erweckten den Eindruck, als habe man die schrecklichsten Alptraumungeheuer miteinander gekreuzt. Hinter ihnen sah er noch gräßlichere Entitäten, gewaltige Schatten, die zu einem düsteren grauen Himmel emporragten. Glücklicherweise bekam er keine Gelegenheit, sie genauer zu beobachten, denn etwas anderes erforderte seine Aufmerksamkeit: Das Trymon-Monster griff ihn mit einem speergroßen Stachel an.

Rincewind wich zur Seite aus, ballte die Fäuste, schwang herum und holte mit aller Kraft aus. Sein Hieb traf den Gegner im Bauch (oder am Brustkasten; es fiel ihm schwer, derartige Unterscheidungen zu treffen), und er brummte zufrieden, als er das Knacken splitternden Chitins hörte.

Er stürzte sich auf das Ungetüm, kämpfte nun aus Angst davor, was geschehen mochte, wenn er nicht weiter zuschlug. Das Schnattern, Fauchen und Zischen der Geschöpfe aus den Kerkerdimensionen hallte unheilvoll durchs Amphitheater, akustische Messer, die bestrebt zu sein schienen, ihm die Trommelfelle zu zerschneiden und sich ihm ins Hirn zu bohren. Rincewind stellte sich vor, wie die Scheibenwelt von derartigen Geräuschen heimgesucht wurde, und das Grauen verlieh ihm neue Kraft. Er trat nach seinem monströsen Feind, um die Heimat der Menschen zu retten, um den bereits bedrohlich flackernden Lichtschein in der dunklen Nacht des Chaos zu bewahren und die Lücke zu schließen, die dem Unheil aus den Kerkerdimensionen Zugang ins Diesseits gewährte. Vor allen Dingen aber hämmerte er auf das Ungeheuer ein, um es daran zu hindern, ihn durch die Mangel zu drehen.

Krallen oder Klauen hinterließen blutige Striemen auf Rincewinds Rücken, und irgend etwas schnappte nach seiner Schulter. Aber er hielt nicht inne, entdeckte einige weiche Stellen in einem Gewirr aus Haaren und Schuppen, drückte so fest wie möglich zu.

Ein dornenbewehrter Arm stieß ihn zur Seite, und er fiel in schotterartigen, knirschenden Staub.

Instinktiv rollte er sich zusammen und erwartete einen verheerenden Wutanfall des Ungetüms. Doch nichts dergleichen geschah. Als er vorsichtig die Augen öffnete, sah er, wie das Wesen von ihm forthumpelte und aus mehreren Wunden blutete. Genauer gesagt: Es verlor diverse Flüssigkeiten.

Es war das erstemal, daß jemand vor Rincewind floh.

Er stemmte sich wieder in die Höhe, folgte dem Geschöpf, griff nach einem Schuppenbein und zerrte heftig. Das Monstrum kreischte und schlug mit den noch einsatzfähigen Gliedmaßen um sich, aber Rincewind ließ nur los, um den Ellenbogen ins übriggebliebene Auge des Gegners zu rammen. Der metamorphierte Trymon schrie und eilte fort.

Natürlich gab es nur einen Fluchtweg für ihn.

Der Turm und das rote Himmelsglühen kehrten zurück, als sich im temporalen Damm ein Schleusentor öffnete und der Zeitstrom weiterfließen konnte.

Rincewind fühlte festen Stein unter sich, rollte nach links, blieb auf dem Rücken liegen und stieß das monströse Wesen zur Seite.

»Jetzt!« rief er.

»Jetzt was?« fragte Zweiblum. »O ja. Natürlich.«

Er holte mit dem Schwert aus, zwar nicht gerade wie ein Krieger, aber doch kräftig genug. Die Klinge verfehlte Rincewind nur um Haaresbreite und bohrte sich tief in das *Ding*. Plötzlich summte etwas, so als sei ein Wespennest aufgeplatzt, und das wüste Durcheinander aus Armen, Beinen und Tentakeln zuckte peinerfüllt. Das Ungetüm schrie, rutschte über den Boden, schlug wild um sich — und traf nur leere Luft, als es über den Rand der runden Öffnung rollte und im Schacht verschwand.

Es riß Rincewind mit sich.

Mit einem dumpfen Pochen prallte der verwandelte Trymon von der Treppe ab und stürzte in die dunkle Tiefe. Das schrille Kreischen wurde rasch leiser und erstarb von einem Augenblick zum anderen.

Tief unten krachte eine Explosion, und oktarines Licht gleißte.

Dann herrschte Stille. Zweiblum stand allein auf dem Turm, sah man einmal von den sieben Zauberern ab, die sich noch immer nicht von der Stelle rührten.

Der Tourist zwinkerte verwundert, als sieben Feuerbälle

durch den finsteren Schacht schwebten und im beiseite gelegten Oktav verschwanden, das daraufhin weitaus lebendiger und interessanter wirkte.

»Lieber Himmel«, brachte er hervor, »ich nehme an, das waren die Zaubersprüche.«

»Zweiblum.« Die Stimme hallte hohl durch die Luke, und der Tourist hatte Mühe, sie als die Rincewinds zu erkennen.

Er verharrte, die Fingerspitzen nur wenige Zentimeter vom Buch entfernt.

»Ja?« fragte er. »Äh, bist... bist du das, Rincewind?«

»Wer sonst«, lautete die Antwort. Es war genau die Art von Stimme, die man um Mitternacht auf einem Friedhof zu hören erwartet. »Ich möchte, daß du eine sehr wichtige Aufgabe für mich erfüllst.«

Zweiblum sah sich um und straffte die Gestalt. Also hing das Schicksal der Scheibenwelt doch noch von ihm ab.

»Ich bin bereit«, sagte er voller Stolz. »Was soll ich für dich tun?«

»Zuerst einmal mußt du aufmerksam zuhören«, fuhr Rincewinds körperlose Stimme geduldig fort.

»Ich bin ganz Ohr.«

»Es ist von extremer Bedeutung, daß du nicht ›Was soll das heißen?‹ fragst oder eine Diskussion beginnst, nachdem ich dir alles erklärt habe. Hast du verstanden?«

Zweiblum nahm Haltung an. Nun, das traf zumindest auf seinen Geist zu; der Körper scheiterte kläglich und blieb unförmig. Würdevoll schob er das schwammige Mehrfachkinn vor.

»Ich bin bereit«, wiederholte er.

»Gut. Nun zu deiner Aufgabe...«

»Ja?«

Rincewinds Stimme wehte aus der dunklen Öffnung.

»Ich möchte, daß du herkommst und mich hochziehst, bevor ich den Halt verliere.«

Zweiblum öffnete den Mund, überlegte es sich dann anders und schloß ihn wieder. Das scharlachrote Gleißen des neuen Sterns rief düstere Reflexe in den Augen des Zauberers hervor.

Zweiblum legte sich bäuchlings auf den Boden und streckte die Arme aus. Rincewinds Finger schlossen sich ihm so fest ums Handgelenk, daß sich der Tourist beunruhigt fragte, was geschehen mochte, wenn er ihn nicht durch die Luke ziehen konnte. Der Zauberer schien nicht die geringste Absicht zu haben, in einem solchen Fall loszulassen.

»Ich bin froh, daß du noch lebst«, sagte Zweiblum.

»Freut mich«, brummte Rincewind. »Ich auch.«

Eine Zeitlang hing er stumm in der Dunkelheit. Nach den vergangenen Minuten genoß er das fast — aber eben nur fast.

»Zieh mich jetzt hoch!« fügte er schließlich hinzu.

»Ich glaube, das könnte ein wenig schwierig werden«, erwiderte Zweiblum. »Nun, um ganz ehrlich zu sein: Ich befürchte, ich schaffe es nicht.«

»Woran hältst du dich fest?«

»An dir.«

»Und abgesehen davon?«

»Was soll das heißen?« fragte Zweiblum.

Rincewind stöhnte leise.

»Hör mal, äh«, sagte der Tourist, »die Treppe führt spiralförmig an den Wänden entlang, nicht wahr? Wie wär's, wenn ich dich hin und her schwinge und...«

»Wenn du mir vorschlagen willst, ich soll mich sechs Meter tief durch einen rabenschwarzen Schacht fallen lassen und darauf hoffen, auf einige harte und noch dazu verdammt schmale Stufen zu prallen, die sich vielleicht gar nicht an der richtigen Stelle befinden...« Rincewind ächzte. »Kommt überhaupt nicht in Frage.«

»Es gibt eine Alternative.«

»Und welche?«

»Du könntest dich fast zweihundert Meter tief durch den Schacht fallen lassen und unten auf harten Stein prallen, den du ganz bestimmt nicht verfehlst«, sagte Zweiblum.

Einige Sekunden lang blieb es völlig still. Dann entgegnete Rincewind in einem vorwurfsvollen Tonfall: »Das war Sarkasmus.«

»Ich habe nur deine Lage beschrieben.«

Rincewind brummte etwas.

»Könntest du nicht Magie beschwören, um...«, begann Zweiblum.

»Nein.«

»War nur so ein Gedanke.«

Unten schimmerte Licht, und aufgeregte Stimmen erklangen. Kurz darauf wurde das Glimmen etwas heller, das Rufen lauter. Mehrere Fackeln tanzten über die Stufen.

»Es kommen Leute die Treppe hoch«, sagte Zweiblum und bemühte sich, Rincewind auf dem neuesten Stand zu halten.

»Hoffentlich beeilen sie sich«, erwiderte der Zauberer. »Ich kann meinen Arm nicht mehr spüren.«

»Da hast du Glück«, behauptete der Tourist. »Ich fühle meinen ganz deutlich.«

Die erste Fackel hielt inne, und irgend etwas donnerte, gefolgt von vielen ebenso dumpfen wie unverständlichen Echos.

Zweiblum merkte, wie er langsam in Richtung Lukenrand gezogen wurde. »Ich glaube, jemand gab uns gerade den guten Rat, nicht loszulassen.«

Rincewind fluchte.

Und fügte etwas leiser und ziemlich ernst hinzu: »Ich glaube, ich kann mich nicht länger festhalten.«

»Versuch es!«

»Hat keinen Zweck. Meine Hand rutscht ab.«

Zweiblum seufzte und hielt den Zeitpunkt für gekommen, harte Maßnahmen zu ergreifen. »Na schön«, sagte er abfällig, »dann laß dich fallen. Ist mir völlig schnuppe.«

»Was?« erwiderte Rincewind. Er war so erstaunt, daß er ganz vergaß, in die Tiefe zu stürzen.

»Mach schon! Stirb ruhig! Du hast den leichten Weg immer vorgezogen, nicht wahr?«

»Den *leichten?*«

»Ist es etwa schwer, durch den Schacht zu fallen und sich unten alle Knochen im Leib zu brechen?« fragte Zweiblum spöttisch. »Das kann jeder. Los! Worauf wartest du noch? Es ist dir sicher gleich, daß wir dich lebend brauchen, damit du die acht Zauberformeln aussprichst und die Scheibenwelt rettest. Tja, wen kümmert's, wenn wir alle verbrennen? Dich? Wohl kaum. Du bist dir selbst der Nächste, stimmt's?«

Ein langes verlegenes Schweigen schloß sich an.

»Ich weiß nicht warum«, entgegnete Rincewind nach einer Weile und sprach wesentlich lauter als notwendig, »aber seit ich dich kennengelernt habe, verbringe ich einen großen Teil meiner Zeit damit, dauernd in Not zu geraten.«

»Not ist nicht Tod«, berichtigte Zweiblum.

»Wer ist tot?« fragte Rincewind verwirrt.

»Du — wenn du losläßt«, erklärte der Tourist und versuchte, nicht darauf zu achten, daß er sich immer mehr dem Rand der runden Öffnung näherte. »Was ich sagen wollte, ist folgendes: Du bist noch immer quicklebendig, trotz allem. Ich meine, es könnte doch wesentlich schlimmer sein, oder? Wenn ich mich recht entsinne, bist du nicht schwindelfrei. Und im Turm ist es zum Glück dunkel. Stell dir nur mal vor, er wäre hell erleuchtet, so daß du den Boden fast zweihundert Meter unter dir sehen...«

»Lieber nicht«, ächzte Rincewind und gab ein gurgelndes Geräusch von sich. Er atmete einige Male tief durch und fügte schließlich hinzu: »Weißt du, was ich tun werde, wenn wir dies alles überstanden haben?«

»Nein«, sagte Zweiblum, schob die Stiefelspitzen in einen schmalen Spalt zwischen zwei Steinplatten und versuchte, sich allein mit der Kraft seines Willens festzuhalten.

»Ich werde mir ein Haus in der flachsten Ebene weit und breit bauen. Ich beschränke mich auf das Erdgeschoß und verzichte sogar darauf, Sandalen mit besonders dicken Sohlen zu tragen...«

Der erste Fackelträger näherte sich und blieb dicht unter Rincewind stehen. Zweiblum sah in das lächelnde Gesicht Cohens. Hinter ihm erkannte er die vertrauten Konturen des Koffers, der auf Hunderten von kleinen Beinen über die Stufen trippelte.

»Alles in Ordnung?« fragte der greise Barbar. »Kann ich euch irgendwie helfen?«

Rincewind schnaufte leise und holte Luft.

Zweiblum diagnostizierte die Symptome eines beginnenden Wutanfalls. Rincewind setzte zu einer Bemerkung an wie »Ja, mich juckt es am Nacken, und ich wäre dir sehr dankbar, wenn du mich dort im Vorbeigehen kratzen könntest« oder »Nein, es macht ungeheuer Spaß, über tiefen Abgründen zu hängen.« Der Tourist wollte sich nicht die Stimmung verderben lassen, und deshalb sagte er rasch:

»Zieh Rincewind auf die Stufen!« Der Zauberer ließ zischend den Atem entweichen.

Cohen schlang ihm den einen Arm um die Taille und setzte ihn nicht gerade sanft auf der Treppe ab.

»Ziemliche Schweinerei auf dem Boden dort unten«, sagte er freundlich. »Wer war der Bursche?«

»Hast du«, — Rincewind schluckte —, »äh, zufälligerweise irgendwelche Tentakel oder was in der Art gesehen?«

»Nein«, erwiderte Cohen, »nur den üblichen Kram. Allerdings platter als sonst. Und ein wenig verschmiert.«

Rincewind sah Zweiblum an, der den Kopf schüttelte.

»Ein Zauberer, der sich zuviel vornahm«, meinte er.

Rincewind ließ sich durch die Dachluke helfen und versuchte ohne großen Erfolg, die Schmerzen in seinem protestierenden Leib zu mißachten.

»Wie seid ihr hergekommen?« erkundigte er sich.

Cohen deutete auf die Truhe, die sich neben Zweiblum auf den Boden sinken ließ und die Klappe öffnete — wie ein Hund, der weiß, daß er ungehorsam gewesen ist, und hofft, mit einer Geste der Zuneigung sein Herrchen zu beschwichtigen (und der zusammengerollten Zeitung zu entgehen).

»Nicht sehr bequem, aber schnell«, sagte der greise Barbar bewundernd. »Außerdem wagt es niemand, einen aufzuhalten.«

Rincewind starrte zum Himmel hinauf und sah gleich mehrere pockennarbige Monde, jeder einzelne zehnmal so groß wie der kleine Satellit der Scheibenwelt. Er beobachtete sie ohne Interesse, fühlte sich leer und ausgebrannt, so erschöpft wie noch nie zuvor in seinem Leben. Einem alten Gummiband, das jederzeit reißen konnte, mußte es ähnlich ergehen.

Unterdessen holte Zweiblum sein Ikonoskop hervor.

Cohen musterte die sieben alten Zauberer.

»Seltsamer Ort, um Statuen aufzustellen«, sagte er. »Hier kann sie niemand sehen. Nun, ist vielleicht auch besser so. Geben nicht viel her. Armselige Arbeit.«

Rincewind trat näher und klopfte vorsichtig an Werts Brust. Sie bestand aus massivem Stein.

Mir reicht's, dachte er. *Ich will endlich nach Hause.*

He, einen Augenblick! fügte er in Gedanken hinzu. *Ich bin ja schon zu Hause. Mehr oder weniger. Na gut, dann möchte ich mich gründlich ausschlafen. Möglicherweise sieht morgen früh alles anders aus. Hoffentlich.*

Er sah das Oktav, von dem noch immer oktarine Funken stoben. *Oh*, fuhr es ihm durch den Sinn, *das hätte ich fast vergessen...*

Rincewind griff nach dem Buch und blätterte müßig

darin. Auf den Seiten zeigten sich komplizierte Schriftzeichen, die dauernd in Bewegung zu sein schienen und sich veränderten, während er den Blick auf sie richtete. Offenbar wußten sie nicht genau, auf welche Weise sie sich ihm darbieten sollten: Im einen Augenblick handelte es sich um ganz normale Symbole, die auf Schnörkelverzierungen verzichteten, und eine Sekunde später verwandelten sie sich in kantige Runen, aus denen unmittelbar darauf kythianische Zauberschrift wurde. Es folgten sonderbare, unheilvoll anmutende und nicht sehr ästhetische Piktogramme; hauptsächlich bestanden sie aus reptilienartigen Wesen, die sich aneinanderdrängten und seltsame Dinge anstellten...

Die letzte Seite war leer. Rincewind seufzte und hielt in der Hinterkammer seines Bewußtseins nach dem Zauberspruch Ausschau. Die magische Formel beobachtete ihn unschlüssig.

Rincewind hatte diese Gelegenheit herbeigesehnt, sich immer wieder vorgestellt, wie er den Zauberspruch zwang, ins Buch zurückzukehren, wie er wieder von seinem Kopf Besitz ergriff und all die geringeren Beschwörungen lernte, die sich bisher nicht in seinem Gedächtnis niederlassen wollten, weil sie sich zu sehr fürchteten. Enttäuscht stellte er fest, daß ihn nicht die erwartete Aufregung erfaßte.

Seine Stimmung ließ sich recht treffend mit ›apathischer Entschlossenheit‹ beschreiben, die keinen Widerspruch duldete. Er starrte die thaumaturgische Formel kühl an und zeigte mit einem metaphorischen Daumen über die mentale Schulter.

He, du. Raus!

Einige Sekunden lang hatte es den Anschein, als wolle der Zauberspruch Einwände erheben, doch klugerweise überlegte er es sich anders.

Rincewind spürte ein leichtes Prickeln, sah ein blaues Gleißen hinter den Augen, woran sich das Gefühl plötzlicher Leere anschloß.

Als er den Kopf senkte, sah er eine Seite voller niedergeschriebener Worte, die sich gerade in der Runen-Phase befanden. Der Magier seufzte erleichtert. Die Reptilien-Bilder waren häßlich, und außerdem hatte er nicht die geringste Ahnung, wie man sie aussprach. Hinzu kam, daß sie ihn an etwas erinnerten, das er nur schwer vergessen konnte.

Mit ausdrucksloser Miene blickte er auf das Buch, während Zweiblum geschäftig hin und her eilte (ohne daß ihm jemand Beachtung schenkte) und sich Cohen vergeblich bemühte, die Ringe von den steinernen Fingern der Zauberer zu ziehen.

Rincewind entsann sich daran, daß er irgend etwas unternehmen mußte. Aber was?

Er richtete seine Aufmerksamkeit wieder auf die erste Seite und begann zu lesen. Seine Lippen bewegten sich lautlos, und die Spitze des Zeigefingers folgte den Konturen eines jeden Zeichens. Als er die einzelnen Worte murmelte, manifestierten sie sich geräuschlos über und neben ihm. Helle Farben leuchteten und verblaßten in der roten Nacht.

Er blätterte um.

Weitere Personen kamen die Treppe herauf: Sternenleute, gewöhnliche Bürger, sogar einige Leibgardisten des Patriziers. Einige graugesichtige und trübe starrende Männer, die noch immer nicht das Interesse an linken Ohren verloren hatten, schoben sich vorsichtig und zögernd auf Rincewind zu. Der Zauberer übersah sie und las weiter, hüllte sich in einen bunten Vorhang aus wirbelnden Buchstaben. Cohen zog sein Schwert und trat den selbsternannten Läuterern mit einem breiten Diamantengrinsen entgegen, woraufhin sie rasch zurückwichen.

Die vornübergeneigte Gestalt Rincewinds emittierte Stille, die sich wie die kleinen Wellen in einer Pfütze ausbreitete. Sie strömte an den Mauern des Turms herab, spülte über die weit unten wartende Menge, floß über staubigen

Boden, gischtete durch die Stadt und die angrenzenden Regionen.

Nach wie vor glühte der neue Stern stumm über der Scheibenwelt. Anderenorts am Himmel drehten sich langsam und lautlos die neuen Monde.

Das einzige Geräusch war Rincewinds heiseres Flüstern, als er Seite um Seite las.

»Ist das nicht aufregend?« entfuhr es Zweiblum. Cohen drehte sich gerade eine Zigarette, die mehreren Stummeln eine teerige Wiedergeburt gewährte. Langsam ließ er das Papier sinken.

»Was denn?« fragte er verwundert.

»All die Magie!«

»Sie glänzt nur«, erwiderte der greise Barbar kritisch. »Bisher ist es ihm noch nicht gelungen, irgendwelche Tauben aus dem Ärmel zu ziehen.«

»Das stimmt schon«, gestand Zweiblum ein, »aber spürst du nicht die okkulte Macht?«

Cohen zog ein großes, gelbes Streichholz aus seinem Tabaksbeutel, bedachte den reglosen Wert mit einem nachdenklichen Blick und entzündete es genüßlich an der versteinerten Nase.

»Hör mal«, wandte er sich an den Touristen und sprach betont höflich, »was erwartest du eigentlich? Ich bin weit herumgekommen und habe viel Zauberei und so'n Kram gesehen. Vertrau meiner Erfahrung: Wenn dir dabei vor Staunen immerzu die Kinnlade runterfällt, fühlt sich irgendwann jemand eingeladen, Zielübungen darauf zu veranstalten. So etwa.« Cohen holte mehrmals mit der Faust aus, und Zweiblum klappte den Mund zu. »Außerdem: Zauberer sterben wie ganz gewöhnliche Menschen, wenn man ihnen ein Messer in die Rippen....«

Es knallte laut, als Rincewind das Buch zuschlug. Er richtete sich auf und holte tief Luft.

Und dann geschah folgendes:

Nichts.

Die Anwesenden brauchten eine Weile, um das zu bemerken. Sie duckten sich instinktiv, warteten auf das Blitzen von weißem Licht, vielleicht auch die Explosion eines gewaltigen Feuerballs. Cohen bildete die einzige Ausnahme: Er begegnete der Thaumaturgie nach wie vor mit einer gehörigen Portion Skepsis und rechnete bestenfalls mit einigen weißen Tauben oder einem altersschwachen Kaninchen.

Es war nicht einmal ein besonders interessantes Nichts. Manchmal bleiben gewisse Ereignisse auf recht eindrucksvolle Art und Weise aus, doch in diesem Fall bewirkte das Nicht-Geschehen schlicht und einfach Langeweile.

»Das ist alles?« fragte Cohen schließlich. Einige Bürger brummten enttäuscht, und mehrere Sternenleute warfen Rincewind finstere Blicke zu.

Der Zauberer sah den greisen Barbar müde an.

»Ich glaube schon«, entgegnete er.

»Aber es ist doch überhaupt nichts passiert.«

Rincewind starrte auf das Oktav.

»Vielleicht erzeugt es einen eher zarten Effekt«, sagte er hoffnungsvoll. »Immerhin wissen wir gar nicht genau, worin die Auswirkung der Beschwörung bestehen soll.«

»Das ist der Beweis!« rief ein Sternenmann triumphierend. »Magie funktioniert nicht! Es ist alles nur Illusion!«

Ein Stein flog aus der roten Düsternis heran und traf Rincewind an der Schulter.

»Du hast völlig recht«, bestätigte jemand anders. »Schnappt ihn!«

»Ich schlage vor, wir werfen ihn vom Turm.«

»Gute Idee. Wir schnappen ihn uns *und* werfen ihn vom Turm.«

Die Menge rückte vor. Zweiblum hob die Hände.

»Bestimmt ist es nur ein Mißverständnis«, begann er. Einer der Sternenleute gab dem Touristen einen Tritt. Zweiblum brach jäh ab, verlor das Gleichgewicht und fiel.

»Ach, es geht schon wieder los!« seufzte Cohen, zertrat

den Rest seiner Zigarette, zog das Schwert und sah sich nach dem Koffer um.

Die Truhe machte keine Anstalten, ihrem Eigentümer zu Hilfe zu eilen. Sie stand vor Rincewind, der sich das Oktav wie eine Wärmflasche an die Brust preßte und langsam zu verzweifeln schien.

Ein graugesichtiger Mann sprang auf ihn zu. Die Kiste hob drohend den Deckel.

»Ich weiß, warum es nicht geklappt hat«, ertönte eine Stimme hinter der zornigen Menge. Cohen erhob sich auf die Zehenspitzen und erkannte Bethan.

»Ach?« meinte einer der Bürger abfällig. »Und warum sollten wir auf dich hören?«

Einen Sekundenbruchteil später fühlte er Cohens Schwertspitze am Hals.

»Andererseits...«, fügte der Mann hinzu und schluckte. »Vielleicht wäre es ganz angebracht, der jungen Frau Gelegenheit zu geben, einen Diskussionsbeitrag zu leisten.«

Als sich Cohen mit erhobenem Schwert umdrehte, trat Bethan vor und deutete auf die bunten Worte der acht Zaubersprüche, die Rincewind noch immer wie mit einem Halo umgaben.

»Dies hier kann nicht richtig sein«, sagte sie und zeigte auf einen schmutzig wirkenden braunen Fleck inmitten des strahlenden Wogens. »Bestimmt hast du es falsch ausgesprochen. Laß mich mal nachsehen!«

Wortlos reichte ihr Rincewind das Oktav.

Sie schlug es auf und blätterte.

»Komische Schrift«, sagte sie. »Verändert sich dauernd. He, was macht das Krokodil mit dem Kraken?«

Rincewind sah über Bethans Schulter und gab ihr gedankenlos Auskunft. Sie schwieg eine Zeitlang.

»Oh«, meinte sie dann, »ich wußte gar nicht, daß Krokodile zu so etwas in der Lage sind.«

»Es ist nur eine uralte Bildschrift«, warf Rincewind hastig ein. »Hab ein wenig Geduld; gleich folgen andere

Zeichen. Weißt du, die Zaubersprüche können sich in jeder beliebigen Sprache mitteilen.«

»Erinnerst du dich daran, was du gesagt hast, als die falsche Farbe erschien?«

Mit der Kuppe des Zeigefingers strich er über die Seite.

»Ich glaube, es war diese Stelle. Wo die zweiköpfige Echse gerade... Nun, ich glaube, es erübrigt sich eine Beschreibung.«

Zweiblum trat neben ihn, als die Piktogramme anderen Symbolen wichen.

»Wie spricht man das aus?« fragte Bethan verwirrt. »Schnörkel, Schnörkel, Punkt, Strich.«

»Das sind cupumugukische Schneerunen«, stellte Rincewind fest. »Ich nehme an, es soll ›zph‹ heißen.«

»Aber da hast du dich vermutlich geirrt. Wie wär's mit ›sph‹?«

Sie betrachteten das Wort. Der braune Fleck weigerte sich hartnäckig, die Farbe zu wechseln.

»Oder ›sff‹?« meinte Bethan.

»Möglicherweise auch ›tsff‹«, fügte Rincewind in einem zweifelnden Tonfall hinzu. Die schmutzig aussehende Stelle im bunten Wallen wurde noch dunkler.

»Und ›zsff‹?« warf Zweiblum hilfsbereit ein.

»So ein Quatsch«, brummte Rincewind. »Ich kenne mich mit Schneerunen bestens...«

Bethan stieß ihm den Ellenbogen in die Seite und streckte die Hand aus.

Das braune Wort glänzte nun in einem dunklen Rot.

Das Buch erzitterte in Bethans Händen. Rincewind schlang der jungen Frau den Arm um die Taille, packte Zweiblum am Kragen und sprang zurück.

Das Oktav rutschte aus Bethans Händen und fiel dem Boden entgegen. Aber es erreichte ihn nicht.

Die Luft in unmittelbarer Nähe des Oktavs glühte. Das

Buch stieg langsam auf, und die Blätter schlugen wie Schwingen.

Irgend etwas rauschte, zischte und fauchte, gefolgt von einem disharmonischen Klimpern, das sich kurz darauf in eine exotische Blume aus Licht verwandelte. Der weit geöffnete Kelch wuchs in den roten Himmel, verblaßte und löste sich auf.

Stille herrschte.

Doch weit oben, jenseits der Scheibenwelt, bahnte sich ein ganz besonderes Ereignis an...

In den geologischen Tiefen von Groß-A'Tuins gewaltigem Hirn glitten Gedanken über das Synapsenpflaster neuraler Allen, die sich mit breiten Durchgangsstraßen vergleichen ließen. Eine Sternenschildkröte war natürlich nicht imstande, ihren Gesichtsausdruck zu verändern, aber auf irgendeine seltsame Weise wirkte ihre von Meteoriten zernarbte Miene ausgesprochen erwartungsvoll.

Ihr (oder sein) starrer Blick galt den acht Kugeln, die den roten Stern am Strand des Universums umkreisten.

Sie brachen langsam auseinander.

Riesige Felsformationen lösten sich und fielen in einer langen spiralförmigen Bahn der scharlachfarbenen Sonne entgegen. Der Himmel füllte sich mit Planetenscherben.

Eine kleine Sternenschildkröte kroch zwischen den Trümmern eines Satelliten hervor und streckte ihre paddelförmigen Beine. Sie war kaum größer als ein mittlerer Asteroid, und auf dem Panzer glänzten noch einige Eigelbreste.

Auf ihrem Rücken standen vier Elefantenkälber. Und sie trugen eine kleine Scheibenwelt, eingehüllt in den Rauch urzeitlicher Vulkane.

Groß-A'Tuin wartete, bis sich die acht Babyschildkröten ganz aus ihren Planeteneiern befreit hatten und staunend durch den Kosmos wanderten. Dann drehte sie (oder er) sich um, ganz vorsichtig, um die Meere und Seen ihrer Scheibenwelt nicht über die Ufer schwappen zu lassen. Mit nicht unerheblicher Erleichterung kehrte sie (oder er) in die angenehm kühlen Tiefen des Raums zurück.

Die jungen Himmelsschildkröten folgten und umkreisten ihre Mutter (beziehungsweise den Vater).

Zweiblum lag rücklings auf dem Boden und starrte entzückt gen Himmel. Vermutlich genoß er von allen Bewohnern der Scheibenwelt die beste Aussicht.

Kurz darauf fiel ihm etwas ein.

»Wo ist das Ikonoskop?« fragte er erschrocken.

»Was?« erwiderte Rincewind und wandte den Blick nicht vom Firmament ab.

»Das Ikonoskop«, erklärte Zweiblum. »Mein Fotoapparat. Ich muß unbedingt eine Aufnahme davon machen!«

»Kannst du dir den Anblick nicht einfach ins Gedächtnis einprägen?« frage Bethan.

»Vielleicht vergesse ich ihn.«

»Nun, *ich* werde mich noch daran erinnern, wenn ich tot bin«, behauptete die junge Frau begeistert. »So etwas Herrliches habe ich noch nie zuvor gesehen.«

»Viel besser als Tauben und Billardkugeln«, bestätigte Cohen. »Das muß ich dir lassen, Rincewind. Welcher Trick steckt dahinter?«

»Keine Ahnung«, erwiderte der Zauberer.

»Der Stern wird kleiner«, verkündete Bethan.

Wie aus weiter Ferne hörte Rincewind Zweiblums Stimme, die sich mit dem kleinen Dämon im Bildkasten stritt. Es handelte sich um eine technische Diskussion, bei der es unter anderem um Tiefenschärfe und die nicht ganz unwichtige Frage ging, ob dem verdrießlichen Pinselschwinger noch genug rote Farbe zur Verfügung stand.

An dieser Stelle sollte darauf hingewiesen werden, daß Groß-A'Tuin sehr glücklich und zufrieden war, und wenn sich solche Gefühle in einem Gehirn von den Ausmaßen mehrerer großer Städte bilden, kommt es zu gewissen Emissionen. Was nicht ohne Konsequenzen blieb: Die meisten Bewohner der Scheibenwelt befanden sich in einem geistigen Stadium, das man normalerweise nur mit jahrzehntelanger hingebungsvoller Meditation oder dreißig Sekunden nach der Einnahme verbotener Kräuterelixiere erreicht.

So ist das eben mit Zweiblum, dachte Rincewind. Man kann nicht behaupten, er wisse keine Schönheit zu schätzen. Er bewundert sie nur auf seine eigene Art und Weise. Ich meine: Wenn ein Dichter eine besonders prächtige Narzisse sieht, preist er sie mit eindrucksvollen Reimen. Zweiblum aber würde sich auf die Suche nach einem Lehrbuch über Botanik machen — und es von vorne bis hinten durchlesen. Cohen hat recht. Der Tourist beobachtet schlicht und einfach, aber was er ansieht, scheint sich irgendwie zu verändern. Und ich nehme an, das trifft auch auf mich zu.

Die Sonne der Scheibenwelt ging auf. Der rote Stern schrumpfte immer mehr und konnte kaum noch mit ihr konkurrieren. Gutes, zuverlässiges Scheibenweltlicht strömte über die stille Landschaft, wie ein Meer aus Gold.

Oder goldenem Sirup gleich, wie jemand behauptet hätte, der größeren Wert auf metaphorische Genauigkeit legte.

Dies ist ein genügend dramatisches Ende, aber im wirklichen Leben kann man die einzelnen Kapitel nur selten an der richtigen Stelle beenden, und es mußten noch einige andere Dinge geschehen.

Man denke nur ans Oktav.

Als Sonnenlicht über das Buch tropfte (Sirup, erinnern Sie sich?), klappte es zu und kehrte zum Turm zurück. Viele Zuschauer begriffen plötzlich, daß ihnen der magischste aller magischen Gegenstände auf der Scheibenwelt entgegenfiel.

Das Gefühl der Glückseligkeit und allgemeiner Kameradschaft verdunstete zusammen mit dem Morgentau.

Rincewind und Zweiblum wurden einfach zur Seite gestoßen, als Dutzende von Personen vorstürmten, übereinander hinwegstiegen und gierig die Hände ausstreckten.

Das Oktav verschwand im Zentrum der schreienden Menge. Rincewind vernahm ein lautes und ziemlich energisches Knallen, das Assoziationen an einen gewölbten Deckel weckte, der nicht geneigt war, sich öffnen zu lassen.

Der Zauberer krabbelte auf allen vieren umher, starrte an einigen Beinen vorbei und sah Zweiblum.

»Ich habe da eine ganz bestimmte Vermutung«, sagte er und lächelte schief.

»Welche?«

»Wenn du deinen Koffer öffnest, findest du bestimmt nichts weiter als saubere und nach Lavendel duftende Wäsche.«

»Lieber Himmel!«

»Nun, ich glaube, das Oktav kann auf sich selbst achtgeben. Außerdem befindet es sich jetzt an einem *sehr* sicheren Ort.«

»Wahrscheinlich hast du recht. Nun, manchmal habe ich das Gefühl, die Truhe weiß ganz genau, was sie tut.«

»Ich weiß, was du meinst.«

Sie krochen von dem lärmenden Durcheinander fort, standen auf, klopften sich den Staub von der Hose und hielten auf die Treppe zu.

»Was stellen die Leute jetzt an?« fragte Zweiblum, wippte auf den Zehenspitzen, reckte den Hals und versuchte, sich ein Bild von der aktuellen Lage zu machen.

»Offenbar trachten sie danach, die Kiste aufzubrechen«, sagte Rincewind.

Es knallte erneut, und ein dumpfer Schrei erklang.

»Ich glaube, der Koffer findet großen Gefallen an der ihm geltenden Aufmerksamkeit«, brummte Zweiblum, als sie vorsichtig die ersten Stufen hinter sich brachten.

»Ich schätze, sein Appetit dürfte für eine Weile gestillt sein«, entgegnete Rincewind. »Was mich angeht, so würde ich jetzt gern eine Schenke aufsuchen und uns zwei ordentliche Drinks bestellen.«

»Gute Idee.« Der Tourist nickte. »Ich genehmige mir ebenfalls zwei.«

Zweiblum erwachte gegen Mittag. Er konnte sich nicht daran erinnern, warum er auf einem Heuboden lag und einen Mantel trug, der ihm gar nicht gehörte, aber er verdrängte diese Überlegungen sofort wieder und konzentrierte sich statt dessen auf einen anderen Gedanken.

Nach einigen Sekunden entschied er, Rincewind etwas höchst Wichtiges mitzuteilen.

Er kroch aus dem Stroh, sprang und landete auf dem Koffer.

»Ah, du bist auch hier?« fragte er überflüssigerweise. »Hoffentlich schämst du dich.«

Die Truhe sah ihn verwirrt an.

»Wie dem auch sei«, fügte Zweiblum hinzu, »ich möchte mir das Haar kämmen. Öffne den Deckel.«

Die Kiste klappte gehorsam auf. Zweiblum suchte in diversen Beuteln und Taschen, bis er schließlich Kamm und Spiegel fand und den Kampf gegen die Folgen einer durchzechten Nacht aufnahm. Als er sein Äußeres einigermaßen in Ordnung gebracht hatte, bedachte er den Koffer mit einem durchdringenden Blick.

»Du willst mir vermutlich nicht sagen, was du mit dem Oktav angestellt hast, oder?«

Die Miene der Truhe konnte nur als hölzern bezeichnet werden.

»Na schön. Komm!«

Zweiblum trat in den Sonnenschein, der ihm in seinem gegenwärtigen Zustand ein wenig zu grell erschien, wanderte ziellos durch die Straßen. Alles erschien ihm frisch und neu, selbst der Geruch, doch seltsamerweise begegnete er unterwegs nur wenigen Passanten. Die meisten Leute schliefen noch; eine lange Nacht lag hinter ihnen.

Er begegnete Rincewind am Kunstturm, wo der Zauberer einige Arbeiter beaufsichtigte, die auf dem Dach eine Art Gerüst errichtet hatten und die versteinerten Oberhäupter der magischen Orden herabseilten. Ein Affe schien ihm zu assistieren, aber Zweiblum war nicht in der richtigen Stimmung, um sich von irgend etwas überraschen zu lassen.

»Können sie zurückverwandelt werden?« fragte er.

Rincewind drehte sich um. »Was? Oh, du bist's. Nein, wahrscheinlich nicht. Für den armen Wert käme ohnehin jede Hilfe zu spät. Eins der Taue ist gerissen. Er fiel fast zweihundert Meter tief und prallte aufs Pflaster.«

»Willst du ihn wieder zusammensetzen?«

»Ich dachte eher an einen hübschen Steingarten.« Rincewind winkte den Arbeitern zu.

»Du wirkst auffallend fröhlich«, sagte Zweiblum ein wenig vorwurfsvoll. »Bist du überhaupt nicht ins Bett gegangen?«

»Komische Sache«, erwiderte der Magier. »Ich konnte gar nicht schlafen. Eigentlich wollte ich nur frische Luft schnappen und mir die Beine vertreten, doch dann sah ich, daß allgemeine Unschlüssigkeit herrschte. Nun, ich brachte die Leute nur zusammen und begann damit, alles zu organisieren.« Er sah den Bibliothekar an, der nach seiner Hand griff. »Prächtiger Tag, nicht wahr? Ach, das Leben ist doch herrlich.«

»Rincewind, ich wollte dir sagen...«, begann Zweiblum.

»Weißt du, ich glaube, ich setze mein Studium an der Unsichtbaren Universität fort«, meinte Rincewind beschwingt. »Jetzt gibt es keinen Zauberspruch mehr, der mir die anderen magischen Formeln aus dem Kopf verjagt. Ja, ich bin sicher, diesmal komme ich gut mit der Thaumaturgie zurecht, und vielleicht brauche ich nicht jede Prüfung zu wiederholen, sondern nur die eine oder andere. Es heißt, jemandem mit Doktortitel stünden Tür und Tor offen...«

»Das freut mich für dich, denn...«

»Und da die Oberhäupter der verschiedenen Orden inzwischen nur noch dekorative Funktionen erfüllen, kann ich mein Arbeitszimmer frei wählen...«

»Ich kehre nach Hause zurück.«

»Ein guter Zauberer, der einiges von der Welt gesehen hat und... Was?«

»Ugh?«

»Ich sagte, ich kehre nach Hause zurück«, wiederholte Zweiblum und drängte den Bibliothekar, der an ihm nach Läusen suchte, behutsam zur Seite.

»Nach Hause?«

»In meine Heimat. Zu dem Ort, woher ich komme.« Zweiblum suchte verlegen nach den richtigen Worten. »Ich meine, ich segle übers Meer. Mit einem Schiff. Kehre heim. Würdest du bitte damit aufhören?«

»Wie?«

»Ugh?«

Sie schwiegen einige Sekunden lang. Dann fuhr Zweiblum fort: »Die Idee kam mir gestern nacht. Tja, äh, es ist ja ganz nett, umherzureisen, zu beobachten, folkloristische und kuriose Dinge zu sehen und neue Erfahrungen zu sammeln. Aber vielleicht wäre es auch ganz interessant, daran *zurück*zudenken.«

»Du willst also nicht nur zurück*kehren*, sondern auch zurück*denken?*« fragte Rincewind verwundert. »Hältst du das nicht für gefährlich?«

»Nun, mir gefällt die Vorstellung, Bilder in ein Buch zu kleben und mich zu *erinnern.*«

»Tatsächlich?«

»Ugh?«

»O ja. Wenn man sich erinnern will, darf man eins nicht

vergessen: Man muß irgendeinen Ort aufsuchen, an dem man sich erinnern kann, verstehst du? Es kommt darauf an, die Reise irgendwann zu beenden. Eigentlich ist man nirgends gewesen, bis man heimkehrt. Ja, ich glaube, das meine ich damit.«

Rincewind ging die letzten Bemerkungen Zweiblums in Gedanken noch einmal durch, aber sie schienen nicht viel mehr Sinn zu ergeben.

»Oh«, sagte er nur. »Na schön. Wenn du es so siehst ... Wann brichst du auf?«

»Noch heute. Es gibt da ein Schiff, mit dem ich einen großen Teil der Strecke zurücklegen kann.«

»Da bin ich völlig sicher«, erwiderte Rincewind unbehaglich. Er sah auf seine Füße, blickte zum Himmel, räusperte sich.

»Wir haben einiges durchgestanden, was?« sagte Zweiblum und stieß ihn in die Rippen.

»Ja, in der Tat«, erwiderte Rincewind und rang sich ein Lächeln ab.

»Du bist mir doch nicht böse, oder?«

»Wer — ich?« fragte der Zauberer. »Meine Güte, nein! Habe alle Hände voll zu tun.«

»Dann ist ja alles in Ordnung. Ich schlage vor, wir frühstücken jetzt. Und anschließend gehen wir zu den Docks.«

Rincewind verzog das Gesicht, nickte, wandte sich seinem Assistenten zu und holte eine Banane hervor.

»Du hast jetzt den Bogen raus und kannst mich vertreten«, murmelte er.

»Ugh.«

Natürlich gab es kein einziges Schiff, dessen Reiseziel auch nur in der Nähe des Achatenen Reiches lag, doch das spielte keine Rolle. Zweiblum sprach mit dem Kapitän des ersten halbwegs sauberen Seglers und drückte ihm soviel Gold in die Hand, daß der Mann sofort seine Pläne änderte. Rincewind wartete am Kai und beobachtete, wie der

Tourist den Käpt'n bezahlte. Die Summe entsprach etwa dem vierzigfachen Wert des Kahns, Goldmünze mehr oder weniger.

»Das wäre erledigt«, sagte Zweiblum, als er auf den Zauberer zutrat. »Er setzt mich bei den Braunen Inseln ab, und von dort aus ist es nicht weiter schwer, die Heimreise fortzusetzen.«

»Ausgezeichnet«, knurrte Rincewind.

Zweiblum überlegte kurz, öffnete dann seinen Koffer und holte einen Beutel mit Gold hervor.

»Wo sind Cohen und Bethan?« fragte er.

»Ich glaube, sie sind fortgegangen, um zu heiraten«, erwiderte Rincewind. »Bethan meinte: ›Jetzt oder nie‹.«

»Nun, wenn du sie siehst, so gib ihnen das hier«, sagte Zweiblum und reichte ihm den Beutel. »Ich weiß, wie teuer es ist, den ersten Haushalt zu gründen.«

Zweiblum ahnte noch immer nichts vom gewaltigen Unterschied im Wechselkurs. Die Münzen genügten, um ein ganzes Königreich zu kaufen.

»Du kannst dich auf mich verlassen«, sagte Rincewind und stellte überrascht fest, daß er es ernst meinte.

»Gut. Nun, da wir gerade dabei sind — dir möchte ich ebenfalls etwas schenken.«

»Ach, das ist doch nicht nötig...«

Zweiblum kramte in der Truhe und holte einen großen Sack hervor, den er mit Kleidungsstücken, Geld, dem Ikonoskop und anderen Dingen füllte — bis die Kiste völlig leer war. In dem letzten Gegenstand, den er zur Hand nahm, erkannte Rincewind die kleine Hütte mit dem Muscheldach wieder. Offenbar beabsichtigte der Tourist tatsächlich, sie als Zigarettenschatulle zu verwenden. In dieser Beziehung schreckte er vor nichts zurück.

Er wickelte sie vorsichtig in weiches Papier.

»Sie gehört dir«, sagte er dann, schloß den Deckel und deutete auf die Truhe. »Ich brauche sie nicht mehr, und außerdem ist sie für meinen Kleiderschrank zu groß.«

»Wie bitte?«

»Willst du sie nicht?«

»Nun, ich... doch, schon... aber...« Rincewind atmete tief durch. »Ich meine — der Koffer ist dein Eigentum. Er folgt dir und nicht mir.«

»Koffer«, sagte Zweiblum fest. »Das ist Rincewind. Du gehörst jetzt ihm, klar?«

Die Kiste streckte langsam die Beine aus, drehte sich zögernd um und sah den Zauberer an.

»Um ganz ehrlich zu sein: Eigentlich glaube ich, das Ding gehört nur sich selbst und sonst niemandem«, fügte der Tourist hinzu.

»Ja«, erwiderte Rincewind unsicher.

»Nun, das wär's dann wohl«, sagte Zweiblum. Er streckte die Hand aus.

»Leb wohl, Rincewind. Ich schicke dir eine Postkarte, wenn ich wieder zu Hause bin. Vielleicht auch einen Brief.«

»Meinetwegen. Wenn du irgendwann vorbeikommen solltest: Frag einfach nach mir.«

»Gern. Nun gut, ich glaube, es wird Zeit.«

»Ja.«

»Wir sollten uns jetzt verabschieden.«

»In Ordnung.«

»Bis dann.

»Tschüs.«

Zweiblum wanderte über die Laufplanke, und einige ungeduldige Besatzungsmitglieder zogen sie sofort an Bord.

Die Rudertrommel begann zu pochen, und der Bug des Schiffes pflügte wie angewidert durch das träge und schmutzigbraune Wasser des Ankh, der inzwischen wieder breiter geworden war und nicht mehr dampfte. Die Strömung trug den Kahn ins offene Meer hinaus.

Rincewind sah ihm nach, bis er zu einem kleinen Fleck am Horizont wurde. Dann starrte er die Truhe an. Sie starrte zurück.

»Verschwinde!« befahl der Zauberer. »Hau ab! Ich gebe dich frei, kapiert?«

Er kehrte der Kiste den Rücken zu und marschierte fort. Nach einigen Sekunden hörte er ein leises Trippeln und wirbelte herum.

»Ich will dich nicht!« sagte er scharf und trat nach dem Koffer.

Die Kiste ließ sich auf den Boden sinken. Rincewind murmelte ein zufriedenes »Ha!« und setzte sich wieder in Bewegung.

Kurz darauf blieb er erneut stehen und lauschte. Hinter ihm blieb alles still. Als er sich umsah, stellte er fest, daß sich der Koffer nicht von der Stelle gerührt hatte. Er wirkte irgendwie zusammengekauert und kummervoll. Rincewind überlegte.

»Na schön«, seufzte er nach einer Weile. »Komm mit!«

Er ging weiter, lenkte seine Schritte in Richtung Universität. Der Koffer zögerte eine Zeitlang, bevor er eine Entscheidung traf, die Beine ausfuhr und dem Magier folgte. Seiner Ansicht nach blieb ihm kaum eine Wahl.

Sie wanderten am Kai entlang in die Stadt, zwei Punkte in einer schrumpfenden Landschaft. Die Endeinstellung des erzählerischen Films verwendet ein Weitwinkelobjektiv, das auch ein winziges Schiff auf einem runden Meer zeigt, eine in Wolken gehüllte Scheibenwelt auf dem Rükken von vier großen Elefanten, die ihrerseits auf dem Panzer einer riesigen Schildkröte stehen.

Schon nach kurzer Zeit wird Groß-A'Tuin zu einem glitzernden Stecknadelkopf zwischen den Sternen, einem matten Schimmern, das sich schließlich in der Schwärze des Alls verliert.

Das Erbe
des Zauberers

Originaltitel: EQUAL RITES
Copyright © 1987 by Terry Pratchett
Copyright © 1989 der deutschen Übersetzung
by Wilhelm Heyne Verlag GmbH & Co. KG, München
(erstmals auf deutsch erschienen als Band 06/4584
in der Reihe HEYNE SCIENCE FICTION & FANTASY,
München 1989)
Aus dem Englischen übersetzt von Andreas Brandhorst

Ich danke Neil Gaiman,

der uns das letzte überlebende Exemplar des
Liber Paginarum Fulvarum lieh.

Mein besonderer Gruß gilt allen Jungen und Mädchen
vom H. P. Lovecraft Holiday Fun Club.

Ich möchte hier betonen, daß dieses Buch keineswegs
verrückt ist. Eine solche Bezeichnung trifft nur auf
verkalkte Mathematiker zu, die Geometrie mit Lebensfreude verwechseln.

Und es ist auch nicht beknackt.

In der folgenden Geschichte geht es um Magie, wohin sie verschwindet und — was vielleicht noch wichtiger ist — woher sie kommt. Es sollen die Gründe dafür dargelegt werden, ohne daß Anspruch auf vollständige Beantwortung der aufgeworfenen Fragen erhoben wird.

Nun, vielleicht könnte dieses Buch zu erklären helfen, warum Gandalf nie heiratete und Merlin ein Mann war. Denn es ist auch eine Geschichte über Sex, wobei der Autor allerdings nicht die athletisch-gymnastische Variante Zähl-die-Beine-und-teil-die-Summe-durch-zwei im Sinn hat. Es sei denn, die Protagonisten geraten außer Kontrolle. Was durchaus passieren könnte.

Hauptsächlich aber geht es um die Welt. Achtung, jetzt kommt der große Augenblick! Passen Sie gut auf; die Spezialeffekte sind ziemlich teuer.

Die musikalische Untermalung besteht aus einem bedeutungsvollen Summen, einer dumpfen Vibration, die den Zuhörer auf einen kosmischen Fanfarenstoß vorbereitet. Ungeachtet aller physikalischen Gesetze durchhallt das Brummen den leeren Raum, und das Bild zeigt einige glitzernde Sterne, wie Schuppen auf der Schulter Gottes.

Und dann gerät sie in Sicht, größer als der größte für den nächsten intergalaktischen Krieg ausgerüstete Schlachtkreuzer, den sich ein erfolgreicher C-Film-Regisseur vorstellen kann: eine zehntausend Meilen lange Schildkröte. Es ist Groß-A'Tuin aus der seltenen Gattung der *Astrochelonia*. Sie (oder er — in diesem Punkt sind die Gelehrten nicht ganz sicher) stammt aus einem Universum, in dem die Dinge weniger phantastisch sind, als es der Fall zu sein scheint — und gleichzeitig weitaus bedeutungsvoller, als sich ein mit normaler Phantasie ausgestatteter Mensch vorstellen mag. Auf ihrem (oder seinem) meteoritenzernarbten Panzer stehen vier riesige Elefanten, die die runde Scheibenwelt auf den gewaltigen Schultern tragen.

Die Perspektive verändert sich, und kurz darauf sieht der Zuschauer die ganze Welt im Licht der kleinen Sonne, die sie umkreist. Er beobachtet Kontinente, Archipele, Seen, Meere, Wüsten, Gebirge und sogar eine kleine Eiskappe in der Mitte. Mit Theorien über planetare Kugeln oder ähnlich haarsträubenden Unsinn können die Bewohner jenes Ortes natürlich nichts anfangen. Ihre Welt wird von einem runden Meer begrenzt, das in einem ewigen Wasserfall über den Rand der Scheibe ins All strömt, und sie ist so flach und platt wie eine geologische Pizza, der allerdings die Artischocken fehlen — von den Zwiebeln und der Salami ganz zu schweigen.

Auf einer derartigen Welt (die nur existiert, weil sich die Götter einen Scherz erlaubten) gibt es genug Platz für Magier und Zauberei. Und natürlich auch für Sex.

Der alte Mann stapfte durchs Gewitter. Er trug einen langen gemusterten Mantel und hielt einen Holzstab mit eigentümlichen Schnitzmustern in der Hand; doch was ihn in erster Linie als Zauberer verriet, war die Tatsache, daß die Regentropfen einen halben Meter über seinem Kopf verdampften.

Die Spitzhornberge stellten eine für ordentliche Gewitter bestens qualifizierte Region dar. Die Landschaft bestand größtenteils aus schroffen Graten, zerklüfteten Hängen, dichten Wäldern und so tiefen Flußtälern, daß das Tageslicht den Rückzug antreten mußte, kaum hatte es den Boden erreicht. Faserige Wolkenfetzen klebten an den nicht ganz hohen Berggipfeln unterhalb des Pfades, über den der Zauberer rutschte und schlitterte. Ein paar schlitzäugige Ziegen beobachteten ihn mit vagem Interesse. Nun, es erfordert nicht viel, um die Aufmerksamkeit solcher Tiere zu wecken.

Gelegentlich blieb der alte Mann stehen und warf seinen Stab hoch in die Luft. Als er in den Matsch fiel, zeigte er immer in die gleiche Richtung, und dann seufzte der Zauberer, hob ihn auf und stakte weiter durch den Schlamm.

Auf Beinen aus flackernden Blitzen marschierte das Unwetter durchs Gebirge, donnerte und knurrte grollend.

Der Magier verschwand hinter einem Felsvorsprung, die Ziegen zuckten mit den Achseln und fraßen nasses Gras.

Kurz darauf aber blickten sie wieder auf. Sie erstarrten förmlich, zwinkerten überrascht und meckerten erschrokken.

Was eigentlich seltsam war, denn es befand sich niemand auf dem Pfad. Was die Ziegen jedoch nicht weiter kümmerte; sie sahen dem Nichts nach, bis es sich im grauen Wogen verlor.

Die Hütten des Dorfes standen in einem schmalen Tal zwischen hoch aufragenden bewaldeten Hängen. Es handelte sich um keine besonders große Siedlung, und es muß bezweifelt werden, ob sich jemand die Mühe machte, sie in einer Bergkarte zu verzeichnen. Sie hatte sogar Mühe, sich auf einer Karte der Ortschaft zu zeigen.

Es war eins jener Dörfer, die nur existieren, damit jemand Angaben über seine Herkunft machen kann. Im Universum wimmelt es davon: in Schluchten verborgene Orte, halb vergessene Provinznester in weiten Savannen, einsame Schuppen in dunklen Wäldern. Sie gehen nur deshalb in die Geschichte ein (zumindest in die regionale), weil in einer so gewöhnlichen und langweiligen Umgebung höchst bedeutsame Ereignisse ihren Anfang nahmen. Manchmal erinnert nur eine kleine Gedenktafel daran, daß entgegen aller gynäkologischen Möglichkeiten irgendeine Berühmtheit in halber Höhe einer Mauer geboren wurde.

Nebel wallte zwischen den Häusern, als der Zauberer eine kleine Brücke überquerte, unter der ein angeschwollener Wildbach gurgelte. Er verharrte kurz, um sich zu orientieren, und hielt dann auf die Dorfschmiede zu. Nun, der Nebel wird hier nur erwähnt, um die richtige Stimmung entstehen zu lassen; sein Wallen hat mit den folgenden Geschehnissen nichts zu tun. Der Vollständigkeit halber sei hinzugefügt, daß es ein recht erfahrener Nebel war, der die Kunst des Wallens außerordentlich gut beherrschte. Was das Gurgeln des Wildbachs angeht: Er litt nicht etwa an Mundgeruch, sondern wetteiferte aus purer Lebensfreude mit dem Prasseln des Regens.

In der Werkstatt des Dorfschmieds herrschte natürlich ziemliches Gedränge. Immerhin kann man guten Gewissens darauf vertrauen, dort nicht nur ein gut geschürtes Feuer vorzufinden, sondern auch einen Gesprächspartner. Mehrere Dorfbewohner hatten es sich im warmen Schatten gemütlich gemacht, und als der Zauberer eintrat, setzten sie sich erwartungsvoll auf und versuchten mit mäßigem Erfolg, intelligent zu wirken.

Der Schmied hielt derart unterwürfige Gesten für nicht notwendig. Er nickte dem Magier zu und begrüßte ihn damit als Gleichrangigen — wenigstens sah er sich in einer solchen Rolle. Er vertrat die Ansicht, jeder halbwegs kompetente Schmied müsse mit der Magie auf einigermaßen gutem Fuße stehen. Manchmal erschien es ihm wie ein Wunder, das seine Hammerschläge rotglühendem Eisen genau die richtige Form gaben, und er zweifelte nicht daran, daß als Erklärung nur Thaumaturgie in Frage kam.

Der Zauberer verneigte sich. Eine weiße Katze, die hinter dem Ofen lag, erwachte aus ihrem Schlummer und musterte ihn wachsam.

»Wie heißt dieser Ort, Herr?« fragte der alte Mann.

Der Schmied hob die Schultern.

»Blödes Kaff«, sagte er.

»Blödes...?«

»Kaff«, wiederholte der Schmied herausfordernd und hob die Brauen. Offenbar befürchtete er eine Verletzung seines Heimatstolzes.

Der Zauberer dachte kurz nach.

»Gewiß ein Name, hinter dem sich eine interessante Geschichte verbirgt«, erwiderte er schließlich und fügte hinzu: »Die ich unter anderen Umständen gern hören würde. Leider bleibt mir nicht genügend Zeit. Ich bin gekommen, um mit dir über deinen Sohn zu sprechen.«

»Welchen meinst du?« fragte der Schmied, und die Zuhörer kicherten leise. Der Zauberer lächelte.

»Du hast sieben Söhne, nicht wahr? Und du selbst bist ein achter Sohn, stimmt's?«

Die Miene des Schmieds verhärtete sich. Er überlegte einige Sekunden lang und wandte sich den Dorfbewohnern zu.

»Na schön«, brummte er. »Ich glaube, es hört auf zu regnen. Haut ab! Ich und...« Er sah den Zauberer an und hob die Brauen.

»Drum Billet«, sagte der alte Mann.

»Ich und Drum Billet haben einiges zu besprechen.« Er winkte mit dem Hammer, und die anderen Männer wanderten im Gänsemarsch zur Tür. Mehrmals blickten sie über die Schulter zurück, so als hofften sie auf eine Zugabe, obwohl die Vorstellung noch gar nicht begonnen hatte.

Der Schmied zog zwei Stühle unter der Werkbank hervor, nahm eine Flasche aus dem Schrank neben dem Wasserbehälter und schenkte die beiden kleinsten Gläser voll, die er finden konnte.

Dann nahm er zusammen mit dem Zauberer Platz. Eine Zeitlang beobachteten sie den Regen und den Nebel, der kunstvoll und elegant über die Brücke wallte. Schließlich sagte der Schmied: »Ich weiß, welchen Sohn du meinst. Die alte Granny ist gerade oben bei meiner Frau. Der achte Sohn eines achten Sohns. Hm, ich verstehe. Nun, ich habe schon daran gedacht, der ganzen Sache jedoch keine große Beachtung geschenkt, um ganz ehrlich zu sein. Tja. Ein Zauberer in der Familie, wie?«

»Wäre durchaus möglich«, entgegnete Billet. Die weiße Katze verließ ihren Schlafplatz, stolzierte würdevoll über den Boden, sprang auf den Schoß des Zauberers und rollte sich dort zusammen. Die dünnen Finger des alten Mannes streichelten sie geistesabwesend.

»Tja, tja«, wiederholte der Schmied. »Ein Zauberer in Blödes Kaff, mhm?«

»Ist nicht auszuschließen«, antwortete Billet. »Natürlich

muß er zuerst die Universität besuchen. Aber er könnte es weit bringen.«

Der Schmied betrachtete diese Idee von allen Seiten und entschied, daß sie ihm gut gefiel. Dann erinnerte er sich an etwas.

»Einen Augenblick«, brummte er. »In diesem Zusammenhang hat mir mein Vater einmal etwas gesagt. Ich glaube, es ging dabei um folgendes: Ein Zauberer, der weiß, daß er nicht mehr lange lebt, kann seine, äh, Zauberei auf einen, äh, Nachfolger übertragen, äh. Ist das, äh, richtig?«

»Du hast es bemerkenswert klar ausgedrückt, ja«, bestätigte der Magier.

»Mit anderen, äh, Worten: Du wirst also, äh, sterben?«

»In der Tat.« Die Katze schnurrte, als der alte Mann sie hinter den Ohren kraulte.

Der Schmied wirkte verlegen. »Wann?«

Der Zauberer überlegte. »In etwa sechs Minuten.«

»Oh.«

»Sei unbesorgt«, fügte der Thaumaturge hinzu. »Ich freue mich sogar darauf, wenn ich ganz offen sein darf. Wie ich hörte, ist das Sterben völlig schmerzlos.«

Der Schmied runzelte die Stirn. »Woher willst du das wissen?« erkundigte er sich.

Der Zauberer überhörte diese Frage. Er sah aus dem Fenster zur Brücke und hielt im wogenden Dunst nach verräterischen Hinweisen Ausschau.

»Nun«, seufzte der Schmied, »du solltest mir besser erklären, wie man einen Zauberer erzieht. Weißt du, in dieser Gegend gibt es nicht besonders viele...«

»Das wird sich von allein regeln«, erwiderte Billet munter. »Die Magie hat mich zu dir geführt, und bestimmt kümmert sie sich auch um den Rest. Wie üblich. Habe ich da einen Schrei gehört?«

Der Schmied starrte zur Decke hinauf. Im Zimmer über der Werkstatt füllten sich zwei kleine Lungenflügel mit Luft und ließen sie voller Begeisterung entweichen. Das dabei erklingende Geräusch übertönte sogar das laute Prasseln des Regens.

Der Zauberer lächelte. »Laß ihn herbringen!« schlug er vor.

Die Katze richtete sich auf und blickte interessiert in Richtung Tür. Als der Schmied an die Treppe herantrat und etwas rief, sprang sie herunter, näherte sich den Stufen und schnurrte wie eine Bandsäge.

Kurze Zeit später kam eine hochgewachsene weißhaarige Frau herein und zeigte dem Schmied ein deckenumhülltes Bündel. Er nickte knapp und führte sie hastig zum Zauberer.

»Aber...«, begann sie.

»Dies ist eine sehr wichtige Angelegenheit«, sagte der Schmied ernst. »Was tun wir jetzt, Herr?«

Der Magier hob seinen fast zwei Meter langen armdikken Stab. Die Schnitzmuster schienen sich zu verändern, während der Schmied sie betrachtete, so als wollten sie ihm nicht zeigen, was sie darstellten.

»Das Kind muß ihn halten«, sagte Drum Billet. Der Schmied nickte und tastete im Deckenbündel umher, bis er eine winzige rosafarbene Hand entdeckte. Behutsam führte er sie zum Stab, und die kleinen Finger schlossen sich fest um das Holz.

»Aber...«, wandte die Hebamme ein.

»Es ist alles in Ordnung, Granny«, sagte der Schmied. »Mach dir keine Sorgen!« Und an den Zauberer gerichtet: »Sie ist eine Hexe, Herr. Laß dich von ihr nicht stören. Was nun?«

Der Thaumaturge schwieg.

»Was sollen wir jetzt...« Der Schmied brach ab, beugte sich vor und musterte das Gesicht des alten Mannes. Billet lächelte, doch es blieb ein Rätsel, was ihn so sehr erheiterte.

Der Schmied reichte den Säugling der Hebamme zurück, die inzwischen der Verzweiflung nahe zu sein schien. Dann löste er die dürren blassen Finger des Magiers so behutsam wie möglich vom Zauberstab.

Er fühlte sich sonderbar schmierig an, und irgend etwas knisterte wie statische Elektrizität. Das Holz war fast schwarz, aber die geschnitzten Verzierungen wirkten ein wenig heller, und als er versuchte, sich darauf zu konzentrieren, entwickelten sie ein beunruhigendes Eigenleben.

»Bist du jetzt zufrieden?« fragte die Hebamme.

»Wie? O ja, eigentlich schon. Warum?«

Die weißhaarige Frau zog einen Deckenzipfel beiseite. Der Schmied starrte auf eine bestimmte Stelle des winzigen Körpers und schluckte.

»Nein«, hauchte er. »Er sagte...«

»Und Leute wie *er* sind natürlich Experten auf diesem Gebiet, nicht wahr?« erwiderte Granny spöttisch.

»Aber er war sicher, es sei ein Sohn!«

»Sieht mir ganz und gar nicht nach einem Söhnchen aus, du Dummkopf.«

Der Schmied ließ sich ächzend auf den Stuhl sinken und schlug die Hände vors Gesicht.

»Was habe ich getan?« stöhnte er.

»Du hast der Welt die erste Zauberin gegeben«, stellte die Hebamme fest. »Pudiepudiepuh.«

»Wie?«

»Ich meinte das *Kind*.«

Die weiße Katze schnurrte und krümmte den Rücken, so als striche sie um die Beine eines alten Freundes. Was man nur als seltsam bezeichnen konnte, denn es war niemand da.

»Ich glaube, mir ist ein schwerer Fehler unterlaufen«, sagte eine Stimme, die kein Sterblicher zu hören vermag. »Ich habe mich darauf verlassen, die Magie wisse schon, was richtig sei.«

VIELLEICHT STIMMT DAS AUCH.

»Wenn ich doch nur eingreifen könnte...«

ES GIBT KEIN ZURÜCK, KEIN ZURÜCK, lautete die dunkle, hohl klingende Antwort. Es hörte sich an, als schließe sich langsam die Pforte einer Gruft.

Der aus reinem Nichts bestehende Dunsthauch namens Drum Billet dachte nach.

»Aber sie wird eine Menge Probleme bekommen.«

PROBLEME SIND DAS GEWÜRZ DES LEBENS. BEHAUPTET MAN JEDENFALLS. ICH SPRECHE NATÜRLICH NICHT AUS EIGENER ERFAHRUNG.

»Wie wär's mit einer Reinkarnation?«

Der Tod zögerte.

DAS GEFIELE DIR BESTIMMT NICHT, GLAUB MIR, erwiderte die Grabesstimme.

»Und doch scheint so etwas seit einiger Zeit in Mode gekommen zu sein.«

MAN MUSS DIE ENTSPRECHENDE TECHNIK BEHERRSCHEN. DIE MEISTEN FANGEN GANZ UNTEN AN UND ARBEITEN SICH LANGSAM HOCH. ACH, DU HAST JA KEINE AHNUNG, WIE SCHRECKLICH ES IST, EINE AMEISE ZU SEIN!

»Üble Sache, was?«

NOCH WEITAUS SCHLIMMER, ALS DU DIR VORSTELLEN KANNST. UND MIT DEINEM KARMA WÄRE DIE WIEDERGEBURT ALS AMEISE NOCH SEHR GROSSZÜGIG.

Inzwischen weilte das Baby wieder bei der Mutter. Der Schmied saß betrübt in seiner Werkstatt und starrte in den Regen hinaus.

Drum Billet kraulte die Katze hinter den Ohren und erinnerte sich an sein Leben. Es war recht lang gewesen — einer der Vorteile, ein Zauberer zu sein —, und er hatte viele Dinge angestellt, die er nun zu bedauern begann. Er hielt den Zeitpunkt für gekommen, seine guten Vorsätze endlich ernst zu nehmen...

WEISST DU, ICH HABE NICHT DEN GANZEN TAG ZEIT, sagte der Tod ein wenig vorwurfsvoll.

Der Magier blickte auf die Katze herab und bemerkte erst jetzt, wie komisch sie aussah.

Die Lebenden begreifen nur in den seltensten Fällen, wie merkwürdig die Welt anmutet, wenn man sie aus der Perspektive eines Toten betrachtet. Der Tod befreit den Geist zwar aus der Zwangsjacke dreier Dimensionen, aber er trennt ihn auch von der Zeit, bei der es sich um eine weitere Dimension handelt. Die Katze, die nun an Billets unsichtbaren Beinen entlangstrich, war zweifellos jenes Tier, das er vor einigen Minuten gestreichelt hatte. Gleichzeitig aber sah er ein noch blindes Junges, eine greise Katzendame und alle Stadien dazwischen, was, gelinde gesagt, verwirrend wirkte. Das hypertemporale Geschöpf begann klein und endete dick, erweckte somit den Eindruck einer Karotte vom Typ *Felis domestica* — eine Beschreibung, die genügen muß, bis irgend jemand vierdimensionale Adjektive entwickelt.

Die knöcherne Hand des Todes klopfte Billet sanft auf die Schulter.

KOMM JETZT, MEIN LIEBER!

»Kann ich ihr überhaupt nicht helfen?«

DAS LEBEN IST FÜR DIE LEBENDEN. WIE DEM AUCH SEI — DU HAST IHR DEINEN ZAUBERSTAB GEGEBEN.

»Ja, das stimmt.«

Die Hebamme hieß Granny ›Oma‹ Wetterwachs und war eine Hexe. Daran hatten die Bewohner der Spitzhornberge nichts auszusetzen. Sie begegneten Hexen mit freundlichem Respekt, denn sie wollten morgens in der gleichen Gestalt erwachen, in der sie abends zu Bett gingen.

Der Schmied starrte noch immer finster in den Regen, als Granny in die Werkstatt zurückkehrte und ihn mit warziger Hand am Arm berührte.

Er blickte zu ihr auf.

»Was soll ich nur tun, Oma?« fragte er und versuchte erst gar nicht, das Flehen aus seinem Tonfall zu verbannen.

»Wo befindet sich die Leiche des Zauberers?«

»Ich habe sie in den Schuppen gebracht. Ist das in Ordnung?«

»Ich denke schon«, entgegnete Granny Wetterwachs energisch. »Wir kümmern uns später darum.« Sie holte tief Luft. »Du mußt jetzt den Zauberstab verbrennen.«

Sie drehten sich beide um und beobachteten den dicken Stab, den der Schmied in die dunkelste Ecke des Zimmers gestellt hatte. Er schien ihre Blicke zu erwidern.

»Aber er ist magisch«, flüsterte der achtfache Vater.

»Na und?«

»Ich meine — kann ihm Feuer überhaupt etwas anhaben?«

»Er besteht aus Holz, oder? Und Holz *brennt*, nicht wahr?«

»Aber ist es richtig? Ich meine...«

Oma Wetterwachs schloß die breite Tür, stemmte die Arme in die Hüften und schnaufte.

»Hör mir mal gut zu, Gordo Schmied!« sagte sie. »Zauberinnen sind ebenfalls nicht *richtig*! Derartige Magie eignet sich nicht für Frauen, nur für männliche Thaumaturgen. Es geht dabei um Bücher und Sterne und andere geheimnisvolle Dinge wie zum Beispiel Gehmetrie. Das ist zu hoch für deine Tochter. Und außerdem: Wer hat jemals von einer Zauberin gehört?«

»Was ist mit Hexen?« fragte der Schmied unsicher. »Und Beschwörerinnen?«

»Hexen stehen auf einem ganz anderen Blatt«, behauptete Granny Wetterwachs kühn. »Ihre Magie kommt aus dem Boden, nicht vom Himmel. Und Männer könnten nicht damit umgehen. Sie kriegen einfach nicht den richtigen Dreh raus. Was Beschwörerinnen angeht...« Die Hebamme schnitt eine Grimasse. »Sie sind nicht besser als ihr Ruf. Vertrau mir: Verbrenn den Stab, begrab die Leiche und vergiß die ganze Sache.«

Gordo Schmied nickte zögernd, trat an die Esse heran und betätigte den Blasebalg, bis Funken stoben. Dann wandte er sich dem Zauberstab zu.

Er rührte sich nicht von der Stelle.

»Er rührt sich nicht von der Stelle!«

Schweiß perlte auf der Stirn des Mannes, als er an dem Holz zerrte. Es verharrte trotzig in der Ecke.

»Laß es mich mal versuchen!« schlug Granny vor und schob sich an ihm vorbei. Es knallte dumpf, und der Schmied nahm einen Geruch wahr, der an verbranntes Zinn erinnerte.

Mit einem leisen Wimmern eilte Gordo durch die Kammer und beugte sich über Oma Wetterwachs, die an der gegenüberliegenden Wand zu Boden rutschte.

»Wie geht es dir? Hast du dir was gebrochen?«

Granny öffnete zwei Augen, die wie zornige Diamanten funkelten. »Ich verstehe. So ist das also.«

»So ist was?« fragte der Schmied verdutzt.

»Hilf mir auf, du Narr, und besorg mir eine Axt!«

Angesichts ihrer Stimme hielt es Gordo für angeraten, sofort zu gehorchen. Rasch lief er zu einem unförmigen Haufen in einer anderen Ecke des Zimmers, suchte mit zunehmender Nervosität und zog schließlich ein besonders großes Beil aus dem Gerümpel.

»Gut. Und jetzt nimm die Schürze ab.«

»Warum denn? Was hast du vor?« Der Schmied hatte das unangenehme Gefühl, daß er allmählich die Übersicht verlor. Granny seufzte verzweifelt.

»Sie besteht aus Leder, du Idiot. Ich möchte sie um den Griff wickeln. Der Zauberstab soll mich nicht noch einmal auf diese Weise erwischen.«

Der Schmied nahm die große Schürze ab und reichte sie der Hexe, sehr langsam und vorsichtig. Oma Wetterwachs nahm sie entgegen, prüfte das Leder, umhüllte damit den Stiel der Axt und holte mehrmals versuchsweise aus. Dann schlich sie durch den Raum — eine spinnenartige Gestalt im Schein der fast weißglühenden Esse —, näherte sich geduckt dem Zauberstab, hob ihre Waffe und ließ den geschärften Stahl mit einem triumphierenden Ächzen auf den magischen Widersacher herabsausen.

Irgend etwas klickte. Irgend etwas schnatterte wie ein aufgeregtes Rebhuhn. Irgend etwas pochte.

Dann herrschte Stille.

Gordo Schmied hob zögernd die Hand und wagte es nicht, den Kopf zu bewegen, als er nach der Beilklinge tastete. Der Schaft fehlte, und das empört glitzernde Metall steckte einen Millimeter über Gordos linkem Ohr in der Tür.

Oma Wetterwachs starrte auf den Axtgriff in ihrer Hand, verzog das Gesicht und schüttelte sich benommen. Es war gewiß nicht leicht, auf ein absolut unbewegliches Objekt einzuschlagen und nicht die Fassung zu verlieren.

»Nnnaaa ssschön«, stieß sie hervor. »Innn diesemmm Falll...«

»Nein«, sagte der Schmied fest und rieb sich das Ohr. »Ganz gleich, was du vorschlagen willst, die Antwort lautet: nein. Laß es gut sein. Ich schiebe einige Sachen in die Ecke. Niemand wird das Ding bemerken. Mach dir nichts draus, Granny. Ist doch nur ein Holzstab.«

»Nur ein Holzstab?«

»Hast du eine bessere Idee? Vorzugsweise eine, bei der ich den Kopf auf den Schultern behalte?«

Oma Wetterwachs starrte wütend auf den Zauberstab. Er gab vor, ihre keine Beachtung zu schenken.

»Im Augenblick nicht«, gestand sie ein. »Aber wenn ich genügend Zeit habe, gründlich nachzudenken...«

»Schon gut, schon gut! Nun, es wartet Arbeit auf mich. Ich muß einen Zauberer begraben und so weiter; du weißt ja, wie das ist.«

Gordo griff nach einem Spaten und zögerte.

»Granny?«

»Ja?«

»Weißt du, wie Zauberer begraben werden möchten?«

»Und ob!«

»Wie denn?«

Oma Wetterwachs blieb an der Treppe stehen.

»Widerwillig.«

Später wurde es dunkel, als das letzte Licht des Tages langsam aus dem Tal floß und der Nacht wich. Ein fahler, regennasser Mond kletterte über den schwarzen Himmel, begleitet von flackernden Sternen. Im dunklen Garten hinter der Schmiede war das gelegentliche Klirren eines Spatens oder ein gedämpfter Fluch zu hören.

Im Zimmer über der Werkstatt schlief die erste Zauberin der Scheibenwelt in einer Wiege und träumte von... Nun, eigentlich träumte sie gar nicht.

Die weiße Katze döste auf einem Schemel hinter dem Ofen. Das einzige Geräusch in der warmen Esse stammte von den Kohlen, die mit einem leisen Knistern unter grauer Asche abkühlten.

Der Zauberstab stand in der Ecke und fühlte sich recht wohl. Die Schatten in seiner Nähe schienen etwas dunkler zu sein, als es Schatten normalerweise sind.

Die Zeit nahm ihre Pflicht wahr und verstrich.

Irgendwo klimperte etwas, und verdrängte Luft zischte kaum hörbar. Nach einer Weile hob die Katze den Kopf und beobachtete aufmerksam, was im Zimmer geschah.

Der Morgen graute, und von den Spitzhornbergen aus gesehen wirkte die Dämmerung überaus beeindruckend, erst recht dann, wenn ein ordentlicher Reguß den Staub aus der Luft gespült hatte. Die kleineren Gipfel und Berge vor dem Kaff-Tal erstrahlten in purpurnen und orangefarbenen Tönen, als das Morgenlicht über sie hinwegtropfte. (Manche Leute sprechen in diesem Zusammenhang von ›goldenem Sirup‹; es sei daran erinnert, daß die Scheibenwelt in ein ausgedehntes magisches Feld gehüllt ist, in dem Licht zu Trägheit und regelrechter Faulenzerei neigt.) In der fernen Ebene verharrten einige dunkle Pfützen der Nacht, und jenseits davon deutete ein gelegentliches Funkeln auf die Fluten des Meeres hin.

Tatsächlich konnte man von Blödes Kaff aus bis zum Rand der Welt sehen.

Damit versucht der Autor nicht etwa, seine metaphorische Leistungsfähigkeit unter Beweis zu stellen. Nein, er beschreibt schlicht und einfach eine Tatsache. Immerhin ist die Scheibenwelt flach wie ein Pfannkuchen (beziehungsweise eine Pizza, von der kulinarischen Version ›Calzone‹ einmal abgesehen), und jedermann weiß, daß sie von vier Elefanten getragen wird, die ihrerseits auf dem Rücken der riesigen Sternenschildkröte Groß-A'Tuin stehen.

Das Dorf erwacht allmählich. Der Schmied hat bereits seine Werkstatt aufgesucht und dort mit ziemlichem Erstaunen festgestellt, daß sie so gut aufgeräumt ist wie schon seit hundert Jahren nicht mehr: Alle Instrumente befinden sich an ihrem Platz; der Boden ist gefegt, und im Brennofen lodert ein prächtiges Feuer. Gordo nimmt auf dem großen Amboß Platz, der mitten im Raum steht (wo er hingehört), betrachtet den Zauberstab und versucht nachzudenken.

Während der nächsten sieben Jahre beschränkten sich die erwähnenswerten Ereignisse darauf, daß im Garten hinter der Schmiede ein Apfelbaum wesentlich schneller wuchs als die anderen. Häufig kletterte ein kleines Mädchen daran hinauf. Es hatte braunes Haar, eine deutlich sichtbare Zahnlücke und Gesichtszüge, die zwar nicht unbedingt hinreißende Schönheit versprechen, aber doch eine auffällige Attraktivität.

Das Mädchen hieß Eskarina, wofür es keinen besonderen Grund gab; seine Mutter fand einfach nur Gefallen an der Klangfarbe dieses Namens. Granny ›Oma‹ Wetterwachs beobachtete es aufmerksam, ohne irgendwelche Anzeichen von Magie zu erkennen. Sicher, Eskarina verbrachte mehr Zeit damit, auf Bäume zu klettern und schreiend herumzulaufen als andere Mädchen, aber immerhin lebte sie mit vier älteren Brüdern unter einem Dach, und das erklärte eine ganze Menge. Nach einer gewissen Zeit entspannte sich die Hexe und kam erleichtert zu dem Schluß, daß die Zauberei ohne Einfluß geblieben war.

Aber Magie hat die Angewohnheit, so auf der Lauer zu

liegen wie eine Harke, die jemand im hohen Gras vergessen hat.

Erneut zog der Winter ins Gebirge, und diesmal war es ein sehr strenger. Die Wolken hingen wie fette Schafe über den Gipfeln der Spitzhornberge, füllten die Täler mit Schnee und luden ihre kalten Lasten auch über den Wäldern ab, deren Bäume unter dem schweren Weiß ächzten. Die hohen Pässe wurden geschlossen, und die nächsten Karawanen erwartete man erst im kommenden Frühjahr. Blödes Kaff verwandelte sich in eine Oase der Wärme und Geborgenheit.

»Ich mache mir Sorgen um Oma Wetterwachs«, meinte Esks Mutter beim Frühstück. »Ich habe sie schon lange nicht mehr gesehen.«

Gordo Schmied stocherte in seinem Haferbrei.

»Darüber beklage ich mich nicht«, erwiderte er. »Sie...«

»Sie hat eine lange Nase«, warf Eskarina ein.

»Von derart taktlosen Bemerkungen halte ich nichts«, tadelte ihre Mutter.

»Aber Vater hat mehrmals gesagt, sie stecke dauernd ihre lange Nase in seine...«

»Eskarina!«

»Aber er sagte...«

»*Ich* sagte gerade...«

»Ja, ich weiß, aber *er* sagte...«

Gordo beugte sich vor und gab seiner Tochter eine Ohrfeige. Er schlug natürlich nicht hart zu, und außerdem bereute er es sofort. Seine Söhne bekamen eine Tracht Prügel, wenn sie es verdienten, und manchmal bestrafte er sie auch mit einem Lederriemen. Eskarina war nicht in dem Sinne ungezogen. Die Schwierigkeiten mit ihr bestanden in erster Linie darin, daß sie selbst dann hartnäckig an einem Thema festhielt, wenn man sie aufforderte, davon abzulassen. So etwas machte ihn immer nervös.

Das Mädchen brach in Tränen aus. Gordo stand auf und

310

stapfte in Richtung Schmiede davon, verlegen und wütend auf sich selbst.

Kurz darauf ertönte ein lautes Knacken, gefolgt von einem dumpfen Pochen.

Esks Mutter und ihre Sprößlinge fanden den Schmied reglos auf dem Boden liegen. Als er nach einer halben Stunde zu sich kam, behauptete er steif und fest, er sei mit dem Kopf an die Tür geprallt. Was seinen besorgten Zuhörern seltsam erschien, denn Gordo war keineswegs sehr groß, und die Tür hatte ihm immer genug Platz geboten. Doch der Schmied meinte, die schemenhafte Bewegung in einer besonders dunklen Ecke der Werkstatt habe nichts mit dem zu tun, was ihm zugestoßen sei.

Dieser Zwischenfall drückte dem folgenden Tag irgendwie seinen Stempel auf: Geschirr zerbrach; man trat sich gegenseitig auf die Füße, und es herrschte eine gereizte Stimmung. Esks Mutter ließ einen Krug fallen, der von ihrer Großmutter stammte, und als sie wenig später den Dachboden aufsuchte, mußte sie feststellen, daß in einer Kiste alle Äpfel verfault waren. Das Feuer in der Schmiede qualmte verdrießlich und weigerte sich, richtig zu brennen. Der älteste Sohn Jaims rutschte auf dem vereisten Weg aus und verletzte sich am Arm. Die weiße Katze (oder eine ihrer Nachkommen — die Katzen führten ein privates und recht intensives Familienleben im Heuschober neben der Schmiede) kletterte im Kamin der Spülküche hoch und lehnte es ab, wieder herunterzukommen. Selbst der Himmel schien grauer zu sein als sonst, und trotz des Schnees roch die Luft schal und stickig.

Angespannte Nerven, Langeweile und schlechte Laune drohten die figürliche Lunte zu entzünden und das symbolische Pulverfaß zur Explosion zu bringen.

»So, jetzt reicht's mir!« entfuhr es Mutter Schmied. »Ich hab' endgültig die Nase voll. Cern, geh mit Gulta und Esk zu Oma Wetterwachs und... He, wo ist Eskarina?«

Die beiden Jungen führten einen halbherzigen Kampf unter dem Tisch und legten eine kurze Pause ein.

»Im Garten«, antwortete Gulta. »Schon wieder.«

»Dann holt sie und verschwindet.«

»Aber es ist kalt draußen.«

»Und es schneit.«

»Folgt einfach der Straße. Sie ist deutlich genug zu sehen. Und was die Kälte angeht: Es kann gewiß nicht schaden, wenn sich eure erhitzten Gemüter ein bißchen abkühlen. Außerdem: Wer wollte denn unbedingt einen Schneemann bauen, als die ersten Flocken fielen? Los, bewegt euch! Und kehrt erst zurück, wenn ihr euch wieder daran erinnert, wie man sich benimmt!«

Esk saß in einer Astgabel des großen Apfelbaums. Die Jungen mochten ihn nicht besonders, und das hatte mehrere Gründe. Zum Beispiel war er so voller Misteln, daß er sogar im Winter grün blieb. Die Früchte wurden nicht größer als Herzkirschen: An einem Tag schmeckten sie so sauer, daß sich der ganze Mund zusammenzog, und am nächsten verdarben sie bereits und dienten Wespen als Heimstatt. Er erweckte zwar den Eindruck, man könne ihn leicht erklimmen, aber er neigte dazu, dem nichtsahnenden Kletterer seltsame Streiche zu spielen. Äste gaben nach, und Füße rutschten an zuvor völlig fester Borke ab. Cern behauptete, einmal sei nur deshalb ein Zweig geknickt, um ihn hinunterstürzen zu lassen. Wie dem auch sei, der Baum tolerierte Eskarina, die ihn immer dann erstieg, wenn sie sich über irgend etwas ärgerte oder schlicht allein sein wollte. Und die Jungen spürten, daß ihr brüderliches Recht, die Schwester aufzuziehen, am Fuße des Stamms endete. Aus diesem Grund warfen sie nur einen Schneeball nach ihr. Er verfehlte das Ziel.

»Wir statten der alten Wetterwachs einen Besuch ab.«

»Aber du brauchst uns nicht zu begleiten.«

»Du würdest uns ohnehin nur aufhalten und weinen.«

Esk sah ernst auf sie herab. Sie weinte nur selten, weil sie wußte, daß es kaum etwas nützte.

»Wenn ihr wollt, daß ich hierbleibe, komme ich mit«, erwiderte sie. Ein typisches Beispiel für die unter Geschwistern gebräuchliche Logik.

»Oh, wir wären dir sehr dankbar, wenn du uns begleitest«, sagte Gulta hastig.

»Freut mich, das zu hören«, entgegnete Eskarina, sprang und landete im hohen Schnee.

Ihre beiden Brüder führten einen Korb bei sich, der geräucherte Würstchen, eingelegte Eier und — da ihre Mutter ebenso klug wie großzügig war — auch einen Krug mit Pfirsichmarmelade enthielt, die in der Familie keinen großen Anklang fand. Trotzdem zog Frau Schmied jedes Jahr im Sommer los und pflückte wilde Pfirsiche, um erneut einen großen Vorrat anzulegen, auf den niemand sonderlichen Wert legte.

Die Bewohner von Blödes Kaff hatten sich an die harten Winter gewöhnt und entlang der aus dem Ort führenden Straßen hohe Zäune errichtet, die Schneewehen auf dem Weg verhindern und Wanderern, vor allem Besuchern aus anderen Tälern, als Orientierungshilfe dienen sollten. Wenn sich Einheimische verirrten, so gerieten sie kaum in Gefahr: Irgendein unbesungenes Genie des Dorfrates hatte vor einigen Generationen vorgeschlagen, jeden zehnten Baum im Wald außerhalb des Ortes mit bestimmten Kennungen zu versehen, und zwar bis in eine Entfernung von fast zwei Meilen. Dieses gewaltige Unternehmen dauerte viele Jahre lang, und oftmals widmeten sich Männer in ihrer freien Zeit der verantwortungsvollen Aufgabe, die Schnitzzeichen in den vielen Stämmen zu erneuern. Manchmal tobten im Winter so heftige Schneestürme, daß man nicht einmal dann nach Hause zurückfand, wenn man einige Meter vor der eigenen Tür stand, und die Kerbenmuster in der Borke hatten schon so manches Leben gerettet, indem sie furchtsam zitternden und besorgt tastenden Fingern den Weg wiesen.

Es begann erneut zu schneien, als Eskarina und ihre Brüder die Straße verließen und den schmalen Pfad zum Haus der Hexe beschritten. Im Sommer wuchsen dort Himbeersträucher und große Büsche, doch jetzt war alles weiß.

»Keine Fußspuren«, sagte Cern.

»Nur die von Füchsen«, fügte Gulta hinzu. »Es heißt, Granny könne sich in einen Fuchs verwandeln. Oder in irgendein anderes Geschöpf. Sogar in einen Vogel. Dadurch hält sie sich ständig auf dem laufenden.«

Sie blickten sich vorsichtig um. Und tatsächlich: Eine in die Jahre gekommene Krähe hockte auf einem nahen Baumstumpf und beobachtete sie.

»Wie ich hörte, soll es auf Ritzenhöhe eine ganze Familie geben, die die Gestalt eines Wolfsrudels annehmen kann«, sagte Gulta, der einen vielversprechenden Gesprächsgegenstand gern ausführlich erörterte. »Wißt ihr, eines Nachts schoß jemand auf einen Wolf, und am nächsten Tag humpelte die Familientante mit einer Pfeilwunde im Bein durch die Gegend...«

»Ich glaube nicht, daß Menschen in der Lage sind, sich in Tiere zu verwandeln«, erwiderte Esk langsam.

»Und warum nicht, Fräulein Schlaukopf?«

»Granny ist ziemlich groß. Wenn sie die Gestalt eines Fuchses annähme, was geschähe dann mit all den Körperteilen, die nicht unters Fell passen?«

»Sie würde sie einfach wegzaubern«, meinte Cern.

»Ich bezweifle, ob du die richtige Vorstellung von Magie hast«, sagte Eskarina. »Man kann nicht einfach irgendwelche Dinge beschwören. Es gibt da eine Art... Wippe. Wenn man aufs eine Ende drückt, kommt das andere in die Höhe...« Sie verstummte.

Ihre beiden Brüder starrten sie groß an.

»Oma Wetterwachs auf einer Wippe?« fragte Gulta skeptisch. Cern lachte.

»Nein, ich meine: Wenn irgend etwas geschieht, muß auch etwas anderes passieren — glaube ich.« Eskarina runzelte verwirrt die Stirn und wich einer ungewöhnlich hohen Schneewehe aus. »Nur in der anderen... Richtung.«

»Das ist doch Unsinn«, sagte Gulta. »Erinnerst du dich noch an das Fest im letzten Sommer, an den Zauberer, der lebende Tauben und die merkwürdigsten Dinge aus dem

Nichts erscheinen ließ? Ja, er murmelte einfach ein paar magische Worte, hob die Arme — und schon flatterten Vögel aus seinem Hut. Es gab nirgends eine Wippe.«

»Aber eine Schaukel«, warf Cern ein. »Und eine Bude, in der man Dinge nach Dingen werfen mußte, um Dinge zu gewinnen.«

»Und du hast nichts getroffen.«

»Du auch nicht. Du sagtest, die Dinge seien an Dingen befestigt, so daß sie gar nicht herunterfallen konnten...«

In diesem Stil ging es eine Zeitlang weiter, und schon nach wenigen Minuten vergaßen Gulta und Cern die Bemerkungen ihrer Schwester. Esk hörte ihnen nur mit halbem Ohr zu. *Ich weiß genau, was ich meine*, fuhr es ihr durch den Sinn. *Magie ist ganz leicht. Man muß nur die Stelle finden, wo sich alles im Gleichgewicht befindet — und dort Druck ausüben. Ein Kinderspiel. Hat überhaupt nichts Magisches an sich. Die ganzen komischen Worte und Gesten dienen nur dazu, um... um...*

Sie brach den Gedankengang überrascht ab. Sie wußte tatsächlich, was sie meinte: Das entsprechende Vorstellungsbild gewann klare Konturen vor ihrem inneren Auge. Aber ihr fehlten die Worte, um es mit angemessener Genauigkeit zu beschreiben.

Es ist nicht gerade angenehm, ein Puzzlespiel im eigenen Kopf zu finden und nicht zu wissen, wie man es zusammensetzen soll...

»Komm endlich, wenn du nicht die Nacht hier verbringen willst.«

Eskarina schüttelte den Kopf und folgte ihren beiden Brüdern.

Das Heim der Hexe bestand aus so vielen Erweiterungen und Anbauten, daß man kaum mehr erkennen konnte, wie das ursprüngliche Gebäude ausgesehen und ob es überhaupt eins gegeben hatte. Während des Sommers wuchsen überall Pflanzen, die Oma Wetterwachs ganz allgemein als ›Kräuter‹ bezeichnete: seltsame Gewächse, die aus haarigen Stengeln, stacheligen Blättern und schlangenartigen

Ranken bestanden, ausgestattet mit sonderbaren Blüten, bunten Früchten und seltsam aufgedunsenen Schoten. Nur Granny wußte, wozu sie dienten. Und wenn eine Ringeltaube hungrig war, um von dem exotischen Angebot zu kosten, so gab es zwei Möglichkeiten: Entweder kehrte sie schon nach kurzer Zeit kichernd und taumelnd in den Wald zurück, oder sie blieb für immer verschwunden.

Jetzt lag alles unter einer hohen Schneedecke. Ein zerfranster Windsack flatterte an einem Pfahl. Granny hielt nicht viel vom Fliegen, aber einige ihrer Freundinnen benutzten noch immer Besenstiele.

»Scheint verlassen zu sein«, sagte Cern.

»Kein Rauch«, stellte Gulta fest.

Die Fenster sahen wie finster starrende Augen aus, fand Esk, behielt diesen Gedanken aber für sich.

»Es ist nur Grannys Haus«, sagte sie. »Weiter nichts.«

Eine Aura der Leere hüllte die Hütte ein — das spürten sie ganz deutlich. Und vor dem Hintergrund des Schnees wirkten die Fenster *tatsächlich* wie schwarze und drohend blickende Augen. Außerdem ließ im Winter kein Bewohner der Spitzhornberge sein Feuer erlöschen; das war eine Frage des Stolzes.

Eskarina hätte am liebsten vorgeschlagen: »Laßt uns nach Hause zurückkehren!« Doch sie wußte, daß ihre Brüder sofort einverstanden gewesen wären, und deshalb meinte sie: »Mutter hat gesagt, es hinge ein Schlüssel im Abort.« Cern und Gulta zuckten unwillkürlich zusammen. Selbst ein völlig normaler unbekannter Abort hielt banale Schrecken bereit, zum Beispiel Wespennester, dicke Spinnen, geheimnisvolle Dinge, die unter der hohen Decke raschelten und möglicherweise (in einem besonders kalten Winter) einen Winterschlaf haltenden kleinen Bären, der bei der ganzen Familie Verstopfung verursachte, bis man ihn überreden konnte, im Heuschober weiterzuschlafen. Wer mochte wissen, was einen im Abtritt einer Hexe erwartete?

»Soll ich mal nachsehen?« fragte Eskarina.

»Wenn du unbedingt willst«, erwiderte Gulta wie beiläufig, und es gelang ihm fast, seine Erleichterung zu verbergen.

Schnee bildete eine hohe Barriere vor der Pforte, und als es Esk schließlich gelang, die Tür aufzuziehen, hob sie überrascht die Brauen. Ihr Blick fiel in eine saubere und ordentliche Kammer, die nichts Unheilvolleres als einen alten Almanach enthielt. Genauer gesagt: die Hälfte eines alten Almanachs, die an einem Nagel hing. Oma Wetterwachs las mindestens ebensogern, wie Fische am Strand liegen und sich sonnen, aber sie vertrat die Auffassung, daß Bücher — insbesondere die Exemplare mit angenehm dünnen Seiten — durchaus einen gewissen Zweck erfüllten.

Der Schlüssel teilte sich die Leiste an der Tür mit einer Schmetterlingspuppe und einem Kerzenstummel. Eskarina griff vorsichtig danach, achtete darauf, die metamorphierende Raupe nicht zu stören, und eilte zu den wartenden Jungen zurück.

Es war zwecklos, es an der Vordertür zu versuchen. In Blödes Kaff wurden Vordertüren nur von Bräuten oder Leichen benutzt, und Granny hatte immer sorgfältig vermieden, das eine oder andere zu werden. Hinter der Hütte stießen Esk und ihre Brüder auf weitere Schneewehen und bemerkten eine dicke Eisschicht auf dem Wasser in der Regentonne.

Das Tageslicht strömte bereits vom Himmel, als sie sich zur Tür durchgruben und den Schlüssel ins Schloß schoben.

Die große Küche begegnete ihnen mit Dunkelheit und Kühle, und es roch dort nur nach Schnee. In solchen Zimmern war es natürlich *immer* dunkel, aber normalerweise sollte im breiten Kamin ein großes Feuer brennen und den blubbernden Inhalt eines großen Kessels erhitzen. Esk hatte keine Ahnung, was Hexen immerzu kochten, aber sie wußte vom Hörensagen, daß man von den Dünsten Kopfschmerzen bekam oder plötzlich seltsame Dinge sah.

Voller Unbehagen wanderten sie umher und riefen

mehrmals Grannys Namen, bis Esk schließlich entschied, daß sie es nicht länger vermeiden konnten, den ersten Stock aufzusuchen. Die Klinke der Tür, die ins Treppenhaus führte, quietschte lauter als gewöhnlich.

Oma Wetterwachs lag mit verschränkten Armen auf dem Bett. Das kleine Fenster stand offen, und pulvriger Schnee formte eine weiße Patina, die bis zur Matratze reichte.

Esk starrte auf die Flickendecke unter der alten Frau, und von einem Augenblick zum anderen schien sie in die Breite zu wachsen und ihr ganzes Blickfeld auszufüllen. Wie aus weiter Ferne hörte sie Cerns Schrei. Ihre Gedanken kehrten in die Vergangenheit zurück, und sie entsann sich daran, wie Vater Schmied diese Decke angefertigt hatte, vor zwei Wintern, als der Schnee fast ebenso hoch lag und es in der Werkstatt nicht viel zu tun gab. Sie beobachtete ihn dabei, wie er alle jene Stoffetzen verwendete, die es durch irgendeine Laune des Schicksals nach Blödes Kaff verschlug, zum Beispiel Seide, Dilemmaleder, Wasserwolle und Thargaleinen. Da man mit einem Schmiedehammer nicht besonders gut nähen konnte, bestand das Ergebnis aus einem unansehnlichen Etwas, das kaum wie eine Steppdecke aussah, sondern eher einer flachen Schildkröte ähnelte. Woraufhin Esks Mutter weise beschloß, Oma Wetterwachs ein großzügiges Geschenk zu machen...

»Ist sie tot?« Gulta wandte sich an Eskarina, als sei seine Schwester eine Expertin auf diesem Gebiet.

Esk starrte auf die Hexe hinab. Ihr Gesicht war eingefallen und grau, und die reglose Brust deutete darauf hin, daß sie das Atmen für unnötig und lästig hielt. Traf diese Beschreibung auf Tote zu?

Gulta straffte tapfer die Schultern.

»Wir sollten gehen und jemandem Bescheid geben«, brachte er heiser hervor. »Und ich schlage vor, wir machen uns unverzüglich auf den Weg, denn es wird bald dunkel.« Er holte tief Luft und fügte hinzu: »Aber Cern bleibt hier.«

Sein Bruder sah ihn entsetzt an.

»Warum?« fragte er entgeistert.

»Jemand muß Totenwache halten«, erklärte Gulta klug. »Erinnerst du dich? Als der alte Onkel Derghart starb, hockte Vater die ganze Nacht im Kerzenschein an seinem Bett. Wenn man eine Leiche einfach im Stich läßt, kommt irgend etwas Gräßliches, raubt einem die Seele und bringt sie... irgendwohin«, fügte er unsicher hinzu. »Und dann ist man verhext. Ich meine: Dann spukt es dauernd, und...« Er brach ab.

Cern öffnete den Mund, um noch einmal zu schreien.

»Ich bleibe«, warf Eskarina hastig ein. »Es macht mir nichts aus. Ist doch nur die alte Granny.«

Gulta musterte sie erleichtert.

»Steck ein paar Kerzen an«, schlug er vor, »oder eine Lampe. Das tut man in solchen Fällen. Glaube ich. Und dann...«

Vom Fenster her vernahmen sie ein leises Kratzen. Eine Krähe hockte auf dem Sims und beäugte sie argwöhnisch. Gulta erschrak und warf seinen Hut nach ihr. Der Vogel flog mit einem vorwurfsvollen Krächzen davon, und Esks Bruder klappte rasch die Fensterläden zu.

»Ich hab' sie hier schon mal gesehen«, sagte er. »Ich glaube, Granny füttert sie. *Fütterte* sie«, berichtigte er sich. »Wie dem auch sei: Wir holen jemand und sind in Nullkommanichts wieder hier. Verlaß dich drauf. Komm, Ce!«

Sie eilten die dunkle Treppe hinab. Eskarina ließ die beiden Jungen aus dem Haus und verriegelte die Tür hinter ihnen.

Die Sonne schwebte als rote Scheibe dicht über den Bergen, und einige frühe Sterne funkelten bereits am Himmel.

Esk ging durch die finstere Küche, und nach kurzer Suche fand sie eine kleine gezogene Kerze und eine Zunderbüchse. Es dauerte eine Weile, bis es ihr gelang, den Docht zu entzünden, aber das flackernde Licht erhellte das Zimmer nicht; es bevölkerte die Dunkelheit nur mit Schatten. Sie entdeckte Grannys alten Schaukelstuhl, machte es sich darin gemütlich und wartete.

Die Zeit verstrich. Nichts geschah.

Dann hörte Eskarina ein leises Klopfen am Fenster. Sie griff nach der heruntergebrannten Kerze und spähte durch die dicke runde Scheibe.

Ein gelbes Knopfauge erwiderte ihren Blick und zwinkerte.

Die Kerze zischte leise und erlosch.

Esk blieb wie erstarrt stehen und wagte kaum zu atmen. Erneut ertönte das Klopfen, und dann herrschte wieder Stille. Einige Sekunden später knarrte es an der Tür.

Eskarina erinnerte sich an Gultas Hinweis. *Etwas Gräßliches* . . .

Vorsichtig tastete sie sich durchs Zimmer, fiel fast über den Schaukelstuhl, zog ihn zurück und gab sich alle Mühe, die Tür damit zu blockieren. Die Klinke quietschte.

Esk wartete und lauschte dem Schweigen der Nacht, bis es ihr die Trommelfelle zu zerreißen schien. Plötzlich pochte etwas mit hartnäckiger Beharrlichkeit an das winzige Fenster in der Waschkammer, und nach einigen Augenblicken verklang das Geräusch wieder, um sich ins Schlafzimmer über der Küche zu begeben und dort in ein dumpfes Schaben zu verwandeln. Eskarina dachte an lange Krallen, die über hartes Holz glitten, und diese Vorstellung gefiel ihr ganz und gar nicht.

Sie spürte, daß die Situation Mut erforderte, doch unter den gegebenen Umständen währte Tapferkeit nur so lange, wie eine Kerze Licht spendete. Sie kniff die Augen fest zu, durchquerte die dunkle Küche und verharrte an der Tür.

Der Kamin knisterte, als ein dicker Rußbrocken herabfiel. Und als Eskarina das verzweifelte Kratzen hörte, das sich durch den Schornsteinschacht über der Feuerstelle näherte, riß sie die Riegel zurück, stieß die Pforte auf und stürmte nach draußen.

Die Kälte traf sie wie ein Messerstich. Eine dünne Eisschicht glänzte auf dem Schnee. Eskarina hatte kein bestimmtes Ziel, als sie in den Wald lief, aber ihr Entsetzen erfüllte sie mit der unerschütterlichen Entschlossenheit, es so schnell wie möglich zu erreichen.

Umgeben von Ruß, landete die Krähe im Kamin und krächzte verärgert vor sich hin. Sie hüpfte durch die Schatten, und nach einigen Sekunden öffnete sich die Tür des Treppenhauses mit einem widerspenstigen Knarren. Der Vogel breitete die fransigen Schwingen aus, flatterte über die Stufen und näherte sich dem Schlafzimmer.

Esk wippte auf den Zehenspitzen, streckte die Arme aus und suchte an dem Baumstamm vor ihr nach einer Markierung. Diesmal wurde sie nicht enttäuscht. Doch das Kerbenmuster teilte ihr mit, daß die Entfernung zum Dorf über eine Meile betrug; sie hatte die falsche Richtung eingeschlagen.

Der blasse Mond am Himmel sah aus wie eine gelbe Käserinde, die in einem Meer aus spöttisch zwinkernden Sternen schwamm. Der Wald bot sich dem kleinen Mädchen als ein Labyrinth aus schwarzen Schatten und weißem Schnee dar. Esk schluckte, als sie feststellte, daß nicht alle Schatten reglos blieben.

Jedermann wußte, daß Wölfe in den Bergen lebten, denn in manchen Nächten hallte ihr Heulen von den hohen Graten herab. Aber sie wagten sich nur selten in die Nähe eines Dorfes; bei den modernen Wölfen handelte es sich um die Nachkommen jener Ahnen, die nur deshalb überlebt hatten, weil sie rechtzeitig erkannten, daß menschliches Fleisch oft mit Pfeilspitzen gewürzt war.

Doch es herrschte ein ausgesprochen strenger Winter, und bei diesem speziellen Rudel sorgte der Hunger dafür, daß Dinge wie natürliche Auslese zumindest vorübergehend in Vergessenheit gerieten.

Eskarina rief sich alle guten Ratschläge der Erwachsenen ins Gedächtnis zurück: Klettere in einen Baum. Entzünde ein Feuer. Und wenn das nichts nützt, so bewaffne dich mit einem Knüppel und wehr dich deiner Haut. Versuch nie wegzulaufen. Wölfe sind schneller.

Der Baum hinter ihr war eine Buche mit glattem Stamm, der nicht den geringsten Halt bot.

Esk beobachtete einen langen Schatten, der sich von den anderen löste und langsam näher kam. Müde, ängstlich und benommen ging sie in die Hocke, tastete im brennend-kalten Schnee nach einem losen Ast.

Oma Wetterwachs schlug die Augen auf und starrte an die Decke, wo sich feine Risse zeigten und die wie ein Zeltdach durchhing.

Sie versuchte, sich daran zu entsinnen, daß sie nicht umherhüpfen mußte und Arme besaß, keine Schwingen. Nach dem Borgen sollte man immer eine Weile liegenbleiben, sich ausruhen und dem Bewußtsein Gelegenheit geben, sich wieder an den Körper zu erinnern, aber Granny wußte, daß die Zeit drängte.

»Verflixtes Kind!« murmelte sie und trachtete danach, auf die Bettstange zu fliegen. Die Krähe beobachtete sie mit zurückhaltendem Interesse. Sie hatte dies alles schon oft erlebt und vertrat die Ansicht (soweit sich Vögel überhaupt eine Meinung bilden können), daß es durchaus seine Vorteile hatte, Granny einen Logenplatz in ihrem Kopf freizuhalten: Immerhin bekam sie dafür eine verläßliche Diät aus schimmelig gewordenen Schinkenkanten und Küchenabfällen, und ein warmes Nest neben dem Kamin war ebenfalls nicht zu verachten.

Die Hexe stieg in ihre Stiefel, polterte die Treppe hinunter und widerstand dabei der Versuchung, die Flügel auszubreiten und einen Gleitflug mit fatalen Folgen zu unternehmen. Die Tür stand weit offen, und der Wind wehte Schnee herein.

»Auch das noch!« seufzte die Hexe. Sie fragte sich, ob es die Mühe lohnte, nach Eskarinas Geist Ausschau zu halten, entschied sich dann aber dagegen. Menschlichen Bewußtseinen fehlte die klare und deutliche Ausprägung tierischer Gedankensphären, und angesichts der Überseele des Waldes war eine unvorbereitete Suche ebenso erfolgversprechend wie das Bemühen, während eines heftigen Gewitters dem Donnern eines Wasserfalls zu lauschen. Aber Granny brauchte sich gar nicht erst zu konzentrieren, um den Rudelinstinkt der Wölfe zu lokalisieren: Sie nahm ihn als ein stechendes, prickelndes Gefühl war, das ihren Gaumen mit dem Geschmack von Blut kitzelte.

Schmale Mulden zeigten sich im verkrusteten Schnee, von kleinen Mädchenfüßen hinterlassen, und herabrieselnde weiße Flocken füllten sie langsam wieder auf. Oma Wetterwachs brummte, fluchte halblaut, verknotete ihren Schal und stapfte los.

Die weiße Katze lag auf ihrem Sessel hinter der Esse und erwachte, als sich in einer besonders dunklen Ecke der Werkstatt etwas rührte. Der Schmied hatte die massive Tür sorgfältig geschlossen und verriegelt, bevor er sich mit seinen beiden fast hysterischen Söhnen auf den Weg machte, und die Katze sah interessiert zu, als ein dünner Schatten aufs Schloß klopfte und anschließend die Angeln untersuchte.

Das Portal bestand aus dickem Eichenholz, das im Laufe der Zeit durch die vom Brennofen ausgehende Hitze noch härter geworden war. Doch das bewahrte die Tür nicht davor, mit einem wuchtigen Hieb aus der Einfassung gerissen und auf die Straße geschleudert zu werden.

Der Schmied vernahm ein dumpfes Brummen am Himmel, als er zusammen mit Cern und Gulta über den Pfad marschierte. Und auch Granny wurde darauf aufmerksam: ein entschlossenes Surren, wie der Flügelschlag eines Gänseschwarms. Irgend etwas zerfetzte die dunklen Wolken und verschwand in der Ferne.

Die Wölfe bemerkten das Summen ebenfalls, als es sich den Baumwipfeln näherte und auf die Lichtung herabsenkte. Aber sie hörten es zu spät.

Oma Wetterwachs brauchte jetzt nicht mehr den Fußspuren zu folgen. Als Wegweiser benutzte sie das gespenstische Licht, das zwischen den Bäumen aufblitzte, das sonderbare Zischen und Pochen, ein schmerzerfülltes entsetztes Heulen. Zwei Wölfe sausten mit angelegten Ohren an ihr vorbei, wild zur Flucht entschlossen, ganz gleich, was sich ihnen in den Weg stellen mochte.

Zweige knackten. Etwas Großes und Schweres fiel durch das Geflecht aus Ästen und Zweigen einer nahen Tanne und landete mit einem leisen Wimmern im Schnee. Ein weiterer Wolf raste in Kopfnähe an Granny vorbei und prallte gegen einen vereisten Stamm.

Stille folgte.

Die alte Hexe setzte ihren Weg fort.

Nach einer Weile sah sie eine kleine Lichtung mit festgetretenem Schnee. Am Rande lagen mehrere Wölfe: Entweder waren sie tot oder beschlossen klugerweise, sich nicht von der Stelle zu rühren.

Der Zauberstab stand stolz und aufrecht, und als sich Oma Wetterwachs näherte, gewann sie den Eindruck, daß er sich langsam umdrehte und sie ansah.

Einige Meter entfernt bemerkte sie eine kleine zusammengekrümmte Gestalt in Weiß. Granny ließ sich mit einem leisen Ächzen auf die Knie sinken und streckte den Arm aus.

Der Zauberstab bewegte sich. Es war kaum mehr als ein Zittern, doch die alte Hexe verharrte, bevor ihre Fingerspitzen Esks Schulter berührten. Granny starrte auf die vagen Konturen der Schnitzmuster, und nach einigen Sekunden wagte sie es, die Hand wieder zu heben.

Die Luft schien sich zu verdichten. Und dann wich der Stab ein wenig zurück, obwohl er sich überhaupt nicht regte. Sein Verhalten machte der alten Frau klar, daß er nur einen taktischen Rückzug antrat und keineswegs die Absicht hatte, sich in irgendeiner Weise geschlagen zu geben oder Granny den Sieg zuzugestehen, was seiner Ansicht nach ohnehin absurd gewesen wäre.

Eskarina erbebte am ganzen Leib, als Oma Wetterwachs nach ihrem Arm griff.

»Hab keine Angst, Mädchen! Ich bin's, die alte Granny.«

Das Bündel blieb liegen.

Granny biß sich auf die Lippen. Sie wußte nicht so recht, wie man mit Kindern umging. Wenn die Hexe an sie dachte — was sehr selten geschah —, stellte sie sich Lebewesen vor, die irgendwo zwischen Tieren und normalen Menschen angesiedelt waren. Säuglinge verstand sie recht gut: Man schüttete Milch ins eine Ende und hielt das andere möglichst sauber. Erwachsene waren noch problemloser, da sie sich selbst ums Essen und Reinigen kümmerten. Doch dazwischen erstreckte sich eine Welt der Erfahrung, der Granny mit Unbehagen begegnete. Ihrer Meinung nach betraf die Erziehung von Kindern in erster Linie folgendes: Man versuchte, die schlimmsten Gefahren von ihnen fernzuhalten, und hoffte, daß letztendlich alles gut ausging.

Granny war einerseits ratlos — und andererseits ganz sicher, daß sie irgend etwas unternehmen mußte.

Kühn beschloß sie, alles auf eine Karte zu setzen.

»Heiapoppeia, haben die bösen-bösen Brummwölfe mein kleines süßes Schätzilein so erschreckt?«

Das schien seltsamerweise die gewünschte Wirkung zu erzielen — wenn auch aus völlig anderen Gründen, als Granny vermutete. Irgendwo unter der zusammengekrümmten Gestalt ertönte eine gedämpfte Stimme. »Ich bin *acht*, verstehst du!«

»Wer acht Jahre alt ist, rollt sich nicht mitten in der Nacht im Schnee zusammen«, wandte Granny ein und unternahm erste vorsichtige Gehversuche auf dem verbalen Glatteis der Konversation zwischen Erwachsenen und Kindern.

Das Bündel antwortete nicht.

»Ich glaube, zu Hause habe ich Milch und Kekse«, fügte Oma Wetterwachs versuchsweise hinzu.

Diese Worte riefen keinen sichtbaren Effekt hervor.

»Eskarina Schmied, wenn du weiterhin stur bleibst, gibt's eine Tracht Prügel.«

Esk hob zögernd den Kopf.

»Du mußt mir nicht gleich drohen!« sagte sie vorwurfsvoll.

Als der Schmied das Haus der Hexe erreichte, waren Granny und Esk gerade eingetroffen. Die Jungen spähten argwöhnisch hinter ihrem Vater hervor.

»Ähem«, machte Gordo und überlegte, wie man mit einer Person sprach, die eigentlich tot sein sollte. »Cern und Gulta sagten mir, du... äh, dir ginge es nicht gut.« Er drehte sich um und sah seine Söhne finster an.

»Ich habe mich nur ausgeruht und bin dabei eingedöst. Ich schlafe ziemlich tief und fest.«

»Tja«, erwiderte der Schmied unsicher. »Äh, nun gut. Was ist mit Esk?«

»Sie ist ein wenig erschrocken«, sagte Granny und drückte die Hand des Mädchens. »Schatten und Schemen und so. Sie ist noch immer ein bißchen durcheinander und braucht einen warmen Platz. Ich wollte sie in mein Bett legen, wenn du nichts dagegen hast...«

Gordo hätte seine Tochter lieber nach Hause gebracht, erinnerte sich jedoch daran, daß Esks Mutter, wie alle Frauen im Dorf, die alte Hexe sehr schätzte und sogar in Ehrfurcht von ihr sprach. Wenn er jetzt Einwände erhob, erwartete ihn zu Hause sicher ein Donnerwetter.

»In Ordnung«, entgegnete er. »Kein Problem. Was hältst du davon, wenn ich Eskarina morgen früh abholen lasse?«

»Einverstanden«, sagte Granny. »Nun, ich würde dich gern in mein bescheidenes Heim einladen, aber leider muß ich erst noch das Feuer im Kamin entzünden und einige andere Dinge erledigen...«

»Oh, mach dir nur keine Umstände!« erwiderte Vater Schmied hastig. »Wenn ich nicht rasch zurückkehre, wird das Abendessen kalt. Beziehungsweise trocken«, fügte er hinzu und sah auf Gulta hinab, der den Mund aufklappte, es sich aber noch rechtzeitig genug anders überlegte und schwieg.

Als der Schmied mit seinen Söhnen gegangen war und die Proteste der beiden Jungen in der Nacht verhallten, öffnete Granny die Tür, zog Esk ins Haus und schob den dikken Riegel vor. Sie wandte sich ihrem Vorrat an Kerzen zu, den sie auf dem Regal über der Garderobe hortete, und kurz darauf brannten zwei kleine Flammen. Dann holte sie einige alte, aber immer noch recht nützliche Decken aus einer Truhe (der Stoff roch nach Kräutern, die Motten vertreiben sollten), hüllte Esk in den abgescheuerten Stoff und forderte sie auf, im Schaukelstuhl Platz zu nehmen.

Mit leisem Ächzen und Stöhnen ließ sich Oma Wetterwachs auf die Knie sinken und begann damit, ein Feuer zu entzünden. Es war ein ziemlich komplizierter Vorgang, bei dem Granny unter anderem getrockneten Zunderpilz, Holzspäne und dünne Zweige verwendete. Außerdem schienen angestrengtes Pusten und keuchendes Schnaufen eine nicht unerhebliche Rolle zu spielen.

»Du könntest dir einen großen Teil der Mühe sparen«, sagte Esk.

Granny wurde steif und starrte auf den Kaminschirm. Es handelte sich um ein recht hübsches Exemplar, das der Schmied vor einigen Jahren für sie angefertigt hatte und ein Ziermuster aus Eulen und Fledermäusen aufwies. Doch ihr Interesse galt überhaupt nicht dem Design.

»Ach?« erwiderte sie ganz ruhig. »Kennst du eine bessere Möglichkeit?«

»Warum zündest du das Feuer nicht einfach mit Magie an?«

Mit großer Sorgfalt schob Granny mehrere Zweige in die zögernd flackernden Flammen.

»Und wie soll ich das deiner Meinung nach anstellen?« fragte sie, wobei ihr Blick auf den Kaminschirm gerichtet blieb.

»Äh...«, begann Eskarina. »Ich... ich weiß nicht genau. Aber du hast doch bestimmt Erfahrung in solchen Sachen, oder? Immerhin bist du eine Hexe und kennst dich mit Magie aus.«

»Es gibt unterschiedliche Arten von Magie«, erwiderte Oma Wetterwachs. »Und man darf nie vergessen, wozu man sie einsetzen kann und wozu nicht, Mädchen. Eins steht fest: Sie ist nicht dafür bestimmt, irgendwelche Feuer zu entzünden – in diesem Punkt kannst du ganz sicher sein. Wäre es der Plan des Schöpfers gewesen, uns mit Magie in die Lage zu versetzen, Holzscheite in Brand zu stecken, hätte er uns keine, äh, Streichhölzer gegeben.«

»Aber könntest du das auch mit einer magischen Beschwörung schaffen?« fragte Esk, als Granny einen uralten schwarzen Topf an den Haken über der Feuerstelle hing. »Ich meine – wenn du wolltest. Wenn es erlaubt wäre.«

»Vielleicht«, sagte Granny, die ganz genau wußte, daß so etwas ihre Fähigkeiten überstieg. Feuer besaß kein Eigenbewußtsein. Es lebte nicht. Und das waren nur zwei von insgesamt drei Gründen.

»Aber du hättest weitaus weniger Mühe.«

»Wenn etwas die Mühe wert ist, lohnt es durchaus, sich Mühe zu machen«, antwortete Granny mit einem Aphorismus, den sie selbst nicht verstand – die letzte Zuflucht eines in Bedrängnis geratenen Erwachsenen.

»Ja, aber...«

»Keine Widerrede.«

Oma Wetterwachs kramte in einer dunklen Holzkiste auf der Garderobe. Sie war stolz auf ihre konkurrenzlosen Kenntnisse in Hinsicht auf die vielen Kräuter, die in den Spitzhornbergen wuchsen – über den unleugbaren Nutzen von Ohrenwurz, Jungmädchentraum und Liebe-lügt-Blütensaft wußte niemand besser Bescheid als sie. Manchmal aber mußte sie auf die eifersüchtig gehorteten und in aller Sorgfalt aufbewahrten Arzneien aus Weiter Ferne zurückgreifen (so nannte Granny jeden beliebigen Ort, der sich jenseits eines Radius von einer Tagesreise befand), um die gewünschte Wirkung zu erzielen.

Die Hexe nahm einen Becher zur Hand, zerrieb darin getrocknete rote Blätter, ließ Honig hineintropfen, füllte ihn mit heißem Wasser aus dem Topf und reichte ihn Esk.

Dann schob sie einen großen runden Stein unter den Kamin — später, in eine Decke gehüllt, sollte er als Bettwärmer dienen —, verbot dem Mädchen streng, den Schaukelstuhl zu verlassen, und begab sich in die Waschküche.

Eskarina wippte langsam vor und zurück, schloß die Hände um den warmen Becher und nippte vorsichtig daran. Das Getränk schmeckte irgendwie nach Pfeffer, und sie fragte sich, woraus die Zutaten wohl bestanden. Sie hatte Grannys Gebräue schon des öfteren probiert — die Honigmenge darin hing ganz davon ab, wieviel kindlichen Widerstand die Hexe erwartete —, und Esk wußte natürlich, daß Oma Wetterwachs in dem Ruf stand, eine Expertin auf dem Gebiet der Heiltränke und Elixiere zu sein. Gelegentlich behandelte sie damit Krankheiten, über die Mutter Schmied (und manchmal auch einige der jüngeren Frauen) nur mit bedeutungsvoll hochgezogenen Augenbrauen und gedämpften Stimmen sprachen...

Als Granny zurückkehrte, schlief das Mädchen. Die alte Frau brachte Eskarina zu Bett und schloß die Fensterläden.

Anschließend ging sie wieder nach unten und rückte den Schaukelstuhl näher ans Feuer.

Deutlich spürte sie, daß in Esks Bewußtsein irgend etwas auf der Lauer lag. Als sie darüber nachdachte, entstand zitternde Nervosität in ihr, und sie erinnerte sich an das Schicksal der Wölfe. Und dann der Vorschlag, das Feuer im Kamin mit Hilfe von Magie zu entzünden... Zauberer taten so etwas. Es gehörte zu den ersten Dingen, die sie lernten.

Granny seufzte. Sie konnte nur auf eine ganz bestimmte Art und Weise Gewißheit erlangen und vertrat die Ansicht, daß sie für so etwas allmählich zu alt wurde.

Sie griff nach einer Kerze, ging durch die Waschküche und suchte den Anbau auf, in dem sich die Ziegen befanden. Wie pelzige Kleckse hockten sie in ihren Pferchen und beobachteten gelassen die alte Hexe. Drei Mäuler bewegten sich in gleichmäßigem Rhythmus und zermalmten trockenes Heu. Die warme Luft roch ein wenig... muffig.

Oben im Dachgebälk saß eine Eule, eins von mehreren Geschöpfen, die gewissermaßen als Untermieter in Grannys Haus wohnten und dafür in Kauf nahmen, ihr ab und zu als mentales Transportmittel zu dienen. Sie flatterte sofort herbei, als die Hexe mit der Zunge schnalzte. Oma Wetterwachs streichelte den kugelförmigen Kopf und hielt nach einem bequemen Platz Ausschau. Ein Heuhaufen mußte genügen.

Sie löschte die Kerze und streckte sich aus. Die Eule saß ihr abwartend auf der Hand.

Die Ziegen mampften gleichmütig weiter, rülpsten dann und wann und sorgten dafür, daß der Methangehalt der Luft nicht unter einen gewissen Wert sank. Sie verursachten die einzigen Geräusche im Gebäude.

Grannys Leib erschlaffte. Die Eule merkte, wie sich eine andere Gedankensphäre zu ihr gesellte, und rückte geistig beiseite. Die Hexe ahnte, daß sie ihre Entscheidung später bereuen würde: Wenn sie zweimal an einem Tag borgte, fühlte sie sich anschließend stundenlang erschöpft und ausgelaugt. Und vielleicht verspürte sie am kommenden Morgen einen Heißhunger auf Mäuse. Nun, als junge Frau hatte es sie überhaupt nicht belastet, mit den Hirschen zu laufen, den Füchsen bei der Jagd Gesellschaft zu leisten und auf dem mentalen Rücken von Maulwürfen durch dunkle Tunnel zu kriechen. Sie verbrachte kaum eine Nacht im eigenen Körper. Jetzt aber fielen ihr diese Ausflüge immer schwerer, insbesondere die Rückkehr. Vielleicht konnte sie eines Tages überhaupt nicht mehr zurück. Vielleicht blieb ihr Leib einfach reglos liegen, bis sich der Rest von Lebenskraft darin verflüchtigte. Und vielleicht war ein solcher Tod gar nicht mal so schlecht.

Die Zauberer wußten nichts von Bedeutung und Hintergründen des geistigen Reisens. Wenn es ihnen in den Sinn kam, sich mit dem Bewußtsein eines anderen Lebewesens zu verbinden, so gingen sie heimlich und verstohlen vor wie ein Dieb, der des Nachts in ein Haus einbricht und auf leisen Sohlen durch dunkle Zimmer schleicht — nicht etwa aus durchtriebener Schläue, sondern weil die verkalkten Idioten schlicht und einfach keine Ahnung hatten. Darüber hinaus: Was nützte es, den Körper einer Eule zu übernehmen? Wenn man fliegen wollte, mußte man es in langen Jahren lernen. Nein, es war weitaus besser, sich tragen zu lassen, so behutsam Einfluß auf das animalische Empfinden zu nehmen wie ein lauer Wind, der die Blätter rascheln läßt.

Die Eule breitete die Schwingen aus, flog zum geöffneten Fenster und glitt in die Nacht hinaus.

Es schwebten nur noch einige Wolkenfetzen am Himmel, und das Licht des kleinen Mondes spiegelte sich glitzernd auf den schneebedeckten Hängen wider. Granny blickte aus Eulenaugen, als sie lautlos über die Baumwipfel hinwegsegelte. Was für eine herrliche Art des Reisens, wenn man über den richtigen Leib verfügte! Beim Borgen zog Oma Wetterwachs Vögel vor, benutzte sie, um die hohen und verborgenen Täler zu erforschen, die kaum jemand kannte, die kleinen Seen zwischen schwarzen Klippen, hohe Auen, begrenzt von steilen Felswänden, jene Welt, in der besonders scheue und seltene Geschöpfe lebten. Einmal hatte sie die Gemsen begleitet, die jedes Jahr im Frühling und Herbst über die Berge zogen — und den größten Schock ihres Lebens erlitten, als sie feststellen mußte, daß sie sich fast außerhalb der Rückkehr-Reichweite befand.

Die Eule verließ den Wald und erreichte die ersten Häuser des Dorfes. Pulvriger Schnee wirbelte wie eine Staubwolke, als sie auf einem Ast des Apfelbaums landete, der im Garten hinter der Schmiede wuchs. Misteln verliehen ihm einen grünen Schimmer.

Als die Krallen harte Borke berührten, wußte Granny sofort, daß es sich um den richtigen Baum handelte. Er lehnte sie ab. Die Hexe spürte, wie die Zweige zu zittern begannen.

Ich bleibe, dachte Oma Wetterwachs.

Prächtig, flüsterte die lautlose Antwort durch eine stille

Nacht. *Eine derartige Frechheit kannst du dir nur leisten, weil ich ein Baum bin. Typisch Frau.*

Wenigstens erfüllst du jetzt einen gewissen Zweck, erwiderte Granny. *Besser ein Baum als ein Zauberer, wie?*

Eigentlich ist ein solches Leben gar nicht so übel, dachte der Baum. *Sonne. Frische Luft. Zeit zum Nachdenken. Auch Bienen, im Frühling.*

Die letzte Bemerkung klang irgendwie lüstern, und die Vorstellung von Honig erfüllte Granny (die einige Bienenstöcke besaß) plötzlich mit Abscheu. Es war, als werde man daran erinnert, daß Eier ungeborene Küken sind.

Ich bin wegen Eskarina gekommen, zischte sie.

Ein vielversprechendes Mädchen, entgegnete der Apfelbaum. *Ich beobachte es mit großem Interesse. Übrigens mag es Äpfel.*

Du solltest dich was schämen, sagte Granny schockiert.

Die schmutzige Phantasie verklemmter Hexen ist nicht meine Schuld, stellte der Baum fest.

Granny schob sich näher an den Stamm heran.

Laß Esk in Ruhe! dachte sie. *Allmählich kommt die Magie in ihr durch.*

Jetzt schon? erwiderte der Apfelbaum überrascht. *Ich bin beeindruckt.*

Es ist die falsche Magie! entfuhr es Granny schrill. *Männliche Zauberei, nicht die anständige Hexerei von Frauen! Noch ahnt Eskarina nichts, aber heute abend hat ihre Thaumaturgie ein Dutzend Wölfe getötet!*

Großartig! freute sich der Baum. Granny kochte vor Wut.

Großartig? Angenommen, sie hätte sich mit ihren Brüdern gestritten und die Geduld verloren...

Der Baum zuckte mit den Schultern. Schnee rieselte von den Zweigen.

Dann mußt du sie eben ausbilden, schlug er vor.

Ausbilden? Aber ich weiß doch gar nicht, wie man Zauberei lehrt.

Schick sie zur Universität!

Eskarina ist ein Mädchen! heulte Granny und hüpfte auf und ab.

Na und? Wer behauptet, Frauen seien nicht fähig zu zaubern?

Oma Wetterwachs zögerte. Ebensogut hätte der Apfelbaum fragen können, warum man von Ameisen nicht erwarten darf, den Scheibenweltrekord im Weitsprung zu brechen. Sie wußte, daß eine völlig klare, logische, höchst einsichtige, selbst für Zauberer verständliche und vor allen Dingen *offensichtliche* Antwort existierte. Sie lag ihr auf der mentalen Zungenspitze, aber zu ihrem großen Verdruß sah sie sich außerstande, die richtigen Worte aneinanderzureihen.

Frauen sind nie Zauberer gewesen. Es ist gegen die Natur. Schließlich können Männer auch keine Hexen sein.

Wenn du eine Hexe als jemanden definierst, der das pankreatische Verlangen verehrt und verschiedenen anderen Dingen mit großem Respekt begegnet, zum Beispiel den elementaren... Der Baum setzte seinen Vortrag einige Minuten lang fort. Granny Wetterwachs hörte mit einer Mischung aus Ungeduld und Verärgerung zu, vernahm Bemerkungen wie *Muttergöttinnen* und *primitive Mondadoration*. Mehrmals erinnerte sie sich daran, daß sie sehr wohl über die Hexerei Bescheid wußte: Es kam darauf an, Kräuter zu kennen, zu fluchen, nachts herumzufliegen und ganz allgemein gesprochen die Tradition zu wahren. Es ging keineswegs um irgendwelche Göttinnen (ob es nun Mütter oder Jungfrauen sein mochten), die sich offenbar auf einige eher fragwürdige Tricks einließen. Als der Baum schließlich von *nacktem Tanz im Mondschein* sprach, versuchte Granny hastig an etwas anderes zu denken. Sie ahnte zwar, daß sich irgendwo unter den dicken Schichten aus Kleidern und Unterröcken Haut verbarg, aber das bedeutete noch lange nicht, daß dieser Umstand ihr Wohlwollen fand.

Nach einer Weile beendete der Baum seinen Monolog.

Granny wartete, bis sie ganz sicher sein konnte, daß er

nichts hinzufügen wollte. Dann fragte sie: *Das ist also He-*
xerei, wie?

Ja. Zumindest die theoretische Basis.

Ihr Zauberer habt ziemlich komische Ideen.

Ich bin kein Zauberer mehr, lautete die Antwort. *Nur*
ein Baum.

Granny sträubte die Federn.

Nun gut, jetzt hör mir mal gut zu, Herr Sogenannte-
Theoretische-Basis, wenn Frauen Zauberer sein könnten,
würden ihnen lange weiße Bärte wachsen, und für Esk
kommt so etwas nicht in Frage, kapiert, Zauberei ist nicht
die richtige Form von Magie, hast du mich verstanden, sie
besteht nur aus Licht und Feuer und Herumpfuscherei mit
Mächten, die besser unangetastet blieben, und ich werde
verhindern, daß sich Eskarina auf so etwas einläßt, ich
wünsche dir noch eine gute Nacht.

Die Eule breitete die Flügel aus und segelte davon.
Granny vermied es nur deshalb, vor Wut am ganzen Leib
zu beben, weil das den Flug beeinträchtigt hätte. Zauberer!
Sie redeten zuviel, sammelten Zaubersprüche wie Brief-
marken in dicken Büchern. Und sie behaupteten unver-
schämt, ihre Art der Magie sei die einzig sinnvolle.

Granny stand auf dem unerschütterlich festen Standpunkt, daß Frauen nie Zauberer gewesen waren und ihren
Ehrgeiz auch weiterhin auf andere Dinge richten sollten.

Als Oma Wetterwachs ihr Haus erreichte, stahl sich das
erste Grau des neuen Tages in die Dunkelheit der Nacht.
Zumindest ihr Körper, der nach wie vor im Heu lag, war
ausgeruht. Sie hoffte, noch einige Stunden im Schaukelstuhl sitzen und in aller Ruhe nachdenken zu können. Sie
liebte es, während der Übergangsphase zwischen Nacht
und Tag ihre Gedanken treiben zu lassen, sie von allen Seiten zu betrachten und sich an ihren klaren, deutlichen Mustern zu erfreuen. Sie...

Der Zauberstab lehnte dicht neben dem Kleiderschrank
an der Wand.

Granny erstarrte förmlich.

»Ich verstehe«, sagte sie schließlich. »So ist das also, nicht wahr? Und noch dazu in meinem eigenen Haus, wie?«

Sie bewegte sich ganz langsam und vorsichtig, als sie an die Herdecke herantrat, einige Scheite auf die glühende Asche legte und den Blasebalg betätigte, bis hohe Flammen aufloderten.

Dann drehte sie sich um, murmelte vorsichtshalber einige Schutzformeln, griff nach dem Stab und zerrte daran. Er widersetzte sich ihr nicht, und die alte Hexe hätte fast das Gleichgewicht verloren. Sie schloß beide Hände um das harte Holz, verspürte ein sanftes Prickeln, hörte das leise Grollen und Knistern geballter Magie — und lachte laut.

Es war ganz einfach. Der befürchtete Kampf blieb aus.

Oma Wetterwachs verfluchte die Zauberer und ihre Beschwörungen, hob den Stab, hielt ihn hoch über dem Kopf und stieß ihn mit einem entschlossenen Ruck in die heißeste Stelle des Feuers.

Eskarina gellte. Ihr Schrei durchdrang den Fußboden im Schlafzimmer und hallte durch die dunkle Hütte.

Granny mochte alt und müde sein, und manchmal fiel es ihr nach einem langen anstrengenden Tag schwer, zwischen so komplizierten Dingen wie Ursache und Wirkung zu unterscheiden. Aber wenn man als Hexe überleben wollte, mußte man fähig sein, innerhalb kurzer Zeit zu wichtigen Schlußfolgerungen zu gelangen. Als sie auf den Zauberstab im Feuer starrte und den Schrei hörte, setzten sich ihre Hände von ganz allein in Bewegung und streckten sich dem großen schwarzen Topf entgegen. Sie entleerte ihn über den Flammen, zog den Stab aus wogendem Dampf und eilte mit besorgt klopfendem Herzen die Treppe hoch.

Esk saß im schmalen Bett und schrie immer noch. Granny sah auf den ersten Blick, daß sie keine Verbrennungen erlitten hatte, schloß das Mädchen in die Arme

335

und versuchte es zu trösten. Sie wußte nicht genau, wie sie dabei vorgehen sollte, aber der eine oder andere Klaps auf den Rücken und ein beruhigendes Brummen schienen zu wirken. Aus dem Schreien wurde ein leises Wimmern, dann ein mitleiderweckendes Schluchzen. Manchmal hörte Granny Worte wie ›Feuer‹ und ›heiß‹. Betroffen preßte sie die Lippen zusammen.

Schließlich legte sie Esk wieder ins Bett, deckte sie zu und ging auf Zehenspitzen die Treppe hinunter.

Der Zauberstab lehnte wieder an der Wand, und es erstaunte die alte Hexe überhaupt nicht, daß die Flammen keine Spuren auf dem Holz hinterlassen hatten.

Sie drehte den Schaukelstuhl herum, nahm Platz, stützte das Kinn auf die Hände und beobachtete den Stab betont grimmig.

Kurz darauf neigte sich der Stuhl ganz von allein vor und zurück. Granny Wetterwachs hörte nur das leise Knarren, als sich die Stille verdichtete und wie ein düsterer Nebel im Zimmer ausbreitete.

Am nächsten Morgen, bevor Eskarina aufstand, versteckte Granny den Zauberstab. *Aus den Augen, aus dem Sinn*, dachte sie zufrieden.

Als Esk ihr Frühstück aß und dazu ein großes Glas Ziegenmilch trank, erweckte sie den Anschein, als seien die Ereignisse der letzten vierundzwanzig Stunden spurlos an ihr vorübergegangen. Zum erstenmal beschränkte sich ihr Aufenthalt im Haus der Hexe nicht nur auf die Dauer eines kurzen Besuchs, und während Oma Wetterwachs das Geschirr spülte und die Ziegen melkte, nutzte das Mädchen die stillschweigend erteilte Erlaubnis, die Hütte zu erforschen.

Schon bald stellte es fest, daß es im Heim der alten Frau einige Besonderheiten gab. Zum Beispiel die Sache mit den Ziegen.

»Aber sie müssen doch Namen haben!« sagte Eskarina. »Wie alles andere auch!«

Granny blickte an den birnenförmigen Flanken der Geiß vorbei, die sie gerade melkte. Es handelte sich gewissermaßen um die Matriarchin der kleinen Schar, und diesen Status verdeutlichte sie mit einem würdevollen Blick.

»Nun, ich schätze, sie *haben* Namen, in Ziegisch«, erwiderte sie vage. »Warum brauchen sie auch noch welche in unserer Sprache?«

»Nun...«, begann Esk und unterbrach sich. Sie dachte eine Zeitlang nach. »Wie rufst du sie denn?«

»Sie rufen *mich*, wenn sie etwas von mir wollen.«

Esk reichte der Ziegenmatriarchin ernst ein Bündel Stroh, und Granny musterte sie aus den Augenwinkeln. Sie war ziemlich sicher, daß Ziegen tatsächlich Namen hatten. Zum Beispiel ›die Ziege, die ich zur Welt brachte‹, ›die Ziege, die meine Mutter ist‹, ›das Oberhaupt der Ziegenherde‹ und viele andere, nicht zuletzt ›die Ziege, die einfach nur eine Ziege ist‹. Sie lebten in einem recht komplizierten Gesellschaftssystem, nannten vier Mägen und einen Verdauungsapparat ihr eigen, der in stillen Nächten verblüffend laut sein konnte. Granny neigte zu der Auffassung, daß Tiere, die etwas auf sich hielten, Namen wie Butterblume oder Hahnenfuß als Beleidigung empfanden.

Sie traf eine Entscheidung. »Esk?« fragte sie.

»Ja?«

»Was möchtest du werden, wenn du groß bist?«

Esk runzelte die Stirn. »Keine Ahnung.«

»Nun«, sagte Oma Wetterwachs und zog nach wie vor an den Zitzen der Ziege, »was möchtest du *tun*, wenn du groß bist?«

»Keine Ahnung. Vermutlich heirate ich.«

»Ist das dein Wunsch?«

Eskarinas Lippen formten das K ihrer üblichen Antwort, aber als sie den durchdringenden Blick der Hexe bemerkte, schloß sie den Mund wieder und überlegte.

»Alle Erwachsenen, die ich kenne, sind verheiratet«, sagte sie nach einer Weile. »Du bist die einzige Ausnahme«, fügte sie vorsichtig hinzu.

»Das stimmt«, bestätigte Granny.

»Wolltest du nicht heiraten?«

Daraufhin dachte die alte Frau nach.

»Bin irgendwie nie dazu gekommen«, erwiderte sie schließlich. »Weißt du, ich war zu sehr mit anderen Dingen beschäftigt.«

Eskarina riskierte einen verbalen Vorstoß. »Mein Vater meint, du bist eine Hexe.«

»Und damit hat er völlig recht.«

Esk nickte. In den Spitzhornbergen genossen Hexen einen Status, den man in anderen Kulturen Nonnen, Steuereintreibern und Jauchegrubenreinigern gewährte. Mit anderen Worten: Man respektierte sie, bewunderte sie manchmal sogar und achtete sie dafür, eine wichtige Arbeit zu erledigen; aber andere Menschen fühlten sich nie ganz wohl in der Haut, wenn sie mit solchen Leuten in einem Zimmer saßen.

»Würdest du gern die Hexerei erlernen?« fragte Granny.

»Du meinst... Magie?« erwiderte Eskarina. In ihren Augen leuchtete es auf.

»Ja, Magie. Aber keine, die nur dazu dient, naive Gemüter zu beeindrucken. *Echte* Magie.«

»Kannst du fliegen?«

»Es gibt weitaus interessantere Dinge als das Fliegen.«

»Und ich könnte sie lernen?«

»Wenn deine Eltern einverstanden sind.«

Eskarina seufzte. »Mein Vater ist bestimmt dagegen.«

»Dann spreche ich eben mit ihm«, sagte Granny.

»Jetzt hör mir mal gut zu, Gordo Schmied!«

Der Schmied wich in seiner Werkstatt zurück und hob die Hände, um den Zorn der alten Frau abzuwehren. Sie näherte sich ihm langsam, den Zeigefinger wie einen Speer erhoben.

»Ich habe dich auf die Welt geholt, du dummer Narr, und du hast heute keinen Funken mehr Verstand im Kopf als damals...«

»Aber...«, wandte der Schmied ein und duckte sich hinter den Amboß.

»Die Magie hat deine Tochter gefunden! Die Magie eines Zauberers! *Falsche* Magie, verstehst du? Und sie war überhaupt nicht für Eskarina bestimmt!«

»Ja, aber...«

»Ahnst du denn nicht einmal, was sie anrichten könnte?«

Der Schmied ließ den Kopf hängen. »Nein.«

Granny fühlte sich aus dem Konzept gebracht und zögerte.

»Nein«, wiederholte sie etwas leiser. »Nein, natürlich nicht.«

Sie nahm auf dem Amboß Platz und versuchte ruhige Gedanken zu denken.

»Weißt du, Magie führt eine Art... Eigenleben. Was eigentlich keine Rolle spielt, denn... Wie dem auch sei: Die Magie eines Zauberers...« Granny musterte das verwirrte Gesicht des Schmieds und versuchte es noch einmal: »Nun, du kennst doch sicher Apfelwein, oder?«

Gordo nickte. Er glaubte, sich nun wieder auf festerem thematischen Boden zu bewegen, hielt jedoch argwöhnisch nach Fußangeln Ausschau und fragte sich, worauf die Hexe hinauswollte.

»Und dann gibt es da noch den Apfelschnaps«, fügte Oma Wetterwachs hinzu. Der Schmied nickte erneut. Alle Bewohner von Blödes Kaff stellten im Winter Apfelschnaps her, indem sie des Nachts Fässer mit Wein draußen stehen ließen und das Eis entfernten, bis nur noch ein Rest Alkohol übrigblieb.

»Nun, man kann ziemlich viel Apfelwein trinken und fühlt sich dadurch nur besser, nicht wahr?«

Der Schmied nickte zum drittenmal.

»Der Schnaps aber wird in kleinen Gläsern serviert, und wenn man eines zuviel runterspült, steigt einem das Zeug sofort in den Kopf, stimmt's?«

Gordo nickte noch einmal und merkte, daß das Gespräch immer mehr zu einem Monolog wurde. »In der Tat«, sagte er.

»Das ist der Unterschied«, meinte Granny.

»Der Unterschied zwischen was?«

Oma Wetterwachs seufzte. »Zwischen Hexerei und Zauberei«, erklärte sie. »Letzteres hat deine Tochter gefunden, und wenn sie nicht lernt, diese Art von Magie zu kontrollieren, besteht die Gefahr, daß sie *Jenen* zum Opfer fällt. Magische Macht kann wie eine Tür sein, doch manchmal wartet Gräßliches auf der anderen Seite. Begreifst du das?«

Der Schmied nickte wiederum. Eigentlich hatte er noch immer keine Ahnung, was Granny meinte, aber er vermutete zu Recht, daß ihm die Hexe einige schreckliche Einzelheiten nennen würde, wenn er eine entsprechende Frage stellte.

»Esk ist geistig sehr stark, und bestimmt könnte sie eine Zeitlang Widerstand leisten«, fuhr die alte Frau fort. »Doch früher oder später ginge es ihr an den mentalen Kragen.«

Gordo nahm einen Hammer von der Werkbank, betrachtete ihn so aufmerksam, als sähe er ihn zum erstenmal, legte ihn dann wieder beiseite.

»Aber wenn sie die Magie eines Zauberers hat...«, wandte er zögernd ein. »Was nützt es dann für sie, die Kunst der Hexerei zu erlernen? Du hast doch gerade auf die beträchtlichen Unterschiede zwischen diesen beiden Formen der Thaumaturgie hingewiesen.«

»Es handelt sich in jedem Fall um Magie. Wenn man nicht auf einem Nilpferd reiten kann, dann sollte man wenigstens lernen, nicht vom Rücken eines gewöhnlichen Rosses zu fallen.«

»Nilpferd?«

»Eine Art Dachs«, sagte Granny. Man gelangte nicht in den Ruf, sich in Flora und Fauna bestens auszukennen, wenn man Wissenslücken eingestand.

Gordo Schmied seufzte und wußte, daß er geschlagen war. Seine Frau hatte keinen Zweifel daran gelassen, daß ihr die Idee gefiel, und als er genauer darüber nachdachte... Immerhin würde Granny ›Oma‹ Wetterwachs nicht ewig leben, und Vater der einzigen Hexe weit und breit zu sein, konnte sich als nützlich erweisen.

»Na schön«, sagte er.

Als der Winter sich allmählich dem Ende entgegenneigte und zögernd dem Frühling wich, ging Eskarina bei der alten Granny in die Schule.

Allerdings schien das Lernen in erster Linie daraus zu bestehen, sich gewisse Dinge zu merken.

Bei den Unterweisungen unterstrich die Hexe den praktischen Aspekt. Das Reinigen des Tisches ging mit Allgemeiner Kräuterkunde einher. Beim Ausmisten des Ziegenstalls hörte das Mädchen von der Verwendung verschiedener Pilze. Zum Geschirrspülen gehörten Lektionen über das Beschwören geringer Götter. Und wenn sie im großen Kupfertopf rühren mußte, was verdächtig oft geschah, standen Theorie und Praxis des Destillierens auf dem Lehrplan. Als die warmen Randwinde zu wehen begannen und der Schnee nur noch in kläglichen kleinen Haufen an der zur Scheibenweltmitte gerichteten Seite der Bäume überlebte, hatte Eskarina erste Erfahrungen gesammelt. Sie wußte, wie man mehrere Salben zubereitete und verschiedene Branntweine herstellte, die allein medizinischen Zwecken dienten. Sie kannte sich mit Dutzenden von Aufgüssen und einer Vielzahl von Elixieren aus, deren Einsatzgebiet ihr jedoch ein Rätsel blieb. Granny meinte schlicht, das werde sie noch rechtzeitig genug erfahren.

Eskarina kam allmählich zu dem Schluß, daß sie das eigentliche Hexen sträflich vernachlässigten.

»Das holen wir nach, wenn es soweit ist«, wich Oma Wetterwachs ihrer Frage aus.

»Aber ich soll doch eine Hexe werden!«

»Noch bist du keine. Nenn mir drei Kräuter, die bei Verstopfung Wunder wirken.«

Esk faltete die Hände hinterm Kopf, schloß die Augen und antwortete: »Die blühenden Spitzen der Großen Pfauenwurz, das Wurzelmark des Alten Mannes Hose, die Stengel der Blutwasserlilie, die Samenkapseln...«

»Das genügt. Wo kann man Wassergurken finden?«

»In Torfmooren und Sumpftümpeln, während der Monate...«

»Gut. Du machst Fortschritte.«

»Aber es ist keine Magie!«

Granny setzte sich an den Küchentisch.

»Das könnte man von vielen magischen Dingen behaupten«, erwiderte sie. »Ich meine, die meisten davon haben nichts oder nur wenig mit Magie zu tun. Es kommt vor allem darauf an, die richtigen Kräuter zu kennen, das Wetter zu deuten und die Verhaltensweise der Tiere zu verstehen. Und natürlich auch die von Menschen.«

»Das ist alles?« fragte Eskarina entsetzt.

»*Alles?*« entgegnete Granny schockiert. »Es ist ein ziemlich umfangreiches Alles.« Etwas leise fügte sie hinzu: »Aber du hast recht: Es gibt noch etwas anderes.«

»Weihst du mich darin ein?«

»Wenn ich den geeigneten Zeitpunkt für gekommen halte. Es dauert noch eine Weile, bis du bereit bist.«

»Bereit? Wofür?«

Grannys Blick glitt in Richtung einer dunklen Ecke des Zimmers.

»Wo waren wir stehengeblieben...?«

Es dauerte nicht lange, bis auch die hartnäckigsten Schneereste tauten und die ersten Frühjahrsstürme tosten. Die Luft im Wald duftete nach Schimmel und Terpentin. Einige frühe Blüten überstanden tapfer den Nachtfrost, und Bienen flogen.

»Sieh genau zu, wenn du echte Magie erleben möchtest«, sagte Granny Wetterwachs.

Sie öffnete den ersten Bienenstock.

»Bienen sind gleichbedeutend mit Met, Wachs, Honig und Gummi. Einzigartige Geschöpfe. Werden sogar von einer Königin regiert«, fügte die Hexe anerkennend hinzu.

»Stechen sie dich nicht?« fragte Esk und wich ein wenig zurück. Hunderte von Bienen summten aus den Waben und krabbelten über die Holzseiten der großen Kiste.

»Nur sehr selten«, erwiderte Granny. »Nun, du wolltest unbedingt Magie sehen. Beobachte mich!«

Oma Wetterwachs streckte die Hand in eine wirre Insektenmasse und gab ein leises pfeifendes Geräusch von sich. Es kam Bewegung in die brummende Menge, und nach einigen Sekunden kroch eine auffallend große und dicke Biene auf den Zeigefinger der alten Frau. Einige Arbeiterinnen folgten ihr und hielten sich dicht an ihrer Seite, um die Königin zu schützen.

»Wie hast du das angestellt?« erkundigte sich Esk.

»Ah«, erwiderte Granny, »das möchtest du gern wissen, nicht wahr?«

»Ja, in der Tat«, sagte Eskarina ernst. »Deshalb meine Frage.«

»Glaubst du, ich habe Magie benutzt?«

Esk sah auf die große Biene hinab und musterte dann die Hexe.

»Nein«, entgegnete sie, »ich glaube, du weißt nur gut über solche Insekten Bescheid.«

Granny lächelte.

»Stimmt haargenau. Dabei handelt es sich natürlich um eine Form von Magie.«

»Indem man sich in gewissen Dingen auskennt?«

»Indem man sich *besser* darin auskennt als andere Menschen«, sagte Granny. Vorsichtig setzte sie die Königin zu ihrem Volk zurück und schloß die Klappe.

»Ich glaube, es wird Zeit, daß du einige Geheimnisse erfährst«, brummte die alte Frau.

Endlich! dachte Eskarina.

»Doch zuerst müssen wir den *Bienenstock* ehren«, sagte Granny. (Es gelang ihr tatsächlich, kursiv zu sprechen.)

Esk überlegte gar nicht erst und machte einen Knicks.

Eine faltige und runzlige Hand traf sie am Hinterkopf.

»Ich habe dir schon mehrmals gesagt, daß sich Hexen

verbeugen«, zischte Granny, aber es klang nicht besonders böse. »Ich zeige es dir noch einmal.«

Sie krümmte den Rücken und Eskarina hörte, wie Gelenke knackten.

»Aber *warum?*« fragte das Mädchen.

»Weil Hexen anders sein müssen«, erklärte Granny. »Und das ist bereits ein Geheimnis.«

Sie setzten sich auf eine ausgebleichte Bank, die an der Randwärtsseite der Hütte stand. Die vor ihnen wachsenden Kräuter hatten bereits eine Höhe von rund dreißig Zentimetern erreicht: eine nicht sehr eindrucksvolle Ansammlung hellgrüner Blätter.

»Nun gut«, ächzte Granny und versuchte, eine möglichst bequeme Position zu finden. »Erinnerst du dich an den Hut am Türhaken? Geh und hol ihn!«

Esk lief gehorsam ins Haus und griff nach dem Hut. Er lief spitz zu, war hoch und natürlich pechschwarz.

Granny drehte ihn nachdenklich hin und her.

»Im Innern dieses Hutes«, verkündete sie feierlich, »verbirgt sich ein weiteres Geheimnis der Hexerei. Wenn du mir nicht erklären kannst, worin es besteht, sollten wir deine Ausbildung besser beenden. Denn wenn du erst weißt, was ich meine, gibt es kein Zurück mehr für dich. Nun?«

»Darf ich ihn halten?«

»Nur zu.«

Esk blickte in den Hut. Er enthielt nur ein dünnes Drahtgestell, das ihm Form gab, und einige Haarnadeln. Mehr nicht.

Er schien keineswegs ungewöhnlich zu sein, sah man einmal davon ab, daß nur Granny eine derartige Kopfbedeckung trug und sonst niemand im Dorf. Doch das allein machte den Hut noch nicht magisch. Eskarina biß sich auf die Lippe und stellte sich vor, wie sie in Schimpf und Schande nach Hause geschickt wurde.

Der Stoff fühlte sich nicht seltsam an, und sie hielt vergeblich nach versteckten Taschen Ausschau. Ein völlig normaler Hexenhut. Granny setzte ihn immer auf, wenn sie nach Blödes Kaff ging, doch im Wald benutzte sie eine schlichte Lederkappe.

Das Mädchen versuchte, sich das alles ins Gedächtnis zurückzurufen, was sie unter großen Mühen von der eher verschlossenen Oma Wetterwachs in Erfahrung gebracht hatte. *Es ist nicht unbedingt wichtig, was man weiß. Es geht darum, was andere Leute nicht wissen. Magie kann sowohl etwas Richtiges am falschen Platz als auch etwas Falsches am richtigen Ort sein.*

Granny ging nie *ohne* den Hut ins Dorf. Und sie streifte sich bei solchen Gelegenheiten auch immer den weiten schwarzen Mantel über, der ebenfalls keine magischen Eigenschaften besaß. Während des Winters benutzte sie ihn häufig als Ziegendecke, und im Frühjahr wusch sie ihn gründlich.

Langsam nahm die Antwort eine Gestalt an, die Esk nicht sehr gefiel. Sie erschien ihr typisch für Granny: nur ein Wortspiel. Die alte Hexe sprach von längst bekannten Dingen und wählte dabei besondere Formulierungen, durch die sie wichtig und bedeutend klangen.

»Ich glaube, ich weiß Bescheid«, sagte Eskarina nach einer Weile.

»Heraus damit!«

»Die Antwort besteht aus zwei Teilen.«

»Ich höre.«

»Es ist ein Hexenhut, weil du ihn trägst. Und du bist eine Hexe, äh, weil du ihn aufsetzt.«

»Mit anderen Worten...« Granny sah das Mädchen erwartungsvoll an.

»Die Leute sehen dich mit Hut und Mantel, erkennen dich somit als Hexe«, erläuterte Esk. »Und deshalb funktioniert deine... Magie?«

»Du hast recht«, bestätigte Oma Wetterwachs. »So etwas nennt man Pschikologie.« Sie klopfte sich aufs silbergraue Haar, das sie zu einem festen Knoten zusammengesteckt hatte. Er war härter als Granit. »Die Lehre von der eigenen Schläue und der Dummheit anderer Leute.«

»Aber es ist ein Trick«, wandte Eskarina ein. »Es handelt sich nicht um echte Magie. Es... es...«

Granny seufzte. »Wenn du jemandem ein Fläschchen mit rotem Hustensaft gibst, so mag es dem Betreffenden nach einigen Tagen besser gehen, wenn du Glück hast. Aber wenn du ganz sicher sein willst, daß das Zeug wirkt, mußt du den Patienten davon *überzeugen*. Sag ihm, es sei eine Mischung aus Mondschein und Elfenwein oder etwas in der Richtung. Murmel ein bißchen vor dich hin. Ähnlich ist es auch mit dem Fluchen.«

»Mit dem Fluchen?« wiederholte Esk unsicher.

»Ja, Mädchen. Sieh mich nicht so verdutzt an! Du wirst fluchen, wenn es notwendig sein sollte. Wenn du allein bist, dir niemand helfen kann und...«

Die alte Frau zögerte. Unbehagen entstand in ihr, als sie den fragenden Blick Eskarinas auf sich ruhen spürte. »...und man dir nicht mit angemessenem Respekt begegnet«, fügte sie mit einem leisen Brummen hinzu. »Wähl lange und komplizierte Flüche aus, und sprich sie möglichst laut und eindrucksvoll. Sie verfehlen ihre Wirkung nicht, glaub mir. Man wird sich schon bald an dich erinnern, wenn sich jemand mit einem Hammer auf den Daumen schlägt oder ein Hund tot umfällt. Und beim nächsten Mal kannst du damit rechnen, daß man dir mit ausgesuchter Höflichkeit begegnet.«

»Das klingt nicht nach echter Magie«, sagte Esk, scharrte mit den Füßen und wirbelte Staub auf.

»Einmal habe ich einem Mann das Leben gerettet«, erzählte Granny, »mit einer speziellen Medizin, die er zweimal täglich einnehmen sollte. Sie bestand aus heißem Wasser mit einem Schuß Beerensaft. Ich sagte ihm, die Arznei stamme von den Zwergen. Nun, das ist der wichtigste Teil der Doktorin. Man muß das Interesse der Leute wecken, sie dazu bringen, sich selbst zu heilen.«

Gönnerhaft griff sie nach der Hand des Mädchens. »Eigentlich bist du für solche Sachen noch zu jung«, sagte die Hexe. »Aber wenn du größer bist, wirst du folgende Erfahrung machen: Die meisten Menschen treten nur selten aus ihrem Kopf heraus.« Sie schloß: »Was auch auf dich zutrifft.«

»Ich verstehe nicht ganz...«

»Andernfalls wäre ich auch sehr überrascht gewesen«, erwiderte Granny streng. »Nenn mir jetzt fünf Kräuter, mit denen man Bronchitis behandeln kann!«

Allmählich erinnerte sich der Frühling an seinen angestammten Platz im Wechsel der Jahreszeiten und forderte den Winter mit allem Nachdruck auf, vorübergehend in Pension zu gehen. Granny nahm Esk bei Ausflügen mit, die den ganzen Tag dauerten. Sie zeigte ihr verborgene Teiche und kleine Seen, führte sie in abgelegene Schluchten, wo sie nach seltenen Pflanzen suchten. Eskarina fand großen Gefallen daran und hielt sich gern im Bereich der hohen Hänge auf; dort brannte die Sonne erstaunlich heiß vom Himmel, während die Luft eiskalt blieb. Eine dichte Decke aus Blättern und Blüten wuchs auf dem Boden. Von einem der höchsten Gipfel aus konnte das Mädchen bis zum großen Meer am Rande der Scheibenwelt sehen. In der anderen Richtung verloren sich die ins ewige Gewand des Winters gekleideten Spitzhornberge in dunstiger Ferne. Sie reichten bis zur *Mitte*, wo ein zehn Meilen hohes gewaltiges Massiv aufragte, von dem es hieß, es diene den Göttern als Heimstatt.

»Mit Göttern ist soweit alles in Ordnung«, sagte Granny, als sie den Picknickkorb auspackten und die Aussicht genossen. »Wenn man sie nicht belästigt, lassen sie einen in Ruhe.«

»Kennst du viele Götter?«

»Nun, einige Male habe ich den Donnergott gesehen«, antwortete die alte Hexe. »Und natürlich Hoki.«

»Hoki?«

Granny biß von einer besonders weichen Stulle ab. »Der Naturgott«, sagte sie. »Manchmal wählt er die Gestalt einer Eiche oder manifestiert sich als ein Mischwesen, halb Mensch, halb Ziege. Ich halte ihn hauptsächlich für eine verdammte Nervensäge. Selbstverständlich findet man ihn nur im tiefen Wald. Dort spielt er Flöte. Und zwar ziemlich schlecht, wenn du mich fragst.«

Eskarina lag auf dem Bauch und ließ den Blick über die Landschaft in der Tiefe gleiten, während einige freischaffende Hummeln über Thymiansträuchern patrouillierten. Sie fühlte warmen Sonnenschein auf dem Rücken, obgleich in dieser Höhe noch immer Schnee an den Mittwärtsseiten der Felsen lag.

»Berichte mir von den Regionen dort unten!« bat Esk verträumt.

Granny starrte mißbilligend auf eine zehntausend Meilen weite Landschaft.

»Es sind nur andere Orte«, erwiderte sie knapp. »Sie unterscheiden sich kaum von denen, die du bereits kennst.«

»Gibt es dort große Städte und so?«

»Ich fürchte schon.«

»Hast du sie einmal besucht?«

Granny ließ sich zurücksinken, hob vorsichtig den Rock und enthüllte einige Quadratzentimeter soliden Baumwollflanell. Das Sonnenlicht erfüllte ihre alten Knochen mit wohliger Wärme.

»Nein«, erwiderte sie. »Es gibt hier bereits genug Probleme. Es ist nicht nötig, daß man in weiter Ferne nach ihnen sucht.«

»Ich habe einmal von einer Stadt geträumt«, sagte Esk. »Dort wohnten Hunderte von Menschen, und ich sah ein Gebäude mit großen magischen Toren...«

Das hinter ihr erklingende Geräusch hörte sich an, als risse ein altes Leinentuch. Die Hexe war eingeschlafen.

»Granny?«

»Mhm?«

Esk dachte kurz nach. »Es ist wunderschön hier«, sagte sie wie beiläufig. »Wir sind ganz allein, und niemand stört uns.«

»Mhm.«

»Ich fühle mich herrlich entspannt«, fügte das Mädchen listig hinzu. »Und bereit. Was meinst du?«

»Grmpf.«

Eskarina entschied, deutlicher zu werden. »Ich bin der Ansicht, dies ist ein geeigneter Zeitpunkt.« Und als die erhoffte Reaktion ausblieb: »Du hast versprochen, mir echte Magie zu zeigen. Wenn es soweit ist. Und jetzt...«

»Ich verstehe«, ächzte Oma Wetterwachs, schloß die Augen auf und blickte zum Himmel hinauf. Direkt im Zenit war das Firmament dunkler als überm Horizont, eher purpurn als blau. *Warum nicht?* dachte sie. *Sie lernt recht schnell, und in der Kräuterkunde kennt sie sich inzwischen fast besser aus als ich. Als ich so alt war wie sie, unterwies mich Gammer ›Mütterchen‹ Tumult stundenlang im Borgen, Wandeln und Schicken. Vielleicht bin ich zu vorsichtig.*

»Nur ein bißchen!« drängte Esk.

Granny überlegte und suchte vergeblich nach irgendwelchen Ausflüchten. *Bestimmt bereue ich es später*, fuhr es ihr durch den Sinn — womit sie erstaunlichen Weitblick bewies.

»Na schön«, brummte sie.

»Echte Magie?« vergewisserte sich Eskarina. »Weder Kräuter noch Pschikologie?«

»Echte Magie«, bestätigte Granny, »beziehungsweise das, was du darunter verstehst.«

»Ein Zauberspruch?«

»Nein. Ich zeige dir, wie man borgt.«

Eskarinas Augen strahlten aufgeregt. Granny fand, daß sie lebendiger wirkte als jemals zuvor.

Die alte Hexe betrachtete das Tal vor ihnen und nickte langsam, als sie ein geeignetes Geschöpf fand. Ein grauer Adler kreiste müßig über einem fernen Gehölz, und in der animalischen Bewußtseinssphäre spürte sie Ruhe und Gelassenheit. Ausgezeichnet.

Behutsam setzte sie sich mit dem Vogel in Verbindung, und daraufhin flog er langsam näher.

»Zunächst kommt es beim Borgen darauf an, daß man sich einen möglichst bequemen und sicheren Platz sucht«, erklärte Granny und strich das Gras hinter ihr glatt. »Zum Beispiel ein weiches Bett.«

»Aber was *ist* Borgen?«

»Leg dich hin und halt meine Hand. Siehst du den Adler dort oben?«

Esk starrte hoch und zwinkerte im hellen Schein der Sonne.

Sie sah... *zwei kleine Gestalten auf der Wiese weit unten, während sie sich vom Wind tragen ließ...*

Deutlich spürte sie, wie ihr kühle Luft an den Federn entlangstrich. Da der Adler nicht jagte und sich einfach nur einen Spaß daraus machte, träge dahinzugleiten, blieb die Landschaft unter ihm eine Ansammlung unbedeutender Konturen. Die freie Weite jedoch... sie wurde zu einem komplizierten, sich ständig verändernden dreidimensionalen *Etwas*, einem miteinander verketteten Muster aus Spiralen und Kurven, das sich über viele Meilen hinweg erstreckte, einer Achterbahn aus Strömungen, die thermische Säulen umschmiegten. Esk...

...spürte einen vorsichtigen Druck, der sie zurückhielt.

»Der zweite wichtige Punkt«, ertönte dicht neben ihr die kratzige Stimme der Hexe, »ist folgender: Man darf das Geborgte Geschöpf nicht verärgern. Wenn man ihm die eigene Gegenwart offenbart, setzt es sich entweder zur Wehr oder gerät in Panik, und dann bleibt einem nichts anderes übrig, als den Rückzug anzutreten. Der Vogel dort oben hat sein ganzes Leben als Adler verbracht. Im Gegensatz zu dir.«

Esk schwieg.

»Du fürchtest dich doch nicht, oder?« fragte Oma Wetterwachs. »Beim erstenmal ist eine solche Reaktion durchaus verständlich und...«

»Ich habe keine Angst«, erwiderte Eskarina ruhig. »Wie kontrolliert man das Tier?«

»Darauf sollte man besser verzichten. Wie dem auch sei:

Selbst erfahrenen Hexen fällt es schwer, Kontrolle auf eine völlig selbständige animalische Gedankensphäre auszuüben. Man muß dem Geschöpf... *vorschlagen*, es sei geneigt, sich auf eine ganz bestimmte Weise zu verhalten. Mit zahmen Tieren sieht die Sache natürlich ganz anders aus. Nun, trotzdem kann man von solchen Wesen nichts verlangen, was ihrer elementaren Natur widerspricht.« Granny deutete in die Höhe. »Versuch jetzt, einen Kontakt mit dem Bewußtsein des Adlers herzustellen.«

Esk sah Granny als eine einheitliche silbergraue Wolke am Rande ihres Wahrnehmungsbereichs. Nach kurzer Suche fand sie den Adler. Sie hätte ihn fast übersehen. Sein Selbst war klein, purpurn und scharf wie eine Pfeilspitze. Der Vogel konzentrierte sich ganz aufs Fliegen und bemerkte sie nicht.

»Gut«, lobte die alte Hexe. »Wir entfernen uns nicht allzuweit vom Tal. Wenn du möchtest, daß er abdreht und sich in eine andere Richtung wendet...«

»Ja, ich weiß«, sagte Esk. Sie beugte die Finger — die sich an einem ganz anderen Ort befanden —, woraufhin der Adler die Schwingen anwinkelte und nach links glitt.

»Nicht schlecht«, sagte Granny und versuchte, ihr Erstaunen zu verbergen. »Wie hast du das erreicht?«

»Ich ... weiß nicht. Es erschien mir offensichtlich.«

»Hm.« Vorsichtig sondierte Granny das Ich des Vogels. Der Adler ahnte noch immer nichts von seinen beiden mentalen Passagieren. Die alte Frau war zutiefst beeindruckt, was nicht sehr häufig geschah.

Sie schwebten über dem Berg, und Esk begann mit einer begeisterten Erforschung der Adlersinne. Grannys Stimme hallte durch ihr Bewußtsein, gab ihr Ratschläge und Anweisungen, warnte sie dann und wann. Eskarina hörte nur mit halbem Ohr zu. Es klang alles viel zu kompliziert. Warum konnte sie nicht einfach das fremde Ich übernehmen? Es trug dadurch gewiß keinen Schaden davon.

Sie konnte deutlich sehen, wie sie dabei vorgehen mußte: ein fester Griff an der richtigen Stelle, nicht schwerer als ein Fingerschnippen (was Esk noch nie zustande gebracht hatte) — und dann brauchte sie sich nicht mehr mit Erfahrungen aus zweiter Hand zu begnügen, konnte das Fliegen *richtig* erleben.

Dann...

»Laß das!« sagte Granny ruhig. »Du würdest es bedauern.«

»Was?«

»Glaubst du etwa, es hätte noch niemand vor dir versucht, Mädchen? Jede Hexe hat sich irgendwann einmal vorgestellt, wie interessant es wäre, einen fremden Körper zu übernehmen, um zu den Wolken aufzusteigen oder Wasser zu atmen. Es ist nicht annähernd so leicht, wie du dir das vorstellst.«

Esk warf ihr einen finsteren Blick zu.

»Sieh mich nicht so an!« fuhr die alte Frau fort. »Eines Tages wirst du mir für diesen Hinweis danken. Hüte dich vor Dingen, mit denen du dich noch nicht auskennst, klar? Bevor du zu irgendwelchen Tricks greifst, solltest du genau wissen, welche Konsequenzen sich daraus ergeben könnten — und wie man sie vermeidet. Versuch erst dann zu gehen, wenn du laufen gelernt hast.«

»Ich *spüre*, worauf es zu achten gilt, Granny.«

»Mag sein. Aber vielleicht täuschst du dich. Das Borgen ist schwieriger, als es den Anschein hat — obwohl ich zugeben muß, daß du dich sehr geschickt anstellst. Nun, für heute reicht's. Bring uns jetzt wieder zur Wiese! Dort zeige ich dir, wie man zurückkehrt.«

Der Adler segelte hoch über den beiden reglosen Gestalten im Gras, und vor ihrem inneren Auge sah Eskarina zwei Verbindungsstränge: geistige Pfade, die nach unten führten. Grannys Gedankenschatten verflüchtigte sich.

Jetzt...

Die alte Frau irrte sich. Das Ich des Vogels leistete kaum Widerstand, und es blieb ihm nicht genug Zeit, in Panik zu geraten. Esk hüllte es in ihre eigene Selbstsphäre. Dort wand es sich einige Male hin und her, bevor es mit ihr verschmolz.

Granny öffnete die Augen und hörte, wie der Adler ein triumphierendes Krächzen von sich gab. In einer Höhe von nur wenigen Metern sauste er über den grasbewachsenen Hang und glitt an der Flanke des Berges entlang. Grannys Blicke folgten ihm, doch schon nach kurzer Zeit verwandelte er sich in einen kleinen Punkt und entschwand wenig später aus ihrer Sicht. Ein zweiter Schrei verhallte in der Ferne.

Die Hexe beobachtete Esks schlaffen Körper. Das Mädchen wog zwar nicht sehr viel, aber es war ein weiter Weg nach Hause, und der Nachmittag ging langsam in den Abend über.

»Verflixt«, murmelte sie ohne besonderen Nachdruck, stand auf und strich sich den Rock glatt. Mit einem mühevollen Stöhnen hob sie Eskarinas leblos anmutenden Leib auf und trug ihn auf der Schulter.

Im scharlachroten Licht der untergehenden Sonne stieg Esk-Adler höher, wie berauscht von der Ekstase des Fluges.

Auf dem Heimweg begegnete Granny einem hungrigen Bär. Die alte Frau litt an Rückenschmerzen und war nicht in der Stimmung, angeknurrt zu werden. Sie brummte einige leise Worte, und zu seinem (recht kurzen) Erstaunen prallte der Bär an einen Baumstamm. Er kam erst nach einigen Stunden wieder zu sich, rieb sich verwirrt die Schnauze und machte sich eilig auf und davon.

Granny betrat ihr Haus, brachte Esk ins Bett und entzündete ein Feuer im Kamin. Sie führte die Ziegen in den Stall, melkte sie und traf Vorbereitungen für die Nacht.

Die Hexe vergewisserte sich, daß alle Fenster offenstanden, und als es dunkel wurde, stellte sie eine Lampe so auf, daß man ihr Licht schon von weitem sehen konnte.

Eine der Angewohnheiten von Oma Wetterwachs bestand darin, jeweils nur einige Stunden hintereinander zu schlafen, und auch diesmal erwachte sie gegen Mitternacht. Das Zimmer hatte sich nicht verändert, sah man

einmal davon ab, daß die Lampe inzwischen zum Zentral-
gestirn eines Sonnensystems aus ziemlich dummen Motten
geworden war.

Sie schlug erneut die Augen auf, als der Morgen dämmerte. Nur ein kleiner Stummel erinnerte noch an die
lange Kerze in der Lampe, und Esk ruhte nach wie vor im
tiefen Koma des Borgens.

Als Granny die Ziegen zur Koppel führte, beobachtete
sie aufmerksam den Himmel.

Der Mittag kam und ging, und schließlich neigte sich ein
weiterer Scheibenwelttag dem Ende entgegen. Unruhig
marschierte Oma Wetterwachs in der Küche auf und ab.
Gelegentlich unterbrach sie ihre ziellose Wanderung und
erlag plötzlichen Anfällen von Arbeitswut. Energisch entfernte sie uralte Schmutzkrusten aus den Fliesenfugen,
kratzte den Ruß des letzten Winters aus dem Kamin, stieß
darunter auf den des Vorjahrs, ließ sich davon nicht beeindrucken und scheuerte ihn ebenfalls fort. Ein Mäusenest
hinter der Garderobe wurde mit vorsichtiger Unerbittlich-
keit in den Ziegenstall verlegt.

Die Sonne ging unter.

Das Licht der Scheibenwelt war schwerfällig und träge.
Von ihrer Hütte aus beobachtete Granny, wie es über die
Berghänge tropfte und in goldenen Bächen durch den
Wald strömte. Hier und dort verharrte es in kleinen
Lachen, bis es schließlich verblaßte.

Mit den Fingerspitzen trommelte sie an den Türpfosten
und summte eine bitter klingende leise Melodie.

Als der nächste Morgen graute, lag Eskarinas Körper
noch immer reglos und stumm im Bett.

Als das goldene Licht langsam über die Scheibenwelt floß,
wie die ersten Vorboten der Flut, die sich über ein Watt tasteten, schlug der große Adler langsam mit den breiten
Schwingen und stieg höher, der gewölbten Himmelskuppel entgegen.

Unter Esk erstreckte sich die runde Welt: Kontinente

und Inseln, Flüsse und Seen. Und selbstverständlich das Randmeer.

Unter dem Dach des Firmaments herrschte Stille.

Eskarina kostete das herrliche Gefühl des Fliegens voll aus, zwang die ermüdenden Muskeln zu noch größeren Anstrengungen. Doch irgend etwas stimmte nicht. Ihre Gedanken schienen ein seltsames Eigenleben zu entwickeln und sich in einem mentalen Dunst zu verlieren. Gefühle wie Schmerz, Aufregung und Erschöpfung trieben durch ihren Geist, aber gleichzeitig schien sie andere Empfindungen zu verlieren. Der Wind trieb Erinnerungen fort. Wenn sie sich auf eine bestimmte Überlegung konzentrieren wollte, löste sie sich auf und verschwand.

Sie büßte Teile ihres Ichs ein und wußte nicht einmal, was ihr abhanden kam. Nach einer Weile geriet sie in Panik und trachtete danach, sich an vertrauten Dingen festzuklammern ...

Ich bin Esk, habe den Körper eines Adlers übernommen und *Wind, der durch Federn streicht, Hunger, ein suchender Blick, der über den Nicht-Himmel in der Tiefe streicht* ...

Sie versuchte es erneut. Ich bin Esk und *die verschlungenen Wege der Windpfade, die Schmerzen in den zitternden Muskeln, die leise pfeifende Luft, die Kälte* ...

Ich bin Esk *hoch über Luft-feucht-naß-weiß, hoch über allem anderen, der Himmel ist dünn* ...

Ich bin *Ich bin*.

Granny stand im Garten, und der Morgenwind zerrte wie lüstern an ihren Röcken. Sie ging von Bienenstock zu Bienenstock und klopfte behutsam auf die Klappen. Dann blieb sie in einem nahen Gewirr aus Gurkenkraut und Melisse stehen, streckte die Arme aus und intonierte etwas mit so hoher Stimme, daß kein normaler Mensch irgendeinen Laut vernommen hätte.

Ganz im Gegenteil zu den Bienen. Plötzlich stiegen große Wolken aus dienststeifrig summenden dicken Insekten auf, schwebten über der Hexe und stimmten mit lautem Brummen in ihren Gesang ein.

Kurz darauf machten sie sich auf den Weg, flogen über die Bäume hinweg ins heller werdende Licht.

Es ist allgemein bekannt (zumindest unter Hexen), daß alle Bienenkolonien Teil einer Wesenheit namens ›Schwarm‹ sind — so wie die einzelnen Insekten individuelle Komponenten des jeweiligen Stocks darstellen. Granny setzte sich nur selten mit den Gedankensphären von Bienen in Verbindung, unter anderem deswegen, weil Insektenbewußtseine sonderbare Strukturen aufwiesen und nach mentalem Zinn schmeckten. Aber der eigentliche Grund war ihre Befürchtung, der Schwarm sei weitaus intelligenter als sie.

Sie wußte, daß die Drohnen innerhalb kurzer Zeit die wilden Bienenkolonien im tiefen Wald erreichen und mit ihren Artgenossen in allen Tälern und Schluchten des Gebirges Ausschau halten würden. Ihrer Aufmerksamkeit entging nichts. Granny nickte zufrieden: Jetzt konnte sie nur noch warten.

Kurz vor Mittag kehrten die Bienen zurück, und in ihren wie Säure ätzenden Gedanken las Oma Wetterwachs, daß sie keine Spur von Esk gefunden hatten.

Damit blieb nur noch eine Alternative übrig. Die Hexe schauderte, als sie daran dachte, hielt jedoch an ihrem einmal gefaßten Beschluß fest. Sie nahm eine kleine Leiter, kletterte ungelenk auf den Dachboden und holte den versteckten Zauberstab.

Er war eiskalt. Und dampfte.

»Also befindet sie sich über der Schneegrenze«, murmelte Granny.

Sie kehrte nach draußen zurück, stieß den Stab in ein Blumenbeet, starrte ihn finster an — und gewann den unangenehmen Eindruck, daß er ihren Blick erwiderte.

»Du hast keinen Grund zu triumphieren, denn ich gebe mich nicht geschlagen«, sagte Oma Wetterwachs scharf. »Es bleibt mir nur nicht genug Zeit, es mit anderen Dingen zu versuchen. Du weißt bestimmt, wo Eskarina ist. Ich befehle dir, mich zu ihr zu bringen!«

Der Zauberstab musterte sie hölzern.

»Bei...« Granny zögerte und suchte nach den richtigen Worten für eine angemessene Beschwörung. »Bei Stock und Stein: Ich unterwerfe dich meinem Willen!«

Aktivität, Bewegung, Lebhaftigkeit — alle diese Worte wären völlig unpassend gewesen, um die Reaktion des Stabs zu beschreiben.

Granny kratzte sich am Kinn und erinnerte sich an die Frage, die man Kindern bei solchen Gelegenheiten stellte: Wie lautet das magische Wort?

»Bitte?« sagte sie versuchsweise.

Der Zauberstab erzitterte, löste sich aus dem Boden, stieg auf und verharrte einladend in Hüfthöhe.

Granny hatte gehört, daß sich Besenstiele bei jüngeren Hexen wieder großer Beliebtheit erfreuten, aber sie hielt nicht viel davon. Ihrer Meinung nach gab es keine Möglichkeit, würdevoll zu wirken, wenn man auf einem Haushaltsgerät ritt. Außerdem war sie nicht schwindelfrei.

Andererseits: Vielleicht sollte sie unter den gegebenen Umständen auf das sonst übliche Maß an Würde verzichten. Granny holte rasch ihren Hexenhut, nahm dann auf dem Zauberstab Platz (natürlich im Damensitz) und klemmte sich die Röcke fest zwischen die Knie.

»In Ordnung«, sagte sie. »Von mir aus kann's looooooo...«

Die Waldtiere stoben erschrocken davon, als ein pfeilschneller, schreiender und fluchender Schatten über die Baumwipfel raste. Granny hielt sich so krampfhaft fest, daß ihre Knöchel weiß hervortraten, schluckte mehrmals, als sie in die Tiefe starrte — und sammelte wichtige Erfahrungen in Hinsicht auf Massenschwerpunkt und Luftturbulenz. Der Zauberstab achtete nicht auf ihr quiekendes Schrillen und flog stur weiter.

Als er die Hochlandwiesen erreichte, gewöhnte sich Oma Wetterwachs langsam an ihn. Mit anderen Worten:

Sie schlang Beine und Arme um ihn und fand sich damit ab, daß sie nicht länger auf dem Stab *saß*, sondern an ihm *hing*. Diesmal erfüllte ihr Hut durchaus einen gewissen Zweck: Er war aerodynamisch geformt.

Der Flug führte an hohen schwarzen Klippen vorbei und durch schmale Täler, von denen es hieß, dort hätten zur Zeit der Eisriesen Ungeheuer namens Gletscher ihr Unwesen getrieben. Die Luft wurde dünner und immer kälter.

Über einer Schneewehe hielt der Zauberstab jäh inne. Granny fiel, blieb schnaufend im weichen Weiß liegen und versuchte sich daran zu erinnern, warum sie all diese Mühen auf sich nahm.

Unter einem nahen Felsvorsprung entdeckte die Hexe ein fedriges Bündel. Als sie darauf zukroch, kam ein kleiner Kopf in die Höhe, und ein Adler musterte sie aus furchtsam blinzelnden Augen. Er breitete die Schwingen aus, um fortzufliegen, torkelte erschöpft und sank auf den Boden zurück. Als Granny die Hand nach ihm ausstreckte, biß er sie in den Finger.

»Ich verstehe«, sagte sie leise und mehr zu sich selbst. Sie entsann sich an Würde und Anstand, sah sich um, entdeckte eine Gesteinsformation, die groß genug zu sein schien, und zog sich zurück. Nach einigen Sekunden trat sie wieder hinter dem Felsen hervor und hielt einen Unterrock in der Hand. Der Vogel humpelte umher, schlug mit den Flügeln und ruinierte das Ergebnis einer mehrwöchigen Perlstich-Stickerei. Doch schließlich gelang es Granny, ihn zu fangen und einzuwickeln, so daß von Schnabel und Krallen keine Gefahr mehr drohte.

Sie wandte sich wieder dem Stab zu, der aufrecht im Schnee steckte.

»Ich kehre zu Fuß zurück«, verkündete sie stolz.

Wie sich herausstellte, endete das kleine Tal an einer steilen Felswand, die mehrere hundert Meter weit in die Tiefe reichte.

»Na gut«, seufzte die alte Frau. »Aber du fliegst ganz langsam, verstanden? Und dicht über dem Boden.«

Granny wußte inzwischen, was sie erwartete, und da der Zauberstab diesmal größere Vorsicht walten ließ, empfand sie die Heimreise fast als geruhsam. Sie glaubte beinahe, sich im Laufe der Zeit so sehr ans Fliegen gewöhnen zu können, daß sie es nicht mehr haßte, sondern nur noch verabscheute. Eigentlich fehlte nur eine Vorrichtung, die dafür sorgte, daß man nicht ständig nach unten starrte.

Der Adler hockte auf einem Läufer, der vor dem kalten Kamin lag. Er trank ein wenig Wasser, das Granny zuvor mit einigen Zaubersprüchen behandelte — für gewöhnlich benutzte sie diese Formeln nur, um Patienten zu beeindrukken, aber man konnte nie wissen: Vielleicht nützten sie tatsächlich etwas —, und er fraß auch einige Streifen rohes Fleisch.

Doch die ganze Zeit über offenbarte er nicht das geringste Anzeichen von Intelligenz.

Die alte Hexe fragte sich, ob sie den richtigen Vogel gefunden hatte. Sie riskierte es erneut, sich ihm zu nähern, blickte in böse funkelnde gelbe Augen und versuchte sich davon zu überzeugen, daß in den Tiefen des animalischen Bewußtseins, in irgendeinem dunklen Ichgewölbe, ein sonderbares blasses Licht flackerte.

Behutsam sondierte sie die fremde Gedankensphäre. Der Geist des Adlers bot sich ihr wie gewohnt dar: lebendig und scharf. Aber außerdem fühlte sie auch noch etwas anderes. Das Ego hat natürlich keine Farbe, doch Granny glaubte trotzdem, das Vogelselbst als eine Zusammenballung verschiedener purpurner Schichten zu erkennen. Und in dieser Masse beobachtete sie ein Gespinst aus dünnen silbernen Linien.

Esk hatte zu spät begriffen, daß der Körper den Geist formt. Das Borgen an sich war harmlos, doch der Traum eines echten Gestaltwandels enthielt eine Strafoption.

Granny nahm im Schaukelstuhl Platz, wippte einige Male und gestand sich ein, daß sie nicht mehr weiter wußte. Sie sah sich außerstande, zwei miteinander verwobene Bewußtseine voneinander zu trennen. Eine solche Aufgabe überstieg die Fähigkeiten aller Hexen in den Spitzhornbergen. Nicht einmal...

Es blieb alles still, aber irgendwie schien sich die Beschaffenheit der Luft zu verändern. Granny beobachtete den Zauberstab, den sie nur widerwillig in ihrer Hütte duldete.

»Nein!« zischte sie.

Dann dachte sie: *Warum sage ich das? Um mich selbst zu überzeugen? Ich kann die magische Macht deutlich spüren. Aber es ist nicht meine Macht.*

Allerdings gibt es hier keine andere. Und vielleicht ist es schon zu spät.

Aber vielleicht auch nicht.

Vorsichtig schickte Granny sanfte Gedanken in den Geist des Vogels, um ihn zu beruhigen und die mentalen Gewitterwolken einer beginnenden Panik zu vertreiben. Der Adler leistete keinen Widerstand, als sie nach ihm griff. Die Krallen schlossen sich so fest um ihr Handgelenk, daß Blut aus winzigen Wunden drang.

Dann nahm die alte Hexe den Zauberstab, ging nach oben und betrat das Schlafzimmer mit der durchhängenden Decke. Eskarina lag noch immer reglos im Bett, wie tot.

Sie setzte den Vogel auf die Bettstange und richtete ihre Aufmerksamkeit auf den Stab. Erneut veränderten sich die Konturen der Schnitzmuster, um nicht ihre wahre Form zu zeigen.

Granny hatte schon mehrfach thaumaturgische Energie eingesetzt, ging dabei jedoch eher zögernd zu Werke und beschränkte sich darauf, leichten Druck auszuüben, um das angestrebte Ziel zu erreichen und eine Veränderung im Gefüge der Realität zu bewirken. Natürlich wählte sie andere Worte, um diesen Vorgang zu beschreiben, zum Beispiel: *Wenn man an der richtigen Stelle sucht, findet man immer einen Hebel.* Nun, die im Zauberstab konzentrierte Macht war gewaltig und formlos: pure Magie, ein Destillat jener Kräfte, die dafür sorgten, daß im Universum alles mit rechten Dingen zuging.

Die Verwendung solcher Energien erforderte ihren Preis. Und Grannys Wissen über Zauberei ließ sie ahnen, daß sie nicht mit einem Rabatt rechnen durfte. Andererseits: Warum betritt man überhaupt den Laden, wenn man sich über einen zu hohen Preis sorgt?

Sie räusperte sich und überlegte verzweifelt, wie sie sich jetzt verhalten sollte. Möglicherweise genügte es, einfach nur den Geist zu öffnen...

Die Macht traf sie wie ein Hammerschlag. Granny spürte, wie sie angehoben wurde, und als sie den Kopf senkte, stellte sie überrascht fest, daß sie noch immer auf dem Boden stand. Sie tat einen Schritt nach vorn, und magische Entladungen knisterten in unmittelbarer Nähe. Sie streckte die Hand aus, um sich gegen die Wand zu stützen, und das alte Holz erbebte. Aus schreckgeweiteten Augen sah sie, wie sich grüne Keimlinge bildeten und erste Blätter entfalteten. Ein magischer Orkan heulte durchs Zimmer, wirbelte Staub auf und gab ihm einige sehr beunruhigende Formen. Ein Krug splitterte, und die daneben stehende Spülschüssel mit dem reizenden Rosenmuster zerbrach. Der Nachttopf unter dem Bett verwandelte sich in etwas Greuliches und schlich davon.

Granny setzte zu einem Fluch an, brach nach einigen Worten ab und schloß den Mund wieder, als die Worte in Gestalt bunter Blüten durch Wolken schwebten, die in allen Regenbogenfarben schillerten.

Sie sah auf Esk und den Adler hinab, der den seltsamen Vorgängen nicht die geringste Beachtung schenkte. Oma Wetterwachs runzelte die Stirn und versuchte sich zu konzentrieren. Einmal mehr schickte sie einen hexentelephatischen Ausläufer ihres Ichs in den Kopf des Vogels, betrachtete dort purpurne Gedankenschichten in einem Kokon aus silbernen Fäden. Jetzt gab es einen Unterschied: Granny stellte fest, wo die Linien begannen und endeten, wo sie behutsam zupfen mußte, um sie von der animalischen Bewußtseinssphäre zu trennen. Es erschien ihr so offensichtlich, daß sie laut lachte. Das heisere, krächzende Geräusch wehte ihr als eine orangefarbene und rote Fahne von den Lippen, zerfaserte dicht unter der Decke.

Zeit verstrich. Selbst mit der enormen magischen Kraft, die nun in ihr brodelte, fiel es der alten Hexe nicht leicht, Esks Selbst aus den purpurnen Egokammern des Adlers zurückzuholen. Ebensogut hätte sie versuchen können, im Mondschein dünnes Garn durch ein winziges Nadelohr zu schieben. Schließlich aber gelang es ihr, eine Handvoll Silberfiligran vom Geist des Vogels zu lösen. In der langsamen und schweren Welt, von der sie nun ein Teil zu sein schien, holte Granny mit dem kleinen Büschel aus und warf es in Richtung Eskarina. Es wurde zu einem Dunsthauch, wirbelte wie ein Nebelstrudel und verschwand.

Irgendwo schnatterte, knurrte und grollte es, und aus den Augenwinkeln beobachtete die Hexe dunkle Schemen. Nun, früher oder später erlebte jeder so etwas. *Sie* waren gekommen, angelockt von purer Magie. Man mußte eben lernen, sie nicht zu beachten.

Granny zuckte zusammen, als ihr heller Sonnenschein über die geschlossenen Lider tanzte. Sie kauerte an der Tür, und ihr ganzer Körper fühlte sich an, als litte er an Zahnschmerzen.

Blindlings tastete sie umher, spürte die Kante des Waschstands und zog sich in die Höhe. Es überraschte sie nicht sonderlich, daß Krug und Spülschüssel genauso aussahen wie immer. Aus reiner Neugier überhörte sie die Proteste des Rückens, schaute unters Bett und, ja, stellte fest, daß alles in Ordnung war.

Der Adler hockte noch immer auf der Bettstange. Esk lag unter der Decke, und Granny sah, daß sie nicht mehr im Koma weilte, sondern schlief. Ein zurückgekehrtes Ich erfüllte ihren Körper mit neuem Leben.

Die alte Hexe hoffte nur, daß Eskarina nicht mit einem Heißhunger auf Feldmäuse und wilde Kaninchen erwachte.

Der Adler widersetzte sich nicht, als sie ihn nach unten trug und draußen freiließ. Müde flog er zum nächsten Baum und machte es sich auf einem Ast gemütlich. Er hatte das deutliche Gefühl, daß er eigentlich auf jemanden sauer sein sollte, aber er konnte sich beim besten Willen nicht an den Grund dafür erinnern.

Esk öffnete die Augen und starrte eine Zeitlang zur Decke. Inzwischen kannte sie jeden Spalt darin, jede noch so kleine Ritze im Verputz, jeden einzelnen Buckel. Sie formten eine umgestülpte phantastische Landschaft, in der Eskarina schon vor Wochen eine ebenso persönliche wie komplexe Zivilisation angesiedelt hatte.

Traumbilder schwebten in ihrem inneren Auge vorbei. Sie zog einen Arm unter der Decke hervor, betrachtete ihn und fragte sich, warum keine Federn aus der Haut wuchsen. Es war alles sehr verwirrend.

Sie strich die Laken beiseite, schwang die Beine aus dem Bett, *neigte die Schwingen in den Wind und glitt durch die* ...

Als Granny das dumpfe Pochen auf dem Schlafzimmerboden hörte, eilte sie sofort die Treppe hinauf, nahm Eskarina in die Arme und drückte sie fest an sich. Das Mädchen zitterte am ganzen Leib. Die alte Hexe wiegte es hin und her und versuchte das Kind mit wortlosem Brummen zu beruhigen.

Esk sah entsetzt zu ihr auf.

»Ich habe gespürt, wie sich meine Gedanken verflüchtigten.«

»Ja, ja«, murmelte Granny. »Du hast es überstanden.«

»Verstehst du denn nicht?« schrillte Eskarina. »Ich konnte mich nicht einmal mehr an meinen Namen erinnern!«

»Ist er dir inzwischen wieder eingefallen?«

Esk zögerte und dachte nach. »Ja«, sagte sie. »Ja, natürlich.«

»Dann ist ja alles in Ordnung.«

»Aber...«

Granny seufzte. »Du hast etwas gelernt«, sagte sie und sah kein besonderes Risiko darin, ihre Stimme wieder ein wenig schärfer und strenger klingen zu lassen. »Es heißt, ungenügendes Wissen könnte gefährlich sein. Aber glaub mir: Ausreichendes Unwissen ist weitaus schlimmer.«

»Was ist überhaupt *geschehen?*«

»Du wolltest dich mit dem Borgen nicht zufriedengeben und bestandest darauf, einen fremden Leib zu übernehmen. Inzwischen dürftest du wissen, daß man Körper mit... mit Prägemassen vergleichen kann. Sie geben ihrem Inhalt eine bestimmte Form. Das Bewußtsein eines Mädchens kann in einem Adler nicht überleben. Zumindest nicht lange.«

»Ich *wurde* zu einem Adler?«

»In gewisser Weise.«

»Ich war überhaupt nicht mehr *ich selbst?*«

Granny überlegte einige Sekunden lang. Sie legte immer dann eine kurze Pause ein, wenn die Gespräche mit Eskarina zu einer übermäßigen Strapazierung ihres Vokabulars zu führen drohten.

»Nein«, erwiderte sie schließlich. »Nicht in dem Sinne, wie du das meinst. Du warst nur ein Adler mit manchmal recht seltsamen Visionen. Während du davon träumtest, zu fliegen und an hohen Graten entlangzugleiten, stellte sich der Vogel vielleicht vor, auf dem Boden herumzulaufen und zu sprechen.«

»Oh!«

»Aber jetzt ist alles vorbei«, sagte Granny und schenkte ihr ein dünnes Lächeln. »Du bist wieder du selbst, und der Adler hat sein eigenes Bewußtsein zurück. Er sitzt in der großen Buche beim Abort. Ich schlage vor, du bringst ihm einen Futternapf.«

Eskarina nahm mit überkreuzten Beinen Platz und blickte ins Leere.

»Ich entsinne mich an einige seltsame Dinge«, murmelte sie nachdenklich. Granny drehte sich erschrocken um.

»Ich meine, ich sah sie in einer Art Traum«, erklärte Es-karina. Die alte Hexe musterte sie so entsetzt, daß sie innehielt und fürchtete, etwas Falsches gesagt zu haben.

»Was für Dinge?« fragte Granny leise.

»Große unheimliche Geschöpfe. Sie saßen einfach nur da.«

»War es dunkel? Ich meine: Hockten die Wesen im Dunkeln?«

»Ich glaube, ich erinnere mich an Sterne. Granny?«

Oma Wetterwachs starrte zur Wand.

»Granny?« wiederholte Esk.

»Mhm? Ja? Oh.« Die alte Hexe schüttelte sich. »Ja, ich verstehe. Nun, ich möchte, daß du jetzt runtergehst, den Schinken aus der Speisekammer holst und ihn dem Adler bringst. Es wäre sicher eine gute Idee, ihm zu danken. Vorsichtshalber.«

Als Esk zurückkehrte, strich Granny gerade Butter auf Brotscheiben. Sie zog einen Stuhl an den Tisch heran, aber die alte Frau winkte mit dem Messer.

»Zuerst müssen wir noch etwas erledigen. Steh auf und sieh mich an!«

Esk gehorchte verwundert. Granny legte das Messer in den Brotkasten und schüttelte den Kopf.

»Verflixt!« brummte sie — ein Standardfluch, der verdeutlichte, was sie von der Welt im großen und ganzen hielt. »Ich habe keine Ahnung von den Einzelheiten des Rituals, aber ich bin sicher, daß es eins gibt. Bestimmt verzichten sie bei so etwas nicht auf eine Zeremonie. Hach, ich kenne die Zauberer: Sie müssen dauernd alles komplizierter machen...«

»Wovon sprichst du überhaupt?«

Oma Wetterwachs schenkte ihr keine Beachtung, marschierte durchs Zimmer und näherte sich einer dunklen Ecke neben dem Kleiderschrank.

»Wahrscheinlich müßtest du mit dem linken Fuß in einem Eimer stehen, der kalten Haferbrei enthält, einen Handschuh überstreifen und... und was weiß ich«, fuhr die alte Frau fort. »Nun, ich hätte lieber darauf verzichtet, aber *sie* lassen mir keine Wahl.«

»Ich verstehe noch immer nicht . . .«

Die Hexe holte den Zauberstab hervor und zeigte ihn Esk.

»Hier. Er gehört dir. Nimm ihn! Ich hoffe nur, es ist richtig, daß du ihn bekommst.«

Granny hatte nicht ganz unrecht: Normalerweise wird einem jungen Zauberer der Stab im Verlaufe einer höchst eindrucksvollen Zeremonie überreicht, die noch feierlicher ist, wenn es sich um das Erbstück eines älteren Magiers handelt. Das recht anstrengende und langwierige Ritual geht auf eine ehrwürdige Tradition zurück, und man verwendet dabei unter anderem Masken, Kapuzen, Schwerter und ähnliches Zubehör. Darüber hinaus wird ausgiebig geflucht und geschworen, wobei es nicht an drohenden Hinweisen auf abgeschnittene Zungen, aus dem Leib gerissene Gedärme und in acht Winde verstreute Asche fehlt. Nach dieser mehrstündigen Geduldsprobe findet der Novize schließlich Aufnahme in die Bruderschaft der Weisen und Erleuchteten.

Natürlich werden auch lange Ansprachen gehalten. Oma Wetterwachs gelang es durch reinen Zufall, alles Wichtige mit wenigen Worten zum Ausdruck zu bringen.

Esk nahm den Stab entgegen und betrachtete ihn neugierig.

»Hübsch«, sagte sie unsicher. »Insbesondere die Schnitzmuster. Was hat es damit auf sich?«

»Setz dich jetzt! Und hör mir wenigstens einmal aufmerksam zu. Kurz vor deiner Geburt . . .«

»... und das wär's im großen und ganzen.«

Eskarina starrte auf den Stab und sah dann Granny an.

»Ich soll Zauberer werden?«

»Ja. Nein. Ich weiß nicht genau.«

»Das ist keine richtige Antwort«, erwiderte Esk vorwurfsvoll. »Du hast eben gesagt, der Zauberstab gehöre mir und . . .«

»Frauen und Zauberei sind wie Feuer und Wasser«, entfuhr es Oma Wetterwachs. »So etwas läßt sich nicht miteinander vereinen. Ebensogut könntest du versuchen, dir deinen Lebensunterhalt als... als *Schmiedin* zu verdienen.«

»Nun, ich habe meinem Vater bei der Arbeit zugesehen, und eigentlich...«

Granny seufzte. »Weibliche Zauberer sind genauso unmöglich wie männliche Hexen.«

»Was ist mit Hexenmeistern?« fragte Esk interessiert.

Die alte Frau rollte mit den Augen.

»Ich meine, es gibt keine männlichen Hexen, nur dumme Männer«, entgegnete Granny mit dem gebotenen Nachdruck. »Wenn Männer Magie beschwören, sind sie keine Hexen, sondern Zauberer. Es läuft alles auf Pschikologie hinaus.« Sie klopfte sich auf den Kopf. »Auf die Arbeitsweise des Verstandes. Weißt du, das Bewußtsein von Männern funktioniert irgendwie anders als unser Bewußtsein. Ihre Thaumaturgie besteht aus Zahlen, Geraden, Kurven und irgendwelchen Sternkonstellationen — als ob so etwas eine Rolle spielte. Sie ist nur... Macht, nichts weiter als...« Granny zögerte und wählte ihr Lieblingswort, um all das zu beschreiben, was sie an der Zauberei verachtete. »...Gehmetrie.«

»Na schön«, sagte Eskarina erleichtert. »Dann bleibe ich hier und lerne die Hexenkunst.«

»Ach«, brummte Granny niedergeschlagen, »wäre es doch so einfach! Aber ich fürchte, dabei ergeben sich einige Probleme.«

»Aber du *hast* doch gerade gesagt, Männer könnten nur Zauberer sein, und für Frauen käme allein die Hexerei in Frage. Gewissermaßen ein Naturgesetz, stimmt's?«

»Ja, in der Tat.«

»Nun«, fügte Esk triumphierend hinzu, »dann ist ja alles geregelt, oder? Es bleibt mir nichts anderes übrig, als eine Hexe zu werden.«

Granny deutete auf den Zauberstab. Das Mädchen zuckte mit den Achseln.

»Es ist nur ein alter Stock.«

Oma Wetterwachs schüttelte den Kopf. Esk zwinkerte.

»Nein?«

»Nein.«

»Und ich kann keine Hexe sein?«

»Ich weiß nicht, was du sein kannst. Halt den Stab!«

»Was?«

»Halt den Stab. Ich habe eben einige Scheite in den Kamin gelegt. Setz sie in Brand!«

»Die Zunderbüchse liegt...«, begann Eskarina.

»Du hast mich einmal darauf hingewiesen, man könne ein Feuer wesentlich leichter entzünden. Zeig's mir!«

Granny stand auf. Sie schien im Halbdunkel der Küche zu wachsen, und ihre Gestalt verschmolz mit bedrohlich wirkenden Schemen und Schatten. In den Augen der alten Hexe blitzte es, als sie Esk ansah.

»Zeig's mir!« befahl sie scharf. Ihre Stimme war so kalt wie Eis.

»Aber...«, setzte Esk an. Sie preßte den Zauberstab an sich und wich so hastig zurück, daß sie dabei den Stuhl umstieß.

»*Zeig es mir!*«

Mit einem erschrockenen Schrei drehte sich Esk um. Funken stoben ihr von den Fingerkuppen und gleißten durchs Zimmer. Das Holz im Kamin explodierte so heftig, daß die Druckwelle Möbelstücke durch den Raum schleuderte. Ein großer Ball aus zischend lodernder grüner Glut bildete sich.

Flammen leckten gierig, als die Kuppel über festen Stein rollte, der erst laut knackte und sich dann verflüssigte. Der eiserne Kaminschirm hielt tapfer einige Sekunden lang stand, bevor er wie Wachs schmolz. Er metamorphierte zu einem roten Fleck am Feuerball und löste sich schließlich ganz auf. Den Kessel ereilte wenig später ein ähnliches Schicksal.

Als sich die Mauern des Schornsteinschachts in der Hitze verformten, gab der granitene Untergrund nach, und mit lautem Prasseln verschwand die irrlichternde Kugel im Boden.

Es knisterte dumpf, und Dampf wehte aus der runden Öffnung — deutliche Hinweise darauf, daß sich der Ball unaufhaltsam einen Weg durch die Scheibenweltkruste brannte. Es folgte jene Art von beständig brummender Stille, die man nach ohrenbetäubendem Lärm als eine Art Erlösung empfindet, und als das aktinische Grellen verblaßte, schien es in der Küche stockfinster zu sein.

Nach einer Weile kroch Oma Wetterwachs hinter dem Tisch hervor und näherte sich vorsichtig dem Loch im Boden, an dessen Rand noch immer Lava brodelte. Sie sprang zurück, als eine weitere Rauchwolke emporpilzte.

»Es heißt, unter den Spitzhornbergen erstrecken sich die Stollen vieler Zwergenminen«, sagte sie leise, und ihre Lippen zuckten. »Ich schätze, die kleinen Burschen erleben gerade ihr blaues Wunder.«

Esk erinnerte sich an den grünen Glanz des Feuerballs und fragte sich, warum das Wunder ausgerechnet blau sein sollte. Aber sie erhob keine Einwände und schwieg.

Die alte Hexe beobachtete mißbilligend eine kleine Pfütze aus abkühlendem Eisen. »Schade um den Kaminschirm«, sagt sie betrübt. »Er war mit gußeisernen Eulen geschmückt, weißt du.«

Mit zitternder Hand strich sie sich übers angesengte Haar. »Ich glaube, jetzt könnten wir ein anständiges Glas... kaltes Wasser vertragen.«

Eskarina warf einen verwirrten Blick auf ihre Finger.

»Echte Magie«, brachte sie hervor. »Und *ich* habe sie beschworen.«

»*Eine* Art von echter Magie«, berichtige Granny. »Vergiß das nicht! Außerdem rate ich dir, solche Vorstellung nicht zu wiederholen. Sonst sieht die Welt bald wie ein durchlöcherter Käse aus. Du mußt erst noch lernen, die magische Energie zu beherrschen.«

»Kannst du mir dabei helfen?«

»Ich? Nein!«

»Aber wie soll ich es lernen, wenn mir niemand zeigt, worauf es dabei ankommt?«

»Du mußt dorthin gehen, wo man über solche Dinge Bescheid weiß. Ich halte eine Zauberschule für angebracht.«

»Aber du hast doch gesagt . . .«

Granny ließ den Krug sinken, mit dem sie gerade ein Glas Wasser gefüllt hatte.

»Ja, ja«, erwiderte sie müde und winkte ab, »vergiß meine Mahnungen! Und hör auch nicht auf die Stimme des gesunden Menschenverstands. Manchmal muß man die Dinge so nehmen, wie sie sind. Ich befürchte, du hast gar keine andere Wahl, als eine solche Schule zu besuchen.«

Esk dachte darüber nach.

»Du meinst, es sei mein Schicksal?« vergewisserte sie sich.

Granny hob die Schultern. »So ungefähr. Vielleicht. Wer weiß?«

Als Eskarina zu Bett gegangen war, setzte Granny ihren Hut auf, zündete eine Kerze an, räumte den Tisch ab und holte eine hölzerne Kiste aus einem geheimen Fach des Kleiderschranks. Sie enthielt ein Fläschchen mit Tinte, einen alten Federkiel und mehrere Blätter Papier.

Oma Wetterwachs fühlte sich nicht besonders wohl, wenn sie mit der Welt der Buchstaben konfrontiert wurde. Ihre Augen traten vor. Die Zunge führte ein seltsames Eigenleben zwischen den Lippen. Schweiß perlte auf Grannys Stirn. Doch die Spitze des Federkiels kratzte gehorsam übers Pergament, begleitet von gelegentlichen Bemerkungen wie: »Verflixt!« und »Zum Teufel damit!«

Der unten stehenden Version des Briefes mangelt es an den fürs Original typischen Wachstropfen, Flecken und durchgestrichenen Stellen. In dieser Hinsicht sind der Phantasie des Lesers keine Grenzen gesetzt.

An den Obazauberer der Unßichtbaren Univerzität, maine beßten Grüse, ich hofe, eß geht dir gutt, ich schikke dir Eßkarihna Schmied, sie hatt daß Zoig zu ainem Zauberer

aber ich waiß laider nicht waß ich mit ihr anschtellen sol
sie ißt ein flaissiges Mädchen und auch saubber und auß-
ßerdehm kännt sie sich gutt mit diwersen haushaltsarbai-
ten auss. Ich gebe ihr ain venig Gelt mit auf der Weg Mög-
gest du lange und in Vrieden leben Ein letster Gruss, Esme-
ralder Wetterwachß (Froilain), Hekse.

Granny hielt das Blatt ins Kerzenlicht und prüfte den Text
kritisch. Ein guter Brief, fand sie. Der Ausdruck ›diwers‹
stammte aus dem *Almanach*, den sie jeden Abend las: Er
kündigte immerzu ›diwerse Seuchen‹ und ›diwerses Un-
glück‹ an. Oma Wetterwachs wußte nicht genau, was
damit gemeint war, aber ihr gefiel der Klang des Wortes.

Sie versiegelte die Botschaft mit Kerzenwachs und legte
sie auf den Schrank. Morgen wollte sie ins Dorf gehen, um
sich einen neuen Kessel zu besorgen, und bei dieser Gelegenheit konnte sie das Schreiben für den nächsten Kurier
hinterlegen.

Am folgenden Morgen suchte Granny ihre Kleidung mit
besonderer Sorgfalt aus. Sie wählte ein schwarzes Gewand
mit Frosch- und Fledermausmuster, einen schwarzen
Samtmantel (den sie schon seit dreißig Jahren benutzte,
was niemand übersehen konnte) und ihren schwarzen Hexenhut, den sie mit langen Nadeln zierte.

Sie brach zusammen mit Eskarina auf, wandte sich zunächst an den Steinmetz und bestellte einen neuen Kamin.
Dann stattete sie dem Schmied einen Besuch ab.

Bei der dortigen Unterredung ging es ziemlich hitzig zu.
Schon nach kurzer Zeit verließ Esk das Haus, kletterte in
den Apfelbaum und nahm in ihrer Lieblings-Astgabel
Platz. Mit halbem Ohr lauschte sie dem wütenden Gebrüll
ihres Vaters und dem Schluchzen ihrer Mutter. Ab und zu
herrschte Stille, was bedeutete, daß Oma Wetterwachs mit
ihrer Keine-Widerrede-Stimme einen Diskussionsbeitrag
leistete. Manchmal konnte die alte Frau erstaunlich ruhig
und gelassen sprechen, was ihren Worten einen noch grö-

ßeren Nachdruck verlieh. Sie benutzte dann einen Tonfall, den der Schöpfer verwendet haben mochte, als er das Universum schuf. Eskarina wußte nicht genau, ob Granny dabei Gebrauch von Magie oder Pschikologie machte, aber das spielte eigentlich auch keine Rolle: Es gelang ihr meisterhaft, jeden Widerspruch im Keim zu ersticken und keinen Zweifel daran zu lassen, daß sie die Dinge exakt so beschrieb, wie sie sein sollten.

Die Zweige des Apfelbaums neigten sich in einer sanften Brise hin und her. Esk hielt sich am Stamm fest und starrte ins Leere.

Sie dachte an Zauberer. Sie kamen nicht oft nach Blödes Kaff, aber trotzdem erzählte man sich viele Geschichten über sie. Es hieß, sie seien weise und für gewöhnlich sehr alt. Sie beschworen mächtige, schwierige und geheimnisvolle Magie, und fast alle hatten lange Bärte. Darüber hinaus gehörten sie ohne Ausnahme dem männlichen Geschlecht an.

Hexen erschienen Eskarina zumindest ein wenig vertrauter. Sie kannte einige, die in anderen Dörfern wohnten, und außerdem nahmen sie in den Bräuchen und Traditionen der Spitzhornberge einen festen Platz ein. Hexen galten als schlau und listig, erinnerte sich Esk, und die meisten von ihnen waren sehr alt — oder gaben sich alle Mühe, alt auszusehen. Sie beschworen hintergründige, hausbackene und praxisnahe Magie, und einige von ihnen hatten Bärte. Außerdem gehörten sie ausnahmslos dem weiblichen Geschlecht an.

Eskarina runzelte die Stirn. Irgendwo in diesem Vorstellungskomplex verbarg sich ein grundlegendes Problem, das sie nicht genau zu erfassen vermochte. Warum konnten Frauen keine Zauberer...

Sie unterbrach ihren Gedankengang, als Cern und Gulta über den Pfad stürmten und unter dem Apfelbaum bremsten. Staub wirbelte auf. Mit einer Mischung aus Bewunderung und Verachtung blickten die beiden Brüder zu ihrer Schwester hoch. Hexen und Zauberern begegnete man besser mit Respekt, doch Schwestern fielen nicht in diese Kategorie. Der Umstand, daß Eskarina die Hexerei erlernte, schien irgendwie den ganzen Berufsstand abzuwerten.

»Du kannst überhaupt nicht hexen«, sagte Cern. »Oder?«

»Natürlich kannst du's nicht«, fügte Gulta hinzu. »Was ist das für ein Stock?«

Der Zauberstab lehnte unten am Stamm. Cern beäugte ihn neugierig.

»Rührt ihn nicht an!« bat sie hastig. »Bitte! Er gehört mir.«

Normalerweise hatte Cern das Feingefühl eines Rammbocks, aber diesmal ließ er die Hand sinken, bevor sie den ›Stock‹ berührte. Überrascht hob er die Brauen.

»Ich wollte ihn überhaupt nicht anfassen«, erwiderte er verwirrt. »Ist doch nur ein alter Stock.«

»Stimmt es, daß du zaubern kannst?« fragte Gulta. »Granny behauptet das jedenfalls.«

»Wir haben an der Tür gelauscht«, erklärte Cern.

»Wenn ich mich recht entsinne«, erwiderte Eskarina wie beiläufig, »habt ihr das eben in Zweifel gezogen.«

»Vielleicht nicht ohne Grund.«

»Du gibst bloß an.«

Das Mädchen senkte den Kopf und blickte nach unten. Manchmal gelang es Esk, ihre Brüder zu lieben, wenn sie sich an ihre schwesterlichen Pflichten erinnerte. Aber meistens sah sie in ihnen nichts weiter als störenden Lärm, der lange Hosen trug. Jetzt aber fühlte sie sich nicht nur herausgefordert, sondern auch beleidigt, und als sie Gulta musterte, verglich sie ihn mit einem kleinen häßlichen Schwein.

Sie spürte, wie ihr Körper zu prickeln begann, und die Konturen der Welt zeichneten sich deutlicher ab als jemals zuvor.

»Ich *kann* Magie beschwören«, sagte sie langsam.

Gulta wandte den Blick von ihr ab, betrachtete den Stab, kniff die Augen zusammen und gab ihm einen entschlossenen Tritt.

»Blöder Stock!«

Eskarina fand, daß Gulta einem Schwein immer ähnlicher sah.

Cerns Gellen alarmierte sowohl Oma Wetterwachs als auch Vater und Mutter Schmied. Sie eilten aus dem Haus, machten sich ein Bild von der Lage und liefen durch den Garten.

Esk hockte nach wie vor in der Astgabel, und ihre zarte Miene wirkte verträumt und nachdenklich. Cern versteckte sich hinter einem anderen Baum und schrie aus vollem Halse.

Gulta saß vollkommen perplex in einem Haufen aus Kleidungsstücken, die ihm nicht mehr paßten. Er grunzte leise.

Granny trat näher, bis sich ihre krumme Nase auf einer Höhe mit der Eskarinas befand.

»Es ist *nicht erlaubt*, Menschen in Schweine zu verwandeln«, zischelte sie. »Dieses Verbot gilt sogar für Brüder.«

»Mich trifft keine Schuld«, erwiderte Esk im Plauderton. »Es passierte einfach. Und du mußt zugeben, daß die neue Gestalt zu ihm paßt.«

»Was geht hier vor?« fragte Vater Schmied. »Wo ist Gulta? Und was hat das Schwein hier zu suchen?«

»Dieses Schwein«, sagte Granny Wetterwachs, »ist dein Sohn.«

Esks Mutter sank mit einem ächzenden Seufzen zu Boden, doch Gordo war nicht ganz so unvorbereitet und bedachte Gulta mit einem scharfen Blick. Das Ferkel befreite sich von Hemd und Hose, schnüffelte am ersten Fallobst und schmatzte genießerisch.

»Hat sie das getan?« fragte der Schmied und deutete auf seine Tochter.

»Ja. Besser gesagt: Es geschah *durch* sie.« Argwöhnisch betrachtete Granny den Zauberstab.

»Oh!« Gordo musterte seinen fünften Sohn und überlegte, daß ein Schwein weitaus weniger Erziehungsprobleme schuf. Geistesabwesend streckte er die Hand aus und gab

374

dem immer noch schreienden Cern einen Klaps auf den Hinterkopf.

»Kannst du ihn zurückverwandeln?« brummte er. Granny drehte sich um und gab die Frage an Esk weiter, die einfach nur mit den Schultern zuckte.

»Er meinte, ich sei nicht imstande zu zaubern«, erwiderte sie ruhig.

»Nun, ich glaube, du hast ihm das Gegenteil bewiesen«, sagte Granny. »Gib ihm seine ursprüngliche Gestalt zurück, Fräulein. Jetzt sofort. Auf der Stelle. Hast du gehört?«

»Dazu habe ich keine Lust. Er war gemein.«

»Ich *verstehe.*«

Eskarina sah trotzig nach unten. Und Granny starrte streng nach oben. Zwei Bewußtseinssphären prallten wie dicke Knüppel aufeinander, und die Luft zwischen Hexe und Schülerin verdichtete sich. Nun, Oma Wetterwachs hatte ihr ganzes Leben damit verbracht, aufsässigen Wesen ihren Willen aufzuzwingen. Eskarina erwies sich zwar als überraschend starke Gegnerin, aber sie konnte ihr nicht auf Dauer Widerstand leisten.

»Na schön«, jammerte das Mädchen schließlich. »Ich bin zwar nach wie vor der Meinung, daß er als Schwein wenigstens einen gewissen Zweck erfüllt, aber...«

Eskarina wußte nicht, woher die Magie kam, die ihren Bruder verwandelt hatte. Zögernd streckte sie den geistigen Arm aus, berührte etwas und drückte zu. Aus dem grunzenden Ferkel wurde ein nackter Gulta, in dessen Mund ein Apfel steckte.

»Grmphf«, sagte er. »Mphf?«

Granny wandte sich dem Schmied zu.

»Glaubst du mir jetzt?« stieß sie hervor. »Meinst du noch immer, deine Tochter solle ein ganz normales Leben führen und die Magie einfach vergessen? Stell dir nur mal vor, was ihrem armen Ehemann blüht, wenn sie irgendwann heiratet...«

»Aber du hast doch immer wieder betont, Frauen könnten keine Zauberer werden«, erwiderte Gordo. Er war ziemlich beeindruckt. Oma Wetterwachs hatte nie irgend jemanden in *etwas* verwandelt.

»Das ist jetzt nicht mehr wichtig«, sagte Granny und versuchte, sich zu beruhigen. »Esk braucht eine anständige Ausbildung. Sie muß lernen, wie man die magische Energie beherrscht. Meine Güte, habt doch endlich Erbarmen mit dem Jungen und bedeckt seine Blöße.«

»Gulta, zieh dich an und hör auf zu grunzen!« befahl Vater Schmied und richtete den Blick dann wieder auf die Hexe.

»Ich glaube, du hast irgendeine Art von Schule erwähnt, nicht wahr?« erkundigte er sich skeptisch.

»Ja, die Unsichtbare Universität. Dort werden Zauberer unterrichtet.«

»Kennst du den Weg?«

»Ja«, log Granny, die mit Geographie fast ebenso vertraut war wie mit subatomarer Nuklearphysik.

Der Schmied musterte seine schmollende Tochter.

»Und dort wird man sie zu einem Zauberer machen?« fragte er.

Granny seufzte.

»Ich fürchte ja«, antwortete sie und dachte: *Sollen sich die alten Narren die Finger an ihr verbrennen — im wahrsten Sinne des Wortes.*

Eine Woche später schloß Oma Wetterwachs die Tür ihrer Hütte ab und versteckte den Schlüssel im Abort — an einem weithin sichtbaren großen Haken. Um die Ziegen kümmerte sich eine Schwester, die in einem anderen Dorf wohnte und versprochen hatte, das Haus im magischen Auge zu behalten. Blödes Kaff mußte eben eine Weile ohne Hexe auskommen.

Granny dachte voller Unbehagen daran, daß man die Unsichtbare Universität nur dann fand, wenn sie sich zeigen wollte. Sie beschloß, die Suche danach im nächsten größeren Ort zu beginnen, in Ohulan Cutash, einer rund fünfzehn Meilen entfernten Ansammlung von ungefähr hundert Häusern. Jeder kosmopolitische Bürger von Blödes Kaff legte großen Wert darauf, jenes Städtchen mindestens ein- oder zweimal im Jahr aufzusuchen. Granny hingegen hatte nur eine solche Reise unternommen, vor vielen Jahren — und unverzüglich entschieden, von solchen Ortschaften nichts zu halten. Ihrer gnadenlosen Meinung nach rochen sie nicht richtig, stanken geradezu, und man lief dauernd Gefahr, sich zu verirren. Außerdem konnte sie das nervöse Gehabe der Städter nicht ausstehen.

Ein Fuhrmann, der dem Dorfschmied in mehr oder weniger regelmäßigen Abständen Metall brachte, bot Granny und Esk an, sie auf seinem Karren mitzunehmen. Der dauernd hin und her schaukelnde Wagen bot zwar nicht gerade ein Übermaß an Bequemlichkeit, aber Oma Wetterwachs zog die Fahrt einem anstrengenden Fußmarsch vor, nicht zuletzt deshalb, weil sie ihre wenige Habe in einem großen Sack verstaut hatte. Vorsichtshalber saß sie darauf.

Eskarina hielt den Zauberstab und beobachtete den vorbeigleitenden Wald. Nach einigen Meilen sagte sie: »Du hast mir doch gesagt, die Pflanzen in weiter Ferne seien völlig anders.«

»Und das stimmt auch.«

»Die Bäume dort sehen ganz normal aus.«

Granny beobachtete sie mißtrauisch.

»Sie tarnen sich«, behauptete sie kühn.

Sie spürte, wie sich erste Panik in ihr regte. Sie bedauerte es nun, Esk in fataler Gedankenlosigkeit versprochen zu haben, sie zur Unsichtbaren Universität zu begleiten. Granny bezog ihr Wissen über den Rest der Scheibenwelt aus Gerüchten und ihrem *Almanach*, und deshalb war sie felsenfest davon überzeugt, daß Unheil in der Fremde lauerte: Erdbeben, Flutwellen, Seuchen und Massaker, viele von ihnen *diwers*, wenn nicht noch schlimmer. Aber sie klammerte sich an ihrer Entschlossenheit fest, alles tapfer durchzustehen. Eine Hexe verließ sich zu sehr auf Worte, um ein einmal gegebenes Versprechen zu mißachten.

Sie trug anständiges Schwarz, unter dem sie mehrere Hutnadeln und ein langes Brotmesser versteckte. Das wenige Geld, das ihnen Gordo Schmied widerstrebend angeboten hatte, verbarg sich irgendwo zwischen ihren zahlreichen Unterröcken. In den Taschen der Bluse klirrten und klapperten mehrere Glücksbringer, Talismane und Verderbensbanner. Die Handtasche enthielt ein nagelneues Hufeisen, von dem sie hoffte, daß es auf zu aufdringliche Leute (insbesondere Männer) ebenso wirkte wie Knoblauch und Kruzifixe auf durstige Vampire. Mit dieser Ausrüstung fühlte sich Oma Wetterwachs einigermaßen bereit, der Welt gegenüberzutreten.

Der Weg wand sich an steilen Berghängen entlang. An diesem Tag wölbte sich ein klarer Himmel über der Landschaft, und die Spitzhorngipfel erhoben sich stolz und weiß, wie die Bräute des Firmaments, um deren Aussteuer sich einige dunkle Wolkenfetzen stritten. Die vielen kleinen Bäche, die am Rande des Pfades gluckerten oder ihn kreuzten, flossen träge an Mädesüß und Hurtigwurzeln vorbei.

Gegen Mittag erreichten sie den Vorort von Ohulan — die Stadt war zu klein, um mehr als einen Vorort zu haben, und er bestand nur aus einer Schenke und den Hütten einiger Familien, die den urbanen Streß nicht ertrugen. Einige Minuten später rumpelte der Karren auf den (einzigen) Platz der Metropole.

Wie sich herausstellte, trafen sie an einem Markttag ein.

Oma Wetterwachs stand unsicher auf dem Kopfsteinpflaster und hielt sich krampfartig an Eskarinas Schulter fest, während eine bunte Menschenmenge sie umwogte. Sie hatte gehört, daß Frauen vom Lande, die zum erstenmal in großen Städten weilten, anstößigen Dingen begegnen konnten, und deshalb hielt sie die Handtasche wie eine Waffe. Jeder Mann, der so töricht gewesen wäre, ihr auch nur zuzunicken, hätte sofort Grannys Hufeisen kennengelernt.

Eskarinas Augen funkelten. Der Platz bot sich mit einer Vielfalt von Geräuschen, Farben und Gerüchen dar. Auf der einen Seite sah sie die Tempel der wichtigeren Scheibenweltgötter, und der Wind wehte ihr sonderbare Düfte zu, verwob sie zu einem betörenden Aroma, in das auch andere Gerüche Eingang fanden. Esk schnupperte genießerisch in den Rauchschwaden Dutzender offener Feuer und richtete den staunenden Blick auf die verlockenden Auslagen der Stände.

Granny wanderte ziellos umher. Die Marktbuden weckten auch ihr Interesse. Sie betrachtete die angebotenen Gegenstände, während sie aus den Augenwinkeln weiterhin nach Taschendieben, Erdbeben und ersten Anzeichen erotischer Einflußnahme Ausschau hielt. Schließlich erweckte etwas Vertrautes ihre Aufmerksamkeit.

In einem schmalen Zwischenraum zwischen zwei Häusern hatte jemand einen mit schwarzen Tüchern verhangenen Verschlag errichtet. Zwar wirkte er eher unauffällig, doch erstaunlicherweise zog er viele Kunden an. Es handelte sich hauptsächlich um Frauen aller Altersgruppen, aber Granny bemerkte auch einige Männer. Alle offenbarten eine ähnliche Verhaltensweise: Niemand hielt direkt auf den Stand zu. Jeder Interessent schlenderte daran vorbei, machte plötzlich kehrt und verschwand hastig unter der dunklen Markise. Kurz darauf kehrten die Betreffenden zurück, verstauten heimlich eine Börse und wetteiferten mit solcher Hingabe um den Weltmeistertitel im Möglichst Lässigen Spaziergang, daß ein müßiger Beobachter zweifeln mochte, ob er seinen Augen noch trauen konnte.

Granny schöpfte sofort Verdacht.

»Was wird dort verkauft?« fragte Esk. »Wofür bezahlen die Leute?«

»Für Medizin«, sagte die alte Hexe mit Nachdruck.

»Offenbar gibt es in dieser Stadt ziemlich viele Kranke«, meinte Eskarina ernst.

Das Innere des seltsamen Standes schien nur aus finsteren Schatten und Schemen zu bestehen, und der Kräuterduft war so stark, daß man ihn in Flaschen hätte füllen können. Fachmännisch betrachtete Granny einige Bündel aus getrockneten Blättern, und Esk versuchte unterdessen, die Etiketten einiger Krüge zu lesen. Sie kannte die meisten Elixiere und Heiltränke, die Oma Wetterwachs herstellte, aber diese Spezialitäten gehörten nicht zu ihrem Repertoire. Die Namen klangen sonderbar: Tigeröl, Jungfrauentraum, Ehemanns Gehilfe. In einer Ecke lagen einige Stöpsel, die so rochen wie Grannys Waschküche nach einer mysteriösen Destillation, bei der die alte Hexe auf die Hilfe ihrer jungen Assistentin verzichtete.

Weiter hinten bewegte sich eine klimpernde Gestalt, und faltige braune Finger griffen nach Eskarinas Hand.

»Kann ich dir helfen, Fräulein?« fragte eine krächzende Stimme. Der Tonfall war so süß wie Feigensirup. »Soll ich das Schicksal für dich deuten? Oder möchtest du, daß ich die Zukunft für dich verändere?«

»Sie gehört zu mir«, sagte Granny scharf und drehte sich um. »Siehst du denn nicht, daß du es mit einem Kind zu tun hast, Hilta Ziegenfinder? Brauchst du vielleicht eine Brille?«

Der Schatten vor Esk beugte sich vor.

»Esme Wetterwachs?« fragte die Stimme. Jetzt klang sie wie Lebertran.

»Genau die«, bestätigte Granny. »Verkaufst du noch immer Donnertropfen, eingefangene Blitze und ähnliche Kinkerlitzchen, Hilta? Wie läuft der Laden?«

»Oh, ich kann nicht klagen«, antwortete der klirrende Schatten. »Freut mich, dich wiederzusehen. Was führt dich aus deinem Bergexil hierher, Esme? Und das Mädchen... Vielleicht deine Schülerin?«

»Was verkaufst du hier?« warf Esk aufgeregt ein. Die dunkle Gestalt lachte.

»Oh, Dinge, die unangenehme Dinge verhindern und erfreuliche Dinge ermöglichen sollen, Schätzchen«, erwiderte der Schatten. »Bitte entschuldigt mich einen Augenblick. Ich möchte nur rasch das Geschäft schließen. Bin gleich wieder da.«

Der Schatten rasselte vorbei, und Esk nahm ein Kaleidoskop der verschiedensten Gerüche wahr. Hilta Ziegenfinder knöpfte die Tücher am Eingang des Ladens zu, kehrte in die rückwärtige Nische zurück und zog die Vorhänge beiseite. Das helle Licht der Nachmittagssonne blendete Eskarina.

»Eigentlich sind mir die Dunkelheit und der Mief ein Greuel«, meinte Hilta. »Aber der Kunde erwartet so etwas. Du weißt ja, wie das ist.«

»Ja.« Esk nickte weise. »Pschikologie.«

Die andere Hexe erwies sich als eine kleine dicke Frau, die einen riesigen obstgeschmückten Hut trug. Sie schenkte Eskarina ein breites Lächeln und sah dann Granny an.

»Stimmt haargenau«, pflichtete sie dem Mädchen bei. »Darf ich euch Tee anbieten?«

Sie begaben sich in die Hinterkammer des Ladens, die zu beiden Seiten von Hauswänden begrenzt wurde, und nahmen auf einigen Ballen aus rätselhaften Kräutern Platz. Hilta reichte ihnen zierliche Tassen, und Esk kostete aus einer eigentümlich schmeckenden grünen Flüssigkeit. Im Gegensatz zu Oma Wetterwachs, die sich wie ein würdevoller Rabe kleidete, bestand die Aufmachung der alten Ziegenfinder aus Seide, Spitzen, Schalen, bunten Farben, Ohrringen und Dutzenden von Armreifen. Jede Bewegung hörte sich an, als stürzten mehrere Schlagzeuger mitsamt ihren Instrumenten von einer hohen Klippe. Dennoch fiel Esk eine gewisse Ähnlichkeit zwischen den beiden Frauen auf.

Man konnte sie nur schwer beschreiben: Die Vorstellung, daß Granny und Hilta einen Knicks machten, erschien absurd.

»Nun«, brummte Oma Wetterwachs, »bist du mit dem Leben hier zufrieden?«

Die Hexenkollegin zuckte mit den Schultern, wodurch die Trommler, die gerade den Rand der Klippe erreicht hatten, erneut den Halt verloren.

»Ach, es ist wie beim Liebhaber, der es zu eilig hat: ein dauerndes Auf und...« Hilta Ziegenfinder unterbrach sich, als sie Grannys bedeutungsvollen Blick in Richtung Eskarina bemerkte.

»Äh, ja, im großen und ganzen schon«, fügte sie hastig hinzu. »Weißt du, die Stadträte haben mehrmals damit gedroht, mich fortzujagen, aber sie sind alle verheiratet, und wie du siehst, bin ich immer noch hier. Man wirft mir vor, ich sei suspekt — was immer das bedeuten mag —, aber ich antworte: Es gibt hier viele Familien, die ohne Frau Ziegenfinders Flohkraut-Präservative wesentlich größer und ärmer wären. Ich weiß genau, wer in meinen Laden kommt, jawohl. Ich erinnere mich an jeden, der Möchtegern-Tropfen oder Halt-durch-Salbe kauft, das kannst du mir glauben. Nun, ich habe mein Auskommen. Wie läuft's denn in eurem Dorf mit dem komischen Namen?«

»Blödes Kaff«, sagte Esk hilfsbereit. Sie nahm eine tönerne Schale vom nahen Regal und schnupperte vorsichtig daran.

»Oh, es geht so dahin«, seufzte Oma Wetterwachs. »Die verschiedenen Hilfsmittel der Natur sind immer gefragt.«

Esk schnupperte erneut an dem Pulver. Es schien aus zermahlenem Flohkraut zu bestehen, aber es gab auch noch einen anderen Bestandteil, den sie nicht herausfinden konnte. Behutsam stellte sie die Schale zurück. Während die beiden Frauen in einer Art weiblicher Geheimsprache miteinander plauderten (wobei wissende Blicke und unausgesprochene Adjektive eine große Rolle spielten), sah sich Eskarina weitere exotische Waren an. Manche davon erweckten den Eindruck, als stünden sie gar nicht zum Verkauf. Sie ruhten halb verborgen hinter eher gewöhnlichen Gegenständen, so als sei Hilta nicht besonders daran interessiert, sie in bare Münze zu verwandeln.

»Die hier kenne ich nicht«, sagte sie mehr zu sich selbst. »Welchem Zweck dienen sie?«

»Sie geben den Leuten Freiheit«, antwortete Hilta, die offenbar ebensogut hörte wie eine Katze. Und an Granny gerichtet: »Wieviel hast du sie gelehrt?«

»Nicht *so* viel«, erwiderte Oma Wetterwachs. »Ich

spüre Macht in ihr, aber ich weiß nicht, um welche Art von Magie es sich handelt. Vielleicht Zauberei.«

Hilta drehte sich ganz langsam um und musterte Esk von Kopf bis Fuß.

»Aha«, brummte sie, »das erklärt den Stab. Ich wunderte mich schon über das seltsame Flüstern und Raunen der Bienen. Nun gut. Gib mir deine Hand, Mädchen!«

Eskarina streckte den Arm aus. Es steckten derart viele Ringe an Hiltas Fingern, daß sie das Gefühl hatte, in einen Beutel mit Walnüssen zu greifen.

Granny saß steif und gerade. Ihr Gesicht drückte Mißbilligung aus, als Hilta Esks Handfläche betrachtete.

»Ich glaube, das ist nicht nötig«, sagte sie fest. »Immerhin bin ich ebenfalls eine Hexe. Dieser Hokuspokus ist doch nur was für naive...«

»*Du* tust das auch«, warf Eskarina ein. »Im Dorf. Ich hab's selbst gesehen. Außerdem benutzt du Karten und Teeblätter.«

Granny rutschte verlegen hin und her. »Ja, schon«, erwiderte sie, »es gehört eben dazu. Man hält den Leuten einfach nur die Hand, und daraufhin schildern sie sich selbst die Zukunft. Pschikologie, erinnerst du dich? Nun, das ist noch lange kein Grund, an so etwas zu *glauben*. Himmel, wir alle gerieten in ziemliche Schwierigkeiten, wenn wir plötzlich damit anfingen, solche Sachen *ernst* zu nehmen!«

»Die Mächte Die Sind weisen viele sonderbare und merkwürdige Eigenschaften auf, und es gibt verschiedene Möglichkeiten für sie, ihre Wünsche der kleinen Insel im Nichts mitzuteilen, die wir als physische Welt erachten«, verkündete Hilta Ziegenfinder feierlich. Sie zwinkerte Esk zu.

»Auch das noch!«, stöhnte Granny.

»Du brauchst nicht gleich zu verzweifeln«, sagte Hilta. »Außerdem ist es die Wahrheit.«

»Grmpf.«

»Ich sehe, daß dir eine lange Reise bevorsteht«, verkündete Hilta.

»Begegne ich unterwegs einem großen dunkelhaarigen Fremden?« fragte das Mädchen und starrte auf die eigene Hand. »Das sagt Oma Wetterwachs immer zu Frauen, die...«

»Nein«, widersprach Hilta. Granny schnaufte leise. »Aber es ist eine sehr seltsame Reise. Du wirst eine große Strecke zurücklegen und doch an einem Ort bleiben. Außerdem sehe ich häufigen Richtungswechsel. Jede Menge Neues und Unbekanntes erwartet dich.«

»Das kannst du mir alles aus der Hand lesen?«

»Nun, eigentlich rate ich nur«, gestand Hilta, setzte sich zurück und griff nach der Teekanne. (In halber Höhe des steilen Hangs rutschte einer der Schlagzeuger aus und fiel auf einen vor Anstrengung keuchenden Kollegen.) Erneut richtete sie den Blick auf Eskarina. »Ein weiblicher Zauberer, wie? Um nicht zu sagen: eine Zauberin?«

»Granny bringt mich zur Unsichtbaren Universität«, meinte Esk.

Hilta hob die Brauen. »Weißt du, wo sie sich befindet?«

Granny runzelte die Stirn. »Nun, nicht genau«, gab sie zu. »Mit Städten und so kennst du dich besser aus als ich. Ich dachte, du könntest mir den Weg weisen.«

»Es heißt, die Unsichtbare Universität habe viele Türen, doch jene Tore, die in dieser Welt existieren, öffnen sich in Ankh-Morpork«, sagte die andere Hexe. Granny starrte sie groß an. »Am Runden Meer«, fügte Hilta hinzu. Und als Oma Wetterwachs weiterhin eine abwartende Haltung einnahm: »Fünfhundert Meilen entfernt.«

»Oh!«, machte Granny.

Sie stand auf und klopfte sich unsichtbaren Staub vom Rock.

»Dann sollten wir besser keine Zeit mehr verlieren«, brummte sie.

Hilta lachte. Eskarina mochte dieses Geräusch. Granny lachte nie. Sie gab nur dadurch zu erkennen, fröhlich und heiter gestimmt zu sein, daß ihre Mundwinkel zuckten. Doch Hilta kicherte wie jemand, der gründlich über die Welt nachgedacht und den Witz darin gesehen hatte.

»Verschiebt die Abreise auf morgen«, schlug sie vor. »Auf einen Tag mehr oder weniger kommt es nicht an. Ich habe zu Hause genug Platz. Übernachtet bei mir. Ruht euch aus, bevor ihr euch auf den Weg macht.«

»Wir möchten dir nicht zur Last fallen«, sagte Granny.

»Unsinn! Seht euch ein wenig um, während ich meinen Kram zusammenpacke.«

Ohulan war der Umschlagplatz für die Waren und Produkte eines weiten Hinterlands, und der Markttag endete nicht etwa mit dem Sonnenuntergang. An allen Ständen und Buden wurden Fackeln entzündet, und Lichter funkelten neben den geöffneten Türen der Schenken und Tavernen. Selbst die Priester stellten bunte Lampen nach draußen, um Leute anzulocken, die sich erst des Abends an ihre Frömmigkeit erinnerten.

Hilta verhielt sich wie eine dünne Schlange in hohem Gras, als sie sich geschickt einen Weg durch das Gedränge bahnte. Sowohl der Laden als auch die Dinge, die sie darin verkaufte, fanden in einem verblüffend kleinen Bündel auf dem Rücken Platz. Ihr Schmuck klirrte und klimperte wie eine ganze Kompanie Flamenco-Tänzer. Granny stapfte hinter ihr und versuchte, den Anschluß nicht zu verlieren. Immer wieder verzog sie das Gesicht: Ihre Plattfüße lehnten es stur ab, sich an das harte Kopfsteinpflaster zu gewöhnen.

Eskarina verirrte sich.

Das war nicht gerade leicht, aber schließlich gelang es ihr, als sie durch die Lücke zwischen zwei Marktbuden sprang, dem Verlauf einer schmalen Gasse folgte und sich mehrmals nach rechts und links wandte. Oma Wetterwachs hatte sie mehrmals und in aller Deutlichkeit vor den namenlosen Dingen gewarnt, die in Städten lauerten — und bewies damit einen erstaunlichen Mangel an pschikologischem Verständnis. Der einzige Erfolg ihrer mit düsterer Stimme vorgetragenen Hinweise bestand darin, daß sie Esks Neugier weckte. Das Mädchen wollte die gute Gelegenheit nutzen, eigene Erfahrungen zu sammeln.

Wobei ihr kaum eine Gefahr drohte: Ohulan war noch so barbarisch und unzivilisiert, daß nach Einbruch der Dunkelheit nur einige Diebe umherschlichen (die noch nicht wußten, wie man verriegelte Türen und Fenster aufbrach und morgens ziemlich enttäuscht nach Hause zurückkehrten — um dort festzustellen, daß ein Kollege die Wohnung leergeräumt hatte). Soviel zur ohulanischen Kriminalität. Das angeblich erotische Gewerbe beschränkte sich auf einige eher harmlose und zum Gähnen einladende Darbietungen, und die meisten Männer in der Stadt zogen es vor, nach dem Tageswerk an der Theke zu stehen und einen Krug Bier nach dem anderen in sich hineinzuschütten — bis sie entweder umfielen oder sangen. Oder beides.

Nach den dichterischen Standardbeschreibungen sollten junge Mädchen so würdevoll durch Märkte wandeln, wie weiße Schwäne über einen vom Mondschein erhellten See gleiten. Aufgrund gewisser praktischer Probleme zog es Eskarina vor, sich wie ein kleiner Autoskooter durch die Menge zu schieben: Sie prallte von Körper zu Körper, während die Spitze des Zauberstabs rund einen Meter über ihr wankte. Manche Köpfe drehten sich danach um, und zwar nicht nur deswegen, weil sie davon getroffen wurden. Es geschah häufiger, daß Zauberer nach Ohulan kamen, aber noch niemand hatte einen hundertzwanzig Zentimeter kleinen Magier mit langem Haar gesehen.

Ein aufmerksamer Beobachter hätte in Eskarinas symbolischem Kielwasser sicher einige seltsame Vorfälle bemerkt.

Man nehme als Beispiel nur den Mann, der die Zuschauer mit drei umgestülpten Tassen zu einem Ausflug in die phantastische Welt von Zufall und Wahrscheinlichkeit einlud (was sich in diesem Fall auf eine vertrocknete kleine Erbse bezog). Nur am Rande nahm er eine kleine Gestalt zur Kenntnis, die ihn eine Zeitlang ernst ansah — und kurz darauf quollen unter jeder Tasse, die er anhob, Hunderte von Erbsen hervor. Schon nach wenigen Sekunden reichten ihm die Hülsenfrüchte bis an die Hüften. Aber er steckte noch viel tiefer in Sorgen: Plötzlich schuldete er einigen Leuten ziemlich viel Geld.

Etwas später sah Esk einen zerzausten kleinen Affen, der schon seit Jahren an eine Kette gefesselt war, während sein Herrchen auf einer Orgel spielte — so schlecht und mißtönend, daß alle Katzen heulend die Flucht ergriffen. Von einem Augenblick zum anderen kam Bewegung in das Tier. Es drehte sich um, starrte den Mann aus roten Augen an, biß ihn ins Bein, riß sich los und verschwand in der Nacht, zusammen mit einem Becher, der die Abendkasse enthielt. Der Autor verzichtet an dieser Stelle darauf zu erwähnen, wofür die Münzen ausgegeben wurden.

Einige Marzipan-Enten schwebten aus einem nahen Stand, sausten an dem verdutzten Ladeninhaber vorbei und fielen mit einem glücklichen Quaken in den Floß (wo sie bis zum Morgengrauen schmolzen; die natürliche Auslese kennt keine Gnade).

Was die Bude anging: Sie segelte durch eine Seitengasse davon und verschwand auf Nimmerwiedersehen.

Ungeachtet aller poetischen Vorschriften wanderte Eskarina mit jener Art von Eleganz durch die Menge, mit der Brandstifter durch herrlich trockene Heuschober schleichen oder Neutronen durch einen Reaktor fliegen. Die einzigen Hinweise, die ein aufmerksamer Beobachter auf sie bekommen hätte, bestanden in heilloser Aufregung und plötzlichem Chaos. Aber wie jeder gute Katalysator war das Mädchen nicht direkt an den Vorgängen beteiligt, die es auslöste. Und als die wirklichen Zuschauer es schließlich aufgaben, nach Esk Ausschau zu halten, befand sie sich längst ganz woanders.

Sie spürte, wie sie allmählich müde wurde. Oma Wetterwachs hatte ganz allgemein nichts gegen die Nacht als solche einzuwenden, aber sie verabscheute lüsternes Kerzenlicht; wenn sie nach Einbruch der Dunkelheit etwas lesen wollte, bestellte sie die Eule zu sich, wies sie an, auf der Rückenlehne eines Stuhls Platz zu nehmen – und las durch ihre Augen. Mit anderen Worten: Üblicherweise ging Eskarina ins Bett, wenn die Sonne ihre Arbeitskarte stempelte und Feierabend machte, und inzwischen war es schon seit einigen Stunden finster.

Vor sich sah sie eine freundlich wirkende Tür. Fröhliches Gelächter tropfte durchs gelbe Licht und bildete kleine Pfützen auf dem Kopfsteinpflaster. Formlose magische Energie glitt über den Zauberstab und ließ ihn wie einen dämonischen Leuchtturm glühen, als Eskarina sowohl müde als auch entschlossen auf den Eingang zuhielt.

Der Wirt von *Des Geigers Rätsel* hielt sich nicht ganz ohne Grund für einen welterfahrenen Mann: Er war zu dumm, um wirklich grausam zu sein, und eine Barriere aus fauler Trägheit schützte seinen Charakter vor der schweren Last aus Arglist, Heimtücke und Gemeinheit. Sein Körper war zwar weit herumgekommen, doch das Bewußtsein hatte sich nie über die Grenzen des Kopfes hinausgewagt.

Er hob überrascht die Brauen, als sich ein Stock an ihn wandte. Und sein Erstaunen wuchs, als er eine dünne Stimme vernahm, die um ein Glas Ziegenmilch bat.

Die Gäste in der Schenke lächelten und sahen ihn an, aber der Wirt versuchte, sich nichts anmerken zu lassen. Langsam beugte er sich über den Tresen vor und spähte nach unten. Eskarina legte den Kopf in den Nacken und blickte zu ihm auf. *Starr den Leuten direkt in die Augen!* erinnerte sie sich an den Rat der alten Granny. *Konzentriere deine geistige Kraft auf sie. Fang ihren Willen ein. Niemand kann dem Blick einer Hexe widerstehen. Abgesehen von Ziegen.*

Der Wirt namens Skiller musterte ein Mädchen, das irgendwie zu schielen schien.

»Was?« fragte er.

»Milch«, sagte das Kind und starrte noch immer zu ihm empor. »Die Flüssigkeit, die man bekommt, wenn man Ziegen melkt. Weiß und ein wenig bitter.«

Skiller verkaufte nur Bier, und einige seiner Gäste behaupteten, es stamme von Katzen. Keine Ziege, die etwas auf sich hielt, hätte den Gestank bei *Des Geigers Rätsel* ertragen.

»Wir haben keine Milch«, sagte er. Er betrachtete den eigentümlichen Stab. Seine buschigen Brauen trafen sich dicht über der Nasenwurzel und flüsterten verschwörerisch miteinander.

»Du könntest wenigstens nachsehen«, schlug Esk vor.

Skiller schob sich wieder hinter den Tresen zurück, zum Teil, um dem seltsamen Blick zu entgehen, der ihn verunsicherte und seine Augen tränen ließ. Außerdem formten sich vor seinen mentalen Pupillen erste düstere Vorstellungsbilder.

Jeder zweitrangige Wirt steht in einer gewissen Resonanz mit dem Bier, das er ausschenkt, und zu seinem großen Erschrecken mußte Skiller feststellen, daß die Vibrationen der großen Fässer hinter ihm nicht mehr den typischen Emissionen von Hopfen und Malz entsprachen. Statt dessen erinnerten die Schwingungen an Milch.

Zögernd betätigte er den Zapfhahn, und tatsächlich: Weiße Flüssigkeit rann daraus hervor.

Der Stab ragte noch immer hinter der Theke auf, wirkte wie ein Periskop. In Skiller entstand das unangenehme Gefühl, daß ihn der Stock ansah.

»Vergeude sie nicht«, sagte eine Stimme. »Eines Tages wirst du dankbar dafür sein.«

Granny benutzte diesen Tonfall, wenn es Eskarina beim Mittag- oder Abendessen an der gebührenden Begeisterung mangelte und sie mißmutig in einem Teller vormals grüner Bohnen stocherte — die Oma Wetterwachs so lange gekocht hatte, bis sie gelb wurden und auch die letzten Vitamine verloren. Für Skillers hypersensitive Ohren kamen diese Worte keiner Warnung gleich, sondern einer Prophezeiung. Er schauderte. Und er fragte sich, was ihn dazu bringen konnte, Ziegenmilch einem Glas schmackhaft schalem Bier vorzuziehen. Eher wollte er tot sein.

Und genau darin lag das Problem.

Er schluckte, wischte einen Becher mit dem Daumen sauber und füllte ihn. Aus den Augenwinkeln beobachtete er, daß die meisten Gäste aufstanden und die Schenke verließen. Niemand mochte Magie, und weibliche Zauberei genoß einen besonders schlechten Ruf. Man konnte nie wissen, was Frauen — oder Mädchen — als nächstes in den Sinn kam.

»Deine Milch«, sagte Skiller und fügte rasch hinzu: »Wertes Fräulein.«

»Ich kann dafür bezahlen«, erwiderte Esk und entsann sich an eine weitere Weisheit Grannys: *Wenn du den Leuten Geld anbietest, lehnen sie es ab. Sie legen großen Wert auf ein reines Gewissen. Es ist alles Pschikologie.*

»Nein, kommt überhaupt nicht in Frage«, sagte Skiller hastig. Er beugte sich vor. »Wenn du, äh, so freundlich wärst, den Rest zurückzuverwandeln... Weißt du, die Nachfrage nach Milch ist hier nicht sehr groß.«

Der Wirt wich ein wenig zur Seite. Esk hatte ihren Stab an den Tresen gelehnt, bevor sie nach dem Becher griff, und Skiller beäugte ihn mißtrauisch.

Das Mädchen wischte sich einen cremeartigen, weißen Belag von den Lippen.

»Ich habe nichts verwandelt«, antwortete sie. »Ich hatte einfach nur Durst und wußte genau, daß die Fässer Milch enthalten. Was sollte sich denn deiner Ansicht nach darin befinden?«

»Äh, Bier.«

Esk dachte darüber nach. Sie erinnerte sich vage an Bier: Es schmeckte kaum besser als Spülwasser. Nach einer Weile fiel ihr ein anderes Getränk ein, das sich bei allen Bewohnern von Blödes Kaff großer Beliebtheit erfreute. Es handelte sich um eins der am besten gehüteten Rezepte von Oma Wetterwachs, eine Art Medizin: Granny verwendete dabei nur Obst, und der Herstellungsprozeß schien mehrmaliges Erhitzen und Abkühlen zu erfordern. Anschließend prüfte sie die Qualität der Arznei, indem sie einige

Tropfen ins Feuer fallen ließ. Meistens zischten dann hohe Stichflammen.

Manchmal, an einem besonders kalten Abend, gab sie etwas davon in Eskarinas Milch. Sie benutzte dabei einen hölzernen Löffel, um ihr Metallbesteck nicht zu ruinieren.

Esk konzentrierte sich. Sie rief sich das Aroma jener Medizin ins Gedächtnis zurück, und mit Hilfe ihrer magischen Fähigkeiten (die sie inzwischen zwar akzeptierte, aber noch immer nicht verstand), zerlegte sie den Geschmack in seine einzelnen Bestandteile...

Skillers Frau kam aus dem Hinterzimmer, um nachzusehen, warum es im Schankraum plötzlich so still geworden war. Der Wirt gab ihr mit einem nervösen Wink zu verstehen, sie sollte bloß keinen Laut von sich geben. Esk schwankte kaum sichtbar und schloß die Augen. Ihre Lippen zitterten.

...mentale Zutaten, die sie nicht brauchte, kehrten ins geistige Lager zurück. Sie suchte nach den Ingredienzien, auf die man keinesfalls verzichten konnte, vereinte sie zu psychischem Schaum und griff nach dem Haken beziehungsweise der metamorphen Schablone, die dem thaumaturgischen Ektoplasmabrei die gewünschte Form und Struktur geben konnte. Und dann...

Skiller drehte sich behutsam um und betrachtete die Fässer an der Wand. Der Geruch im Zimmer hatte sich verändert, und das traf auch auf die Schwingungen zu. Er *fühlte* eine goldene Flüssigkeit, die nur darauf wartete, sich durch eine durstige Kehle zu brennen.

Vorsichtig nahm er ein kleines Glas aus dem Fach unter der Theke, drehte den Zapfhahn und füllte es zur Hälfte mit einer bernsteinfarbenen Kostbarkeit. Er prüfte sie im Schein der Lampen, drehte das Glas hin und her, schnupperte mehrmals — und leerte es in einem Zug.

Sein Gesichtsausdruck veränderte sich nicht, aber die Augen wurden feucht, und ein rötlicher Schimmer überzog die Wangen. Die Kehle zitterte leicht. Seine Frau und Esk sahen, wie Schweiß auf Skillers Stirn perlte. Zehn Sekunden verstrichen, und der Wirt erweckte den Anschein, als wolle er um jeden Preis einen mühsam errungenen Rekord brechen. Vielleicht quoll ihm Dampf aus den Ohren, aber wahrscheinlich war das nur ein Gerücht. Die Fingerkuppen des Wirts klopften in einem sonderbaren Rhythmus auf den Tresen.

Schließlich schluckte er und rang sich offenbar zu einer Entscheidung durch. Er richtete einen ernsten Blick auf Esk und fragte: »Whasch iss argh dasch pfür mphf e'n Scheug?«

Er runzelte die Stirn, als er den Satz in Gedanken wiederholte und beschloß, einen zweiten Versuch zu unternehmen.

»Argh mphf grmpf?«

Er gab auf.

»Liebghr Himmphf!«

Seine Frau schnaufte abfällig und nahm ihm das Glas aus der erschlafften Hand. Sie roch daran. Sie betrachtete die insgesamt zehn Fässer. Sie begegnete Skillers flackerndem Blick. In einem ganz privaten, für zwei Personen reservierten Paradies berechneten Wirt und Wirtin den Verkaufserlös von sechshundert Gallonen dreifach destilliertem Pfirsichschnaps. Als es darum ging, zwei fünfstellige Zahlen miteinander zu multiplizieren, seufzten sie synchron.

Frau Skiller verstand wesentlich schneller als ihr Mann. Sie bückte sich, musterte Esk und versuchte, strahlend zu lächeln. Es gelang ihr nicht so recht, denn in dieser Hinsicht hatte sie nur wenig Übung. Eskarina war viel zu müde, um durchdringend zu blicken.

»Wie bist du hierhergekommen, kleines Schätzchen?« fragte Frau Skiller in einem Tonfall, der Vorstellungen von Pfefferkuchenhäuschen und der zuklappenden Tür eines großen Backofens weckte.

»Ich habe Oma Wetterwachs aus den Augen verloren und mich verlaufen.«

»Und wo ist deine Oma jetzt, Kindchen?« Kleine Flammen, die unter dem Backofen züngelten: Allen Wanderern im metaphorischen Wald stand eine gefährliche Nacht bevor.

»Irgendwo, nehme ich an.«

»Was hältst du davon, in einem weichen und warmen großen Federbett zu schlafen?«

Esk nickte dankbar und nahm nur unterbewußt zur Kenntnis, daß die Züge der Frau nicht unerhebliche Ähnlichkeit mit denen eines hungrigen Frettchens aufwiesen.

An dieser Stelle wird der aufmerksame Leser völlig zu Recht vermuten, daß sich für Eskarina gewisse Probleme anbahnten...

Unterdessen marschierte Granny unweit der Schenke durch eine Gasse. Jemand anders an ihrer Stelle hätte vermutlich bereitwillig zugegeben, sich verirrt zu haben, doch Oma Wetterwachs stellte die berühmte Ausnahme der Regel dar. Sie vertrat den Standpunkt, genau zu wissen, wo sie sich befand — ihre Schwierigkeiten basierten auf dem bedauerlichen Umstand, daß alles andere nicht den üblichen Platz einnahm.

Es wurde bereits darauf hingewiesen, daß es weitaus schwieriger ist, ein menschliches Bewußtsein zu orten als zum Beispiel die Gedankensphäre eines Fuchses. Nun, der menschliche Verstand mag dies als eine Beleidigung empfinden, und deshalb sollen hier die Gründe erläutert werden.

Animalische Selbstkomplexe sind überhaupt nicht komplex, sondern eher schlicht und deshalb recht scharf ausgeprägt. Tiere verbringen ihre Zeit nicht damit, Erfahrungen zu sezieren und darüber nachzugrübeln, was sie verpaßt haben. Für sie läßt sich die Erlebnispalette des Universums folgendermaßen zusammenfassen: Geschöpfe, mit denen man sich a) paaren kann, die b) als Futter dienen und es c) angeraten erscheinen lassen, die Flucht zu ergreifen. Hinzu kommen d) Steine und Felsen. Eine derartige Perspektive befreit den Geist von unnötigem Ballast und macht ihn zu einem sehr nützlichen Werkzeug in Hinblick auf die eigentlich wichtigen Dinge. Zum Beispiel versucht ein normales Tier nie, zu gehen und gleichzeitig Kaugummi zu kauen.

Mit dem durchschnittlichen Menschen hingegen ist es völlig anders: Rund um die Uhr denkt er über die verschiedensten Dinge nach, auf allen mentalen Ebenen. Er unterbricht diese Gedankengänge nur, wenn er dem Gebot von Uhren gehorchen muß oder wenn ihn irgend etwas an den einprogrammierten biologischen Kalender erinnert. In seinem Bewußtsein wimmelt es von Überlegungen, die an Zunge und Lippen weitergegeben werden, in die Kategorie ›privat und persönlich‹ fallen oder sich auf die Kellergewölbe des Ichs beschränken. Einem Telepathen bietet sich der menschliche Geist als ein Tollhaus dar. Er ist ein Hauptbahnhof, in dem alle Lautsprecher gleichzeitig dröhnen und etwa tausend (vielleicht auch zweitausend) Passagiere versuchen, sich gegenseitig zu übertönen. Er ist wie ein Konzentrat aller UKW-Frequenzen: Rund siebenundachtzig Sender wetteifern um die Gunst der Zuhörer, die gerade eine Versammlung veranstalten und sich mit Walkie-talkies verständigen.

Granny schickte magische Ohren auf die Suche nach Eskarina; ebensogut hätte sie versuchen können, die sprichwörtliche Nadel im Heuhaufen zu finden.

Der erhoffte Erfolg blieb natürlich aus. Aber die vielen Gedankenfetzen, die ihr durch den thaumaturgisch-telepathischen Äther entgegenwehten, überzeugten sie davon, daß die Welt tatsächlich so verrückt war, wie sie es schon seit langem vermutete.

Sie traf Hilta an der nächsten Abzweigung. Die Kollegin hielt einen Besen in der Hand, mit dem sie mehrmals die gesamte Stadt überflogen hatte. Sie mußte dabei äußerste Vorsicht walten lassen: Die Männer von Ohulan wußten zwar Bleib-lange-oben-Salbe zu schätzen, aber von fliegenden Frauen hielten sie nicht viel.

Hilta Ziegenfinder schnitt eine Grimasse und schüttelte verzagt den Kopf.

»Du hast also keine Spur von ihr entdeckt«, stellte Granny fest.

»Bist du unten am Fluß gewesen? Vielleicht ist sie hineingefallen.«

»Das hätte der Zauberstab bestimmt nicht zugelassen. Außerdem kann sie schwimmen. Nein, ich glaube, sie versteckt sich. Verflixt!«

»Was sollen wir jetzt tun?«

Granny bedachte ihre Kollegin mit einem tadelnden Blick. »Du brauchst nicht gleich zu verzweifeln, Hilta Ziegenfinder! Sieh mich an: Ich bin völlig ruhig und gelassen!«

Hilta musterte sie eingehend.

»Und was ist mit deinen Lippen, hm? Sie bilden einen dünnen Strich.«

»Ärger, weiter nichts.«

»Manchmal kommen Zigeuner zum Markt. Vielleicht haben sie Esk geschnappt und fortgebracht.«

Was Städter anging, hielt Oma Wetterwachs praktisch alles für möglich. Doch Zigeuner gehörten nicht zu jener exotischen Welt.

»Dann sind sie ein ganzes Stück blöder, als ich bisher annahm«, erwiderte sie scharf. »Immerhin hat sie ihren Stab.«

»Und was nützt er ihr?« Hilta war den Tränen nahe.

»Ich glaube, du hast mich noch immer nicht verstanden«, sagte Granny streng. »Ich schlage vor, wir gehen zu dir und warten.«

»Worauf?«

»Auf Schreie und Feuerbälle oder etwas in der Richtung«, erklärte Oma Wetterwachs und machte eine vage Geste.

»Du bist herzlos!«

»Ich glaube, das Mitleid sollten wir uns für die Leute aufsparen, die Esk begegnen. Flieg du voraus und häng den Kessel ins Feuer. Ich komme zu Fuß nach.«

Hilta warf ihr einen verwirrten Blick zu und hockte sich

auf den Besenstiel, der zögernd aufstieg und unsicher durch die Dunkelheit torkelte. Wenn man Hexenbesen mit Autos vergleichen konnte, so handelte es sich in diesem Fall um einen halb verrosteten 500er Fiat.

Granny sah Hilta nach, stapfte dann übers feuchte Pflaster und entschied, das Fliegen weiterhin zu hassen. Wie herrlich zuverlässig waren doch zwei lange stelzenartige Beine!

Esk lag unter einer flauschigen, dicken und ein wenig klammen Decke, und durch das kleine Dachbodenfenster beobachtete sie das Funkeln der Sterne. Trotz ihrer Müdigkeit konnte sie nicht schlafen. Das Bett war viel zu kalt. Sie dachte daran, es mit Magie zu erwärmen, überlegte es sich dann aber anders. Ganz gleich, wie vorsichtig sie experimentierte: Feuerzauber entzogen sich noch immer ihrer Kontrolle. Entweder funktionierten sie überhaupt nicht — oder viel zu gut. Der Waldboden im magischen Einzugsgebiet von Grannys Hütte wies bereits viele Löcher auf, die von thaumaturgischen Feuerbällen stammten. Esk erinnerte sich an einen wohlwollenden Hinweis der alten Hexe: *Du brauchst dir keine Sorgen zu machen, wenn das Zaubern auch weiterhin nicht richtig klappt: In der Abort- und Brunnenbranche kannst du sicher viel Geld verdienen.*

Eskarina drehte sich auf die Seite und versuchte, dem muffigen Geruch der Laken keine Beachtung zu schenken. Nach einer Weile streckte sie die Hand aus und tastete nach dem Zauberstab, der neben dem Bett an der Wand lehnte. Frau Skiller hatte sie mit bemerkenswerter Beharrlichkeit darum gebeten, ihn nach unten bringen zu dürfen, aber Esk wollte sich auf keinen Fall von ihm trennen. Er war das einzige Ding auf der ganzen Welt, das allein ihr gehörte.

Sie fühlte sich sonderbar erleichtert, als sie das glatte Holz mit den eigentümlichen Schnitzmustern berührte. Nach einer halben Ewigkeit schlief sie endlich ein. Seltsame Traumbilder durchzogen ihren ruhenden Geist. Sie sah

Armreifen, seltsame Bündel und Rucksäcke, hohe Berge. Sie betrachtete ferne Sterne über schneebedeckten Gipfeln, eine kalte Wüste, in der unheilvolle Geschöpfe durch trockenen Sand krochen und sie aus großen Insektenaugen anstarrten...

Eine Treppenstufe knarrte. Kurz darauf eine andere. Stille folgte — die raschelnde, nervöse Stille eines Menschen, der versucht, nicht das geringste Geräusch zu verursachen.

Leise öffnete sich die Tür. Skillers Gestalt bildete einen dunklen Schatten vor dem Kerzenschein im Treppenhaus. Stimmen flüsterten, und kurz darauf schlich der Wirt auf Zehenspitzen durchs Zimmer. Der Zauberstab glitt zur Seite, als zitternde Finger nach ihm griffen, doch eine unsichere Hand hielt ihn fest, bevor er zu Boden fallen konnte. Ganz langsam ließ Skiller den Atem entweichen.

Deshalb hatte er kaum genug Luft, um laut zu schreien, als sich der Stab *bewegte*. Er fühlte kalte Schuppen, darunter stahlharte Muskeln...

Esk setzte sich ruckartig auf und sah gerade noch, wie Skiller die steile Leiter hinabpolterte. Er ruderte wild mit den Armen und schien sich von einem unsichtbaren Gegner befreien zu wollen. Ein zweiter, etwas schriller klingender Schrei folgte, als der Wirt auf seiner Frau landete.

Der Stab lag auf dem Boden, eingehüllt in oktarines Glühen.

Eskarina kroch aus dem Bett und näherte sich der Tür. Sie hörte einige Flüche, an die sich ein entsetzt klingendes Keuchen anschloß. Als sie nach unten spähte, blickte sie direkt in das breite Gesicht Frau Skillers.

»Gib mir den Stab!«

Esk bückte sich und hob den langen Stock auf. »Nein«, sagte sie, »er gehört mir.«

»Er eignet sich nicht als Spielzeug für kleine Mädchen«, erwiderte die Wirtin scharf.

»Er gehört mir«, wiederholte Esk und schloß die Tür. Einige Sekunden lang lauschte sie dem Murmeln und

Brummen im Treppenhaus und überlegte, was sie jetzt unternehmen sollte. Wenn sie Herr und Frau Skiller in irgend etwas verwandelte, kam es sicher nur zu einem Durcheinander, und außerdem wußte sie nicht genau, wie man das bewerkstelligte.

Eigentlich funktionierte die Magie nur, wenn sie nicht daran dachte. Sie schien sich irgendwie an bewußten Gedanken vorbeizumogeln.

Eskarina durchquerte den Raum und öffnete das Fenster. Die charakteristischen Nachtdüfte der Zivilisation wehten ihr entgegen: nasse Straßen, schlafende Gartenblumen, irgendwo ein voller Abort. Feuchte Schindeln glänzten im Licht der Sterne.

Als sie hörte, wie Skiller erneut die Treppe heraufkam, schob sie den Stab aufs Dach, kletterte aus dem Fenster und stützte sich am Rahmen ab. Die Schindeln neigten sich einem kleinen Anbau entgegen, und Esk hielt sich einigermaßen gerade, als sie über den schlüpfrigen Untergrund rutschte. An der Dachrinne verharrte sie, blickte auf einige Tonnen herab, die gut anderthalb Meter unter ihr standen, sprang und lief geduckt über den Hinterhof der Schenke.

Als sie in den Dunstschwaden verschwand, die träge durch eine nahe Gasse wallten, folgten ihr zornige Stimmen aus *Des Geigers Rätsel*.

Skiller eilte an seiner Frau vorbei und klopfte auf das nächste Faß. Er zögerte kurz, bevor er den Deckel hob.

Der aromatische Duft von Pfirsichschnaps zog verlockend durchs Zimmer, und der Wirt seufzte erleichtert.

»Hast du Angst, das Zeug hat sich in was Gräßliches verwandelt?« fragte seine Frau. Er nickte.

»Wenn du dich nicht so dumm angestellt hättest...«, begann sie.

»Der verdammte Stab war bissiger als ein tollwütiger Hund!«

»Vielleicht wäre es dir möglich gewesen, ein Zauberer zu werden. Und Zauberer führen ein wesentlich angenehmeres Leben als durchschnittliche Leute. Hast du denn überhaupt keinen *Ehrgeiz*?«

Skiller schüttelte den Kopf. »Ich glaube, es ist mehr nötig als nur ein Zauberstab, um Magier zu sein«, erwiderte er. »Außerdem habe ich gehört, daß solche Leute nicht heiraten dürfen. Es heißt, es sei ihnen sogar verboten...« Er brach ab.

Frau Wirtin sah ihn fragend an. »*Was* ist verboten?«

Skiller zuckte verlegen mit den Schultern. »Nun, du weißt schon. Gewisse... Sachen.«

»Ich habe nicht die geringste Ahnung, wovon du sprichst«, sagte seine Frau energisch.

»Und ich fürchte, das stimmt sogar.« Widerstrebend folgte er ihr durch den Schankraum. *Vielleicht*, dachte er melancholisch, *sind Zauberer gar nicht so übel dran.*

Eine folgenschwere Entdeckung am nächsten Morgen bestätigte ihn in dieser Ansicht. Der Pfirsichschnaps in den zehn Fässern hatte sich tatsächlich in etwas Gräßliches verwandelt.

Esk wanderte ziellos durch die grauen Straßen Ohulans und gelangte schließlich zu den kleinen Docks am Fluß. Breite flache Kähne dümpelten träge an den Molen, und aus dem einen oder anderen Schornstein kräuselte dünner Rauch, den sie mit Vorstellungen von Wärme und Behaglichkeit verband. Esk kletterte über die nächste Reling, und mit Hilfe des Zauberstabs hob sie die Plane, die einen großen Teil des Bootes bedeckte.

Sie nahm einen würzigen Geruch wahr, eine Mischung aus Lanolin und Mist. Der Kahn hatte Wolle geladen.
Es ist töricht, auf einem unbekannten Schiff zu schlafen, ohne zu ahnen, welches Ufer man am nächsten Morgen sieht. Immerhin stehen Kahnfahrer normalerweise in aller Frühe auf und lichten noch vor Morgengrauen die Anker (manche glauben, auf diese Weise die Hafengebühren sparen zu können). Sie warten nicht etwa ab, bis alle blinden Passagiere ihre Reiseziele genannt haben.

Wir wissen das. Aber Esk hatte keine Ahnung.

Eskarina erwachte, als sie ein seltsames Pfeifen vernahm. Sie blieb ganz still liegen und ließ die Ereignisse des vergangenen Abends noch einmal vor dem inneren Auge Revue passieren, bis ihr einfiel, wo sie sich befand. Dann rollte sie sich auf die andere Seite und hob vorsichtig die Plane.

Mit der Umgebung schien irgend etwas nicht in Ordnung zu sein. Sie *bewegte* sich.

»Ich glaube, so etwas nennt man Segeln«, murmelte Eskarina und beobachtete, wie das ferne Ufer vorbeiglitt. »Ich hätte es mir aufregender vorgestellt.«

Sie vergaß völlig, sich Sorgen zu machen. Während der ersten acht Jahre ihres Lebens war die Welt recht langweilig gewesen, und jetzt, da sie sich allmählich interessanter gestaltete, wollte sie nicht undankbar sein.

Als das Pfeifen verklang, hörte sie einen bellenden Hund. Esk sank wieder auf die Wolle zurück, streckte die geistigen Hände aus, fand das Tier und borgte sich seine Gedankensphäre. Das fremde Bewußtsein begegnete ihr mit sehnsüchtigen Träumen von Knochen und weggeworfenen Stöcken; aber Eskarina achtete nicht weiter darauf, sah aus den Hundeaugen und brachte in Erfahrung, daß die Besatzung des Kahns aus mindestens vier Personen bestand. Auf den anderen Schiffen, die in unmittelbarer Nähe schwammen und eine Art Konvoi bildeten, fand sie weitere Menschen, auch Kinder.

Nach einer Weile trennte sie sich von dem Tier, spähte wieder unter der Plane hervor und genoß die Aussicht. Am Ufer ragten hohe orangefarbene Klippen empor, in der sich viele bunte Streifen zeigten: Sie sahen aus wie das Riesensandwich eines hungrigen Gottes. Während Eskarina die Felswände beobachtete, versuchte sie, einen ganz bestimmten Gedanken aus sich zu verdrängen, doch das unangenehme Gefühl in ihrem Unterleib verstärkte sich rasch, hob einen mentalen Zeigefinger und deutete immer nachdrücklicher auf ein imaginäres WC. Früher oder später mußte sie ihr Versteck verlassen, um ihre Blase zu entleeren.

Wenn sie noch ein wenig wartete, bis...

Mit einem plötzlichen Ruck wurde die Plane beiseite gerissen, und ein großes bärtiges Gesicht blickte auf Esk herab.

»Welche Überraschung!« sagte der Mann. »Wen haben wir denn hier? Eine kleine Ausreißerin, oder was?«

Esk setzte ihre Geheimwaffe ein: den durchdringenden Blick. Der Fremde schien nicht zu reagieren. »Könntest du mir bitte beim Aufstehen helfen?«

»Hast du denn gar keine Angst, daß ich dich den... den Hechten zum Fraß vorwerfe?« fragte der Bärtige. Als er die Verwirrung in Esks Zügen sah, fügte er hinzu: »Große Süßwasserfische. Sind ziemlich flink und haben scharfe Zähne.«

Eine derartige Vorstellung war ihr völlig fremd. »Nein«, sagte sie offen, »ich fürchte mich nicht. Sollte ich? Würdest du mir damit drohen?«

»Nun, drohen schon. Aber mehr auch nicht. Sei unbesorgt!«

»Ich bin keineswegs beunruhigt.«

»Oh!« Ein brauner Arm, der auf die übliche Weise am Kopf befestigt war (besser gesagt: am Hals darunter, beziehungsweise an der Schulter), streckte sich ihr entgegen und zog sie hoch.

Einige Sekunden später stand Esk auf dem Deck des Kahns und sah sich um. Der Himmel erstrahlte in einem prächtigen Amethystblau und wölbte sich über einem breiten Tal. Der Fluß strömte noch immer an hohen Felshängen entlang und hatte es dabei ungefähr so eilig wie eine parlamentarische Untersuchungskommission, die gemütlich durch ein Labyrinth von Bestechungsskandalen schlendert und mit bemerkenswerter Hartnäckigkeit immer wieder an den Ausgangspunkt zurückkehrt.

Hinter ihr dienten die Spitzhornberge noch immer als granitenes Geländer für die Wolken, aber sie wirkten jetzt nicht mehr annähernd so gewaltig, wie sie Esk in Erinnerung hatte. Die zunehmende Entfernung schien zu einer vorzeitigen Erosion zu führen.

»Was ist das?« fragte Eskarina und roch den ungewohnten Duft von Sümpfen und Riedgras.

»Der Oberlauf des Ankh-Stroms«, sagte der Bärtige. »Was hältst du davon?«

Esk beobachtete den Fluß in beiden Richtungen. In diesem Bereich war er wesentlich breiter als bei Ohulan.

»Ich weiß nicht. Ziemlich viel Wasser. Ist dies dein Schiff?«

»Boot«, berichtigte der Mann. Er war größer als ihr Vater, wenn auch nicht ganz so alt, und er trug die Kleidung eines Zigeuners. Die meisten seiner Zähne bestanden aus Gold, aber Esk beschloß vorsichtshalber, die Frage nach dem Grund für die seltsame Metamorphose auf einen späteren Zeitpunkt zu verschieben. Seine Haut zeichnete sich durch jene Art von Bräune aus, die reiche Leute durch kostspielige Ferien und Aluminiumfolie zu erringen hofften — obwohl man den gleichen Effekt erzielen konnte, wenn man jeden Tag von morgens bis abends an der frischen Luft schuftete. Der Unbekannte runzelte die Stirn.

»Ja, es gehört mir«, sagte er, entschlossen, die Initiative zurückzugewinnen. »Was tust du hier, wenn ich fragen darf? Bist du von zu Hause weggerannt, oderwas? Ein Junge in deinem Alter würde sicher behaupten, er wolle in der Fremde sein Glück versuchen. Aber du bist ein Mädchen, stimmt's?«

»Können Mädchen ihr Glück nicht versuchen?«

»Normalerweise halten sie nach einem hübschen jungen Mann Ausschau, der mit Erfolg von einer solchen Reise heimkehrt«, sagte der Bärtige und schenkte ihr ein 200karätiges Lächeln. Er steckte eine braune Hand aus, an deren Fingern prunkvolle Ringe steckten. »Darf ich dich zum Frühstück einladen?«

»Vorher würde ich gern den Abort benutzen«, sagte Esk zurückhaltend. Der Zigeuner sah sie groß an.

»Dies ist ein Kahn, oderwas?«

»Ich glaube schon.«

»Mit anderen Worten: Es gibt nur den Fluß.« Er klopfte ihr auf die Schultern. »Mach dir nichts draus«, fügte er hinzu. »Er ist längst daran gewöhnt.«

Granny stand auf der Anlegestelle, und ihr Fuß pochte mit einem ungeduldigen *Taptaptap* aufs Holz. Der kleine Mann vor ihr — er war das ohulanische Äquivalent eines Dockmeisters — bekam die volle Wucht eines durchdringenden Hexenstarrens zu spüren, erbleichte unwillkürlich und gab sich alle Mühe, noch kleiner zu werden. Oma Wetterwachs' Gesichtsausdruck wirkte vielleicht nicht ganz so beunruhigend wie der Anblick von Daumenschrauben, aber ihre finstere Mimik schien darauf hinzudeuten, daß sie die Verwendung solcher Folterinstrumente durchaus in Erwägung zog.

»Sie sind also noch vor dem Morgengrauen aufgebrochen«, sagte sie.

»J-ja«, erwiderte der Mann. »Ich, äh, wußte nicht, daß du etwas dagegen hattest. Sonst hätte ich sie natürlich, äh, gebeten, auf dich zu warten.«

»Befand sich ein kleines Mädchen an Bord?« Ihr Stiefel machte *Taptap*.

»Äh, nein, tut mir leid.« Hastig fügte er hinzu: »Es sind Zoons. Wenn sich die Kleine an Bord versteckte, droht ihr keine Gefahr. Einem Zoon kann man immer vertrauen, heißt es. Sie nehmen das Familienleben sehr ernst. Und sie mögen Kinder.«

Granny sah Hilta an, die so unruhig von einem Bein aufs andere trat, als stünde sie auf glühenden Kohlen. Oma Wetterwachs hob fragend die Brauen.

»O ja«, versicherte Hilta schrill. »Die Zoons genießen einen guten Ruf.«

»Mmpf«, machte Granny. Sie drehte sich auf den Absätzen um und marschierte mit langen Schritten in die Stadt zurück. Der Dockmeister sackte seufzend in sich zusammen und erweckte den Eindruck, als habe man ihm gerade einen Kleiderbügel aus dem Hemd gezogen.

Hilta wohnte über einem Kräuterhändler, hinter einer Gerberei, und die Fenster ihrer Zimmerflucht gestatteten einen weiten Blick über die Dächer von Ohulan. Sie mochte ihr Heim, denn dort konnte sie in aller Ruhe ihre anspruchsvolleren Kunden empfangen, die sie folgendermaßen beschrieb: »Es sind Leute, die sich für ganz besondere Dinge interessieren, bei der Auswahl nicht gern gestört werden möchten und großen Wert auf Diskretion legen.«

Oma Wetterwachs sah sich im Wohnzimmer um und machte keinen Hehl aus ihrem Abscheu. Es gab entschieden zu viele Troddeln, Perlenschnurvorhänge, astrologische Diagramme und schwarze Katzen. Granny konnte Katzen nicht ausstehen. Sie schnupperte.

»Ist das die Gerberei?« fragte sie vorwurfsvoll.

»Weihrauch«, erklärte Hilta. Sie hielt der Verachtung ihrer Kollegin tapfer stand. »So etwas gefällt den Kunden«, fügte sie hinzu. »Es bringt sie in die richtige Stimmung, wenn du verstehst, was ich meine.«

»Es sollte doch eigentlich möglich sein, sich den Lebensunterhalt auf anständige Weise zu verdienen, Hilta — ohne derart *banale* Tricks«, sagte Granny, nahm Platz und nahm die langwierige und komplizierte Aufgabe in Angriff, ihre Hutnadeln zu entfernen.

»Das Leben in Städten ist für uns Hexen nicht leicht«, verteidigte sich Hilta. »Man muß mit der Zeit gehen.«

»Ich bin strikt dagegen. Wozu gibt es denn Traditionen? Hast du den Kessel aufgesetzt?« Granny beugte sich vor und nahm die Samthülle von Hiltas Kristallkugel. Es handelte sich um einen kopfgroßen Quarzball.

»Hab' noch nie viel von diesem blöden Siliciumzeug gehalten«, brummte sie. »In meiner Jugend genügte eine Schüssel mit Wasser und ein Tropfen Tinte. Na ja, mal sehen...«

Konzentriert starrte sie in die Kugel und benutzte sie als einen Fokus, um festzustellen, wo sich Eskarina aufhielt. Nun, Kristallkugeln haben selbst unter normalen Umständen ihre Tücken, und wenn man sie längere Zeit betrachtet, so braucht man kein Hellseher zu sein, um eine ausgewachsene Migräne zu prophezeien. Granny mißtraute ihnen: Ihrer Ansicht nach kamen sie Zauberei verdächtig nahe. Und wenn man nicht die angebrachte Vorsicht walten ließ, so befürchtete sie, saugten sie einem den Verstand aus dem Schädel, wie eine Wellhornschnecke aus ihrem Gehäuse.

»Das verdammte Ding funkelt zu sehr«, beschwerte sie sich, hauchte auf das blitzende Glas und rieb mit dem Ärmel daran. Hilta blickte ihr über die Schulter.

»Ich glaube, es ist kein normales Funkeln«, sagte sie langsam. »Bestimmt bedeutet es irgend etwas.«

»Was denn?«

»Keine Ahnung. Soll ich's mal versuchen? Die Kugel ist an mich gewöhnt.« Hilta verscheuchte eine Katze vom anderen Stuhl, setzte sich und starrte in die kristallene Tiefe.

»Hmphf, meinetwegen«, erwiderte Oma Wetterwachs. »Aber ich bezweifle, ob du...«

»He, einen Augenblick! Da formt sich ein Bild.«

»Ich sehe nur das verflixte Funkeln«, beharrte Granny. »Silberstaub, der dauernd hin und her wogt, wie das Schneetreiben in kleinen Schaugläsern. Eigentlich recht hübsch.«

»Ja, aber hinter den Flocken...«

Granny kniff die Augen zusammen.

Und beobachtete folgendes:

Aus größer Höhe blickte sie auf eine weite Landschaft hinab, die sich in dunstiger Tiefe erstreckte. Ein breiter Fluß kroch wie eine betrunkene Schlange durch Täler und Schluchten. Silbrige Lichter tanzten im Vordergrund, aber es handelte sich nur um wenige Funken, die auf eigene Faust dahinstoben. Die überwiegende Mehrheit des flackernden Gleißens bildete eine lange Spirale, die wie ein

Schnee hustender greiser Tornado aussah und bis zum Strom hinabreichte. Oma Wetterwachs sah noch genauer hin und erkannte einige dunkle Flecken auf dem glitzernden Wasser.

Gelegentlich zuckten seltsame Blitze durch das trichterförmige Wabern und Wallen.

Granny zwinkerte und hob den Kopf. Plötzlich schien es im Zimmer stockfinster zu sein.

»Komisches Wetter«, sagte sie, weil ihr nichts Besseres einfiel. Sie schloß die Lider, aber das brodelnde Irrlichtern setzte sich vor ihrem inneren Auge fort.

»Ich glaube, es ist gar kein Wetter«, entgegnete Hilta. »Ich vermute sogar, normale Menschen können überhaupt nicht sehen, was uns der Kristall zeigt — Magie, die aus der Luft kondensiert.«

»In den Zauberstab?«

»Ja. Es gibt keine andere Erklärung. Irgendwie destilliert er magische Energie.«

Granny riskierte einen neuerlichen Blick in die Kugel.

»Und Esk nimmt sie auf«, sagte sie leise.

»Ja.«

»Eine ziemliche Menge, wenn du mich fragst.«

»In der Tat.«

Nicht zum erstenmal wünschte sich Oma Wetterwachs genauere Kenntnisse darüber, wie Zauberer ihre Magie beschworen. Sie stellte sich vor, wie sich Eskarinas Körper immer mehr mit thaumaturgischer Kraft füllte, alle Sehnen, Muskeln und Knochen damit auflud. Was geschieht mit Regenfässern während eines Gewitters? Genau: Sie laufen irgendwann über (wenn sie nicht vorher vom Blitz getroffen werden). Und dieses Schicksal drohte auch Esk. Eher früher als später würde die Magie aus ihr heraustropfen und hier und dort zu peripheren Veränderungen in der Wirklichkeit führen. Doch irgendwann mußte eine verheerende Entladung folgen, die das okkulte Gefüge des ganzen Universums durcheinanderbringen konnte. Granny schauderte unwillkürlich, als sie an die Konsequenzen dachte.

»Verflixt!« sagte sie. »Der Stab war mir von Anfang an unsympathisch.«

»Wenigstens ist Esk auf dem Weg zur Unsichtbaren Universität«, warf Hilta ein. »Dort weiß man sicher, wie man solche Probleme löst.«

»Mag sein. Nun, der Kahn fährt flußabwärts. Wie viele Meilen hat er wohl schon zurückgelegt?«

»Etwa zwanzig. Solche Boote sind kaum schneller als ein Fußgänger. Die Zoons haben es nicht eilig.«

»Na *schön.*« Granny stand auf und schob das spitze Kinn vor. Entschlossen griff sie nach dem Hut und ihrem großen Sack. »Eins steht fest: Ich bin recht flink auf den Beinen«, sagte sie. »Außerdem brauche ich nicht den vielen Flußbiegungen zu folgen. Ich nehme die Abkürzung: Luftlinie.« Hastig fügte sie hinzu: »Auf dem Boden.«

»Du willst Esk *zu Fuß* folgen?« entfuhr es Hilta entsetzt. »Aber die dunklen Wälder und wilden Tiere...«

»Sind mir nur recht. Kann mir bestimmt nicht schaden, in die Zivilisation zurückzukehren. Wie dem auch sei: Esk braucht mich. Der Zauberstab übernimmt allmählich die Kontrolle. Ich habe davor gewarnt, aber wer hat auf mich gehört?«

»Wer?« fragte Hilta und rätselte immer noch darüber, was Granny mit ›Rückkehr in die Zivilisation‹ meinte.

»Niemand«, sagte Oma Wetterwachs fest.

Der bärtige Mann hieß Amschat B'hal Zoon. Er wohnte auf dem Kahn, zusammen mit seinen drei Frauen und drei Kindern. Und er war ein Lügner.

Die Gegner der Zigeuner äußerten sich nicht nur über die absolute Ehrlichkeit des Zoon-Clans, die normale Menschen häufig zur Raserei brachte, sondern auch sein offenes und direktes Gebaren. Die Zoons wußten nicht, was Euphemismen waren, und wenn sie einen vernahmen (was nur sehr selten geschah), antworteten sie schlicht (und wahrheitsgemäß), sie hätten noch nie eine freundlicher klingende Beleidigung gehört.

Sie hielten nicht etwa deshalb so unerschütterlich stur an der Wahrheit fest, weil sie darin ein göttliches Gebot sahen. Vielmehr schien es einen genetischen Grund dafür zu geben. Der durchschnittliche Zoon konnte ebensogut lügen wie unter Wasser atmen; allein die entsprechende Vorstellung genügte, um sein ganzes Weltbild zu gefährden. Ihrer Meinung nach krempelte eine Lüge den ganzen Kosmos um.

Für ein Volk von Händlern stellte dies einen gewissen Nachteil dar, und deshalb befaßten sich die Ältesten der Zoon im Laufe von Jahrtausenden mit eingehenden Analysen jener seltsamen Fähigkeit, mit der alle anderen Menschen geradezu im Übermaß ausgestattet waren. Sie beschlossen, nicht länger auf diese nützliche Gabe zu verzichten.

Junge Männer, die zumindest ansatzweise entsprechende Talente aufwiesen, wurden bei speziellen Zeremonien ermutigt, den philosophischen Komplex der Wahrheit recht großzügig zu interpretieren und auf dieser Basis miteinander zu wetteifern. Die erste überlieferte Proto-Lüge der Zoons lautete folgendermaßen: »Eigentlich ist mein Opa ziemlich groß.« Nun, nach einigen Dutzend Generationen bekamen sie den Bogen raus, und man gründete das ehrenwerte Amt des Stammeslügners.

Dem Autor sei hier ein weiterer Hinweis gestattet: Die meisten Zigeuner sehen sich nach wie vor außerstande zu lügen, aber sie respektieren jeden Zoon, der behaupten kann, das Universum sei anders, als es in Wirklichkeit ist. Mit anderen Worten: Der Lügner genießt hohes Ansehen. Er repräsentiert den Stamm bei allen Verhandlungen mit der Außenwelt, die der durchschnittliche Zoon längst nicht mehr versteht. Alle Familiengruppen sind auf ihre Lügner sehr stolz.

Andere Völker begegnen dieser Entwicklung eher mit Unbehagen und Mißbilligung. Sie vertreten den Standpunkt, der betreffende Zoon sollte sich angemessenere Titel zulegen, zum Beispiel ›Diplomat‹ oder ›Pressesprecher‹ oder ›Verantwortlicher für Öffentlichkeitsarbeit‹. Häufig fühlen sie sich von Lügnern auf den Arm genommen und — belogen.

»Stimmt das alles?« fragte Esk mißtrauisch und sah sich in der kleinen Kabine des Kahns um.

»Nein«, erwiderte Amschat fest. Seine jüngere Frau, die an einem verzierten Ofen stand und in einem Topf mit Haferbrei rührte, lachte fröhlich. Die drei Kinder saßen ruhig am Tisch und beobachteten Esk mit großem Interesse.

»Sagst du denn nie die Wahrheit?«

»Du etwa?« Amschat lächelte sein Goldminen-Lächeln, doch die Augen blieben ernst. »Warum habe ich dich unter der Plane gefunden? Amschat ist kein Entführer. Bestimmt gibt es bei dir zu Hause jemanden, der sich Sorgen um dich macht, oderwas?«

»Ich schätze, Granny sucht bereits nach mir«, antwortete Esk. »Aber vermutlich ist sie nicht sehr besorgt. Nur wütend. Wie dem auch sei: Ich möchte nach Ankh-Morpork. Du kannst mich ruhig von deinem Schiff...«

»...Boot...«

»...werfen, wenn du unbedingt willst. Ich habe keine Angst vor den Hechten.«

»Das kann ich nicht«, sagte Amschat.

»War das eine Lüge?«

»Nein! Denk nur an die Wildnis. Dort treiben sich Räuber und... *Dinge* herum.«

Esk nickte mehrmals. »Dann wäre dieser Punkt also geklärt«, sagte sie. »Es macht mir nichts aus, in der Wolle zu schlafen. Und ich bin bereit, für die Reise zu bezahlen. Ich kann mich...« Sie zögerte. Das Ende des Satzes hing wie eine Dunstwolke aus Worten in der Luft, und Diskretion rang mit Erfolg um die Kontrolle ihrer Zunge. »...mich nützlich machen«, fügte sie unsicher hinzu.

Sie bemerkte, wie Amschat einen kurzen Blick mit seiner ältesten Frau wechselte, die am Herd nähte. Nach der Zoon-Tradition trug sie schwarze Kleidung, was sicher Grannys Zustimmung gefunden hätte.

»*Wie* willst du dich nützlich machen?« fragte der Lügner. »Mit Waschen und Fegen?«

»Zum Beispiel«, erwiderte Esk. »Außerdem kann ich mit dem zwei- und dreifachen Destillierkolben umgehen, lackieren, glasieren und firnissen, schmirgeln, hobeln und schnitzen, verschiedenes Wachs und Kerzen herstellen. Ich kenne mich mit Pflanzen, Wurzeln und Früchten aus, weiß, wo die Acht Wundervollen Kräuter wachsen, wie man sie schneidet und zubereitet. Ich kann spinnen, karden, kämmen, krempeln und weben, entweder per Hand, am Rahmen oder mit dem Webstuhl. Ich kann stricken, wenn jemand die Wolle für mich vorbereitet. Ich deute Boden und Felsen. Ich beherrsche das Zimmerhandwerk und kann mit Stech- und Lochbeitel ebensogut umgehen wie mit Stemmeisen und Zapfenstreichmaß. Ich sage das Wetter voraus, indem ich das Verhalten der Tiere und die Wolken beobachte. Ich weiß, wie man mit Bienen umgeht und die Honigproduktion steigert. Ich braue fünf Sorten Met und Bier, behandle Tücher mit Beize, Ätzwasser und Grund, mische mehrere Farbstoffe, wodurch sich neue Tönungen ergeben. Ich kann die meisten Arbeiten von Klempnern und Schuhmachern erledigen, schneide und pflege Leder. Und wenn ihr Ziegen habt: Ich kann sie füttern und melken, mich um sie kümmern. Ich mag Ziegen.«

Amschat musterte sie nachdenklich. Vielleicht erwartete er, daß sie die Liste fortsetzte.

»Oma Wetterwachs hält nichts von Leuten, die untätig herumsitzen«, erklärte Esk. »Sie sagt immer, eine Frau, die sich zu helfen weiß, hat keine Schwierigkeiten, sich ihren Lebensunterhalt zu verdienen.«

Amschat hob die Brauen. »Wahrscheinlich braucht eine solche Frau nicht einmal einen Ehemann.«

»Nun, auch in dieser Hinsicht hat Oma viele Ratschläge anzubieten...«

»Daran zweifle ich nicht«, sagte Amschat. Erneut sah er seine ältere Frau an, die kaum merklich nickte.

»Nun gut«, brummte er. »Wenn du dich nützlich

machen kannst, darfst du bleiben. Spielst du auch irgendein Musikinstrument?«

Esk erwiderte den prüfenden Blick des Mannes, ohne mit der Wimper zu zucken. »Selbstverständlich«, sagte sie stolz.

Und so entfernte sich Eskarina immer mehr von den Spitzhornbergen und ihrem milden Reizklima (das manchmal ganz schön reizte). Sie empfand nur vages Bedauern, wenn sie die undeutlicher werdenden Konturen des Gebirges beobachtete; und wenn sich ein Hauch von Melancholie in ihr regte, konzentrierte sie sich rasch auf die Zoons und ihre gemütliche Reise stromabwärts.

Der Konvoi bestand aus mehr als dreißig Kähnen, und auf jedem lebte mindestens eine große Zoon-Familie. Alle Boote beförderten unterschiedliche Fracht. Die meisten waren aneinandergebunden, und wenn jemandem der Sinn nach einem Gespräch stand, kletterte er einfach über die Reling aufs nächste Deck.

Esk machte es sich inmitten der Wolle bequem. Unter der Plane hatte sie es angenehm warm, und außerdem erinnerte sie der Geruch an Grannys Hütte. Hinzu kam, daß sie dort niemand störte.

Mit zunehmender Besorgnis dachte sie an die Magie, die sie auf Schritt und Tritt begleitete.

Sie entwickelte ein beunruhigendes Eigenleben. Eskarina beschwor sie nicht, und doch kam es in ihrer Nähe immer wieder zu thaumaturgischen Phänomenen. Sie ahnte, daß die Zoons nicht sonderlich begeistert gewesen wären, wenn sie davon erfahren hätten.

Aus diesem Grund ergriff Esk einige Vorsichtsmaßnahmen. Wenn sie spülte, klapperte sie laut mit Tellern und Tassen, um darüber hinwegzutäuschen, daß sich das Geschirr von ganz allein wusch. Wenn sie Socken stopfte, zog sie sich in einen entlegenen Winkel des Kahns zurück, damit niemand sah, daß sich die Löcher völlig selbständig schlossen, wie durch — Zauberei. Als sie am zweiten Tag ihres Aufenthaltes an Bord erwachte, mußte sie feststellen, daß sich ein Teil der Wolle gekämmt, gekardet und zu weichen Decken verknüpft hatte.

Esk wagte es nicht mehr, an magisch entzündete Feuer zu denken.

Natürlich verbrachte sie ihre Zeit nicht nur damit, der nächsten Fast-Katastrophe vorzubeugen. Hinter jeder weiten Flußbiegung erwartete sie ein neuer aufregender Anblick. Sie sah von dichten Wäldern dunkle gesäumte Uferzonen; in solchen Bereichen steuerten die Zoons ihre Boote in die Flußmitte und schickten Frauen und Kinder unter Deck. Bei derartigen Gelegenheiten zog sich Eskarina vorsichtshalber in ihr wollenes Refugium zurück, spähte aber neugierig unter der Plane hervor und lauschte dem Knurren und Grollen im finster anmutenden Gebüsch. Ab und zu fiel ihr Blick auf weites Ackerland. Sie sah wesentlich größere Städte als Ohulan und entdeckte sogar einige Hügel, die allerdings alt und zusammengeschrumpft wirkten, nicht so jung und verspielt waren wie die Spitzhornberge. Nun, sie litt nicht etwa an Heimweh, aber manchmal kam sie sich ebenfalls wie ein Boot vor: Es schwamm am Ende eines unendlich langen Seils, das sich jedoch nie vom Molenpfahl löste.

Ab und zu gingen die Schiffe in unmittelbarer Nähe einiger Ortschaften vor Anker. Die Tradition verlangte, daß ausschließlich Männer an Land gingen, und nur Amschat, der seinen zeremoniellen Lügenhut trug, sprach mit Nicht-Zoons. Esk begleitete ihn meistens. Er wies mehrmals darauf hin, sie solle sich an die ungeschriebenen Gesetze des Zoon-Lebens halten und an Bord bleiben, doch solche Mahnungen hatten auf Eskarina eine ähnliche Wirkung wie Mückenstiche auf ein Nashorn. Außerdem lernte sie bereits, daß Regeln und Vorschriften innerhalb kurzer Zeit abgeschafft wurden, wenn man sie einfach nicht beachtete.

Darüber hinaus gewann Amschat den Eindruck, daß er für seine Waren erstaunlich gute Preise erzielte, wenn Eskarina bei ihm weilte. Selbst die erfahrensten und hartnäk-

kigsten Feilscher hatten es sehr eilig, ein Geschäft abzu-
schließen, wenn der durchdringende Blick des Mädchens
länger als einige Sekunden auf ihnen ruhte.

Schon bald rührte sich Unbehagen in Amschat. Als ihm
ein Edelsteinhändler in Zemphis einen Beutel mit Ultrama-
rinen für hundert Wollvliese anbot, sagte eine in Hüfthöhe
erklingende Stimme: »Das sind keine Ultramarine.«

»Hör dir das Kind an!« erwiderte der Händler und lächelte. Amschat nahm einen Kristall zur Hand und betrachtete ihn von allen Seiten.

»Ich höre es«, sagte er. »Nun, ich glaube, es handelt sich
tatsächlich um Ultramarine. Sie haben den richtigen
Glanz.«

Esk schüttelte den Kopf. »Es sind bloß Spirkel«, behauptete sie. Die beiden Männer starrten das Mädchen
verblüfft an, und sofort bedauerte es seine unüberlegte Bemerkung.

Amschat drehte den Kristall langsam hin und her. Wenn
man einen chamäleonartigen Spirkel in ein Kästchen mit
echten Edelsteinen legte, nahm er ihre Struktur an — ein
Trick, mit dem sich listige Juweliere zu bereichern hofften.
In diesem Fall aber schien das blaue Gleißen echt zu sein.
Nun, Amschat war in der Kunst des Lügens ausgebildet,
und als er den Händler musterte, fielen ihm die feinen Anzeichen der Unwahrheit auf.

»Offenbar herrscht Zweifel«, sagte er. »Aber wir können ganz einfach Gewißheit erlangen. Ich schlage vor, wir
bringen diesen Kristall zum Prüfer in der Kummergasse. Es
ist allgemein bekannt, daß sich Spirkel in hypaktischer
Flüssigkeit auflösen, oderwas?«

Der Händler zögerte. Amschat trat ein wenig zur Seite,
spannte die Muskeln an und nahm eine Haltung an, die
einer stummen Drohung gleichkam. Erneut spürte der
Kaufmann den Blick des Mädchens: Es starrte ihn so an,
als könne es bis in die untersten Gewölbe seines Gewissens
sehen. Er schluckte und entschied, einen taktischen Rückzug anzutreten.

»Ich bedaure diese peinliche Kontroverse«, erwiderte er. »Ich habe diese Kristalle in gutem Glauben als Ultramarine entgegengenommen, doch um keinen Zwist zwischen uns entstehen zu lassen, möchte ich sie euch... schenken. Darf ich für die Vliese untertänigst diesen erlesenen Rubin anbieten?«

Der Händler holte einen kleinen Samtbeutel hervor und entnahm ihm einen roten Stein. Amschat reichte ihn Esk und behielt den Kaufmann im Auge. Das Mädchen nickte.

Als der Kaufmann kurze Zeit später davoneilte, griff Amschat nach Eskarinas Hand und führte sie zum Prüfer. Das ›Büro‹ des alten Mannes bestand nur aus einem Tisch in einer winzigen Mauernische. Er betrachtete den kleinsten der blauen Steine, hörte sich die hastige Erklärung des Zoon an, goß hypaktische Flüssigkeit in eine Schale und tauchte den angeblichen Ultramarin hinein. Der Kristall löste sich sofort auf.

»Höchst interessant«, murmelte der Prüfer. Mit einer Pinzette griff er nach einem weiteren Stein, starrte durch eine dicke Lupe und untersuchte ihn.

»Kein Zweifel — es sind Spirkel«, meinte er nach einer Weile. »Aber es handelt sich um wirklich prachtvolle Exemplare, die durchaus ihren Wert haben. Ich wäre an einem Kauf interessiert und bereit, dir dafür... Ist mit den Augen des Mädchens irgend etwas nicht in Ordnung?«

Eskarina probierte gerade einen neuen Blick aus, und Amschat gab ihr einen behutsamen Stoß.

»Ähem«, räusperte sich der Prüfer erleichtert, »nun, ich bin bereit, dir dafür... zwei *Batzen* Silber zu bezahlen.«

»Ich verlange fünf«, sagte der Zoon freundlich.

»Und ich möchte einen der Kristalle für mich«, warf Esk ein. Der alte Mann breitete die Arme aus.

»Aber sie sind doch bloß... eigenartig« sagte er. »Haben nur für Sammler einen Wert.«

»Ein Sammler könnte auf den Gedanken kommen, sie einem nichtsahnenden Interessenten als kostbare Ultramarine oder gar Diamanten zu verkaufen«, erwiderte Amschat. Und fügte im Plauderton hinzu: »Insbesondere dann, wenn er der einzige Prüfer in der Stadt ist.«

Der alte Mann brummte etwas Unverständliches. Man einigte sich schließlich auf drei *Batzen* und einen Spirkel für Esk. Der Prüfer befestigte ihn an einer dünnen Silberkette.

Als sie außer Hörweite waren, blieb Amschat stehen, reichte Eskarina die Münzen und sagte: »Hier, nimm! Du hast sie dir redlich verdient. Aber...« Er ging in die Hocke und sah ihr in die Augen. »Bitte erklär mir, wie du die Spirkel als solche erkannt hast.«

Er schien besorgt zu sein, und Esk befürchtete, daß ihm die Wahrheit nicht gefallen hätte. Die meisten Menschen fühlten sich nicht wohl in ihrer Haut, wenn sie Magie begegneten. Amschat war ein kluger und gescheiter Mann, und deshalb konnte sie nicht einfach antworten: »Spirkel sind Spirkel, und Ultramarine sind Ultramarine. Es mag zwar den Anschein haben als sähen sie gleich aus, aber wenn man richtig hinsieht, erkennt man die Unterschiede. Nichts kann sich perfekt tarnen.«

Statt dessen erwiderte Eskarina: »Dort, wo ich geboren wurde, graben Zwerge nach Spirkeln. In meiner Heimat wissen alle, daß solche Kristalle das Licht auf eine ganz besondere Weise brechen.«

Amschat musterte sie eine Zeitlang und hob die Schultern.

»Na gut«, sagte er, »in Ordnung. Nun, ich habe hier noch einiges zu erledigen. Warum kaufst du dir nicht einige neue Sachen oder so? Ich sollte dich eigentlich vor betrügerischen Händlern warnen, aber ich glaube, du läßt dich nicht so einfach übers Ohr hauen, oderwas?«

Esk nickte, und Amschat wanderte über den Marktplatz. An der ersten Ecke verharrte er, sah nachdenklich zu dem Mädchen zurück und verschwand in der Menge.

Damit wäre die Fahrt über den Fluß wohl zu Ende, dachte Eskarina. *Er weiß nicht, was er von mir halten soll, aber von jetzt an wird er mich ständig beobachten; irgendwann* fordert er vielleicht den Zauberstab von mir, und dann gibt's Ärger, so wie in der Schenke. Warum werden die Leute immer nervös, wenn sie es mit Magie zu tun bekommen?

Sie seufzte philosophisch und begann damit, die Möglichkeiten der Stadt zu erforschen.

Der Zauberstab stellte ein gewisses Problem dar. Sie hatte ihn in der Wolle auf dem Kahn zurückgelassen, und vermutlich dauerte es noch eine Weile, bis man sie entlud und an Land brachte. Wenn Esk zurückkehrte, um ihn zu holen, würde man ihr gewiß einige Fragen stellen, und bedauerlicherweise wußte sie keine Antworten darauf.

Kurze Zeit später fand sie eine schmale Gasse und schritt an den dunklen Hauswänden entlang, bis sie eine geeignete Nische entdeckte.

Wenn eine Rückkehr aufs Boot nicht in Frage kam, blieb nur eine Alternative übrig. Eskarina streckte den Arm aus und schloß die Augen.

Ihr Wunsch verwandelte sich in ein kontrastreiches klares Bild vor dem inneren Auge. Der Zauberstab durfte kein Loch in die Plane reißen, durch die Luft fliegen und die Aufmerksamkeit der ganzen Stadt erwecken. Esk wollte nur eine kleine Veränderung in der allgemeinen Organisationsstruktur der Welt herbeiführen. Sie stellte sich einen Kosmos vor, in dem der Stab nicht mehr inmitten von Wolle ruhte, sondern sich in ihrer Hand befand. Eine winzige Modifikation der Realen Wirklichkeit, des Jetzt-Hier-Und-Dort. Weiter nichts.

Esk mangelte es an einer angemessenen Ausbildung, und daher wußte sie nicht, daß so etwas unmöglich war. Jeder halbwegs begabte Zauberer lernte, wie man Dinge bewegte — die Skala begann mit Protonen und zwar nach oben hin offen. Aber wenn man irgend etwas von A nach Z befördern wollte, so geboten die elementaren Gesetze der Physik, daß der betreffende Gegenstand den Rest des Alphabets nicht einfach überspringen durfte. Wenn etwas bei A verschwinden und bei Z wieder feste Gestalt annehmen wollte, mußte zunächst die ganze Realität dazwischen beiseite geräumt werden. Die fatalen Folgen, die sich daraus ergäben, sollen hier nur mit den Stichworten Massenkontraktion, Temporalschrumpfung, globale Deformation und organisch-biologische Regression angedeutet werden.

Nun, Esk wußte von alldem nichts, was jedoch weiter keine Rolle spielte: Wenn man keine Ahnung hat, daß man ein angestrebtes Ziel nicht erreichen kann, ist der Erfolg praktisch garantiert. Wer die Möglichkeit eines Mißerfolgs als absurd von sich weist, bringt alle notwendigen Voraussetzungen mit sich, um zu einem Ölfleck unter der Dampfwalze der Geschichte zu werden.

Als Eskarina versuchte, den Zauberstab zu bewegen, breiteten sich kleine Wellen im magischen Äther aus und verursachten viele kleine Veränderungen auf der Scheibenwelt. Die meisten davon blieben unbemerkt: einige Sandkörner, die an einem breiten Strand einen anderen Platz einnahmen, Bäume, die das eine oder andere zusätzliche Blatt bekamen (oder welche verloren). Doch als die Wellenfront der Wahrscheinlichkeit den Rand der Realität erreichte, daran abprallte und zu den thaumaturgischen Nachzüglern zurückgischtete, bildeten sich Strudel im Gefüge des Seins. Solche Strudel sind natürlich nur möglich, weil das Gefüge des Seins ausgesprochen seltsam ist.

Esk bemerkte natürlich nichts davon und brummte zufrieden, als der Zauberstab vor ihr materialisierte und sich ihre Finger um magisches Holz schlossen.

Es fühlte sich warm an.

Eine Zeitlang betrachtete sie den Stab und kam zu dem Schluß, daß er zu groß und auffällig war. Er zog neugierige Blicke auf sich.

»Wenn ich dich nach Ankh-Morpork mitnehmen soll«, dachte Eskarina laut, »muß ich dich irgendwie verkleiden.«

Einige letzte oktarine Funken stoben über die Schnitzmuster und verblaßten. Sonst geschah nichts.

Esk seufzte und löste das Problem, indem sie auf den

Marktplatz von Zemphis zurückkehrte und dort einen besonders großen Besen kaufte. Anschließend kehrte sie in die Gasse zurück, löste den Stiel und rammte den Zauberstab ins Geflecht aus dünnen Birkenzweigen. Da es ihr nicht richtig erschien, ein so ehrenwertes und würdevolles Objekt auf diese Weise zu behandeln, murmelte sie eine leise Entschuldigung. Der Stab gab keine Antwort.

Sie stellte rasch fest, daß sie genau die gewünschte Wirkung erzielte: Niemand schenkte einem Mädchen, das einen Besen trug, mehr als beiläufige Beachtung.

Gegen das flaue Gefühl in Esks Magengrube half keine Magie, sondern eine pikante Pastete. Der Mann hinter dem Tresen der Marktbude war so dumm, ihr zu wenig Wechselgeld zurückzugeben, und erst später merkte er, daß er sich in verblüffender Großzügigkeit von zwei Silbermünzen getrennt hatte. Hinzu kam: Des Nachts schlichen sich Ratten in seinen Laden und fraßen alle Vorräte auf. Und am nächsten Tag wurde seine Großmutter von einem Blitz getroffen.

Die Stadt war größer und auch völlig anders als Ohulan: Abgesehen vom Ankh-Strom, der in dieser Region einen Hauptverbindungsweg darstellte, führten drei wichtige Handelsstraßen nach Zemphis. Im Zentrum befand sich ein weiter Platz, der wie eine Mischung aus exotischem Verkehrsstau und einem Zeltlager wirkte. Kamele traten Maulesel, Maulesel traten Pferde, Pferde traten Kamele — und alle traten Menschen. Es herrschte ein wirres Durcheinander aus bunten Farben, ohrenbetäubendem Lärm und mehr oder minder würzigen Düften. Und auf dieser Bühne agierten Hunderte von Menschen, die sich leidenschaftlich bemühten, innerhalb kurzer Zeit möglichst viel Geld zu verdienen.

Als einer der Gründe für das rege Treiben mag folgendes angeführt werden: Viele Bewohner des Kontinents zogen es vor, ohne große Mühen reich zu werden, und da die Scheibenwelt noch kein richtiges Kreditwesen entwickelt hatte (sah man einmal von den Noblen Wucherern ab, die es jedoch mit keiner anständigen Bank aufnehmen konnten), blieb ehrgeizigen Kriminellen nichts anderes übrig, als sich auf ältere und traditionellere Formen des Banditentums zu besinnen.

Seltsamerweise erforderten solche Dinge nicht selten erhebliche Anstrengungen. Man denke nur daran, welcher Aufwand an geistiger und körperlicher Kraft notwendig ist, um einen Hinterhalt vorzubereiten, schwere Felsen an den Rand hoher Klippen zu rollen, Straßensperren aus gefällten Bäumen zu errichten, Fallgruben auszuheben und zugespitzte Pfähle darin unterzubringen. Wer einem allgemein geachteteren Beruf nachgeht, hat es in der Regel wesentlich leichter. Nun, trotzdem gab es genügend fehlgeleitete Menschen, die aus krimineller Hingabe alle diese Mühen auf sich nahmen (unter anderem auch deswegen, weil sie es haßten, Steuern zu zahlen und Sozialabgaben zu leisten). Sie nahmen sogar lange Nächte im eher unbequemen Freien in Kauf, um ganz gewöhnliche, bis zum Rand gefüllte Schmuckkästchen zu erbeuten.

Zemphis war also ein Ort, in der sich Karawanen teilten, ihre Waren gegen andere eintauschten oder in bare Münze verwandelten. Wenn die Händler und Reisenden die Stadt nach dem Markt verlassen wollten, bildeten sie wieder große Gruppen, um sich vor den Unterprivilegierten zu schützen, die am Straßenrand lauerten und ihre Messer wetzten. Esk bahnte sich unbeachtet einen Weg durchs Gedränge und brachte alles das in Erfahrung, indem sie an den Ärmeln von Leuten zupfte, die ihr wichtig erschienen.

Diesmal fiel ihre Wahl auf einen Mann, der gerade einen großen Stapel Tabaksballen zählte und sicher auch die richtige Summe erhalten hätte, wenn er nicht gestört worden wäre.

»Bitte?«

»Ich habe gefragt, was hier los ist.«

Der Mann wollte erwidern: »Hau ab und fall jemand anders auf die Nerven.« Er erwog auch die Möglichkeit, das

Mädchen mit einem Klaps zu verscheuchen. Deshalb war er ziemlich überrascht, als er sich bückte und bereitwillig Antwort gab. Er sah ein schmuddelig wirkendes Kind, das einen großen Besen hielt — der, wie ihm später auffiel, *ebenfalls* interessiert zuzuhören schien.

Er erklärte die Sache mit den Karawanen. Esk nickte.

»Die Leute reisen gemeinsam?«

»Ja.«

»Wohin?«

»Oh, nach verschiedenen Orten: Sto Lat, Pseudopolis... natürlich auch nach Ankh-Morpork...«

»Aber der Strom fließt doch dorthin«, wandte Esk verwundert ein. »Die Zoon brauchen ihre Kähne nur treiben zu lassen, um jene Stadt zu erreichen.«

»Äh, das stimmt schon«, sagte der Kaufmann. »Aber sie verlangen hohe Gebühren für eine Passage und können nicht alles befördern. Außerdem traut ihnen kaum jemand.«

»Aber sie sind sehr ehrlich.«

»Nun, äh, mag sein. Doch du kennst sicher das Sprichwort: Vertraue nie einem ehrlichen Mann.« Er lächelte wissend.

»Wer behauptet das?«

»Äh, tja, die Leute.« Der Kaufmann fühlte sich aus dem Konzept gebracht und runzelte unsicher die Stirn.

»Oh«, entgegnete Eskarina. Sie dachte darüber nach. »Müssen sehr dumme Leute sein«, meinte sie schließlich. »Wie dem auch sei: besten Dank.«

Der Mann sah ihr nach, als sie fortging, wandte sich dann wieder den Tabaksballen zu. Kurz darauf spürte er, wie ihn jemand an der Jacke zog.

»Siebenundfünfzigsiebenundfünfzigsiebenundfünfzigja?« fragte er und versuchte, die Zahl im Kopf zu behalten.

»Entschuldige bitte, daß ich dich noch einmal belästige«, sagte Esk. »Aber die Ballen...«

»Was ist damit siebenundfünfzigsiebenundfünfzig?«

»Nun, ich weiß nicht so recht: Ist es normal, daß kleine weiße Würmer darin herumkriechen?«

»Siebenundfünf... *was?*« Der Kaufmann ließ seine Schiefertafel sinken. »Was für Würmer?«

»Kleine und weiße«, wiederholte das Mädchen hilfsbereit. »Fressen sich mit ziemlichem Appetit durch die Blätter.«

»Meinst du etwa Fadenwürmer, die eine Vorliebe für Tabak haben?« Aus weitaufgerissenen Augen starrte er auf die Ballen, die gerade ausgeladen wurden. Erst jetzt bemerkte er, daß der Verkäufer wie ein nervöser Kobold aussah, der gerade jemandem Feengold angedreht hatte. Und Feengold, das ist allgemein bekannt, löst sich am Morgen in Luft auf — oder verwandelt sich in etwas, ja, Gräßliches. »Er hat mir versichert, der Tabak sei sorgfältig gelagert gewesen und... Woher willst du das überhaupt wissen?«

Aber das Mädchen war in der Menge verschwunden. Der Kaufmann starrte auf die Stelle, wo es eben noch gestanden hatte. Er starrte den Verkäufer an, der sich ein ebenso mühevolles wie beunruhigtes Lächeln abrang. Er starrte zum Himmel hinauf. Dann holte er ein Messer hervor, starrte eine Zeitlang ins Leere und schien einen Beschluß zu fassen. Zögernd trat er auf den nächsten Ballen zu.

Unterdessen wanderte Esk über den Marktplatz, sperrte beide Ohren auf und hörte bald, welche Reisegruppe sich auf den Weg nach Ankh-Morpork machen wollte. Der Karawanenführer saß an einem improvisierten Tisch, der aus einem breiten Brett bestand, das auf zwei Tonnen lag.

Er war beschäftigt.

Er sprach mit einem Zauberer.

Erfahrene Reisende wissen selbstverständlich, daß eine Karawane nur dann Aussicht hat, ihr Ziel ohne unliebsame Zwischenfälle (zum Beispiel durchgeschnittene Kehlen, verbrannte Wagen und — natürlich — geraubte Kostbarkeiten) zu erreichen, wenn sie von einigen Schwertkämpfern begleitet wird. Aber für noch unverzichtbarer halten sie die Gegenwart eines Zauberers, der mögliche Angreifer mit Magie in die Flucht schlagen und wärmende Lagerfeuer entzünden kann. Ein Zauberer im dritten oder gar noch höheren Rang lehnt es strikt ab, etwas für das Privileg zu bezahlen, sich der Reisegruppe anschließen zu dürfen. Er erwartet vielmehr ein Entgelt dafür. In diesem besonderen Fall steuerten die Verhandlungen gerade auf einen Kompromiß zu.

»Ein faires Angebot, Herr Treatle«, sagte der Karawanenführer namens Adab Gander: ein beeindruckender Mann, der eine Jacke aus echtem Felsspringerpelz trug, einem geradezu verwegenen Schlapphut und einen ledernen Kilt. »Aber was ist mit deinem jungen Begleiter? Er scheint kein Zauberer zu sein.«

»Er lernt noch die magischen Künste«, sagte Treatle — ein hochgewachsener dürrer Zauberer, dessen bunter Mantel ihn als einen Magus der Uralten und Wahrhaftig Echten Brüder des Silbernen Sterns auswies, einem der acht thaumaturgischen Orden.

»Also ein Lehrling, ein ganz gewöhnlicher Novize, um nicht zu sagen: ein Schüler«, stellte Gander klug fest. »Ich kenne die Regeln: Ohne Stab ist man kein wirklicher Zauberer. Und er hat keinen.«

»Nun, er möchte die Unsichtbare Universität aufsuchen, um sich dort jenes eher unwichtige Instrument zu holen«, sagte Treatle wie beiläufig. Zauberer trennten sich ebensogern von ihrem Geld wie ein Hamster von seinem Wintervorrat.

Gander musterte den jungen Mann. Er hatte schon viele Magier kennengelernt und glaubte daher, sich in dieser Hinsicht ein fachmännisches Urteil erlauben zu können. Der Bursche erweckte tatsächlich den Anschein, als bringe er alle notwendigen Voraussetzungen für einen ordentlichen Zauberer mit. Mit anderen Worten: Er war dünn, schlaksig und blaß, weil er frische Luft mied, sich viel lieber in irgendwelchen dunklen Zimmern verkroch und geheimnisvolle Bücher las. Die Augen tränten ihm wie zwei leicht pochierte Eier. *Wer wagt, gewinnt*, erinnerte sich Gander und beschloß, mit einer ideellen Investition für die Zukunft zu spekulieren.

Für seine Vollkommenheit fehlt nur noch irgendein Handikap, fügte er in Gedanken hinzu. *Zauberer scheinen ganz wild auf Asthma und Plattfüße zu sein. So etwas gibt ihnen den richtigen Schwung.*

»Wie heißt du, Junge?« fragte er so freundlich wie möglich.

»Sssssssss«, antwortete der Bursche. Der Adamsapfel hüpfte ihm wie ein eingefangener Ballon auf und ab. Er richtete einen flehentlichen Blick auf den älteren Mann.

»Simon«, sagte Treatle.

»...imon«, bestätigte der Novize dankbar.

»Kannst du Feuerbälle oder harmlose Dämonen beschwören, um irgendwelche Halunken zu verjagen?«

Simon wandte sich kurz an seinen Mentor.

»Nnnnnnnn«, brachte er schließlich hervor.

»Mein junger Freund studiert höhere Magie und nicht so banale Dinge wie normale Zauberei«, erklärte Treatle.

»...ein«, sagte Simon.

Gander nickte.

»Nun«, brummte er, »vielleicht wirst du tatsächlich mal ein guter Zauberer, mein Junge. Und wenn du deinen Zauberstab bekommen hast... Wärst du dann bereit, mich bei einer meiner Reisen als offizieller Karawanenmagier zu begleiten? Was hältst du von diesem Vorschlag? Bist zu einverstanden?«

»Jjjjjjj...«

»Du brauchst nur zu nicken«, sagte Gander hastig, der eigentlich nicht zu taktlosen Gemeinheiten neigte.

Simon nickte erleichtert, und Treatle verabschiedete sich von Gander. Als der Zauberer davonstakte, folgte ihm der ächzende Schüler mit mehreren Koffern und Taschen.

Gander blickte auf seine Liste und hakte den Punkt ›Zauberer‹ ab.

Ein schmaler Schatten fiel auf das Blatt. Der Karawanenführer blickte auf und zuckte unwillkürlich zusammen.

»Nun?«, fragte er kühl.

»Ich möchte nach Ankh-Morpork«, sagte Eskarina. »Bitte. Ich habe ein bißchen Geld.«

»Geh nach Hause zu deiner Mami, Mädchen.«

»Nein, im Ernst. Ich möchte mein Glück versuchen.«

Gander seufzte. »Was hast du mit dem Besen vor?« erkundigte er sich.

Esk betrachtete den Stock so interessiert, als sehe sie ihn jetzt zum erstenmal.

»Reinlichkeit kann nicht schaden«, antwortete sie.

»Kehr heim, Kind!« brummte Gander. »Ich bringe keine Ausreißer nach Ankh-Morpork. In großen Städten können Mädchen viele unangenehme Dinge zustoßen.«

Esk strahlte. »Welche denn, zum Beispiel?«

»Du sollst nach Hause gehen, hörst du? Und zwar sofort.«

Gander griff nach seinem Federkiel, wandte sich wieder der Liste zu und versuchte, den starren Blick nicht zu beachten, der sich irgendwie in seinen Kopf zu bohren schien.

»Ich kann mich nützlich machen«, sagte Esk leise.

Gander schob das Blatt beiseite und kratzte sich verärgert am Kinn.

»Wie alt bist du?« fragte er.

»Neun.«

»Nun, Fräulein Neun-Jahre-Alt: Meine Aufgabe besteht darin, zweihundert Tiere und hundert Menschen, von denen die eine Hälfte die andere haßt, sicher nach Ankh-Morpork zu geleiten. Der Karawane fehlt es an guten Schwertkämpfern, und es heißt, die Straßen seien ziemlich schlecht. Hinzu kommen die Räuber und Wegelagerer, die im Bereich der Pickel ihr Unwesen treiben und jede günstige Gelegenheit nutzen, um Unheil zu stiften. Dann sind da noch die Trolle, die in diesem Jahr einen höheren Brückenzoll verlangen. Von den Rüsselkäfern und Kakerlaken in unseren Vorräten ganz zu schweigen. Außerdem habe ich dauernd Kopfschmerzen, was alles nur noch schlimmer macht. Du wirst also einsehen, daß ich auf dich verzichten kann.«

»Oh«, erwiderte Esk. Sie sah sich auf dem überfüllten Platz um. »Na gut. Welche Straße führt nach Ankh-Morpork?«

»Die mit dem Tor dort drüben.«

»Vielen Dank«, sagte Eskarina ernst. »Auf Wiedersehen. Ich hoffe, daß deine Kopfschmerzen nachlassen und du nicht noch mehr Probleme bekommst.«

»Nett von dir«, knurrte Gander überrascht. Seine Fingerkuppen trommelten auf den Tisch, als er dem Mädchen nachsah, das in Richtung Ankh-Straße davonging. Es war eine lange und kurvenreiche Straße. Eine Straße, an der Diebe und Gnolle lauerten. Eine Straße, die durch hohe Bergpässe schnaufte und keuchend durch weite Wüsten kroch.

»Verdammter Mist!« fluchte er halblaut, stand auf und rief: »He, du!«

Oma Wetterwachs war in Schwierigkeiten.

Zunächst einmal: Sie hätte Hilta Ziegenfinder keinesfalls erlauben dürfen, ihr den Hexenbesen aufzudrängen. Es handelte sich um ein unberechenbares altes Exemplar, das nur des Nachts flog — und kaum schneller war als ein munterer Wanderer.

Der Levitationszauber wies bereits solche Abnutzungserscheinungen auf, daß er erst dann zu funktionieren begann, wenn man ihm vorher ein ausreichendes Bewegungsmoment verlieh. Genauer gesagt: Oma Wetterwachs hatte den einzigen Hexenbesen auf der ganzen Scheibenwelt, der nur dann aufstieg, wenn man vorher genügend Anlauf nahm.

Während Granny schon zum zehnten Mal über den Waldpfad stürmte, den Besen hoffnungsvoll in Schulterhöhe hielt und hingebungsvoll fluchte, fand sie eine Bärenfalle.

Das zweite Problem bestand darin, daß der Bär sie zuerst gefunden hatte. Nun, eigentlich war es eher ein Problem für den Bären: Granny kochte bereits aus anderen Gründen, holte mit dem *verflixten* Besen aus und traf Meister Petz direkt zwischen den Augen. Er hockte nun so weit von ihr entfernt, wie es die Grube zuließ. Und versuchte, fröhliche Gedanken zu denken.

Die alte Hexe verbrachte eine sehr unbequeme Nacht und legte bis zum nächsten Morgen einen nicht unerheblichen Vorrat an Ärger und Wut an. Als mit dem ersten Licht des Tages einige Jäger kamen und über den Rand der Grube spähten, sagte Granny:

»Wurde auch Zeit. Holt mich hier raus!«

Die verwirrten Gesichter wichen zurück, und Oma Wetterwachs vernahm einige nervös flüsternde Stimmen. Sie nickte zufrieden: Man hatte Besen und Hexenhut nicht übersehen.

Schließlich geriet ein bärtiger Kopf in ihr Blickfeld, eher widerstrebend, so als schiebe jemand den darin befestigten Körper vor.

»Äh«, begann er, »hör mal, mein Mütterchen ...«

»Ich bin kein Mütterchen«, sagte Granny scharf. »Erst recht nicht deine. Wahrscheinlich weißt du nicht einmal, was eine Mutter ist. Du siehst mir ganz wie jemand aus, der ohne Mutter zur Welt kam. Vermutlich ist deine Mutter vor der Niederkunft weggelaufen.«

Sie achtete nicht darauf, daß sie all zu häufigen Gebrauch von dem Sub ... von dem Subschtan ... von dem Wort ›Mutter‹ machte. Ihrer Meinung nach kam es derzeit nicht auf verbalen Stil, sondern das richtige Maß Respekt an.

»Ist doch nur so eine Redensart«, erwiderte der Kopf kleinlaut.

»Von wegen Redensart und dergleichen! Du wolltest mich beleidigen!«

Es folgte eine weitere Beratung flüsternder Stimmen.

»Wenn ihr mich nicht bald rausholt«, sagte Oma Wetterwachs in einem Tonfall, der Erdbeben, Flutwellen, Massaker und *diverse* Katastrophen ankündigte, »verliere ich die Geduld. Seht ihr meinen Hut? He, seht ihr ihn?«

Der Kopf kehrte zurück.

»Darum geht es ja gerade, jawoll«, erwiderte er. »Ich meine: Was wird geschehen, wenn wir dich hochziehen? Uns erscheint es weniger riskant, die Grube einfach zuzuschütten. Es ist natürlich nicht persönlich gemeint. Ich hoffe, du verstehst das.«

Plötzlich begriff Granny, was ihr an dem Kopf so seltsam erschien.

»Kniest du auf dem Boden?« fragte sie argwöhnisch. »Nein, du stehst aufrecht, nicht wahr? Ihr seid Zwerge!«

Raunen und Wispern.

»Na und?« antwortete der Kopf trotzig. »Paßt dir das nicht? Hast du vielleicht was gegen Zwerge?«

»Könnt ihr Hexenbesen reparieren?«

»Magische Besen?«

»Ja!«

Flüster. Flüster.

»Und wenn?«

»Nun, in dem Fall würde ich euch eine Übereinkunft vorschlagen...«

Das Dröhnen von Hammerschlägen hallte durch die Zwergengewölbe, aber es diente nur dazu, eine gewisse Geräuschkulisse zu schaffen. Die meisten Zwerge konnten nicht richtig nachdenken, wenn es still war, und Büroarbeit erfordert nun einmal ein gewisses Maß an Konzentration. Wer über die notwendigen finanziellen Mittel verfügte, stellte Kobolde ein und beauftragte sie, kleine Zeremonienambosse mit Ritualhämmern zu bearbeiten, so daß ständig ein angenehm entspannender Lärm herrschte.

Der Besen lag zwischen zwei Gerüsten. Oma Wetterwachs saß auf einem Felsvorsprung, während ein Zwerg, der ihr kaum bis zu den Hüften reichte und eine mit vie-

len Taschen ausgestattete Schürze trug, um den Holz-
stock herumging. Ab und zu betastete er ihn vorsichtig.

Schließlich gab er ihm einen Tritt und holte tief und bedeutungsvoll Luft. Es handelte sich um eine Art umgekehr-
tes Pfeifen, das geheime Erkennungszeichen aller Hand-
werker im Universum, und es wies darauf hin, daß sich
etwas Teures anbahnte.

»Nuuuun«, sagte er. »Vielleicht sollte ich die Lehrlinge
holen, damit sie sich dieses Ding ansehen. Ja, es wäre wirklich angebracht. Sie könnten eine Menge lernen.« Und:
»Der Besen ist tatsächlich geflogen?«

»Wie ein Vogel«, bestätigte Granny.

Der Zwerg zündete sich eine Pfeife an. »Muß ein sehr interessanter Vogel sein«, brummte er nachdenklich. »Sicher
exotisch und selten. Geradezu einzigartig.«

»Ja, ja«, seufzte die alte Hexe. »Kannst du den Besen reparieren? Ich hab's sehr eilig.«

Der Zwerg nahm betont langsam Platz.

»Was eine *Reparatur* betrifft...«, sagte er. »Nun, ich
weiß nicht, ob eine *Reparatur* in Frage kommt. Wohl eher
eine Neukonstruktion. Natürlich ist es heutzutage schwer,
solche Borsten zu finden, und es gibt kaum mehr jemanden, der sie richtig binden kann. Dann der Levitationszauber...«

»Ich will keinen *neuen* Besen«, warf Granny ein. »Ich
möchte nur, daß dieser hier zufriedenstellend funktioniert.«

»Weißt du, es ist ein altes Modell«, sagte der Zwerg
ruhig. »Die frühen Versionen haben so ihre Tücken. Man
muß das richtige Holz finden...«

Zwei knochige, dürre Hände zerrten ihn hoch, bis sich
sein Kopf auf einer Höhe mit dem der alten Frau befand.
Nun, Zwerge sind magische Geschöpfe und daher weitgehend gegen Hexerei und ähnliche Dinge immun. Allerdings
fehlt es ihnen an thaumaturgischen Antikörpern, die vor
einem durchdringenden Starren schützen. Oma Wetterwachs sah den kleinen Mann so fest an, als wolle sie ihm
mit ihrem Blick die Augen verbrennen.

»Reparier den Besen!« zischte sie. »Bitte!«

»Ich soll *pfuschen?*« erwiderte der Zwerg. Seine Pfeife fiel mit einem hölzernen Klappern zu Boden.

»Ja.«

»Ihn zusammenflicken, meinst du? Meinen guten Ruf riskieren, indem ich keine gründliche Arbeit leiste?«

»Genau«, bestätigte Granny. Ihre Pupillen sahen aus wie zwei kleine schwarze Löcher.

»Oh«, knurrte der Zwerg. »Na gut.«

Der Karawanenführer Gander machte sich Sorgen.

Inzwischen waren sie drei Tagesreisen von Zemphis entfernt und kamen gut voran. Sie näherten sich einem hohen Paß, der durch eine ganz besondere Bergformation führte: Man nannte sie Scillas Pickel. (Es waren insgesamt acht, und Gander fragte sich oft, wer Scilla gewesen sein mochte und ob er Gefallen an ihr gefunden hätte.)

In der vergangenen Nacht hatten sich einige Gnolle dem Lager genähert und einem Wächter die Kehle durchgeschnitten. Es handelte sich um steinerne Kobolde, die recht flink auf den Beinen waren, sich durch einen unersättlichen Appetit auszeichneten und menschliches Fleisch für eine ausgesprochen leckere Delikatesse hielten. Gander schauderte, als er sich vorstellte, wie sie im Schutze der Dunkelheit heranschlichen, um über die Reisenden herzufallen. Doch bevor sie in den inneren Kreis des Lagers gelangten...

Niemand wußte genau, was geschehen war. Laute Schreie weckten die Schlafenden. Rasch schürten sie die Feuer, und der Zauberer Treatle beschwor ein magisches Licht, das die Nacht mit einem blauen Glanz erfüllte. In diesem Schein sahen die Männer und Frauen Dutzende von kleinen massiven Gestalten, die so überstürzt flohen, als seien die Legionen der Hölle hinter ihnen her.

Das Schicksal ihrer zurückgebliebenen Artgenossen deutete darauf hin, daß sie vermutlich den richtigen Eindruck gewannen. Gnollsplitter hingen an nahen Felsen, die daraufhin aussahen, als seien sie mit granitenem Lametta geschmückt. Gander hielt sich nicht damit auf, Mitleid für die betreffenden Geschöpfe zu empfinden — die Gastfreundschaft von Gnollen entsprach ungefähr der von Kannibalen, die seit Monaten nichts anderes als Rotkohl und Sauerkraut verspeisten. Aber er befand sich nicht gern an einem Ort, an dem *Etwas* die eher harten Körper einiger Gnolle so mühelos durchschnitt, als bestünden sie aus Butter, die eine halbe Stunde lang in der Sonne gelegen hatte. Kein Wunder, daß die überlebenden Unholde Hals über Kopf davonstürmten: Gander verspürte ebenfalls ein gewisses Zittern in den Beinen und mußte seine Füße mehrmals streng darauf hinweisen, daß sie den Befehlen des Gehirns zu gehorchen hatten und sich nicht etwa selbständig machen durften.

Vor allen Dingen beunruhigte ihn der Umstand, daß abgesehen von den Splittern keine Spuren zurückgeblieben waren.

Der Bereich außerhalb des Lagers wirkte wie glattgefegt.

Eine lange Nacht lag hinter ihnen, und der Morgen stellte keine sonderliche Verbesserung dar. Nur Esk sah sich aus wachen Augen um: Während des Angriffs der Gnolle hatte sie tief und fest geschlafen, und später klagte sie über seltsame Träume.

Gander empfand es als Erleichterung, den Weg fortzusetzen und die makabre Arena hinter sich zurückzulassen. Er fand, daß Gnolle innen nicht besser aussahen als außen. Ihre granitenen Gedärme beleidigten seinen Sinn für Ästhetik.

Eskarina saß in Treatles Wagen und unterhielt sich mit Simon. Er steuerte den Karren unbeholfen, während der Zauberer hinter ihnen versäumten Schlaf nachholte.

Simon legte offenbar großen Wert darauf, sich bei allen Dingen möglichst ungeschickt anzustellen. In dieser Hinsicht konnte man ihn mit Fug und Recht als einen Experten bezeichnen. Er gehörte zu jenen jungen Burschen, die nur aus Knien, Daumen und Ellenbogen zu bestehen schienen.

Es war ungewöhnlich anstrengend, ihn beim Gehen zu beobachten: Ständig erwartete man, daß Sehnen rissen oder dünne Knochen brachen. Wenn er zu sprechen versuchte und dabei in irgendeinem Wort ein S oder W entdeckte, verzog er in einem verbalen Krampfanfall das Gesicht. Die meisten Zuhörer leisteten ihm Erste Hilfe, indem sie den Satz für ihn beendeten — woraufhin Dankbarkeit in Simons Aknegesicht erstrahlte, so hell und schimmernd wie ein Sonnenaufgang auf dem Mond.

Derzeit tränten ihm die Augen. Er litt an Heuschnupfen.

»Wolltest du schon Zauberer werden, als du noch ein kleiner Junge warst?« fragte Esk.

Simon schüttelte den Kopf. »Ich wwww...«

»...wollte...«

»...nur herausfinden, wwww...«

»...wie...«

»...gew-wisse Dinge f-funktionieren. Irgend jemand aus meinem Heimatdorf b-benachrichtigte die Universität, und daraufhin schickte m-man Meister T-Treatle zu mir. Eines Tages wwww...«

»...werde?«

»...ich ein Zauberer sein, ja. Meister T-Treatle meint, die Theorie fiele mir erstaunlich l-leicht.« Simons feuchte Augen trübten sich, und so etwas wie Glückseligkeit leuchtete in den pickligen Zügen.

»Er h-hat mir gesagt, in der Unsichtbaren Universität g-gebe es T-Tausende von B-Büchern«, sagte er im Tonfall eines Mannes, der sich gerade bis über beide Ohren verliebt hatte. »M-Mehr Bücher, als man in seinem g-ganzen Leben l-lesen kann.«

»Nun, eigentlich halte ich nicht viel von Büchern«, erwiderte Esk wie beiläufig. »Papier kann doch nicht klug und gelehrt sein. Oma Wetterwachs meint immer, Bücher taugten nur dann etwas, wenn die Blätter dünn seien.«

»Nein, nein, da s-stimmt nicht«, widersprach Simon entsetzt. »Bücher s-sind voller Wwwww...«

»Worte?« fragte Esk nach kurzem Nachdenken.

»Ja. Und sie können V-veränderungen bewww-irken. G-Genau darum geht es m-mir. Ich wiwiwiwi...«

»...will?«

»...Klarheit gew-winnen. Ich wawawa... wewewe...«

»...weiß...«

»...daß sich das G-Geheimnis in irgendeinem der alten B-Bücher v-verbirgt. Es hhhh...«

»...heißt?«

»...es gebe k-keine neuen Zaubersprüche, aber d-das g-glaube ich nicht. Irgendw-wo wawawa...«

»...warten...«

»...ja, irgendwo wawaw... gibt es magische Wowo-wo...«

»...Wörter...?« erkundigte sich Eskarina. Sie wirkte in höchstem Maße konzentriert.

»...die kein Z-Zauberer kennt.« Simon schloß die Augen, lächelte selig und fügte hinzu: »Worte, die die *Welt* verändern *w*erden.«

»Was?«

»Hm?« erwiderte Simon und hob die Lider gerade noch rechtzeitig, um die Ochsen daran zu hindern, den Karren von der Straße zu ziehen.

»Du hast all die Ws gesagt, ohne ein einziges Mal zu stottern!«

»Im Ernst?«

»Ich hab's deutlich gehört! Versuch es noch mal.«

Simon holte tief Luft. »Die Wowowo... die Wewe-we...«, antwortete er und fügte hinzu:

»Die Wawawa...«

»H-hat keinen Zweck«, meinte er schließlich. »M-manchmal kann ich g-ganz normal sss-sprechen, wenn ich nicht d-darüber nachdenke. M-Meister Treatle b-be-hauptet, ich sss-sei gegen etwas allergisch.«

»Gegen Ws?«

»Nein, n-natürlich nicht, du dududu...«

»Vielleicht auch gegen Ds?« fragte Eskarina neugierig.

»...Dididi...«

»Dummes Ding?« warf das Mädchen hilfsbereit ein und runzelte nur andeutungsweise die Stirn.

»Ja. T-tut mir l-leid«, entschuldigte sich Simon und seufzte. »Es ist etwawawa...«

»...etwas...«

»...in der Luft. P-pollen vielleicht oder G-Grasstaub. Meister T-Treatle hat v-vergeblich v-versucht, die Ursache h-herauszufinden, aber er k-kann mir nicht einmal m-mit seiner M-Magie helfen.«

Der Wagen rumpelte durch einen schmalen Paß, und Simon starrte niedergeschlagen und trostlos auf die steilen orangefarbenen Felswände.

»Oma Wetterwachs hat mir einige Rezepte für Arzneien gegen Heuschnupfen genannt«, sagte Esk. »Vielleicht nützen sie was.«

Simon schüttelte den Kopf. Es schien nur eine Frage der Zeit zu sein, wann der Schädel von den Schultern fiel.

»Wiwiwi... ich habe alles ausprobiert«, sagte er. »Ach, ich wewewe...«

»...werde...«

»...bestimmt kein g-guter Zauberer, wwww-wenn ich nicht einmal die richtigen Wowowo... Zauberformeln aussprechen k-kann.«

»Es wäre durchaus möglich, daß sich in diesem Zusammenhang einige Probleme ergeben«, pflichtete ihm Eskarina bei. Eine Zeitlang beobachtete sie die Umgebung und überlegte stumm.

»Glaubst du, daß, äh, Frauen Zauberer werden können?« fragte sie vorsichtig.

Simon starrte sie groß an. Esk erwiderte seinen Blick herausfordernd.

Der Adamsapfel des jungen Mannes tanzte auf und ab, als er verzweifelt nach einem Satz fahndete, der nicht mit einem W begann. Schließlich sah er sich zu einigen Zugeständnissen gezwungen.

»Eine s-sonderbare Vorstellung«, entgegnete er. Er dachte eingehender darüber nach, begann zu lachen — und unterbrach sich jäh, als ihn Esks Miene warnte.

»Eine z-ziemlich komische Idee«, fügte er hinzu. Das breite Grinsen in den verheerten Zügen verflüchtigte sich und wich konfuser Verwirrung. »S-so etwas ist m-mir noch n-nie in den S-Sinn gekommen«, gestand er ein.

»Nun, können sie, oder können sie nicht?« Man hätte sich mit Esks Stimme rasieren können.

»Natürlich nicht. Das ist doch klar, Kindchen. Simon, widme dich wieder deinen Büchern!«

Treatle schob den Vorhang hinterm Kutschbock beiseite und kletterte auf die Sitzbank.

Drohende Panik nahm den gewohnten Platz in Simons Gesicht ein. Der Novize warf Esk einen flehentlichen Blick zu, als Treatle nach den Zügeln griff. Das Mädchen übersah ihn.

»Warum nicht?« fragte es trotzig. »Und was soll daran so klar sein?«

Treatle drehte den Kopf und blickte auf Eskarina herab. Bisher hatte er kaum auf sie geachtet, in ihr nur eine von vielen anderen Gestalten am abendlichen Lagerfeuer gesehen.

Als Vizekanzler der Unsichtbaren Universität hatte sich Treatle an namenlose Personen gewöhnt, die gelegentlich in seiner Nähe auftauchten und zwar notwendige, aber noch eher belanglose Pflichten wahrnahmen: Meistens räumten sie seine Wohnung auf oder servierten ihm das Essen. Er zeichnete sich durch jene Art von Dummheit aus, die manchmal recht intelligenten Personen zu eigen ist. Er war so taktvoll wie eine Lawine, so egozentrisch wie ein Tornado, aber andererseits hielt er Kinder nicht für wichtig genug, um unfreundlich zu ihnen zu sein.

Mit seinem langen weißen Haar, den Schnörkelstiefeln und allem anderen Zierrat entsprach er genau Eskarinas Vorstellung von einem Zauberer. Er trug einen mit astrologischen Symbolen geschmückten Mantel, hatte die richtigen buschigen Augenbrauen und einen würdevollen Bart, in dem sich nur hier und dort gelbe Nikotinflecken zeigten — Magier leben im Zölibat, aber trotzdem wissen sie eine gute Zigarre zu schätzen.

»Es dürfte dir klar werden, wenn du größer bist«, sagte er. »Wie dem auch sei: Deine Frage ist recht interessant und führt zu bemerkenswerten Vorstellungen. Ein weiblicher Zauberer! Eine *Zauberin!* Ebensogut könnte man männliche Hexen erfinden!«

»Hexenmeister«, sagte Eskarina.

»Wie bitte?«

»Oma Wetterwachs meint, Männer könnten keine Hexen werden«, erwiderte Esk. »Sie steht auf folgendem Standpunkt: Wenn Männer versuchen, Hexen zu sein, werden sie Zauberer.«

»Offenbar ist deine Oma eine sehr kluge Frau«, bemerkte Treatle.

»Sie sagt, Frauen sollten sich mit den Dingen begnügen, für die sie geeignet sind.«

»Klingt ausgesprochen vernünftig.«

»Sie sagt: Wenn Frauen so gut seien wie Männer, wären sie ein ganzes Stück besser.«

Treatle lachte.

»Oma Wetterwachs ist eine Hexe«, erklärte Esk und fügte in Gedanken hinzu: *Na, was hältst du davon, Herr Sogenannter Schlauzauberer?*

»Mein liebes kleines Fräulein — soll ich jetzt etwa schokkiert sein? Zufälligerweise habe ich großen Respekt vor Hexen.«

Eskarina runzelte die Stirn. Sie hatte mit einer anderen Antwort gerechnet.

»Tatsächlich?«

»Ja. Ich bin der Ansicht, die Hexerei stellt für Frauen ein vielversprechendes Betätigungsfeld dar. Ein sehr ehrenwerter Beruf, wenn du mich fragst.«

»Im Ernst?«

»O ja. Hexen sind sehr nützlich, insbesondere in bäuerlichen Regionen. Wenn es zum Beispiel darum geht, Kinder zur Welt zu bringen und so weiter. Doch man darf sie nicht mit Zauberern verwechseln. Mit Hilfe der Hexerei gestattet die Natur den Frauen Zugang zur Thaumaturgie im allgemeinen, aber dabei handelt es sich keineswegs um *hohe* Magie.«

»Ich verstehe«, sagte Esk gepreßt. »Keine hohe Magie.«

»O nein. Selbstverständlich ist Hexerei gut geeignet, um Menschen durchs Leben zu helfen, aber . . .«

»Ich nehme an, Frauen haben einfach nicht genug Feingefühl, um Zauberer zu werden«, warf Esk ein. »Darauf willst du doch hinaus, oder?«

»Nun, ich bringe Frauen höchste Achtung entgegen«, erwiderte Treatle und überhörte die neue Schärfe in Eskarinas Stimme. »Sie offenbaren eine wahrhaft erstaunliche Leistungsfähigkeit, wenn . . . wenn . . .«

»Wenn es darum geht, Kinder zur Welt zu bringen und so weiter?«

»Stimmt haargenau«, bestätigte der Zauberer großzügig. »Aber ihr geistiges Gleichgewicht ist nicht — stabil genug. Frauen sind zu leicht reizbar. Weißt du, hohe Magie erfordert einen klaren Verstand, und frauliche Talente erstrecken sich leider nicht in diese Richtung. Weibliche Gehirne laufen ständig Gefahr, sich zu überhitzen.« Treatle suchte nach einem passenden Vergleich, aber da auf der Scheibenwelt Dinge wie Verbrennungsmotoren, Kolben und Einspritzpumpen als pseudomagischer Firlefanz galten, fiel ihm keiner ein. »Ich bedaure es sehr, dich enttäuschen zu müssen: Es gibt nur eine Tür zur Zauberei — das Haupttor der Unsichtbaren Universität. Und keine einzige Frau hat es jemals durchschritten.«

»Was hat es mit der hohen Magie auf sich?« fragte Esk. Treatle lächelte freundlich.

»Hohe Magie, mein Kind«, sagte er in einem gönnerhaften Tonfall, »kann alle Wünsche erfüllen.«

»Oh!«

»Schlag dir also den Unsinn mit der Zauberei aus dem Kopf, in Ordnung?« fuhr Treatle fort. Sein Lächeln wurde noch herzlicher. »Übrigens — wie heißt du, Mädchen?«

»Eskarina.«

»Und warum bist du nach Ankh-Morpork unterwegs, kleine Eskarina?«

»Eigentlich wollte ich mein Glück versuchen«, murmelte Esk. »Aber so etwas scheint für Mädchen ebenfalls nicht in Frage zu kommen.« Sie hob den Kopf. »Bist du ganz sicher, daß Zauberer die Wünsche anderer Leute erfüllen?«

»Natürlich. Dazu dient die hohe Magie.«

»Ich verstehe.«

Die Karawane war nur wenig schneller als ein Spaziergänger. Esk sprang vom Kutschbock und zog den Zauberstab aus seinem Versteck unter einigen Säcken und Eimern. Als sie an den Karren und Tieren vorbeilief, quollen ihr Tränen in die Augen, und durch diesen feuchten Schleier warf sie einen kurzen Blick auf Simon. Er hielt ein offenes Buch in der Hand, strich die rückwärtige Plane des Wagens beiseite, musterte das Mädchen überrascht und begann zu stottern. Eskarina achtete nicht auf ihn, eilte weiter und wandte sich von der Straße ab.

Struppiger Stechginster strich ihr an den Beinen entlang, als sie an einer Lehmböschung hinaufkletterte. Kurz darauf stürmte sie über ein felsiges, von orangefarbenen Klippen gesäumtes Plateau.

Esk blieb erst stehen, als sie sich gründlich verirrt hatte. Sie war schon öfter zornig gewesen, aber noch nie so wie jetzt. Normale Wut glich jener roten Flamme, die in einem Brennofen züngelt, wenn man dort gerade das Feuer entzündet hat: Sie bestand nur aus einem düsteren Glühen und stiebenden Funken. Doch in Eskarina brodelte etwas anderes, eine Glut, die vom Blasebalg geschürt wurde, so heiß, daß sie Eisen schmelzen konnte.

Eskarinas Leib prickelte, und sie spürte, wie der seltsame Druck in ihr zunahm, nach einer Möglichkeit suchte, sich zu entladen.

Warum sehnte sie sich immer dann nach der großen Macht der Zauberei, wenn Oma Wetterwachs über Hexerei sprach? Und warum fühlte sie sich immer dann bereit, die angeblich niedere Magie bis zum letzten Atemzug zu verteidigen, wenn sie die ein wenig schrill klingende Stimme Treatles vernahm? Sie wollte beides — oder gar nichts. Je häufiger man versuchte, sie daran zu hindern, sie zur ›Vernunft‹ zu bringen, wie es hieß, desto entschlossener war sie, ihr Ziel zu erreichen.

Eskarina hatte die feste Absicht, Hexe *und* Zauberin zu werden. Und sie würde es allen anderen *zeigen.*

Sie nahm vor einem niedrigen Wacholderbusch am Rande eines steilen glatten Hanges Platz, und in ihrem Bewußtsein gaben sich Pläne und siedender Ärger ein Stelldichein. Sie spürte, wie man dicht vor ihr Türen zuschlug, die sie gerade erst öffnen wollte. Es gab keinen Grund, an Treatles Worten zu zweifeln: Sie durfte nicht damit rechnen, daß man ihr Zugang zur Unsichtbaren Universität gewährte. Es genügte nicht nur, einen Zauberstab zu haben, um ein Magier zu sein. Esk brauchte eine angemessene Ausbildung, und offenbar war niemand bereit, sie in die Geheimnisse der Zauberei einzuweihen.

Die Mittagssonne brannte auf die felsige Landschaft herab, und die Luft roch nach Bienen und Kräutern. Esk streckte sich auf dem harten Untergrund aus, und durch das Geflecht aus Blättern beobachtete sie das fast purpurne Himmelsgewölbe. Irgendwann schlief sie ein.

Wer Magie verwendet, neigt dazu, auf eine ebenso realistische wie beunruhigende Weise zu träumen. Dafür gibt es natürlich einen guten Grund, aber wenn Zauberer darüber nachdenken, können sie ziemlich sicher sein, kurz darauf an einem Alpdruck zu leiden.

Tatsache ist, daß die Überlegungen von Zauberern Gestalt geben können. Hexen arbeiten normalerweise mit dem, was bereits existiert, aber ein wirklich guter und fähiger Zauberer ist imstande, seiner Phantasie eine feste Form zu verleihen. Vermutlich bestünde kaum die Gefahr möglicherweise fataler Konsequenzen, wenn die kleine Blase aus flackerndem Schimmern, die man für gewöhnlich als ›Universum der Raumzeit‹ bezeichnet, nicht zu einem weitaus größeren Kosmos gehörte, dessen Eigenschaften man mit den Worten ›unangenehm‹ und ›unberechenbar‹ recht treffend beschreiben kann. Sonderbare *Dinge* grunzen und knurren dicht hinter den dünnen Pallisaden der Normalität, und aus tiefen Rissen am Ende der Zeit antwortet ihnen ein düster klingendes Heulen und Schnattern. Es stammt von einem so gräßlichen *Etwas*, daß sich sogar die Finsternis davor fürchtet.

Die meisten Leute haben keine Ahnung davon, was auch ganz in Ordnung ist: Die Welt könnte nicht sehr gut funktionieren, wenn alle Menschen im Bett bleiben und sich die Decke über den Kopf zögen. Genau das geschähe nämlich, wenn sie wüßten, welche Schrecken nur eine Schattenbreite entfernt lauern.

Das Problem sieht folgendermaßen aus: Viele an Magie und Mystizismus interessierte Personen verbringen einen großen Teil ihrer Zeit damit, am Rande des Lichts herumzutrödeln, und dadurch erwecken sie die Aufmerksamkeit der Wesen aus den Kerkerdimensionen. Jene Geschöpfe benutzen sie dann in ihrem unermüdlichen Bemühen, in diese spezielle Realität zu gelangen.

Viele Menschen sind in der Lage, genügend Widerstand zu leisten, doch die ständigen Sondierungen der *Dinge* sind gerade im Schlaf am stärksten.

Bel-Shamharoth, C'hulagen der Schnüffler: Die dunklen Unheilsgötter des Nekrotelicomnicon (einigen dem Wahnsinn anheimgefallenen Adepten ist dieses Buch auch unter dem wahren Namen *Liber Paginarum Fulvarum* bekannt) warten nur darauf, sich in einen schlummernden Geist zu schleichen. Die von ihnen verursachten Träume sind oft recht exotisch und alles andere als erfreulich.

Nach ihren Erfahrungen im Anschluß an das erste Borgen hatte sich Eskarina bereits an solche Visionen gewöhnt, und das Entsetzen wich zum größten Teil einem vertrauten Empfinden. Als sie sich auf einer glitzernden staubigen Ebene wiederfand und über sich fremde Sternbilder sah, wußte sie sofort, daß ihr ein neuer Alptraum bevorstand.

»Verflixt!« murmelte sie. »Na schön, wenn's unbedingt sein muß ... Zeigt euch, ihr Ungeheuer! Ich hoffe nur, daß ich mir nicht schon wieder euren Freund mit dem Schnekkengesicht ansehen muß.«

Doch diesmal schien sich die allgemeine Choreographie verändert zu haben. Als sich Esk umdrehte, fiel ihr Blick auf ein großes schwarzes Schloß. Die Türme reichten bis zu den Sternen empor. Helles Licht und strahlende Blitze glänzten, und von den hohen Wehrgängen ertönte bezaubernde Musik. Das aus zwei Flügeln bestehende große Tor stand einladend offen. Alles deutete darauf hin, daß in der dunklen Bastion ein fröhliches Fest stattfand.

Esk stand auf, strich sich silbernen Sand vom Kleid und ging los.

Sie hatte das Tor fast erreicht, als es sich plötzlich schloß. Eigentlich bewegte es sich überhaupt nicht: In der einen Sekunde war es weit geöffnet, und in der nächsten bildete es eine hohe Barriere vor dem Mädchen. Ein grollendes Donnern hallte über die eintönige Landschaft und erschütterte den Horizont.

Esk streckte die Hand aus und berührte die riesige Pforte. Die Schwärze schien das Licht zu schlucken und fühlte sich noch kälter an als Gletschereis. Rauhreif bildete sich auf dem Tor.

Eskarina hörte etwas und wandte sich um. Der Zauberstab — er sah jetzt nicht mehr wie ein Besen aus — stand aufrecht im Sand. Kleine Würmer aus funkelndem Glühen krochen über das polierte Holz und die Schnitzmuster, die niemand genau erkennen konnte.

Das Mädchen griff nach dem Stab und hämmerte damit an die große Doppeltür. Oktarine Funken stoben, doch das nachtschwarze Metall zeigte nicht einmal einen Kratzer.

Esk kniff die Augen zusammen. Erneut hob sie den Zauberstab und konzentrierte sich, bis ein dünner Strahl aus geballter Magie über das Tor glitt. Die dünne Eisschicht darauf verdampfte, aber die Dunkelheit — inzwischen war Esk sicher, daß es sich nicht um Metall handelte — nahm die thaumaturgische Energie auf, ohne irgendeine Wirkung zu offenbaren. Das Mädchen strengte sich noch mehr an: Die Hälfte der im Stab gespeicherten Zauberei entlud sich in einem so grellen Blitz, daß Eskarina die Augen schließen mußte und dennoch geblendet wurde.

Dann verblaßte das Glitzern.

Nach einigen Sekunden trat Esk zögernd vor und berührte vorsichtig das Tor. Die Kälte gefror ihr fast die Fingerkuppen.

Und im Bereich der Zinnen weit oben kicherte jemand. Ein eindrucksvolles lautes Dämonenlachen mit vielen dumpfen Echos wäre nicht annähernd so schlimm gewesen wie dieses schadenfrohe Höhnen.

Es hielt eine ganze Weile an, und Esk konnte sich nicht daran erinnern, jemals ein gräßlicheres Geräusch vernommen zu haben.

Sie erwachte schaudernd. Es war lange nach Mitternacht, und die Sterne wirkten kalt und klamm. Eskarina fühlte sich von einer geschäftigen, geradezu hektisch anmutenden Stille umgeben, verursacht von vielen pelzigen kleinen Tieren, die nach einem späten Abendessen Ausschau hielten und gleichzeitig versuchten, nicht zum Hauptgang zu werden.

Ein sichelförmiger Mond neigte sich dem Horizont entgegen, und am Rand der Scheibenwelt zeigte sich matte Gräue. Sie deutete entgegen aller Wahrscheinlichkeit darauf hin, daß ein neuer Tag begann.

Jemand hatte Eskarina in eine Decke gehüllt.

»Ich weiß, daß du wach bist«, erklang die Stimme von Oma Wetterwachs. »Du könntest dich nützlich machen und ein Feuer anzünden. Holz gibt's hier genug.«

Esk setzte sich auf und griff nach einem Zweig des Wacholderbusches. Sie fühlte sich leicht genug, um einfach fortzuschweben.

»Ein Feuer... anzünden?« murmelte sie.

»Ja«, erwiderte die alte Hexe verdrießlich, »du weißt schon, was ich meine. Du brauchst nur die Hand auszustrecken, und schon züngeln Flammen in die Höhe.« Sie hockte auf einem Felsen und versuchte, eine Sitzhaltung zu finden, die nicht den Unwillen ihrer Arthritis erregte.

»Ich glaube, das kann ich nicht.«

»Ach?« erwiderte Granny. Es klang tadelnd.

Sie beugte sich vor und legte Esk die Hand auf die Stirn. Das Mädchen hatte ein Eindruck, von einer mit heißen Würfeln gefüllten Socke berührt zu werden.

»Du hast Fieber«, stellte Oma Wetterwachs fest. »Zuviel Sonne und kalter Boden. So ist das eben in weiter Ferne.«

Esk sank nach vorn, bis ihr Kopf auf Grannys Schoß ruhte und sie den vertrauten Duft von Kampfer, verschiedenen Kräutern und einem Hauch Ziege wahrnahm. Granny strich ihr übers Haar und hoffte, daß diese Geste tröstend wirkte.

Nach einer Weile sagte Eskarina leise: »Ich fürchte, man wird mich nicht in die Universität aufnehmen. Ein Zauberer teilte mir mit, Frauen hätten dort nichts zu suchen, und außerdem habe ich davon geträumt. Es war einer von jenen wahren Träumen, von den Metta-und-so-weiter.«

»Mettaffer«, warf Granny ruhig ein.

»Bist du sicher, daß du kein Lametta meinst?«

»Sogar ganz sicher.«

»Nun, einer von denen«, seufzte Esk.

»Hast du etwa mit überhaupt keinen Schwierigkeiten gerechnet?« fragte Granny. »Wolltest du einfach durchs Tor marschieren und mit deinem Stab winken? Hier bin ich. Ich möchte Zauberin werden. Besten Dank für eure Hilfe!« Mißbilligend schüttelte sie den Kopf.

»Der Magier sagte, die Universität dulde keine Frauen. Aus Prinschip.«

»Da irrt er sich.«

»Nein, nein, er meinte es ernst. Daran zweifle ich nicht. Weißt du, Oma, ich konnte deutlich spüren...«

»Dummes Kind! Du hast nur gespürt, daß er die Wahrheit sagte. Aber die Welt ist nicht immer so, wie sie bestimmte Leute sehen.«

»Ich verstehe nicht ...«, erwiderte Esk.

»Du mußt noch viel lernen«, sagte Granny großzügig. »Äh, was deinen Traum betrifft: Man wollte dich also nicht in die Universität lassen?«

»Nein. Und sie lachten über mich.«

»Und dann hast du versucht, das Tor niederzubrennen?«

Esk drehte langsam den Kopf, der noch immer auf Grannys Schoß lag. Sie öffnete ein Auge und blickte argwöhnisch zu der alten Hexe hinauf.

»Woher weißt du das?«

Oma Wetterwachs lächelte wie eine verschmitzte Eidechse.

»Ich war einige Meilen entfernt und begann eine mentale Suche nach dir«, antwortete sie. »Plötzlich gewann ich den Eindruck, als seist du überall. Dein Bewußtsein strahlte wie ein Leuchtturm. Und das Feuer ... Nun, sieh dich um!«

Im trüben Licht der Morgendämmerung bot sich das Plateau als eine Landschaft aus gebranntem Ton dar. Die Klippe vor Esk schimmerte glasig und hatte sich offenbar zum Teil verflüssigt. Hier und dort zeigten sich tiefe Spalten, die von Lavaströmen stammten. Das Mädchen horchte einige Sekunden lang und hörte das leise Knacken abkühlenden Gesteins.

»Oh!« murmelte Eskarina. »Dafür bin ich verantwortlich?«

»Ich glaube schon«, bestätigte Granny.

»Aber ich habe geschlafen! Und geträumt!«

»Es ist die Magie«, erklärte Oma Wetterwachs. »Sie versucht, sich zu entladen. Hexerei und Zauberei in dir, äh, verstärken sich irgendwie. Nehme ich an.«

Esk biß sich auf die Unterlippe.

»Was soll ich nur tun?« fragte sie. »Ich träume dauernd von irgendwelchen Dingen.«

»Nun, zuerst einmal müssen wir zur Universität«, entschied Granny. »Die dort lehrenden Zauberer sind bestimmt an Novizen gewöhnt, die ihre Magie noch nicht beherrschen und an, äh, heißen Träumen leiden. Andernfalls wäre das Gebäude schon vor langer Zeit niedergebrannt.«

Sie beobachtete den fernen Rand der Scheibenwelt und richtete den Blick dann auf den Hexenbesen.

Autor (und Übersetzer) verzichten hier darauf, folgende Geschehnisse in allen Einzelheiten zu beschreiben: die mehrmaligen Anläufe, die häufigen Justierungen der Besenborste, das wiederholte Verfluchen von Zwergen, die kurzen Augenblicke der Hoffnung, wenn der magische Motor zu stottern begann, angestrengtes Keuchen, wenn stelzenartige Beine über gebrannten Ton eilten, neuerliches Fluchen, das plötzliche Funktionieren eines abgenutzten Levitationszaubers, Hände, die sich hastig am hölzernen Stiel festklammerten, ein langsames Aufsteigen...

Esk hockte unsicher auf dem Hexenbesen, als sie in einer Höhe von fast hundert Metern gemütlich dahinzuckelten. Einige Vögel folgten ihnen und zeigten großes Interesse an dem Ding, das sie für einen fliegenden Baum hielten.

»Verschwindet endlich!« rief Granny und winkte mit ihrem Hut.

»Wir sind ziemlich langsam«, stellte Esk schüchtern fest.

»Ich habe nicht die geringste Absicht, irgendeinen Geschwindigkeitsrekord zu brechen.«

Esk drehte den Kopf. Der Scheibenweltrand hinter ihnen erschimmerte in goldenem Glanz. Wolkenschleier bildeten zartgemusterten Flaum.

»Ich glaube, wir sollten tiefergehen«, schlug Eskarina drängend vor. »Du hast doch gesagt, daß der Besen nur des Nachts fliegt.« Sie beobachtete die Landschaft unter ihnen. Sie wirkte nicht gerade gastfreundlich, sah scharfkantig und irgendwie... erwartungsvoll aus.

»Ich weiß genau, was ich tue, kleines Fräulein«, erwiderte Oma Wetterwachs scharf, schloß die Hände fester um den Stiel und versuchte sich so leicht wie möglich zu machen.

Es wurde bereits erwähnt, daß das Licht der Scheibenwelt recht langsam und träge ist. Der Grund: ein weites und starkes Feld aus Magie.

Mit anderen Worten: Die Morgendämmerung setzt nicht so plötzlich ein wie auf anderen Welten. Der neue Tag beginnt eher zögernd, strömt mit der typischen Eile von dickflüssigem Sirup über die Landschaft, vergleichbar mit den ersten Ausläufern der Flut, die sich über einen breiten Strand tasten und behutsam Anspruch auf die Sandburgen des vergangenen Abends erheben. Das Morgengrauen neigt dazu, hohen Bergen auszuweichen. Wenn Bäume dicht nebeneinander stehen, tropft es arg mitgenommen aus Wäldern und hinterläßt breite Streifen der Dunkelheit.

Ein Beobachter, der sich in ausreichender Höhe befindet — zum Beispiel jemand, der auf einer Zirrus-Schichtwolke in den obersten Bereichen der Atmosphäre steht —, beschriebe sicher begeistert, mit welcher glitzernden Pracht sich das Licht auf der Scheibenwelt ausbreitet, wie es über weite Ebenen springt und an Felshängen hinaufkriecht, wie...

Nun, andererseits gibt es bestimmt Beobachter, die angesichts einer solchen Schönheit darauf hinweisen, daß schweres Licht absurd ist und man es gar nicht sehen könnte, wenn es tatsächlich so etwas gäbe. Woraufhin man erwidern sollte: Und wie kommt es dann, daß du auf einer Wolke stehst, hm?

Zynismus? Mag sein. Aber wie dem auch sei: Unten, dicht über der Oberfläche der Scheibenwelt, schwebte ein Hexenbesen mit zwei Passagieren dahin und versuchte, der zurückweichenden Nacht zu folgen.

»Granny!«

Der Tag flutete ihnen entgegen. Die Felsen weiter vorn schienen Feuer zu fangen, als das Licht über sie hinwegspülte. Oma Wetterwachs spürte, wie der Stiel unter ihr erzitterte, und voller Unbehagen beobachtete sie die unter ihnen fliehenden Schatten. Erschreckend rasch näherten sie sich dem Boden.

»Was passiert, wenn wir aufprallen?«

»Kommt ganz darauf an, ob wir weiche Steine finden«, erwiderte Granny. Ihre Stimme klang zumindest ein wenig besorgt.

»Wir verlieren immer mehr an Höhe! Können wir denn gar nichts dagegen unternehmen?«

»Was hältst du davon, wenn wir uns Flügel wachsen lassen?«

»Granny«, sagte Esk in jenem verzweifelten und erstaunlich erwachsenen Tonfall, den Kinder benutzen, um eigensinnige alte Leute zu schelten, »ich glaube, du verstehst nicht ganz. Ich möchte nicht auf den Boden schlagen. Ich habe überhaupt nichts gegen ihn.«

Granny leitete die gedankliche Rasterfahndung nach einem geeigneten Zauberspruch ein und bedauerte zutiefst, daß Felsen gegen Pschikologie immun waren. Ihr entging die diamantene Schärfe in Eskarinas Stimme, und deshalb ließ sie sich zu einer Antwort hinreißen, die sie gleich darauf bedauerte: »Sag das dem Besen!«

Unter anderen Umständen wären sie tatsächlich aufgeprallt. Oma Wetterwachs erinnerte sich gerade noch rechtzeitig daran, den Hut festzuhalten und tief Luft zu holen. Der hölzerne Stiel unter ihr erzitterte mehrmals, neigte sich nach vorn, und...

...die Landschaft sauste konturlos unter ihnen hinweg.

Eigentlich schloß sich ein sehr kurzer Flug an, aber Granny wußte, daß sie sich bis an ihr Lebensende daran erinnern würde. Sie befürchtete, daß er sich in einen Alpdruck verwandelte, der sich vorzugsweise um drei Uhr morgens in ihre Träume stahl, nach einer zu schweren Mahlzeit am Abend. Einige Dinge brannten sich fest in ihr Gedächtnis ein: die bunten Regenbogenfarben, die an ihr vorbeisausten, das schreckliche Gefühl, plötzlich dreimal so schwer zu sein wie noch vor wenigen Augenblicken, der Eindruck, daß irgend etwas Großes und sehr Schweres auf dem Universum hockte und es langsam zerquetschte.

Sie entsann sich auch an Esks fröhliches Lachen, daran, daß sie vergeblich danach trachtete, die rasende Geschwindigkeit des Besens um mindestens neunundneunzig Prozent zu reduzieren: Ganze Gebirge flitzten mit einem jähen *Wusch* unter ihnen hinweg.

Vor allem aber würde sie sich immer daran erinnern, wie sie die Nacht *einholten*.

Sie erschien voraus: eine gezackte dunkle Linie, die dem gnadenlosen Morgen zu entkommen versuchte. In entsetzter Begeisterung stellte Granny fest, wie sich aus dem Streifen ein Fleck bildete, der rasch in die Breite wuchs und schließlich einen großen schwarzen Kontinent bildete, der ihnen entgegenzurasen schien.

Für den Hauch eines Augenblicks ritten sie auf dem Wellenkamm des Morgengrauens, das mit einem lautlosen Donnern übers Land gischtete. Kein Surfer hatte jemals eine solche Woge bezwungen. Der Hexenbesen tauchte einfach durch das Brodeln aus Licht und glitt mühelos durch kühle Finsternis.

Granny ließ den angehaltenen Atem langsam entweichen.

Die Dunkelheit kam einer Medizin gleich, die den Schrecken des Fluges ein wenig linderte. Und sie bedeutete auch, daß der Besen die Reise mit Hilfe seiner eigenen altersschwachen Magie fortsetzen konnte, wenn Esk plötzlich die Lust verlor.

»!« sagte Granny und räusperte sich. Ihre Kehle war knochentrocken. »Esk?«

»Macht Spaß, nicht wahr? Wie ich das wohl fertiggebracht habe?«

»Ja, ein ausgesprochen vergnügsamer Flug«, erwiderte Granny unsicher. »Aber hättest du was dagegen, wenn ich jetzt wieder das Steuer übernehme? Ich möchte vermeiden, daß wir über den Rand hinausrasen. Bitte?«

»Stimmt es, daß ein gewaltiger Wasserfall über die Kante der Welt spritzt?« fragte Eskarina. »Und wenn man dort in die Tiefe blickt — kann man dann Sterne beobachten?«

»Ja. Ich schlage vor, wir fliegen jetzt etwas langsamer.«

»Das sähe ich mir gern an.«

»Nein! Ich meine, nicht jetzt. Bei einer anderen Gelegenheit.«

Der Besen wurde langsamer, und die Regenbogenblase platzte mit einem deutlich hörbaren *Plopp*. Oma Wetterwachs fühlte nicht den geringsten Ruck, nicht einmal ein leichtes Zittern, als der Stiel den Flug wesentlich langsamer fortsetzte.

Granny legte schon seit vielen Jahren großen Wert auf den Ruf, die Antworten auf alle möglichen Fragen zu wissen. Daher kam es für sie einer bemerkenswerten Leistung gleich, sich selbst so etwas wie Verwirrung einzugestehen. Die Würmer der Neugier fraßen sich in den (symbolisch faulen) Apfel ihres Bewußtseins.

»Wie hast du das fertiggebracht?« stieß sie schließlich hervor.

Eine Zeitlang herrschte hinter ihr nachdenkliche Stille. Dann erwiderte Esk: »Ich weiß es nicht. Ich wollte es einfach nur und entwickelte eine entsprechende Vorstellung. Es ist so, als versuche man, sich an etwas zu erinnern, das man vergessen hat.«

»Ja, aber *wie?*«

»Keine Ahnung. Vor meinem inneren Auge formte sich ein Bild, das die Dinge zeigte, wie ich sie mir wünschte. Und ich... ich wurde irgendwie Teil dieses Bildes.«

Granny starrte in die Nacht. Von einer derartigen Magie hörte sie jetzt zum erstenmal, aber sie klang mächtig — und möglicherweise tödlich. Teil eines Bildes werden! In einem Punkt bestand kein Zweifel: Jede Magie veränderte die Welt in gewisser Weise. Zauberer hielten das für völlig normal: Es kam ihnen gar nicht in den Sinn, die Welt so zu lassen, wie sie war, und statt dessen die auf ihr lebenden

Menschen zu verändern. Aber Esks Hinweis schien wortwörtlich gemeint zu sein. Oma Wetterwachs entschied, eingehend darüber nachzudenken. Mit festem Boden unter den Füßen.

Zum erstenmal in ihrem Leben fragte sich Granny, ob jene Bücher, die sich seit einiger Zeit immer größerer Beliebtheit erfreuten, nicht doch etwas Wertvolles enthielten — obgleich sie sich einige Zweifel in Hinsicht auf den moralischen Wert von dergleichen beschriftetem Papier bewahrte. Immerhin hieß es, einige Bücher seien von Toten verfaßt worden, und deshalb kam es fast Nekromantie gleich, solche Werke zu lesen. Es gab viele Dinge im Multiversum, die Granny verabscheute, und an erster Stelle dieser langen Liste standen Gespräche mit Toten, die im Grunde genommen genug eigene Probleme hatten.

Aber nicht annähernd so viele wie sie — davon war Oma Wetterwachs fest überzeugt. Gedankenverloren blickte sie auf die dunkle Landschaft hinab und wunderte sich darüber, daß unter ihr Sterne leuchteten.

Für einige Sekunden, die sie einem Herzinfarkt nahe brachten, befürchtete sie, daß sie tatsächlich über den Rand der Scheibenwelt hinweggeflogen waren. Dann stellte sie fest, daß die kleinen Punkte unter ihr in einem gelben Licht glühten und flackerten. Außerdem: Wer hatte jemals davon gehört, daß Sterne in so gleichmäßigen Mustern angeordnet waren?

»Sehr hübsch«, meinte Esk. »Ist das eine Stadt?«

Granny kniff die Augen zusammen und sah sich gründlich um. Wenn es sich um eine Stadt handelte, dann um eine ziemlich große. Versuchsweise schnupperte sie einige Male. Tatsächlich: Der Ort unter ihnen roch *menschlich*.

Die aufsteigende Luft duftete nach Weihrauch, Korn, Gewürzen und Bier, aber die bestimmenden Gerüche stammten von einem hohen Grundwasserspiegel, Tausenden von Städtern und einem eher primitiven Müllbeseitigungssystem.

Oma Wetterwachs gönnte sich ein mentales Schaudern.

Der Tag blieb ihnen dicht auf den Fersen. Sie hielt nach einem Bereich Ausschau, in dem es größere Abstände zwischen den Fackeln und Lampen gab. Granny deutete das als Anzeichen für arme Stadtviertel und vermutete, daß die dort wohnenden Bürger nichts gegen Hexen einzuwenden hatten. Mit neuer Entschlossenheit setzte sie zur Landung an.

Sie befanden sich nur noch anderthalb Meter über dem Boden, als das Morgengrauen sie zum zweitenmal erreichte.

Das Tor war tatsächlich riesig und schwarz, und es erweckte den Anschein, als bestehe es aus massiver Finsternis.

Granny und Esk standen in der Menge, die auf dem Platz vor der Universität wartete. Neugierig blickten sie an den Mauern hoch.

»Ich frage mich, wie man ins Gebäude gelangt«, sagte Esk schließlich.

»Vermutlich durch Magie«, erwiderte Granny griesgrämig. »Typisch für Zauberer. Normale Leute hätten eine Klinke angebracht.«

Oma Wetterwachs hob den Besen und winkte in Richtung der hohen Pforte.

»Bestimmt muß man irgendeinen Hokuspokus beschwören, damit sich das Tor öffnet.« Verdrießlich fügte sie hinzu: »Würde mich überhaupt nicht wundern.«

Schon seit drei Tagen hielten sie sich in Ankh-Morpork auf, und Granny mußte zu ihrer Überraschung feststellen, daß sie langsam Gefallen an der Stadt fand. Sie wohnten in den *Schatten*, einem alten Viertel, dessen Bewohner vorwiegend während der Nacht... nun, arbeiteten. Außerdem steckten sie ihre Nasen nicht in die Angelegenheiten anderer Leute, denn mit Neugier konnte man sich nicht nur die Finger verbrennen, sondern auch ein unrühmliches Ende im Fluß finden. Wer mit einigen handlichen Steinen beschwert wird, die mindestens hundert Kilo wiegen, hat eine nur noch sehr begrenzte Lebenserwartung — es sei denn, er lernt es rechtzeitig, unter Wasser zu atmen. Bisher ist kein solcher Fall bekannt. Esks und Grannys Unterkunft befand sich im obersten Stock eines Gebäudes, das auch die gut bewachten Büros und umfangreichen Lager eines Kaufmanns beherbergte, der mit ehrbarem Diebesgut handelte. Hehler hielten eine Menge von Verschwiegenheit, und das kam der alten Hexe sehr gelegen.

Kurz gesagt: In den Schatten wimmelte es von mißachteten Göttern, konzessionslosen Dieben, Damen, die das Nachtleben liebten (und rasch wechselnde männliche Gesellschaft mit vollen Börsen), Hausierern, verstohlenen Gestalten, die in dunklen Nischen und Gassen verbotene Traumkräuter anboten, übergeschnappten Alchimisten, die behaupteten, es sei ihnen gelungen, Gold in Blei zu verwandeln (was sie bewiesen, indem sie gelbe Münzen entgegennahmen und graue zurückgaben), Schurken, Gaunern, Halunken, Idioten und einigen wenigen Narren, die tatsächlich glaubten, sich mit ehrlicher Arbeit den Lebensunterhalt verdienen zu können. Anders ausgedrückt: Es handelte sich um die Schmiere im Achslager der Zivilisation.

Zwar lebten in jenem Viertel viele Menschen, die normale Magie zu schätzen wußten, aber erstaunlicherweise herrschte ein erheblicher Mangel an Hexen. Innerhalb weniger Stunden verbreitete sich die Nachricht von Grannys Ankunft, und Dutzende von Bittstellern schlichen, krochen oder gingen zu ihr. Sie erkundigten sich nach Elixieren und Heiltränken, fragten nach Talismanen, Unheilsbannern und der nahen Zukunft, bezahlten für persönliche und spezielle Dienste, die Hexen traditionell solchen Personen leisten, in deren Existenz es einige Gewitterwolken oder gar tosende Orkane gab.

Die anfängliche Verärgerung von Oma Wetterwachs wich Verlegenheit, und es dauerte nicht lange, bis sie sich geschmeichelt fühlte. Ihre Kunden brachten Geld mit, das sie durchaus gebrauchen konnte, aber sie beglichen ihre

Rechnungen auch mit Respekt, und das war eine besonders harte Währung.

Schon nach kurzer Zeit spielte Granny mit dem Gedanken, sich ein größeres Heim samt Garten zuzulegen und ihre Ziegen holen zu lassen. Aus dem Gestank mochte sich ein Problem ergeben, aber damit mußten ihre Tiere eben fertig werden.

Zusammen mit Eskarina hatte sie weite Streifzüge durch Ankh-Morpork unternommen und sich die Docks angesehen, Dutzende von Brücken, die Märkte und Basare, die Straßen, die von vielen Tempeln gesäumt wurden. Granny versuchte die sakralen Bauten zu zählen und wirkte dabei sehr nachdenklich: In der Regel verlangten Götter von denen, die sie verehrten, sich auf eine Weise zu verhalten, die ihrer eigentlichen Natur widersprach. Der menschliche Fallout, der auf diese Weise entstand, garantierte Hexen für gewöhnlich einen großen Kundenkreis.

Die befürchteten Schrecken der Zivilisation bewiesen eine erstaunliche Zurückhaltung und beschränkten sich auf einen Dieb, der versuchte, Grannys Handtasche zu stehlen. Die Passanten in der Nähe blieben verblüfft stehen, als Oma Wetterwachs den Mann zurückrief — und der Übeltäter gehorchte. Seine Beine bewegten sich von ganz allein, und mit wachsender Verzweiflung versuchte der Dieb, zumindest die Beherrschung der Füße zurückzugewinnen. Niemand wußte genau, was geschah, als Oma Wetterwachs erst in die Augen des Halunken sah und ihm dann etwas ins aufmerksam lauschende Ohr flüsterte, aber der Mann gab Granny nicht nur ihr Geld zurück, sondern auch einen Beutel mit Münzen, die aus anderen Börsen stammten. Bevor sie ihn gehen ließ, versprach der Dieb, sich zu rasieren, sich zu waschen und für den Rest seines Lebens fromm und anständig zu sein. Bis zum Einbruch der Nacht war die Beschreibung der alten Hexe in den wichtigsten Niederlassungen der Gilde bekannt, in der sich die Diebe, Betrüger, Einbrecher und

Verbündete Gewerbe* zusammengeschlossen hatten. Es wurde die strikte Anweisung erteilt, Oma Wetterwachs um jeden Preis zu meiden. Diebe sind größtenteils Geschöpfe der Nacht und wissen daher, wann und wo Gefahr droht.

Granny schrieb zwei weitere Briefe an die Unsichtbare Universität und bekam keine Antwort.

»Der Wald hat mir besser gefallen«, sagte Esk.

»Ich weiß nicht«, erwiderte Oma Wetterwachs. »Eigentlich unterscheidet sich diese Stadt gar nicht so sehr davon. Und wie dem auch sei: Die Leute hier begegnen einer Hexe mit dem angebrachten Respekt.«

»Sie sind sehr freundlich«, gestand Eskarina ein.

»Kennst du das Haus unten an der Straße? Ich meine das Gebäude, in dem die dicke Tante mit den vielen jungen Frauen wohnt, die alle zu ihrer Familie gehören.«

»Ja, Mütterchen Palm«, entgegnete Granny vorsichtig. »Eine sehr ehrenwerte Dame.«

»Dauernd kommen Leute, um sie zu besuchen. Und sie bleiben *die ganze Nacht*. Ich habe das Haus beobachtet

---

* Eine sehr angesehene Organisation, die in Ankh-Morpork einen wichtigen Stützpfeiler von Gesetz und Ordnung darstellte. Der Grund dafür ist folgender: Der Gilde wurde eine jährliche Quote allgemeingesellschaftlich akzeptabler Verbrechen zugestanden (insbesondere Diebstähle, Überfälle und Morde). Als Gegenleistung sorgte die Gilde auf recht nachdrückliche Weise dafür, daß inoffizielle Verbrechen sofort aufgeklärt und die entsprechenden Täter unverzüglich erstochen, erdrosselt oder geviertelt wurden. Als Abschreckungsmaßnahme (die ihre Wirkung in den meisten Fällen nicht verfehlte) deponierte man die sterblichen Überreste der Betreffenden in Papiertüten und verteilte sie in der ganzen Stadt. Diese Regelung galt gemeinhin als vorteilhaft und stieß nur bei denen auf Unwillen, deren soziale Pflicht darin bestand, erstochen, erdrosselt und geviertelt zu werden. Darüber hinaus versetzte sie die Diebe Ankh-Morporks in die Lage, eine angemessene Karriere zu planen: Wenn sie sich an die Gilde wandten, mußten sie zunächst eine Aufnahmeprüfung ablegen und sich später an jenen Ehrenkodex halten, der auch bei den anderen Berufsständen üblich war. Und da der Unterschied zwischen Kaufleuten und Dieben eigentlich gar nicht so groß ist, wie man zunächst annehmen mag, genossen die Betrüger und ihre Kollegen bald einen ähnlich guten Ruf.

und weiß Bescheid. Bestimmt bekommt sie nur wenig Schlaf.«

»Mhm«, brummte Granny.

»Ist sicher nicht leicht für die dicke Frau mit den vielen Töchtern, die sie ernähren muß. Ich glaube, die Leute sollten ein wenig rücksichtsvoller sein.«

»Nun«, begann Oma Wetterwachs unsicher, »ich bezweifle, ob...«

Sie brach erleichtert ab, als sich ein großer bunter Wagen dem Tor der Unsichtbaren Universität näherte. Dicht neben Granny zügelte der Mann auf dem Kutschbock die Ochsen und sagte: »Entschuldige, gute Frau. Würdest du bitte zur Seite treten?«

Oma Wetterwachs kam der Aufforderung nach und verzog das Gesicht. Sie mochte keine herablassende Höflichkeit, und noch weniger hielt sie davon, als eine ›gute Frau‹ bezeichnet zu werden. Sie setzte zu einer Erwiderung an, doch bevor sie Antwort geben konnte, fiel der Blick des Mannes auf Esk.

Treatle grinste wie eine besorgte Schlange.

»Oh, wen sehe ich denn da? Die junge Dame, die glaubt, Frauen sollten Zauberer werden, stimmt's?«

»Ja«, bestätigte Esk. Und da sich Treatle recht würdevoll gab, fügte sie freundlich hinzu: »Herr. Allerdings können wir nicht das Tor passieren. Es bleibt dauernd geschlossen.«

»Wir?« fragte Treatle. Dann bemerkte er Granny. »O ja, natürlich. Das ist deine Tante, nicht wahr?«

»Meine Oma. Nun, nicht direkt *meine* Oma. Sie heißt nur so.«

Granny nickte steif.

»Nun, ich glaube, hier muß etwas unternommen werden«, sagte Treatle so herzlich wie jemand, der gerade einen guten Witz gehört hatte. »Ja, in der Tat. Unsere erste Zauberin bleibt aus der Universität verbannt? Welche Schande! Darf ich dich begleiten?«

Grannys Hand schloß sich fest um Esks Oberarm.

»Wenn es dir recht ist...«, begann sie. Aber Eskarina befreite sich aus dem Griff und eilte auf den Karren zu.

»Du willst mich wirklich mitnehmen?« Die Augen des Mädchens leuchteten sehnsuchtsvoll.

»Selbstverständlich. Die Oberhäupter der magischen Orden würden sich bestimmt freuen, dich kennenzulernen.« Treatle lachte leise.

»Eskarina Schmied...« sagte Granny und unterbrach sich erneut. Sie musterte Treatle.

»Ich weiß nicht, was du vorhast, Herr Zauberer, aber es gefällt mir nicht«, fuhr sie mit fester Stimme fort. »Esk, du weißt ja, wo wir wohnen. Wenn du dich unbedingt zur Närrin machen willst, so mußt du auf mich verzichten.«

Sie drehte sich ruckartig um und marschierte über den Platz.

»Eine bemerkenswerte Frau«, sagte Treatle vage. »Wie ich sehe, hast du noch immer deinen Besen. Ist dir wohl ans Herz gewachsen, wie?«

Er ließ die Zügel los, hob die Arme und vollführte eine kompliziert anmutende Geste.

Das große Tor schwang auf, und Eskarina sah einen von Rasenflächen gesäumten Vorhof. Dahinter erhob sich die Universität. Es fiel Esk schwer festzustellen, ob es sich um ein Gebäude oder um mehrere handelte: Das magische Lehrinstitut für Zauberer erweckte keinen geplanten Eindruck, wirkte eher wie eine zufällige Zusammenballung von Pfeilern, Bogengängen, Türmen, Minaretten, Kuppeln, Zinnen und dergleichen mehr — Geschöpfe aus Stein, die sich aneinanderkauerten, um sich gegenseitig zu wärmen.

»Das ist sie?« fragte Esk. »Sieht irgendwie... durcheinander aus.«

»Eine durchaus treffende Beschreibung«, pflichtete ihr Treatle bei. »Alma Mater, Heim aller Zauberer und solcher, die es werden wollen. Natürlich ist sie innen weitaus größer als außen. hat irgend etwas mit einem Eisberg zu tun, oder der Spitze davon. So heißt es jedenfalls. Ich weiß nicht genau. Habe noch nie Eisberge gesehen. Nun, wie der Name Unsichtbare Universität schon andeutet: Einen großen Teil davon kann man nicht sehen.« Er lächelte strahlend. »Wärst du so nett, in den Wagen zu klettern und Simon Bescheid zu geben?«

Eskarina strich die schweren Vorhänge beiseite und starrte auf die Ladefläche des Karrens. Simon lag auf Decken, las in einem ziemlich großen Buch und machte sich Notizen.

Als er aufsah und das Mädchen erkannte, grinste er schief.

»Bist du es?« fragte er.

»Ja«, erwiderte Esk. Es klang nicht vorwurfsvoll.

»Wir dachten, du hättest uns verlassen. Alle nahmen an, du säßest in einem anderen W-Wagen, und als wwww-wir anhielten...«

»Ein kleiner Umweg, der gleichzeitig eine Abkürzung war. Wie dem auch sei: Ich glaube, Herr Treatle möchte, daß du dir die Universität ansiehst.«

»Sind wir da?« entfuhr es ihm. Er zwinkerte überrascht und bedachte Eskarina mit einem seltsamen Blick. »Und *du* bist ebenfalls hier?«

»Ja.«

»Wieso?«

»Herr Treatle lud mich ein. Er meinte, alle würden sich freuen, mich kennenzulernen.« Ungewißheit stahl sich in ihre weichen Züge. »Stimmt das?«

Simon starrte auf das Buch und betupfte die tränenden Augen mit einem bereits feuchten Taschentuch.

»N-Nun, er h-hat seine L-Launen«, stotterte er. »Aber sss-sonst ist er g-ganz nett.«

Verwundert sah Eskarina auf die vergilbten Seiten, für die sich der junge Mann so sehr interessierte. Sie zeigten viele rote und schwarze Symbole, die auf irgendeine unerklärliche Weise ebenso beunruhigend und bedrohlich wirkten wie ein tickendes Paket. Gleichzeitig zogen sie den Blick so erbarmungslos an wie ein schwerer Unfall. Esk hätte gern gewußt, was die sonderbaren Schriftzeichen darstellten, aber nur einen Sekundenbruchteil später entstand ein seltsames Gefühl in ihr, das sie davor warnte, ihrer Neugier nachzugeben. Die gleiche Faszination mag dem Zünder eines Blindgängers gelten: Wenn man versucht, ihn herauszuschrauben, um ihn sich genauer anzusehen, bleibt einem manchmal nicht einmal mehr genug Zeit zur Reue.

Simon bemerkte Esks Gesichtsausdruck und schloß das Buch.

»Nur M-Magie«, murmelte er. »Ich habe einige f-faszinierende neue Wwwwww...«

»...Worte...«, sagte Esk automatisch.

»Danke. Gefunden.«

»Vermutlich ist es sehr interessant, Bücher zu lesen«, meinte Esk.

»Und ob. Kannst du nicht l-lesen?«

Das Erstaunen in Simons Stimme verletzte sie.

»Natürlich kann ich das«, erwiderte sie trotzig. »Ich hab's nur noch nie versucht.«

Eskarina wäre nicht einmal dann sicher gewesen, was ein Sammelbegriff ist, wenn er ihr die Zunge herausgestreckt hätte, aber sie wußte, daß Ziegen Herden bildeten und sich Hexen beim Sabbat trafen. Wie aber nannte man eine Gruppe von Zauberern? Einen Orden? Eine Verschwörung? Vielleicht einen Zirkel?

Das letzte Wort erschien ihr passend. Oma Wetterwachs behauptete immer, zwischen Zirkeln und Gehmetrie gebe es einen direkten Zusammenhang. Und hatte sie Esk nicht mehrfach darauf hingewiesen, daß die Zauberei aus jener geheimnisvollen Gehmetrie bestand?

Was auch immer zutreffen mochte: Die Universität war voll davon. Zauberer schlenderten durch die Kreuzgänge und saßen auf Bänken unter den Bäumen. Junge Novizen eilten hastig über die Pfade, wenn irgendwo eine Glocke läutete. Die meisten von ihnen hielten Bücher unter die

Arme geklemmt, und die Studenten der fortgeschrittenen Semester konnte man daran erkennen, daß Pergamentrollen und ähnliche Dinge hinter ihnen herschwebten. Angesichts der puren Magie fühlte sich die Luft schmierig an und roch nach Zinn.

Esk wanderte zwischen Treatle und Simon und saugte die neuen Eindrücke wie ein Schwamm auf. Überall spürte sie die magische Energie, aber sie war gezähmt und wurde in Kanäle gelenkt, um bestimmte Zwecke zu erfüllen. Eskarina verglich sie mit einem Mühlbach, der ein Schaufelrad antrieb. Sie stellte Macht dar, die sich dem erfahrenen Willen der Zauberer beugte. Simons Aufregung stand der des Mädchens in nichts nach. Sie zeigte sich vor allen Dingen daran, daß seine Augen noch heftiger tränten und er kaum mehr ein Wort hervorbringen konnte, ohne dabei zu stottern. Immer wieder deutete er auf verschiedene Flügel des Universitätskomplexes und murmelte von ›L-Laboratorien‹ und ›F-Forschungszentren‹.

Nach einiger Zeit bemerkte Eskarina ein niedriges düsteres Gebäude mit schmalen Fenstern.

»D-Das ist d-die B-Bibliothek«, brachte Simon respektvoll und begeistert zugleich hervor. »K-Kann ich ssssie mir ansssehen?«

»Dazu hast du später noch Zeit genug«, erwiderte Treatle. Simon bedachte das Bauwerk mit einem sehnsüchtigen Blick.

»Alle B-Bücher, d-die jemals über Magie g-geschrieben wwww...«

»...wurden«, half Esk aus.

Simon nickte dankbar.

»Warum sind die Fenster vergittert?« fragte sie.

Simon schluckte. »Äh, wwww-weil magische Wwwwwerke keine gewww-wöhnlichen B-Bücher ssssind. Sie führen ein sssonderbares Eigenlllleben und...«

»Das genügt«, warf Treatle scharf ein. Er schien sich erst jetzt wieder an Eskarina zu erinnern, sah auf sie herab und runzelte die Stirn.

»Warum bist du hier?«

»Du hast mich eingeladen«, sagte das Mädchen.

»Ich? O ja! Natürlich. Das hatte ich ganz vergessen. Entschuldige. Das junge Fräulein, das gern Zauberer werden möchte. Komm, ich zeig dir was!«

Er ging eine breite Treppe hoch, die zu einer imposanten Doppeltür führte. Ganz offensichtlich diente sie in erster Linie dem Zweck, Besucher zu beeindrucken. Der Architekt hatte großzügigen Gebrauch von schweren Schlössern, verschnörkelten Angeln, Messingbeschlägen und einer Vielzahl von Schnitzereien gemacht. Offenbar wollte er alle, die diesen Eingang benutzten, auf ihre geradezu lächerliche Bedeutungslosigkeit hinweisen.

Vermutlich war er ein Zauberer — er hatte die Klinke vergessen.

Treatle klopfte mit einem Stab an. Das Tor zögerte einige Sekunden lang, aber schließlich glitten die dicken Riegel zurück, und die beiden Türflügel schwangen auf.

Im Saal vor ihnen standen Dutzende von Zauberern mit ihren jungen Novizen. Und die Eltern der erwartungsvollen Schüler.

Es gibt zwei Möglichkeiten, in die Unsichtbare Universität zu gelangen. (Eigentlich sogar drei, um ganz genau zu sein: Aber von der dritten wußten die Magier zu jenem Zeitpunkt noch nichts.)

Die erste besteht darin, ein großes magisches Werk zu vollbringen: zum Beispiel die Wiederentdeckung eines uralten thaumaturgischen Relikts oder die Erfindung eines völlig neuen Zauberspruchs, was jedoch nur noch höchst selten geschah. In fernster Vergangenheit hatten es begabte Zauberer fertiggebracht, aus der chaotischen, formlosen Magie der Welt bis dahin unbekannte Formeln zu entwikkeln. Sie legten damit den Grundstein für die Entstehung der acht großen Orden. Wer zu diesem hehren Niveau aufstieg, verdiente die Bezeichnung Kreativer Magus. Doch schon seit vielen Dekaden gab es selbst in der Unsichtbaren Universität niemanden mehr, der einen solchen Titel für sich beanspruchen konnte. Die magischen Pioniere gehörten der Vergangenheit an; thaumaturgische Bürokraten nahmen ihren Platz ein.

Die meisten Anwärter auf ein magisches Studium nehmen daher die zweite Möglichkeit wahr: Sie gehen bei einem älteren und geachteten Zauberer in die Lehre und erfüllen einfache Dienste für ihn. Als Gegenleistung läßt er sie an seinen Erfahrungen teilhaben.

Ein Unsichtbarer Akademischer Grad bedeutete Ehre und viele Privilegien, und daher herrschte in der Universität ein ziemlich harter Konkurrenzkampf. Die meisten Jungen, die sich derzeit im Saal aufhielten und sich mit banalem Zauber bekriegten, würden irgendwann ihr Studium aufgeben und sich mit dem Rang eines schlichten *Magiers* begnügen: magische Technokraten mit frechen Bärten und Lederflecken an den Ärmeln, gescheiterte Zauberer, die bei Feten und Parties kleine Gruppen bildeten und sich gegenseitig mit neidischer Wachsamkeit beobachteten.

Die begehrten Hüte mit den optimalen astrologischen Symbolen, die bunten und weiten Mäntel, der Zauberstab — all das kam für sie nicht in Frage. Aber wenigstens konnten sie auf die *Beschwörer* herabsehen, die zur Fettleibigkeit und Leberleiden neigten, dauernd Bier tranken (obwohl sie der geplagten Leber besser einen alkoholfreien Urlaub gönnen sollten), in paillettierten Hosen herumstolzierten, schicksalsergeben dreinblickende Frauen ausführten und den Zorn der Magier herausforderten, indem sie ihnen ständig Witze erzählten und sich hartnäckig weigerten zu begreifen, welch geringen Status sie einnahmen. Auf der untersten Sprosse der Karriereleiter standen (abgesehen natürlich von Hexen) die Thaumaturgen, die überhaupt nicht ausgebildet wurden. Einem Thaumaturgen konnte man gerade noch zutrauen, einen Destillierkolben auszuwaschen. Viele magische Aufgaben erforderten Dinge wie Schimmel von einer zerquetschten Leiche, Sperma eines lebenden Tigers und Wurzeln einer Pflanze, die einen Ultraschallschrei ausstieß, wenn man sie aus dem

Boden zog. Wer wurde geschickt, um so etwas zu holen? Genau.

Es ist ein weit verbreiteter Irrtum zu glauben, die Angehörigen der unteren magischen Ränge eigneten sich nur dafür, Hecken zu schneiden und Unkraut zu jäten. Tatsächlich nehmen sie sehr ehrenhafte magische Pflichten wahr, und für entsprechende Arbeiten sind philosophischer Gleichmut und Dornenunempfindlichkeit (auch im übertragenen Sinne) unabdingbare Voraussetzungen. Wenn man einen sogenannten Schneider und Jäter zu einer Party einlud, konnte man damit rechnen, daß er die Hälfte des Abends mit den Topfpflanzen sprach. Und die andere Hälfte mit stummen Zuhörern verbrachte.

Wie Esk feststellte, befanden sich auch einige Frauen im Saal, denn selbst junge Magier hatten Mütter und Schwestern. Ganze Familien waren gekommen, um ihre immatrikulierten Söhne zu verabschieden. Es wurden Nasen geputzt und Tränen aus den Augen gewischt. Hier und dort klimperten Münzen, wenn stolze Väter ihren Sprößlingen Taschengeld in die Hand drückten.

Sehr alte und würdevolle Zauberer wanderten hoch erhobenen Hauptes durch die Menge, sprachen mit magischen Dozenten und musterten die zukünftigen Studenten.

Einige von ihnen bahnten sich vorsichtig einen Weg durchs Gedränge und hielten auf Treatle zu. Wie goldgetakelte Galeonen mit vollen Segeln pflügten sie durch den menschlichen Ozean, verbeugten sich vor dem Vizekanzler und bedachten Simon mit gönnerhaften Blicken.

»Das ist der junge Simon, nicht wahr?« fragte der dickste Zauberer und schenkte dem hochaufgeschossenen Jugendlichen ein strahlendes Lächeln. »Wir haben schon viel von dir gehört, junger Mann. Na? Hm?«

»Simon, verneig dich vor dem Erzkanzler Knallwinkel, dem Erzmagus der Zauberer vom Silbernen Stern!« befahl Treatle. Simon verbeugte sich nervös.

Knallwinkel beobachtete ihn wohlwollend. »Du wurdest uns als ein sehr vielversprechender Schüler berichtet, mein Junge«, sagte er. »Offenbar stimuliert die Bergluft das Gehirn, was?«

Er lachte, und die anderen Zauberer stimmten mit ein. Selbst Treatle kicherte. Esk fand das seltsam, denn eigentlich geschah überhaupt nichts Lustiges.

»Ich wwww-weiß nicht g-genau...«

»Nun, das wundert mich, denn schließlich heißt es von dir, du wüßtest praktisch alles«, erwiderte Knallwinkel. Seine fleischigen Wangen bebten wie Wackelpudding. Die übrigen Magier stimmten erneut ein gehorsames Gelächter an.

Knallwinkel klopfte Simon auf die Schulter.

»Du hast ein Stipendium erhalten und alle Prüfungen mit Auszeichnung bestanden«, meinte er. »Wirklich erstaunlich. So etwas ist noch nie zuvor geschehen. Die meisten fallen bei irgendeiner Sache durch. Und wie ich hörte, bist du auch noch Autodi... Autodiktat oder so. Mit anderen Worten: Du hast dir alles selbst beigebracht. Bemerkenswert, nicht wahr, Treatle?«

»In der Tat, Erzkanzler.«

Knallwinkel sah seine Kollegen an.

»Vielleicht könntest du uns eine Kostprobe deiner Kunst geben«, schlug er vor. »Ja, wie wär's mit einer kleinen Demonstration?«

Simons panischer Blick entsprach dem eines Hasen, den gerade einige Jagdhunde in die Enge getrieben hatten.

»Ai-Eigentlich b-bin ich nnn-nicht ssssehr g-gut in...«

»Keine falsche Bescheidenheit!« warf Knallwinkel in einem Tonfall ein, den er für ermutigend halten mochte. »Mach dir keine Sorgen. Laß dir ruhig Zeit. Wir haben Geduld.«

Simon befeuchtete sich die trockenen Lippen und wandte sich mit wortlosem Flehen an Treatle.

»Äh«, sagte er. »D-Die Sssss...« Er unterbrach sich und schluckte. »Die Wwwww...«

Das Gesicht lief ihm rot an. Die Augen tränten stärker als jemals zuvor, und Simons Schultern hoben und senkten sich.

Treatle gab ihm einen beruhigenden Klaps auf den Rücken.

»Heuschnupfen«, erklärte er. »Wir haben es mit allen möglichen Medizinen und Arzneien versucht — ohne Erfolg.«

Simon schluckte erneut und nickte. Mit seinen langen weißen Händen winkte er Treatle fort und schloß die Augen.

Einige Sekunden lang passierte überhaupt nichts. Die Lippen des jungen Mannes bewegten sich lautlos, und dann schien sich sein Schweigen zu verdichten, flackerte wie das Licht einer Kerze. Eine Flut der Stille spülte durch die Menge im Saal, traf mit der Gewalt eines gehauchten Kusses auf die gegenüberliegende Wand und gischtete stumm zurück. Einige Leute beobachteten amüsiert, wie sich ihre Gesprächspartner erschrocken bemühten, irgendeinen Laut hervorzubringen, doch das Lachen blieb ihnen im wahrsten Sinne des Wortes im Halse stecken. Das Blut schoß ihnen ins Gesicht, während sie so laut kreischten wie eine Arien singende Ziege. (Und da es keine ariensingenden Ziegen gibt, nicht einmal auf der magischen Scheibenwelt, kann sich der Leser hier sehr gut vorstellen, was sich im Saal ereignete: gar nichts.)

Winzige Staubkörner aus hellem Glanz irrlichterten über Simons Kopf. Sie stoben wie Funken, wirbelten dahin, vollführten einen komplizierten dreidimensionalen Tanz — und nahmen schließlich Gestalt an.

Esk zweifelte nicht daran, daß jenes *feste* Bild die ganze Zeit über vorhanden gewesen war und nur darauf gewartet hatte, sich ihr zu zeigen. Sie verglich diesen Umstand mit einer völlig normalen Wolke, die sich von einem Augenblick zum anderen in einen Wal, ein Schiff oder ein Gesicht verwandeln kann, ohne sich dafür einer umfassenden Metamorphose unterziehen zu müssen.

Bei dem *Etwas* über Simons Haupt handelte es sich um ein Abbild der Welt.

Das war auf den ersten Blick zu erkennen, obwohl das

Glitzern und Wogen der kleinen Lichter einige Einzelheiten verwischte. Eskarina sah die Himmelsschildkröte Groß-A'Tuin, die vier Elefanten auf ihrem (oder seinem) Rükken, die ihrerseits die Scheibenwelt trugen. Sie beobachtete das Glitzern des gewaltigen Wasserfalls, der unablässig über die Kante spritzte, die zehn Meilen hohe Felsnadel in der Mitte, jenes Massiv, das man Cori Celesti nannte und angeblich den Göttern als Heimstatt diente.

Das Bild wuchs in die Breite, zeigte das Runde Meer und den Ankh-Strom. Gleichzeitig flogen die Funken davon und erloschen einige Meter von Simons Kopf entfernt. Die sonderbare Projektion fixierte sich nun auf die Stadt Ankh-Morpork, die den Zuschauern entgegenzurasen schien. Die Universität flog heran und wurde rasch größer. Der Große Saal...

...und alle Menschen darin, die verwundert starrten. Und auch Simon selbst, umgeben von silbernem Gleißen. Und die Blase über ihm, die ebenfalls ein Bild enthielt, und darin wiederum...

Es hatte irgendwie den Anschein, als sei das ganze Universum umgestülpt worden, und zwar in allen Dimensionen. Es fühlte sich an, als litte man an Blähungen, ohne etwas dagegen unternehmen zu können. Und es klang so, als habe die Welt ein höchst bedeutendes *Gljupp!* von sich gegeben.

Die Wände lösten sich auf, und der Boden folgte ihrem Beispiel. Alle Gemälde, von denen magische Ahnen in die Halle blickten (die Künstler hatten großen Wert auf die Darstellung von Schriftrollen, langen Bärten und nachdenklich gerunzelten Stirnen gelegt), verschwanden spurlos. Die Fliesen — sie bildeten ein interessantes schwarzweißes Muster — lösten sich einfach in Luft auf und wichen feinem Sand, so grau wie Mondschein und so kalt wie Eis. Eigentümliche Sterne strahlten unwillig an einem noch eigentümlicheren Himmel. Vor dem Horizont zeigten sich niedrige Hügel, nicht etwa von Wind und Regen erodiert (an diesem besonderen Ort gab es gar kein Wetter), sondern vom Schmirgelpapier der Zeit.

Außer Esk schien niemand etwas zu bemerken. Keiner rührte sich von der Stelle. Das Mädchen sah sich plötzlich von Personen umgeben, die so lebendig wirkten wie granitene Statuen.

Und sie waren nicht allein. Hinter ihnen lauerten irgendwelche *Dinge*, und in einem beständigen Strom trafen andere Unheilswesen ein. Sie hatten keine Form in dem Sinne, wählten ihre Gestalt aus den einzelnen organischen Komponenten verschiedener Geschöpfe. Sie erweckten den Eindruck, als hätten sie von Armen, Beinen, Kiefern, Klauen und Reißzähnen gehört, ohne recht zu wissen, wie so etwas zusammenpaßte. Vielleicht kümmerten sie sich auch gar nicht darum. Möglicherweise konzentrierten sie sich in erster Linie auf ihren dämonischen Appetit, so daß alles übrige keine Rolle spielte.

Die von ihnen verursachten Geräusche klangen wie das Summen eines großen Fliegenschwarms.

Esk erkannte sie als Wesenheiten ihrer Träume, die sich nun nährten, um ihren Heißhunger auf Magie zu stillen. Sie wußte, daß es die *Dinge* nicht auf sie persönlich abgesehen hatten, vermutlich kaum mehr in ihr sahen als ein Dessert nach einer leckeren Mahlzeit. Ihre Aufmerksamkeit galt in erster Linie Simon, der von ihrer Gegenwart nicht einmal etwas ahnte.

Esk trat ihm ans Schienbein.

Die kalte Wüste verflüchtigte sich, und die reale Welt kehrte zurück. Simon schlug die Augen auf, lächelte schief und sank in Eskarinas Arme.

Die Zauberer murmelten und brummten, und einige von ihnen klatschten anerkennend. Abgesehen von den silbernen Lichtern schien keinem von ihnen etwas aufgefallen zu sein.

Knallwinkel schüttelte sich und hob gebieterisch die Hand, woraufhin es wieder still wurde.

»Ziemlich ... beeindruckend«, wandte er sich an Treatle. »Hat er diese Fähigkeiten von ganz allein entwickelt?«

»Ja, Erzkanzler.«

»Niemand half ihm dabei?«

»Es gab niemanden, der ihm dabei helfen konnte«, erwiderte Treatle. »Er wanderte schlicht von Dorf zu Dorf und beschwor einfache Magie. Aber nur dann, wenn ihn die Leute dafür mit Büchern oder Papier bezahlten.«

Knallwinkel nickte. »Es handelte sich keineswegs um ein Trugbild«, stellte er fest. »Und doch verzichtete er darauf, die Hände zu benutzen. Was murmelte er vor sich hin? Kennst du die Formel, Vizekanzler?«

»Angeblich sind es nur Worte, die dafür sorgen, daß sein Hirn auf die richtige Weise funktioniert«, antwortete Treatle und zuckte mit den Schultern. »Leider muß ich zugeben, daß ich mit den meisten seiner Erklärungen überhaupt nichts anfangen kann. Einmal meinte er sogar, er müsse neue Worte erfinden, um die gewünschte Wirkung zu erzielen.«

Knallwinkel musterte die anderen Zauberer. Sie nickten. »Es ist uns eine Ehre, ihm ein Studium an der Universität zu ermöglichen«, schloß er. »Sag ihm das bitte, wenn er wieder zu sich kommt.«

Als er spürte, wie jemand an seinem Ärmel zupfte, senkte er den Kopf.

»Entschuldige bitte«, sagte Eskarina.

»Hallo, junges Fräulein«, entgegnete Knallwinkel zuckersüß. »Bist du gekommen, um deinen Bruder zu verabschieden?«

»Simon ist nicht mein Bruder«, erwiderte Eskarina. Früher einmal schien die Welt voller Brüder gewesen zu sein, doch inzwischen hatte sich einiges geändert.

»Bist du wichtig?« fragte sie.

Knallwinkel sah seine Kollegen an und strahlte. Natürlich gab es auch bei Zauberern bestimmte Moderichtungen: Einige waren dünn und hohlwangig, sprachen am liebsten mit Tieren (die Tiere hörten ihnen nur selten zu, aber darauf kam es nicht an), während andere zu einem dunklen, finsteren Äußeren neigten und schwarze Spitzbärte bevorzugten. Zur Zeit war Würdevoll und Gravitä-

tisch *in*. Knallwinkel platzte geradezu vor Bescheidenheit.

›Ziemlich wichtig‹, antwortete er. »Ich gebe mir große
Mühe, der magischen Zunft zu Diensten zu sein. Ja, ich
widme mich ihr mit ganzem Herzen. Nun, ich glaube, ›ziemlich wichtig‹ ist eine durchaus angemessene Bezeichnung.«

»Ich möchte Zauberer werden«, sagte Esk.

Die Magier hinter Knallwinkel starrten sie so groß an,
als sähen sie in ihr einen besonders exotischen Käfer.
Knallwinkel lief rot an und rollte mit den Augen. Er blickte
auf Eskarina herab und hielt den Atem an. Dann lachte er.
Das *Hahaha!* begann irgendwo in seiner weiten Magenre-
gion, dehnte sich langsam nach oben aus, hallte von Rippe
zu Rippe und bewirkte kleine Zauberer-Beben auf der fleischigen Brust, bis es schließlich prustend aus ihm heraus-
platzte. Es war ein recht ansprechendes Lachen, eins mit eigener Persönlichkeit.

Aber Knallwinkel brach jäh ab, als er Esks Gesichtsausdruck bemerkte. Wenn man das Lachen mit einem Zirkus-
clown vergleichen konnte, so stellte Eskarinas Starren
einen mit Tünche gefüllten Eimer dar, der sich dem Narren
auf einer fehlerlos berechneten Flugbahn näherte.

»Zauberer?« wiederholte der Erzkanzler. *Du* möchtest
Zauberer werden?«

»Ja«, bestätigte Esk und schob den ohnmächtigen Simon
in Treatles widerstrebende Arme. »Ich bin der achte Sohn
eines achten Sohns. Ich meine... Tochter.«

Die Magier wechselten verwirrte Blicke und flüsterten
miteinander. Esk versuchte sie zu übersehen.

»Was hat sie gesagt?«

»Ist das ihr Ernst?«

»Ich dachte immer, Kinder in dem Alter seien lieb und
entzückend...«

»Du bist der achte Sohn einer achten Tochter?« fragte
Knallwinkel. »Tatsächlich?«

»Es ist genau umgekehrt, nur nicht ganz so«, erwiderte
Esk trotzig.

Knallwinkel holte ein Taschentuch hervor und betupfte sich die Augen.

»Interessant«, sagte er schließlich. »Ich glaube, so etwas habe ich noch nie zuvor gehört. Nun?«

Er ließ den Blick über das wachsende Publikum schweifen. Die Leute weiter hinten konnten Esk nicht sehen und reckten den Hals, weil sie annahmen, es bahne sich ein neues magisches Spektakel an. Knallwinkel suchte nach den richtigen Worten.

»Äh, tja«, brummte er, »du möchtest also Zauberer werden?«

»Das sage ich dauernd, aber niemand hört mir zu«, klagte Esk.

»Wie alt bist du, kleines Fräulein?«

»Fast neun.«

»Und du möchtest Zauberer werden, wenn du erwachsen bist.«

»Nein, *jetzt*«, widersprach Esk mit fester Stimme. »Dies *ist* doch die Unsichtbare Universität, wo man Zauberer ausbildet, oder?«

Knallwinkel sah Treatle an und zwinkerte.

»Das habe ich gesehen«, sagte Eskarina.

»Ich glaube, es hat noch nie einen weiblichen Zauberer gegeben«, überlegte Knallwinkel laut. »Ich bin ziemlich sicher, es ist gegen die Tradition. Was hältst du davon, wenn du dich in der Hexerei versuchst? Soweit ich weiß, bietet sie Mädchen die Möglichkeit zu einer steilen Karriere.«

Einer der Magier, die einen geringeren Rang einnahmen, kicherte leise. Esk bedachte ihn mit einem durchdringenden Blick.

»Es ist nicht übel, Hexe zu sein«, räumte sie ein. »Aber ich vermute, Zauberer haben mehr Spaß. Was meinst du?«

»Ich glaube, du bist ein einzigartiges Mädchen«, sagte Knallwinkel.

»Was soll das heißen?«

»Es bedeutet, daß es kein anderes Mädchen wie dich gibt«, erklärte Treatle.

»Das stimmt wahrscheinlich.« Esk nickte. »Aber ich möchte trotzdem Zauberer werden.«

Knallwinkel seufzte verzagt. »Das geht nicht!« entfuhr es ihm im Tonfall der Verzweiflung. »Allein die Vorstellung!«

Er richtete sich zu voller Breite auf und wandte sich ab. Etwas zupfte an seinem Mantel.

»Warum nicht?« fragte eine hohe Stimme.

»Weil...« Der Erzkanzler drehte sich langsam um. »Weil... Weil das vollkommen lächerlich wäre, darum! Und es widerspricht der Tradition.«

»Aber ich kann die Magie der Zauberei beschwören«, behauptete Esk. Ihre Stimme zitterte ein wenig.

Knallwinkel bückte sich, bis sich sein Gesicht auf einer Höhe mit dem des Mädchens befand.

»Nein, das kannst du nicht«, zischte er. »Weil du kein Zauberer bist. Für Frauen ist die hohe Magie zu hoch. Habe ich mich klar genug ausgedrückt?«

»Sieh zu!« verlangte Esk.

Sie streckte den rechten Arm aus, spreizte die Finger und visierte die Statue an, die Malich den Weisen verkörperte, den Gründer der Universität. Die Zauberer, die zwischen ihr und der Skulptur standen, wichen instinktiv zur Seite — und kamen sich gleich darauf recht dumm und albern vor.

»Ich meine es ernst«, fügte sie hinzu.

»Geh zu deiner Mami zurück, Mädchen!« riet ihr Knallwinkel.

»Also *gut*«, sagte Esk. Sie kniff die Augen zusammen, beobachtete die Statue und konzentrierte sich...

Das große Tor der Unsichtbaren Universität besteht aus Oktiron — derartiges Metall ist so unstabil, daß es nur in einem mit purer Magie gesättigten Universum existieren kann. Mit Feuer, Rammen oder modernerem Kriegsgerät kann man gegen solche Pforten nichts ausrichten; sie reagieren nur auf die Kraft der Zauberei.

Aus diesem Grund benutzen die meisten Besucher der Universität die Hintertür, die aus ganz gewöhnlichem Holz besteht und nicht herumläuft (oder still stehenbleibt), um irgendwelche Leute zu erschrecken. Darüber hinaus weist sie einen anständigen Klopfer auf.

Oma Wetterwachs beobachtete die Türpfosten aufmerksam und brummte zufrieden, als sie fand, wonach sie Ausschau hielt. Sie fühlte sich in ihrer Annahme bestätigt und lächelte triumphierend: Die Vorrichtung war der natürlichen Holzmaserung so gut angepaßt, daß man sie leicht übersehen konnte.

Sie griff nach dem drachenkopfähnlichen Klopfer und pochte dreimal. Nach einer Weile wurde die Tür von einer jungen Frau geöffnet, zwischen deren Lippen Wäscheklammern hervorragten.

»Wha whi whu?« fragte sie.

Granny verneigte sich und gab der Unbekannten ausreichend Gelegenheit, ihren schwarzen Hut mit den Fledermausnadeln zu betrachten. Die erhoffte Wirkung blieb nicht aus. Die junge Frau errötete, warf einen kurzen Blick in den leeren Flur und winkte die Hexe herein.

An den Gang schloß sich ein moosbedeckter Hof an, auf dem Wäscheleinen ein kompliziertes Zickzack-Muster bildeten. Granny bekam die Chance, als eine von wenigen Frauen zu erfahren, was Zauberer unter ihren bunten Mänteln trugen. Aber sie wandte schamhaft den Blick ab und folgte dem Mädchen eine breite Treppe hinunter.

Kurz darauf gelangten sie in einen langen hohen Tunnel, in dem Oma Wetterwachs hier und dort einige dunkle runde Zugänge bemerkte. Dampf wallte ihnen entgegen. Dutzende von Waschbütten standen in den großen Kammern neben dem Korridor, und die warme Luft roch nach frischer Bügelwäsche. Kichernde Frauen trugen Hosen, Gewänder und andere Kleidungsstücke, eilten über schmale Stufen, blieben plötzlich stehen und drehten sich langsam zu Granny um.

Die Hexe straffte ihre Gestalt und versuchte so geheimnisvoll wie möglich auszusehen.

Das Mädchen neben ihr — es hatte die Klammern noch nicht aus dem Mund genommen — führte sie durch einen Seitenkorridor in ein Zimmer, dessen Einrichtung in erster Linie aus langen Regalen bestand, in denen sich Wäsche stapelte. In der einen Ecke dieses Labyrinths saß eine fette Frau am Tisch. Auf dem Kopf ruhte eine struppige Perükke. Sie hatte gerade in einem auffallend großen Buch geschrieben — es lag noch immer vor ihr, doch derzeit inspizierte sie eine fleckige Weste.

»Hast du's mit Bleichen versucht?« fragte sie.

»Ja, Herrin«, erwiderte das wartende Dienstmädchen.

»Was ist mit Myrryt-Tinktur?«

»Dadurch wurde die Weste blau, Herrin.«

»Sind wirklich merkwürdige Flecken«, sagte die Dicke. »Isch hab' schon 'ne Menge gesehen: Schwefel, Ruß, Drachenblut, Dämonenschleim und was weiß isch.« Sie drehte die Weste einige Male und entdeckte ein eingenähtes kleines Namensschild. »Hmmm. Stolznase der Weiße. Nun, er wird bald Stolznase der Graue heißen, wenn er nicht besser auf seine Sachen achtgibt. Isch sage dir was, Mädchen: Ein weißer Magier ist nichts weiter als ein schwarzer Magier mit einer guten Haushälterin. Das kannst du mir...«

Sie unterbrach sich, als sie Oma Wetterwachs sah.

»Ih hahte, ih whooo hiehee«, sagte die Frau mit den Wäscheklammern im Mund und machte hastig einen Knicks. »Wha ah ihtih?«

»Ja, ja, schon gut, Ksandra«, sagte die Dicke. »Du kannst jetzt gehen.« Sie stand auf, strahlte Granny an, stellte ihren inneren Zeiger auf *Achtung! Hexe!* und schraubte die Stimme einige soziale Tonleitern höher.

»Bitte entschuldige uns, höchst ehrenwerte Hexe«, sagte sie. »Wir haben derzeit alle Hände voll zu tun, wie du sicher siehst. Andernfalls hätten wir dich selbstverständlich mit dem gebührenden Respekt — um nicht zu sagen: mit Hochachtung und anerkennender Demut — begrüßt. Darf ich mich untertänigst erkundigen, ob du uns einen Höflichkeitsbesuch abstattest oder«, — sie senkte die Stimme und zwinkerte —, »oder Nachrichten aus dem Jenseitsdrüben bringst?«

Granny war verwirrt, doch dieser Zustand dauerte nur wenige Sekunden an. Die Hexenzeichen an den Türpfosten deuteten darauf hin, daß die Haushälterin Hexen willkommen hieß und sich insbesondere Neuigkeiten über ihre vier Ehemänner erhoffte. Derzeit hielt sie nach einem fünften Ausschau (ohne genau zu wissen, wo sie ihn suchen sollte) — daher die Perücke. Darüber hinaus ließ ein leises Knistern vermuten, daß das Korsett der Dicken aus genug Fischbein bestand, um eine ganze Ökologiebewegung außer Rand und Band zu bringen. Leichtgläubig und dumm, so behaupteten die Zeichen. Oma Wetterwachs behielt sich ein eigenes Urteil vor, denn ihrer Meinung nach waren Stadthexen nicht gerade mit einem Übermaß an Intelligenz gesegnet.

Die Haushälterin zog falsche Schlüsse aus Grannys Gesichtsausdruck. »Mach dir keine Sorgen!« beruhigte sie. »Mein Mitarbeiterstab hat die strikte Anweisung, Hexen mit offenen Armen zu empfangen, obgleich *die da oben* sicher nichts davon hielten. Darf isch dir eine Tasse Tee und etwas zu essen anbieten?«

Granny verbeugte sich ernst.

»Und isch beauftrage jemanden, ein Bündel hübsch alter Kleidung für dich zu holen«, fügte die Dicke fröhlich hinzu.

»Alte Kleidung? Oh. Ja. Ich verstehe. Vielen Dank.«

Die Haushälterin trat hinter dem Tisch hervor und verursachte dabei ein Geräusch, das sich anhörte, als ächze ein altes Segelschiff im Sturm. Mit einem freundlichen Wink forderte sie Oma Wetterwachs auf, ihr zu folgen.

»Isch lasse den Tee in mein Zimmer bringen. Tee mit vielen Teeblättern.«

Granny stapfte ihr nach. Alte Kleidung? Meinte sie das etwa ernst? Welche Unverschämtheit! Andererseits: Wenn es gute Qualität war ...

Unter der Universität schien sich eine ganze Welt zu erstrecken. Es handelte sich um einen weiten Irrgarten aus Kellern, Vorratskammern, Küchen und Waschzimmern. Jeder Bewohner dieses Universums trug etwas, pumpte, schob oder stand einfach herum und redete mit lauter Stimme. Granny sah Räume voller Eis, und andere schimmerten in der Hitze rotglühender Backöfen, die bis zur Decke hinaufreichten. Es duftete nach frischem Brot, und aus Schankstuben wehte ihr der Geruch von abgestandenem Bier entgegen. Die meisten Düfte entschlüsselte die Hexe als Schweiß und Feuerrauch.

Die Haushälterin führte sie eine alte Wendeltreppe hinauf, holte ihr klirrendes Schlüsselbund hervor und öffnete eine Tür.

Granny starrte in ein rosafarbenes, mit Spitzen verziertes Zimmer. Sie bemerkte Rüschen an Dingen, die niemand, der noch alle Sinne beisammen hatte, mit einem derartigen Schmuck ausstatten würde. Es war, als betrete man eine Höhle aus Zuckerwatte.

»Hübsch«, log Oma Wetterwachs. Und als sie den erwartungsvollen Blick der dicken Frau auf sich ruhen spürte, fügte sie hinzu: »Geschmackvoll.« Sie sah sich vergeblich nach irgendeiner Sitzgelegenheit ohne Rüschen um.

»Oh, bitte verzeih mir meine Unhöflichkeit!« trillerte die Haushälterin. »Isch bin Frau Reineweiß, aber das weißt du sicher schon. Mit wem habe isch die Ehre ...?«

»Wie?« fragte die Hexe und runzelte die Stirn. »Oh! Granny ›Oma‹ Wetterwachs.« Sie konnte die Rüschen nicht ertragen. Sie beleidigten die Ehre aller Farben, die auch nur entfernt einem (mehr oder weniger) anständigen Rosarot ähnelten.

»Isch verstehe auch einiges von Pschikologie«, sagte Frau Reineweiß.

Granny hatte nichts gegen die Wahrsagerei, vorausgesetzt dem entsprechenden Hellseher fehlte es an Talent. Ganz anders war es, wenn der oder die Betreffende wußte, worum es dabei ging. Oma Wetterwachs hielt die Zukunft für ein recht empfindsames Etwas, das sich sofort veränderte, wenn man es zu lange anstarrte. Ihre Theorien von der Raumzeit bestärkten sie in der Ansicht, es sei in jedem Fall besser, die Finger — und Augen — von solchen Dingen zu lassen. Glücklicherweise gab es nur wenige wirklich begabte Wahrsager, und für gewöhnlich zogen die Kunden unfähige Scharlatane vor, von denen man vertrauensvoll die gewünschte Dosis Zuversicht und Optimismus erwarten durfte.

Granny wußte sehr wohl, worauf es bei falscher Wahrsagerei ankam. Sie war weitaus schwieriger als die richtige, denn sie erforderte ein hohes Maß an Phantasie.

Mehrmals fragte sie sich, ob Frau Reineweiß mit der richtigen Ausbildung eine Hexe geworden wäre. Eins stand fest: Sie belagerte die Zukunft geradezu. Unter einem rüschenbesetzten Teewärmer lagen: eine Kristallkugel, Dutzende von Weissagungskarten und ein rosaroter Samtbeutel mit Runensteinen. Darüber hinaus gehörte zum Mobiliar auch ein kleiner Tisch mit Rollen, den eine vorsichtige Hexe nicht einmal mit einem drei Meter langen Besen angerührt hätte. Hinzu kamen einige seltsame Gebilde, die Granny nicht genau zu deuten wußte. Auf den ersten Blick betrachtet, sahen sie aus wie platte Torffladen, aber der Geruch erinnerte verdächtig an getrockneten Affenkot. *Vielleicht hat sie beides gemischt*, dachte Oma Wetterwachs zerknirscht. *Würde mich gar nicht wundern*. Woraus sie auch bestehen mochten: Man warf sie wie Würfel, und wenn sie anschließend zu Boden fielen, sollte ihre Anordnung die Gesamtsumme des kosmischen Wissens und der universalen Weisheit bilden. Granny seufzte innerlich.

»Wir könnten natürlich auch mit den Teeblättern vorliebnehmen«, sagte Frau Reineweiß und deutete auf die große braune Kanne zwischen ihnen. »Isch kenne Hexen, die sich darauf spezialisiert haben, aber meiner Ansicht nach sind sie viel zu ... *gewöhnlich.* Womit isch dir natürlich nicht zu nahe treten will.«

Granny war ziemlich sicher, daß die Haushälterin tatsächlich nicht die geringste Absicht hatte, sie irgendwie zu beleidigen. Sie offenbarte den zuvorkommenden Eifer eines kleinen Hündchens, das die schlechte Laune des Herrchens spürt und an Alpträumen von zusammengerollten Zeitungen leidet.

Sie nahm die Tasse von Frau Reineweiß zur Hand und sah hinein. Aus den Augenwinkeln bemerkte sie gerade noch rechtzeitig den enttäuschten Ausdruck, der wie ein flüchtiger Schatten durch das schneeweiße Gesicht der Haushälterin huschte. Granny rief sich das übliche Ritual ins Gedächtnis zurück: Dreimal drehte sie die Tasse entgegen dem Uhrzeigersinn, strich mehrmals mit der Hand darüber hinweg und murmelte einen Hexenzauber — den sie normalerweise verwendete, um die Brustdrüsenentzündungen älterer Ziegen zu behandeln (man konnte nie wissen). Die Zurschaustellung magischer Talente beeindruckte Frau Reineweiß zutiefst und stimmte sie gleich wesentlich fröhlicher.

Eigentlich konnte Oma Wetterwachs mit Teeblättern nicht viel anfangen, aber sie achtete darauf, sich nichts anmerken zu lassen. Mit bedeutungsvoll gerunzelter Stirn betrachtete sie den dicken Zuckerbelag am Tassenboden und ließ ihre Gedanken treiben. Was sie jetzt wirklich brauchte, war eine flinke Ratte oder auch nur eine Küchenschabe, die sich in Eskarinas Nähe befand. Ein kurzes Borgen hätte genügt, um in Erfahrung zu bringen, wie es dem Mädchen ging.

Zu ihrer großen Überraschung stellte sie kurze Zeit später fest, daß die Universität ein eigenes Bewußtsein hatte.

Es ist allgemein bekannt, daß Steine denken können (immerhin beruht die ganze Elektronik auf dieser Tatsache), aber in manchen Universen blicken die Menschen lieber zum Himmel empor und suchen dort nach Intelligenzen, anstatt unter ihren Füßen nachzusehen. Der Grund dafür: Sie machen sich völlig falsche Vorstellungen vom Begriff Zeit. Aus der Perspektive eines Steins gesehen ist der Kosmos gerade erst geschaffen worden; Gebirgszüge hüpfen wie Gummibälle auf und ab; Kontinente sausen ausgelassen hin und her, prallen aus reiner Freude aufeinander und schaben sich gegenseitig die Felsen ab. Es wird noch ziemlich lange dauern (was dem Menschen nur recht sein kann), bis der Stein sein seltsames Hautleiden bemerkt und sich zu kratzen beginnt.

Doch das Gestein, aus dem die Unsichtbare Universität besteht, hat im Laufe von vielen Jahrtausenden Magie absorbiert, und diese ungerichtete Kraft muß natürliche Konsequenzen nach sich ziehen.

Anders ausgedrückt: Die Universität hat eine ureigene Persönlichkeit entwickelt.

Oma Wetterwachs fühlte sich wie ein großes gutmütiges Tier, das nur darauf wartete, sich aufs Dach zu rollen, damit ihm jemand den Boden krault. Es schenkte ihr überhaupt keine Beachtung, richtete seine Aufmerksamkeit statt dessen auf Eskarina.

Granny fand das Kind, indem sie den mentalen Interessefäden der Universität folgte, und fasziniert sah sie zu, was im Großen Saal geschah...

»...dort drin?«

Die Stimme erklang in weiter Ferne.

»Mmpf?«

»Isch sagte: Was erkennst du dort drin?« wiederholte Frau Reineweiß.

»Wie?«

»Isch *sagte:* Was...«

»Oh!« Granny zog ihre gedanklichen Arme zurück und versuchte, sich aus dem Kokon der Verwirrung zu befreien. Wenn man einen anderen Geist borgte, so fühlte man sich nach der Rückkehr in den eigenen Körper immer irgendwie fehl am Platze. Außerdem hatte die Hexe noch nie

zuvor versucht, durch die symbolischen Augen eines Gebäudes zu sehen. Sie bemühte sich, die Erinnerungen an
massive Größe, kalte Fliesen und weite Korridore zu verdrängen.

»Ist alles in Ordnung mit dir?«

Granny nickte und öffnete ihre Fenster. Sie streckte die
Ost- und Westflügel aus und starrte auf die Tasse, die sie in
ihren Säulen hielt.

Zum Glück führte Frau Reineweiß sowohl den steinernen Gesichtsausdruck der Hexe als auch ihr Schweigen auf
okkulte Mächte zurück. Unterdessen stellte Granny nicht
ohne eine gewisse Genugtuung fest, daß der Kontakt mit
dem Siliciumgedächtnis der Universität ihre Phantasie be-
flügelte.

Mit einer Stimme, die wie ein zugiger Korridor klang
und der Haushälterin sehr imponierte, schilderte sie eine
Zukunft, in der es von attraktiven jungen Männern wimmelte, die alle um die Gunst von Frau Reineweiß rangen.
Sie sprach hastig, denn angesichts der jüngsten Ereignisse
im Großen Saal hielt sie es für angeraten, so schnell wie
möglich zum Tor zurückzukehren.

»Da wäre noch etwas«, fügte sie hinzu.

»Ja, ja?«

»Ich sehe, daß du ein neues Dienstmädchen aufnimmst
— du bist doch auch für die Einstellungen verantwortlich,
nicht wahr? Gut. Es handelt sich um ein junges Mädchen,
das keine großen Ansprüche stellt, sehr fleißig ist und sich
überall nützlich machen kann.«

»Und weiter?« fragte Frau Reineweiß. Sie genoß die verblüffend bunten Farben, in denen Granny ihre nahe Zukunft malte, und platzte fast vor Neugier.

»In dieser Hinsicht ist das Bild nicht ganz klar«, murmelte Granny. »Aber die Geister meinen, es sei sehr wichtig,
daß du das Mädchen einstellst.«

»Kein Problem«, erwiderte die Haushälterin. »Weißt
du, wir brauchen ständig neue Leute. Bei uns herrscht eine
hohe Fluk... Fluktua... Isch meine, viele Dienstmädchen

bleiben nur kurze Zeit hier. Wegen der Magie. Sie *tropft* zu uns herab. Insbesondere aus der Bibliothek, wo alle diese Zauberbücher aufbewahrt werden. Gerade erst gestern haben zwei junge Bedienstete gekündigt. Sie hätten es satt, abends ins Bett zu gehen und nicht zu wissen, in welcher Gestalt sie am nächsten Morgen aufwachen. Zweimal mußten einige erfahrene Zauberer eingreifen, um sie zurückzuverwandeln. Trotzdem blieben gewisse... Spuren.«

»Nun, die Geister der Teeblätter sind ganz sicher, daß dir das Mädchen in diesem Zusammenhang keine Probleme bereiten wird«, sagte Oma Wetterwachs fest.

»Wenn es fegen und wischen kann, ist es willkommen«, erklärte Frau Reineweiß und musterte die Hexe verwirrt.

»Es bringt sogar seinen eigenen Besen mit. Das sagen jedenfalls die Geister.«

»Sehr nett von dem Mädchen. Wann trifft es hier ein?«

»Oh, bald, bald — so behaupten die Geister.«

Ein Hauch von Argwohn regte sich in der Haushälterin. »Die Geister geben nur selten Auskünfte dieser Art. Kannst du mir die entsprechende Stelle zeigen?«

»Hier«, sagte Granny. »Sieh dir diesen Haufen kleiner Teeblätter an, zwischen dem Zucker und dem Kratzer. Na?«

Ihre Blicke trafen sich. Frau Reineweiß hatte gewiß ihre Schwächen, aber sie war streng genug, um die Kellerwelt unter der Universität zu regieren. Doch Oma Wetterwachs konnte mit ihrem durchdringenden Starren sogar eine Schlange aus der Fassung bringen. Nach einigen Sekunden begannen die Augen der Haushälterin zu tränen.

»Ja, isch glaube, du hast recht«, brummte sie eingeschüchtert und zog ein Taschentuch aus dem tiefen Tal zwischen ihren Brüsten.

»Na also«, sagte Granny, lehnte sich zurück und stellte die Tasse auf den Tisch.

»Hier gibt es gute Aufstiegsmöglichkeiten für junge Frauen, die bereit sind, hart zu arbeiten«, verkündete Frau Reineweiß. »Ich habe selbst als Dienstmädchen angefangen.«

»Das ist bei uns allen der Fall«, entgegnete Oma Wetterwachs vage. »Äh, ich muß jetzt gehen.« Sie stand auf und griff nach ihrem Hut.

»Aber ...«

»Ich habe es sehr eilig«, erwiderte Granny über die Schulter hinweg, als sie in Richtung Treppe stakte. »Ein wichtiger Termin.«

»Dort drüben liegt ein Bündel alter Kleidung für dich bereit ...«

Granny verharrte, und ihre Instinkte begannen mit einem Staatsstreich, der sich gegen den bewußten Willen richtete.

»Ist auch schwarzer Samt dabei?«

»Ja. Und Seide.«

Die alte Hexe wußte nicht genau, ob ihr Seide gefiel. Sie hatte gehört, solcher Stoff stamme aus dem After von Raupen. Aber schwarzer Samt übte eine fast unwiderstehliche Anziehungskraft auf sie aus. Schließlich trug Loyalität den Sieg davon.

»Heb die Sachen für mich auf!« rief sie und lief durch den Gang. »Ich hole sie später ab.«

Köchinnen und Küchenmädchen sprangen beiseite und gingen in Deckung, als Oma Wetterwachs über die schlüpfrigen Fliesen stürmte und die Treppe zum Hof hochsauste. Der lange Schal wehte wie eine Fahne hinter ihr, und die Stiefel kratzten funkenstiebend übers Kopfsteinpflaster. Außerhalb des Gebäudes raffte sie ihre Röcke zusammen und begann einen vollen Galopp, bremste nur kurz ab, als sie um die Ecke schlitterte. Ihre Absätze hinterließen einen langen weißen Streifen auf dem Boden.

Sie erreichte den Platz vor der Universität gerade noch rechtzeitig genug, um Eskarina zu sehen, die tränenüberströmt durchs Tor rannte.

»Die Magie hat einfach nicht funktioniert! Ich konnte sie spüren, aber sie wollte nicht aus mir heraus!«

»Vielleicht hast du dich zu sehr bemüht«, sagte Granny.

»Mit der Magie ist es so wie beim Angeln. Wenn man ungeduldig herumläuft und ärgerlich Steine ins Wasser wirft, beißt kein Fisch an. Man muß still und geduldig sein, der Natur ihren Lauf lassen.«

»Und dann haben mich alle ausgelacht! Irgend jemand gab mir sogar ein Bonbon!«

»Dann hat sich's wenigstens gelohnt«, murmelte Oma Wetterwachs.

»Granny!« erwiderte Esk vorwurfsvoll.

»Nun, was hast du denn erwartet?« fragte die alte Hexe. »Freu dich, daß sie nur gelacht haben. Gelächter tut nicht weh. Du bist an den obersten Zauberer herangetreten, hast angegeben und dich aufgespielt. Und daraufhin wurdest du nur ausgelacht? Du kannst von Glück sagen, Esk. Übrigens: Was ist mit dem Bonbon?«

Esk schnitt eine finstere Miene. »Was soll schon damit sein? Schmeckte nicht schlecht.«

»Was war's für eins?«

»Eine Sahnekaramelle.«

»Ich kann Sahnekaramellen nicht ausstehen.«

»Grr«, machte Eskarina leise. »Beim nächstenmal soll ich wohl um ein Pfefferminz bitten, wie?«

»Werd nicht frech, kleiner Nasewei ß! Pfefferminz ist gesund. Gib mir die Schlüssel!«

Einer der Vorteile des Stadtlebens, so mußte Granny zugeben, bestand in einem großen Angebot an Glaswaren. Die Herstellung einiger spezieller Heiltränke und Elixiere erforderte Gerätschaften, die entweder zu Wucherpreisen von Zwergen gekauft oder beim nächsten Glasbläser bestellt werden mußten — und in den meisten Fällen in Form scharfkantiger Splitter geliefert wurden. Sie hatte selbst versucht, Glas zu blasen, doch durch die Anstrengung dabei bekam sie häufig Hustenanfälle, die zu seltsamen Resultaten führten. In Ankh-Morpork blühte die Alchimie, und das bedeutete, daß es viele Geschäfte gab, die alle nur erdenklichen gläsernen Artikel anboten. Außerdem bekam eine Hexe fast immer großzügigen Rabatt.

Aufmerksam beobachtete sie gelben Dampf, der durch ein Labyrinth aus verschlungenen Röhren wogte und schließlich zu einem dicken Tropfen kondensierte. Granny fing ihn mit einem Glaslöffel auf und ließ ihn behutsam in eine Ampulle rinnen.

Esk sah ihr durch einen Tränenschleier zu.

»Was ist das?« fragte sie.

»Ein Nichtsweiterwichtig«, antwortete Granny, stopfte einen Korken in den winzigen Flaschenhals und versiegelte den winzigen Behälter mit Wachs.

»Eine Medizin?«

»In gewisser Weise.« Granny nahm Zettel und Stift zur Hand. Die Zungenspitze ragte ihr aus dem Mundwinkel, als sie mit großer Sorgfalt und lautem Kratzen einige Worte schrieb. Mehrmals hielt sie inne und versuchte, die breiten Lücken in ihren orthographischen Kenntnissen auszufüllen.

»Für wen ist sie?«

»Für Frau Herapath, die Gattin des Glasbläsers.«

Esk putzte sich die Nase. »Du meinst denjenigen, der nicht sehr viel bläst, oder?«

Oma Wetterwachs hob den Kopf und musterte sie mißtrauisch.

»Wie meinst du das?«

»Als sie gestern mit dir sprach, nannte sie ihn Opa-Einmal-In-Zwei-Wochen.«

»Mmpf«, erwiderte Granny und schrieb den begonnenen Satz zu Ende: »Löß der Troffen in ain Glaß Wasser auf und gieb ain Troffen in sain Tee achte darauff dass du laichte Klaidung trehkst und kaine Bessucher ervartet wärden.«

Eines Tages muß ich jenes *Gespräch mit ihr führen*, dachte sie.

Eskarina schien in dieser Hinsicht bemerkenswert dumm zu sein. Sie hatte bei mehreren Geburten zugesehen und die Ziegen des öfteren zum Bock von Mütterchen Großapfel gebracht, ohne die offensichtlichen Schlüsse daraus zu

ziehen. Granny wußte nicht genau, wie sie vorgehen sollte; aus irgendeinem Grund schien nie der geeignete Zeitpunkt zu kommen, dieses Thema zur Sprache zu bringen.
Sie fragte sich, ob sie aus Scham die Augen vor dem ver-
schloß, was eigentlich ihre Pflicht war — und nahm sich
vor, peinliche Verlegenheit und ähnliche gefühlsduselige
Schutzmaßnahmen bei der nächsten Gelegenheit wenigstens vorübergehend zu vergessen. Eskarina hatte ein
Recht darauf zu erfahren, wie sich Bienen vermehrten.
Und vielleicht auch Schmetterlinge. Und möglicherweise...

Granny errötete.

Sie klebte das Etikett auf die Ampulle und hüllte das
winzige Fläschchen in einfaches Papier.

Und nun...

»Es gibt noch einen anderen Weg in die Universität«,
sagte sie und warf Esk einen unauffälligen Blick zu. Das
Mädchen ließ ihren Zorn gerade an einigen Kräutern aus,
die es in einem Mörser zerrieb. »Einen Hexenweg sozusagen.«

Eskarina blickte auf. Granny gönnte sich ein dünnes Lächeln und begann damit, einen weiteren Zettel zu beschrif-
ten. Ihrer Meinung nach stellten solche Aufgaben den bei
weitem schwierigsten Teil der Magie dar.

»Aber vermutlich interessierst du dich nicht dafür«, fuhr
sie fort. »Auf jene Weise erringt man nur wenig Ruhm.«

»Sie haben mich ausgelacht«, brummte Esk.

»Ja. Darauf hast du schon hingewiesen. Also willst du es
sicher nicht noch einmal versuchen. Das *verstehe* ich.«

Stille schloß sie ein, nur unterbrochen vom leisen Kratzen des Schreibstifts. Nach einer Weile sagte das Mädchen:
»Der Weg, den du meinst...«

»Mmpf?«

»Er führt tatsächlich in die Universität?«

»Oh, natürlich«, sagte Granny leichthin. »Ich habe dir
doch versprochen, einen zu finden, nicht wahr? Außerdem ist es ein sehr guter Weg. Du brauchst dich nicht um

irgendwelche Lektionen zu kümmern und kannst das ganze Gebäude durchstreifen, ohne daß jemand auf dich achtet... Du wärst praktisch unsichtbar, jawohl. Du könntest dort... aufräumen und saubermachen und so. Aber nachdem man dich ausgelacht hat, hast du bestimmt keine Lust mehr, dich in der Universität umzusehen. Oder?«

»Noch eine Tasse Tee, Frau Wetterwachs?« fragte Frau Reineweiß.

»Fräulein«, sagte Granny.

»Wie?«

»Es heißt ›Fräulein Wetterwachs‹, erklärte die alte Hexe. »Drei Stücke Zucker, bitte!«

Frau Reineweiß reichte ihr die kleine Schale. Sie freute sich zwar über Grannys Besuche, aber sie mußte dafür einen hohen Preis an Zucker bezahlen. Süßigkeiten hielten sich nie lange, wenn Oma Wetterwachs in der Nähe weilte.

»Schlecht für die Figur«, sagte sie. »Und auch für die Zähne, habe isch gehört.«

»Nun, meine Figur war nie der Rede wert, und meine Zähne geben auf sich selbst acht«, erwiderte Granny. Und das entsprach bedauerlicherweise der Wahrheit. Oma Wetterwachs litt an überaus gesunden und nachgerade unzerstörbaren Zähnen, worin sie einen großen Nachteil für eine Hexe sah. Sie beneidete Mütterchen Großapfel, die Hexe auf der anderen Seite des Berges, der es schon im Alter von nur zwanzig Jahren gelang, alle ihre Zähne zu verlieren. Dadurch errang sie frühzeitig den Ruf eines weisen Tantchens. Es bedeutete zwar, daß man sich mit einer aus Suppen bestehenden Diät begnügen mußte, aber andererseits gewann man großen Respekt. Und dann die Warzen. Mütterchen Großapfel schien es überhaupt nicht schwerzufallen, sich ein Gesicht zuzulegen, das wie eine mit Murmeln gefüllte Socke aussah. Granny hingegen wandte sich an die besten Warzenbeschwörer und schaffte es nicht einmal, sich den hexenobligatorischen Nasenpikkel wachsen zu lassen.

»Mmpf?« frage sie, als sie das demonstrative Seufzen der Haushälterin hörte.

Frau Reineweiß holte tief Luft. »Isch sagte: Die junge Eskarina ist ein echter Schatz. *Ffirklch* lieb. Sie hält den Boden blitzsauber. *Blitz*sauber. Keine Aufgabe ist ihr zu schwer. Gestern sagte isch zu ihr, isch sagte: Dein Besen scheint fast lebendig zu sein. Und weißt du, was sie darauf antwortete?«

»Ich habe nicht die geringste Ahnung«, brummte Oma Wetterwachs und stöhnte lautlos.

»Sie antwortete: Der Staub fürchtet sich vor ihm! Kannst du dir das vorstellen?«

»Ja«, meinte Granny.

Frau Reineweiß schob ihre Teetasse über den Tisch und lächelte verlegen.

Granny ächzte innerlich und starrte in die nicht unbedingt klaren Tiefen der Zukunft. Langsam, aber sicher ging ihr die Phantasie aus.

Der Besen fegte durch den Korridor und wirbelte eine große Staubwolke auf. Wenn man genauer hinsah, schien das dunstige Wallen irgendwo im dicken Stiel zu verschwinden. Und wenn man noch genauer Ausschau hielt, dann konnte man feststellen, daß der Holzstab sonderbare Schnitzmuster aufwies, die nicht eigentlich *geschnitzt*, sondern *aufgeklebt* zu sein schienen. Und sie veränderten sich, während man sie betrachtete.

Doch niemand achtete darauf.

Esk saß an einem der hohen Fenster und blickte über die Stadt. Sie war ärgerlicher als sonst, und deshalb griff der Besen den Staub mit besonderer Entschlossenheit an. Spinnen eilten auf ihren acht Beinen davon, als die von ihren Ahnen gesponnenen Weben im Nichts verschwanden. In den Mauern schmiegten sich Mäuse aneinander und stemmten sich einem reißenden Sog entgegen. Im Gebälk verborgene Holzwürmer gerieten in Panik, als *etwas* sie durch ihre Freßtunnel zerrte.

»Meine Güte, du verstehst was von Reinlichkeit!« sagte Esk bewundernd.

Eigentlich mußte sie zugeben, daß das Leben in den Kellern der Unsichtbaren Universität durchaus Vorteile hatte. Das Essen war schlicht, aber es gab mehr als genug. In einer der oberen Etagen wohnte sie in einem Zimmer ganz für sich allein, und sie durfte sogar bis fünf Uhr morgens schlafen — was für Granny praktisch Mittag gleichkam. Die Arbeit fiel ihr eher leicht. Sie begann einfach zu fegen, bis der Besen begriff, was man von ihm erwartete, und dann konnte sie sich die Zeit vertreiben, bis er fertig war. Wenn irgend jemand kam, lehnte er sich unschuldig an die Wand.

Esk bedauerte nur, daß sie keine Zauberei lernte. Manchmal betrat sie Klassenzimmer und betrachtete die Kreidediagramme an den Tafeln (oder auf dem Boden, wie in den Studienkammern der fortgeschrittenen Semester), aber sie blieben bedeutungslos für sie.

Sie erinnerten Eskarina an die Symbole in Simons Büchern. Sie wirkten lebendig.

Das Mädchen beobachtete die Dächer von Ankh-Morpork, und dabei gingen ihm folgende Gedanken durch den Kopf: Wenn man schrieb, dann quetschte man nur die Worte zwischen dünnes Papier, die man normalerweise laut aussprach, und mit der Zeit verwandelten sie sich dort in... in Fossilien. (Fossilien sind auf der Scheibenwelt weithin bekannt. Es handelt sich um spiralförmige muschelartige Gegenstände und versteinerte Reste von Geschöpfen, die zu einer Zeit lebten, als der Schöpfer noch überlegte, wie er eine lange Evolution simulieren sollte, und in einem Lexikon den faszinierenden Begriff ›Pleistozän‹ entdeckte.) Ausgesprochene Worte wiederum stellten nur Schatten tatsächlicher Dinge dar. *Aber* einige dieser Dinge waren zu groß, um in Silben eingefangen zu werden, und besonders mächtige Worte ließen sich nicht zähmen, indem man sie niederschrieb.

Daraus folgte, daß die einen oder anderen Schriftzeichen versuchten, *Dinge* zu werden. An dieser Stelle verwirrten sich Eskarinas Gedanken ein wenig. Trotzdem zweifelte sie nicht daran, daß man alle Worte mit Fug und Recht als magisch bezeichnen konnte, die zornig pulsierten und zu fliehen versuchten, um feste Gestalt anzunehmen.

Sie sahen nicht sehr vertrauenserweckend aus.

Dann entsann sich Esk an den vergangenen Tag.

Es waren recht beunruhigende Erinnerungen. Die Klassenzimmer in der Universität ähnelten nach oben geöffneten Trichtern, an deren Innenrand sich lange Sitzbänke entlangzogen (von den ehrenwerten Hinterteilen der berühmtesten Magier blankgeputzt). Tief unten, gewissermaßen im Stutzen des Trichters, befanden sich: eine Werkbank, große Tafeln und genug Platz für ein anständiges Lehr-Oktagramm. Unter den Sitzreihen gab es viel freien Raum, und dort machte es sich Eskarina gemütlich. Sie spähte an den Schnörkelstiefeln der Zauberernovizen vorbei, behielt den Dozenten im Auge, lauschte seinem monotonen Vortrag und versuchte, nicht einzuschlafen. Die Stimme summte und brummte wie die ein wenig ausgeflippten Bienen in Grannys Kräutergarten. Vergeblich wartete sie auf eine Demonstration konkreter Magie. Alles beschränkte sich immer nur auf Worte, die Zauberer so sehr liebten.

Doch der vergangene Tag hatte eine Überraschung für sie bereitgehalten. In Gedanken kehrte Esk in das halbdunkle Zimmer zurück und beobachtete sich dabei, wie sie einfache Magie zu beschwören versuchte. Plötzlich hörte sie, wie sich die Tür öffnete und schwere Schritte näherten. Das war schon erstaunlich genug. Sie kannte den Stundenplan: Die Schüler des zweiten Studienjahrs, die normalerweise in diesem Zimmer unterrichtet wurden, befanden sich nun zusammen mit Jeophal dem Hurtig-Rüstigen in der Sporthalle und übten Erste Entmaterialisierungen. (Magische Studenten legten keinen großen Wert auf körperliches Training. Bei der Sporthalle handelte es sich um einen mit Blei und Ebereschenholz abgeschirmten Raum, in dem Neophythen den Umgang mit Hoher Magie lernten, ohne dadurch das ganze Universum aus dem Gleichgewicht zu bringen. Manchmal allerdings blieben individuelle Folgen nicht aus. Geistige Destabilisierung, im Volksmund Wahnsinn genannt, war noch einer der eher harmlosen Begleiterscheinungen. Den Ungeschickten gegenüber kannte Zauberei keine Gnade: Einige Schüler konnten die Kammer aus eigener Kraft verlassen; andere mußten in Flaschen fortgebracht werden.)

Eskarina versteckte sich wie üblich unter den Sitzreihen und blickte in Richtung Tafel. Sie sah keine jungen Novizen, sondern alte und erfahrene Zauberer. Nach den Mänteln zu urteilen, nahmen sie sogar einen recht hohen Rang ein. Dann richtete sie die Aufmerksamkeit auf eine vertraute Gestalt, die wie eine ungelenke Marionette auf das Podium des Dozenten kletterte, ans Pult stieß und sich geistesabwesend entschuldigte. Kein Zweifel: Simon. Niemand sonst hatte Augen, die zwei rohen Eiern in warmem Wasser ähnelten — und eine rote Nase, die einem roten Kolben glich. Simon schien nicht nur gegen Pollen allergisch zu sein, sondern auch gegen den Rest der Welt.

Wenn man einmal davon absah, sich den jungen Mann mit einem anständigen Haarschnitt und nach einigen Lektionen in ›Wie nehme ich richtig Haltung an?‹ vorstellte, wirkte er nicht häßlich. Esk runzelte unwillkürlich die Stirn, als ihr dieser eher ungewöhnliche Gedanke durch den Kopf ging. Sie verbannte ihn in ihre mentale Kartei, um sich später eingehender damit zu beschäftigen.

Die Zauberer nahmen Platz, und kurz darauf begann Simon zu sprechen. Er las von einigen Blättern, und wenn er stotterte, halfen ihm die anwesenden Magier ganz automatisch und wie aus einem Mund mit dem entsprechenden Wort aus.

Schon nach wenigen Sekunden machte sich ein Kreidestift selbständig, schwebte vom Pult und schrieb auf der Tafel. Inzwischen wußte Esk genug von Zaubermagie, um zu wissen, daß dies eine bemerkenswerte Leistung war: Simon hielt sich erst seit einigen Wochen in der Universität auf, und die meisten Schüler beherrschten Leichte Levitation erst nach dem zweiten Studienjahr.

Der weiße Stummel glitt über schwarzen Schiefer, und ein verhaltenes Kratzen und Quietschen untermalte Simons Stimme. Selbst wenn man Zugeständnisse in Hinsicht auf sein Stottern machte: Als Redner taugte er nicht viel. Er ließ das eine oder andere Blatt fallen. Er berichtigte sich dauernd. Er machte immerzu ›Hm‹ und ›Äh‹. Und was Esk betraf, ergaben seine Ausführungen praktisch überhaupt keinen Sinn. Seltsame Formulierungen verirrten sich unter die Sitzbänke. Mit Ausdrücken wie ›der Stoff, aus dem das Universum besteht‹, konnte sie kaum etwas anfangen, es sei denn, damit meinte Simon Baumwolldrillich oder Flanell. Bei ›Mutabilität der Möglichkeitsmatrix‹ versagte ihr die Phantasie.

Manchmal schien Simon zu behaupten, es existiere erst dann etwas, wenn Menschen betreffende Überlegungen anstellten. Die ganze Welt, so meinte er, sei nur deshalb real, weil sie auf den Vorstellungen irgendwelcher Leute basierte. An einer anderen Stelle des Vortrages erklärte er, es gebe gleich Hunderte von Welten, die alle sehr ähnlich seien. Sie lägen so dicht nebeneinander, führte Simon aus, daß sie nur eine Schattenbreite voneinander trennte. Auf diese Weise, so fügte er hinzu, habe irgendein denkbares Ereignis auch eine symbolische Bühne, auf der es stattfinden könne.

(Das klang für Eskarinas Ohren gar nicht so absurd. Während sie die Waschräume der älteren Zauberer reinigte — besser gesagt: während der Zauberstab diese Arbeit übernahm, Esk die Urinbecken inspizierte und sich dabei vage an ihre Brüder erinnerte, die in der Badewanne vorm Kamin planschten —, entwickelte sie ihre inoffizielle Allgemeine Theorie komparativer Anatomie. Die Toiletten der thaumaturgischen Dozenten stellten einen magischen Ort dar: Es gab dort wahrhaft fließendes Wasser, bunte Kacheln und vor allen Dingen zwei große Silberspiegel an gegenüberliegenden Wänden. Wenn man in einen davon sah, konnte man sein multiples Spiegelbild erkennen, das immer kleiner wurde. Esk nahm dies als einen ersten Hinweis darauf, was Unendlichkeit bedeutete. Hinzu kam: Sie hatte den Verdacht, daß ihr eine der Spiegel-Eskarinas in der Ferne zuwinkte.)

Einige der Bezeichnungen, die Simon verwendete, klangen irgendwie beunruhigend. Er meinte wiederholt, die Welt sei nicht viel wirklicher als eine Seifenblase oder ein Traum.

Die Kreide quietschte weiterhin über die Tafel hinter ihm. Manchmal unterbrach Simon seinen Vortrag und erläuterte den aufmerksam lauschenden Zauberern einzelne Symbole. Esk beobachtete, wie die Magier immer aufgeregter wurden, und das fand sie seltsam, denn ihrer Meinung nach hörten sich die meisten Sätze dumm und albern an. Kurze Zeit später setzte der Kreidestummel seine unermüdliche Wanderung über den schwarzen Schiefer fort, wie ein Komet mit einem Schweif aus rieselndem Staub.

Draußen floh das Tageslicht wieder einmal vor den Heerscharen der Nacht. Die düstere Finsternis im Zimmer verdichtete sich, und die Kreideworte begannen zu glühen. Die Tafel wirkte nicht mehr in dem Sinne schwarz: Esk gewann den Eindruck, daß sie sich nach und nach auflöste, zu einem quadratischen Loch in der Außenwand des Universums wurde.

Simon sprach weiter über die Welt, die aus winzigen Dingen bestehe, deren Präsenz man nur durch die Tatsache bestimmen könnte, daß sie gar nicht vorhanden seien. Er beschrieb sie als kleine Kugeln aus Nichts, die sich rasend schnell um die eigene Achse drehten. Magie, so erklärte, sei in der Lage, sie zusammenzuschweißen, so daß sich daraus Sterne, Schmetterlinge und Diamanten formten. Alles bestehe aus gestaltloser Leere, behauptete er.

Und sonderbarerweise schien ihn das zu begeistern.

Esk stellte fest, daß die Wände des Zimmers an Substanz verloren und sich in dünnen Rauch verwandelten. Es hatte den Anschein, als dehne sich die Leere in ihnen aus, um alles das zu verschlingen, was sie als Mauern bezeichnete. Sie verflüchtigten sich, und Eskarinas Blick fiel auf eine vertraute Landschaft, eine glitzernde kalte Ebene. In der Ferne erhoben sich die ihr bereits vertrauten alten Hügel, und als sie den Kopf drehte, sah sie die Unheilswesen, die wie Statuen in der Nähe hockten und auf sie herabstarrten.

Es waren mehr als jemals zuvor: wie von einem hellen Licht angelockte Motten.

Mit einem nicht unerheblichen Unterschied: Selbst aus unmittelbarer Nähe betrachtet, wirkte das Gesicht einer Motte weitaus lieblicher als die Mienen der Geschöpfe, die Simon beobachteten.

Dann trat ein Bediensteter ins Klassenzimmer, um die Lampen anzuzünden, und die dämonischen Kreaturen verschwanden. Sie metamorphierten zu harmlosen Schatten, die sich in die Ecken der Kammer zurückzogen.

Vor einigen Jahren hatte irgend jemand beschlossen, die uralten Korridore der Unsichtbaren Universität mit einem neuen Anstrich freundlicher zu gestalten. Es ging dabei um die vage Idee von ›Lernen-soll-Spaß-machen‹. Nun, der Versuch schlug fehl. Es ist im ganzen Multiversum bekannt: Man mag die Farben mit noch so großer Sorgfalt aussuchen — die Korridore und Flure in öffentlichen Institutionen entwickeln eine Art bürokratisches Eigenleben und ziehen Gallegrün, Kotbraun, Nikotingelb oder ein klinisch-steriles Rosa vor. Infolge einer bisher wenig erforschten Mitleidsresonanz riechen derartige Gänge immer *nach gekochtem Kohl*, selbst dann, wenn die nächste Küche meilenweit entfernt ist.

Irgendwo läutete eine Glocke. Esk sprang vom Fenstersims, griff nach dem getarnten Zauberstab und begann fleißig zu fegen. Unmittelbar darauf öffneten sich die Türen der Klassenzimmer, und der Korridor füllte sich mit Schülern. An zwei Seiten strömten sie an ihr vorbei, wie Wasser an einem Felsen. Eine Zeitlang herrschte lärmendes Durcheinander. Dann schlossen sich die Türen, und einige

Nachzügler verschwanden in der Ferne. Esk war wieder allein.

Nicht zum erstenmal wünschte sie sich, es möge doch eine Unterhaltung mit dem Zauberstab möglich sein. Die anderen Dienstmädchen verhielten sich ihr gegenüber recht freundlich, aber man konnte nicht mit ihnen *sprechen.* Jedenfalls nicht über Magie.

Eskarina gelangte allmählich zu dem Schluß, daß sie endlich lesen lernen mußte. Bücher stellten offenbar den Schlüssel zur Zaubermagie dar, bei der es hauptsächlich um Worte ging. Die älteren Magier schienen zu glauben, Namen würden mit Dingen übereinstimmen. Wenn man ihnen andere Namen gab, so veränderten sie sich angeblich. Esk wußte nicht genau, ob das wirklich stimmte. Sie bewahrte sich in dieser Hinsicht einen gesunden Zweifel.

Lesen. Mit anderen Worten: die Bibliothek. Simon hatte behauptet, dort befänden sich Tausende von Büchern, und unter all den vielen Worten sollte sich das eine oder andere finden lassen, das Esk lesen konnte. Sie schulterte den Zauberstab und beschloß, das Büro von Frau Reineweiß aufzusuchen.

Sie hatte es fast erreicht, als die Wand ein leises ›Pscht!‹ flüsterte. Als Eskarina stehenblieb und sich umdrehte, sah sie Oma Wetterwachs. Nun, Granny war nicht etwa imstande, unsichtbar zu werden. Sie verstand es nur, so mit dem Vordergrund zu verschmelzen, daß sie niemand bemerkte.

»Wie kommst du voran?« fragte die alte Hexe. »Was ist mit der Magie?«

»Was tust du hier, Oma?« erwiderte Esk.

»Ich habe gerade einen Blick in die Zukunft geworfen. Für die Haushälterin.« Zufrieden hob Granny ein großes Bündel aus alter Kleidung. Esks strenger Blick ließ ihr Lächeln verblassen.

»Nun, in der Stadt geht es anders zu«, erklärte Oma Wetterwachs. »Städter wollen dauernd wissen, was die Zukunft für sie bereithält. Das liegt an ihrer ungesunden

491

Ernährung.« Sie fühlte sich plötzlich in die Enge getrieben und fügte hinzu: »Außerdem: Warum sollte ich mich nicht ab und zu als Wahrsagerin betätigen?«

»*Du* hast immer gesagt, Hilta nutze die Dummheit ihres Geschlechts aus«, erwiderte Esk. »*Du* warst immer der Ansicht, alle Wahrsager und Hellseher sollten sich was schämen. Und was das ›außerdem‹ betrifft: Du brauchst keine neue alte Kleidung.«

»Spare in der Zeit, so hast du in der Not«, verkündete Granny stolz. Eins der wichtigsten Prinzipien ihres Lebens bestand darin, alte Kleidung zu tragen, und von diesem Grundsatz wollte sie nicht einmal während zeitweisem Wohlstand abweichen.

»Ja«, brummte Esk und nickte langsam. »Nun, die Zauberermagie... Es geht dabei nur um Worte.«

»Darauf habe ich dich gleich zu Anfang hingewiesen«, betonte Oma Wetterwachs.

»Nein, ich meine...«, begann Esk, aber Granny hob ungeduldig die Hand.

»Verschieben wir dieses Gespräch auf einen späteren Zeitpunkt«, schlug sie vor. »Ich muß bis heute abend einige wichtige Aufträge erfüllen. Wenn meine Geschäfte weiterhin so gut laufen, bleibt mir wahrscheinlich nichts anderes übrig, als jemanden einzustellen. Was hältst du davon, wenn du mir an deinem freien Nachmittag oder so einen Besuch abstattest?«

»Du willst jemanden einstellen?« fragte Eskarina verblüfft. »Eine Schülerin aufnehmen und zur Hexe ausbilden?«

»Nein«, sagte Granny. »Ich meine: vielleicht doch.«

»Und was ist mit mir?«

»Nun, du mußt deinen eigenen Weg beschreiten«, meinte Granny. »Wohin er dich auch führen mag.«

»Mmpf«, machte Esk. Die alte Frau starrte sie groß an.

»Ich sollte jetzt besser gehen«, brachte sie schließlich hervor, drehte sich um und marschierte in Richtung Küche davon. Dabei öffnete sich ihr Mantel, und Esk riß unwillkürlich die Augen auf, als sie einen roten Saum sah. Es war ein ziemlich dunkles Rot, wie von altem Wein, aber es kam trotzdem einem Schock gleich. Oma Wetterwachs, die für ihre sichtbare Kleidung normalerweise nichts anderes wählte als abgenutztes Schwarz, erschien dem Mädchen plötzlich wie eine kunterbunte Fremde.

»Die Bibliothek?« fragte Frau Reineweiß. »Isch glaube, dort wird überhaupt nicht gefegt.« In offensichtlicher Verwirrung runzelte sie die Stirn.

»Warum nicht?« erkundigte sich Eskarina. »Liegt dort kein Staub?«

»Tja...« Die Haushälterin überlegte angestrengt. »Vermutlich schon. Jetzt, da du es erwähnst... Ist mir noch nie in den Sinn gekommen.«

»Alle anderen Zimmer sind sauber«, warf Esk wie beiläufig ein.

»Ja«, sagte Frau Reineweiß. »Du bist sehr fleißig.«

»Nun?«

»Isch weiß nicht«, erwiderte sie unsicher und schüttelte den Kopf. »Hab' noch nie darüber nachgedacht. Aber jetzt frage isch mich ernsthaft, wieso in der Bibliothek noch nie abgestaubt wurde. Alle die vielen Bücher...«

»Ich mache mich sofort an die Arbeit«, sagte Esk fest.

»Ugh?« fragte der Bibliothekar und wich vor Eskarina zurück. Aber sie hatte schon von ihm gehört und war nicht unvorbereitet gekommen: Sie holte eine Banane hervor.

Der Orang-Utan streckte langsam die Pfote aus, schnappte sich die Frucht und grunzte triumphierend.

Sicher existieren Universen, in denen die Tätigkeit eines Bibliothekars recht beschaulich ist und die Berufsrisiken darauf beschränkt sind, daß Bücher aus den Regalen rutschen und einem auf den Kopf fallen. Aber wer für eine *magische* Bibliothek die Verantwortung trägt, muß ständig auf der Hut sein. Zaubersprüche verkörpern große Macht, und die wird nicht dadurch reduziert, daß man die

Formeln niederschreibt und zwischen zwei Buchdeckel zwängt. Die Magie sucht immer nach dem sprichwörtlichen Ventil. Und die Bücher neigen dazu, aufeinander zu reagieren, wodurch formlose und mit einem eigenen Willen ausgestattete thaumaturgische Energie freigesetzt wird. Magische Werke sind für gewöhnlich an die Regale gekettet, aber nicht etwa um Diebstählen vorzubeugen...

Eine besonders schicksalhafte magische Entladung hatte den Bibliothekar in einen Affen verwandelt, der allen Versuchen widerstand, ihm die menschliche Gestalt zurückzugeben. Mit Hilfe der Gestensprache und ausdrucksvollen ›Ughs!‹ erklärte er, das Leben als Orang-Utan sei erheblich besser als das eines Menschen, da alle großen philosophischen Probleme auf die Frage zurückgeführt werden könnten, woher die nächste Banane kam. Außerdem erwiesen sich lange Arme und Greiffüße durchaus von Vorteil, wenn es darum ging, an hohen Bücherschränken hochzuklettern.

Eskarina gab ihm auch die restlichen Bananen und wandte sich den Büchern zu, bevor der Bibliothekar Gelegenheit bekam, irgendwelche Einwände zu erheben.

Sie hatte nie mehr als ein Buch gleichzeitig gesehen und hielt die Bibliothek für ganz normal. Zugegeben, mit dem Boden schien etwas nicht in Ordnung zu sein, denn er wölbte sich wie eine Schüssel und schien weiter hinten als Wand emporzuragen. Darüber hinaus gewann sie den verwirrenden Eindruck, als bögen sich die Regale. Es war, als erstreckten sie sich durch mehr als die gewöhnlichen drei Dimensionen. Überraschenderweise wies auch die Decke lange Gestellreihen auf, und hier und dort wanderte ein Student an ihnen entlang, ohne den Gesetzen der Schwerkraft Beachtung zu schenken.

Nun, der Leser ahnt es bereits: Die Zusammenballung von Magie krümmt natürlich den Raum. Der Baumwolldrillich (oder vielleicht auch Flanell) in den Regalen wurde in besondere Formen gezwungen. Millionen gefangene Worte, für die es keine Fluchtmöglichkeit gab, verzerrten die Realität in ihrer unmittelbaren Nähe.

Esk hielt es für logisch, daß sich irgendwo ein Buch befand, aus dem sie entnehmen konnte, wie man all die anderen las. Sie wußte nicht genau, wo sie danach suchen sollte, aber aus irgendeinem Grund erwarteten sie auf dem Deckel Abbildungen fröhlicher Kaninchen und verspielter Kätzchen.

In der Bibliothek war es nicht gerade still. Hier und dort zischten magische Entladungen, und oktarine Funken sausten mit leisem Fauchen von Regal zu Regal. Ketten rasselten leise. Hinzu kam das knisternde Rascheln vieler tausend Blätter in ihren lederumhüllten Kerkern.

Esk vergewisserte sich, daß niemand auf sie achtete, bevor sie nach dem nächsten Buch griff. Es öffnete sich von selbst, und zu ihrem großen Verdruß mußte sie feststellen, daß es jene unverständlichen Zeichen enthielt, die sie bereits aus Simons Unterlagen kannte. Die Symbole ergaben nicht den geringsten Sinn, und Esk seufzte erleichtert: Es wäre schrecklich gewesen, alle die Hieroglyphen deuten zu können. Sie bestanden aus häßlichen Wesen, die dauernd irgendwelche rätselhaften Dinge miteinander anstellten. Esk klappte das Buch zu, wobei sie gegen den Widerstand der magischen Silben ankämpfen mußte. Der Deckel zeigte ein seltsames Geschöpf, das eine verdächtig große Ähnlichkeit mit den Wesenheiten aus der kalten Wüste offenbarte. Es sah keineswegs wie ein munteres Häschen aus.

»Heda? Esk, nicht wwwahr? Www-was tust du h-hier?«

Simon trat auf sie zu, ein Buch unter den Arm geklemmt. Eskarina errötete.

»Granny weicht mir immer wieder aus«, antwortete sie. »Ich glaube, es hat irgend etwas mit Männern und Frauen zu tun.«

Simon starrte sie groß an und zwinkerte verdutzt. Dann lächelte er. Esk rief sich seine Frage ins Gedächtnis zurück.

»Ich arbeite hier. Ich fege.« Sie hob den als Besen getarnten Zauberstab.

»*Hier?*«

Esk musterte ihn. Sie fühlte sich allein, hilflos und mehr als nur im Stich gelassen. Alle anderen Leute schienen ganz darauf konzentriert zu sein, ihr Leben fest in die Hand zu nehmen. Eskarina befürchtete, daß sie den Rest *ihres* Lebens damit verbringen mußte, den Dreck wegzuräumen, den Zauberer zurückließen. *Das ist einfach nicht anständig*, dachte sie zerknirscht. Und: *Ich habe die Nase voll, jawohl!*

»Nun, eigentlich stimmt das nicht. Ich lerne lesen, damit ich Zauberer werden kann.«

Der junge Mann wischte sich einige Tränen aus den wäßrigen Augen und beobachtete sie einige Sekunden lang. Dann nahm er ihr vorsichtig das Buch aus der Hand und las den Titel.

»*Dämonysche Dämonology der Befrydygung von Unbefrydygten*. Hältst du das für ein Lehrbuch über die K-Kunst des Lesens?«

»Äh«, erwiderte Esk. »Nun, tja... Es geht doch darum, die Schriftzeichen zu deuten, nicht wahr? Man darf nicht aufgeben, muß es immer wieder versuchen. Irgendwann hat man den Bogen raus. So wie beim Melken oder Strikken oder...« Ihre Stimme verklang.

»Ich wwweiß nicht genau, worauf es beim M-Melken und Stricken ankommt«, gestand Simon ein. »Aber wwwas diese Bücher betrifft... Sie können r-recht aggressiv sein. Wwwenn du nicht vorsichtig bist, l-lesen sie *dich*.«

»Was soll das heißen?«

»Ich habe gggg...«

»...gehört...«, half Eskarina.

»...daß es einst ai-einen Zauberer gggg...«

»...gab...«

»...d-der das *Nekrotelicomnicon* l-las und dabei ssseine G-Gedanken umherwwww...«

»...wandern...«

»...ließ. K-Kurze Zeit später f-fand man ssssseine Kleidung auf ai-einem Stuhl, und der H-Hut lag d-daneben, und d-das B-Buch...«

Esk hielt sich die Ohren zu — aber nicht zu fest, um auch die nächsten Worte Simons zu verstehen.

»Ich will gar nichts wissen, wenn es etwas Schreckliches ist.«

»...h-hatte *viel m-mehr Ssseiten.*«

Eskarina ließ die Hände sinken. »Stand irgend etwas darauf?«

Simon nickte ernst. »Ja. Jedes einzelne B-Blatt wwww...«

»Nein«, sagte Esk. »Ich will es mir nicht einmal vorstellen. Ich dachte bisher, lesen sei überhaupt nicht gefährlich. Ich meine: Granny las jeden Tag in ihrem *Almanach*, und ihr ist nie irgend etwas zugestoßen.«

»Von ganz gewwwöhnlichen Wwww...«

»...Wörtern...«

»...d-droht vermutlich k-keine Gefahr«, räumte Simon großzügig ein.

»Bist du völlig sicher?« fragte Esk.

»Man m-muß nur d-daran denken, daß Wwwörter auch mächtig sssein k-können«, sagte Simon und schob das Buch ins Regal zurück, wo es zornig an der Kette zerrte. »Außerdem h-heißt es, d-die Feder sssei m-mächtiger als das Ssss...«

»...Schwert«, warf Esk hilfsbereit ein. »Mag sein. Aber mal ganz ehrlich: Von was möchtest du lieber geschlagen werden?«

»Äh, ich schätze, es h-hat keinen Sssinn, wwwenn ich d-dich darauf hinwwweise, daß du h-hier nichts zu sssuchen h-hast, oder?«

Esk dachte kurz darüber nach. »Nein«, bestätigte sie dann. »Wohl kaum.«

»Ich könnte d-die Pförtner v-verständigen und dich f-fortbringen lassen.«

»Aber das wirst du nicht.«

»Ich m-möchte n-nur vvvvv...«

»...vermeiden...«

»...daß du in Schwierigkeiten g-gerätst. Das www-

würde ich ssssehr bedauern. Wwwwenn dir etwas zustie-
ße...«

Esk bemerkte ein vages Wabern über Simons Kopf. Und
für den Bruchteil einer Sekunde sah sie die düsteren Wesenheiten aus der kalten Ebene. Sie beobachteten aufmerksam. Und die friedliche Bibliothek, in der die schwere Last
geballter Magie das Universum besonders dünn preßte,
gab ihnen die Möglichkeit zu *handeln*.

Das leise Knistern in den Regalen wurde zu einem verzweifelten Rascheln. Einige der mächtigeren Bücher schaff-
ten es, aus den Regalen zu springen: Panikerfüllt flatterten
sie am Ende ihrer Ketten. Ein großer thaumaturgischer
Band verließ seinen Horst auf der obersten Ablage, riß
sich von den stählernen Fesseln los und hüpfte wie ein er-
schrockenes Huhn davon. Einige fransige Blätter folgten
ihm wie Küken.

Ein magischer Wind wehte Eskarinas Kopftuch zur
Seite, und ihr Haar wogte wie ein Banner. Sie sah, wie
Simon sich an einem Gestell festzuhalten versuchte, als um
ihn herum Bücher explodierten. Die Luft wurde schmierig
und roch nach heißem Zinn. Irgendwo summte etwas.

»Sie versuchen, hierherzukommen!« rief Esk.

Simon starrte sie an und schnitt eine Grimasse. Eine vor
Furcht übergeschnappte magische Trilogie prallte ihm
gegen den verlängerten Rücken, schleuderte ihn zu Boden
und hastete an den Regalen entlang. Eskarina duckte sich,
als ein Therausi-Schwarm vorbeiraste und sein Gerüst hinter sich herzog. Auf Händen und Knien kroch sie an Simon
heran. »Deshalb haben die Bücher solche Angst!« schrie
sie ihm ins Ohr. »Kannst du sie nicht *sehen?* Sie lauern
dort oben!«

Simon schüttelte stumm den Kopf. Über ihnen lösten
sich mehrere Buchdeckel, und Dutzende zitternder Blätter
sanken auf sie herab.

Die verschiedenen menschlichen Sinne stellen gute
Übertragungskanäle für Grauen und Entsetzen dar. Man
denke nur an das leise unheilvolle Kichern in einem ver-

schlossenen und stockfinsteren Zimmer, an den Anblick einer halben Raupe auf der Salatgabel, den sonderbaren Geruch aus dem Schlafzimmer des Untermieters, den eigentümlich bitteren Geschmack eines mit sogenannten Pflanzenschutzmitteln behandelten Blumenkohls. Und was den Tastsinn angeht: Stellen Sie sich vor, Sie drehen sich des Nachts im Bett um und berühren etwas Pelziges (dies gilt nur für die Leser unter Ihnen, die keine Hunde und Katzen halten und ihr Bett auch nicht gern mit Hamstern teilen)...

Der Boden unter Esks Händen veränderte sich irgendwie. Sie senkte den Kopf, das Gesicht eine Fratze des Schreckens: Die staubigen Dielen fühlten sich plötzlich sandig an. Und trocken. Und sehr, sehr kalt.

Esks Finger bohrten sich in feinen grauen Sand.

Sie schirmte die Augen vor dem Wind ab, griff nach dem Zauberstab und richtete ihn auf die dämonischen Gestalten weiter oben. Es wäre sicher erfreulich gewesen zu berichten, daß ein greller Strahl aus magischem weißem Feuer aufblitzte und die schmierige Luft reinigte. Doch leider blieb er aus...

Der Stab wand sich wie eine Schlange hin und her und traf Simon am Kopf.

Die grauen Kreaturen erbebten und verschwanden.

Die Realität kehrte zurück und versuchte den Anschein zu erwecken, als habe sie sich überhaupt nicht aus dem Staub gemacht. Stille senkte sich wie dicker weicher Samt herab, eine Schicht nach der anderen — eine dumpfe, düstere und recht laute Stille. Einige Bücher fielen zu Boden und kamen sich ziemlich dumm vor.

Der Boden unter Eskarina bestand wieder aus festem Holz. Sie stampfte auf, um ganz sicher zu sein.

Blut bildete eine kleine Lache unter Simons Schädel. Der junge Mann rührte sich nicht. Esk beobachtete ihn eine Zeitlang, starrte dann auf den Zauberstab. Selbstgefällig erwiderte er ihren Blick.

In der Ferne erklangen Stimmen und das Geräusch eiliger Schritte.

Eine ledrige Hand schloß sich um Esks Finger, und hinter ihr sagte jemand leise: »Ugh.« Sie drehte sich um und sah das von rotem Fell umrahmte, freundliche Gesicht des Bibliothekars. Er bedeutete ihr mit einer unmißverständlichen Geste, mucksmäuschenstill zu sein, zerrte sie behutsam am Arm.

»Ich habe ihn umgebracht«, hauchte das Mädchen.

Der Bibliothekar schüttelte den Kopf und zog etwas entschlossener.

»Ugh«, erklärte er. »Ugh«.

Er führte Esk durch einen schmalen Tunnel in dem Labyrinth aus uralten Regalen, und nur wenige Sekunden später kamen einige ältere Zauberer um die Ecke, angelockt vom Lärm.

»Die Bücher haben schon wieder gegeneinander gekämpft...«

»Oh, nein! Es wird Jahrhunderte dauern, um alle geflohenen Zaubersprüche einzufangen. Bestimmt haben sie sich gut versteckt...«

»Was liegt da auf dem Boden?«

Kurzes Schweigen folgte.

»Er hat das Bewußtsein verloren. Offenbar wurde er von einem umstürzenden Regal am Kopf getroffen.«

»Wer ist er?«

»Der neue Schüler. Derjenige, von dem es heißt, er habe den Kopf voller Grütze.«

»Nun, wäre der Aufprall ein wenig stärker gewesen, wüßten wir jetzt, ob man das zu Recht von ihm behauptet.«

»Ihr beiden: Bringt ihn ins Krankenzimmer. Die anderen sammeln die Bücher ein. Wo steckt der blöde Bibliothekar? Er müßte doch wissen, wie gefährlich es ist, eine Kritische Masse entstehen zu lassen.«

Esk sah den Orang-Utan an, der daraufhin stumm die Brauen hob. Er zog einen staubigen Band mit Gartenformeln aus dem Regal neben ihm, holte eine Banane hervor, die er dahinter versteckt hatte, und verspeiste sie genüßlich. Er schien ganz sicher zu sein, daß alle Probleme einzig und allein die Menschen betrafen.

Eskarina blickte in die andere Richtung, auf den Stab, den sie noch immer in der Hand hielt, preßte die Lippen so fest zusammen, daß sie nur noch einen weißen Strich bildeten. Sie war ganz sicher, den verdammten Stock nicht losgelassen zu haben. Er hatte sich auf Simon *gestürzt*, mit der festen Absicht, ihn zu töten.

Der junge Mann lag auf einem harten Bett, und auf seiner Stirn ruhte ein feuchtkaltes Handtuch. Treatle und Knallwinkel starrten besorgt auf die reglose Gestalt hinab.

»Wie lange ist er jetzt schon bewußtlos?« fragte der Erzkanzler.

Treatle zuckte mit den Schultern. »Seit drei Tagen.«

»Und er ist kein einziges Mal zu sich gekommen?«

»Nein.«

Knallwinkel ließ sich auf die Bettkante sinken und rieb sich nachdenklich den Nasenrücken. Simon hatte nicht besonders gesund ausgesehen, aber jetzt wirkte sein Gesicht wie eine eingefallene Totenmaske.

»Ein vielversprechender Schüler, der es sicher weit bringen könnte«, sagte er. »Seine Erklärungen in Hinsicht auf die fundamentalen Prinzipien von Magie und Materie sind wirklich... bemerkenswert.«

Treatle nickte.

»Er scheint Wissen geradezu aufzusaugen«, fuhr Knallwinkel fort. »Lieber Himmel, schon seit Jahrzehnten lebe und arbeite ich als Zauberer, aber eigentlich habe ich die Magie erst durch seine Erläuterungen begriffen. Er drückt sich so... so klar und *verständlich* aus.«

»Das sagen alle«, bestätigte Treatle niedergeschlagen. »Unsere Kollegen beschreiben es folgendermaßen: Es sei so, als ziehe ihnen jemand eine Kapuze vom Kopf und gebe ihnen die Möglichkeit, zum erstenmal in ihrem Leben helles Tageslicht zu sehen.«

Eine nachdenkliche Pause schloß sich an.

»Allerdings...«, fügte Treatle hinzu.

»Allerdings was?« fragte Knallwinkel.

»Ich frage mich nur, *was* wir verstanden haben«, sagte der Vizekanzler vorsichtig. »Das läßt mich nicht zur Ruhe kommen. Ich meine: Kannst du es erklären?«

»Was soll das heißen: erklären?« Knallwinkel runzelte besorgt die Stirn.

»Worüber Simon dauernd spricht«, entgegnete Treatle. In seiner Stimme ließ sich ein Unterton von Verzweiflung vernehmen. »Oh, sicher, mit seinen Beschreibungen trifft er genau den Kern der Sache, daran kann gar kein Zweifel bestehen. Doch worum *geht* es dabei?«

Knallwinkel starrte ihn groß an. Schließlich erwiderte er: »Oh, das ist ganz einfach. Weißt du, Magie füllt das Universum, und jedesmal dann, wenn sich der Kosmos verändert... Nein, ich meine: Jedesmal dann, wenn Magie beschworen wird, verändert sich das Universum, aber immer nur in einer Richtung, das ist eine sehr wichtige Erkenntnis, und außerdem...« Er vollführte einige komplizierte Gesten und hoffte auf einen Schimmer des Begreifens in Treatles Augen. »Um es anders auszudrücken: Jedes Stück Materie, zum Beispiel ein Apfel oder die Scheibenwelt oder...«

»...ein Krokodil?« schlug Treatle vor.

»Ja, oder ein Krokodil... Nun, alle solche Dinge sind im Grunde genommen wie eine Mohrrübe geformt.«

»Daran erinnere ich mich nicht«, sagte Treatle skeptisch.

»Ich bin sicher, darauf wollte Simon hinaus«, verteidigte sich Knallwinkel. Er begann zu schwitzen.

»Ich entsinne mich an eine andere Stelle seines Vortrags«, brummte der Vizekanzler. »Er sagte, wenn man weit genug geht, sieht man irgendwann den eigenen Hinterkopf.«

»Bist du ganz sicher, daß er nicht den Hinterkopf von jemand anderem meinte?«

Treatle überlegte.

»›Der eigene Hinterkopf‹ — so lauteten seine Worte«, antwortete er. »Und wenn ich mich nicht irre, fügte er hinzu, er könne das sogar beweisen.«

Sie schwiegen eine Zeitlang und grübelten.

Nach einer Weile räusperte sich Knallwinkel behutsam.

»Für mich sieht die ganze Sache folgendermaßen aus«, sagte er langsam. »Bevor ich ihm zuhörte, ähnelte ich allen anderen. Verstehst du, was ich meine? Ich war verwirrt und unsicher in bezug auf einige bestimmte Einzelheiten des Lebens an sich. Aber jetzt«, — Knallwinkels Miene erhellte sich —, »bin ich zwar immer noch verwirrt und unsicher, doch auf einer höheren Ebene. Wenigstens *weiß* ich nun, daß ich von den wirklich fundamentalen und wichtigen Geheimnissen des Universums nicht die geringste Ahnung habe.«

Treatle nickte. »Diese Perspektive ist mir neu«, gestand er ein. »Aber du hast völlig recht. Simon hat die Grenzen der Unwissenheit erweitert. Im Kosmos gibt es vieles, von dem wir überhaupt nichts ahnen.«

Die beiden Männer sonnten sich in dem herrlichen Gefühl, weitaus weniger zu wissen als gewöhnliche Leute, die nur von gewöhnlichen Dingen nichts wußten.

Dann sagte Treatle: »Ich hoffe, er erholt sich bald. Das Fieber hat er überstanden, aber er scheint einfach nicht gewillt zu sein, wieder zu erwachen.«

Zwei Dienstmädchen kamen herein und brachten frisches Wasser und Handtücher. Eins von ihnen trug einen ziemlich mitgenommen aussehenden Besen. Als sie damit begannen, die schweißnassen Laken des Bettes zu wechseln, gingen die beiden Zauberer. Sie diskutierten noch immer über die unabsehbaren Konsequenzen der Unwissenheit, die Simons Genie der Welt offenbart hatte.

Oma Wetterwachs wartete, bis Knallwinkels und Treatles Schritte in der Ferne verklangen, und nahm dann ihr Kopftuch ab.

»Blödes Ding«, brummte sie. »Esk, lausch an der Tür!« Sie zog das Handtuch von Simons Stirn und fühlte seine Körpertemperatur.

»Es freut mich, daß du gekommen bist, obwohl du in letzter Zeit soviel zu tun hast«, sagte Esk.

»Mmmmpf.« Granny schürzte die Lippen. Sie hob Simons Lider und tastete nach dem Puls. Sie preßte ein Ohr auf die Xylophon-Brust und prüfte den Herzschlag. Sie saß eine Zeitlang ganz still und schickte mentale Sonden in das Bewußtsein des jungen Mannes.

Sie runzelte die Stirn.

»Wird er wieder gesund?« fragte Esk nervös.

Granny starrte an die steinerne Wand.

»Verflixter Ort«, sagte sie. »Eignet sich nicht für Kranke.«

»Ja, ja, aber ist alles in Ordnung mit ihm?«

»Wie?« Oma Wetterwachs zwinkerte einige Male. »Oh. Äh, ich denke schon. Wo er sich auch befinden mag.«

Esk musterte sie verwirrt und richtete den Blick dann auf den reglosen Simon.

»Ist niemand zu Hause«, sagte Granny schlicht.

»Was meinst du damit?«

»Man hör sich nur das Kind an!« stöhnte die alte Hexe. »Hast du denn überhaupt nichts bei mir gelernt? Sein Bewußtsein Wandert Umher, Hat Den Kopf Verlassen.«

Als sie den jungen Mann beobachtete, stahl sich fast so etwas wie Bewunderung in ihre faltigen Züge.

»Großartig«, fügte sie hinzu. »Ich habe noch nie einen Zauberer kennengelernt, der borgen konnte.«

Sie wandte sich an Esk, der es allem Anschein nach die Sprache verschlagen hatte.

»Als ich noch ein junges Mädchen war, begab sich Mütterchen Großapfel auf Wanderschaft. Wenn ich mich recht entsinne, ließ sie sich in der Gedankensphäre einer Füchsin nieder und fand es dort so interessant, daß sie vergaß zurückzukehren. Es dauerte mehrere Tage, bis wir sie entdeckten. Und dann dein Erlebnis. Ohne die Hilfe des Zauberstabs hätte ich dich vermutlich nicht lokalisieren können... He, wo steckt er überhaupt, Mädchen?«

»Er hat Simon geschlagen«, murmelte Eskarina. »Er hat

504

versucht, ihn umzubringen. Und deshalb habe ich ihn in den Fluß geworfen.«

»Das war nicht besonders nett von dir«, tadelte Oma Wetterwachs. »Immerhin verdankst du ihm dein Leben.«

»Er hat mich gerettet, indem er Simon niederstreckte?«

»Verstehst du denn nicht? Dieser Schlaukopf hier... er beschwor *sie*, die *Dinge*.«

»Das stimmt nicht!«

Granny sah in die herausfordernd blitzenden Augen Eskarinas und rang sich zu einer schmerzlichen Erkenntnis durch: *Ich habe sie verloren. Eine dreijährige Ausbildung — für die Katz. Es ist ihr nicht gestattet, eine Zauberin zu sein, aber vielleicht hätte sie eine gute Hexe werden können.*

»Und warum soll das nicht stimmen, Fräulein Ichweißalles?« fragte sie.

»So etwas würde er nie wagen!« Esk war inzwischen den Tränen nahe. »Ich habe einen seiner Vorträge gehört. Er... Nun, Simon ist nicht etwa böse, sondern sehr klug. Er versteht, wie alles funktioniert. Er...«

»Ich schätze, er ist ein sehr netter Junge«, sagte Oma Wetterwachs trocken. »Außerdem habe ich nie behauptet, er sei ein schwarzer Magier, oder?«

»Die *Dinge* sind schrecklich!« Esk schluchzte. »Simon riefe sie nie, er strebt alles das an, was sie nicht verkörpern, und du bist eine gemeine alte...«

Das laute Klatschen einer Ohrfeige unterbrach sie. Eskarina taumelte zurück, so überrascht und entsetzt, daß ihr das Blut aus den Wangen wich. Granny stand zitternd vor ihr, die Hand weiterhin erhoben.

Sie hatte Esk nur einmal zuvor geschlagen — der kleine Klaps, der dem Neugeborenen eine erste Vorstellung von dem vermittelt, was er von der Welt zu erwarten hat. Während der Ausbildung verzichtete sie auf körperliche Strafen, selbst dann wenn Eskarina Milch anbrennen ließ oder vergaß, die Ziegen zu tränken. Bei solchen Gelegenheiten beschränkte sich die alte Hexe auf ein scharfes Wort oder strenge Stille, die weitaus mehr bewirkte als eine Tracht Prügel.

Sie packte das Mädchen fest an den Schultern und sah ihm in die Augen.

»Hör mir jetzt gut zu!« begann sie mit bedeutungsvoll klingender Stimme. »Habe ich dir nicht immer wieder gesagt, daß man bei der Beschwörung von Magie wie ein Messer sein muß, das durch Wasser schneidet? Na?«

Esk fühlte sich von Grannys durchdringendem Starren fast hypnotisiert und kramte in den untersten Schubladen ihres Gedächtnisses. Schließlich nickte sie.

»Und du dachtest, so etwas sei eben typisch für Hexen, insbesondere für die alte Oma Wetterwachs, nicht wahr? Nun, Tatsache ist: Wenn man Magie einsetzt, erweckt man *ihre* Aufmerksamkeit. Die ganze Zeit über beobachten sie die Welt. Gewöhnliche Bewußtseine sind nur undeutliche Flecken für sie, denen sie kaum Beachtung schenken. Aber ein mit thaumaturgischer Energie erfüllter Geist wirkt wie ein Leuchtfeuer auf sie. Die *Dinge* werden nicht von Dunkelheit angelockt, sondern von jenem Licht, das Schatten wirft.«

»Aber... aber... Warum sind *sie* an uns interessiert? Was wollen *sie?*«

»Leben und Gestalt«, antwortete Granny.

Sie ließ die Schultern hängen und gab Esk frei.

»Eigentlich sollte man *sie* bemitleiden«, fuhr sie leise fort. »*Sie* verfügen nur dann über Leben und Gestalt, wenn *sie* etwas stehlen. Hier in dieser Welt hätten *sie* kaum größere Überlebenschancen als ein Fisch im Feuer, aber trotzdem geben *sie* nicht auf. *Sie* sind gerade intelligent genug, um uns zu hassen, weil wir alles das haben, was sie begehren.«

Eskarina schauderte und entsann sich an staubigen kalten Sand...

»Was sind *sie?* Bisher habe ich *sie* für dämonenartige Wesen gehalten...«

»Nun, niemand weiß genau, was sie darstellen. Es sind

schlicht *Dinge* aus den Kerkerdimensionen außerhalb unseres Universums, das ist alles. Schattenkreaturen.«

Die alte Hexe drehte sich um und sah auf Simon hinab.

»Du weißt nicht zufällig, an welchem Ort seine Gedanken weilen, oder?« fragte sie mit einem kurzen Seitenblick auf Esk. »Er wird wohl kaum einen Ausflug mit den Möwen machen, nehme ich an.«

Eskarina schüttelte den Kopf.

»Nein«, sagte Granny. »In dem Fall wäre er längst zurückgekehrt. *Sie* haben ihn erwischt.«

Es war keine Frage, aber Esk nickte trotzdem, kummervoll und traurig.

»Es ist nicht deine Schuld«, fuhr Oma Wetterwachs fort. »Sein Geist gewährte *ihnen* Zugang, und *sie* zögerten nicht, die gute Gelegenheit sofort auszunutzen. *Sie* nahmen sein Bewußtsein mit. Ich frage mich . . .«

Sie trommelte mit den Fingerkuppen auf die Bettkante und traf eine Entscheidung.

»Wer gilt hier als der wichtigste Zauberer?« erkundigte sie sich.

»Äh, Lord Knallwinkel«, sagte Esk. »Er ist Erzkanzler der Unsichtbaren Universität. Einer der beiden Männer, die wir hier antrafen.«

»Meinst du den Dicken? Oder denjenigen, der so aussah, wie Essig schmeckt?«

Esk verdrängte die Vorstellungen, die ihr einen Simon zeigten, der eine kalte Wüste durchstreifte. Sie konzentrierte sich auf Grannys Frage und erwiderte: »Man bezeichnet ihn als Zauberer im Achten Rang und Dreiunddreißig-Grad-Magus.«

»Mit anderen Worten: Er ist ziemlich krumm«, stellte Oma Wetterwachs energisch fest und seufzte. »Du hältst dich schon zu lange in der Nähe von Zauberern auf, Kindchen. Nimm sie nicht so ernst! Sie nennen sich alle Hoher Lord Sowieso und Erhabener Diesunddas. Das gehört einfach dazu. Selbst Magier schmücken sich gern mit solchen Titeln, obwohl man eigentlich mehr Vernunft von ihnen erwarten sollte. Sie halten sich gleich für viel wichtiger, wenn man sie mit Hochwohlerlauchter Obermeister Vom Ersten Magischen Stuhl anspricht. Wie dem auch sei: Wo hält sich der Herr Ich-bin-besser-als-alle-anderen jetzt auf?«

»Bestimmt speist er gerade im Großen Saal«, sagte Esk. »Kann er Simon zurückholen?«

»Ich schätze, dabei werden sich einige Probleme ergeben«, entgegnete Oma Wetterwachs. »Vermutlich fällt es uns nicht weiter schwer, *irgend etwas* zurückzuholen, das wie ein normaler Mensch spricht und geht. Aber ob es Simon ist, steht in einem völlig anderen Almanach.«

Sie stand auf. »Laß uns nicht noch mehr Zeit vergeuden. Auf zum Großen Saal!«

»Äh, Frauen sind dort nicht zugelassen«, gab Esk zu bedenken.

Granny blieb auf der Türschwelle stehen, straffte die Schultern und drehte sich langsam um.

»*Was* hast du da gesagt?« fragte sie. »Trügen mich meine alten Ohren? Nein, nein, behaupte jetzt bloß nicht, ich sei schwerhörig, denn du weißt genau, daß das nicht stimmt.«

»Entschuldige«, murmelte Esk. »Reine Angewohnheit.«

»Offenbar hast du einige Vorstellungen entwickelt, die deiner nicht würdig sind«, sagte Granny kühl. »Bitte irgendeine deiner Kolleginnen darum, bei dem Jungen zu wachen.« Sie holte tief Luft, um sich in die richtige Stimmung zu bringen. »Und dann sehen wir uns den Großen Saal an, in dem Frauen angeblich nichts zu suchen haben. Ha, wär doch gelacht!«

Die ganze Fakultät der Unsichtbaren Universität saß in der ehrenwerten Halle beim Essen, als sich plötzlich die breite Tür öffnete. Oma Wetterwachs erzielte nicht ganz die erhoffte Dramatik, denn einer der beiden Torflügel prallte an einem Kellner ab und stieß ihr ans Schienbein — was sie daran hinderte, den weiten Raum mit langen und eindrucksvollen Schritten zu durchqueren. Statt dessen hüpfte und humpelte sie über die Fliesen, wobei sie sich um einen Rest von Würde bemühte.

Esk folgte ihr und spürte, wie sich Hunderte von Blicken auf sie richteten.

Die lauten Stimmen verklangen, und selbst das klappernde Geschirr schien den Atem anzuhalten. Einige Stühle kippten um. Am einen Ende des Großen Saals saßen die ältesten und weisesten Zauberer an ihrem hohen Tisch, der knapp einen Meter über den Kacheln schwebte. Sie rissen die Augen auf und starrten wortlos her.

Ein Zauberer im mittleren Rang — Esk erkannte ihn als einen Dozenten, der Angewandte Astrologie lehrte — eilte ihnen entgegen und ruderte aufgeregt mit den Armen.

»Neinneinneinnein!« rief er. »Ihr habt euch in der Tür geirrt. Kehrt sofort auf den Flur zurück!«

»Wenn du nichts dagegen hast...«, erwiderte Granny gelassen und schob ihn beiseite.

»Neinneinnein, das widerspricht der Tradition. Ihr müßt den Saal verlassen, *auf der Stelle*, Frauen sind hier nicht gestattet.«

»Ich bin keine Frau, sondern eine Hexe«, meinte Granny. Sie sah Esk an. »Ist er wichtig?«

»Ich glaube nicht«, antwortete das Mädchen.

»Na schön.« Granny wandte sich an den Dozenten. »Bitte sag einem bedeutenden Zauberer, daß ich hier bin und eine Audienz wünsche. Und beeil dich!«

Esk klopfte ihr auf den Rücken. Einige Magier, die sich von ihrer Überraschung schneller erholten als die anderen, eilten durch die geöffnete Tür und kehrten mit mehreren Pförtnern zurück, die nun drohend näherkamen. Die Studenten buhten und pfiffen sie aus. Eskarina hatte von jenen Männern, die in ihren kleinen Wachhäusern ein eher zurückgezogenes Leben führten, noch nie viel gehalten, doch jetzt taten sie ihr plötzlich leid.

Zwei von ihnen streckten haarige Hände aus und griffen nach Grannys Schultern. Oma Wetterwachs' Arm verschwand hinter ihrem Rücken, und es folgte ein kurzes konturloses Wirbeln. Der Mann preßte die Hände auf eine intime Körperstelle, krümmte sich zusammen, stöhnte hingebungsvoll und taumelte fort.

»Haarnadel«, erklärte die alte Hexe knapp. Ihre freie Hand schloß sich um Esks Arm. Sie zog das Mädchen in Richtung der älteren Zauberer und warf all jenen finstere Blicke zu, die mit dem Gedanken spielten, ihr in den Weg zu treten. Die jüngeren Studenten genossen die Abwechslung, klatschten begeistert und klopften mit Tellern und Tassen. Der hohe Tisch wirkte gar nicht mehr so hoch, als er mit einem dumpfen Pochen auf dem Boden landete, und die älteren Magier bezogen hastig hinter Knallwinkel Aufstellung, der alle Würdereserven mobilisierte. Seine Anstrengungen blieben zum größten Teil ohne Erfolg. Mit einer fleckigen Serviette auf der Brust sieht man nur selten besonders würdevoll aus.

Als er die Hände hob, wurde es still im Saal, und die Anwesenden sahen gespannt zu, wie Granny und Eskarina an den Erzkanzler herantraten. Interessiert betrachtete Oma Wetterwachs die Gemälde und Statuen vor Jahrhunderten verstorbener Zauberer.

»Was sind das für Kerle?« hauchte sie aus dem Mundwinkel.

»Es waren Oberhäupter der acht magischen Orden«, flüsterte Esk.

»Sehen aus, als litten sie an Verstopfung«, meinte Granny schlicht. »Was soll's: Mir ist nicht ein einziger Zauberer bekannt, der keine Verdauungsstörungen oder Abführprobleme hat.«

»Das liegt am Staub«, behauptete Eskarina kühn. »Er schlägt ihnen auf den Magen.«

Knallwinkel stand breitbeinig vor ihnen, die Arme in die Hüften gestemmt. Sein Bauch wölbte sich wie ein für Anfänger reservierter Skihang, und in der gegenwärtigen Haltung erinnerte er auffällig an einen japanischen Freistilringer.

»Nun?« fragte er. »Was bedeutet diese Unverschämtheit?«

»Ist er wichtig?« erkundigte sich Granny bei Esk.

»*Ich*, gute Frau, bin der Erzkanzler! Zufälligerweise leite ich diese Universität! Und *du* hast gerade höchst gefährliches Territorium betreten! Ich weise dich darauf hin ... *Sieh mich nicht so an!*«

Knallwinkel wankte zurück und hob die Hände, um Grannys Blick abzuwehren. Die Zauberer hinter ihm ergriffen die Flucht, und in ihrer Hast, dem Hexenstarren zu entkommen, stießen sie einige Tische um.

Grannys Augen veränderten sich.

Esk beobachtete sie fasziniert. Sie schienen aus poliertem Silber zu bestehen, glichen zwei kleinen runden Spiegeln, die alles reflektierten. Knallwinkel war eine winzige schrumpfende Gestalt in ihren funkelnden Tiefen: Sein Mund stand offen, und streichholzdünne Arme gestikulierten wild.

Der Erzkanzler stieß an eine Säule und versuchte sich wieder zu fassen. Wütend schüttelte er den Kopf, spreizte die Finger und schleuderte Oma Wetterwachs weißes Feuer entgegen.

Granny wandte ihren durchdringenden Silberblick nicht von ihm ab, als sie die magische Glut zur Decke ablenkte. Irgend etwas krachte laut, und heiße Steinsplitter fielen herab.

Ihre Augen weiteten sich.

Knallwinkel verschwand. Wo er eben noch gestanden hatte, zischte eine hoch aufgerichtete Schlange.

Oma Wetterwachs verschwand. Wo sie eben noch gestanden hatte, befand sich ein Weidenkorb.

Die Schlange verwandelte sich in ein riesiges Reptil aus grauer Vorzeit.

Der Weidenkorb verwandelte sich in den kalten Wind der Eisriesen und ließ Rauhreif auf der Schuppenhaut des Ungeheuers entstehen.

Das Reptil wurde ein Säbelzahntiger, der sich zum Sprung duckte.

Die fauchenden Böen wurden eine blubbernde Teerpfütze.

Der Tiger wurde gerade noch rechtzeitig ein herabsausender Adler.

Die Teerpfütze wurde ein weit gespanntes Fangnetz.

Die Veränderungen erfolgten in immer kürzeren Abständen, und die einzelnen Konturen verschwammen miteinander. Stroboskopartige Schatten tanzten durch den Saal. Ein magischer Wind wehte dicht und schmierig; oktarine Funken stoben von Bärten und Fingerspitzen. Eskarina stand in der Mitte des Chaos, und aus tränenden Augen beobachtete sie Granny und Knallwinkel: zwei glänzende Gestalten, umgeben von einer unsteten Aura aus hin und her springenden Schemen.

Nach kurzer Zeit bemerkte sie auch noch etwas anderes: ein schrilles Pfeifen an der menschlichen Hörschwelle.

Esk hatte dieses Geräusch schon einmal vernommen, in der kalten Wüste — ein gieriges Schnattern, das Summen eines Bienenstocks, das leise Knistern, das von einem Ameisenhügel ausgeht...

»Sie kommen!« schrie sie. »Sie kommen *hierher!*«

Oma Wetterwachs und der Erzkanzler setzten ihr magisches Duell fort und achteten nicht auf Esk. Das Mädchen kroch hinter einem Tisch hervor und versuchte, Granny zu erreichen. Eine Einladung aus purer Thaumaturgie hob es an und schleuderte es gegen einen Stuhl.

Das Summen wurde nun lauter, und es stank so sehr, als hätte jemand vergessen, eine bereits drei Wochen alte Leiche zu begraben. Esk bemühte sich weiterhin, zu der alten Hexe zu gelangen, achtete nicht auf das grüne Feuer, das ihr über den Arm gleißte und das Haar versengte.

Verzweifelt hielt sie nach den anderen Zauberern Ausschau, aber wer inzwischen noch nicht geflohen war, kauerte hinter umgestürzten Möbelstücken und hoffte, den okkulten Sturm mit heiler Haut zu überstehen.

Esk verließ die Halle und eilte durch den dunklen Flur. Schatten und Schemen folgten ihr, als sie schluchzend die Treppe hinabstürmte und sich Simons Zimmer näherte. Die Korridore und Gänge brummten und knisterten.

Etwas würde versuchen, den Körper des jungen Mannes zu übernehmen, erinnerte sich Esk an Grannys Hinweis. Etwas, das Simons Verhalten nachahmte, kaum von ihm zu unterscheiden war. Etwas Ungeheuerliches, das nicht von dieser Welt stammte...

Einige Schüler standen nervös vor der Tür. Sie wandten Esk blasse Gesichter zu, und als sie das entschlossene Blitzen in ihren Augen sahen, wichen sie nervös zurück.

»Irgend etwas ist dort drin«, sagte einer von ihnen.

»Wir können die Pforte nicht öffnen!«

Sie musterten das Mädchen erwartungsvoll. Nach einigen Sekunden fügte einer der Studenten hinzu: »Du hast nicht zufällig den Schlüssel, oder?«

Esk griff nach dem Knauf und drehte ihn. Er bewegte sich, aber kurz darauf zuckte er so plötzlich zurück, daß er ihr fast die Haut von den Fingern schabte. Das Schnattern in der Kammer verwandelte sich in ein lautes höhnisches Kichern, und Eskarina hörte auch noch etwas anderes, dachte an ledrige Schwingen, die sich langsam entfalteten.

»Ihr seid Zauberer!« entfuhr es ihr. »Unternehmt etwas!«

»Wir hatten noch keine Gelegenheit, Erfahrungen mit der Telekinese zu sammeln«, erwiderte einer.

»Ich war leider krank, als Feuerwerfen auf dem Lehrplan stand...«

»Nun, das Entmaterialisieren ist mir schon immer schwergefallen...«

Esk trat an die Tür heran, streckte die Hand aus — und verharrte. Plötzlich fiel ihr etwas ein: Oma Wetterwachs vertrat die Ansicht, daß sehr alte Gebäude ein eigenes Ich besaßen. Und die Universität *war* alt.

Vorsichtig wich sie zur Seite und tastete über den kühlen Stein. Sie mußte ganz behutsam vorgehen, um die granitene Seele nicht zu erschrecken... Esk spürte ein leises, kaum hörbares Flüstern im Gemäuer, die Gegenwart eines schlichten, aber weiten Bewußtseins. Es pulsierte um sie herum, und ihre mentalen Augen sahen winzige Gedankenfunken im Fels.

Irgend etwas grölte hinter der Tür.

Die drei Schüler sahen verwirrt zu, als Eskarina die Stirn an die Wand preßte und sich nicht mehr von der Stelle rührte.

Geduldig baute sie eine mentale Brücke zur Egosphäre der Unsichtbaren Universität. Sie fühlte gewaltiges Gewicht, das sie mit sich selbst in Verbindung brachte, einen riesigen Leib, nahm teil an Erinnerungen, die bis zum Anbeginn der Zeit zurückreichten, in die Epoche der heißen, glutflüssigen und freien Steine. Zum erstenmal in ihrem Leben gewann sie einen Eindruck davon, was es bedeutete, Balkone zu haben.

Sanft durchstreifte sie den Geist des Gebäudes und wartete, bis sich die allgemeinen Konturen verschärften. Dann richtete sie den Blick auf *diesen* Korridor, den verschlossenen Zugang.

Ganz langsam hob sie einen Arm. Die magischen Studenten beobachteten, wie sie den Zeigefinger spreizte.

Die Türangeln knarrten.

Eskarina spürte einen kurzen Widerstand, bevor sich die Nägel aus den dicken Bohlen lösten und wie Geschosse an die Mauer weiter hinten prallten. Dunkles Holz knarrte: Die Pforte (oder das, was sich dahinter befand) widersetzte sich ihren Bemühungen.

Die Tür *blähte sich auf.*

Blaue Flammen leckten in den Korridor, züngelten und zischten, als vage *Dinge* durch das grelle Glitzern im Zimmer wogten. Das aktinische Licht funkelte und schimmerte. (Es war genau jene Art von Licht, auf die Steven Spielberg sofort ein Copyright angemeldet hätte.)

Eskarinas Haar wallte, und dadurch sah sie aus wie ein ambulanter Löwenzahn. Kleine Schlangen aus schillernder Magie krochen ihr über die Haut, als sie durch die Tür trat — und im Gleißen verschwand.

Die Schüler im Flur rissen entsetzt die Augen auf.

Das Glühen flackerte und verblaßte schlagartig.

Als die Studenten schließlich genug Mut aufbrachten, um einen Blick in die Kammer zu werfen, sahen sie nur den schlafenden Simon. Esk lag stumm auf den kalten Fliesen und atmete ganz flach. Eine dünne Schicht aus silbrigem Sand bedeckte den Boden.

Esk schwebte im Dunst der Welt und stellte mit einer Art neutralem Interesse fest, wie ihr Körper massiven Stein durchdrang.

Sie war nicht allein, vernahm ein dumpfes Schnattern und Grollen.

Zorn stieg wie Galle in ihr auf. Sie spähte in die Richtung, aus der die Geräusche kamen, verdrängte das verlockende Wispern aus sich, das sie immer wieder darauf hinwies, wie angenehm es sei, sich einfach zu entspannen, die Gedanken treiben zu lassen und in ein warmes Bett aus Nichts zu sinken. *Konzentrier dich auf deine Wut*, erinnerte sie sich. Darauf kam es jetzt an: Sie mußte wütend bleiben, wenn sie sich nicht verlieren wollte.

Die Scheibenwelt blieb unter ihr zurück, und Eskarina blickte so auf sie hinab wie damals aus den Augen des Adlers. Aber diesmal sah sie nicht die Grate der Spitzhornberge, sondern das Runde Meer — es war tatsächlich rund; ein deutlicher Beweis für die auffällige Phantasielosigkeit des Schöpfers —, und jenseits davon erstreckten sich die Ausläufer des Kontinents. Sie beobachtete hohe Gebirgszüge, die bis zur Mitte reichten, winzige Inselgruppen, andere Landmassen, von denen sie noch nie etwas gehört hatte.

Als sich die Perspektive veränderte, kam der Rand in Sicht. Derzeit herrschte noch die Dunkelheit der Nacht. Die kleine Orbitalsonne befand sich unterhalb der Scheibenwelt, und ihr Licht fiel auf den langen Wasserfall, der mit unerschütterlicher Geduld über die Kante floß.

Sie tauchte auch Groß-A'Tuin in einen hellen Glanz. Esk hatte sich oft gefragt, ob die Himmelsschildkröte nur ein

Mythos sei. Warum sollte sie (oder er) vier Elefanten tragen, auf deren Schultern eine zehntausend Meilen durchmessende Scheibe ruhte? Aber es gab sie tatsächlich: Sternenstaub glänzte auf ihrem (oder seinem) von Meteoritenkratern übersäten Panzer.

Der Kopf glitt dicht an dem Mädchen vorbei, und Eskarina blickte in ein ozeangroßes Auge. Es hieß, wenn man weit genug in die Marschrichtung Groß-A'Tuins sehe, könne man das Ende des Universums erkennen. Nun, vielleicht beruhte dieser Eindruck nur auf der besonderen Mimik des ledrig anmutenden, großen Gesichts der Sternenschildkröte, aber Groß-A'Tuin wirkte irgendwie hoffnungsvoll, sogar optimistisch. Möglicherweise war das ›Ende des Universums‹ gar nicht so schlimm.

Wie in einem Traum streckte Esk die mentalen Hände aus und versuchte, das größte Bewußtsein im ganzen Kosmos zu borgen.

Sie überlegte es sich gerade noch rechtzeitig anders, kam sich wie ein Kind vor, das seinen neuen Rodelschlitten an einem sanft geneigten Hang ausprobieren möchte — und plötzlich feststellt, daß der Schnee bis in die Unendlichkeit reicht. Niemand konnte den Geist Groß-A'Tuins Borgen. Ebensogut hätte man versuchen können, ein Meer auszutrinken. Die Gedanken der Himmelsschildkröte bewegten sich mit der massiven Gemächlichkeit von Gletschern.

Jenseits der Scheibenwelt schimmerten die Sterne, und irgend etwas schien mit ihnen nicht in Ordnung zu sein. Sie wirbelten wie Schneeflocken dahin. Ab und zu kamen sie wieder zur Ruhe und wirkten so unbeweglich wie sonst, nur um kurze Zeit später einen neuerlichen Tanz zu beginnen.

Normale Sterne durften sich eigentlich nicht auf diese Weise verhalten, fand Esk. Was bedeutete, daß sie keine normalen Sterne sah. Und das wiederum ließ die Schlußfolgerung zu, daß sie sich an keinem normalen Ort befand. Ein leises Schnattern in der Nähe erinnerte sie daran, daß sie mit ziemlicher Sicherheit sterben konnte, wenn sie an der Realität ihrer Umgebung zweifelte und die Geräusche nicht mehr beachtete. Sie drehte sich um, horchte und spähte durch den stellaren Schneesturm.

Die Sterne sprangen und fielen, sprangen und fielen ...

Während sie weiterschwebte, versuchte sich Eskarina alltägliche Dinge ins Gedächtnis zurückzurufen, denn sie fürchtete folgendes: Wenn sie darüber nachzudenken begann, wohin sie unterwegs war, hielt sie es vielleicht für besser, sofort umzukehren, und sie zweifelte daran, ob sie den Rückweg kannte. Sie erinnerte sich an die achtzehn Kräuter, mit denen man Ohrschmerzen behandelte, und dieses Unterfangen beschäftigte sie eine Weile, da sie immer wieder die vier letzten vergaß.

Ein Stern sauste an ihr vorbei, und irgend etwas riß ihn jäh zurück. Er durchmaß etwa sechs Meter.

Nach den Kräutern konzentrierte sich Esk auf die verschiedenen Leiden von Ziegen, was ziemlich viel Zeit in Anspruch nahm. Immerhin können sich Ziegen nicht nur die typischen Krankheiten von Kühen und Schafen holen, sondern haben sich in dieser Hinsicht auch einen eigenen Vorrat angelegt, der nichts zu befürchten übrigläßt. Als sie ihre mentale Liste mit Euterentzündungen, Ohrwelke und oktariner Milchdrüseninfektion abschloß, richtete sie ihre Aufmerksamkeit auf den komplexen Punkt-Strich-Code, mit dem die Bäume außerhalb von Blödes Kaff gekennzeichnet wurden, so daß jemand, der sich in einer stürmischen Nacht verirrte, ins Dorf zurückfand.

Sie war gerade bei Punkt Punkt Punkt Strich Punkt Strich angelangt (Randwärts-Mitte, eine Meile vom Ort entfernt), als sich das Universum um sie herum mit einem leisen *Plopp!* auflöste. Eskarina fiel, prallte auf knirschenden Untergrund und blieb liegen.

Der Boden bestand aus staubfeinem, trockenem und *kaltem* Sand. Esk vermutete, daß er selbst in einer Tiefe von mehreren Metern nicht feuchter oder wärmer war.

Eine Zeitlang rührte sie sich nicht von der Stelle und sammelte genug Mut, um den Kopf zu heben. Nicht allzuweit entfernt sah sie den Saum eines Mantels, den jemand — oder *etwas* - trug. Vielleicht handelte es sich auch um einen Flügel. Ja, es konnte *durchaus* ein Flügel sein, und zwar ein ziemlich schäbiger und ledriger.

Vorsichtig blickte Esk daran auf, bis sie in einer Höhe von mehreren dutzend Metern ein Gesicht fand, das sich vor dem sternenbesetzten Himmel abzeichnete. Das entsprechende Wesen gab sich offenbar alle Mühe, besonders entsetzlich und grauenhaft auszusehen, allerdings mit nur geringem Erfolg. Um einen ungefähren Eindruck vom äußeren Erscheinungsbild des Ungeheuers zu bekommen, stelle man sich ein seit zwei Monaten totes Huhn vor, das jemand mit den Stoßzähnen eines Warzenschweins, Insektenfühlern, Wolfsohren und der Elfenbeinspirale eines Einhorns ausgestattet hat. Es wirkte irgendwie *montiert*, so als habe es eine ungefähre Vorstellung von Anatomie und gleichzeitig eine Vorliebe für organische Modellbaukästen.

Das Geschöpf starrte herab, aber nicht auf Eskarina. Etwas hinter ihr weckte sein Interesse. Zögernd drehte sich das Mädchen um.

Simon saß mit überkreuzten Beinen im Sand, umgeben von *Dingen*. Hunderte von alptraumhaften Wesenheiten beobachteten ihn mit reptilienhafter Geduld, so reglos wie Statuen.

In seinen Händen bemerkte Esk ein kantiges kleines Objekt. Es erschimmerte in einem trüben bläulichen Glanz, und dieser Schein verwandelte das Gesicht des jungen Mannes in eine seltsame Fratze.

Andere Gegenstände lagen neben ihm und glühten. Sie zeichneten sich durch jene regelmäßigen Formen aus, die Oma Wetterwachs abfällig als Gehmetrie bezeichnete: Würfel, Oktaeder, Kegel, Pyramiden. Sie waren durchsichtig, und in ihrem Innern...

Esk schob sich näher heran. Niemand schenkte ihr Beachtung.

In einer kristallenen Kugel neben Simon sah sie einen blaugrünen Ball, auf dem sich ein wirres Muster aus winzigen weißen Flecken und dunkleren Streifen zeigte, die irgendwie an Kontinente erinnerten — was dem Mädchen natürlich absurd erschien: Schließlich versuchte niemand, der noch alle seine Sinne beisammen hatte, auf einem Ball zu leben. Vielleicht handelte es sich um ein Modell, überlegte Eskarina. Doch das Glühen wies sie darauf hin, daß die sonderbare Erscheinung überaus real und sehr groß war — und sich wahrscheinlich nicht nur auf das Innere der Kugel beschränkte.

Vorsichtig legte sie das kristallene Objekt in den Sand zurück und richtete die Aufmerksamkeit auf einen zehnseitigen Block, der eine weitaus annehmbarere Welt enthielt. Die Scheibenform erschien ihr sofort vertraut, aber anstelle des Wasserfalls am Rand bemerkte sie einen Vorhang aus Eis. Und in der Mitte erhob sich nicht etwa die gewaltige Felsnadel eines Cori Celesti-Äquivalents; statt dessen wuchs dort ein gewaltiger Baum, dessen Wurzelstränge hölzerne Gebirge formten.

Ein Prisma daneben enthielt eine andere, sich langsam drehende Scheibenwelt, über der Sterne leuchteten. Diesmal fiel Eskarinas Blick nicht auf einen filigranen Eisschleier an der Kante, sondern auf rotgoldenen Zwirn, der sich bei genauerem Hinsehen als eine Schlange herausstellte. Sie war so lang, daß sie die ganze Welt umschloß. Eine Zeitlang fragte sich das Mädchen verwundert, warum sie sich in den eigenen Schwanz biß...

Neugierig drehte Esk das Prisma hin und her. Die kleine Scheibe im Innern bemühte sich mit erstaunlicher Hartnäckigkeit, in der Waagerechten zu bleiben.

Als Simon leise lachte, legte sie den funkelnden Kristall beiseite und blickte über die Schulter des jungen Mannes.

Er hielt eine kleine Glaspyramide in der Hand, in der Sterne glitzerten. Ab und zu schüttelte er das Objekt, und dann wirbelten die strahlenden Punkte wie Schneeflocken im Wind und rieselten träge zurück. Wieder kicherte Simon.

Unter dem wogenden Blitzen und Gleißen...

Eskarina erkannte eine weitere Scheibe. Eine (oder ein) Groß-A'Tuin, nicht größer als eine kleine Schüssel, ächzte unter einer Welt, die aussah wie das Werk eines übergeschnappten Juweliers.

Schütteln, wirbeln. Schütteln, wirbeln, kichern. Im Kristall hatten sich bereits erste haarfeine Risse gebildet.

Esk starrte in die leeren Augen Simons, beobachtete dann die gierigen, erwartungsvollen Grimassen der nächsten *Dinge*. Schließlich traf sie eine Entscheidung, riß dem jungen Mann die Pyramide aus der Hand, drehte sich um und lief los.

Die *Dinge* bewegten sich nicht, als Eskarina geduckt auf sie zustürmte, den gläsernen Gegenstand an die Brust gepreßt. Doch von einem Augenblick zum anderen berührten ihre Füße keinen Sand mehr: Irgend etwas hob sie hoch, und eine Wesenheit, die wie ein ertrunkenes Kaninchen aussah, wandte sich ihr zu, streckte eine Klauenhand aus.

Du bist gar nicht wirklich hier, sagte sich Eskarina. *Es ist einer von den Träumen, die Oma Wetterwachs als Annaloggie bezeichnet. Eigentlich droht dir hier überhaupt keine Gefahr. Wenn du dich verletzt, so geschieht das nur in deiner Einbildung. Mach dir keine Sorgen, Esk, du bist völlig sicher. Es handelt sich um eine Vision, um ein Vorstellungsbild vor deinem inneren Auge.*

Hoffentlich weiß das auch der Traum . . .

Die Klauenhand schloß sich um ihren Leib, und in dem verzerrten Kaninchengesicht entstand eine Öffnung. Es schälte sich wie eine Banane, doch es kam nicht etwa ein weitaufgerissenes Maul zum Vorschein, sondern nur ein dunkles Loch. Es sah aus wie ein Tor, das in die eigentliche Schreckenswelt führte, in die Dimension des Grauens an sich. Im Vergleich dazu mochten eiskalter Sand und mondloser Mondschein so vergnüglich sein wie ein heiterer Sommertag am Meer.

Esk hielt die Pyramide weiterhin fest und schlug mit der freien Hand nach den Krallen des Ungetüms. Die erhoffte

Wirkung blieb aus. Finsternis gähnte über ihr, ein Portal, hinter dem sich ein Kosmos völligen Vergessens erstreckte.

Das Mädchen trat so fest wie möglich zu.

Was angesichts der Umstände nicht besonders fest war. Doch dort, wo Esks Fuß den Körper des Ungeheuers berührte, stoben weiße Funken, und sie vernahm ein dumpfes Knacken — ein Geräusch, das sie sicher mit grimmiger Zufriedenheit erfüllt hätte, wäre es nicht sofort vom kalten Wind fortgetragen worden.

Das *Ding* kreischte wie eine Kettensäge, deren stählerne Zähne auf einen im Holz verborgenen Nagel stießen. Die anderen Wesenheiten stimmten ein mitfühlendes Summen an.

Esk trat erneut, woraufhin das *Ding* kreischte und sie fallen ließ. Sie war klug genug, sich abzurollen, denn auch im Traum kann ein verstauchter Knöchel sehr schmerzhaft sein. Die kleine Glaspyramide hielt sie weiterhin an sich gedrückt.

Das Ungeheuer starrte unsicher auf sie herab. Esk kniff die Augen zusammen, legte den Kristall vorsichtig beiseite, hob wieder das Bein und zielte auf eine Stelle, an der sie das Knie des *Dings* vermutete — vorausgesetzt natürlich, der entsetzliche Leib vor ihr wies überhaupt derartige Gelenke auf. Nach dem neuerlichen Tritt nahm sie die Pyramide sofort wieder an sich.

Das Unheilsgeschöpf heulte und sank wie ein Ballon, aus dem die Luft entwich, in sich zusammen. Es stürzte, und als es auf den Boden prallte, fielen die einzelnen Gliedmaßen auseinander. Der Kopf rollte davon und blieb einige Dutzend Meter entfernt im grauen Sand liegen.

Das ist alles? dachte Eskarina. *Sie können ja kaum laufen! Und wenn man sie tritt, fallen sie einfach um?*

Als Esk mit entschlossenen Schritten näher kam, schnatterten die anderen *Dinge* und versuchten, vor ihr zurückzuweichen. Doch da ihre Körper von kaum mehr als Wunschdenken zusammengehalten wurden, waren sie nicht schnell genug. Das Mädchen trat nach einem, dessen

Gesicht einer kleinen Tintenfischfamilie ähnelte, und daraufhin verwandelte es sich in einen Haufen aus rasselnden Knochen, zuckendem Pelz und zitternden Tentakeln — eine Masse, die den Eindruck erweckte, als stelle ein wahnsinniger Koch ein neues Tagesmenü zusammen, wobei er die Reste von der vergangenen Woche und als Gewürz den Inhalt einer Mülltonne verwendete. Ein anderes Wesen blieb nur kurze Zeit verschont. Es kroch, stakte und floß davon, doch die gnadenlose Eskarina schloß rasch auf. Ihre Fußspitze traf eins von insgesamt fünf Schienbeinen.

Das *Etwas* ruderte wild mit armartigen Gebilden und riß zwei andere Kreaturen zu Boden, als es fiel.

Die übrigen Wesen hatten inzwischen hastig den Rückzug angetreten und warteten in sicherer Entfernung.

Esk schritt auf das nächste zu. Es versuchte zu fliehen, verlor das Gleichgewicht und stürzte.

Die *Dinge* mochten häßlich und böse sein. Aber wenn sie sich bewegten, offenbarten sie die gleiche anmutige Eleganz wie ein Hecht an Land.

Esk bedachte sie mit einem durchdringenden Blick und betrachtete dann die Scheibenwelt in der Pyramide. Die allgemeine Aufregung schien ihre erhabene Ruhe in keinster Weise zu stören.

Es war dem Mädchen gelungen, nach *draußen* zu gelangen — wenn die graue Wüste tatsächlich das *Draußen* darstellt und die Scheibenwelt das *Drinnen* verkörpert. Aber wie sollte es zurückkehren?

Jemand stimmte ein seltsames Lachen an. Es klang wie . . .

Nun, im Grunde gibt es nur eine Bezeichnung dafür: P'ch'zarni'chiwkov. Dieses Wort kann leicht zu Kehldekkelentzündungen führen und wird deshalb auf der Scheibenwelt nur selten ausgesprochen. Normalerweise machen nur hochbezahlte linguistische Künstler Gebrauch davon — und natürlich die K'turni, die diese Bezeichnung erfunden haben. Es fehlt ein geeignetes Synonym, obgleich der Cumhoolie-Ausdruck ›schkfernt‹ (›genau jene Art von Gefühl, die sich in einem regt, wenn man feststellen muß, daß der vorherige Benutzer des Aborts kein Papier übriggelassen hat‹) einen ungefähren Eindruck von der Tiefe der Gefühle vermittelt. Die sinngemäße Übersetzung lautet folgendermaßen:

das abscheuliche Geräusch eines Schwerts, das genau in dem Augenblick hinter einem aus der Scheide gezogen wird, wenn man glaubt, den letzten Gegner erledigt zu haben.

Allerdings behaupten einige K'turni, dies lasse mehrere wichtige Bedeutungsaspekte unberücksichtigt, zum Beispiel den Ausbruch von kaltem Schweiß, vorübergehenden Herzstillstand und eisiges Schaudern.

Um ein solches Lachen handelte es sich.

Esk drehte sich langsam um. Simon schwebte mit geschlossenen Augen über den Sand, die Hände fordernd ausgestreckt.

»Hast du wirklich geglaubt, es sei so einfach?« fragte er beziehungsweise etwas: Es klang nicht nach Simons Stimme. Eher hörte es sich an, als sprächen mehrere Personen gleichzeitig.

»Simon?« brachte Eskarina unsicher hervor.

»Wir brauchen ihn nicht mehr«, sagte das *Ding* in der Gestalt des jungen Mannes. »Er hat uns den Weg gewiesen, Kindchen. Gebt uns jetzt, was uns gehört!«

Das Mädchen wich zurück.

»Ich glaube, die Pyramide gehört euch gar nicht«, erwiderte Esk. »Wer auch immer ihr seid.«

Das Gesicht vor ihr schlug die Augen auf. Eskarina sah keine Pupillen, nur Schwärze: zwei winzige Tore ins Nichts.

»Wir könnten versprechen, dich zu verschonen, wenn du uns den Kristall gibst. Wir könnten behaupten, dich in deiner eigenen Gestalt zurückkehren zu lassen. Aber vermutlich hätte das nicht viel Sinn, oder?«

»Ich würde euch nicht glauben«, sagte Esk.

»Das dachten wir uns schon.«

»Dann wäre dieser Punkt wohl erledigt.«

Das Simon-Etwas lächelte.

»Du schiebst das Unausweichliche nur hinaus«, grollte es.

»Ist mir recht.«

»Und wenn wir uns die Pyramide einfach nehmen?«

»Versucht es doch! Ich bin sicher, dazu seid ihr gar nicht in der Lage. Ihr könnt sie nur dann bekommen, wenn ich sie euch freiwillig gebe, stimmt's?«

Die Wesenheiten wechselten stumme Blicke.

»Du *wirst* sie uns geben«, sagte das Simon-Ungeheuer.

Einige der anderen *Dinge* wagten sich näher. Mit gräßlich ruckartigen Bewegungen stakten sie heran.

»Irgendwann fallen dir vor Müdigkeit die Augen zu«, fügte das Knurren aus Simons Mund hinzu. »Wir können warten. Wir sind sehr geduldig.«

Der junge Mann — beziehungsweise das, was sich in seinem Körper verbarg — wandte sich plötzlich nach links, aber Esk ließ sich nicht überraschen. Ihr Blick folgte ihm.

»Ihr braucht gar nicht zu versuchen, mich einzuschüchtern«, entgegnete sie. »Ich träume dies alles nur. Und in Träumen kann man sich nicht verletzen.«

Das *Ding* zögerte und musterte sie blicklos.

»In deiner Welt gibt es ein bestimmtes Wort. Wie heißt es doch noch? Ah, ja: ›psychosomatisch‹. Sagt dir dieser Begriff etwas?«

»Ich höre ihn zum erstenmal.«

»Anders ausgedrückt: Du *kannst* im Traum verletzt werden. Und was noch viel interessanter ist: Wenn du in deiner Vision stirbst, bleibst du hier. Das wäre schöööön.«

Esk sah zu den fernen Bergen hinüber, die sich wie halb geschmolzene Schlammbuckel am frostigen Horizont duckten. Nirgends wuchsen Bäume, und es ragte auch kein einziger Felsen in die Höhe. Nur Sand und kalte Sterne...

Sie hörte die Bewegung nicht, sondern fühlte sie eher —

und reagierte sofort, hielt die Pyramide wie einen Knüppel in beiden Händen und drehte sich um. Der Kristall traf das Simon-Etwas mitten im Sprung, und Eskarina hörte ein leises Knirschen, gefolgt von einem dumpfen Stöhnen. Das *Ding* in menschlicher Gestalt fiel zu Boden — und sprang mit erschreckender Mühelosigkeit auf. Doch es griff nicht an: Es bemerkte das schmerzerfüllte Aufblitzen in Eskarinas Augen und verharrte.

»Oh, das hat dir nicht gefallen, wie? Du magst es nicht, jemanden leiden zu sehen, oder? Dir liegt etwas an diesem Menschen, stimmt's?«

Es wandte sich um und winkte. Zwei andere *Dinge* wankten herbei und griffen nach Simons Armen.

Eine seltsame Veränderung erfaßte die Augen. Die Dunkelheit verflüchtigte sich und wich einem entsetzten Glanz. Simons Ich blickte aus den Pupillen, starrte zu den beiden Wesenheiten auf, die rechts und links von ihm standen. Der junge Mann versuchte sich aus den Klauenhänden zu befreien, aber einige Tentakel tasteten zu ihm herab und wickelten sich ihm um den Leib, wodurch er wie ein in Bedrängnis geratener Schlangenbeschwörer aussah.

Dann fiel sein Blick auf Eskarina und die kleine Glaspyramide.

»Lauf weg!« zischte er. »Bring den Kristall fort! Sie dürfen ihn nicht bekommen!« Er schnitt eine Grimasse, als die Klaue am rechten Arm fester zudrückte.

»Versuchst du, mich reinzulegen?« fragte Esk. »Wer bist du wirklich?«

»Erkennst du mich nicht?« stieß Simon hervor. »Und überhaupt: Was suchst du in meinem Traum?«

»Wenn dies tatsächlich ein Traum ist, möchte ich jetzt bitte aufwachen«, sagte das Mädchen.

»Hör mir gut zu: Du mußt fliehen, solange du noch Gelegenheit dazu hast. Steh hier nicht einfach so mit offenem Mund herum.«

GIB UNS DEN KRISTALL! sprach eine kalte Stimme dicht hinter Eskarinas Stirn.

Sie sah auf das gläserne Objekt hinab, beobachtete die kleine Scheibenwelt, die sich in aller Gelassenheit drehte, hob schließlich den Kopf und starrte Simon an. Ihre Lippen formten ein weites O der Verwirrung.

»Was hat es überhaupt mit diesem Gegenstand auf sich?«

»Sieh ihn dir genau an!«

Esk spähte ins Glas, und als sie die Augen zusammenkniff, stellte sie fest, daß die kleine Scheibe körnig wirkte, so als bestehe sie aus Millionen winziger Flecken. Und die Flecken wiederum...

»Es sind Zahlen!« entfuhr es ihr überrascht. »Die ganze Welt setzt sich aus Zahlen zusammen...«

»Es handelt sich nicht um eine Welt an sich, sondern ein entsprechendes Konzept«, hielt ihr Simon entgegen. »Ich habe es für *sie* geschaffen. Ihnen ist der Weg zu uns versperrt, aber... Weißt du, Ideen können hier feste Form annehmen und *real* werden!«

GIB UNS DEN KRISTALL!

»Aber Ideen schaden doch niemandem!«

»Ich habe die Wirklichkeit in Zahlen umgesetzt, um *sie* zu verstehen, aber sie streben die Herrschaft an«, erwiderte Simon bitter. »Sie gruben sich in mein numerisches Werk und...«

Er schrie.

WENN DU UNS DEN KRISTALL WEITERHIN VORENTHÄLTST, ZERREISSEN WIR DIESEN MENSCHEN.

Esk musterte die nächste Alptraumfratze.

»Woher soll ich wissen, ob ich euch vertrauen kann?« fragte sie.

DU KANNST UNS NICHT VERTRAUEN. ABER ES BLEIBT DIR KEINE WAHL.

Esk ließ den Blick über die Unheilsgesichter schweifen, vor denen sogar ein Nekromant Abscheu empfunden hätte, Gesichter, die aus dem Abfallhaufen eines Fischhändlers zu stammen schienen, die sich nicht einmal ein vollkommen ausgerasteter Surrealist in solcher Gräßlichkeit vorzustellen vermochte. Die Wesenheiten waren nicht menschlich genug, um zu höhnen oder zu spotten, wirkten aber mindestens so bedrohlich wie eine Haiflosse, die sich einem Schwimmer nähert.

Eskarina konnte ihnen nicht vertrauen. Aber es blieb ihr keine Wahl.

An einem anderen Ort, nur eine Schattenbreite von der kalten Wüste entfernt, geschah ebenfalls etwas.

Die magischen Schüler eilten in den Großen Saal zurück, wo Knallwinkel und Oma Wetterwachs noch immer ihre thaumaturgischen Muskeln spielen ließen. Die Fliesen unter Granny schmolzen langsam, und der Tisch hinter dem Erzkanzler schlug Wurzeln und begann zu blühen.

Einer der Studenten gewann alle Scheibenweltpreise für herausragenden Mut und tollkühne Tapferkeit, indem er vorsichtig an Knallwinkels Mantel zupfte...

Daraufhin fand das Duell zwischen Hexerei und Zauberei ein jähes Ende. Ohne viel Aufhebens begab man sich in Simons Kammer, in der nun gleich zwei reglose Körper ruhten.

Knallwinkel beauftragte einen Novizen, Ärzte des Körpers und des Geistes zu verständigen, und als sich die medizinisch-psychischen Experten an die Arbeit machten, knisterte pure Magie im Zimmer.

Granny klopfte dem Erzkanzler auf die Schulter.

»Auf ein Wort, junger Mann!« sagte sie.

»Ach, ich glaube, so jung bin ich nicht mehr«, seufzte Knallwinkel. Er fühlte sich leer und ausgelaugt. Die Studenten traten häufig zu magischen Zweikämpfen an, aber sein letztes Duell lag schon einige Jahrzehnte zurück. Er hatte den unangenehmen Eindruck, daß es Granny schließlich gelungen wäre, den Sieg zu erringen. Der Kampf gegen sie ähnelte dem Bemühen, eine Fliege zu zerquetschen, die auf der eigenen Nasenspitze hockt. Er wußte jetzt, daß es ein Fehler gewesen war, seine Kräfte mit ihr zu messen.

Oma Wetterwachs führte ihn aus dem Zimmer und durch den Flur. Als sie ein Fenster mit einer Sitzbank fand, nahm sie Platz und lehnte den Besen an die Wand. Regen trommelte aufs Dach, und einige zuckende Blitze wiesen darauf hin, daß sich ein Gewitter der Stadt näherte. Es schien sich verirrt zu haben: Unwetter von diesem Ausmaß tobten sich für gewöhnlich in den Tälern der Spitzhornberge aus.

»Deine Zauberei ist wirklich beeindruckend«, sagte Granny. »Ein- oder zweimal hättest du fast gewonnen.«

»Ach?« erwiderte Knallwinkel. Seine Miene erhellte sich. »Im Ernst?«

Die alte Hexe nickte.

Der Erzkanzler kramte in den verschiedenen Taschen seines Mantels, bis er einen schmierigen Tabaksbeutel und einige Papierstreifen fand. Mit zitternden Händen zupfte er an dem teerigen Tabak, rollte sich eine dünne Zigarette und führte sie am Mund entlang. Es blieben nur wenige Feuchtigkeitsflecken zurück. Als er sie anstecken wollte, erinnerte er sich vage an Dinge wie Takt und Höflichkeit.

»Äh«, sagte er, »hast du was dagegen, wenn ich rauche?«

Oma Wetterwachs zuckte mit den Schultern. Knallwinkel entzündete ein Streichholz an der Wand und versuchte, Flamme und Zigarettenspitze in ungefähr die gleiche Position zu bringen. Granny seufzte und half ihm.

Knallwinkel nahm einen tiefen Lungenzug, erlitt den rituellen Hustenanfall und lehnte sich zurück. Im dunklen Korridor schien der Tabak besonders hell zu glühen.

»Simon und Esk haben eine geistige Wanderung begonnen«, sagte Granny schließlich.

»Ich weiß.« Knallwinkel nickte.

»Ihr Zauberer könnt sie nicht zurückholen.«

»Das ist mir ebenfalls klar.«

»Aber vielleicht kehrt *etwas* zurück.«

»Ach, hättest du das nur nicht gesagt!«

Stille folgte, und das ungleiche Paar überlegte, *was* das

mentale Vakuum in zwei leeren Köpfen ausfüllen und die Gestalt von Simon und Eskarina annehmen mochte.

»Wahrscheinlich ist es meine Schuld«, sagten Granny und Knallwinkel gleichzeitig — und unterbrachen sich in synchronem Erstaunen.

»Du zuerst, Verehrteste«, schlug der Erzkanzler vor.

»Diese Zigaretten«, meinte Oma Wetterwachs. »Beruhigen sie die Nerven?«

Knallwinkel öffnete den Mund und wollte betont freundlich darauf hinweisen, Tabakgenuß sei ein ausschließlich für Zauberer reserviertes Laster. Dann aber überlegte er es sich anders und reichte Granny den Beutel.

Sie erzählte ihm von Esks Geburt, dem Eintreffen des alten Zauberers Drum Billet, dem Stab, den ersten magischen Erfahrungen des Mädchens. Als sie ihren Bericht beendete, hatte sie kaum mehr als einen streichholzdicken Zylinder gedreht, der mit einer kleinen blauen Flamme brannte. Schon nach kurzer Zeit begannen ihr die Augen zu tränen.

»Ich glaube, zerrüttete Nerven sind immer noch besser, als an diesem Zeug zu ersticken«, keuchte sie.

Knallwinkel achtete nicht darauf.

»Das finde ich bemerkenswert«, brummte er. »Du sagst, das Kind litt in keinster Weise?«

»Jedenfalls ist mir nichts dergleichen aufgefallen«, erwiderte Oma Wetterwachs. »Der Zauberstab... Nun, er schien auf Esks Seite zu sein, wenn du verstehst, was ich meine.«

»Und wo befindet er sich jetzt?«

»Sie hat ihn in den Fluß geworfen...«

Zauberer und Hexe sahen sich an, und ein flackernder Blitz erhellte ihre Gesichter.

Knallwinkel schüttelte den Kopf. »Der Fluß steigt über die Ufer«, sagte er. »Die Chancen stehen eine Million zu eins.«

Granny lächelte dünn. Es war jene Art von Lächeln, das Wölfe in die Flucht jagte. Entschlossen griff sie nach ihrem Besen.

»Chancen, die eine Million zu eins stehen«, entgegnete sie schlicht, »sind völlig normal.«

Es gibt Unwetter, die man als theatralisch bezeichnen muß und nur aus Lampenblitzen und metallisch schepperndem Donner bestehen, ganz im Gegensatz zu ihren tropischen Verwandten, die sich durch ein ausgeprägtes Temperament auszeichnen und eine Vorliebe für heiße Böen und Feuerkugeln haben. Das Unwetter aber, das sich nun Ankh-Morpork näherte, hatte über dem Runden Meer klimatische Wut gesammelt und den Ehrgeiz entwickelt, den Boden mit möglichst viel Regen einzuweichen. Ein solches Gewitter legte die Vermutung nahe, der Himmel habe ein harntreibendes Mittel geschluckt. Blitz und Donner hielten sich im Hintergrund und schufen eine angemessene Kulisse für den Star auf der Bühne: den Regen. Ausgelassen tanzte er übers Land, in der festen Absicht, alle Theaterkritiker zu ersäufen.

Das Gelände der Unsichtbaren Universität reichte bis zum Fluß. Tagsüber bildeten Kieswege und Hecken ordentliche Muster, doch in einer stürmischen und feuchten Nacht schienen Sträucher und Büsche rückwärts zu wachsen; die Pfade verschwanden und machten sich auf die Suche nach einem trockenen Plätzchen.

Trübes Hexenlicht filterte matt durch das tropfnasse Blättergeflecht, aber der Regen brauchte keine Wegweiser: Er fand auch so zum Boden.

»Was hältst du davon, eine Zauberformel einzusetzen und magische Flammen oder so etwas zu beschwören?«

»Ich bin so erschöpft, daß ich nicht mal einen Käfer in eine Fliege verwandeln könnte.«

»Bist du ganz sicher, daß Esk hier entlanggegangen ist?«

»Irgendwo dort vorn befindet sich eine Anlegestelle. Hoffe ich jedenfalls.«

Es raschelte in der Finsternis — ein massiger Körper, der sich durch dichtes Buschwerk zwängte —, und kurz darauf folgte ein anhaltendes Platschen.

»Ich habe gerade den Fluß gefunden.«

Oma Wetterwachs starrte durch die strömende Dunkelheit. Sie hörte ein dumpfes Brausen, und weiter vorn glaubte sie weißen Schaum auf hohen Wellenbergen zu erkennen. Darüber hinaus nahm sie den typischen Geruch des Ankh wahr: Er deutete darauf hin, daß ihn mehrere Armeen zunächst als Toilette und dann als Massengrab für ihre erschlagenen Feinde benutzt hatten.

Knallwinkel watete niedergeschlagen auf sie zu.

»Das ist doch Wahnsinn«, sagte er und fügte hastig hinzu. »Womit ich dich keinesfalls beleidigen will, hochgeehrte Hexe. Die Flut hat den Zauberstab sicher schon ins offene Meer hinausgetragen. Außerdem erfriere ich langsam.«

»Mit dem Wetter muß man sich ganz einfach abfinden. Und da wir gerade dabei sind: Du paßt dich dem Regen nicht richtig an.«

»Bitte?«

»Du gehst zusammengekrümmt und versuchst, der Nässe zu trotzen. Du solltest ... nun, den Tropfen ausweichen.« Und tatsächlich: Grannys schwarze Kleidung schien weitgehend trocken zu sein.

»Ich werde deinen guten Rat beherzigen. Wie dem auch sei, erlauchte Frau Wetterwachs: Ich schlage vor, wir setzen uns an ein herrlich warmes Kaminfeuer und trinken das eine oder andere Glas Glühwein.«

Granny seufzte. »Ach, ich weiß nicht. Aus irgendeinem Grund habe ich angenommen, es sei ganz leicht, den Zauberstab zu finden. Normalerweise gibt er gut auf sich acht. Aber jetzt ... Nun, das ganze Wasser ... Und wenn er nicht schwimmen kann ...«

Knallwinkel klopfte ihr sanft auf die Schulter.

»Es hat keinen Zweck, die Suche fortzusetzen«, begann er. »Unter den gegebenen Umständen ...« Ein Blitz flackerte, und Donner hallte durch die Nacht.

»Ich sagte gerade: Unter den gegebenen Umständen ...«

»Was habe ich da eben gesehen?« fragte Granny.

»Wie?« Knallwinkel musterte sie verwirrt.

»Ich brauche Licht!«

Der Zauberer seufzte naß und streckte die Hand aus. Goldenes Feuer löste sich von seinen klammen Fingern, zischte übers brodelnde Wasser und verblaßte in der Ferne.

»Dort!« sagte Oma Wetterwachs triumphierend.

»Nur eins von den Booten«, brummte Knallwinkel. »Im Sommer paddeln unsere jungen Schüler damit auf dem Ankh herum...«

Granny hörte ihm überhaupt nicht zu, und der Erzkanzler stapfte ihr rasch nach, um nicht den Anschluß zu verlieren.

»Du hast doch nicht etwa die Absicht, bei diesem Wetter in See zu stechen, ich meine: in den Fluß, besser gesagt...« Der Erzkanzler fuchtelte unsicher mit den Armen. »Das wäre vollkommen irrsinnig.«

Granny rutschte über das schlüpfrige Holz der fast schon überfluteten Anlegestelle.

»Du weißt doch gar nicht, wie man mit Booten umgeht!« protestierte Knallwinkel.

»Dann muß ich es eben schnell lernen«, erwiderte die alte Hexe gelassen.

»Seit meiner Kindheit habe ich nicht mehr in einem solchen Ding gesessen.«

»Ich verlange überhaupt nicht von dir, mich zu begleiten. Bestimmt komme ich auch allein zurecht. Das spitze Ende ist vorn?«

Knallwinkel stöhnte.

»Deine Bemühungen sind sehr anerkennenswert«, sagte er. »Aber wär's nicht besser, du wartest bis morgen früh?«

Ein neuerlicher Blitz offenbarte den Gesichtsausdruck der Hexe.

»Ich verstehe«, seufzte der Erzkanzler. »Na gut.« Er wankte über die Mole und zog das kleine Ruderboot heran. Das Einsteigen war reine Glückssache, aber schließlich schaffte er es, auf einer der schmalen Sitzbänke Platz zu nehmen. Es dauerte eine Weile, bis es ihm gelang, die Leine zu lösen.

Die Strömung erfaßte das Boot. Es entfernte sich vom Ufer und drehte sich langsam um die eigene Achse.

Granny klammerte sich fest, als das winzige Gefährt auf den Wellen hin und her schaukelte. Durch den prasselnden Regen warf sie Knallwinkel einen erwartungsvollen Blick zu.

»Nun?« fragte sie.

»Was nun?« erwiderte der Zauberer.

»Du hast doch behauptet, du kennst dich mit Booten aus.«

»Nein. Ich habe nur gesagt, *du* hättest keine Ahnung davon.«

»Oh.«

Sie schwiegen eine Zeitlang, während sich das glitschige Holz unter ihnen zur Seite neigte, wie durch ein Wunder wieder aufrichtete und flußabwärts glitt.

»Wenn ich mich recht entsinne, hast du erwähnt, daß du seit deiner Kindheit...«, setzte Granny an.

»Ich glaube, bei meiner letzten Bootsfahrt war ich zwei Jahre alt«, stöhnte Knallwinkel.

Ein Strudel schleuderte sie hin und her, zuckte mit der schäumenden Schulter und gab die Nußschale verächtlich frei.

»Und ich habe mir dich als einen Jungen vorgestellt, der dauernd auf dem Ankh herumgondelte«, sagte Oma Wetterwachs. Es klang ein wenig vorwurfsvoll.

»Ich bin in den Bergen aufgewachsen«, erwiderte Knallwinkel. »Und wenn du's genau wissen willst: Allein der Anblick von feuchtem Gras genügt, um mich seekrank zu machen.«

Das Boot stieß an einen dahintreibenden Baumstumpf, und eine kleine Welle schwappte über den Bug.

»Ich kenne einen Zauberspruch, der vor Ertrinken schützt«, fügte der Erzkanzler kummervoll hinzu.

»Freut mich.«

»Allerdings muß man auf trockenem Boden stehen, wenn man ihn intoniert.«

»Zieh die Stiefel aus!« befahl Granny.

»Bitte?«

»Du sollst die Stiefel ausziehen, Mann!«

Knallwinkel zwinkerte beunruhigt.

»Was hast du vor?« erkundigte er sich.

»Ich weiß nicht viel von Schiffahrt und solchen Sachen, aber eins ist mir klar: Für gewöhnlich befindet sich das Wasser *außerhalb* des Bootes!« Die Hexe deutete auf dunkle Fluten, die an den Bilgen vorbeispülten. »Füll deine Stiefel damit und schütt den Inhalt über Bord!«

Knallwinkel nickte. Er hatte es längst aufgegeben, sich zu fragen, was eigentlich mit ihm geschah. Ganz offensichtlich waren ihm die Ereignisse der vergangenen Stunden irgendwie über den Kopf gewachsen, und einige Sekunden lang gab er sich einem sonderbar tröstlichen Gefühl hin: Sein Leben war vollständig aus dem Gleichgewicht geraten, und ganz gleich, was jetzt auch passierte — niemand konnte ihm deswegen Vorwürfe machen. Daß er seine Stiefel mit Wasser füllte, während er mitten in der Nacht auf einem weit über die Ufer getretenen Fluß trieb, noch dazu in Begleitung einer Person, auf die die Beschreibung *Frau* beängstigend genau zutraf — das alles erschien ihm durch und durch absurd. Er zog es vor, nicht darüber nachzudenken.

Hinzu kommt, daß es sich um eine recht stattliche Frau handelt, flüsterte eine Stimme in seinem Hinterkopf. Die Art und Weise, wie sie ihren Besen benutzte, um das Boot durchs tosende Wasser zu lenken, stimulierte längst vergessene Teile seines Unterbewußtseins.

Natürlich konnte er in bezug auf die *Stattlichkeit* nicht ganz sicher sein. Immerhin war es ziemlich dunkel, und außerdem neigte Oma Wetterwachs dazu, ihre ganze Garderobe am Leib zu tragen. Knallwinkel räusperte sich unsicher. In metaphorischer Hinsicht eine stattliche Frau, entschied er.

»Äh, nun«, sagte er, »deine Absichten sind ausgesprochen ehrenhaft, aber was ist mit den Fakten, der Strömungsgeschwindigkeit und so weiter, verstehst du? Ich glaube, ich erwähnte bereits, daß der Zauberstab inzwischen im Ozean sein könnte. Vielleicht ist er für immer verloren. Vielleicht reißt ihn der Wasserfall am Rand sogar über die Kante der Scheibenwelt.«

Granny hatte über den Fluß gestarrt und drehte sich nun um.

»Fällt dir überhaupt nichts ein, was uns irgendwie weiterhelfen könnte?« fragte sie streng.

Knallwinkel dachte kurz nach.

»Nein«, sagte er.

»Hast du jemals gehört, daß einem Menschen die Rückkehr aus *jener* Welt gelungen ist?«

»Nein.«

»Dann dürfte es zumindest einen Versuch wert sein, oder?«

»Ich hasse das Meer«, brummte Knallwinkel. »Irgend jemand sollte es pflastern. In den dunklen Tiefen verbergen sich entsetzliche Wesen. Gräßliche Seeungeheuer, so sagt man.«

»Ich schlage vor, du schöpfst weiter Wasser. Sonst wirst du bald feststellen, ob *man* recht hat.«

Das Unwetter zog hin und her. Über der Ebene des Mündungsdeltas verlor es die Orientierung: Es gehörte in die hohen Spitzhornberge, deren Bewohner ein anständiges Gewitter zu schätzen wußten. Es grollte unwillig und hielt nach einem geeigneten Hügel Ausschau, auf den es Blitze hinabschleudern konnte.

Der Regen ließ ein wenig nach und wurde zu einem Nieseln, das sich durch extreme Sturheit auszeichnete und tagelang andauern mochte. Nebelschwaden zogen heran, um ihm Gesellschaft zu leisten.

»Wenn wir Paddel hätten, könnten wir rudern«, sagte Knallwinkel. »Vorausgesetzt natürlich, wir steuerten ein bestimmtes Ziel an.« Granny gab keine Antwort.

Der Zauberer füllte seine Stiefel erneut und kippte den Inhalt über Bord. Betrübt starrte er auf die prächtigen Goldtressen seines Mantels: Vermutlich waren sie jetzt für immer ruiniert. Knallwinkel erhoffte sich eine Gelegenheit, ihnen später nachzutrauern.

»Du weißt nicht zufällig, in welcher Richtung wir unterwegs sind, wie?« fragte Knallwinkel vorsichtig. »Würde mich wirklich interessieren.«

»Das läßt sich ganz leicht feststellen«, entgegnete Oma Wetterwachs und blickte weiterhin übers Wasser. »Wenn wir den nächsten Baum finden, suchen wir an seinem Stamm nach Moos. Die entsprechenden Stellen zeigen mittwärts.«

»Aha«, erwiderte Knallwinkel und nickte.

Mürrisch starrte er auf die ölig glänzenden Wellen und überlegte, zu welchem Teil des Flusses oder Ozeans sie gehörten. Nach dem salzigen Geruch zu urteilen, befanden sie sich bereits in der Bucht.

Sein Unbehagen dem Meer gegenüber basierte hauptsächlich auf der Erkenntnis, daß ihn nur Wasser von den schrecklichen Geschöpfen in den lichtlosen Tiefen trennte. Andererseits wußte er natürlich, daß ihn nur eine gewisse Entfernung davor bewahrte, von den menschenfressenden Tigern im Klatch-Dschungel verschlungen zu werden, doch mit dieser Einsicht konnte er derzeit nicht viel anfangen. Tiger hatten keine Flossen, und für gewöhnlich neigten sie nicht dazu, irgendwelche Boote anzugreifen. Knallwinkel stellte sich gewaltige Schuppenleiber und weit aufgerissene Rachen mit Myriaden nadelspitzer Zähne vor, die sich in Holz bohrten, es wie dünne Pappe zerrissen...

Er schauderte hingebungsvoll.

»Spürst du es nicht?« fragte Oma Wetterwachs. »Die Luft ist voll davon. Magie! Sie fließt aus irgend etwas heraus.«

»Eigentlich ist sie gar nicht wasserlöslich«, antwortete der Erzkanzler. Er schnüffelte einige Male und nickte langsam. Der Nebel roch tatsächlich nach Zinn, und die Luft wirkte irgendwie schmierig.

»Du bist Zauberer«, stellte Granny streng fest. »Kannst du den Stab nicht beschwören oder herbeirufen?«

»So etwas ist noch nie notwendig gewesen«, erwiderte Knallwinkel. »Normalerweise wirft man einen Zauberstab nicht einfach weg.«

»Er befindet sich irgendwo in der Nähe«, behauptete die Hexe. »Hilf mir, nach ihm zu suchen, Mann!«

Knallwinkel stöhnte. Es lagen einige sehr anstrengende Stunden hinter ihm, und bevor er wieder Magie einsetzte, brauchte er: mindestens zwölf Stunden Schlaf, mehrere ordentliche Mahlzeiten und einen ruhigen Nachmittag vor einem prasselnden Kaminfeuer. Das Problem bestand darin, daß er allmählich alt wurde. Er seufzte schicksalsergeben, schloß die Augen und konzentrierte sich.

Er fühlte tatsächlich die Präsenz von thaumaturgischer Energie. Nun, es gibt einige Orte, die als natürliche Akkumulatoren von Magie fungieren. Die Kraft der Zauberei sammelt sich vorzugsweise an Lagerstätten des überirdischen Metalls Oktiron, im Holz gewisser Bäume und in abgelegenen Seen. Sie sickert durch die Welt, und wer sich mit solchen Dingen auskennt, kann sie auffangen und sich einen entsprechenden Vorrat anlegen. Genau das schien irgendwo in der Nähe geschehen zu sein.

»Die Magie ist mächtig«, sagte der Erzkanzler nach einer Weile. »Sehr mächtig.« Er preßte sich die Fingerspitzen an die Schläfen.

»Es wird verdammt kalt«, brummte Oma Wetterwachs. Der Nieselregen verwandelte sich in Schnee.

Eine plötzliche Veränderung erfaßte die Welt. Das Boot verharrte, aber nicht etwa mit einem plötzlichen Ruck. Man konnte den Eindruck gewinnen, als habe das Meer von einem Augenblick zum anderen zu erstarren beschlossen. Granny beugte sich vor und blickte nach unten.

Der Ozean war fest und massiv. Nach wie vor hörten sie das Rauschen der Wellen, aber dieses Geräusch schien in immer weitere Ferne zurückzuweichen.

Oma Wetterwachs streckte die Hand aus und klopfte aufs Wasser.

»Eis«, sagte sie. Das Boot lag auf einer großen Scholle, die bedrohlich knackte.

Knallwinkel nickte.

»Es ergibt durchaus einen Sinn«, meinte er. »Wenn unsere Vermutung zutrifft und sich Simon und Esk wirklich an *jenem* Ort befinden, so dürfte es dort ziemlich kalt sein. Kalt wie die Nacht zwischen den Sternen, so heißt es. Und das spürt auch der Zauberstab.«

»Genau«, bestätigte Granny und kletterte aus dem Boot. »Jetzt brauchen wir nur noch die Mitte der Eisfläche zu finden. Dort wartet der Stab auf uns, nicht wahr?«

»Ich wußte, daß du so etwas sagen würdest. Darf ich wenigstens meine Stiefel anziehen?«

Sie wanderten über die gefrorenen Wellen. Ab und zu blieb Knallwinkel stehen und versuchte, das Ziel magisch anzupeilen. Auf seinem durchnäßten Mantel bildeten sich dünne Eisschichten, und er klapperte laut mit den Zähnen.

»Ist dir nicht kalt?« fragte er die Hexe, deren Röcke leise knisterten.

»Doch, schon«, gestand sie ein. »Ich zittere nur nicht.«

»Als Kind habe ich viele solche Winter erlebt«, krächzte Knallwinkel, hielt sich die Hände vor den Mund und hauchte auf die gefühllosen Finger. »Aber in Ankh-Morpork schneit es nur selten.«

»Was du nicht sagst«, erwiderte Granny und starrte durch den Frostdunst.

»Wenn ich mich recht entsinne, blieb der Schnee selbst im Sommer auf den Berggipfeln liegen. Ach, heute wird's nicht mehr so kalt wie damals, als ich noch ein Junge war.«

Zerknirscht fügte er hinzu: »Jedenfalls dachte ich das bisher. Aber das Klima überrascht einen immer wieder, besonders dann, wenn Magie im Spiel ist.« Er stampfte mit den Füßen auf, und das Eis knackte warnend, erinnerte ihn daran, daß es die einzige Barriere zwischen ihm und den

Seeungeheuern in der dunklen Tiefe darstellte. Er stampfte erneut, so vorsichtig wie möglich.

»Wo bist du aufgewachsen?« fragte Oma Wetterwachs.

»Oh, in den Spitzhornbergen. Unweit der Scheibenmitte, um ganz genau zu sein. In einem Dorf namens Blasnacken.«

Grannys Lippen bewegten sich. »Knallwinkel, Knallwinkel«, sagte sie leise. »Stammst du vielleicht aus der Familie von Acktur Knallwinkel? Er wohnte in einem großen Haus unter dem Springgrat und hatte viele Söhne.«

»Mein Vater. Hast du ihn etwa gekannt?«

»Ich wurde in der Nähe geboren«, erwiderte sie und widerstand der Versuchung, wissend zu lächeln. »Im nächsten Tal. Blödes Kaff. Deine Mutter war eine nette Frau. Hielt braune und weiße Hühner. Ich besuchte sie des öfteren und kaufte Eier von ihr. Bevor ich mich der Hexerei zuwandte.«

»Im Ernst?« fragte der Erzkanzler verblüfft. »Nun, es ist schon eine ganze Weile her, und inzwischen läßt mein Gedächtnis ein wenig zu wünschen übrig. Außerdem gab es damals in Blasnacken ziemlich viele Kinder.« Er seufzte. »Wahrscheinlich habe ich dich irgendwann mal am Haar gezogen oder gekniffen. So etwas machte mir damals viel Spaß.«

»Vielleicht. Ich entsinne mich an einen dicken und eher häßlichen Jungen.«

»Könnte ich gewesen sein. Nun, ich erinnere mich an ein rechthaberisches und herrisches Mädchen. Aber wie gesagt: Es ist schon *sehr* lange her.«

»Damals war mein Haar noch nicht weiß«, sagte Granny.

»Damals hatte alles eine andere Farbe.«

»In der Tat.«

»Im Sommer regnete es nicht so oft.«

»Wenn die Sonne unterging, glühte sie in einem satteren Rot als heute.«

»Es gab mehr alte Leute«, brummte der Zauberer. »Es wimmelte geradezu von ihnen.«

»Ja, ich weiß. Und nun ist die Welt voller junger Leute. Eigentlich komisch. Ich meine, normalerweise müßte es genau umgekehrt sein.«

»Selbst die Luft war damals besser«, fügte Knallwinkel hinzu. »Man konnte sie leichter atmen.« Sie stapften durch den wirbelnden Schnee und dachten über die seltsamen Launen von Zeit und Natur nach.

»Bist du jemals heimgekehrt?« erkundigte sich Oma Wetterwachs.

Der Erzkanzler zuckte mit den Schultern. »Als mein Vater starb. Seltsam, ich habe dies noch nie jemandem erzählt, aber... Nun, ich sah meine Brüder wieder — ich bin selbstverständlich der achte Sohn eines achten Sohnes —, und sie hatten Kinder und sogar Enkel, die kaum ihren Namen schreiben konnten. Ich wäre in der Lage gewesen, das ganze Dorf zu kaufen. Man behandelte mich wie einen König, doch... Ich meine: Ich habe Orte besucht und Dinge gesehen, die ihnen vor Entsetzen das Blut in den Adern gerinnen ließen. Ich habe gegen Wesen gekämpft, die schrecklicher waren als ihre Alpträume. Ich kenne Geheimnisse, in die nur wenige Menschen eingeweiht sind...«

»Du kamst mir wie ein Fremder vor«, sagte Granny. »Was nicht weiter verwunderlich ist. Das passiert uns allen. Schicksal.«

»Zauberer sollten nie nach Hause zurückkehren«, seufzte Knallwinkel.

»Ich glaube, sie *können* es gar nicht«, pflichtete ihm die Hexe bei. »Es ist unmöglich, den gleichen Fluß zweimal zu überqueren — so lautet meine Devise.«

Der Erzkanzler runzelte die Stirn.

»Ich glaube, da irrst du dich«, erwiderte er. »Ich habe den gleichen Fluß mindestens, äh, tausendmal überquert.«

»Nein, nicht den *gleichen*.«

»Ach?«

»Ts, ts«, machte Granny und schüttelte den Kopf.

Knallwinkel schürzte die Lippen. »Himmel, der verdammte Ankh verändert sich doch nicht über Nacht.«

»Du brauchst nicht gleich aus der Haut zu fahren«, sagte Oma Wetterwachs scharf. »Ich frage mich, warum ich überhaupt einem Zauberer zuhöre, der keine Briefe beantwortet.«

Knallwinkel schwieg einige Sekunden lang. Nur seine Zähne klapperten einen rasselnden Kommentar.

»Oh«, sagte er schließlich, »äh, ich verstehe. Sie stammten also von dir, nicht wahr?«

»Allerdings. Ich hab' ganz unten meinen Namen hinzugefügt. Das sollte normalerweise als Hinweis auf den Absender genügen, oder?«

»Schon gut, schon gut«, antwortete Knallwinkel mürrisch. »Ich hielt sie für einen Scherz, das ist alles.«

»Einen Scherz?«

»Es kommt nur selten vor, daß sich Frauen um einen Studienplatz an der Unsichtbaren Universität bewerben. Besser gesagt: So etwas geschah noch *nie.*«

»Es war mir ein Rätsel, warum eine Antwort ausblieb«, sagte Granny.

»Ich habe die Briefe weggeworfen«, gestand der Zauberer ein.

»Du hättest wenigstens... *Da ist er!*«

»Wo? Wo? Oh, dort!«

Vor ihnen lichtete sich der Nebel, und sie sahen es ganz deutlich: eine Fontäne aus Schneeflocken, eine glitzernde Säule aus gefrorener Luft. Und darunter...

Der Zauberstab war nicht etwa in Eis gehüllt, sondern lag friedlich in einer Lache aus siedendem Wasser.

Einer der ungewöhnlichsten Aspekte eines magischen Universums besteht in den Gegensätzlichkeiten. Es wurde bereits darauf hingewiesen, daß Dunkelheit nicht etwa das Gegenteil von Licht ist, sondern dessen Fehlen. Um ein anderes Beispiel zu nennen: Der absolute Nullpunkt kann als extremer Mangel an Wärme definiert werden. Wenn Sie einen Eindruck von *wirklicher* Kälte gewinnen möchten —

einer so intensiven Kälte, daß Wasser nicht etwa zu Eis erstarrt, sondern anti-kocht —, so sehen Sie sich diese Pfütze an.

Granny und Knallwinkel vergaßen ihren Zank und beobachteten stumm den Zauberstab. Nach einer Weile sagte der Erzkanzler: »Wenn du die Hand hineintauchst, kannst du dich von deinen Fingern verabschieden.«

»Bist du imstande, ihn mit Magie anzuheben?« fragte Oma Wetterwachs.

Knallwinkel klopfte seine Taschen ab, ortete den Tabaksbeutel und holte ihn hervor. Er wandte den Blick nicht vom Stab ab, als er aus den klumpigen Resten einiger Stummel eine neue Zigarette drehte.

»Wahrscheinlich nicht«, erwiderte er. »Aber ich versuch's trotzdem.«

Er schnupperte an dem teerigen Zylinder, seufzte melancholisch und klemmte ihn sich hinters Ohr. Dann streckte er die Arme aus und spreizte die Finger. Seine Lippen zitterten lautlos, als er einige Worte der Macht murmelte.

Der Stab drehte sich in der brodelnden Lache, schwebte in die Höhe, entfernte sich vom Eis und wurde innerhalb weniger Sekunden zum Zentrum eines Kokons aus frierender Luft. Der Erzkanzler stöhnte vor Anstrengung — direkte Levitation stellt den schwierigsten Teil praktischer Magie dar. Und angesichts des weithin bekannten Prinzips von Ursache und Wirkung ist sie alles andere als ungefährlich: Durch die mentale Hebelwirkung geht sogar ein erfahrener Zauberer das nicht unbeträchtliche Risiko ein, das eigene Hirn im wahrsten Sinne des Wortes aus den Angeln zu heben.

»Kannst du ihn in die Senkrechte bringen?« fragte Granny.

Der Stab erzitterte, neigte sich zur Seite und verharrte einige Zentimeter über dem Eis, dicht vor der Hexe. Rauhreif glänzte auf den Schnitzmustern, und Knallwinkel fühlte sich von ihm angestarrt. Natürlich war er in diesem Punkt nicht ganz sicher, denn der rote Migränedunst vor seinen Augen verschleierte die Konturen der unmittelbaren Umgebung. Dennoch: Der Zauberstab wirkte irgendwie *vorwurfsvoll*.

Oma Wetterwachs rückte sich den Hut zurecht und trat entschlossen näher.

»Na *schön*«, sagte sie. Knallwinkel schwankte: Grannys Stimme schnitt ihm wie eine Diamantensäge durch den Geist. Er erinnerte sich vage daran, als kleiner Junge von seiner Mutter getadelt worden zu sein. In dieser Hinsicht wirkte der Tonfall zumindest teilweise vertraut. Aber der Hexe gelang es meisterlich, ihn zu verschärfen und mit einem verbalen Schleifmittel zu versehen. Vermutlich hätte er sogar eine Leiche dazu gebracht, Haltung anzunehmen und über den ganzen Friedhof zu marschieren, bevor ihr einfiel, daß Tote überhaupt nicht gehen können.

Granny stand vor dem Zauberstab, und der heiße Zorn in ihrem Blick schien das Eis auf dem Holz zu schmelzen.

»Ist das deine Vorstellung von anständigem Betragen, hm? Hältst du es für angebracht, im Meer herumzuschwimmen, während Menschen sterben? Du solltest dich was schämen!«

Sie legte die Hände auf den Rücken und marschierte auf und ab. Knallwinkel stellte zu seiner großen Verwunderung fest, daß ihr der Blick des Stabs folgte.

»Man hat dich weggeworfen«, zischte Oma Wetterwachs. »Na und? Esk ist kaum mehr als ein Kind, und Kinder lassen uns irgendwann im Stich. Aber deshalb brauchst du nicht gleich zu schmollen! Ich finde es empörend, daß du hier herumliegst und dich selbst bemitleidest, obgleich du dich endlich mal nützlich machen könntest. Das Mädchen braucht dich, aber du willst ihm unbedingt einen Denkzettel verpassen, wie?«

Sie beugte sich vor, bis ihre Hakennase nur noch wenige Zentimeter von dem Stab entfernt war. Knallwinkel glaubte zu erkennen, wie das magische Holz versuchte, vor der Hexe zurückzuweichen.

»Soll ich dir sagen, was mit frechen und aufsässigen

Zauberstäben passiert?« fauchte Granny. »Möchtest du wissen, was dir blüht, wenn es uns nicht gelingt, Esk zu retten? Dir blieb einmal das Feuer erspart, weil du den Schmerz auf sie übertragen hast. Diesmal kommst du nicht so leicht davon. Heiße Glut wäre eine viel zu milde Strafe für dich.«

Ihre Stimme wurde zu einem unheilvollen Flüstern.

»Zuerst bearbeite ich dich mit einem Hobel. Dann nehme ich Sandpapier und schmirgle dich hübsch glatt. Und anschließend wirst du erfahren, was Bohrer und Messer anrichten können...«

»Das genügt«, warf Knallwinkel hastig ein und wischte sich Tränen aus den Augen.

»... und was dann noch von dir übrig ist, werfe ich Holzwürmern, Termiten und hungrigen Käfern zum Fraß vor. Du wirst *jahrelang* leiden.«

Die Schnitzmuster zitterten. Die meisten von ihnen verbargen sich auf der Rückseite des Zauberstabs.

»Nun«, fuhr Oma Wetterwachs fort, »ich schlage vor, wir kehren gemeinsam zur Universität zurück, in Ordnung? Du weißt ja, was dir blüht, wenn du weiterhin stur bleibst, nicht wahr? *Ritzeritze*«, fügte sie hinzu und versuchte, das Geräusch einer Säge nachzuahmen.

Sie rollte einen Ärmel hoch und streckte die Hand aus.

»Zauberer«, sagte sie, »ich möchte, daß du ihn freigibst.«

Knallwinkel verzog das Gesicht und nickte.

»Wenn ich ›jetzt‹ sage.« Granny hob den Kopf und holte tief Luft. »*Jetzt!*«

Knallwinkel schlug die Augen wieder auf.

Oma Wetterwachs hielt den linken Arm weit ausgestreckt, und ihre Finger schlossen sich um den Zauberstab.

Das Eis stob davon, verdampfte innerhalb von Sekundenbruchteilen und bildete dichte Dampfwolken.

»Also gut«, brummte Granny. »Und wenn du noch einmal ungehorsam bist, werde ich *sehr* böse. Habe ich mich klar genug ausgedrückt?«

Knallwinkel ließ die Hände sinken und eilte auf die Hexe zu. »Bist du verletzt?«

Granny schüttelte den Kopf. »Es fühlt sich an, als hielte man einen heißen Eiszapfen«, sagte sie. »Komm jetzt! Wir haben nicht genug Zeit, um hier herumzustehen und zu schwatzen.«

»Wie kehren wir zurück?«

»Himmel, nun verzag doch nicht gleich. Mann! Kopf hoch und guten Mutes! Wir fliegen.«

Sie zeigte auf ihren Besen. Der Erzkanzler betrachtete ihn skeptisch.

»Mit *dem* Ding?«

»Na klar. Reiten Zauberer nicht auf ihren Stäben durch die Gegend?«

»So etwas sieht ziemlich unwürdig aus.«

»Das nehme ich in Kauf. Und ich rate dir, meinem Beispiel zu folgen.«

»Meinetwegen. Aber ist der Besen sicher?«

Granny betrachtete ihn mit einem vernichtenden Blick.

»In einem absoluten Sinn?« fragte sie. »Oder im Vergleich dazu, auf einer schmelzenden Eisscholle zu stehen?«

»Ich bin noch nie zuvor mit einem Hexenbesen geflogen«, sagte Knallwinkel.

»Ach?«

»Ich dachte, man nähme einfach darauf Platz, und schon ging's los«, fügte der Zauberer hinzu. »Ich wußte nicht, daß man zuerst hin und her rennen und den Stiel verfluchen muß.«

»Ein Trick«, erklärte Granny.

»Außerdem habe ich mir immer vorgestellt, sie flögen schneller«, brummte Knallwinkel. »Und höher.«

»Was soll das heißen: höher?« fragte Oma Wetterwachs und versuchte, das Gewicht des Zauberers auszugleichen, als sie stromaufwärts schwebten. Wie alle Soziusfahrer seit dem Anbeginn der Zeit bestand er hartnäckig darauf, sich zur falschen Seite zu beugen.

»Nun, zum Beispiel *über* den Bäumen«, murmelte Knallwinkel und duckte sich unter einem tropfnassen Zweig hinweg, der ihm den Hut vom Kopf riß.

»Mit diesem Besen ist alles in bester Ordnung«, behauptete die Hexe. »Du bist eben nur ein paar Dutzend Kilo zu schwer. Willst du lieber absteigen und zu Fuß gehen?«

»Ganz abgesehen von der Tatsache, daß meine Füße fast immer den Boden berühren...«, brummte Knallwinkel. »Ich möchte dir keine Umstände machen. Wenn mich jemand um eine Liste der Gefahren beim Fliegen gebeten hätte, wäre es mir nie in den Sinn gekommen, hohe Dornbüsche zu erwähnen, die einem die Haut von den Beinen kratzen.«

»Rauchst du?« fragte Granny und blickte grimmig geradeaus. »Irgend etwas brennt hier.«

»Der rasende Flug setzt meinen Nerven arg zu. Und eine gute Zigarette beruhigt.«

»Der Gestank ist unerträglich. Drück das Ding aus, auf der Stelle. Und halt dich fest.«

Der Besen stieg höher und beschleunigte auf die Geschwindigkeit eines altersschwachen Joggers.

»Herr Zauberer.«

»Ja?«

»Als ich eben sagte, du sollst dich festhalten...«

»Ja?«

»Ich meinte nicht ausgerechnet *dort.*«

Kurze Stille folgte.

»Oh. Äh. Ich verstehe. Tut mir schrecklich leid.«

»Ist nicht weiter schlimm.«

»Mein Gedächtnis ist nicht mehr das, was es einmal war. Ich versichere dir... Äh, ich wollte dir keineswegs zu nahe treten...«

»Schon gut.«

Erneut schloß sich Schweigen an.

»Aber da wir gerade dabei sind«, sagte Oma Wetterwachs nachdenklich. »Um ganz ehrlich zu sein: Ich würde es vorziehen, du nimmst die Hände weg.«

Regen prasselte auf die Unsichtbare Universität herab und strömte in die Dachrinnen. Die Rabennester des vergangenen Sommers tanzten wie kleine zerbrechliche Boote auf den schäumenden Fluten. Das Wasser gurgelte durch uralte, hier und dort verstopfte Rohre. Es kroch unter die Schindeln und begrüßte dicke Spinnen. Es spritzte über Giebel und bildete verborgene Seen in dem Labyrinth aus Türmen und Minaretten.

Ganze Ökologien lebten im Dachgebälk der Universität, die noch weitaus größer und komplexer war als alle jemals erdachten Fantasy-Festen, Horrorburgen und Märchenschlösser. Vögel zwitscherten in kleinen Dschungeln aus Apfelkernen und Kräutersamen. Frösche schwammen in Regenteichen. Und ein Ameisenvolk nahm gerade die Aufgabe in Angriff, eine interessante und höchst komplizierte Zivilisation zu schaffen.

Die vom dunklen Himmel herabströmende Nässe erwies sich in vielerlei Hinsicht als sehr leistungsfähig, doch eine Möglichkeit blieb ihr verwehrt: Sie konnte nicht aus den kunstvoll verzierten Wasserspeiern gurgeln. Als sich die ersten finsteren Wolken am fernen Horizont zeigten, machten sich die entsprechenden Statuen aus dem (noch trockenen) Staub und versteckten sich in den Dachkammern. Was ein weiterer Beweis dafür ist, daß man Häßlichkeit nicht mit Dummheit gleichsetzen darf.

Es regnete Bäche und Flüsse. Es regnete Seen und Meere. Hauptsächlich aber regnete es durchs Dach über dem Großen Saal. Das magische Duell zwischen Oma Wetterwachs und Knallwinkel hatte dort eine breite Öffnung hinterlassen, und Treatle gewann allmählich den Eindruck, daß der Regen einen ganz persönlichen Groll gegen ihn hegte.

Er saß auf einem Tisch und beaufsichtigte einige Studenten, die Gemälde und Wandbehänge abnahmen und in Sicherheit brachten. Treatle entschied sich deshalb für einen Tisch, weil der Boden bereits zwanzig Zentimeter unter Wasser stand.

Glücklicherweise handelte es sich nicht um Regenfluten, sondern Wasser mit einer echten Persönlichkeit — mit jener Art von deutlich ausgeprägtem Charakter, den es bekommt, nachdem es mehrere Kilometer weit über schlammiges Ackerland geflossen ist. Mit anderen Worten: Es war richtiges, anständiges Ankh-Wasser: zu fest, um es zu trinken, zu dünnflüssig, um es zu pflügen.

Der Strom hatte schon vor einer ganzen Weile beschlossen, weit über die Ufer zu treten und die Stadt zu erforschen. Tausende von kleinen Flüssen sahen sich in Kellern um und vergnügten sich in der Kanalisation. Dann und wann ertönte ein grollendes Donnern, wenn vergessene Magie in irgendeinem überfluteten Kerker um Hilfe rief und ertrank. Andere thaumaturgische Entitäten lernten schwimmen (besser gesagt: tauchen), und Treatle schauderte unwillkürlich, als er das Zischen und Fauchen und Blubbern hörte. Er vermied es klugerweise, nach den Ursachen dieser Geräusche Ausschau zu halten.

Häufig stellte er sich vor, wie nett es wäre, ein Zauberer zu sein, der in einer kleinen Höhle lebte, Kräuter sammelte, wichtige Gedanken dachte und die Sprache der Eulen verstand. Aber vermutlich wäre die Höhle feucht gewesen, die Kräuter giftig. Und außerdem wußte Treatle nicht ganz genau, wodurch sich wichtige Gedanken von anderen unterschieden.

Ungelenk kletterte er vom Tisch hinunter und watete durch die brodelnde Schlickmasse. Nun, er brauchte sich keine Vorwürfe zu machen. Zusammen mit den Magiern der höheren Ränge hatte er versucht, das Dach zu reparieren, aber eine anhaltende Diskussion darüber, welche Zaubersprüche verwendet werden sollten, verhinderte sofortige Maßnahmen. Darüber hinaus vertraten einige seiner Kollegen die Ansicht, solche Arbeiten fielen in den Zuständigkeitsbereich von Handwerkern.

Die Kerle wollen sich bloß nicht die Hände schmutzig machen, dachte Treatle verdrießlich. Was ihn selbst betraf: Nun, irgend jemand mußte schließlich die Verantwortung tragen und alles leiten. *Ihre Aufmerksamkeit gilt in erster Linie dem Ätherischen, aber dabei vergessen sie häufig das Konkrete, insbesondere dann, wenn es um so banale Dinge wie häusliche Pflichten geht.* Und: *Unsere Schwierigkeiten begannen erst, als die Frau kam.*

Er passierte einen Torbogen, der auf ihn herabzuspukken schien, erklomm eine steile Treppe, rutschte mehrmals aus und zwinkerte, wenn das grelle Licht zuckender Blitze durch die beschlagenen Fenster filterte. Zwar glaubte er, daß ihn niemand für die Ereignisse der vergangenen Stunden verantwortlich machen konnte, aber aus irgendeinem Grund zweifelte er kaum daran, daß alle auf ihn zeigen würden, wenn die Suche nach dem Schuldigen begann. Mürrisch hob er den Saum seines Mantels, wrang ihn aus und holte dann seinen Tabaksbeutel hervor.

Er war grün und wasserdicht. Und das bedeutete, daß der Regen hineingeflossen war und jetzt nicht mehr heraus konnte. Als Treatle ihn öffnete, bot sich ihm ein unbeschreiblicher Anblick dar.

Die Papierstreifen bildeten einen faserigen Klumpen, der aussah wie ... Nun, man stelle sich eine Banknote vor, vergessen in der Tasche einer Hose, die gerade eingeweicht, geschleudert, durch die Mangel gedreht und gebügelt worden ist.

»Mist!« sagte der Zauberer. Es kam von Herzen.

»Heda! Treatle!«

Er hob den Kopf und sah sich um. Er hatte den Großen Saal, in dem nun einige Sitzbänke zu schwimmen begannen, als letzter verlassen. Kleine Strudel und zerplatzende Blasen kennzeichneten die Stellen, an denen Kellermagie aufstieg, aber abgesehen davon bemerkte er nichts. Niemand befand sich in der Nähe.

Treatle drehte sich auf dem Treppenabsatz um, starrte argwöhnisch in die überschwemmte Halle und beobachtete die Statuen. Sie waren viel zu schwer, um sie fortzutragen, und es konnte ihnen sicher nicht schaden, gründlich gewaschen zu werden.

Er musterte die steinernen Gesichter — und bereute es sofort. Manchmal entwickelten die Skulpturen längst verstorbener Großmagier mehr Eigenleben, als ihnen eigentlich zustand. Treatle bedauerte seinen lauten Fluch.

»Ja«, fragte er und fühlte durchdringende Steinblicke auf sich ruhen.

»Sieh nach oben, du Narr!«

Er kam der Aufforderung nach. Ein Besen schwebte durch das breite Loch in der Decke des Großen Saals und setzte zitternd und schwankend zur Landung an. Etwa anderthalb Meter über dem Wasser verlor er seine areonautischen Ambitionen und verschwand in einem Strudel. Es platschte laut, und irgendwo gurgelte es. Es klang fast wie ein genüßliches Schmatzen.

»Steh nicht einfach so herum, du Schwachkopf!«

Treatle spähte nervös in die Finsternis.

»Irgendwo muß ich doch stehen«, erwiderte er unsicher.

»Hilf uns endlich!« sagte Knallwinkel scharf. Wie eine fette zornige Venus watete er durchs Wasser. »Die Dame hat natürlich den Vorrang.«

Er wandte sich zu Oma Wetterwachs um, die in den dunklen Fluten herumtastete.

»Ich habe meinen Hut verloren«, erklärte sie.

Knallwinkel seufzte. »Spielt das jetzt noch eine Rolle?«

»Eine Hexe kann nicht auf ihren Hut verzichten«, entgegnete Granny fest. »Woher sollen die anderen Leute sonst wissen, daß sie eine Hexe ist?« Sie griff nach einem schwarzen formlosen Gegenstand, der auf dem Dreck schwamm, stieß ein triumphierendes Krächzen aus und rammte sich den Hut aufs Haupt. Schlickwasser strömte herab, und der Stoff auf ihrem Kopf gehorchte den Gesetzen der Schwerkraft: Er neigte sich nach vorn und klatschte ihr ins Gesicht.

»Na *schön*«, sagte sie in einem Tonfall, der den Rest der Universität warnte.

Draußen flackerte erneut ein Blitz, was beweist, daß

auch die Wettergötter einen ausgeprägten Sinn für Dramatik besitzen.

»Steht dir gut«, sagte Knallwinkel.

»Entschuldigt bitte«, warf Treatle ein, »aber ist das nicht die H...«

»Und wenn schon«, knurrte Knallwinkel. Er nahm Grannys Hand, führte sie die Treppe hoch und winkte mit dem Stab.

»Aber es ist gegen die Tradition, eine H...«

Treatle unterbrach sich und riß die Augen auf, als Oma Wetterwachs an die Wand herantrat und die Hände auf den feuchten Stein preßte. Knallwinkel klopfte ihn mit dem Zeigefinger auf die Brust.

»Zeig mir, wo das geschrieben steht!« knurrte er herausfordernd.

»Sie befinden sich in der Bibliothek«, warf Granny ein.

»Der einzige trockene Ort in der ganzen Universität«, erwiderte Treatle. »Aber...«

»Dieses Gebäude fürchtet sich vor Gewittern«, stellte Granny fest. »Es könnte ein wenig Trost und Zuspruch gebrauchen.«

»Aber die Tradition...«, begann Treatle mit wachsender Verzweiflung.

Oma Wetterwachs marschierte bereits durch den Korridor, und Knallwinkel folgte ihr schnaufend. Nach einigen hastigen Schritten drehte er den Kopf.

»Du hast die Dame gehört«, sagte er.

Treatle sah ihnen verwirrt nach. Als ihre Schritte in der Ferne verklangen, blieb er einige Sekunden lang stumm stehen, dachte über das Leben an sich nach und überlegte, so seins aus den Fugen geraten war.

Andererseits: Er wollte sich keinen Ungehorsam vorwerfen lassen.

Vorsichtig und behutsam wandte er sich der Wand zu und fragte sich, wie man ein Gebäude tröstete. Nach einer Weile streckte er die Hand aus und streichelte die nasse Mauer.

»Kopf hoch, ist doch gar nicht so schlimm!« raunte er. Und seltsamerweise fühlte er sich sofort viel besser.

Knallwinkel hielt es eigentlich für angemessen, daß er die Führung übernahm — immerhin war er der Universitätsdirektor. Aber wenn es Oma Wetterwachs eilig hatte, konnte es kein langjähriger Nikotinsüchtiger mit ihr aufnehmen. Um nicht den Anschluß zu verlieren, hüpfte der Erzkanzler wie eine Krabbe, die an einer Krustentier-Olympiade teilnahm und sich gerade im Weitsprung versuchte.

»Hier entlang!« brachte er schließlich hervor und platschte durch einige Pfützen.

»Ich weiß. Das Gebäude hat mir den Weg gewiesen.«

»In diesem Zusammenhang wollte ich dir gerade einige Fragen stellen«, sagte Knallwinkel. »Die Universität hat nie zu mir gesprochen, und ich lebe hier schon ziemlich lange.«

»Hast du jemals versucht, ihre Stimme zu hören?«

»Nun, äh, nein«, antwortete der Erzkanzler. »Nicht im eigentlichen Sinne.«

»Was erwartest du denn?« Granny passierte einen Wasserfall, der dort rauschte, wo sich normalerweise die Treppe zur Waschküche befinden sollte. (In den nächsten Tagen würde es für Frau Reineweiß so viel Arbeit geben, daß sie bestimmt keine Zeit fand, sich mit ihrer Teeblätter-Zukunft zu befassen.) »Wir müssen durch den Flur dort oben, nicht wahr?«

Oma Wetterwachs wartete keine Bestätigung ab und eilte an drei Zauberern vorbei. Sie waren ziemlich überrascht, als sie die Hexe sahen, und ihr Hut verblüffte sie noch mehr.

Knallwinkel folgte ihr keuchend und hielt Granny am Arm fest, als sie die Tür der Bibliothek erreichten.

»Hör mal«, sagte er drängend, »ich will dich nicht beleidigen, hochverehrte Frau Wetterwachs, äh, ich meine *Fräulein* Wetterwachs, aber...«

»Ich glaube, Esmeralda genügt. Immerhin haben wir einen gemeinsamen Besenflug und allerlei Widrigkeiten hinter uns.«

»Würdest du mir bitte den Vortritt überlassen?« fragte Knallwinkel flehentlich. »Weißt du, es ist *meine* Bibliothek.«

»Oh, natürlich. Entschuldige!«

»Um den Schein zu wahren, verstehst du?« fügte der Erzkanzler hinzu. Er drehte den Knauf.

Dutzende von Zauberern hielten sich in dem Raum auf. Für Magier haben Bücher ungefähr die gleiche Bedeutung wie für Ameisen ihre Eier: Wenn es Schwierigkeiten gibt, tragen sie sie mit sich herum. Inzwischen hatte das Wasser auch einen Weg in die Bibliothek gefunden, und aufgrund der sonderbaren Gravitationsanomalien in diesem Zimmer bildete es gerade dort Pfützen und Lachen, wo man überhaupt nicht damit rechnete. Die unteren Regale waren leer. Zauberer und Schüler bildeten lange Schlangen, reichten sich dicke Bände und stapelten sie auf Tische. Das Rascheln wütender Blätter übertönte fast die heulende Stimme des Sturms.

Der Bibliothekar schien vollkommen außer sich zu sein. Er sauste hin und her, zupfte immer wieder vergeblich an Ärmeln und gab ein gelegentliches ›Ugh‹ von sich.

Als er Knallwinkel sah, drehte er sich um und hüpfte auf den Erzkanzler zu. Oma Wetterwachs hatte noch nie zuvor einen Orang-Utan gesehen, wollte sich das jedoch nicht anmerken lassen. Sie blieb ganz ruhig stehen und musterte ein Wesen, das sie für einen etwas ungewöhnlich geratenen spitzbäuchigen Mann hielt: Er hatte extrem lange Arme und eine Haut in der Herrengröße 54, obwohl das Konfektionsmaß 48 völlig ausreichend gewesen wäre.

»Ugh«, erklärte der Bibliothekar. *»Uuugh.«*

»Wahrscheinlich hast du recht«, erwiderte Knallwinkel und zog den nächsten Zauberer heran, der unter dem Gewicht von mehr als zehn magischen Werken taumelte. Der Mann starrte ihn entgeistert an, und als er Oma Wetter-

553

wachs sah, ließ er die Bücher fallen. Der Orang-Utan stöhnte grunzend.

»Erzkanzler?« entfuhr es dem Zauberer. »Du lebst? Ich meine... Es hieß, jemand habe dich weggehext...« Er musterte Granny. »Ich meine, wir dachten... Treatle sagte uns...«

»*Uuugh*«, warf der Bibliothekar ein und schob einige widerstrebende Blätter zwischen die Buchdeckel zurück.

»Wo sind der junge Simon und das Mädchen?« fragte die Hexe. »Was habt ihr mit ihnen angestellt?«

»Sie... Wir haben sie dort drüben untergebracht«, antwortete der Zauberer und wich zurück. »Äh...«

»Führ uns hin!« verlangte Knallwinkel. »Und hör endlich mit dem Stottern auf, Mann! Man könnte glauben, du seiest noch nie einer Frau begegnet.«

Der Magier schluckte krampfhaft und nickte heftig.

»Gewiß. Ich meine... bitte folgt mir... äh...«

»Du wolltest doch nicht auf irgendwelche Traditionen hinweisen, oder?« fragte Knallwinkel.

»Äh... nein, Erzkanzler.«

»Gut.«

Der Zauberer geleitete sie durch die schmalen Gänge zwischen den Regalen und schob sich an seinen bücherschleppenden Kollegen vorbei, die von einem Augenblick zum anderen erstarrten, wenn sie Granny sahen.

»Das alles ist mir sehr peinlich«, hauchte ihr Knallwinkel zu. »Ich sollte dich zu einem Ehrenzauberer ernennen.«

Granny blickte starr geradeaus, und ihre Lippen bewegten sich kaum, als sie erwiderte:

»Wenn du das wagst, ernenne ich dich zur Ehrenhexe.«

Der Erzkanzler klappte den Mund zu.

Sie betraten eins der Lesezimmer und traten an Simon und Eskarina heran, die auf einem Tisch lagen. Mehrere Zauberer standen daneben und gaben auf die beiden reglosen Gestalten acht. Sie wichen nervös zur Seite, als sich Oma Wetterwachs und ihr Gefolge näherten. Der Bibliothekar folgte ihnen watschelnd.

»Ich habe mir überlegt...«, setzte Knallwinkel an. »Nun, vielleicht wäre es besser, Simon den Zauberstab zu geben. *Er* ist Zauberer und...«

»Nur über meine Leiche«, sagte Granny fest. »Und auch deine. *Sie* beziehen die magische Energie durch ihn. Willst du ihnen vielleicht noch mehr geben?«

Der Erzkanzler seufzte. Der Stab gefiel ihm sehr; es war einer der besten, die er je gesehen hatte.

»Na schön. Du hast natürlich recht.«

Er beugte sich vor, legte den Zauberstab auf die schlafende Eskarina und trat rasch einen Schritt zurück.

Es blieb alles ruhig.

Einer der anwesenden Magier hustete trocken.

Die Ruhe setzte sich still fort.

Die Schnitzmuster des Stabes schienen zu grinsen.

»Es funktioniert nicht«, sagte Knallwinkel. »Oder?«

»Ugh.«

»Laß ihm etwas mehr Zeit«, meinte Oma Wetterwachs.

Sie warteten. Draußen marschierte der Sturm übers Firmament und versuchte Häuser abzudecken.

Granny nahm auf einem Stapel Bücher Platz und rieb sich die Augen. Knallwinkels Hände tasteten nach dem Tabaksbeutel. Der Magier mit dem trockenen Husten wurde von einem Kollegen aus dem Zimmer geführt.

»Ugh«, sagte der Bibliothekar.

»Ich hab's!« verkündete die alte Hexe plötzlich. Der Erzkanzler zuckte so heftig zusammen, daß ihm die halb gerollte Zigarette aus den nervösen Fingern fiel. Tabak rieselte zu Boden.

»Was hast du?«

»Es fehlt noch etwas.«

»Was denn?«

»Sie kann den Zauberstab gar nicht benutzen«, brummte Granny und stand auf.

»Aber du hast doch gesagt, er fege für sie und gewähre ihr Schutz«, wandte Knallwinkel ein.

»Neinneinnein.« Granny schüttelte den Kopf. »Der Zauberstab fegt nur, wenn er Lust dazu hat. Man könnte eher behaupten, er benutzt *sie*. Esk hat nie gelernt, wie man damit umgeht, verstehst du?«

Knallwinkel starrte auf die beiden bewegungslosen Gestalten hinab. »Nein, ich verstehe nicht«, gestand er ein. »*Warum* kann sie keinen Gebrauch von ihm machen? Es ist doch ein richtiger Zauberstab.«

»Ja«, bestätigte Granny, »und dadurch wird sie Zauberer, stimmt's?«

Knallwinkel zögerte.

»Nun, natürlich nicht. Verlangst du etwa von mir, sie ganz offiziell zu einem Zauberer — ich meine: einer Zauberin — zu erklären? Dafür gibt es keinen einzigen Präzedenzfall.«

»Keinen was?« fragte Granny scharf.

»Ich meine: So etwas ist noch nie zuvor geschehen.«

»Ich kenne viele Dinge, die noch nie zuvor geschehen sind. Zum Beispiel wurden wir nur einmal geboren.«

Knallwinkel war der Verzweiflung nahe. »Aber es ist gegen die T...«

Er wollte ›Tradition‹ sagen, doch das Wort blieb ihm irgendwo in der Kehle stecken.

»Wo steht das geschrieben?« fragte Oma Wetterwachs eindringlich. »Wo steht geschrieben, Frauen könnten nicht Zauberer werden?«

Folgende Gedanken rasten durch Knallwinkels vibrierende Bewußtseinssphäre:

— Es steht nirgends geschrieben, weil es allgemein bekannt ist. Schließlich kommt die Sonne auch nicht auf die Idee, ein Mond zu werden.

— Oder vielleicht doch? Hat Simon nicht behauptet, Ideen seien die Basissubstanz der Wirklichkeit, was auch immer das sein mag?

— Möchtest du als Erzkanzler in die Universitätsgeschichte eingehen, der Frauen zum magischen Studium zuließ? Nun, eins steht fest: Man würde mich bestimmt nicht vergessen.

– Wenn Granny jene Haltung einnimmt, sieht sie wirklich imposant aus.

– Der Zauberstab hat einen eigenen Willen.

– Es ergibt irgendwie einen gewissen Sinn.

– Bestimmt lacht man mich aus.

– Vielleicht klappt es gar nicht.

– Vielleicht doch.

Eskarina konnte ihnen nicht vertrauen. Aber es blieb ihr keine Wahl.

Sie blickte in die schrecklichen Fratzen, die auf sie herabstarrten, betrachtete die alptraumhaften Gestalten, deren Einzelheiten sich glücklicherweise hinter weiten Umhängen verbargen.

Ihre Hände prickelten.

In der Schattenwelt sind Vorstellungen real. Diese Erkenntnis wanderte durch ihre Arme und erreichte das Hirn.

Es war eine Art perlender Gedanke, voller Kohlensäure. Esk lachte, hob die Arme... und einen Sekundenbruchteil später schlossen sich ihre Finger um den funkenstiebenden Zauberstab. Er schien aus massiver Elektrizität zu bestehen.

Die *Dinge* schnatterten nervös, und einige, die weiter hinten standen, wichen furchtsam zurück. Simon fiel, als ihn die beiden Wesenheiten hastig losließen. Auf Händen und Knien landete er im Sand.

»Benutz ihn!« rief er. »Zögere nicht! Die Geschöpfe haben Angst davor!«

Eskarina lächelte und betrachtete den Stab. Zum erstenmal erkannte sie nun, was die Schnitzmuster darstellten.

Simon griff nach der kristallenen Pyramide mit der kleinen Scheibenwelt und lief auf das Mädchen zu.

»Worauf wartest du noch?« fragte er. »Sie verabscheuen ihn.«

»Bitte?« erwiderte Esk.

»Setz den Stab ein!« drängte Simon und streckte die Hand danach aus. »He! Er hat mich gebissen!«

»Entschuldige!« bat Esk. »Wovon sprichst du überhaupt?« Sie hob den Kopf und beobachtete die wimmernden *Dinge* mit neuem Interesse. »Ach, *die!* Sie existieren nur in unserer Einbildung. Wenn wir nicht daran glauben, gibt es sie gar nicht.«

Simon ließ den Blick über die Schattenkreaturen schweifen. »Ich bin nicht sicher, ob du recht hast«, entgegnete er.

»Ich glaube, wir sollten jetzt heimkehren«, schlug Esk vor. »Bestimmt machen sich einige Leute Sorgen um uns.«

Sie schloß die Hände, und daraufhin verschwand der Zauberstab. Für einen Sekundenbruchteil hatte es den Anschein, als glühten ihre Fingerkuppen.

Die *Dinge* heulten. Einige von ihnen verloren das Gleichgewicht und stürzten.

»Wenn man sich mit Magie beschäftigt, muß man auch lernen, wie man sie nicht beschwört«, sagte Esk und hakte sich bei Simon ein.

Er zwinkerte verdutzt und lächelte wie ein Narr.

»Wie man sie *nicht* beschwört?« wiederholte er.

Genau«, bestätigte Eskarina, als sie sich den *Dingen* näherten. »Versuch es selbst einmal.«

Erneut hob sie die Hände, holte den Zauberstab aus dem leeren Nichts und reichte ihn dem jungen Mann. Er wollte danach greifen, überlegte es sich dann aber anders.

»Äh, nein, lieber nicht«, brummte er. »Ich befürchte, er mag mich nicht besonders.«

»Ich schätze, es ist alles in Ordnung, wenn ich ihn dir gebe«, meinte Esk. »Dagegen hat er bestimmt nichts einzuwenden.«

»Wo *war* er eben?«

»Vermutlich ist er selbst zu einer Vorstellung geworden.«

Simon tastete behutsam nach dem Zauberstab und berührte glänzendes Holz.

»Ha!« platzte es aus ihm heraus, als er die typische Angriffshaltung eines rachsüchtigen Zauberers annahm. »Jetzt könnt ihr was erleben!«

»Nein, völlig falsch.«

»Was soll das heißen? Ich weiß um Magie Bescheid. Und der Stab verleiht mir Macht genug, um...«

»In gewisser Weise sind die Schattenwesen... Spiegelbilder von uns«, erklärte Esk. »Du kannst sie nicht besiegen, denn ihre Kraft entspricht immer genau der deinen. Aus diesem Grund schleichen sie sich näher, wenn du Magie verwendest. Und sie ermüden nicht. Sie nähren sich von Zauberei, und deshalb ist es unmöglich, sie damit zu schlagen. Andererseits: Wenn du Magie nicht einsetzt, weil dich irgend etwas daran hindert, so bleibt die gewünschte Wirkung aus. Aber wenn du *freiwillig* darauf verzichtest, dann geraten jene Geschöpfe in Panik. Allein der Gedanke jagt ihnen einen enormen Schrecken ein. Denn wenn Menschen damit aufhören, Magie zu beschwören, müssen sie sterben.«

Die *Dinge* vor ihnen waren sich gegenseitig im Weg, als sie sich zur Flucht wandten.

Simon betrachtete den Zauberstab, musterte Esk, beobachtete die Schattenkreaturen und richtete den Blick wieder auf das magische Holz.

»Darüber muß ich erst noch gründlich nachdenken«, erwiderte er unsicher. »Eine interessante Problematik, die eingehend untersucht werden sollte.«

»Bestimmt gelingt es dir bald, eine gute Theorie zu entwickeln.«

»Nach deinen Worten besteht die eigentliche Macht darin, die Tür der Magie zu durchschreiten, ohne auf der Schwelle stehenzubleiben.«

»Und es klappt, nicht wahr?«

Inzwischen waren sie allein in der kalten Wüste. Die *Dinge* zeichneten sich als winzige Schemen am Horizont ab.

»Ich frage mich, ob so etwas gemeint ist, wenn man von kreativer Zauberei spricht«, überlegte Simon laut.

»Keine Ahnung. Vielleicht.«

»Ich freue mich schon darauf, erste Analysen vorzunehmen«, sagte der junge Mann und drehte den Stab hin und her. »Weißt du, wir könnten damit experimentieren, bewußt auf Magie zu verzichten. Wir geben sorgfältig acht, kein Oktagramm auf den Boden zu zeichnen, sehen davon ab, Zauberformeln zu intonieren und... Mir bricht der Schweiß aus, wenn ich darüber nachdenke!«

»Ich glaube, zuerst einmal sollten wir nach Hause zurückkehren«, sagte Eskarina und betrachtete die gläserne Pyramide.

»Das ist *meine* Vorstellung von der Welt. Also müßte ich eigentlich in der Lage sein, einen Rückweg zu finden. Wie machst du das mit den Händen?«

Er hielt die Finger aneinander, und sofort materialisierte der Zauberstab zwischen ihnen. Einige Sekunden lang tanzte oktarines Licht übers Holz und verblaßte dann. Simon lächelte. »In Ordnung. Jetzt brauchen wir nur noch die Universität zu finden...«

Knallwinkel zündete die dritte Selbstgerollte mit dem Stummel der zweiten an. Die Zigarette verdankte ihre Gestalt den schöpferischen Kräften nervöser Energie: Sie sah aus wie ein Kamel mit abgeschnittenen Beinen.

Er hatte bereits beobachtet, wie der Zauberstab langsam von Esk fortschwebte und auf Simon liegenblieb.

Jetzt stieg er wieder auf.

Andere Magier drängten ins Zimmer. Der Bibliothekar hockte unterm Tisch.

»Wenn wir nur wüßten, was überhaupt geschieht«, sagte der Erzkanzler. »Ich kann die ständige Anspannung nicht ertragen.«

»Denk positiv, Mann!« schnappte Oma Wetterwachs. »Und mach die verdammte Zigarette aus. Oder glaubst du etwa, Simon und Esk möchten in ein Zimmer zurückkehren, das wie ein rußiger Kamin stinkt?«

Die versammelten Zauberer der magischen Fakultät drehten sich um und sahen Knallwinkel erwartungsvoll an.

560

Der Erzkanzler nahm das qualmende Etwas aus dem Mund, starrte seine Kollegen so durchdringend an, daß es niemand wagte, seinem Blick zu begegnen – und zertrat die Zigarette.

»Wird ohnehin Zeit, daß ich mit dem Rauchen aufhöre«, brummte er. »Und das gilt auch für euch. Manchmal riecht's hier schlimmer als in einer Aschengrube.«

Dann sah er den Zauberstab. Er...

Knallwinkel konnte sein Verhalten nur folgendermaßen beschreiben: Er bewegte sich rasend schnell und verharrte gleichzeitig an Ort und Stelle.

Faseriger Dampf zischte und löste sich auf – wenn es wirklich Dampf war. Der Stab gleißte wie ein Komet, der auf den Entwürfen eines unbegabten Experten für Spezialeffekte basierte. Bunte Funken stoben und tanzten und verschwanden im Nichts.

Er veränderte auch seine Farbe, glühte in einem dunklen Rot, arbeitete sich durchs ganze Spektrum und gewann schließlich eine grelle violette Tönung. Schlangen aus weißem Feuer funkelten auf dem thaumaturgischen Holz.

(Knallwinkel bedauerte, daß es keine Worte gab, die Geräusche, Duftnoten, flüchtige Eindrücke, dauerhafte Impressionen, visuelle Phänomene, Assoziationen und dergleichen auf einen *gemeinsamen Nenner* brachten. Nun, wenn man von ›gleißend‹ spricht, mag man zwar einen öligen Geschmack im Mund haben, aber das genügt bei weitem nicht, um die Ereignisse im Lesezimmer deskriptiv zu erfassen. Man stelle sich ein Wort vor, das genauso klingt, wie Funken aussehen, die über verbranntes Papier tanzen – oder wie das über die Scheibenwelt kriechende Licht von Städten, wenn die ganze menschliche Zivilisation in einer Nacht komprimiert wird. Wenn der Autor hier das Verb ›funkeln‹ benutzt, so hat das durchaus einen Sinn.)

Der Erzkanzler ahnte, was sich jetzt anbahnte.

»Seht nur«, hauchte er, »der Zauberstab...«

Das magische Holz erstrahlte in purem Oktarin, und

gleichzeitig herrschte Stille — jene Art von Stille, die Geräusch einfängt und betäubt.

Die Achtfarbe (hervorgerufen von Licht, das langsam und träge durch ein thaumaturgisches Feld sickert) glühte durch Körper, Regale und Wände. Andere Tönungen verschwammen und flossen ineinander, so als gieße jemand ein Glas Gin über das Wasserfarbengemälde der Welt. Die Wolken über der Unsichtbaren Universität glänzten, gewannen ebenso reizvolle wie beunruhigende Formen und strömten himmelwärts.

Ein Beobachter über der Scheibenwelt hätte gesehen, wie ein kleiner Fleck Land in der Nähe des Runden Meers für einige Sekunden wie ein kostbarer Kristall glitzerte und dann verblaßte.

Eine Zeitlang rührte sich überhaupt nichts, und dann erklang ein hölzernes Klappern, als der Zauberstab aus der Leere fiel und auf einen Tisch prallte.

Jemand gab ein leises ›Ugh‹ von sich.

Knallwinkel versuchte sich daran zu erinnern, wie man die Hände benutzte und sie dorthin hob, wo er die Augen vermutete. Alles war pechschwarz.

»Äh... ist hier jemand?« fragte er vorsichtig.

»Bei den Göttern«, erwiderte eine andere Stimme, »du kannst dir gar nicht vorstellen, wie froh ich bin, daß du das gesagt hast.« Plötzlich grummelte, brummte und murmelte es überall.

»Befinden wir uns noch immer da, wo wir sind?«

»Keine Ahnung. Wo sind wir denn?«

»Hier, glaube ich.«

»Kannst du um dich tasten?«

»Das schon, guter Mann«, entgegnete die unverkennbare Stimme von Oma Wetterwachs, »aber ich bewege mich erst, wenn ich ganz sicher bin, was ich dabei berühre.«

Knallwinkel räusperte sich. »Alle strecken jetzt die Arme aus«, sagte er fest — und hätte fast laut aufgeschrien, als sich eine ledrige Hand um seinen Fußknöchel schloß. Er hörte ein dumpfes ›Ugh‹, das anthropoide Zufriedenheit, Freude und große Erleichterung darüber zum Ausdruck brachte, ein menschliches Wesen in der Nähe zu fühlen.

Irgend etwas kratzte, und unmittelbar darauf flackerte rötliches Licht. Auf der anderen Seite des Zimmers zündete sich jemand eine Zigarette an.

»Wer war das?«

»Entschuldige bitte, Erzkanzler! Reine Angewohnheit.«

»Oh, von mir aus kannst du deinen ganzen Tabak verqualmen.«

»Vielen Dank, Erzkanzler.«

»Ich glaube, ich sehe jetzt die Umrisse der Tür«, verkündete eine andere Stimme.

»Granny?«

»Ja, ich kann sie ganz deutlich erkennen...«

»*Esk?*«

»Ich bin hier, Oma.«

»Darf ich ebenfalls rauchen, Erzkanzler?«

»Ist der Junge bei dir?«

»Ja.«

»Ugh.«

»Ich bin hier.«

»Was ist eigentlich los?«

»*Ruhe!*«

Gewöhnliches Licht, das dem Auge schmeichelte, kehrte zögernd und widerstrebend in die Bibliothek zurück.

Esk setzte sich auf und ließ den Zauberstab los. Er rollte unter den Tisch. Sie spürte, wie ihr etwas über die Stirn strich, und griff danach.

»Warte!« bat Granny und sprang vorwärts. Sie packte das Mädchen an den Schultern und blickte ihm in die Augen.

»Willkommen zu Hause!« raunte sie und küßte Eskarina.

Esk hob die Hand und strich über einen harten Gegenstand, der auf ihrem Kopf ruhte. Sie nahm ihn ab.

Es handelte sich um einen spitz zulaufenden Hut, blau

und ein wenig kleiner als der von Granny. Interessiert betrachtete das Mädchen silberne Sterne und andere astrologische Symbole.

»Ein Zauberhut?« fragte es schließlich.

Knallwinkel trat vor.

»Äh, ja«, bestätigte er und räusperte sich erneut. »Weißt du, wir dachten... Wir überlegten uns... Nun, wie dem auch sei: Wir hielten es für angebracht...«

»Du bist jetzt eine Zauberin«, sagte Oma Wetterwachs schlicht. »Der Erzkanzler hat die Tradition verändert. War eigentlich gar nicht so schwer.«

»Der Zauberstab muß hier irgendwo in der Nähe liegen«, meinte Knallwinkel. »Ich habe gesehen, wie er fiel... Ah, da ist er ja.«

Er stand auf und zeigte ihn Granny.

»Wenn ich mich recht entsinne, wies er Schnitzmuster auf«, fügte er hinzu. »Dieses Ding sieht wie ein ganz gewöhnlicher Stock aus.« Und damit hatte er durchaus recht: Der Zauberstab wirkte so mächtig und gefährlich wie ein Stück Feuerholz.

Esk drehte den Hut hin und her und erweckte den Eindruck, als habe sie gerade ein in buntes Geschenkpapier gehülltes Paket geöffnet und Badesalz darin gefunden.

»Recht hübsch«, murmelte sie unsicher.

»Mehr hast du dazu nicht zu sagen?« erwiderte Oma Wetterwachs scharf.

»Die Spitze gefällt mir sehr.« Seltsamerweise fühlte sie sich überhaupt nicht anders, obgleich sie jetzt zu den Zauberern gehörte.

Simon beugte sich zu ihr herüber.

»Denk daran«, flüsterte er ihr zu, »du mußt Zauberer *gewesen* sein. Erst dann kannst du dich auf der andern Seite der magischen Tür umsehen. Erinnerst du dich?«

Sie musterten sich gegenseitig und lächelten.

Granny starrte Knallwinkel an. Der Erzkanzler zuckte mit den Achseln.

»Was weiß ich?« brummelte er. »Was ist mit deinem Stottern passiert, Junge?«

»Scheint weg zu sein«, erwiderte Simon fröhlich. »Offenbar habe ich's irgendwo zurückgelassen.«

Der Ankh war noch immer braun und angeschwollen, aber wenigstens ähnelte er jetzt wieder einem Fluß.

Für den Spätherbst herrschten erstaunlich hohe Temperaturen, und in den unteren Bezirken der Stadt stieg Dampf von vielen Tausend Decken und Teppichen, die zum Trocknen an langen Wäscheleinen hingen. Schlick bedeckte die Straßen, was die meisten Bürger von Ankh-Morpork als eine Verbesserung ihrer allgemeinen Lebensbedingungen empfanden: Die Flut schwemmte alle Müllberge fort, die sich in den letzten Wochen und Monaten angesammelt hatten.

Dampf stieg auch von den Fliesen der persönlichen Veranda des Erzkanzlers auf. Und von der Teekanne.

Oma Wetterwachs saß in einem alten Rohrstuhl und gestattete der ungewöhnlichen Wärme, ihr die Fußknöchel zu streicheln. Müßig beobachtete sie eine Gruppe von Stadtameisen, die schon so lange unter den Kacheln der Universität lebten, daß die starke magische Hintergrundstrahlung sie zu einer permanenten Veränderung ihrer genetischen Struktur geführt hatte. Mit einer winzigen Sackkarre transportierten sie ein feuchtes Zuckerstück. Ein zweites Einsatzteam errichtete eine winzige Rampe am Rande des Tisches.

Granny wußte natürlich nicht, daß eine der Ameisen Drum Billet war: Er wollte dem Leben eine zweite Chance geben.

»Wenn man am letzten Novembertag eine Ameise findet«, sagte sie, »steht ein sehr milder Winter bevor. So heißt es jedenfalls.«

»Wer behauptet das?« fragte Knallwinkel.

»Leute, die sich irren«, erwiderte Oma Wetterwachs. »Weißt du, ich mache mir Notizen in meinem *Almanach*.

Ich prüfe nach, jawohl. Und dabei stelle ich immer wieder fest, daß die meisten Leute an die falschen Dinge glauben.«

»Wie zum Beispiel: Himmel rot in der Nacht, in einer niedergebrannten Stadt man erwacht«, schlug der Erzkanzler vor. »Oder: Morgenstund hat Gold im Mund.«

»In dem Fall wäre ich längst steinreich«, sagte Granny. Der Zuckerwürfel erreichte gerade die Rampe, und dort befestigten ihn zwei Ameisen an einem mikroskopischen Flaschenzug.

»Die Hälfte von dem, was Simon erklärt, verstehe ich nicht«, meinte Knallwinkel. »Obgleich einige Schüler ganz aufgeregt werden, wenn sie seine Vorträge hören.«

»Nun, mir ist durchaus klar, was Esk meint — ich halte es nur für dummes Zeug«, entgegnete Granny. »In einem Punkt allerdings stimme ich ihr zu: Zauberer brauchen Herz.«

»Sie sagt auch, Hexen benötigten mehr Verstand«, warf der Erzkanzler ein. »Möchtest du einen von den Keksen? Sind ein bißchen feucht, aber schmecken recht gut.«

»Esk steht offenbar auf folgendem Standpunkt: Durch Magie bekommen Menschen das, was sie möchten. Aber indem man sie nicht beschwört, gibt man ihnen das, was sie brauchen.« Grannys Hand schwebte über den Plätzchen.

»Simon teilt diese Meinung. Um ganz ehrlich zu sein: Ich stehe vor einem Rätsel. Magie ist immerhin dazu da, um verwendet zu werden. Wem nützt es, wenn man sich einen Vorrat an thaumaturgischer Kraft anlegt, ohne je Gebrauch davon zu machen? Nur zu! Du verdirbst dir schon nicht den Magen.«

»Magie jenseits von Magie«, schnaubte Oma Wetterwachs abfällig. Sie griff nach dem Keks und schmierte Marmelade darauf. Nach kurzem Zögern fügte sie auch Sahne hinzu.

Der Zuckerwürfel fiel auf die Fliesen und wurde sofort von anderen Ameisen umringt. Sie spannten ihn in das Zuggeschirr der versklavten roten Ameisen aus dem Garten.

Knallwinkel rutschte unruhig hin und her. Der Stuhl unter ihm knarrte leise.

»Esmeralda«, begann er, »ich möchte dich fragen ...«

»Nein«, sagte Granny.

»Eigentlich wollte ich dir mitteilen, daß ich mit dem Gedanken spiele, einigen weiteren Mädchen ein Studium an der Universität zu ermöglichen. Versuchsweise. Als eine Art Experiment. Sobald die notwendigen sanitären Anlagen bereitstehen«, fügte Knallwinkel hinzu.

»Die Entscheidung liegt natürlich bei dir.«

»Und, äh, da uns offenbar keine andere Wahl bleibt, als ein koedukatives Institut zu werden, äh, dachte ich mir, äh, daß du, äh ...«

»Ja?«

»Nun, ich wollte dich fragen, äh, ob du vielleicht, äh, bereit wärst, einen Lehrstuhl, äh, anzunehmen.«

Der Erzkanzler lehnte sich zurück. Der Zuckerwürfel glitt auf winzigen Rollen unter seinem Stuhl dahin, und das Quieken der Sklaventreiber ließ sich als leises, kaum hörbares Knistern vernehmen.

»Hmmm«, erwiderte Granny, »warum nicht? Weißt du, ich habe mir immer einen bequemen Sessel aus Weidenruten gewünscht, mit einem ausziehbaren Sonnenschirm. Wenn das nicht zuviel verlangt ist ...«

»Nun, das meinte ich eigentlich nicht — obwohl ich sicher bin, daß wir einen solchen Stuhl irgendwo auftreiben können.« Knallwinkel suchte nach den richtigen Worten. »Äh, es ging mir um folgendes: Was hältst du davon, in der Universität zu unterrichten? Ab und zu?«

»Was denn, zum Beispiel?«

Der Erzkanzler schürzte die Lippen.

»Kräuterkunde?« fragte er vorsichtig. »Wir wissen hier nicht viel über Kräuter. Und Pschikologie. Esk erzählte mir viel davon. Klingt interessant.«

Mit einem letzten Hauruck verschwand der Zuckerbrokken durch einen schmalen Riß in der Wand. Knallwinkel deutete in die entsprechende Richtung.

»Sie klauen ständig Zucker«, sagte er. »Aber wir bringen es einfach nicht über uns, etwas dagegen zu unternehmen.«

Oma Wetterwachs runzelte die Stirn, blickte durch den Dunst über der Stadt und beobachtete die fernen Spitzhornberge. Schnee glitzerte auf den hohen Gipfeln.

»Es ist ein weiter Weg«, sagte sie. »Und ich bin zu alt, um ständig hin und her zu reisen.«

»Wir könnten dir einen besseren Hexenbesen besorgen«, erwiderte Knallwinkel. »Einen, der weder Anläufe noch Flüche erfordert. Und du... Wir würden dir hier eine Wohnung zur Verfügung stellen.« Er überlegte kurz und setzte seine Geheimwaffe ein: »Und dir so viel abgenutzte Kleidung geben, wie du tragen kannst.« Klugerweise hatte er Zeit in ein Gespräch mit Frau Reineweiß investiert.

»Mmpf«, machte Granny. »Seide?«

»Schwarze *und* rote«, sagte Knallwinkel. Als er sich die Hexe in schwarzroter Seide vorstellte, seufzte er innerlich und bohrte die Zähne in einen Keks.

»Vielleicht wäre es auch möglich, daß einige Schüler dein Haus in den Bergen aufsuchen«, fuhr der Erzkanzler fort. »Für naturverbundene Studien.«

»Wer soll sich mit der Natur verbinden?«

»Ich meine: Bei dir könnten sie bestimmt eine Menge lernen.«

Granny dachte darüber nach. Kein Zweifel: Es mochte nützlich sein, den Abort zu entleeren, bevor es zu warm wurde, und im Frühling mußte der Ziegenstall gründlich ausgemistet werden. Darüber hinaus konnte es nicht schaden, die Kräuterbeete umzugraben und auf die neue Saat vorzubereiten. Die Decke im Schlafzimmer war in einem jämmerlichen Zustand, und einige Dachschindeln hatten sich gelockert.

»Praktische Dinge?« fragte sie.

»In der Tat«, bestätigte Knallwinkel.

»Mmpf«, sagte Oma Wetterwachs und zwang sich zu diskreter Zurückhaltung. Bei der ersten Verabredung, so erinnerte sie sich vage, sollte man eine gewisse taktvolle Distanz wahren. »Vielleicht komme ich auf deinen Vorschlag zurück.«

»Wie wär's, wenn wir heute gemeinsam zu Abend essen?« fragte Knallwinkel. Seine Augen glänzten. »Dabei könntest du mir deine Entscheidung mitteilen.«

»Was steht auf der Speisekarte?«

»Kaltes Fleisch und Bratkartoffeln.« Frau Reineweiß hatte ganze Arbeit geleistet.

Oma Wetterwachs nickte.

Und hielt wenige Tage später ihre ersten Vorträge als Hexendozentin.

Eskarina und Simon entwickelten eine völlig neue Art von Magie. Zwar verstand sie niemand so ganz, aber alle hielten sie für vielversprechend und irgendwie... beruhigend.

Was vielleicht noch wichtiger war: Die Ameisen stahlen weitere Zuckerbrocken, und in einer der hohlen Wände erbauten sie daraus eine weiße Pyramide, in der sie mit einer feierlichen Zeremonie den mumifizierten Leichnam ihrer Königin bestatteten. An der Wand der Grabkammer brachten sie eine Inschrift an, die in verschnörkelten Insektenhieroglyphen das Geheimnis der Unsterblichkeit enthüllte.

Ihre Entdeckung hielt einer wissenschaftlichen Überprüfung stand und wäre wohl kaum ohne wichtige Konsequenzen für das Universum geblieben, wenn sich die Pyramide nicht bei der nächsten Überschwemmung in Zuckerwasser verwandelt hätte.

Endlich ist er wieder da!

Bill, der galaktische Held

Er ist der perfekte Sternenkrieger, der beste Mann für diesen
Job, den man sich nur vorstellen kann: Er hat nämlich zwei
rechte Arme - was in jeder Hinsicht enorm praktisch ist -, und
er hat sich ein paar ungeheuer eindrucksvolle Hauer implan-
tieren lassen, vor denen seine Gegner erzittern. Sein Name ist
Corporal Bill, und er gilt als der unbestrittene Held der gesam-
ten Galaxis.

Ein interstellarer Spaß von und mit dem Bestseller-Autor
HARRY HARRISON
Mit Cover-Illustrationen von Andreas Reiner

Der unglaubliche Beginn
06/5171

Die Welt der Roboter-Sklaven
06/5172

Die Welt der eßbaren Gehirne
(mit Robert Sheckley)
06/5173

Weitere Romane in Vorbereitung

Wilhelm Heyne Verlag
München

Terry Pratchett

»Pratchetts Romane - der Stoff, aus dem Kultromane gewoben sind.« PUBLISHERS WEEKLY

»Wirklich witzige Bücher sind rar. Und diese Romane sind nicht nur geistreich, sondern auch wunderbar erzählt. Terry Pratchett ist der Douglas Adams der Fantasy.« THE GUARDIAN

Von Terry Pratchett sind im Heyne-Taschenbuch erschienen:

Das Licht der Phantasie
06/4583

Das Erbe des Zauberers
06/4584

Die dunkle Seite der Sonne
06/4639

Gevatter Tod
06/4706

Der Zauberhut
06/4715

Pyramiden
06/4764

Wachen! Wachen!
06/4805

MacBest
06/4863

Strata
06/4911

Die Farben der Magie
06/4912

Eric
06/4953

Trucker
06/4970

Wühler
06/4971

Flügel
06/4972

Die Scheibenwelt
06/5123

Die Teppichvölker
06/5124

Wilhelm Heyne Verlag
München

Ein genialer Geheimplan

Die USA hatten einen genialen Geheimplan: mit Zeitmaschinen Spezialisten 5 Millionen Jahre in die Vergangenheit zu schicken, um den Arabern vor ihrer Zeit das Öl abzupumpen und mit Pipelines in andere Lagerstätten zu verfrachten. Das Fatale war nur: Niemand konnte wirklich die Folgen eines solchen Eingriffs kalkulieren. Wie würde unsere Gegenwart aussehen, wenn der Coup gelänge? Hätte es dann die Welt, wie wir sie kennen, überhaupt je gegeben?

Wolfgang Jeschke
Der letzte Tag der Schöpfung
06/4200

Wilhelm Heyne Verlag
München

Top Secret

Die geheimen historischen Aktivitäten des Heiligen Stuhls mittels der von Leonardo da Vinci erfundenen Zeitmaschine

06/4327

Witzig, pfiffig, geistreich und frech:

Carl Amerys Longseller in neuem Gewand als Sonderausgabe

Wilhelm Heyne Verlag
München

Top Hits der Science Fiction

Man kann nicht alles lesen – deshalb ein paar heiße Tips

Ursula K. Le Guin
Die Geißel des Himmels
06/3373

Poul Anderson
Korridore der Zeit
06/3115

Wolfgang Jeschke
Der letzte Tag der Schöpfung
06/4200

John Brunner
Die Opfer der Nova
06/4341

Harry Harrison
New York 1999
06/4351

Wilhelm Heyne Verlag
München

Jean M. Auel

Leben und Liebe vor 30 000 Jahren – eine atemberaubende Reise in die Vergangenheit.

»Ein Panorama menschlicher Kultur in ihrer frühesten Epoche.« THE NEW YORK TIMES

01/8468

Wilhelm Heyne Verlag
München